Ange Guéro

Volk der Verbannten

Die Legende von Ayesha 3

Roman

Deutsch von
Maike Claußnitzer

PENHALIGON

Die Originalausgabe erschien unter dem Titel
»Ayesha 3« bei Bragelonne, Paris.

FSC
Mix
Produktgruppe aus vorbildlich
bewirtschafteten Wäldern und
anderen kontrollierten Herkünften

Zert.-Nr. SGS-COC-001940
www.fsc.org
© 1996 Forest Stewardship Council

Verlagsgruppe Random House FSC-DEU-0100
Das FSC-zertifizierte Papier
Super Snowbright für dieses Buch liefert Hellefoss AS,
Hokksund, Norwegen.

1. Auflage

Redaktion: Alexander Groß
Lektorat: Holger Kappel
Herstellung: Sabine Müller
Satz: Vornehm Mediengestaltung GmbH, München
Druck und Einband: GGP Media GmbH, Pößneck
Printed in Germany
ISBN 978-3-7645-3060-0

www.penhaligon.de

ERSTES BUCH

ÜBER DIE BERGE

KAPITEL 1

Das kleine Mädchen sah den Leichnam neben sich zu Boden stürzen, reagierte aber nicht. Es war ein braunhaariger Mann, ein Freigeborener, aber die Gäste des Wirtshauses hatten ihn dennoch getötet: Er hatte den Fehler gemacht, seine Sklaven am Tag des Großen Opfers zu verstecken, um sie zu retten.

Seine Frau begann wie ein Tier zu schreien und fiel dann schluchzend auf die Knie, aber ein Nachbar zerrte sie hoch und versetzte ihr einen solch heftigen Schlag ins Gesicht, dass ihr Blut von den Lippen strömte. Im Schankraum, der in den Fels einer Klippe gemeißelt war, herrschte ein ohrenbetäubender Lärm. Kinder weinten am Ende des Zimmers, Männer prügelten sich, Frauen hielten ihr spärliches Gepäck umklammert. Der Wirt war schon lange verschwunden. Nicht etwa, um die Stadtwache zu rufen: Hier in Quellhausen, einer kleinen Stadt, die zur Hälfte aus Höhlenwohnungen bestand und an der Westflanke der Berge lag, gab es keine Stadtwache mehr. Der Krieg, die Angst, der massenhafte Ansturm von Flüchtlingen und vor allem der Hunger hatten alle Strukturen und jegliches Gesetz zerstört. Jetzt drängten sich Tausende in dieser Stadt, die in Friedenszeiten nur dreihundert Einwohner zählte.

In den ersten Tagen, als trotz des Zustroms von Hungernden noch ein Anschein von Ordnung in der Stadt geherrscht hatte, hatten diejenigen, die Geld hatten, das Wirtshaus gestürmt und sich um das Privileg geprügelt, ein Zimmer, eine Strohschütte im Stall oder einen Platz auf der Bank zu bekommen. Der Wirt hatte ihr Gold genommen und es behalten, als zwei Tage später weitere Flüchtlinge erschöpft auf der Suche nach einem Schutz vor dem strömenden Regen wie eine Welle ins Haus geschwappt waren. Sie hatten sich über den Schankraum und die Zimmer verteilt, sich mit dreißig Leuten in einen Raum gequetscht, die früheren Bewohner vertrieben, erdrückt oder getötet. Jetzt befanden sich allein im Schankraum dreihundert Leute, die dicht gedrängt wie Sandkörner warteten, zurückgelassen wie der Schlick, den ein Fluss ans Ufer spülte.

Das kleine Mädchen war mit ihnen gekommen. Sie hatte niemanden getötet, sie hatte niemanden verjagt, sie wollte nur ein Dach über dem Kopf und Gesellschaft.

Sie fühlte sich so einsam.

Sie hatte solche Angst.

Das kleine Mädchen hieß Non'iama. In eine Ecke des Schankraums gekauert, beobachtete sie diese Fremden, die sich aneinanderdrängten, diese Menge, deren Bewegungen unberechenbar waren. Ja, die Menge war ein Fluss, und man musste sich vor ihm in Acht nehmen. Ganz wie die Oberfläche des Flusses in Sarsan, aus dem sie noch vor ein paar Monaten Wasser für ihre Herren geschöpft hatte, bewegte sich die Oberfläche der Menge in Wellen, die unauffällig wirkten, aber die Gegenwart von Strömungen verrieten, von äußerst gewalttätigen Kräften weit unten in den trüben Tiefen des Wassers.

Diese Strömungen kannte das kleine Mädchen gut genug, um zu spüren, wann die Situation gefährlich wurde und Gewalt plötzlich aufflackern konnte, so dass der verborgene Irrsinn auf einmal an die Oberfläche durchbrach.

Aber jetzt noch nicht … noch nicht. Der Tod des Mannes, der damit angegeben hatte, seine Sklaven beschützt zu haben, und die kurze Aufwallung von Brutalität seiner Frau gegenüber, die gegen die Wand gestoßen und liegen gelassen worden war, hatten die ersten Wirbel wieder beruhigt. Das Weinen der Kinder hinten im Saal war plötzlich zum Erliegen gekommen, als hätte man sie rasch zum Schweigen gebracht, bevor die Wut der Mörder sich auch noch gegen sie richten konnte.

Die Menge hatte sich beruhigt – aber vielleicht nur für einige Augenblicke. Das Gemurmel der Flüchtlinge hatte wieder eingesetzt: Gespräche mit gesenkten Stimmen, nervöse Fragen, die unbeantwortet blieben, Schluchzer der Erschöpfung. Doch Non'iama ließ sich davon nicht täuschen.

Der Mord an dem Mann hatte nur die Oberfläche gekräuselt – aber darunter war das Wasser reißend.

Das kleine Mädchen wusste, dass der Moment nicht mehr fern war, in dem die Menge wahnsinnig werden und die Menschen sich in Wölfe verwandeln würden.

Sie musste vorher ins Freie.

Hinaus … Luft schnappen. Alles hier belastete sie, die dicht gedrängten Trauben der Flüchtlinge natürlich, aber auch, dass dieser Raum direkt in den Felsen geschlagen war, mitten in das Gebirge, so dass sie den Eindruck hatte, dass es auf ihrem Kopf lastete und die kleine Höhlenherberge erdrückte, dieses Loch voller hilfloser Menschen, die so dumm gewesen waren, sich hier zu verstecken. Der Fels erstickte sie, auch der heisere Atem, der beißende Geruch nach Haut und Schweiß, die kräftigen Gestalten, die zwischen ihr und der Tür standen … All das vermischte sich in ihrem übermüdeten Verstand mit dem Gedanken an den Stein, der sie umgab: dicht, grau, ermüdend. Der Stein. Der Stein, der bis tief in ihre Kehle zu dringen und sie zu ertränken schien.

Die »Krankheit enger Räume« … In Sarsan wurden manche davon gepackt. Sie ertrugen die winzigen Gebäude und die engen Gassen der Stadt nicht mehr. Also zogen sie aufs Land, wo der Himmel weit war und sie atmen konnten.

Non'iama sog die stickige Luft ein. Sie musste ins Freie. Bevor ihr Herr, Arekh, sich zwischen sie und die Soldaten geworfen hatte, die auf sie zugestürmt waren, hatte er ihr befohlen, sich zu verstecken. Sie hatten sich getrennt und abgemacht, sich nach fünf Tagen in Quellhausen an der Oststraße wiederzutreffen. *Bei der großen Felsnadel*, hatte Arekh ihr zugeflüstert, und Non'iama war geflohen. Sie hatte ihr blondes Haar unter einem Tuch verborgen und sich unter die Flüchtlinge gemischt … Aber das wurde jetzt zu gefährlich. Sie war nicht mehr in Sicherheit. Ein Funken, und die Menge würde in Brand geraten wie eine Pulverspur. Non'iama würde erdrückt und getötet werden – oder ihr Kopftuch in der Menschenmasse verlieren. Man würde sie als Tochter des Türkisvolks erkennen und dann …

Dann würde alles vorbei sein.

Sie musste hinaus.

Non'iama stand auf. Am Boden neben ihr hatte der Leichnam zu bluten aufgehört; das Blut um die Verletzung begann zu gerinnen. Das kleine Mädchen stieg über die Frau hinweg, die an der Wand zusammengesackt war. Ihr von Blutergüssen übersätes Gesicht wurde noch immer von Schluchzern geschüttelt. Non'iama stieß gegen einen Sack, schlüpfte zwischen zwei Kindern hindurch, drängte sich durch eine Menschengruppe … und kam plötzlich nicht mehr weiter. Die Flüchtlinge bildeten eine kompakte, drückende Masse. Non'iama fühlte sich, als ob eine Faust ihr die Lunge zusammenpresste. Plötzlich geriet sie ohne Vorwarnung und ohne Grund in Panik – sie brauchte Luft, Luft, sie musste atmen, musste ins Freie, bevor man sie tötete …

Sie warf sich von blindem Entsetzen getrieben voran, versuchte, die unförmigen Körper beiseitezudrängen, geriet in ein Gewirr aus Rücken, Schenkeln und Gepäckstücken, schob, zerrte, hörte wütende Proteste und überraschte Ausrufe; eine Männerhand stieß sie zurück, sie fiel beinahe hin, fing sich, sah sich um, bemerkte, dass sie nur wenige Meter vorangekommen war.

Ein Schrei ertönte an der Tür, und sie begriff, dass es zu spät war.

»Sie sind über die Brücke gekommen!«, kreischte eine Frauenstimme außerhalb des Schankraums in dem Felsgang, der die Höhlenherberge mit der Außenwelt verband. »Sie sind diesseits der Brücke!«

Und die Menge explodierte.

»Sie« – das konnte jeder sein. Seit der türkisfarbene Stern in Flammen geraten war und den Himmel verschlungen hatte, war der Westen der Königreiche in ein Meer aus Feuer und Blut gestürzt. Im Norden sorgten die Kreaturen der Abgründe und ihre Schergen für Mord und Zerstörung. Im Südwesten eilten ihnen die Meriniden voraus, immer weiter nach Süden; sie nutzten die Panik, die die Eroberer ausgelöst hatten, um ihrerseits die Länder ihrer Rivalen zu erobern. Die Sarsen und die Überlebenden aus den Wüstenstämmen versuchten, sich ihnen entgegenzustemmen, und all das war nichts oder wäre nichts gewesen, wenn nicht im Augenblick des Großen Opfers die Sklaven vom Türkisvolk die Laune ihres Sterns für ein Zeichen der Götter gehalten hätten: Sie hatten sich in einem blutigen Aufstand gegen ihre Herren gewandt. Seitdem durchstreiften auch noch die überlebenden Rebellen die Lande wie Wolfsrudel.

Ja, »sie« mochten aufständische Sklaven sein oder aber Soldaten, die Meriniden oder eine andere Armee, ganz gleich welche – hier, westlich der Berge, war die Welt wahnsinnig geworden, und alles, was die Wesen, die heute hier umherirrten, gerade noch zu hoffen wagten, war, einen weiteren Tag zu überleben.

»Sie kommen!«, brüllte irgendjemand irgendwo.

Eine Welle der Panik lief durch die Gruppe, und Non'iama wurde weggestoßen, die gesamte Strecke zurück, die sie so mühsam vorangekommen war. Ganze Familien sprangen in einer Aufwallung von Furcht auf, so dass eine heftige Brandung die Menge erfasste. Non'iama wurde gegen die Wand geschleudert und stieß sich den Kopf; für einen Moment wurde ihr schwarz vor Augen … Als sie wieder zu sich kam, wurde sie von den Körpern in Panik geratener Menschen gegen den Stein gepresst; sie spürte, dass sie keine Luft mehr bekam, der Fels, der Fels würde gewinnen, der Stein drang ihr in die Kehle, sie würde ersticken, sterben, zerquetscht werden, wie das Schicksal sie schon von Geburt an erdrückt hatte …

Das Tuch glitt ihr vom Kopf, und das blonde Haar fiel ihr dünn und schmutzig über die Schultern. Sie sah, wie ein Junge sie anstarrte, irgendetwas rief und mit dem Finger auf ihre Haare zeigte. Aber sein Schrei ging in der Menge unter.

In einem letzten Aufbäumen versuchte sie, sich zu befreien, zu fliehen, während der Junge am Ärmel seiner Mutter zupfte und wieder auf Non'iama wies.

Eine Hand packte sie an der Schulter, und eine Frauenstimme drang an ihr Ohr: »Hier entlang, Kleine.«

Die Stimme war ruhig und beherrscht, ein Hoffnungsschimmer der Vernunft in einem Meer aus Wahnsinn, und Non'iama hielt sich daran fest. Die Hand zog sie durch die Menge. Non'iamas Gesicht stieß mit Beinen und Leibern zusammen, aber jemand half ihr, sich einen Weg zu bahnen, zog sie mit … Das Knarren einer Tür, die sich schloss … ein Riegel …

Und Stille.

Das kleine Mädchen sah sich um.

Sie befand sich in der Küche, einer langen, engen Nebenhöhle. Die Ruhe dort tat ihr wohl wie ein Balsam. Die Frau, die sie gerettet hatte, war kräftig; sie trug fleckige Leinenkleider. Die Fackel, die an der Steinwand befestigt war, beleuchtete rotblondes Haar, viel zu hell, um das einer freien Frau zu sein.

»Schnell«, sagte die Fremde und zog Non'iama auf das Ende des Zimmers zu.

Non'iama warf einen Blick zur Tür: Der Riegel würde nicht mehr lange halten. Der Türflügel vibrierte bereits unter dem Druck derjenigen, die von draußen in Panik und Verzweiflung dagegenstießen.

»Schnell«, wiederholte die Frau, und sie stiegen zwei kleine Stufen hinunter, tiefer in die lange Höhle hinein, die sich in den Felsen grub, bis sie schließlich eine scharfe Kurve nach links machte.

Hinter ihnen wurde weiter auf die Tür eingeschlagen, und sie rannten durch eine Welt, die das kleine Mädchen gut kannte: die des Wirtschaftstrakts, in dem vor dem Aufstand das Essen für die freien Menschen zubereitet worden war. Die Küche, die ins Innere des Berges gehauen war, ähnelte zwar derjenigen in Sarsan, in der die Kleine aufgewachsen war, nicht besonders, aber es gab hier die gleichen Wasserbecken, die Reihen von Kochtöpfen und Kesseln aus Kupfer und Zinn, den mit Kohle beheizten Herd und den gleichen Geruch nach kaltem Fett, Obstschalen und angebranntem Zucker, der immer an den Wänden haften blieb, wie oft man sie auch putzte.

Und natürlich gab es Sklaven.

Sie waren ganz am Ende, dort, wo die Höhle sich nach einer neuerlichen Biegung zu einer leeren Speisekammer erweiterte. Non'iama sah einen Mann und eine Frau, die sich bückten – und dann versank die Frau im Boden. Nein, sie stieg nur durch eine Falltür hinab, wie Non'iama im Näherkommen begriff.

Weit hinter ihnen gab das misshandelte Holz der Tür mit einem letzten Krachen nach. Die rotblonde Frau stieß Non'iama vor sich her, ohne sich umzusehen. Durchdringende Kinderschreie ertönten aus dem vorderen Teil der Küche. Non'iama konnte sich vorstellen, dass verängstigte Familien unter dem Druck der Menge in die Wirtschaftsräume stolperten und sogleich von anderen niedergetrampelt wurden.

Die Falltür. Der Sklave hielt sie auf und wartete auf die rotblonde Frau. »Miu! Beeil dich! Komm runter … Um-Akr soll verflucht sein«, fügte er hinzu, als er Non'iama sah. »Wer ist denn das?« Er öffnete den Mund, wie um zu schreien, hielt sich dann aber zurück, um nicht die Aufmerksamkeit derer zu erregen, die jetzt in die Küche eindrangen. »Beeil dich, mach schon!«

Er versuchte, die Frau durch die Falltür zu stoßen, aber sie wehrte sich und wollte Non'iama vorgehen lassen. Es kam zu einem kurzen, stillen Kampf, bei dem es für das kleine Mädchen um Leben und Tod ging: Der Mann wollte Non'iama zurücklassen, aber Miu wollte das nicht. Hinter ihnen wurden die Schritte und Rufe immer lauter. Plötzlich gab der Mann nach; Non'iama stieg hinunter.

Die beiden anderen folgten, und der Mann verschloss sorgfältig die Falltür über ihnen, bevor er die Sprossen hinunterstieg, die in die unterirdische Höhle führten. Non'iama hörte, wie irgendetwas über ihren Köpfen über den Boden der Speisekammer glitt: irgendein Holzpaneel oder ein leeres Fass, etwas, das mit dem Schließmechanismus verbunden sein musste und dazu diente, den Eingang zu verbergen, sobald er geschlossen war. Auf diese Weise sicherten gewöhnlich Schwarzmarkthändler ihre Verstecke.

Non'iama stieg die letzten Sprossen hinab und sah sich um.

Der Keller war winzig und völlig in sich abgeschlossen: ein Loch im Felsen, keine zwei mal drei Meter groß und fast völlig dunkel.

Das kleine Mädchen versuchte, wieder Luft zu bekommen. Das fürchterliche Gefühl, ersticken zu müssen, war jetzt noch stärker. Die Wände lasteten wie eine greifbare Kraft auf Non'iamas Brust. Sie krümmte sich vor plötzlichen Bauchschmerzen und atmete keuchend.

»Du bist verrückt, Miu«, flüsterte der Mann, der nun ebenfalls unten angekommen war. »Verrückt! Wer ist das?«

Non'iama richtete sich mühsam wieder auf. Die Brust tat ihr weh, und sie konnte nur mühsam ihre Übelkeit unterdrücken. Was war nur mit ihr? War sie wirklich krank? Das war sie nie gewesen, selbst in Sarsan bei ihren ersten Herren nicht, während rings um sie andere Sklavenkinder wie die Fliegen gestorben waren.

»Und außerdem hat sie Fieber«, sagte eine neue Stimme angeekelt.

Non'iama riss die Augen auf.

Sie waren nicht allein im Felsenkeller. Abgesehen von Miu, der Frau, die sie gerettet hatte, und dem Mann von der Falltür waren noch drei Leute da – drei Sklaven, deren Augen wie die wilder Tiere funkelten, während sie Non'iama anstarrten. Über ihnen erklangen erst einzelne Schritte, dann lautes Getrampel. Erstickte Aufschreie verschiedener Stimmen, Gewimmer, Erschütterungen. Die Flüchtlinge waren nun überall in der Küche. Im Keller hob niemand den Blick. Irgendjemand aus der Menge dort oben würde die Falltür finden – oder auch nicht. Leben oder Tod. Es hatte keinen Sinn, sich Sorgen zu machen, das Schicksal würde seinen Lauf nehmen – oder auch nicht. Gefühle waren unnötig.

Die Gesichter der sechs Kellerinsassen wurden nur von einer Ader durchscheinenden weißen Steins in der linken

Wand beleuchtet; ein fahler, matter Lichtschimmer ging davon aus.

»Wir haben nicht genug zu essen«, fuhr die zweite, noch recht junge Frau fort. Sie war es auch gewesen, die behauptet hatte, Non'iama hätte Fieber. »Wir brauchen sie nicht.«

»Ich werde ihr etwas von meinem Anteil abgeben«, sagte Miu mit fester Stimme.

»Aber warum ...«

»Sie ist eine von uns«, flüsterte Miu. »Sie war bei den Flüchtlingen und hat ihr Kopftuch verloren. Habt ihr ihre Haare gesehen? Sie hätten sie in Stücke gerissen. Hättet ihr zugelassen, dass sie vor euren Augen umgebracht wird? Ein Kind in ihrem Alter?«

Die anderen Sklaven schwiegen, aber die Antwort, die Non'iama in ihren Augen las, war sicher nicht die, mit der Miu rechnete.

»Sie ist krank«, beharrte die junge Frau stur. »Und womöglich auch noch stumm!«

»Ich bin nicht stumm«, sagte Non'iama mit einer klaren Stimme, die alle – sie selbst nicht ausgenommen – überraschte. »Und ich habe kein Fieber.«

Und wie um zu beweisen, dass sie nicht log, drängten ihre Stimme und ihre Energie das Gewicht zurück, das bis gerade eben auf ihrer Lunge gelastet hatte. Der Druck ließ nach, und sie konnte besser atmen. Der animalische, ausgehungerte Blick der jungen Frau verlor sein Funkeln, und sie wich etwas zurück, als hätte sie das Gefühl, dass ihre Beute zäher war als erwartet.

Wölfe, dachte Non'iama. Sie war nicht von Menschen, sondern von Wölfen umgeben und musste ihnen die Zähne zeigen, wenn sie nicht von der Meute verschlungen werden wollte.

Wilde Tiere. Genau wie die Menge dort oben. Sie erschauerte. Ob Sklaven oder nicht, Menschen waren wilde Tiere; nur die Augenfarbe unterschied sie voneinander.

Miu legte Non'iama eine Hand auf die Schulter und erklärte erneut mit fester, sanfter Stimme: »Sie ist eine von uns. Und das Essen ist nicht so wichtig. Es kommt nur auf Manros an – darauf, ob er sein Versprechen hält. Wenn er es hält und wiederkommt, sind wir gerettet. Wenn nicht, dann sterben wir. Selbst wenn wir Schinken und Wein im Überfluss hätten, würde das nichts daran ändern.« Und dann wiederholte sie es noch einmal, als wolle sie sich selbst überzeugen: »Das Essen ist nicht so wichtig.«

Miu irrte sich. Das Essen sollte noch ganz entscheidende Bedeutung gewinnen. Gerade der Gedanke ans Essen quälte sie im Laufe der unendlichen Stunden, die sie in der Dunkelheit des Kellers zubrachten, sehr oft. Sie saßen aneinandergeschmiegt auf dem Boden, atmeten die Luft, die vom durchdringenden, süßlichen Geruch der Eichenfässer geschwängert war …

… und warteten.

Warteten auf Manros' Rückkehr.

Manros war der Wirt. Der, der das Gold seiner Gäste genommen hatte und dann geflohen war, als die Situation ihm entglitten war. Natürlich ein freier Mann, angesehen, reich dank der Einkünfte aus seinem Wirtshaus – aber auch dank zahlreicher Schmuggelgeschäfte. Quellhausen, das an der Bergflanke im Herzen der Welt lag, war ein für den Schwarzmarkt bestens geeigneter Ort, und Manros schreckte vor nichts zurück. Er verkaufte alles – Informationen, Handelsware, die eigentlich den Gilden des Emirats vorbehalten war, Gewürze und Salz –, ohne Steuern dafür zu zahlen.

Ein Mann, dem die Gesetze ebenso gleichgültig waren wie die Götter.

Und auf diesem Mann ruhten die Hoffnungen der fünf Sklaven im Keller – und nun auch die Non'iamas, obwohl sie Manros noch nie gesehen hatte.

Denn obgleich Manros sonst keinerlei Prinzipien hatte, hatte er sich seinen Sklaven gegenüber loyal gezeigt. Sklaven, denen gegenüber er zu nichts verpflichtet war und über deren Leben und Tod er bestimmen konnte, Sklaven, die ihm, als die Zeit des Großen Opfers gekommen war, nichts mehr hatten einbringen können – bis auf ein Todesurteil wegen Häresie. Und dennoch hatte er sie beschützt. Als die Milizen die Stadt durchkämmt hatten, um die Mitglieder des Türkisvolkes zum Großen Opfer zusammenzutreiben, hatte Manros sie versteckt, ernährt und beschützt. Er war jedes Risiko eingegangen, um sie am Leben zu halten.

Und das Risiko war immer größer geworden.

Die Sklaverei in den Königreichen war schließlich von den Göttern festgesetzt. Die Sterne bildeten um den türkisfarbenen Stern die Rune der Knechtschaft – also hatten die Götter das Türkisvolk zur Sklaverei verurteilt und sein Schicksal in den Sternen festgeschrieben.

Diese Sklaverei bestand schon seit Tausenden von Jahren, ohne Hoffnung auf Erleichterung: Wer konnte ein Urteil aufheben, das am Himmel geschrieben stand? Dann aber war eine Frau erschienen: Sie trug den Namen Marikani, doch in Wirklichkeit war sie die Göttin Ayesha. Am Tag des Großen Opfers, dem Tag, an dem alle erwachsenen Sklaven auf dem Altar hatten sterben sollen, hatte sie den Arm gehoben, und der türkisfarbene Stern war am Nachthimmel explodiert, hatte das Firmament in Brand gesetzt, war auf das Zehnfache seiner Größe angewachsen und hatte mit seinem Licht den Schimmer der umgebenden Sterne ausgelöscht – und damit die Rune der Knechtschaft.

Die Nacht war blutig gewesen. Auf allen Altären hatten die Sklaven rebelliert: Hatten denn die Götter nicht den Befehl gegeben, sie freizulassen? Am folgenden Morgen, als die Überlebenden in die Wälder geflohen waren, hatten die Einwohner der Königreiche verstört zugesehen, wie die Sonne an einem neuen Himmel aufgegangen war. Sie hatten auf den Schwellen ihrer Häuser gestanden und zum Firmament emporgeblickt.

Einen Moment lang hatte ihr Schicksal in der Schwebe gehangen. An diesen Moment erinnerte Non'iama sich sehr gut. An jenem Morgen war sie an Arekhs Hand zum Marktplatz von Nôm hinuntergegangen, und einen Herzschlag lang hatte sie im zarten Licht der Morgenröte an ein Wunder geglaubt. Sie hatte geglaubt, dass die Zeit des Aufstands und des Hasses vorüber sei, dass mit dem Sonnenaufgang ein neues Zeitalter beginnen würde. Sie hatte geglaubt, dass die Herren ihre einstigen Sklaven umarmen und Brüder nennen würden, dass die freien Frauen und Sklavinnen sich weinend in den Armen liegen würden, dass es keine Ketten, keinen Hass, keine Verfolgungen und keinen Stahl mehr geben würde. Die Götter hatten gesprochen. Die Männer und Frauen des Türkisvolks würden friedlich in die Stadt zurückkehren, und ebenso friedlich würden die freien Menschen sie aus Achtung vor dem göttlichen Ratschluss empfangen: Sie würden ihnen die Hälfte ihrer Häuser und Felder schenken, und die Völker würden zusammenwachsen und bald nur noch eines bilden …

Aber so war es nicht gekommen.

Einige hatten es allerdings versucht. Der Tischler von Nôm hatte eine blonde Sklavenfamilie aus seiner Scheune hervorgeholt: seine Sklaven, die er, wie Manros, versteckt hatte, damit sie dem Großen Opfer entkommen konnten. Vor der versammelten Menge hatte er ihnen die Ketten abgenommen und sie freigelassen. Er hatte gesagt, die Götter hätten gesprochen; dann hatte er die nunmehr freien Menschen mit Tränen in den Augen umarmt. Und immer noch hatte Non'iama geglaubt, dass alles möglich sei. Sie hatte den Atem angehalten, und wie sie hatte das Universum gezögert …

Dann hatte ein Mann einen Stein auf den Tischler geworfen. »Verräter!«, hatte er gebrüllt. »Feigling!«

Arekh war in die Schatten zurückgewichen und hatte Non'iama mitgezogen. Er hatte ein Stück von seinem Hemd abgerissen, es um ihre Haare geknotet und so die hellen Locken verborgen.

»Rühr dich nicht, Non'iama«, hatte er gesagt. »Was auch passiert, rühr dich nicht, lass dir nichts anmerken.«

Der Tischler war gesteinigt worden und die freigelassene Familie mit ihm. Der Priester war mit blut- und staubbefleckten Kleidern vom Berg herabgestiegen. Seine Augen hatten vor Hass gefunkelt, und er hatte eine Rede herausgeschrien, in der Zorn sich mit Kummer vermischt hatte. Später hatte Non'iama erfahren, dass seine beiden Söhne von aufständischen Sklaven am Altar getötet worden waren. Er hatte vom Weltuntergang gesprochen, von Zeichen des Bösen, von göttlichen Gesetzen, die umgestoßen worden seien, vom Chaos, das sich über die Erde ausbreitete, vom Widerstand, den die letzten Menschen reinen Herzens leisten müssten. Und Arekh hatte begonnen, Non'iama vom Marktplatz wegzuzerren, in der Absicht, nach der Göttin Ayesha und den aufständischen Sklaven zu suchen, die in einen nahen Wald geflohen waren.

Und Non'iama hatte begriffen, dass ihre ideale Welt an diesem Tag nicht geboren werden würde, und war Arekh gefolgt …

… und später, als die Soldaten erschienen waren, waren sie getrennt worden.

»Manros wird nicht zurückkommen«, sagte der Mann, der an der Falltür gestanden hatte.

Sie waren nun schon einen ganzen Tag im Keller. Non'iama saß auf dem Boden aus gestampftem Lehm; sie hatte den Rücken an den feuchten Fels gelehnt.

»Sei still«, sagte einer der anderen Sklaven. »Halt's Maul!«

»Er wird nicht zurückkommen«, wiederholte der Mann. »Und das wisst ihr alle.«

Mit der Nacht des Opfers war die Situation in Quellhausen für Manros und die Sklaven, die er versteckt hielt, unerträglich geworden. Durch die Ankunft der Flüchtlinge war die Nahrung so knapp geworden, dass selbst das Geld des Wirts kaum geholfen hatte, welche zu beschaffen. Es hatte eine solche Hysterie geherrscht, dass freie Männer und Frauen, die zu helle Haare oder Augen hatten, sofort in Verdacht geraten waren, aufständische Sklaven zu sein, und auf offener Straße gesteinigt worden waren.

Sie hatten gewusst, dass sie früher oder später entdeckt werden würden – sie hatten eine Entscheidung fällen müssen. Manros war also aufgebrochen, und er hatte den Sklaven, die sich in der Küche versteckt hatten, versprochen, zurückzukehren. Er hatte Walnusssaft besorgen wollen, damit sie sich die Haare färben konnten, auch Waffen, Kleider und so viel Proviant, dass sie die Berge würden überqueren können.

Wenn es gefährlich wurde, so hatte Manros ihnen gesagt, sollten sie in den Keller flüchten. Durch die Hintertür des Weinkellers, eine kleine, runde Holztür, die sich fast unsichtbar in der Ostwand befand, gelangte man in ein Netz von Tunneln, die, wie es hieß, unter den Gipfeln hindurchführten; es war ein so uraltes Gangsystem, dass sein Ursprung in grauer Vorzeit vermutet wurde. Mit den Waffen und Nahrungsmitteln, die Manros ihnen bringen würde, und mit gefärbten Haaren würden die Sklaven durch diese kleine Tür in die unterirdischen Gänge fliehen können. Dann würden sie sich voneinander trennen und versuchen, in den Osten der Königreiche zu gelangen. Jeder auf sich gestellt.

Ein idealer Plan … nur, dass die Hintertür *von außen* verriegelt war. Die fünf Sklaven und Non'iama waren in dem Keller gefangen und mussten darauf warten, dass Manros sie befreite.

Wenn er denn kam.

Wenn er nicht tot war.

Wenn er nicht verwundet oder gefangen war oder vom Krieg oder von den Flüchtlingsströmen aufgehalten wurde.

Wenn er vor allem beschloss, sein Versprechen zu halten.

Non'iama ärgerte sich mehrfach beinahe, dass Miu sich entschieden hatte, sie zu retten. Die Beine taten ihr weh, weil sie auf dem Boden im düsteren Halbdunkel sitzen musste, der Hunger zerfraß ihr den Magen, der Stein lastete auf ihrer Brust, und der Durst dörrte ihr die Kehle aus. Ohne Mius Eingreifen wäre sie dagegen schon tot gewesen und hätte nicht lange leiden müssen – nur einige Augenblicke, lange genug, um zu schreien, bevor ihr Herz zu schlagen aufhörte. Und Miu hatte sie aus reiner Güte, indem sie sie vor diesem Schicksal bewahrt hatte, in einen weitaus schlimmeren Albtraum gestoßen. Non'iama lebte und war doch schon begraben – aber selbst ein Grab wäre noch friedlicher gewesen, denn in einem Grab hätte es nicht vier wilde Augenpaare gegeben, die stets auf sie gerichtet waren und auf den kleinsten Fehler warteten …

Abgesehen von ihr gab es also noch fünf Sklaven, die im Dunkeln und umgeben von modrigem Geruch in einem Keller, der nicht einmal genug Platz für zehn Fässer bot, warteten und den Schritten und dem Wimmern über ihnen lauschten.

Zunächst einmal war da Miu. Alles war so schnell gegangen, dass Non'iama kaum Zeit gehabt hatte, sie sich anzusehen. Die Dunkelheit verhüllte nun ihr rotblondes Haar, aber ihre kräftige Gestalt war noch zu erkennen. Ihre Stimme verriet, dass sie nicht mehr ganz jung war, vielleicht etwa vierzig Jahre alt.

Dann war da Afa, die junge Frau. Einige düstere Anspielungen in den kurzen Gesprächen erlaubten Non'iama den Schluss, dass Manros Afa sicher schon mehrmals auf ihrem Strohsack vergewaltigt hatte und dass diese Untaten in der jungen Sklavin dumpfen Hass erzeugt hatten, ebenso wie die bittere Überzeugung, dass der Wirt nicht zurückkommen würde: Er würde sie krepieren lassen, in diesem Loch, in das noch nicht einmal Ratten eindringen konnten!

Dann gab es Berus-Alm, den Mann, der die Falltür wieder geschlossen hatte. Er war hochgewachsen und kräftig und sprach nur in kurzen, knappen Sätzen. Non'iama spürte oft, wie sein Blick mit einem seltsam verbitterten Funkeln auf ihr ruhte.

Die beiden anderen Männer waren Brüder. Der ältere war hager und wirkte alt; die anderen nannten ihn Bû, »den Alten«. Manchmal wurde er von unerklärlichen Schauern und Zuckungen geschüttelt. Er fuhr immer zusammen, wenn die Flüchtlinge über ihnen Lärm machten, wenn jemand einen Beutel oder eine Waffe fallen ließ, wenn ein Kind weinte oder eine Prügelei ausbrach. Dann stand er auf, reckte die Faust zur Decke und stieß eine Flut von Verwünschungen hervor, die dank seiner fast unhörbaren Flüsterstimme nur umso obszöner klangen.

Der jüngere Bruder hieß Sî; auch er zitterte und zuckte, als ob ihre Mutter den beiden diese Eigenschaft schon bei ihrer Geburt mitgegeben hätte. Er war größer als Bû und hatte breitere Schultern.

Er war derjenige, der vorschlug, Non'iama aufzuessen.

Er tat es mit gleichgültiger Stimme, ohne jeden Funken Humor oder Spott, am zweiten Morgen. Die sechs Gefangenen wussten, dass es Morgen war, denn einige unendliche Stunden lang war die Stille über ihren Köpfen nur selten durchbrochen worden: dann und wann von Schritten, vom Verrutschen eines Gepäckstücks oder vom keuchenden Wimmern eines ausgehungerten Kindes. Non'iama stellte sich vor, wie die Familien dort oben auf ausgebreiteten Säcken schliefen, wie die Männer mit vor Müdigkeit geröteten Augen an der Wand saßen, um jedem Feind entgegentreten zu können, der kam, um sie zu töten oder ihnen ihre armselige Habe zu rauben.

Non'iamas Großmutter hatte, als sie – mit einem Fuß an den Mittelpfeiler der Küche in Sarsan gekettet – noch gelebt hatte, ihre Enkelin stets gescholten, wenn sie den Fehler gemacht hatte, ihr von den Bildern zu erzählen, die sie vor sich sah, sobald sie die Augen schloss. Es hatte schon immer viele solche Bilder gegeben. Wenn Non'iama geträumt hatte, sobald sie mit dem Abwasch fertig war, hatte sie sich die Bälle ausgemalt, die manchmal im dritten Stock des gegenüberliegenden Gebäudes hinter hell erleuchteten Fenstern stattfanden; sie hatte sich vorgestellt, wie der Hausherr und seine Söhne zu Pferde in der goldenen Nachmittagssonne an den Marktständen von Sarsan vorbeiritten. Als sie sich ausgemalt hatte, wie ihre Herrin geweint haben musste, als sie in ihrem Schlafzimmer dort oben ein zweites totgeborenes Kind zur Welt gebracht hatte, hatte sie mitgelitten.

»Hör mit diesem Unfug auf, Non'iama«, hatte ihre Großmutter gesagt. »Du hast selbst genug Schwierigkeiten. Verschwende keine Zeit damit, dich um die der anderen zu kümmern.«

Sie hatte recht gehabt und hatte immer noch recht. Non'iama hatte genug Schwierigkeiten.

»Wir sollten sie essen«, sagte Sî, als die Geräusche über ihnen zeigten, dass die Flüchtlinge erwachten. Obwohl er keinen Namen genannt hatte, wussten alle, wen er meinte. »Wenn wir ihr auf dem Steinboden das Genick brechen, wird sie lautlos sterben. Rohes Fleisch ist zwar nicht schön, aber es wird uns zumindest ermöglichen, vier oder fünf Tage länger zu überleben, die Zeit, die Manros vielleicht braucht, um zurückzukommen.«

Einen Moment lang herrschte Schweigen im Keller. Die vier funkelnden Augenpaare musterten Non'iama, ohne zu blinzeln. Sie spürte, wie Miu sich neben ihr anspannte, dann aber ihre Wut herunterschluckte und sich sicher Argumente überlegte, die wirkungsvoller als Zorn sein würden.

»Wir haben noch Brot«, sagte Berus-Alm. »Wenn keines mehr da ist, können wir weitersehen.«

Die Sklaven hatten die letzten Vorräte der Herberge mit durch die Falltür genommen: etwas Brot für jeden und Wasser. Miu hatte ihren Anteil wie versprochen mit Non'iama geteilt.

»Du räumst ihr nur eine Gnadenfrist ein, weil sie dich an deine Tochter erinnert«, sagte Afa mit einem Unterton spöttischer Bosheit. »Aber deine Tochter ist tot, Berus, und wir werden alle krepieren, wenn wir keine Vorkehrungen treffen.«

»Nicht, bevor das Brot aufgebraucht ist«, wiederholte Berus. »Das ist mein letztes Wort.«

Endlich sprach Miu in ausdruckslosem, kaltem Ton. »Wenn ihr dieses Mädchen anrührt«, erklärte sie völlig ruhig, als ob sie nur ein Pastetenrezept erläuterte, »dann schreie ich. Ganz lange, ohne aufzuhören. Wenn ich schreie, werden sie es da oben hören. Sie werden die Falltür suchen und finden.«

Ihre Aussage rief neuerliches Schweigen hervor. Die vier Augenpaare funkelten noch immer; ihre Besitzer dachten nach. Erwogen den neuen Stand der Dinge. Fragten sich sicher, ob es nicht das Beste sein würde, auch Miu zu töten. Wenn das denn möglich war, ohne dass Non'iama ihrerseits zu schreien begann und so die Flüchtlinge aufmerksam machte.

»*Die Unfreiheit ist nicht in den Ketten begründet*«,
sagte plötzlich eine Stimme.
»*Sondern im Herzen.*
Die Angst ist es, die lastet.
Reißt in meiner Seele den Himmel auf,
Blau und kalt, über dem Ozean,
Ich flehe euch an,
Tragt meine Augen
Über den Ozean,
Denn in mir singt der Lockruf des Eises …«

Sie zuckten alle zusammen und starrten verblüfft Bû an. Er hatte den Blick zu Boden gesenkt und die Worte langsam gesprochen, als sage er ein Gedicht auf. Den Text kannten sie alle – es war die letzte Strophe eines der alten Sklavenlieder, die irgendwie von Generation zu Generation weitergegeben wurden, eines der Lieder, die hagere Frauen ihren zu blassen Wickelkindern vorsangen, ohne den Sinn so recht zu verstehen.

Einen Moment lang hörten die Augen auf, Non'iama feurig zu verschlingen. Afa wandte den Blick ab, und Berus-Alm seufzte leise, fast unhörbar. Sî musterte seinen Bruder mit aufgerissenem Mund völlig erstaunt, als ob er sich fragte, ob Bû besessen sei. Miu senkte den Kopf.

Dann ging der Augenblick vorüber.

Und auch ein weiterer Tag. Dort oben waren die Flüchtlinge wach, das Holz knarrte gequält, und die Stunden vergingen; ihre Eintönigkeit wurde nur durchbrochen, wenn Stimmen aufschrien, leise Gespräche stattfanden,

Schritte erklangen oder jemand weinte. Sicher gingen die Männer ins Freie, um die Lage auszukundschaften oder verzweifelt Nahrung oder Wasser zu suchen. »Sie kommen!«, sagte irgendjemand, und die Menge geriet in Aufregung. Wer? Die fünf Sklaven diskutierten im Dunkeln rasch darüber und wurden sich am Ende einig, dass es die Sarsen sein mussten – oder Banditen.

Es sei denn, alles war nur ein Gerücht, eine grundlose Panik … Was, wenn es keine Eindringlinge gab?

Waren noch Lebensmittel in der Stadt, oder würden alle verhungern – alle Einwohner, ob sie nun oben oder unten waren, an der frischen Luft oder im Wirtshaus, in der Küche oder im Keller?

Und die Stunden schleppten sich weiter dahin; über ihnen wurde die Stille gelegentlich vom heiseren, heftigen Husten eines Kindes unterbrochen. Non'iama kam zu dem Schluss, dass es sich um einen kleinen Jungen handelte.

Sie begann, jegliches Zeitgefühl zu verlieren. Oder vielleicht auch den Verstand. Die Dunkelheit und der Stein drangen ihr unter die Haut, ertränkten ihre Gedanken, ihre Energie. Manchmal konnte sie sich kaum noch daran erinnern, wer sie war oder warum sie hier war.

Aufs Neue wurde der Lärm oben schwächer, wie ablaufendes Wasser. Im Keller rührten sich alle kaum, und diese Reglosigkeit war krank, unwirklich. Manchmal schloss jemand die Augen, und es gab nur noch drei oder zwei Wölfe, die Non'iama anstarrten. Dann ertrank sie in einem grauen Ozean, schlief unruhig inmitten der Meute, zwischen Tieren mit nachtschwarzem Fell, die leise knurrten, sie auf einer Lichtung in immer enger werdenden Runden umkreisten, während sie unter einer großen Eiche schlummerte und in der Ferne der Ozean rauschte und seine dunklen Wellen gegen die Schatten anbrandeten. Der Wind hinterließ auf ihrem schlafenden Gesicht einen Film aus Salz und Wasser; sie schlief weiter, die Tiere kamen näher, und ein Felsbrocken war ihr auf die Brust gestürzt, aber zumindest hatte sie den Geschmack salzigen Wassers auf den Lippen und hörte im Herzen den Lockruf des Eises …

Als sie aufwachte, konnte sie nicht mehr atmen. Die Angst und der Berg lasteten auf ihrer Lunge, und ihre Kehle war zugeschnürt, als läge ein Eisenring um ihren Hals.

Sie fühlte, wie sie von Krämpfen geschüttelt wurde; wieder hatte sie das Bedürfnis, sich zu übergeben, und hustete. Als sie den Hustenanfall endlich zu beherrschen vermochte, sah sie, dass die Wölfe wach geworden waren, allesamt, und sie anstarrten.

»Seht ihr? Sie ist krank«, sagte Afa mit einem Anflug von Freude in der Stimme.

»Wenn du sie anrührst, schreie ich«, wiederholte Miu und verlor dann die Fassung. »Lasst sie gefälligst in Frieden«, rief sie. »Im Namen Fîrs, was seid ihr? Menschen oder Hunde?«

»Wenn sie krank ist«, schnurrte Afa seltsam genüsslich, »wird sie leiden, einen langen Todeskampf durchmachen. Das könnten wir ihr ersparen. Denk doch nach, Miu. Hast du etwa noch viel Brot?«

»Ihr versteht nicht«, sagte Miu heftig, und irgendetwas an ihrem Ton erregte die Aufmerksamkeit der anderen. »Begreift ihr denn nicht, dass sie wichtiger ist als wir alle?«

Sie starrten Miu erstaunt an, und sie fuhr mit zitternder Stimme fort: »Fragt ihr euch denn nicht manchmal, *warum*? Warum der Himmel gebrannt hat und der Stern explodiert ist?«

»Wir sind jetzt frei«, sagte Sî mit gerunzelter Stirn.

Berus begann hysterisch zu lachen. »Frei? Frei? Das nennst du frei?«, fragte er und wies auf den Keller. »Nichts hat sich geändert. Wenn du glaubst …«

»Nein, nichts hat sich geändert«, zischte Miu erregt, und alle schwiegen. »Nichts hat sich für *euch* geändert, weil ihr die Ketten nicht an den Füßen, sondern in der Seele tragt. Seht euch doch an! Ihr seid drauf und dran, ein Kind aufzufressen, weil Panik und Angst euch das Herz umdrehen … Ja, nichts hat sich geändert, ihr seid immer noch Sklaven! Die Unfreiheit ist im Herzen begründet, nicht in den Ketten!«

Berus schrie auf und überraschte damit alle. »Nicht in den Ketten? Nicht in den Ketten? Behalt deine wirren Predigten für dich, Miu! Du …«

»Ihr seid doch verrückt! Hört auf zu schreien!«, sagte Sî und sprang seinerseits auf.

»Ihr seid noch in Ketten, weil ihr in Fesseln aufgewachsen seid«, rief Miu, die mittlerweile fast genauso laut wie Berus schrie. »Mit uns ist es vorbei, *vorbei*, aber mit ihr« – sie deutete auf Non'iama – »ist es anders. Sie und alle Kinder wie sie können unter einem freien Himmel aufwachsen … Versteht ihr? Sie muss überleben, weil …«

»Ich bin ja dafür, dass wir sie sofort aufessen«, sagte Afa und rückte mit funkelndem Blick näher an Non'iama heran.

Sie stieß Miu beiseite, und Miu wankte; die anderen sahen ihr Zögern. Dank einer einzigen Bewegung hatten sich die Machtverhältnisse verändert. Bis dahin war es Miu gelungen, das Rudel in Schach zu halten, aber die andere Wölfin, das junge Weibchen, hatte gerade seine Kraft unter Beweis gestellt und würde die anderen mitreißen.

»Ayesha beschützt mich!«, schrie Non'iama mit klarer Stimme. »Rührt mich nicht an. *Ayesha beschützt mich!*«

»Nicht so laut!«, rief Sî; er schrie nun selbst beinahe. »Seid ihr denn alle verrückt geworden?«

»Ayesha beschützt mich«, wiederholte Non'iama stur und starrte die Kellerbewohner einen nach dem anderen an. »Ich habe sie gesehen. Ich war da, ich war an ihrer Seite, als sie den Arm gehoben hat. Ich habe den blauen Blitz gesehen, als die Rune der Knechtschaft verschwunden ist.«

»Das haben wir alle gesehen«, sagte Berus.

»Aber ich habe *sie* gesehen«, beharrte Non'iama. »Ich bin wochenlang an ihrer Seite gewesen. Sie kennt meinen Namen und hat mich angelächelt.«

»Sie lügt«, sagte Afa mit gerunzelter Stirn. »Warum bist du jetzt nicht an der Seite der Göttin, wenn du ihre Jüngerin bist?«

»Ich bin nicht ihre Jüngerin«, flüsterte Non'iama. »Ich gehöre ihrem … ihrem Gemahl, Herrn es Morales …«

»Du gehörst niemandem«, begann Miu.

Afa unterbrach sie. »Ayesha soll einen menschlichen Gemahl haben? Einen *Mann*? Unsinn!«, zischte sie; ihr Flüstern klang beinahe hysterisch. »Ayesha würde nie … das Fleisch eines Mannes berühren, nie das Fleisch des …« Sie krümmte sich, als sei ihr jetzt ebenfalls schlecht, bevor sie Non'iama wieder anstarrte. »Wir müssen sie töten … sie töten!«, zischte sie. »Sie lügt … sie lügt …«

Und plötzlich stürzte sie sich mit ausgestreckten Armen auf Non'iama, um sie an der Kehle zu packen. Non'iama keuchte erstaunt und wich mit einem Aufschrei zurück, um zu verhindern, dass Afas Finger sich um ihren Hals schlossen. Afa riss sie zu Boden, und Non'iama wehrte sich, kämpfte gegen diese Frau, die im Dunkeln noch bedrohlicher wirkte als eine Kreatur der Abgründe, und fragte sich einen Augenblick, ob wohl das Metall und das Gewicht der Ketten dafür sorgten, dass Menschen sich in Geschöpfe des Gottes verwandelten, dessen Namen man nicht nannte …

Dann wurde Afa von Berus und Miu zurückgerissen und wehrte sich ihrerseits, um ihnen zu entkommen.

»RUHE!«, brüllte Sî plötzlich mit erhobenem Kopf. Afa drehte sich mit hasserfüllt gebleckten Zähnen zu ihm um, und er versetzte ihr mit voller Wucht einen Schlag ins Gesicht. Die junge Frau erstarrte und stand einen Moment lang überrumpelt da, während der Sklave auf die Falltür deutete. »Sei still.«

Dort oben über ihren Köpfen zitterte das Holz. Die sechs Gefangenen erstarrten, während das Fußgetrappel ohrenbetäubend wurde, Zornesschreie ertönten und immer weitere Erschütterungen auf die Falltür einbrandeten. Bû warf sich verzweifelt wie ein Tier im Käfig gegen die Kellertür, diese verschlossene Tür, die sie hier zusammen in ihrem kleinen, privaten Abgrund gefangen hielt, und versuchte, sie mit kräftigen Schulterstößen einzudrücken. Er wimmerte leise, als flehe er die Götter oder den Felsen selbst um Hilfe an.

»Ruhe!«, wiederholte Sî, packte seinen Bruder am Arm und warf ihn zu Boden. »Sie haben uns noch nicht gefunden! Sie …«

Er brach ab, deutete nach oben, und sie verstanden alle.

Dort oben hatte sich die Falltür nicht geöffnet; die Wutschreie waren zu Schmerzenslauten geworden, in die sich hysterisches Weinen und angstvolles Wimmern mischten, während knappe Befehle ertönten, Männerstimmen und die Schritte schwerer Stiefel. Das Geschrei wurde zu einer blutigen Symphonie, und Non'iama glaubte in all dem Chaos und Schmerz noch die brüchige Stimme des kleinen Jungen zu hören, der irgendetwas schrie, vielleicht den Namen seiner Mutter … Dann brach sein Schrei abrupt ab, und Non'iama ließ sich an die Wand sinken und hielt sich die Ohren zu, um nichts mehr zu hören.

Als sie später – sehr viel später – die Hände wieder von den Ohren nahm, war oben wieder Ruhe eingekehrt. Aber der Wirtschaftstrakt war nicht leer. Dort waren noch immer Schritte, die Schritte der Männer in schweren Stiefeln und ihr Gelächter, das die Stille durchbrach.

»Was sollen wir nur tun?«, fragte Miu leise; sie war den Tränen nah. »Was …?«

Die Hintertür öffnete sich, und Manros erschien.

Das Licht seiner Fackel erhellte den Keller und tat nach all den Tagen im Dunkeln in den Augen weh. Als ihre Pupillen sich an die Helligkeit gewöhnt hatten, sah Non'iama einen dunkelhäutigen Mann mit funkelnden schwarzen Augen und einem kurzen Bart, der sich durch die Tür beugte.

»Da bin ich«, sagte er. »Los, schnell. Ich bin nicht über die Grenze gekommen … Sie lassen niemanden passieren.«

Die sechs Kellerinsassen standen wie erstarrt da und sahen ihn an.

»Los, kommt raus«, fuhr Manros keuchend fort.

»Schnell … Es sind Sarsen überall in der Stadt, sie richten ein wahres Blutbad an. Schnell, solange die Tunnel noch frei sind! Kommt … wacht auf!«

Aber die Sklaven rührten sich noch immer nicht. Non'iama begriff, warum. Die Veränderung war so plötzlich eingetreten, Manros' Erscheinen so unerwartet gewesen, dass sie noch nicht recht daran glauben konnten.

Manros machte eine Bewegung mit seiner Fackel, und Non'iama bemerkte, wie abgehärmt sein Gesicht war. Er hatte eine frische Wunde an der Wange. »Ich habe nichts besorgen können«, sagte er kopfschüttelnd. »Keine Waffen, keinen Walnusssaft, nichts … Ich hätte mich allein nach Osten durchschlagen können, wenn ich all mein Geld dafür bezahlt hätte, aber ich habe mich entschlossen zurückzukommen. Ich konnte … ich konnte euch hier nicht einfach im Stich lassen.«

»Kein Essen?«, fragte Afa mit durchdringender Stimme.

Der scharfe Beiklang ihres Tons schien die anderen aus ihrer Erstarrung zu lösen, und sie zuckten zusammen, bevor sie langsam zur Tür hinübergingen.

»Nein«, sagte Manros. »Kein Essen. Es kommt nichts mehr von jenseits der Berge und …«

»Kein Essen!«, wiederholte Afa und stürzte sich plötzlich mit einem schrillen Schrei auf Manros. Sie warf ihn in den Staub der Höhle, die hinter dem Keller lag, und die anderen sahen, wie sie mit der rechten Hand seinen Gürtel abtastete, seinen Dolch fand, ihn über die Kehle ihres ehemaligen Herrn hielt und zustieß, ein Mal, zwei Mal, drei Mal …

»Afa!«, schrie Sî, lief aus dem Keller und versuchte sie aufzuhalten, aber das Blut war bereits über die Steine geströmt. Bû eilte seinem Bruder zu Hilfe, Berus ebenfalls, aber als sie ankamen, stand Afa schon wieder auf, den blutigen Dolch in der Hand.

Non'iama verfolgte das Schauspiel einen Moment lang wie erstarrt; dann spürte sie, wie Miu ihre Hand ergriff und sie vorwärtszog, in die Höhlen und Tunnel, in das Labyrinth, das sich unter den Bergen verlor.

»Komm«, sagte Miu, bevor sie zu laufen begann und Non'iama mit in den nächstbesten Felsengang zerrte. Als Non'iama einen Blick zurückwarf, sah sie als Letztes Afa, die mit glänzender Klinge und Wahnsinn in den Augen hasserfüllt auf Berus eindrang.

Non'iama sah sie nie wieder – weder Afa noch Berus noch die anderen. Miu ihrerseits überlebte die drei Tage nicht, die sie in den Tunneln verbrachten, bevor sie endlich einen Schacht entdeckten, der an die Oberfläche führte. Sie starb nicht an einer Verletzung und verhungerte auch nicht, sondern erlag einer alten Krankheit, die ihr seit Jahren die Brust zerfraß, wie sie Non'iama erklärte, als sie am Ende neben einem Felsbrocken zusammenbrach, hinter dem der Gang nur einige Meter entfernt an die frische Luft führte. Sie drückte Non'iamas Hand und lehnte es ab, aus dem Weinschlauch zu trinken, den sie zusammen mit einigem Proviant in einem Sack gefunden hatten, der neben einem Leichnam tief im Berg gelegen hatte.

»Behalt den Wein«, sagte sie hustend. »Und mach dir keine Gedanken um mich. Ich hätte ohnehin nicht damit gerechnet, noch so lange durchzuhalten. Ich dachte, ich würde gar nicht aus dem Keller herauskommen.«

Non'iama wachte trotz allem noch eine Nacht bei ihr, zwang sie zu essen und zu trinken.

»Eines darfst du niemals vergessen«, sagte Miu bei

Sonnenaufgang. »Es ist unwichtig, ob dieser Mann … Arekh … bei der Felsnadel ist, wenn du dort ankommst. Du kannst dich auch allein durchschlagen. Es liegt nicht … nicht an den Ketten …« Sie hustete erneut. »Da sitzt sie«, fuhr sie fort und berührte Non'iamas Stirn. »Die Freiheit. Da. Wie in dem Lied.« Sie lächelte. »Weißt du, man erzählt sich, dass das Türkisvolk von jenseits des Ozeans kommt. Dass dort, im Nordosten, im Eis, das Land liegt, aus dem wir stammen. Dass es uns ruft … Hörst du es?«

Sie starb noch am Morgen. Non'iama nahm den Sack mit den Vorräten und brach auf. Sie verließ die Tunnel, richtete sich nach dem Sonnenstand und fand nach einem Tag des Umherirrens endlich die Oststraße und die Felsnadel, von der Arekh gesprochen hatte.

Arekh war nicht da.

Non'iama wartete zwei Tage auf ihn, aß langsam den Proviant auf und versteckte sich, wann immer sie Pferde oder Soldaten hörte.

Arekh kam noch immer nicht.

Als schließlich ein neuer Morgen dämmerte, warf sie sich den Sack wieder über die Schulter und brach nach Nordosten auf.

KAPITEL 2

Der Morgen dämmerte. Im goldenen Licht stieg ein Geruch nach feuchter Erde und Rinde vom Boden auf. Marikani schritt mit beklommenem Herzen zwischen den Zelten hindurch, schätzte die Anzahl der Schlafenden, zählte die Körper, die noch schlummernd um die erloschenen Feuerstellen lagen. Und dies war nur das erste Lager. Es gab noch ein zweites, weiter unten, jenseits der Barriere, die die Felsen bildeten. Dort waren weitere zwei- oder dreihundert Leute. Hier, im Hauptlager, befanden sich mindestens fünfhundert Männer, Frauen und Kinder.

Alle waren sie *Ayhâssi*. Das Wort bedeutete »die Wilden«. Die blauen Kinder des Chaos. Kurz und gut: aufständische Sklaven. Der Begriff war neu, er war erst am Tag nach dem Großen Opfer entstanden. Ein Priester hatte ihn irgendwo geprägt, und die Bezeichnung hatte sich verbreitet.

Mindestens achthundert Ayhâssi.

Und jeden Tag stießen weitere zu ihnen.

Die zwei Lager waren östlich der Gipfel an der Bergflanke aufgeschlagen worden. Sie lagen, wie Marikani nicht ohne Ironie dachte, auf der »richtigen« Seite, in dem Teil der Königreiche, der noch vor der Welle aus Chaos und Tod geschützt war, die den Westen in ein einziges Massengrab verwandelt hatte. Weiter östlich lagen vertraute Landstriche: das Emirat, die Fürstentümer von Reynes, die Freien Städte und unten im Süden Harabec. Ihr Land, in dem sie jeden Hügel und jedes Feld kannte.

Es war seltsam zu wissen, dass die Völker hier noch in relativer Sicherheit lebten, dass Familien hier noch ein Dach über dem Kopf hatten. Natürlich verbreiteten die Gerüchte über den Krieg bereits Furcht und Schrecken, zahlreiche Handelsrouten waren unterbrochen worden, und eine Krise drohte; natürlich gingen Armeen in Stellung, und die Könige und Ratsversammlungen gerieten angesichts des Gedankens in Panik, welche Bedrohung da im Westen wuchs. Aber noch war es nur eine Bedrohung, nicht Wirklichkeit. Vielleicht würde der Krieg die Berge nicht überschreiten. Vielleicht würden die »Kreaturen der Abgründe« und ihre Armeen sich mit der Hälfte der zivilisierten Welt begnügen und die anderen Länder in Frieden lassen.

Marikani bezweifelte das. Sie hob den Blick und sah nach Osten. Sie konnte nichts erkennen, nur den Wald, aber es war nicht schwer, sich jenseits der Blätter Männer vorzustellen, die sie gut kannte – Harrakin, die Ratsherren von Reynes, den Emir –, wie sie mit ihren Armeeführern sprachen, Karten, Reisewege und Verteidigungsstellungen studierten.

Auch sie zweifelten gewiss daran, dass der Krieg die Berge nicht überschreiten würde.

Einen Moment lang *sah* sie so deutlich, als befände sie sich dort, das Herbstschreibzimmer im Palast von Harabec. Die Holzschnitzereien, den Hof mit seinem Kies und seinen eleganten Säulengängen, den man durch die Glastüren sah, den langen Holztisch, an dem sie oft bis spät in die Nacht gesessen hatte, um mit Banh, ihrem Berater, über Handelsverträge und den Schutz der Straßen zu sprechen. Harrakin, ihr Mann – ihr Mann? Ja, ihr Mann, sie waren jung verheiratet, die Zeremonie hatte erst vor zehn Monaten stattgefunden, obwohl diese zehn Monate so schwer wie eine Ewigkeit zu wiegen schienen – Harrakin also saß in diesem Moment sicher mit gerunzelter Stirn im Schreibzimmer und las die Berichte seiner Spione, sandte Nachrichten nach Reynes und schloss Bündnisse.

Harrakin war alles andere als ein Dummkopf. Er begriff sicher die Gefahr und wusste, dass im Vergleich zu den Kräften, die heute wirkten, Harabec, seine winzige Armee, seine Geschichte und seine Götter nebensächlich waren. Er wusste, dass vielleicht – *vielleicht*, wenn er falsche Entscheidungen traf – das Land, über das seine Vorfahren seit mehr als fünftausend Jahren geherrscht hatten, vom Sturm hinweggefegt werden würde, um bald nur noch ein Name in verkohlten Urkunden zu sein.

Marikanis Herz zog sich plötzlich bei dem Gedanken an ihren Ehemann im Herbstschreibzimmer schmerzlich zusammen, und sie glaubte, den Geruch des Firnisses auf dem Holz der Wände riechen zu können, auch das alte Leder der Stühle und die Duftkerzen, die nach *Niis* rochen; der Palast kaufte sie jedes Frühjahr zu Tausenden. Schmerzlich durchzuckte sie die Erinnerung an sternklare Nächte in Harabec, in denen die Höflinge lächelnd auf Marmor tanzten; sie glaubte, ihre melodischen, kultivierten Stimmen zu hören, die über Politik, Poesie, Liebschaften und Intrigen sprachen, all das mit dieser geheuchelten Lässigkeit, die den Adligen des Südens von Geburt an zu eigen zu sein schien ... Nostalgische Sehnsucht traf sie wie ein Axthieb.

»Sie haben Hunger«, sagte eine Stimme hinter ihr.

Es war Halian, ihr Adjutant. Er deutete auf ein Zelt. Die raue Plane hing in den Schlamm, und das hastig zusammengetragene Reisig schützte es kaum vor der Feuchtigkeit des Bodens. Nahe beim Zelteingang hockte ein junges Mädchen von vierzehn oder fünfzehn Jahren, an das sich ein kleiner Bruder schmiegte; beide waren sehr blass. Hinter ihnen war schemenhaft eine Frau zu erkennen, die ihr Kind stillte.

Das Lager erwachte zum Leben; das Licht war nun tiefgolden, aber die Farbe war trügerisch. Die Luft war eisig. Feuer wurden entzündet und beleuchteten hellhäutige Gestalten. *So blass*, dachte Marikani und zitterte für sie – sie selbst fror nicht. Ein schwerer Pelzmantel lag schützend um ihre Schultern.

Rings um sie waren die Männer in der Überzahl, vor allem junge zwischen zwanzig und dreißig Jahren. Sie waren diejenigen, die am besten zu überleben verstanden, und sie waren auch als Erste zu ihr gestoßen, nachdem sie von Arekh und Non'iama getrennt worden war. In dem Chaos, das auf die Zerstörung der Rune der Knechtschaft gefolgt war, war Marikani mit den befreiten Sklaven von Nôm zwischen die Felsen geflüchtet. Je weiter sie nach Osten in den Schutz der Berge vorgedrungen waren, desto größer war die Gruppe geworden; immer mehr Flüchtlinge vom Türkisvolk, die vor dem Wahn der Freien, die sich von ihren Göttern verraten glaubten, geflohen waren, waren zu ihnen gestoßen. Zunächst waren sie nur achtzig gewesen, da es in Nôm viele Tote gegeben hatte, aber bald hundert, dann zweihundert, und das Gerücht hatte sich immer weiter verbreitet, die Nachricht von der Göttin Ayesha, die ihr Volk zu einem langen Marsch zusammenrief, der es in gesegnete Landstriche führen sollte. Wie Bäche, die einem Fluss zuströmten, waren immer mehr Leute erschienen und hatten ihre Flucht zu einer Völkerwanderung werden lassen …

Männer, ja, aber nicht nur Männer: Auch Frauen und Kinder waren dabei, so blass, so zerbrechlich. Verwundete, Krüppel, verstörte kleine Jungen, die mit angesehen hatten, wie ihre Eltern ermordet worden waren, Kolosse mit leerem Blick, die fünfundzwanzig Jahre ihres Lebens an eine Mühle gekettet verbracht hatten und nicht einmal mehr sprechen konnten. All diese Blicke, all diese Körper, die so verhärmt, schmutzig und schmerzbeladen waren, all die brüchigen Stimmen, all die Leute, die ihre Hoffnung auf sie setzten …

»Sie haben Hunger, Ayesha«, wiederholte Halian.

»Ich heiße nicht Ayesha«, antwortete Marikani knapp. »Mein Name ist Marikani.«

Halian nickte, ohne zu antworten, und starrte sie nur weiter an. Marikani seufzte. Es hatte keinen Zweck. Halian war vor vier Wochen zu ihr gestoßen, an der Spitze eines kleinen Trupps von fünfzehn Männern, allesamt blond und hellhäutig mit blauen Augen, bei bester Gesundheit und gut bewaffnet. Nach eigenen Angaben hatten sie zur Leibwache eines Adligen gehört und am Tag des Großen Opfers fliehen können, nachdem sie »im Herrenhaus ein bisschen Kleinkram hatten mitgehen lassen«, wie sie es ausgedrückt hatten. In der Tat trug Halian ein seidenes Wams, auf dem das Wappen eines sarsischen Adligen prangte, und ein schönes Schwert, dessen Griff mit Bernstein verziert war. Marikani hatte sie nicht gefragt, was sie mit dem Adligen, seiner Frau und seinen freien Dienern angestellt hatten oder wie sie überlebt hatten, bevor sie zu ihr gestoßen waren. Sie hatten Brot, Bierschläuche, kostbare Kleinodien und Frauenschmuck im Gepäck gehabt. Und anders als die Übrigen waren sie bei ihrer Ankunft nicht hungrig gewesen.

Mittlerweile waren sie es.

Und dennoch hatte Halian sie trotz allen Leids und allen Hungers nie anders genannt als »Ayesha«, und manchmal hatte er einen Blick, den Marikani hasste: diesen Blick völliger Unterwerfung und Anbetung. Ihr wurde ganz schlecht davon.

»Ja. Ja, sie haben Hunger«, sagte sie und erschauerte. »Ich weiß.« Mattigkeit überkam sie, und sie drehte sich mit Tränen in den Augen zu ihm um. »Was soll ich denn tun?«, flüsterte sie am Rande der Hysterie. »Ich bin in Diplomatie und Politik ausgebildet worden. Ich bin keine Kriegsherrin! Ich bin noch nicht einmal ein Soldat … All diese Leute!«, murmelte sie. »Wie soll ich sie Eurer Meinung nach ernähren?«

»Ihr seid Ayesha«, sagte Halian.

Marikani sah ihn an und war nahe daran, ihn zu schlagen; dann brach sie in nervöses Gelächter aus. Immer noch lachend ließ sie sich zu Boden fallen und blieb auf einem Sack sitzen; ein Kind neben ihr warf sich mit einem erstaunten Ausruf beiseite. Es starrte sie mit großen Augen an.

»Richtig, ich bin Ayesha. Und Ayesha wird Nahrung für achthundert Menschen auftreiben. Das tut sie jeden Morgen, noch in der Dämmerung, bevor sie heiße Schokolade trinkt …«

Halian nickte, ohne ihren Sarkasmus zu verstehen. »Ja. Ayesha wirkt Wunder«, sagte er mit zitternder Stimme.

Marikani musste an sich halten, um ihn nicht zu erwürgen. Ihr Lachen erstarb; sie senkte den Kopf und starrte den Boden an.

Dann nahm sie einen Stock und zog eine Linie in die Erde. »Wir sind irgendwo westlich des Nasseri«, sagte sie zögernd und kramte in ihren Erinnerungen – Erinnerungen an Grenzen und an Landkarten, die auf dem Tisch im Kriegssaal ausgebreitet lagen. »Im Süden muss der Lô fließen.«

Halian nickte. »Ein großer Fluss, eisig, mit schlammigem Wasser. Vor zwei Tagen hat Menala ihn auf dem Rückweg von der Jagd gesehen. Drei Meilen von hier.«

»Wenn wir also über den Grauen Pass gekommen sind«, fuhr Marikani langsam fort und zog weitere Linien in die Erde, »dann sind wir sicher ungefähr hier, etwa zehn Meilen von der Südstraße und der Grenze des Emirats entfernt.«

»In der Nähe der Tränenstadt«, sagte Halian, der vor drei Jahren seinen Herrn auf einer großen Reise begleitet hatte. »Die Stadt Sanaos liegt fünf Meilen nördlich von hier. Wie könnte es anders sein?«

Marikani fuhr sich mit der Hand über die Stirn. Ein Migräneanfall machte sich bemerkbar.

Achthundert Personen zu ernähren … Die Linien auf dem Boden schienen zu verschwimmen, und sie zwang sich, Fassung zu bewahren. »Es könnte anders sein«, sagte sie zögernd. »Es könnte nämlich sein, dass wir nicht den richtigen Pass genommen haben. Der Pflanzenwuchs kam mir spärlich vor. Wenn ich mich nicht getäuscht habe, dann habe ich euch über den Vihiri-Pass geführt …«

Sie zeichnete mit dem Stock einen Pass weiter südlich ein. Halian beugte sich zu ihr hinunter, um besser sehen zu können. »Den Vihiri-Pass?«

»Und dann sind wir fern vom Emirat. Dann ist der Fluss im Süden auch nicht der Lô, sondern ein Arm des Joar. Es ist wichtig, herauszufinden, wo wir uns befinden, Halian. Der Sommer geht zu Ende, und die Lagerhäuser der Städte müssen voller Getreide sein.«

Halian nickte; er verstand, dachte nach, rechnete. Die Göttin sprach eine Sprache, die er verstand. Die Sprache von Kampf, Plünderung und Beute.

»Ich werde Laos und Menala als Kundschafter ausschicken. Menala ist dunkelhaarig genug, um als Freier durchzugehen, und Laos hat schon graue Haare. Sie werden sich unter die Flüchtlinge mischen, geradewegs ins nächste Dorf gehen und Erkundigungen einziehen. Sie können noch heute Abend wieder zurück sein, wenn sie sich beeilen«, fügte er hinzu, als er sah, wie Marikani einen Blick auf die mageren Gestalten warf, die sich ums Feuer drängten. »Ich würde gern selbst gehen, aber ich bin zu blond. Ich könnte keine zwei Schritte auf offener Straße machen, ohne in Stücke gerissen zu werden.«

»Wenn Laos und Menala gefangen genommen werden ...«

... dann dürfen sie selbst unter der Folter nichts verraten, hätte Marikani beinahe gesagt. Wenn die örtlichen Adligen erfuhren, dass Hunderte entflohener Sklaven sich hier im Wald versteckten, würden sie ihre Soldaten schicken, und es würde zu einem Massaker kommen. Und sie wollte sich gar nicht erst vorstellen, was geschehen würde, wenn die Nâlas des Emirs plötzlich im Wald auftauchten

und die Kinder in Stücke hackten, die sich nun blau vor Kälte im Schutz des Zeltes zusammenkauerten …

Doch sie brachte die Worte nicht über die Lippen. Halian verstand die Lage ohnehin. Das Risiko war ihm bewusst; er würde entsprechende Befehle geben. Nein, so etwas konnte sie nicht sagen – sie konnte nicht einfach von Menschen verlangen, sich foltern zu lassen, ohne mit der Wimper zu zucken.

Wer war sie denn, dass sie etwas Derartiges hätte befehlen können? Laosimba und die Seelenleser hatten sie gefoltert – kaum einige Stunden lang, nur oberflächlich, so dass sie davon bloß einige Narben an Armen, Schulter und Brust zurückbehalten hatte. Marikani hatte auch schon echte Folterungen miterlebt – die Henker von Harabec waren genauso begabt wie ihre Kollegen in Reynes –, und das, was sie erlitten hatte, hatte damit nichts zu tun gehabt. Die Seelenleser hatten sie bei guter Gesundheit halten wollen, um sie vor Gericht zu stellen, und hatten Wert darauf gelegt, dass sie bei Verstand blieb, um das ganze Ausmaß ihrer Blasphemie schildern zu können – und sicher auch, um von ihr so viele Informationen wie möglich über die Streitkräfte und Staatsgeheimnisse von Harabec zu erhalten.

Kurz gesagt, die Folterungen, die an ihr vorgenommen worden waren, waren nur symbolisch gewesen. Man hatte ihr wehgetan, ohne ihr ernsthaften Schaden zuzufügen, ohne sie verrückt zu machen – und außerdem waren die Seelenleser in Eile gewesen, sie hatten ganz andere Dinge als die Feinheiten religiöser Folter im Kopf gehabt, da die Meriniden auf die Mauern von Salmyra eingestürmt waren. Und doch reichte allein schon die Erinnerung an diese paar Stunden aus, Marikani in kalten

Schweiß ausbrechen zu lassen. War sie so schwach, dass schon die geringsten Widrigkeiten reichten, sie zu brechen? Vielleicht. Trotz ihrer Herkunft … Wann hatte sie denn schon körperlich gelitten? Nie. Das Aufwachsen in Samt und Seide war ein Zuckerschlecken gewesen, sie war umgeben von Ehrbezeugungen und liebevoll umsorgt groß geworden …

Dann war sie gefallen – und manchmal zweifelte sie daran, ob sie die Kraft haben würde, sich wieder aufzurichten. Ihr Körper schmerzte noch immer, wenn sie sich an das, was die Henker getan hatten, und an die Wanderung durch den brennenden Sand erinnerte. Nachts schreckte sie aus Albträumen hoch; sie fühlte sich schwach, ohnmächtig, unwürdig des Vertrauens derjenigen, die sich nur noch auf sie verließen.

In der Nacht des Großen Opfers hatte sie gehofft zu sterben. Sie hatte die Ihren weder retten noch im Stich lassen können, also hatte sie auf einen letzten Auftritt gesetzt. Sie hatte angenommen, damit vielleicht ein paar Sklaven zum Aufstand treiben zu können, aber nicht gehofft, das Opfer auch nur um eine Stunde zu überleben. Sie war sicher gewesen, dass die Soldaten sie töten würden und dass sogar Arekh, der sie schon so oft gerettet hatte, ihr diesmal nicht würde helfen können – es würde das Ende sein, sie würde sich endlich ausruhen können …

Aber das Ende war nicht gekommen. Über ihren Köpfen hatte der türkisfarbene Stern den Himmel in Brand gesetzt, und Marikani war nicht gestorben. Stattdessen war sie weggelaufen, geflohen, hatte gekämpft, Befehle gegeben, hatte schwankende Frauen und verzweifelte Männer bei der Durchquerung der brennend heißen Felsen und Hochebenen unterstützt, war bis zur Erschöpfung durch den feuchten Schlamm der Berge gestapft.

Sie war nicht tot, und alles war noch lange nicht vorüber.

Die Prüfung ging weiter. *Die Götter unterziehen die, die sie lieben, schweren Prüfungen*, hieß es im Buch des Fîr, *und die, die dessen würdig sind, bestehen sie lächelnd.*

Aber Marikani glaubte nicht an die Götter und war sich nicht sicher, die Prüfung bestehen zu können – noch nicht einmal, wenn sie nicht lächeln musste.

Laos und Menala wurden nicht gefangen genommen, sondern kehrten mit wertvollen Informationen zurück. Marikanis Hypothesen waren beide falsch gewesen. Sie waren nicht in der Nähe des Emirats, und obwohl sie in der Tat über den Vihiri-Pass gekommen waren, war ihre »Truppe« danach wohl weiter als vermutet nach Süden geschwenkt. Sie waren näher an der Weißen Stadt als an der Tränenstadt, und obwohl der Fluss im Süden wirklich der Joar war, handelte es sich um einen anderen Arm als den, an den Marikani gedacht hatte.

Die schlechte Nachricht daran war, dass die Freien Städte keine Landwirtschaft betrieben und kein Getreide oder Mehl in ihren Speichern lagerten – oder zumindest nicht genug, um achthundert ausgehungerte Menschen zu ernähren. Die gute Nachricht war, dass der Südarm des Joar vor Fischen überquoll. Marikani schickte daher eine Gruppe von fünfzig Frauen zum Angeln und trug ihnen auf, mitzubringen, so viel sie nur konnten – sogar im Süßwasser lebende Braunalgen, die man kochen konnte, um eine essbare, gallertartige Masse zu gewinnen.

Das war keine Lösung, noch nicht einmal ansatzweise

eine Lösung – die Fische und Algen würden sie vielleicht einen Tag lang ernähren. Aber so würden sie zumindest Zeit zum Nachdenken gewinnen.

Die Freien Städte waren zwar keine landwirtschaftlich geprägten Staaten, aber ihr Reichtum beruhte auf dem Handel. Dutzende von Karawanen, wenn nicht mehr, zogen täglich mit ihren Waren über die Landstraßen. Nicht mit Gewürzen, Seidenstoffen und Schmuckstücken wie in Salmyra, sondern vor allem mit Handelsgütern, die für Marikani im Augenblick viel interessanter waren: mit Vieh, Gemüse, Mehl, Dörrfleisch und Wein.

»Eine einzige Karawane wird nicht ausreichen, um genug Nahrung für uns alle zu beschaffen«, sagte Marikani; sie ging auf dem feuchten Boden des Unterschlupfs auf und ab, den Halian hochtrabend »das Kommandozelt« getauft hatte. Außer Halian waren vier weitere Männer anwesend, Neuankömmlinge, die heute erst mit einer Gruppe von hundert Personen – darunter viele Frauen und Kinder – zu ihnen gestoßen waren. Sie waren Sklaven der Meriniden gewesen und hatten das Gebirge an der Südseite umgangen, angelockt von dem Gerücht, dass Ayesha ihr Volk »über die Berge« geführt hätte.

Es waren die ersten Meriniden-Sklaven, die sich ihnen anschlossen, und sie waren überwiegend in guter Verfassung: Sie waren im Familienverband gereist, und die Männer waren wild und kampfbereit. Mindestens dreißig Krieger, die zu den etwa hundert tauglichen und zum Teil bewaffneten Männern stoßen konnten, die es im Lager schon gab. Halian hatte die fünf charismatischsten ausgewählt, sie zu »Truppenführern« ernannt und zum »Kriegsrat« mitgebracht. Marikani hatte an die Kriegsräte denken müssen, die sie mit Harrakin am Rande der wenigen Schlachten abgehalten hatte, an denen sie teilgenommen hatte – Schlachten, deren günstiger Ausgang im Voraus so gut wie feststand. Man setzte die Erbin der Zaubererkönige von Harabec keiner Gefahr aus. Die Kriegsräte: das große Zelt aus purpurner Seide, das mit dem Wappen von Harabec bestickt war, die aufrechten, würdevollen Offiziere mit ihren stählernen Rüstungen und glänzenden Waffen; die Gesänge der Soldaten vor dem Zelt, die ihre Waffen polierten und Lieder zu Ehren des Arrethas summten.

Hier drang der eisige Wind durch Löcher in der Leinwand des Zelts, und die »Offiziere« trugen Lumpen.

»Man muss bedenken, dass die bedeutendsten Karawanen ihre Handelsgüter nicht im Innern der Freien Städte abladen«, fuhr sie fort, während die Männer sie mit Blicken verschlangen, aus denen Ergebenheit und gläubige Ehrfurcht sprachen. »Die Stadttore sind manchmal viel zu überlaufen, so dass man Stunden, wenn nicht gar Tage warten muss, um Weg- und Einfuhrzölle zu begleichen. Die einflussreichsten Kaufleute sind nicht bereit, sich diesen Spielregeln zu unterwerfen, ganz abgesehen davon, dass manchmal gar nicht alle Waren einer Karawane für ein und dieselbe Stadt bestimmt sind.«

Zu kompliziert, begriff Marikani, als sie ihre Männer ansah. Ihre Rede war zu komplex. Das Vokabular, der Stil … Mindestens zwei der »Offiziere« kamen nicht mehr mit, das sah sie an ihren Blicken. Manche dieser Sklaven hatten bis zu ihrer Flucht nie die Orte, an denen sie geboren waren, verlassen: Bauernhöfe, Bergwerke und Manufakturen …

Sie holte tief Luft. Gleichgültig, ob sie verstanden oder nicht, Halian würde es ihnen schon erklären. Nur ihr Tonfall war wichtig und die Entschlossenheit, die sie ihnen vermitteln konnte.

»Außerdem laden einige Händler einen Teil ihrer Fracht in den sogenannten Handelshöfen ab, die an den Kreuzungen der wichtigsten Landstraßen liegen. Ein Teil der Bezahlung erfolgt schon dort, auch die Auswahl unter dem größten Teil der Ware. Die Ladenbesitzer aus den Städten kommen manchmal direkt dorthin, um sich einzudecken.« Marikani begegnete dem leeren Blick eines der Ayhâssi und seufzte. »Kurz und gut, der Handelshof zum Schwarzen Felsen, der drei Freie Städte, darunter auch die Weiße Stadt, versorgt, liegt sieben Meilen südlich von hier. Zu dieser Jahreszeit sollte er voll sein.«

»Was ist mit den Wachen?«, fragte Halian.

Marikani hatte das Gefühl, dass er sich den Angriff schon ausmalte, und nickte. »In Friedenszeiten sind dort nur etwa fünfzehn Mann postiert. Die Gegend ist ruhig, und es hat hier schon lange keinen Krieg mehr gegeben, seit ...« Sie machte eine vage Handbewegung. »Seit sehr langer Zeit. Die Situation im Westen könnte uns sogar nützen: Die Freien Städte müssen ihre Truppen an der Westgrenze zusammenziehen und einen Großteil der verfügbaren Männer dorthin schicken. Vielleicht erleben wir eine angenehme Überraschung.«

Eine neue Stimme erklang: »Oder eine böse, wenn sie damit rechnen, dass wir hier sind. Schließlich haben wir euch gefunden, indem wir den Gerüchten gefolgt sind. Und das Gerücht können auch unsere Feinde leicht gehört haben.«

Marikani musterte den Mann, der eben gesprochen hatte. Er war gedrungen und muskulös und hatte braunes Haar und einen kurzen Bart. Dank seiner Hautfarbe hätte er fast für einen freien Mann durchgehen können, wenn das sehr helle Blau seiner Augen ihn nicht verraten hätte.

»In der Tat. Wie heißt Ihr?«

»Bara, o Ayesha. Ich stamme aus Massevina.«

Massevina war die Hauptstadt eines der wichtigsten merinidischen Landstriche.

»Habt Ihr eine militärische Ausbildung erhalten, Bara?«

Der Mann zuckte mit den Schultern. »Ich habe schon viele Tätigkeiten ausgeübt, o mächtige Ayesha. Manche erforderten, dass ich las, andere, dass ich reiste, wieder andere, dass ich kämpfte.«

»Das sind ja gleich mehrere Lebensläufe in einem«, sagte Marikani lächelnd – aber niemand schmunzelte über ihren Scherz. *Spar dir deine Witze für ein anderes Publikum auf*, dachte sie seufzend. »Gut. Hört her, Bara. Hört alle her.«

Stille senkte sich über das Zelt, und sie spürte, wie sechs Augenpaare sie unverwandt ansahen und musterten, als ob sie sich an ihr berauschten und Kraft aus ihr schöpften.

Die Menschen halten den Blick auf die Götter gerichtet
Und Tag und Nacht spüren die Götter
Die Last ihrer Blicke:
Und diese Blicke sind das Band
Zwischen der Menschenwelt und den Himmeln …

So hieß es im »Gesang vom Wege des Arrethas«. Warum musste diese Strophe ihr gerade heute Morgen in den Sinn kommen? Marikani hatte am Hof so viele dieser Lieder gehört und nie wirklich darauf geachtet; im Laufe der Zeit hatte sie, wie so viele andere Herrscher, gelernt, einfach geradeaus zu sehen und so zu tun, als lausche sie dem Hohepriester, obwohl sie in Wirklichkeit schon an die nächste Ratssitzung dachte.

»Ich bin keine Göttin. Ich bin weder die Tochter Fîrs noch die des Gottes, dessen Namen man nicht nennt. Ich bin nur ein Mensch, hatte Vater und Mutter – beide waren Sklaven, ganz wie ihr. Das habe ich Halian schon oft gesagt, aber er will mir nicht glauben«, sagte sie in einem neuerlichen Versuch zu scherzen, aber wieder lächelte niemand. »In Nôm habe ich nichts weiter getan, als das Signal zum Aufstand zu geben. Ich habe den Sternen keinen Befehl erteilt, ich habe die Rune nicht ausgelöscht. Wenn der türkisfarbene Stern dort oben am Himmel explodiert ist, dann habe ich nichts damit zu tun – ich weiß nicht, wie und warum das geschehen ist. Das Türkisvolk … ihr … *wir* …« Sie holte tief Luft. »Wir haben diese Gelegenheit zum Aufstand ergriffen und uns befreit. Aber damit haben die Götter nichts zu schaffen. Und ich bin nur ein Mensch.«

Es herrschte Schweigen.

»Ich weiß, dass ihr den Glauben an Ayesha braucht«, sagte sie, weil sie spürte und wusste, dass die Männer sie nicht verstanden, dass sie ins Leere sprach, dass sie, wenn sie schon nicht so recht begriffen, was ein »Handelshof« war, wohl kaum die subtilen Wirkungsweisen des Glaubens zu durchschauen vermochten. »Aber ich habe viel zu lange gelogen und mir vorgenommen, nie wieder damit anzufangen. Ich bin … eure Kriegsherrin«, sagte sie seufzend, da ihr keine bessere Bezeichnung einfiel. »Das ist alles.«

Wieder Schweigen.

»Der Stern ist in Flammen aufgegangen, als Ihr den Arm gehoben habt«, sagte Bara schließlich. »Ich habe da draußen mit den Leuten aus Nôm gesprochen. Sie haben Euch gesehen. Sie alle haben Euch gesehen!«

»Bara«, sagte Marikani sanft. »Habt Ihr schon einmal die Sonne aufgehen sehen?« Er nickte. »Stellt Euch vor, dass Ihr hoch oben auf einem Berg steht, kurz vor Sonnenaufgang. Ihr hebt die Arme, um zu beten – und da geht die Sonne auf. Bedeutet das, dass Ihr die Sonne habt aufgehen lassen?«

»Natürlich nicht«, sagte Bara und bleckte seine weißen Zähne zu einem breiten Lächeln. »Aber die Sonne geht jeden Tag auf.«

Marikani schwieg einen Moment lang, weil sie nicht wusste, was sie antworten sollte. Dann seufzte sie. »Hört ... wenn ich eine Göttin wäre, warum sollte ich es dann leugnen? Warum sollte ich versuchen, Euch vom Gegenteil zu überzeugen?«

»Vielleicht wisst Ihr es nicht«, antwortete Bara nach einem Augenblick des Nachdenkens. »Wie Faniima, die glaubte, eine Schäfertochter zu sein, und die erst, als sie Königin wurde, begriff, dass eine Göttin sie geboren hatte.«

Ich habe wirklich Glück, dachte Marikani ironisch. *Vielleicht ist das hier der einzige Sklave im Lager, der über einen Anflug von religiöser Bildung verfügt – und er muss ausgerechnet jetzt in meinem Zelt stehen!*

»Faniima hatte göttliche Kräfte«, sagte sie. »Seht mich an! Mir tun die Füße weh, ich habe Hunger, mein Haar ist schmutzig. Wenn man mich schlägt, dann leide ich. Wenn man mich tötet, sterbe ich. Ich habe nichts von einer Göttin.«

»Viele Götter sind auf dieser Erde gestorben«, sagte Bara leise. »Fîr selbst ist im Feuer des Gottes, dessen

Namen man nicht nennt, verbrannt, und sein menschlicher Körper ist zu Staub zerfallen. Aber sein Geist ist in die Nacht aufgestiegen, hat das Firmament erleuchtet, und nun herrscht er vom Himmel aus über Menschen und Götter ...«

Marikani schnaubte gereizt. »Sehr gut, Bara, sehr gut.« Sie winkte ab. »Ich will nichts mehr von den Göttern hören, einverstanden? Ich bitte Euch nur, mir zu glauben. Ich weiß, wer ich bin, und ich bin nicht Ayesha. Das ist alles.«

Wieder schwiegen alle, und Marikani musterte ihre anderen »Offiziere«. Halian betrachtete sie mit beinahe schmerzerfüllter Miene, und die anderen starrten sie mit offenem Mund an, als ob sie nichts verstanden.

»Es ist jedenfalls nicht der rechte Zeitpunkt, darüber zu diskutieren«, sagte Marikani seufzend. »Wir haben einen Angriff zu planen!«

Niemand antwortete.

Eine peinliche Pause folgte, und Marikani bückte sich, um erneut eine grobe Karte auf den Boden zu zeichnen. »Wir werden siebzig Männer nehmen. Die Handelshöfe sind alle mehr oder minder nach dem gleichen Prinzip gebaut ... So«, sagte sie und erweiterte ihre Zeichnung. »Die Wachen werden sich verteidigen, und wir werden sie natürlich töten müssen, aber es werden auch Kaufleute und ihre Familien dort sein. Sie spielen hierbei keine Rolle. Wenn wir sie verschonen können ...«

»Bei jedem Schritt der Götter sterben Unschuldige,
Denn der Weg der Götter führt durch Blut und Flammen,
Und die Straße ist noch lange nicht zu Ende ...«

Halian war derjenige, der gesprochen hatte. Auch diese Verse stammten aus dem »Gesang vom Wege des Arrethas«, wie Marikani aufging, als sie ihre Karte ergänzte; sie hielt den Kopf gesenkt, um zu verbergen, wie verstört sie war. Dasselbe Lied war ihr schließlich gerade eben im Kopf herumgegangen.

»Ihr kennt diesen Text?«, fragte sie in gleichgültigem Tonfall und hob nun den Kopf.

»Das war eines der Lieblingslieder meines Herrn«, sagte Halian und hockte sich hin. Er strich sich mit einer Hand über den Oberkörper und lächelte, als er lässig einen großen Blutfleck auf Brusthöhe streifte, der auf dem dunklen Samt kaum sichtbar war. »Früher hatte er die schönen Kleider und sang. Jetzt trage ich sein Wams und singe.«

Der Handelshof zum Schwarzen Felsen lag am Kreuzungspunkt zwischen Südstraße und Seidenstraße südlich der Freien Städte. Es war weit und breit kein schwarzer Felsen zu sehen, und der Handelshof selbst war ein Bauwerk aus grauem Stein, das im leichten Regen, der die Unebenheiten der Mauern betonte, noch düsterer wirkte. Ein mittelgroßer Handelshof, eher zweckmäßig als eindrucksvoll ... Gebäude, vor allem Ställe und Lagerhäuser, waren rings um einen weitläufigen Hof errichtet; alles war von einer breiten Außenmauer umgeben. Es gab zwei große Eingangstore, eines im Süden, das andere im Norden. Ein kleiner, viereckiger Turm mit zwei Stockwerken schützte das Nordtor, und die Mauer verfügte über einen Wehrgang.

Trotz Baras Vorhersage hatte Marikani mit einer sehr kleinen Wachmannschaft gerechnet – vielleicht mit jeweils drei Männern, die am Süd- und Nordtor dösten, und mit fünf oder sechs weiteren, die im Turm Karten spielten –, aber ihre Hoffnung wurde enttäuscht. Im Licht der wenigen Sonnenstrahlen, die durch den silbrigen Nieselregen drangen, zeichneten sich gut dreißig Silhouetten auf dem Wehrgang ab. Sicher befanden sich noch weitere im Innern. Also waren Vorsichtsmaßnahmen ergriffen worden – weil man wusste, wie Bara befürchtet hatte, dass ein Trupp entflohener Sklaven sich in den Wäldern verborgen hielt, oder nur, weil die Grenze in der Nähe lag? Es gab schließlich auch Flüchtlinge, von denen manche über die Berge gelangt sein mussten und nun hungrig hierherströmten. Die Händler hatten Angst vor Plünderern.

Plünderern wie uns, dachte Marikani, bevor sie Bara ein Zeichen gab und ihr Pferd wendete.

Es war seltsam, plötzlich auf der anderen Seite zu stehen. Plünderer waren der Albtraum der harmlosen Volksgruppen, die innerhalb der Grenzen Harabecs lebten, und Marikani hatte immer ihr Bestes getan, sie zu beschützen.

Die Sklaventruppe, die aus achtzig Mann bestand, war weniger als eine Drittelmeile entfernt am Waldrand aufgezogen. Marikani und Bara waren als Kundschafter vorausgeeilt, um den Handelshof von einem kleinen Hügel herab auszuspähen.

Sie entfernten sich langsam und spürten die Blicke der Männer auf dem Wehrgang im Rücken. Eine Frau zu Pferde, ein Mann zu Fuß … sie hätten alles Mögliche sein können. Sicher würde man sie für eine Adlige und ihren Diener halten, die nun umkehrten, um zu ihrer Eskorte zurückzugelangen, die jenseits des Hügels wartete.

Dreißig Wachen also und wahrscheinlich noch fünfzig mehr innerhalb der Gebäude. Das war die erste Überraschung, und sie erlebten noch eine weitere, eindrucksvollere, als sie die Straße entlangkamen. Eine Karawane aus sieben Karren, die von Kiranyern gelenkt und von einer Eskorte von zwölf Reitern geschützt wurden; sie trugen Schwarz und Silber, die Farben von Reynes.

Beim Anblick ihrer Uniformen durchlief Marikani ein eisiger Schauer. Sie kamen an der Karawane vorbei, sie sehr aufrecht auf ihrem Pferd, Bara in seiner demütigen Dienerhaltung, den Blick auf den Boden geheftet, damit niemand seine zu hellen Augen bemerkte.

Marikani zwang sich sogar, den Kutschern zuzunicken. Zum Glück war sie zu ärmlich gekleidet, als dass die Männer ihr viel Aufmerksamkeit geschenkt hätten.

Wir sind nur zu zweit; ein paar Handgriffe, und sie hätten mich, dachte sie, als die Wachen keine drei Schritte entfernt an ihr vorüberritten. Ja, nur einige Handgriffe, und sie würde sich abermals in Ketten in einer Sänfte wiederfinden, auf dem Weg nach Reynes und in die Folterkammern der Seelenleser …

»… und fünf gute Pferde«, murmelte Bara, als sie vorüber waren.

»Wie bitte?«

»Die fünf Füchse dahinten … Ihr habt sie doch gesehen?«, wiederholte ihr Begleiter, und als Marikani einen Blick zurück riskierte, sah sie in der Tat fünf Pferde, die an den letzten Karren gebunden waren. Bara hatte recht: Die fünf Füchse waren schöne Pferde, schnell und kräftig. Außerdem waren da noch die zwölf Pferde der Mitglieder der Eskorte; sie würden gute Reittiere abgeben, sobald die Männer aus Reynes außerstande waren, zu protestieren …

»Außerstande, zu protestieren«. Ein Ausdruck, den

Banh, ihr Ratgeber am Hof von Harabec, gern gebraucht hatte. Banh war ein sensibler, wohlerzogener Mann, der nur in verhüllenden Metaphern von Gewalt sprach und beim Anblick von Blut blass wurde. Wie oft hatten Harrakin und Marikani deswegen freundlich über ihn gespottet?

Insgesamt also siebzehn gute Pferde. Mit ein wenig Glück würden sie drei oder vier mehr im Handelshof finden, also alles in allem zwanzig. Gab es zwanzig Reiter in ihrer Truppe? Wenn das nicht der Fall war, würde man welche ausbilden können. Zwanzig Reiter würden eine gute Vorhut für künftige Angriffe darstellen – denn die Vorräte aus diesem Handelshof würden nicht ewig reichen, sie würden mehr brauchen. Und diejenigen, die nicht reiten konnten, mussten ebenfalls ausgebildet werden, um gute Fußsoldaten zu werden: Sie würden die Familien in der Mitte marschieren lassen, so dass die Krieger sie beschützen konnten. Auf dem Ritt zurück in den Wald organisierte Marikani im Geiste schon die Truppen, ernannte die Anführer und ließ Waffen und Vorräte verteilen, ganz so, als ob die Erwähnung der Pferde ihren Verstand aus dem Nebel der Hoffnungslosigkeit befreit hätte, der noch am vorhergehenden Morgen darin geherrscht hatte. So als ob die andere Marikani zurückgekehrt sei, die Harabecs Armeen befehligte, mit den bedeutendsten Herrschern verhandelte und sich weigerte, eine Situation als verzweifelt zu betrachten, selbst wenn sie von Hunden durchs Gebirge gehetzt wurde … So als würde diese andere Marikani, wenn sie halb die Augen schloss, sehen, wie sich die Informationen miteinander verbanden, Fasern, die einen Faden der Strategie bildeten. Diese Marikani, die überlegt handelte und binnen weniger Jahre dafür gesorgt hatte, dass Harabec seine Machtstellung im Süden der Königreiche zurückerobert hatte, wartete nur auf einen einzigen Satz, um endgültig wiederzukehren …

»Es sind jedenfalls viele Männer im Handelshof«, sagte Bara und rümpfte die Nase. »Aber was dort zu holen ist, ist das Risiko wert. Ändern wir die Strategie, Ayesha?«

»Nein.«

Die Strategie war kristallklar und einfach: Mit den Männern, über die sie verfügte, konnte es gar keine andere geben. Die achtzig Mann würden sich so unauffällig wie möglich heranschleichen, sich aufrichten, sobald sie bemerkt wurden, und schreiend aufs Nordtor zustürmen, um es mit einem großen, grob entasteten Baumstamm, der als Rammbock dienen würde, einzurennen. Das Tor würde nicht lange standhalten; darauf war es nicht ausgelegt. Überhaupt war der Handelshof nicht dazu gedacht, achtzig ausgehungerten Männern viel entgegenzusetzen. Die Mauern dienten nur dazu, kleine Räuberbanden abzuschrecken.

Natürlich würde es Tote geben, draußen durch Armbrustschüsse der Soldaten, drinnen, weil die zwölf Männer aus Reynes im Kampf mit unausgebildeten Gegnern ein wahres Massaker anrichten würden. Aber am Ende würden auch sie der Übermacht erliegen, davongeschwemmt wie von einer Welle.

Und diese Welle zerschmetterte in der Tat alles, als Marikani in der Abenddämmerung den Befehl zum Angriff gab. Es gab auch Tote, mehr als angenommen: Dreißig Mitglieder des Türkisvolks fielen, darunter Halian, der mit Ayeshas Namen auf den Lippen starb, nachdem er den letzten Armbrustschützen von der Mauer gestürzt hatte, zu dem er sich mit Speerstößen durchgekämpft hatte. Und die Ayhâssi massakrierten die Wachen, hackten die zwölf Soldaten aus Reynes in Stücke und ermordeten den Händler, dem die Karawane gehörte.

Marikani betrachtete vom Pferd herab die Sterbenden, deren Todeskampf auf dem gepflasterten Boden zu Ende ging, während die Flammen der Fackeln und das Feuer, das in den Ställen loderte, die Gesichter mit einem blutigen Schimmer überzogen. Rings um sie plünderten die Ayhâssi methodisch die Lagerhäuser, luden Mehl- und Kornsäcke auf Karren und nahmen auch Stoffballen und Bündel von Gewürzen mit, die vielleicht irgendwann als Tauschware dienen konnten.

Bald lebte bis auf die Eindringlinge kaum jemand mehr: nur die tränenüberströmte Frau des Kaufmanns, ihre beiden Großnichten, ihr junger Lehrling, eine Gruppe alter Händler aus der Tränenstadt, die das Pech gehabt hatten, im Augenblick des Angriffs gerade im Handelshof zu sein, die Köchin und ihr ganz kleines Kind.

Die Ayhâssi trieben sie unter Baras Befehl am Ende des Hofs zusammen und warteten auf Marikanis Anweisungen. Sie musterte das kleine, zitternde Grüppchen. Noch vor einigen Stunden hatte sie darum gebeten, die Unschuldigen zu verschonen, aber sie war jetzt schon nicht mehr dieselbe. Als sie den Befehl zum Angriff gegeben hatte, hatte sich ein Teil von ihr für immer verändert. Die eisige Stimme der kalten Vernunft sprach nun zu ihr, sagte ihr, dass sie keine Zeugen am Leben lassen durfte, dass niemand in der Lage sein durfte, zu erzählen, wo oder wie viele sie waren, woher sie kamen … Das Geheimnis würde nicht lange gewahrt bleiben, aber die wenigen Stunden, die sie gewinnen konnten, bevor Strafmaßnahmen eingeleitet wurden, könnten entscheidend sein. Einige Stunden würden es ihnen gestatten, in den Norden zu fliehen, tiefer in die Wälder, weit weg von hier, so dass niemand sie finden würde.

Die eisige Stimme bestätigte ihr, dass »Ayesha« diese Frauen und Kinder hier opfern musste, wenn sie *ihre* Frauen und *ihre* Kinder retten wollte, die dort hinten im Wald auf sie warteten.

Und Marikani war trotz allem zynisch genug, das einzusehen.

Arekh würde sich totlachen, wenn er das wüsste, dachte sie und winkte Bara zu sich.

Der Mann trat heran.

»Tötet sie«, sagte sie, indem sie auf die Überlebenden deutete.

Wenn man einen Befehl gibt, hatte ihr Hauslehrer immer gesagt, *dann hat man sich schon vor einer Ewigkeit damit abgefunden.*

Sie wandte den Blick nicht ab.

Kapitel 3

Wasser tropfte auf Stein.

Der Mann litt. Das Leid rief ihn aus seinem beklommenen Traum, wuchs, breitete sich aus: Es kroch durch seine Glieder, in seinen Schenkel, in seine Leistenbeuge, wie vor langer Zeit, als er über die Berge gewandert war. Die Berge tanzten in seinem Traum – er wusste, dass es ein Traum war, obwohl er sich nicht daraus zu befreien vermochte und nicht wusste, wer er war oder wo er war –, und er atmete die eisige Luft über dem Schnee ein, sah die verschlungenen Zweige und das Herbstlaub, hörte das Geheul der Hunde und den keuchenden Atem der beiden Frauen hinter ihm. Der Schmerz kroch weiter empor, er war nun von seiner Leiste bis in seinen Bauch vorgedrungen, strahlte in all seine Muskeln aus, und er begriff, dass einer der Hunde ihn gepackt hatte … dass er rannte, den Hang hinaufkletterte, obwohl ein Hund sich in seinen Bauch verbissen hatte. Der Kopf war ihm schwer, schwer, weil er Alkohol getrunken hatte, und wenn sein Bauch ihm wehtat, war dann wirklich der Hund dafür verantwortlich oder der Blick seines Vaters, der dort drüben am anderen Ende des Tisches saß, dieser Blick, an den sich der kleine Junge nur erinnern musste, um sich vor Entsetzen zu krümmen?

Das Blut floss über die Bodenplatten, über den Waldboden, das Blut des Keilers vermischte sich mit dem Blut seines Bruders, auf der Haut seines Beins, heiß auf seinem starren Fleisch … Und davon erwachte er.

Wasser tropfte auf Stein.

Er hieß Arekh. Aber es war schwer gewesen, den Namen wiederzufinden, er hatte mehrere Minuten gebraucht, um sich daran zu erinnern, und das erschreckte ihn. Er lag ausgestreckt irgendwo auf feuchtem Stein, das spürte er; er spürte auch, dass dem schon sehr, sehr lange so war, dass dies nicht das erste Mal war, dass er so an diesem Ort erwachte, bevor er wieder in einen Abgrund der Bewusstlosigkeit sank. Wenn er sich recht entsann, hatte er auch die Schreie eines Kindes gehört, eines ganz kleinen Säuglings, sicher die eines Neugeborenen. Oder vielleicht waren die Schreie Teil des Traums, denn wie sehr er sich auch konzentrierte und lauschte, jetzt hörte er keine Schreie mehr. Vielleicht schlief das Kind oder gehörte gar zu dem Albtraum … Sicher war es nur eine weitere Erinnerung an seinen Bruder, ein Symbol, dessen die Götter sich bedienten, um ihn zu quälen.

»Es gibt keine Götter.« Marikanis Stimme hallte in seinem Kopf wider. Sie hatte sicher recht. Die Menschen brauchten keine Götter, um sich zu quälen, das konnten sie auch allein sehr gut.

Der Gedanke klärte seinen Verstand. Er konnte die Augen nicht öffnen, der Kopf tat ihm viel zu weh, aber er hob die Hand mit einer abrupten Armbewegung, um den Boden abzutasten.

Zu abrupt. Etwas Metallisches spannte sich bei seiner

Bewegung an, eine Kette klirrte, ein Eisenring zerrte an seinem Handgelenk, und ein betäubender Schmerz schoss ihm durch den Arm, vom Ellbogen bis zur Schulter; ein Schmerz, wie er ihn nur selten erlebt hatte, so heftig, dass das Weiß des Schnees aus den Bergen ihm vor Augen trat und seinen Geist unter einer makellos reinen Lawine begrub, ein so heftiger Schmerz, dass er nicht einmal aufschreien konnte – und die Bewusstlosigkeit traf ihn wie eine Ohrfeige.

Während er in die Dunkelheit zurücksank, begann irgendwo wieder der Säugling zu schreien.

Später, sehr viel später, erwachte er. Dann sank er noch einmal in die Ohnmacht zurück und spürte nur, dass das Blut um seinen Schenkel mittlerweile eine kleine Pfütze bildete, dass der Schmerz in seinem Arm bis in die Schultern ausstrahlte. Er würde nicht lange überleben, das begriff er, bevor er das Bewusstsein verlor, in einem Schmerzensnebel dahintrieb. Er verlor Blut, die Wunde würde sich entzünden, und die Trockenheit seiner Kehle deutete darauf hin, dass er sicher seit sehr langer Zeit weder gegessen noch getrunken hatte. Doch der Gedanke stürzte ihn nicht in Verzweiflung; er flößte ihm weder Panik noch Entsetzen ein. *Es gibt Schlimmeres als den Tod*, sagte er sich, als er zum dritten Mal aufwachte; jetzt war er so schwach, dass seine Lunge Schwierigkeiten hatte, sich zu heben. Seine Schmerzen waren zugleich schrecklich und fern; er konnte sich beinahe davon lösen. Warum sollte er nicht hier sterben, auch wenn er nicht wusste, wo dieses »hier« sein mochte? Warum nicht träumend sterben, in einem Delirium, das seinen Bruder, seine Kindheit, die Hunde und Marikanis schallendes Gelächter vermischte? Warum nicht in diesem Albtraum sterben, der ihm wenigstens erlaubte, umgeben von Gesichtern dahinzuscheiden?

Die Gesichter wirbelten aufs Neue in seinem Kopf herum. Irgendjemand flüsterte ihm etwas ins Ohr – seine Mutter oder vielleicht Merina. Etwas Sanftes, Tröstliches, aber die Frauengesichter, die vor ihm tanzten, nahmen immer wieder dieselbe Gestalt an, die einer Frau mit großen, schwarzen Augen, die nach ihm rief.

Langsam ließ er sich erneut in den Abgrund gleiten.

»Arekh es Morales von Miras«, sagte der Mann, der in der Zellentür stand. »Der seid Ihr doch?«

Arekh schwieg.

»Gut«, sagte der Mann mit einem kleinen Auflachen. »Haltet Euch bereit.«

Er entfernte sich, und die Tür schloss sich mit einem metallischen Klicken. Arekh rührte sich nicht.

Er saß auf dem Boden. Sein Schenkel war gewaschen und verbunden worden, die Wunde in seinem Arm genäht. Man hatte ihm eine lauwarme Gemüsesuppe und Brotstücke zu essen gegeben; jemand hatte auf der anderen Seite des Gangs eine Fackel brennen lassen. Nachdem die Frau, die ihn verarztet und gefüttert hatte, gegangen war, war er deshalb in der Lage gewesen, seine Umgebung in Augenschein zu nehmen. Es war tatsächlich eine Zelle – sicher unterirdisch, denn es drang kein Licht durch den Schacht oben in der Wand, nur ein kalter Luftzug. Die Wände waren aus schwarzem, feuchtem Stein; Wasser tropfte von einem kleinen Felsvorsprung in den grob behauenen Wänden. Die Kette, die mit dem Eisenring um sein rechtes Handgelenk verbunden war, war am

Boden festgeschraubt und so lang, dass er sich bewegen konnte.

Arekh hatte den schwarzen Stein abgetastet und nach Hinweisen gesucht.

Wo befand er sich? Das Letzte, woran er sich erinnerte, war die raue, rote Umgebung von Nôm in der Morgensonne … Staub unter seinen Füßen, der Geruch verbrannter Erde, der warmen Landstrichen selbst nach kühlen Nächten noch anzuhaften schien. Er hielt ein Schwert in der Hand und schlug zu, versuchte, Non'iama zu beschützen, die in Richtung der Hochebenen davonlief. Um ihn herum rannten flüchtende Sklaven überallhin, verfolgt von Wachen. Marikani war drei Stunden zuvor mit einem ersten Trupp Sklaven verschwunden, und Arekh wusste nicht, ob sie tot oder am Leben war. Er erinnerte sich nur an ihren verblüfften Gesichtsausdruck, als der türkisfarbene Stern über ihr explodiert war.

Und jetzt war er gefangen. Wo? Er erinnerte sich noch nicht einmal mehr daran, niedergeschlagen worden zu sein, aber manchmal gingen nach einem Schock die Erinnerungen, die mit einer Verletzung zu tun hatten, verloren – er erinnerte sich an einen Soldaten der kiranyischen Armee, der während einer Schlacht von einem sechsspännigen Streitwagen überrollt worden war. Der Mann hatte überlebt, aber er hatte sich an nichts erinnert, was in den drei Tagen vor der Schlacht geschehen war – und noch nicht einmal daran, an dieser Schlacht überhaupt teilgenommen zu haben.

Die Soldaten, die Arekh angegriffen hatten, hatten aus Raos westlich von Nôm gestammt … Er war sicher dorthin verschleppt worden oder vielleicht sogar nach Steinstadt, einer großen Grenzstadt, die etwas weiter südlich lag. Warum hielt man ihn gefangen? Warum war er nicht einfach mit allen anderen getötet worden?

Ja. Er musste in Steinstadt sein. Kerker dieser Größe konnte es nur in einer Stadt geben, die eine gewisse Bedeutung hatte. Das war die einzig logische Erklärung. Er war sicher gestern, am Tag nach dem Großen Opfer, ohnmächtig geworden und am Morgen bewusstlos hierhergebracht worden.

Doch er spürte und *wusste*, dass das nicht wahr war. Der Eindruck war diffus und unangenehm, umso mehr, weil er sich die Gründe dafür nicht erklären konnte. Zum einen war da seine Wunde. Arekh war kein Arzt, aber in einigen Kriegen hatte er durchaus etwas gelernt, und beim Anblick seines Schenkels und seines Arms hatte er den Eindruck gehabt, dass die Wunden bereits begonnen hatten, sich zu schließen, und das nicht zum ersten Mal. Sie waren nur aufgrund mangelnder Pflege wieder aufgebrochen.

Mehrfach.

Und dann diese Albträume! Und sein Verstand, der noch immer so benebelt war, dass er zunächst geglaubt hatte, er hätte getrunken. Aber er hatte nicht getrunken, zumindest nicht bewusst. Man hatte ihn sicher unter Drogen gesetzt. Das erklärte die völlige Abwesenheit von Erinnerungen an die Reise von den Hochebenen nach …

Schritte auf dem Gang. Das Geräusch der Schlüssel.

Diesmal waren es drei Männer. Die Fackel auf dem Korridor war fast heruntergebrannt, aber Arekh konnte die Anzahl der Stiefel auf den Steinen zählen. Der Schlüssel drehte sich im von der jahrelangen Feuchtigkeit rostigen Schloss, und Arekh hob den Kopf.

Ja, drei Männer. Dunkel gekleidet. Das ersterbende

Licht der Fackel ließ etwas auf ihren Gewändern aufleuchten, und Arekh spürte, wie sich ihm das Herz verkrampfte, ohne zu wissen, warum.

»Arekh es Morales, Sohn des Joanki es Morales und seiner Frau Loïse, Herr über Miras und die zugehörigen Ländereien …«

Wie zuvor beschränkte sich Arekh darauf, den Mann anzusehen, der sprach, und antwortete nicht.

»Ihr seid von den Fürstentümern von Reynes wegen Vatermordes, Verrats und weiterer Morde verurteilt worden …«

Arekh spürte, wie er blass wurde und sein Gesicht vor Verblüffung erstarrte. Zugleich bestätigte eine Bewegung der Fackel die scheußliche Wahrheit. Silber funkelte auf den schwarzen Uniformen.

Reynes. Sie hatten ihn gefangen genommen und nach Reynes zurückgebracht.

Der Schock machte ihn beinahe unempfindlich gegen die Schmerzen seines gemarterten Schenkels, als sie ihn aus der Zelle führten, ihn in einen Felsengang stießen und drei Stufen hinaufsteigen ließen; dann blieben sie stehen, um noch eine Tür aufzuschließen, die in weitere Tunnel führte, die kaum breiter und heller waren als der erste. Reynes. *Das ist nicht möglich*, dachte er immer wieder, trotz aller Hinweise, trotz der schwarz-silbernen Uniformen der Wachen, die ihm so vertraut waren, so fürchterlich vertraut. Er konnte doch keine achthundert Meilen gereist sein, ohne es mitzubekommen, er konnte nicht bewusstlos die Königreiche durchquert haben, um in die Verliese des einzigen Ortes geworfen zu werden, den er in seinem ganzen Leben nicht wieder aufsuchen konnte und *wollte*, eines Ortes, dessen Name ihm den kalten Schweiß auf die Stirn trieb. Nein, das war nicht möglich, er war in Steinstadt oder im schlimmsten Fall in einer der Freien Städte, nicht in den labyrinthartigen, uralten Gefängnissen, die sich unter dem Ratsgebäude und den Prachtgärten von Reynes, der größten Stadt der Königreiche, erstreckten … Nach der nächsten Biegung würden sie sicher eine Treppe hinaufsteigen und sich auf einem Hof an der frischen Luft wiederfinden. Weder Steinstadt noch die Freien Städte hatten Gefängnisse, in denen es möglich war, zwanzig Minuten lang geradeaus zu gehen, ohne je das Tageslicht zu sehen. Doch trotz der fürchterlichen Gewissheit, die auf ihm lastete und mit jedem Schritt drückender wurde, hoffte Arekh noch.

Sie hätten ihn doch wohl nicht durchs ganze Land bringen können, ohne dass er auch nur einen Erinnerungsfetzen, einen Funken von Bewusstsein gehabt hätte …

Eine Tür öffnete sich. Arekh wurde vorwärtsgestoßen.

Sein Herz setzte kurz aus.

Das Zimmer war direkt in den Felsen gehauen. Den schwarzen Felsen im Untergrund der Fürstentümer, den Arekh so gut kannte, weil er oft durch die hineingegrabenen Gänge gestreift war, um Archive zu durchsuchen, Sekretäre und Spione zu bestechen, von denen es in den unteren Stockwerken des Ratsgebäudes nur so wimmelte. Es gab keine Öffnung, kein Fenster, nur den schwarzen Fels und die Feuchtigkeit, die auch hier durch den Stein drang. Eine von Menschenhand geschaffene Grotte … eine Höhle, die so groß war, dass Schritte darin widerhallten und dass Arekh die Gesichter der Wachen, die am anderen Ende standen, nicht genau erkennen konnte, eine Höhle, in deren dunklen Stein als Basrelief das Siegel von Reynes gehauen war.

In der Mitte des Raums befand sich ein Tisch, der ebenfalls aus dem Stein herausgehauen war; an seinem Kopfende saß auf einem hölzernen Schemel eine Frau mit verhärmtem Gesicht und Ketten an den Füßen. Lionor.

Sie hielt einen winzigen Säugling in den Armen.

Arekh eilte zu dem Tisch hinüber; jeder Schritt besiegelte sein Schicksal noch stärker. Ein Mann in Grau und Silber stand dort und sah lächelnd zu, wie Arekh näher kam. Er bedeutete Arekh, sich auf einen hölzernen Schemel gegenüber von Lionor zu setzen.

Die Wachen traten zurück, um sich an der Tür zu postieren, durch die sie gekommen waren.

Zu dritt blieben Arekh, Lionor und der Mann in der Mitte der gewaltigen Höhle allein.

Lionor und Arekh saßen in Ketten beiderseits des Tisches; der Mann in Grau stand daneben.

»Willkommen, Eleni Morales«, sagte der Mann; er lächelte noch immer. »Wir dachten schon, wir würden Euch verlieren. Ich bin froh, dass Ihr Eure Verletzungen überlebt habt.«

Arekh antwortete nicht. Er hob den Blick zu Lionor, und sie sahen einander einen Moment lang an. Die Leere und Hoffnungslosigkeit in Lionors Augen erschreckten Arekh. Ihr Gesicht und ihr Oberkörper wiesen erste Spuren von Folter auf: frische Narben und eben erst geronnenes Blut. Ihr Körper zitterte immer wieder anfallartig, und ihre Arme krampften sich um das Kind; es konnte noch keinen Monat alt sein. Auf Höhe ihrer Brüste breiteten sich Milchflecken im groben Leinenstoff ihres bereits blutbesudelten Gewandes aus.

Sie war wohl nur dem ersten Grad der Folter unterzogen worden, der sogenannten »leichten Berührung«. Dabei wurde mit den Nerven der Haut gespielt, ohne das Innere zu sehr zu schädigen; die Knochen und der Rest des Körpers blieben unversehrt. Beim zweiten Grad der Folter schnitt man schon tiefer.

Das Kind schien nicht angerührt worden zu sein.

Noch nicht.

»Wir möchten nicht, dass Ihr uns … entgleitet, bevor wir nicht einige Antworten auf unsere Fragen erhalten haben«, fuhr der Seelenleser fort. »Ich entschuldige mich in aller Form bei Euch für die Art, auf die Ihr zumindest zu Anfang behandelt – oder vielmehr *nicht* behandelt – worden seid. Manche hier hatten noch nicht begriffen, wie wichtig Ihr seid. Wenn Ihr gestorben wärt, hätte das schwere Strafen nach sich gezogen.«

In den Rittersagen und Geschichten, in denen in Versen oder Prosa die Taten der Helden erzählt wurden – ob sie nun Halbgötter, Königssöhne oder Bastarde von Göttinnen und Schäfern waren –, fiel Gefangenen immer etwas Ironisches oder Forsches ein, das sie ihren Kerkermeistern an den Kopf werfen konnten. Arekh spürte, dass der Seelenleser sich gefreut hätte, wenn sein Gefangener geantwortet hätte. Er wäre entzückt gewesen, ein Turnier des schwarzen Humors zu beginnen, von dem er später, wenn er wieder an die Erdoberfläche emporstieg, seinen Kollegen und den schönen Damen des Ratsgebäudes hätte berichten können, die ihm mit mild entsetztem Gesichtsausdruck gelauscht hätten, ebenso fasziniert wie abgestoßen.

Aber Arekh hatte nichts zu sagen. Er konnte die Augen nicht vom Gesicht des Säuglings abwenden, der mit verkniffenem Mund schlief, als ob er selbst litt oder das Leid seiner Mutter teilte.

Der Seelenleser seufzte enttäuscht. »Gut. Bevor wir ein ernsthaftes Gespräch beginnen, muss ich Euch die rituellen Formeln wiederholen. Ihr habt sie schon gehört, nehme ich an. ›*Vatermord ist ein Verbrechen, das nicht gesühnt werden kann, denn die Götter wenden ihren Blick von dem ab, der die Fäden durchschneidet, aus denen sein Leben geknüpft ist. Reynes übt Verbrechern gegenüber keine Gnade, da sie selbst keine Gnade geübt haben.*‹ Kurz und gut …«

Der Seelenleser drehte sich um und gab den Wachen einen Wink, die fast unsichtbar am Rand der Höhle standen. Einer der Soldaten ging mit einem Tablett, einem Weinkrug und einem Glas zu ihm hinüber. Der Seelenleser schenkte sich langsam etwas ein, während der Soldat sehr aufrecht vor ihm stand; nachdem er getrunken hatte, stellte er das Glas wieder auf dem Tablett ab.

Der Wächter entfernte sich.

»Kurz und gut, Ihr habt keine Chance«, fuhr der Seelenleser lächelnd fort. »Um es melodramatisch zu formulieren: Ihr werdet Reynes nicht mehr lebend verlassen, also klammert Euch nicht an diesen Gedanken. Aber es gibt zahlreiche Arten zu sterben, und viele von ihnen sind unangenehm …«

Plötzlich ertönte unerwartet Lionors Stimme: »Ihr solltet die Ratsassistenten bitten, Euch Eure Reden zu schreiben. Eure sind nämlich erbärmlich.«

Arekh hob abermals den Kopf. Also war Lionor diejenige, die sich entschlossen hatte, die Rolle des großsprecherischen Helden zu übernehmen. Und das, obwohl sie verletzt, erschöpft und verzweifelt war und ihr Kind in den Armen hielt.

Ein Bild kehrte ihm ins Gedächtnis zurück: Lionor mit zornesfunkelnden Augen im Schlamm der Tränenstadt. *Lionor ist stärker als ich*, hatte Marikani einmal zu ihm gesagt. *Ich habe sie noch nie weinen sehen.*

Der Seelenleser warf der jungen Frau einen finsteren Blick zu, sah dann aber wieder Arekh an. »Ihr wisst natürlich, warum Ihr hier seid, Eleni Morales. Auf Vatermord steht die Todesstrafe, und wenn wir uns an die übliche Vorgehensweise gehalten hätten, wärt Ihr bereits hingerichtet worden. Aber wir haben Euer Urteil in die religiöse *Exiis*-Strafe umgewandelt. Wie die hier anwesende Ehari Lionor Mar-Arajec seid Ihr in der Gegenwart des absoluten Bösen gewesen. Das Feuer der Abgründe hat Euch versengt, Eure Seele verderbt und sich zwischen Euch und den Blick der Götter gestellt. Wir haben Lionor Mar-Arajec schon mehrfach Gelegenheit gegeben, dem bösen Einfluss der Demeana abzuschwören, die Gnade der Götter zu erflehen und ihre Seele zu reinigen, um dann einen friedlichen Tod zu finden. Aber sie hat das abgelehnt: So stark ist die Kraft der düsteren Klauen des Abgrunds, die im Laufe der Jahre Zeit hatten, ihr das Herz zu zerfleischen! Aber Ihr seid nur für kürzere Zeit den Lügen und Verführungskünsten der Demeana ausgesetzt gewesen. Vielleicht seid Ihr weniger befleckt. Als ich Euch in Salmyra gesehen habe, wirktet Ihr noch nicht geisteskrank …«

Arekh hob den Kopf und musterte den Seelenleser. Das Gesicht des Mannes sagte ihm nichts. Sicher hatte er zu Laosimbas Delegation gehört und an der Beratung teilgenommen. Damals war Arekh zu abgelenkt gewesen, als dass er genauer auf die Seelenleser geachtet hätte.

»Demeana?«, wiederholte er fragend.

Es war das erste Mal, dass er dieses Wort hörte, aber es schien aus zwei religiösen Begriffen zusammengesetzt zu sein, *Dem*, der »Düsternis der Abgründe«, und *Ana*, »böse Frau«.

»Diejenige, die sich ›Ayesha‹ nennen lässt«, erklärte der Mann. »Die Tochter des Gottes, dessen Namen man nicht nennt.«

»Marikani?«, fragte Arekh, ohne ein kleines Auflachen unterdrücken zu können.

Der Seelenleser straffte verärgert die Schultern. »Ayesha ist nicht menschlich. Sie ist die Macht der Abgründe, die das Chaos hervorbringt. Sie ist in die Königreiche gekommen, um Feuer und Zerstörung zu verbreiten.«

»Ihr scherzt.« Doch ein Blick auf den Seelenleser überzeugte Arekh vom Gegenteil.

»Sie lässt den Himmel einstürzen!«

»Die Tochter des Gottes, dessen Namen man nicht nennt?«, seufzte Arekh. »Das wird ihr nicht gefallen.«

Lionor lächelte leicht, und Arekh freute sich darüber.

»Habt Ihr mit ihr geschlafen?«, fragte der Seelenleser plötzlich. »Habt Ihr Euer Fleisch ins unsterbliche, verfluchte Fleisch der Demeana gesenkt?«

Arekh starrte ihn verblüfft mit offenem Mund an. »Nein«, sagte er schließlich.

Diesmal lachte der Seelenleser. »Gut«, sagte er mit Nachdruck. »Dann besteht vielleicht noch Hoffnung. Um-Akr sieht durch meine Augen, Um-Akr hört mit meinen Sinnen, und so frage ich Euch heute: Arekh es Morales, seid Ihr bereit, vor dem Gott zu bestätigen, dass die Demeana böse und wahnsinnig ist? Seid Ihr bereit, Euch von ihrem Einfluss und ihrer Stimme loszusagen, Euch hier, vor Um-Akr, zu erheben, um Euren Fehler laut herauszuschreien? Seid Ihr bereit, dem Namen der Ayesha abzuschwören und die Gnade des Gottes zu erflehen, auf dass er Euch verzeihen möge?«

»Ihr könnt mich mal«, antwortete Arekh.

Er bereute seine Antwort bald. In der Folterkammer, in die der Seelenleser ihn mit einem Wink befördern ließ, hatte Arekh Zeit zum Nachdenken, während die Henker ihm die Hände über dem Kopf fesselten und ihm die Beine in der Bußhaltung der Häretiker spreizten. Er hätte besser daran getan, alles zu schwören, was sie verlangten. Es wäre noch nicht einmal ein Meineid gewesen, denn was machte es schon, jener »Demeana« abzuschwören, die sie erfunden hatten? Als sie den Eimer mit eisigem Wasser und die Peitsche herbeitrugen, war Arekh nahe daran, die Abschwörformel zu sprechen, aber ein seltsamer Stolz – *Oder eine Torheit, die Marikanis würdig wäre!*, dachte er – hielt ihn davon ab. Jetzt sofort nachzugeben, vor dem ersten Schlag, hätte feige gewirkt, und er konnte sich nicht dazu entschließen. Und seltsamerweise ließ ihn dieser Widerstand gegen irgendetwas, diese Loyalität, deren Prinzipien er nicht begriff, stundenlang durchhalten, während der Riemen aus Leder und Metall auf seine Haut niederfuhr und die Henker seine Verletzungen mit Eiswasser übergossen, um wieder von vorn zu beginnen … Diese seltsame Torheit, die ihn daran hinderte, dem Namen der Demeana abzuschwören, verschwand nicht, und er schrie, brüllte, um seinen Kopf leer zu halten, um sich am Nachdenken zu hindern und nicht aufzugeben. Bald spürte er nur noch Schmerz: Stein, Wasser, Kälte und Qual vermengten sich zu einem Strudel, in dem nichts mehr Sinn ergab.

Und das ist erst der Anfang, dachte er noch, bevor er das Bewusstsein verlor, als die Peitsche seinen verletzten Schenkel traf. *Nur der erste Tag.*

Sie warfen ihn in der folgenden Nacht in eine neue, größere Zelle. Als die Wachen ihn hineinstießen, fand er Lionor vor, die im Schneidersitz auf dem Boden saß, die Tür anstarrte und ihr Kind stillte.

Das Gesicht der jungen Frau wies neue Wunden auf, aber ihre Züge waren noch zu erkennen. Arekh brach neben ihr zusammen und blieb ausgestreckt liegen; er konnte sich nicht bewegen und brachte kein Wort heraus. Aber er kam nicht umhin, nachzudenken. Warum beschränkten sie sich, wenn Lionor als Gefährtin der »Demeana« galt, auf den ersten Grad der Folter? Bestimmt, weil sie Lionor noch brauchten. *Und wenn sie sie brauchen*, dachte Arekh mit seltsamer Freude, *dann sicher, weil Marikani noch am Leben ist.* Sie war irgendwo, frei, um »Feuer und Zerstörung« in den Königreichen zu verbreiten.

Die Seelenleser hatten sie nicht gefangen nehmen können, aber irgendjemanden wollten sie der Menge präsentieren, die von den Vorgängen in Angst und Schrecken versetzt wurde. Wenn sie schon die Demeana selbst nicht hatten, dann hatten sie wenigstens ihre Handlangerin! *Schaut nur, seht euch das Gesicht dieser Frau an, die vom fürchterlichen Licht der Abgründe entstellt ist! Seht zu, wie wir ihr das Böse aus der Seele reißen!*

»Sie nennen Euch ihren ›Gatten‹«, sagte Lionor mit rauer Stimme.

Sie hielt den Blick auf das Kind gerichtet, das sie stillte. Arekh fragte sich, wie viel Zeit wohl vergehen würde, bis Schmerzen und Angst ihren Milchfluss zum Erliegen brachten. Und dann? Was würde aus dem Kind werden?

»Ihren Gatten?«, wiederholte er.

»Den Gatten der Demeana. Ihr mögt zwar beteuern, nicht mit ihr geschlafen zu haben, aber sie glauben Euch nicht. Sie haben beschlossen, Euch nicht zu glauben.«

Ein Gatte … Ja, den konnte man der Menge auch sehr gut vorführen. *Seht! Die menschlichen Helfer der Demeana! Wir haben ihre Komplizen!*

»Ihr Gatte. Offensichtlich … muss ich mich mit allen damit einhergehenden … Ungelegenheiten herumschlagen … ohne je etwas … von den guten Seiten gehabt zu haben«, brachte Arekh heraus; er unterbrach sich mehrfach, um gegen Wellen des Schmerzes anzukämpfen. Wenn Lionor auch diesmal lächelte, sah er es nicht. »Wie … und wann haben sie Euch gefangen genommen?«

Das Kind ließ die Brust los und stieß ein keuchendes, kaum hörbares Wimmern aus. *Es wirkt so schwach*, dachte Arekh. Die kleinen Ärmchen waren so mager.

»Sie … sie wollen ihn mir wegnehmen«, sagte Lionor mit fiebrigem Blick. »Wenn sie mir bisher erlaubt haben, ihn zu behalten, und ihn noch nicht getötet haben, dann nur, um ihn mir später entreißen zu können. Um ein letztes Druckmittel zu haben. Sie finden Vergnügen daran, mir Angst zu machen, ihre Klingen an den Kleinen heranzuführen … Und wenn … und wenn …«

Sie brach ab, und Schweigen senkte sich über die Zelle.

Erst nach einer ganzen Weile begann Lionor wieder zu sprechen. »Sie haben mich an der Grenze in der Nähe von Steinstadt festgenommen. Ich wollte zurück nach Lôna … Das ist das Gut meines Mannes im Süden von Harabec. Aber Laosimba hatte meine Verhaftung verlangt, und sie hatten meinen Steckbrief … Sie wollen alle, die Marikani je auf die ein oder andere Weise berührt hat …«

Arekh nickte. »Sie werden uns nicht töten«, sagte er. Er war heiser und versuchte sich zu räuspern. Nur ein paar Peitschenhiebe, und schon begehrte sein Körper auf. »Sie wollen uns als Druckmittel oder als Geiseln für den Fall, dass …«

»Sie stellen mir Fragen«, sagte Lionor und wiegte das Kind, das wieder zu weinen begonnen hatte. »Fragen über Marikani … über ihre Kindheit, ihren Charakter, ihre Freunde, ihre Verbündeten. Über Harabec und alles, was ich über den Hofstaat weiß …« Sie wandte sich Arekh zu und sah ihn an, ein entsetzliches Leuchten in den Augen. »Aber ich habe ihnen nichts gesagt! *Nichts!* Sie können alles versuchen, mir alles Beliebige antun … *Ich werde nichts sagen!*«

Arekh starrte sie mit offenem Mund an; Lionor wiegte das Kind in einem seltsamen Rhythmus und wiederholte mit brüchiger Stimme: »Nichts … nichts … nichts …«

»Lionor«, sagte Arekh schließlich, entsetzt von dem Wahnsinn, der aus ihren Augen leuchtete. Er zwang sich, sich aufzurichten, obwohl sein aufgerissener Schenkel schmerzte und die Muskeln seines Rückens sich wie eine einzige Wunde anfühlten. »Lionor, sagt ihnen alles! Alles, was sie hören wollen! Das spielt keine Rolle! Wenn Ihr Euch unnötige Qualen ersparen könnt, dann redet. Hört gar nicht auf zu reden, ertränkt sie mit Worten, nennt ihnen die Namen sämtlicher Statuen in Harabec und all der Schwachköpfe, mit denen Marikani je getanzt hat, beschreibt ihnen bis in alle Einzelheiten jede noch so kleine Perle ihres Hochzeitskleids … Schwört der Demeana so oft ab, wie sie es verlangen. Gebt ihnen, was sie wollen, es sind doch nur Worte! Bei Fîr«, flüsterte er, bevor ihm aufging, welche Ironie darin lag, die Götter anzurufen, »bei allem, was recht ist, Lionor – es ist unnütz, so zu leiden.«

»Ich werde Marikani nicht verraten«, sagte die junge Frau heiser. Sie wiegte sich mittlerweile selbst vor und zurück, den Blick auf den Felsen gerichtet.

»Aber Ihr verratet doch überhaupt nichts!«, raunte Arekh. »Wenn …«

Er unterbrach sich, weil er plötzlich begriff, was er schon viel früher hätte bemerken sollen, wenn die Schmerzen und die Reste der Drogen ihn nicht so benommen gemacht hätten. Wenn Lionor und er in dieselbe Zelle geworfen worden waren, dann sicher, damit sie sich unterhielten. Sie würden ausspioniert werden, das musste einfach so sein. Ein Soldat oder ein Schreiber im Dienste der Seelenleser presste bestimmt das Ohr an einen zu diesem Zweck eingerichteten Luftschacht und hatte die Feder bereits in der Hand, um alles aufzuschreiben, was sie einander erzählten.

Arekh hob den Kopf, suchte an der Decke und an den Wänden nach einem Bereich tieferen Schattens, in dem sich eine ungewöhnliche Höhlung verbergen mochte, und gab dann auf. Welche Rolle spielte das schon? Das war das Ironische an ihrer Folterung: Es gab kein Geheimnis, das sie hätten enthüllen können – zumindest keines, das ihren Feinden wirklich genützt hätte.

»Lionor, Ihr verratet nichts und niemanden«, wiederholte er. »Wenn wir noch nicht tot sind, dann nur, weil wir ihnen nützlich sein können. Wenn wir ihnen nützlich sein können, dann heißt das, dass Marikani auch noch nicht tot ist, dass sie vielmehr frei ist … irgendwo da draußen in der Wildnis mit einer Truppe aufständischer Sklaven. Ihr ist es völlig gleichgültig, was wir über ihre Kindheit oder über den Hof von Harabec erzählen. Nichts, was ich sagen könnte, kann ihr schaden. Wenn sie hier wäre, würde sie Euch befehlen zu reden.«

»Ihr habt Euch geweigert«, sagte Lionor, ohne ihn anzusehen. Sie wiegte sich noch immer. »Ihr habt Euch geweigert, ihr abzuschwören.«

Und Arekh seufzte in den Schatten hundert Fuß unter den Straßen von Reynes, tief unterhalb des Lebens und der Freiheit begraben.

Marikani hatte vor sehr, sehr langer Zeit einmal etwas zu ihm gesagt …

»›*Logik und Menschlichkeit gehen nicht immer Hand in Hand.*‹ Aber ich werde ihnen von morgen an geben, was sie wollen. Wenn ich diesen Narren damit eine Freude machen kann, abzuschwören, dann täte es mir leid, ihnen diese Freude vorzuenthalten. Das wird niemanden etwas kosten.«

»Feigling«, zischte Lionor; ihre abgemagerten Gliedmaßen zitterten vor Wut. »*Feigling!* Ich wusste ja, dass Ihr sie nicht wirklich liebt, ich wusste es …«

Ihre Stimme brach, als sei sie am Ende ihrer Kräfte. In ihren Armen begann das Kind zu husten. Es war ein leiser, trockener, schrecklicher Husten, der Arekh stärker wehtat als alle Peitschenhiebe. Lionor wiegte das Kind von neuem und wartete darauf, dass es sich beruhigte.

»Feigling«, sagte sie am Ende noch einmal.

Arekh lachte leise. »Das ist keine Feigheit, Lionor«, sagte er sanft. »Das ist Hoffnung. Wenn ich feige wäre, würde ich ihnen morgen ins Gesicht spucken. Ich würde meine Ketten packen und versuchen, einen der Wachsoldaten zu erwürgen, damit ein zweiter reagiert und mich mit einem Schwerthieb tötet. Dann hätte mein Leid ein Ende.«

»Das solltet Ihr tun«, grollte Lionor. »Dann würdet Ihr wenigstens nicht diejenige verraten, die Euch so viel geschenkt hat und …«

»O ja, sie hat mir *so viel* geschenkt«, sagte Arekh und lachte erneut, denn es schien ihm, als ob er gar nicht anders konnte – doch sogar das Lachen schmerzte, und er hörte wieder auf. »Sie hat mir das Recht geschenkt, mich hier wiederzufinden. Lionor, erinnert Ihr Euch noch, wie oft ich Marikani vorgeworfen habe, mich gerettet zu haben? Mîns Leben unnötig verlängert zu haben, weil er so doch nur ein paar Tage länger gelitten hat?«

Lionor sagte nichts, und Arekh fuhr fort: »Zumindest eines ist ihr gelungen.« Er wusste nicht, ob er darüber verbittert war oder nicht. »Ich bin nun demselben Wahnsinn anheimgefallen. Ich glaube, dass man leben muss, Lionor, selbst wenn es nur einige Stunden zusätzlichen Leids bedeutet. Man muss zu leben versuchen.«

Im Dunkel der Zelle hatte dieser Satz sehr theatralisch geklungen, aber in den folgenden Tagen vergaß Arekh mehrfach beinahe seine Entschlossenheit. Er hatte geredet und alles erzählt, was Vernard, der Seelenleser, über Harabec und Marikani wissen wollte. Gelegentlich hatte er die Wahrheit sogar ausgeschmückt. Manchmal trieben ihn die Schmerzen fast in den Wahnsinn.

Am dritten Tag beehrte Laosimba es Verityu von Meslore, der Gesegnete des Fîr, in einen schweren grauen Pelzmantel mit Silberstickereien gehüllt, den Gemarterten mit seinem Besuch. Arekh erfand für ihn mit einem Talent, um das selbst die Geschichtenerzähler am Hofe von Kiranya ihn beneidet hätten, ein farbenfrohes Märchen, das Laosimba erfreute und Vernard die Stirn runzeln ließ. Vor Schmerzen röchelnd – mittlerweile versengten sie ihn mit glühenden Eisen und glimmenden Holzstücken – warf Arekh sich in eine unzusammenhängende Erzählung, redete von Gestalten aus den Abgründen, die um Marikani herumtanzten, von dem purpurnen Licht, das am Morgen aus ihren Augen strahlte, von Opfern zum Frühstück und Kannibalismus, von Orgien und Trancezuständen, in denen sie in einer unverständlichen, barbarischen Sprache redete.

Laosimba ging befriedigt wieder, und Arekh ließ sich nach seiner Vorstellung erschöpft auf die Pritsche sinken, auf der er angekettet war, während Vernard ihn misstrauisch musterte.

Die Folter hatte nicht nachgelassen, obwohl Arekh schon drei Mal abgeschworen und alle nötigen Kniefälle und Förmlichkeiten vollzogen hatte. Er hatte alle Eide geschworen, die von ihm verlangt worden waren – und das, obwohl er noch vor einem Jahr die Götter gefürchtet hatte und allein der Gedanke an einen Meineid vor ihnen ihm fürchterlicher erschienen war als jeder Mord. Und jetzt log er, log vor Götterbildern und den heiligsten geweihten Gegenständen, ohne auch nur vom Anflug eines Gewissensbisses gestreift zu werden.

Doch trotz allem machten sie weiter und warfen ihn jeden Abend zerschlagen in seine Zelle zurück, in die sie am Ende jedes Tages auch Lionor zurückbrachten.

Welche Qualen Arekh auch durchlebte, sie waren nicht so entsetzlich wie das, was die junge Frau durchmachte, und er sah zu, wie sie jeden Tag weiter verfiel. Ihr Kind lebte noch, magerte aber ab und wurde immer zerbrechlicher.

Fünf Nächte lang weigerte sie sich, Arekh anzusehen, und zischte ihm nur Beleidigungen zu, wenn er versuchte, mit ihr zu sprechen und sie zu trösten.

»Feigling«, flüsterte sie immer kraftloser und doch immer hasserfüllter. »Feigling! Verräter! Schlange!«

In der sechsten Nacht sagte sie nichts. Sie setzte sich, das Kind in den Armen, mit dem Rücken zur Wand auf den Boden und starrte mit so leerem Blick zur Decke, dass Arekh einen Moment lang glaubte, sie sei tot.

»Lionor«, flüsterte er, ging zu ihr und kniete sich neben sie, als er spürte, wie seine Kräfte ihn im Stich ließen. Er legte ihr die Hand auf die Schulter; sie wehrte sich nicht. »Lionor … wir müssen … Marikani hätte gewollt …«

»Sie werden mir den Kleinen wegnehmen«, krächzte sie. »Morgen. Sie haben mir gesagt, dass sie ihn mir wegnehmen werden. Um … um ihn …«

Sie brach ab. Arekh nahm sie unbeholfen in die Arme. Lionor ließ den Kopf an seine Schulter sinken und begann wild zu schluchzen.

KAPITEL 4

Der Armbrustbolzen drang mit einem dumpfen Knacken in Harrakins Schulter.

Der Schmerz und der Aufprall trübten ihm den Blick, aber trotz des roten Nebels, der vor seinen Augen aufstieg, verlor er keine Zeit. »Verteilt euch!«, schrie er und presste sich die Hand auf die Schulter. »Schützt die Karawane!«

Mit einer knappen Bewegung brach er das Holzstück ab, das noch aus der Wunde ragte, und ließ die Spitze stecken. Er presste den Schaft in der Hand zusammen, ohne sich damit aufzuhalten, ihn sich näher anzusehen; es gab Dringenderes zu tun.

»Schnell!«, rief er, als nach der ersten Welle des Schmerzes Menschen und Landschaft langsam wieder klar zu erkennen waren. »Bildet einen Kreis!«

»Ihr seid verletzt, Majestät!«, sagte sein Leutnant, ein braungebrannter, hagerer junger Mann, dessen Namen Harrakin nie erfahren hatte. »Wir müssen ...«

»Den Kreis!«, brüllte Harrakin und zügelte sein Pferd, das durchzugehen drohte. »Plaudern könnt Ihr später!«

Rings um sie ... nichts. Niemand. Sie waren allein, zumindest allem Anschein nach. Die königliche Karawane und ihre Eskorte von hundertzwanzig Mann wirkten auf der staubigen Landstraße winzig: kleine, unbedeutende Kieselsteine, die von der Großartigkeit der Ausläufer der Hismark-Berge geradezu erschlagen wurden. Der Wind wirbelte Staub zwischen den hohen Klippen aus rotem Stein auf. Die Welt setzte sich aus kräftigen Farben zusammen: dem Scharlachrot und Gelb der Felsen, dem strahlenden Blau des Himmels. Die Sonne wärmte kaum, aber die Wüstenlandschaft war wunderschön. Sie bildete eine Ausnahme im Süden des Emirats: eine farbenprächtige, trockene Gegend, die niemand erobern wollte.

Die Reiter formten einen menschlichen Schutzwall um ihren König.

Niemand.

Es war niemand da.

Der Armbrustbolzen war von Nordwesten gekommen, von den hohen, roten Klippen herab. Die Angreifer versteckten sich auf dem Höhenkamm … *Da*, dachte Harrakin, der sich weiter die Schulter hielt, um sicherzustellen, dass er nicht zu viel Blut verlor. Ja, dort, auf dem steinigen Berggrat, dessen Felsnadeln menschenähnliche Silhouetten bildeten … Oder vielleicht auch dort drüben, hinter den rötlichen Pfeilern, oder vielleicht da, weiter nördlich, auf der ockerfarbenen Klippe, die unterhalb eines Gipfels lag.

Hinter Harrakin hatten sich weitere Reiter um die Wagen und Sänften verteilt; die Fußsoldaten, die *Murufersöhne*, hatten sich zu allem bereit vorn postiert, und die zwanzig Armbrustschützen hatten ein Knie zur Erde gebeugt und zielten auf einen unsichtbaren Feind.

Der Schmerz in Harrakins Schulter rang ihm eine unwillkürliche Grimasse ab. Er hatte schon vor seinem

Aufbruch gewusst, dass diese Reise gefährlich werden würde. Aber er war es sich schuldig, sich nach Reynes zu begeben. Es war notwendig; die Lage war überaus ernst. Er hatte keine Wahl, und er würde sich jetzt nicht von irgendwelchen Banditen den Weg versperren lassen – von Banditen oder von aufständischen Sklaven, menschlichen Raubtieren, die, wie man sich erzählte, auf ihrem Zug plünderten und Zerstörungen und Massaker anrichteten. Es ging sogar das Gerücht, dass Marikani an der Spitze einer dieser Banden stand. Es war angeblich keine bloße Rebellengruppe, sondern eine Flut von Aufständischen, ein ganzes Volk, über das die wildesten Gerüchte in Umlauf waren.

Nach den ersten Plünderungszügen von Marikanis Banditen hatte Laosimba, der den Seelenlesern in Reynes vorstand, Harrakin einen zornigen Brief gesandt, ganz so, als sei Harrakin zumindest teilweise verantwortlich für die Untaten derjenigen, die er geliebt, geheiratet und dann verraten hatte. Harrakin hatte das Schreiben mit einem amüsierten Schulterzucken ins Feuer geworfen. Sie hätten Marikani eben nicht entkommen lassen dürfen. Was hatten diese Seelenleser denn geglaubt? Dass sie sich in eine Hütte am Ende der Welt flüchten würde, um dort Stickereien anzufertigen und ihre einstigen Sünden zu beweinen? Marikani war vielleicht nicht aus dem königlichen Blut Harabecs geboren, wie alle so lange geglaubt hatten, aber sie war wie eine Prinzessin von Geblüt erzogen worden, und – bei den Göttern! – sie war mutig! Was hatten sie denn sonst von einer Frau erwartet, die Harrakin geheiratet hatte? Um zu verhindern, dass Marikani sich gegen sie wandte, hätten sie ihr gleich die Kehle durchschneiden müssen, die Schwachköpfe …

Das hätte Harrakin jedenfalls getan, wenn man es ihm gestattet hätte. »Verschone deinen Gegner heute nicht, denn er wird dich morgen gewiss nicht verschonen«, das hatten ihm in seiner Kindheit verschiedene Hauslehrer immer wieder gesagt. Ja, man musste seine Feinde vernichten, selbst wenn man sie schätzte – *besonders*, wenn man sie schätzte. Harrakin hätte Marikani sofort in einem Keller in Salmyra hinrichten lassen, wenn man ihm eine Wahl gelassen hätte, aber nein, diese Schwachköpfe hatten unbedingt rituelle Folterungen vornehmen wollen und auf einer offiziellen Verurteilung unter dem Dach des Großen Tempels von Reynes bestanden. Gottgewollte Qualen unter dem Blick Fîrs – sie hatten ihre Beute vor allem in den Straßen von Reynes zur Schau stellen wollen.

Aber ihre Beute war entkommen und piesackte sie nun.

Und nur wegen dieser Narren und ihrer Eitelkeit befanden Harrakin und seine Eskorte sich jetzt in einer schlechten Position in einer felsigen Schlucht und wurden sicher von einer der Banden aufständischer Sklaven beschossen, die Marikani ausgebildet hatte.

Von einer Sklavenbande, die im Moment unsichtbar war.

Immer noch nichts.

Keine Bewegung.

Der strahlend blaue Himmel.

Das Rot der Felsen, wie geronnenes Blut.

»Sie verfügt über seltsame Kräfte«, flüsterte der Leutnant neben Harrakin. »Die *Demeana* …« Er senkte die Stimme noch weiter, als hätte er Angst davor, diese Bezeichnung laut auszusprechen. »Es kostet sie nur eine Handbewegung, Feuer und Tod herabregnen zu lassen.

Sie lässt ihre Männer in einem Wirbel aus Staub erscheinen und verschwinden und …«

Harrakin brachte ihn mit einem Blick zum Schweigen. »Noch ein Wort, und ich degradiere Euch«, zischte Harrakin leise, damit die gemeinen Soldaten nichts mitbekamen. »Dass ein solcher Schwachkopf wie Ihr überhaupt zum Leutnant befördert worden ist, ist eine Schande für unsere Armee!«

Der junge Mann wurde aschfahl und begann zu zittern. Er befürchtete wohl, mit einem Schlag alles zu verlieren: die Gunst seines Königs, seine Ehre, vielleicht auch seinen Posten. Harrakin musterte ihn weiter und fragte sich, ob es nicht besser gewesen wäre, seiner Drohung sogleich Taten folgen zu lassen und ihn auf der Stelle durch einen Offizier zu ersetzen, der weder feige noch abergläubisch war.

»Ayashi?«, fragte eine melodiöse Stimme hinter ihnen. »Geliebter, was geht hier vor?«

»Ich weiß es nicht, Samia. Bleib in der Sänfte.«

Aber als er sich zum Zentrum der Karawane umdrehte, war die junge Frau schon dabei, auszusteigen; sie hatte einen zierlichen Schuh auf das Trittbrett gesetzt, und ihre Zofen drängten sich um sie.

»Sind wir in Gefahr?«, fragte sie und schüttelte mit einem schüchternen Lächeln die Locken.

»Bei Fîr!«, stieß Harrakin hervor und wendete sein Pferd, um die Karawane entlangzureiten. »Geh zurück in die Sänfte, Samia, oder ich schaffe dich selbst wieder hinein!«

Die junge Frau kehrte sofort zitternd um. Harrakin bereute, einen solch heftigen Ton angeschlagen zu haben: Man durfte eine Frau nicht in Gegenwart Untergebener demütigen. Besonders, wenn diese Frau eine entfernte Verwandte von königlichem Blut war und gute Chancen hatte, einmal seine Gemahlin zu werden.

Wenn sie denn wirklich ein Kind von ihm erwartete und dieses Kind ein Sohn war.

Aber Harrakins Schulter peinigte ihn, die Lage war ernst, und Samias Beschränktheit und Langsamkeit machten ihn manchmal so gereizt, dass er ihr gern eine Ohrfeige versetzt hätte, wenn er nicht gewusst hätte, was er seinem göttlichen Ahnherrn schuldig war.

Am hinteren Ende der Karawane angekommen, wendete er das Pferd erneut und ritt an der rechten Flanke zurück.

Auf den Ockerklippen rührte sich immer noch nichts.

Nicht einmal ein Windhauch.

»Majestät«, flüsterte der Hauptmann der Murufersöhne, der ihm entgegenkam. »Wir sollten wieder aufbrechen. Sicher waren das nur einige vereinzelte Banditen, die geflohen sind, als ihnen klar wurde, mit wem sie es zu tun haben. Und davon abgesehen« – er wies auf Harrakins Arm – »sollte sich der Wundarzt das hier …«

»Noch nicht«, sagte Harrakin und suchte die Berge mit Blicken ab.

Nein. Das waren keine vereinzelten Räuber, und es war auch niemand geflohen. Das sagten ihm all seine Instinkte.

Die Stille lastete zu schwer.

Ein Geräusch …

Kaum hörbar, wie ein Pfeifen. Der Hauptmann hielt den Atem an, seine Soldaten erstarrten, erst nur wenige, als das Pfeifen noch leise war, dann alle, mit angsterfüllten Augen. Das Geräusch schwoll immer weiter an, ließ ihre Ohren vibrieren, dass es fast schon schmerzte. In der Karawane begannen die Frauen zu schreien.

»Ruhe!«, brüllte Harrakin zu den Sänften hinüber, aber das Pfeifen war mittlerweile zu laut, und niemand hörte ihn.

An seiner Seite gerieten die Männer in Panik, das spürte Harrakin fast körperlich. Sein Pferd bäumte sich ängstlich auf und tänzelte über den sandigen Boden; Harrakin vermochte es nur mühsam wieder zu zügeln. Durch das unwirkliche Pfeifen hindurch konnte er gerade noch das Wiehern der Tiere und die schrillen Schreie der Frauen wie ein Hintergrundgeräusch hören …

Er konzentrierte sich, versuchte, die Ängste zu ignorieren, die in ihm wach wurden: Erinnerungen an alte Ammenmärchen über entstellte Geschöpfe, Bastarde aus Verbindungen zwischen Menschen und Kreaturen der Abgründe, die die Gerechten mit ihren verfluchten Gesängen in die Klüfte lockten.

»*Da drüben!*«, schrie ihm der Leutnant ins Ohr. Harrakin hatte ihn nicht herankommen hören und erriet seine Worte eher, als dass er sie verstand. Rings um sie hielten Soldaten sich die Ohren zu, ließen die Waffen fallen, zitterten und schrien. Der Leutnant deutete auf einen Bergkamm im Osten, der dem Platz, von dem der Armbrustbolzen abgeschossen worden sein musste, gegenüberlag. *Das Pfeifen … von da oben … eine Spur … Angriff …*

Er sagte nur wenig, aber Harrakin verstand und schüttelte den Kopf, um den Mann davon abzuhalten, zum Angriff auf den Berg zu blasen. Der Leutnant protestierte, beharrte, das entnahm Harrakin seinen Gesten und seinem Gesichtsausdruck; er sagte sicher, dass die Feinde sich dort oben an dem Ort, von dem das Pfeifen kam, befinden mussten, so dass man sie ebenso gut angreifen konnte: losstürmen und den Hang hinaufklettern, bevor die feindlichen Bogenschützen sie alle aus der Ferne niedermetzelten. Und Harrakin, der den Schmerz ganz vergessen hatte, spürte plötzlich etwas Feuchtes auf seinem Hemd. Blut. Diesmal floss das Blut kräftig, durchtränkte langsam seine Kleidung, und sein Arm wurde taub. *Hoffentlich war der Bolzen nicht vergiftet*, dachte er und kämpfte gegen eine leichte Benommenheit an.

Der Leutnant hob den Arm, wollte den Befehl zum Angriff geben.

»*Nein*«, sagte Harrakin schlicht.

Der Offizier erstarrte. Er konnte die Antwort nicht gehört haben, hatte sie aber in den Augen seines Königs gesehen.

»Nein«, wiederholte Harrakin an sich selbst gewandt. Er lauschte immer noch; alle seine Sinne waren wach, obwohl das Pfeifen ihm in den Ohren dröhnte, ein Pfeifen, das perfekt geeignet war, zu verhindern, dass man sich konzentrierte …

Konzentrierte und nachdachte …

Und dass man *hörte* …

Dass man *was* hörte?

Du hast nichts als deine Augen, hieß es im »Lied des Kriegers«, einem Gesang über Arrethas. Ein guter Krieger hatte nichts als seine Augen … Und auch nichts als seine Ohren …

Harrakin schloss die Augen, suchte, dachte nach, was das Pfeifen wohl verbergen sollte, spürte, dass der Leutnant ihn seltsam ansah, und …

Die Erde zitterte.

Der Boden erbebte wie unter sechzig oder gar achtzig galoppierenden Reitern, die sich näherten, *von Süden*, von hinten, während der Armbrustbolzen und das Pfeifen dafür gesorgt hatten, dass sie ihre Aufmerksamkeit und ihre Männer auf den Norden konzentrierten.

»*Zu mir!*«, schrie Harrakin, setzte sein Pferd in Bewegung und ritt zum Ende der Karawane. Die Reiter folgten ihm; sie gehorchten eher seinen Bewegungen als seinen Worten.

Er gab seine Befehle, deutete weitere nur an, statt sie laut zu rufen, spürte das Gefühl von Dringlichkeit immer stärker, ließ die Murufersöhne nach hinten laufen, postierte die Armbrustschützen an der Flanke. Zu Harrakins Erstaunen schien der Leutnant, der ihm so töricht vorgekommen war, nun seine Gedanken zu erraten; auch er galoppierte umher, gab den Soldaten wild gestikulierend Zeichen, reihte sie im Süden auf, während die Anspannung unter dem strahlend blauen Himmel wuchs, zwischen den Felsen, die Reglosigkeit heuchelten …

Und plötzlich waren sie da.

Am Ende der Schlucht.

Sie galoppierten direkt auf die Karawane zu.

Mindestens achtzig Reiter, vielleicht sogar hundert, schwarz gekleidet, vom Staub bedeckt, den ihr Ritt aufwirbelte, verschwommen und tödlich wie Gespenster des Chaos. Das Pfeifen erstickte wie ein Nebel den Lärm ihres Herannahens, und ihre stummen Bewegungen wirkten wie verzaubert. Das waren keine gewöhnlichen Gegner, sondern Geister, ein Gespensterheer, das mit im Wind flatternden schwarzen Umhängen wie eine langsame Welle heranrollte.

Die Reiter aus Harabec erstarrten, und die Armbrustschützen konnten ihre Hände nicht rühren, da sie zu verstört vom Erscheinen dieser albtraumhaften Wesen waren. Und inmitten der schwarzen Masse galoppierte – oder vielmehr wogte, denn die Bewegung wirkte sehr flüssig – eine dunkle Kreatur mit gewaltigem, fließendem Körper; ihre orangefarbenen Augen funkelten wie böse Flammen.

Der Leutnant hatte den Armbrustschützen schon zwei Mal bedeutet zu schießen, doch die Männer hatten sich nicht gerührt. *Wir werden sterben*, begriff Harrakin; der Schmerz in seiner Schulter strahlte mittlerweile weit aus. *Wir werden niedergemetzelt werden, und das nicht, weil sie in der Überzahl sind, sondern weil das Pfeifen und das Entsetzen diese Dummköpfe lähmen.*

Harrakins Männer vergötterten ihn: Sie wären ihm in die Abgründe gefolgt, wenn er mit ihnen hätte sprechen können, um sie anzufeuern und zu beruhigen. Aber das Pfeifen, das sie verrückt machte, übertönte alle anderen Geräusche, und er konnte nicht sprechen. Oh, das war ein geschickter Schachzug! Ja, sie würden sterben, weil der Feind solch eine ausgefeilte Strategie anwendete …

Nein.

Harrakin geriet in Wut.

Der König von Harabec würde nicht vor ein paar Reitern und einem Musikinstrument kapitulieren. Er hatte schon ganz andere Dinge erlebt; seine Soldaten ebenfalls. Wenn er schon nicht zu ihnen sprechen konnte, dann konnte er doch wenigstens …

Er konnte ihnen anders Mut einflößen.

Harrakin zwang sein Pferd, sich theatralisch aufzubäumen, reckte das Schwert mit trotziger Gebärde hoch und ritt dann zwei Mal vor seinen Soldaten auf und ab.

Dann, als alle Blicke auf ihm ruhten, wendete er sein Pferd und stürmte allein geradewegs auf den Feind zu.

Er galoppierte mit erhobenem Schwert den Reitern entgegen. Allein gegen achtzig. Er hatte nicht vor zu sterben – nicht, wenn er es vermeiden konnte! –, aber wenn dies der einzige Weg war, seinen Männern ein wenig Mumm in die Knochen zu treiben, dann …

Dann würde er – bei den Göttern, die heute von der Sonne geblendet wurden! – diesen »Kreaturen« schon zeigen, wie ein Sohn des Arrethas zu sterben wusste.

Noch vierzig Schritt. Seine Gegner waren bloß noch eine dunkle, staubige Linie, eine unförmige Masse, aus der nur die wandelbare Gestalt der feueräugigen Kreatur hervorstach.

Zwanzig Schritt. Hatte er ihre Reaktion falsch eingeschätzt? Was taten seine Männer? Warum schossen die Armbrustschützen nicht? Würden seine Soldaten einfach untätig zusehen, wie er sich opferte?

Zehn Schritt.

Ein Hagel aus Armbrustbolzen ging plötzlich auf die feindlichen Linien nieder, und zehn Pferde stürzten vor Harrakin in den Staub. Nur Soldaten an den Flanken waren getötet worden; Harrakins Männer hatten es vermieden, aufs Zentrum zu zielen, um ihren König nicht zu treffen.

Waren die Reiter aus Harabec zum Angriff übergegangen? Wenn nicht, würde er binnen weniger Herzschläge sterben.

Fünf Schritt.

Eine neue Armbrustsalve. Weitere Tote.

Die überraschten Blicke seiner Gegner.

»ARRETHAS!«

Handgemenge.

Keine Zeit mehr zum Denken, zum Grübeln. Nur noch Leben, Tod, Eisen und Blut.

Im letzten Moment hatte Harrakin einen Haken nach rechts geschlagen, um die Feinde, die schon zum Schlag ausholten, zu überrumpeln. Er wurde nicht langsamer, zügelte sein Pferd nicht, sondern vertraute auf die Kraft und das Gewicht seines Reittiers, um sich einen Weg freizuhauen und alles niederzuwalzen. Er duckte sich, um ersten Hieben zu entgehen, und als er den Kopf wieder hob, war er bereits mitten in den feindlichen Reihen. Ein Wald aus Schwertern, Klingen und Speeren ragte über seinem Kopf auf. Also schlug er zu, brüllte Flüche, die niemand hören konnte, lachte vor Freude und schierer Gewalttätigkeit, lachte angesichts der Kraft, die ihn trug, und über seinen eigenen Wahnsinn, schlug Arme ab, zerschmetterte Gesichter und Oberkörper. Blut bespritzte seine Haut und seine Kleider. Er rammte dem Pferd die Sporen in die Flanken, um nicht langsamer zu werden, denn die ständige Bewegung war alles, was ihn am Leben hielt. Die Schlacht und sein Lebensfaden waren zu einer Reihe von Bildern geworden, zu kleinen, verstreuten Szenen: ein Schwert, das er abwehrte, der Aufprall, der seinen Arm erzittern ließ … sein Pferd, das wankte, bevor es wieder nach vorn drängte, während Harrakin ins Fleisch eines Mannes und seines Reittieres schnitt … ein gewaltiger, mit einer Axt bewaffneter Krieger, der mit offenem Mund stumm schrie, während der drohend erhobene Arm sich von seinem Körper löste.

Harrakins Pferd galoppierte noch immer … Ein Hieb nach rechts, einer nach links. Wieder stolperte sein Reittier und stürzte fast. Harrakin hatte keinen Schwung mehr, er musste aus dem Handgemenge hinaus. Zu seiner Rechten lichtete sich das Kampfgetümmel … Er wendete sein Pferd und drängte geradeaus, parierte Schläge, teilte selbst welche aus, traf, war blutüberströmt und hatte doch die Schmerzen in seiner linken Schulter so gut wie vergessen. Er wurde von allen Seiten bedrängt, er konnte nicht …

Eine Bewegung, als ob ein Befehl gegeben worden sei, um auf einen Angriff zu reagieren. Die feindlichen Reiter wichen zurück wie das Meer bei Ebbe, und Harrakin fand sich plötzlich außerhalb des Wassers und fern der Kämpfer wieder; sein erschöpftes Pferd galoppierte ins Leere, bevor es am Rande der Schlucht nahe an der Felswand stehen blieb, während die letzten Gegner sich neu formierten, um sich dem Angriff der Reiter aus Harabec zu stellen.

Als er sich umdrehte, sah Harrakin einen letzten Angreifer auf sich zustürmen: einen schwarzhaarigen Mann in funkelndem Kettenhemd mit glühenden Augen, der sich aus der Gruppe löste und auf ihn zuhielt.

Harrakin rührte sich nicht und gab seinem Pferd, das zitterte, noch ein paar Herzschläge Zeit zu verschnaufen … Dann, im letzten Moment, riss er das Tier herum und spießte den Mann mit einem Jubelruf von der Seite auf; der Schwung riss ihn mit, und seine Klinge drang ohne Schwierigkeiten zwischen den Metallringen hindurch. Der Mann ritt mit zerschmetterter Brust weiter, um dann am Rande der Schlucht zu Boden zu stürzen.

Harrakin drehte sich um und beobachtete die Schlacht.

Der Leutnant, den zu degradieren eindeutig ein Fehler gewesen wäre, hatte gute Arbeit geleistet. Die Murufersöhne hatten sich rechts formiert und unterstützten mit ihrem Angriff die Reiter, während die Armbrustschützen von links her schossen, um ihre eigenen Leute nicht zu treffen. Es hieß, dass die Armbrustschützen von Harabec eine besondere Gabe hatten. Angeblich konnten sie mitten in der Schlacht Bolzen abschießen, wenn Freund und Feind in Handgemenge verstrickt waren, und doch nur ihre Gegner treffen, da Arrethas ihre Bolzen führte. Diese Taktik wurde »Arrethasfeuer« genannt und hatte Harabec angeblich vor sechshundert Jahren in einer entscheidenden Schlacht gerettet. Aber weder Harrakins Vorfahren noch er selbst waren seitdem je das Risiko eingegangen, das Arrethasfeuer einzusetzen.

Und heute war auch nicht der rechte Augenblick. Der Feind war stark, und jeder Mann war kostbar. Ohnehin war es besser, manche Legenden nicht auf ihren Wahrheitsgehalt zu überprüfen.

Die Reiter aus Harabec schlugen mutig auf die Feinde ein; durch den Staub und das Pfeifen war es schwierig, zu sehen, wer die Oberhand hatte. Harrakin richtete sich auf, holte tief Atem und machte dann einige Bewegungen, um die Muskeln seines rechten Arms zu entspannen. Sein linker Arm war fast völlig taub. Gleichgültig! Er musste zurück. Zorn, Euphorie und Blutdurst hatten ihn noch nicht verlassen, und er hatte das Bedürfnis, seine Klinge ins Fleisch dieser Barbaren zu rammen – denn nur das waren sie aus der Nähe betrachtet, Barbaren mit Umhängen –, die es wagten, sich der Furcht als Waffe zu bedienen.

Barbaren. Hier, mitten im Emirat. Die Armeen der Abgründe, wie die Priester sie mittlerweile überall in den Königreichen nannten … Östlich der Berge, mindestens zwanzig Meilen im Landesinnern. Jetzt war keine Zeit, darüber nachzudenken – Harrakin würde sich später Gedanken über die Bedeutung dieses Angriffs machen. Jetzt musste er sich erst einmal aufs Überleben konzentrieren. Aber sein Verstand gehorchte nicht allein der Vernunft, und seine Gedanken schweiften einen Moment lang ab, getrieben von beißender Besorgnis. So weit von den Bergen entfernt, tief im Innern der Königreiche, in zivilisierten Gebieten … Achtzig feindliche Reiter? Ohne dass irgendjemand es mitbekommen hatte? Was taten sie hier? Waren noch weitere da? Wo? Wann waren sie gekommen?

Als sei er von diesen Überlegungen geweckt worden, übermannte ihn der Schmerz; er strahlte von der Schulter bis in den Oberkörper aus. Harrakin hatte zu lange nachgedacht. Seine Energie ließ nach, und er spürte, wie eine Welle der Mutlosigkeit über ihn hinwegbrandete. Natürlich waren da noch die Fußsoldaten und Armbrustschützen, aber er hatte nur dreißig Reiter gegen achtzig … Sie hatten keine Chance.

Aber wenigstens hatten sie gekämpft, statt sich wie Feiglinge starr vor Entsetzen niedermähen zu lassen.

Das Pfeifen kam zum Erliegen.

Harrakin hob den Blick zu den Klippen. Fünf Soldaten in den weithin sichtbaren, leuchtenden Farben Harabecs standen auf einem Felsgrat und vollführten eine Siegesgeste. Drei von ihnen trugen mit ausgestreckten Armen etwas, das von unten schwer zu erkennen war, wie eine Trophäe … sicher eine Art Musikinstrument.

Und plötzlich war alles wieder normal.

Ohne die andersweltliche Musik, die der Szene solch eine unwirkliche Atmosphäre verliehen hatte, war der Kampf nur noch ein Kampf, der Hinterhalt ein Hinterhalt und die »Kreatur des Chaos« dahinten inmitten des Kampfes erinnerte ganz entschieden an eine in schwarze Lumpen gehüllte Vogelscheuche. Der Schmerz ließ nach, Harrakins Vernunft kehrte zurück, das Schlachtfeld war nicht mehr der Ort einer angekündigten Niederlage, sondern ein Spielbrett, auf dem es, wie in allen Kriegen, genügte, die richtigen Figuren zu verschieben …

Er trieb sein Pferd zum Galopp und sprengte an die Kampflinie. »Murufersöhne! Zurück! Teilt euch in zwei Gruppen!«, schrie er, sobald der Hauptmann in Hörweite war. »Nehmt ihre rechte Flanke in die Zange, treibt sie von unseren Reitern weg! Zielt auf die Beine der Pferde! Kümmert euch nicht um die Männer, haut die Tiere nieder! Rückt einfach geradeaus vor und schneidet so viele Kniesehnen wie möglich durch! Los!«

Die Armbrustschützen rückten in »Krebsformation« vor, schossen, machten vier Schritte nach vorn und luden dabei nach, schossen dann erneut …

Arrethas, schütze deine Söhne, dachte Harrakin und betete damit vielleicht zum ersten Mal in seinem Leben von ganzem Herzen. *Wenn dein Blick auf uns ruht und du über das Königshaus von Harabec wachst, ist jetzt der Zeitpunkt gekommen, es zu zeigen!*

»Der Sieg ist unser!«, schrie er dann so laut er konnte mit hochgerecktem Schwert und schüttelte das lange Haar, das ihm über die Schultern fiel, mit betont theatralischer Gebärde. Je tapferer und stolzer ein Kriegsherr sich gab, desto tapferer und stolzer *waren* seine Soldaten. »Zögert nicht länger! Sie sind viele, aber sie weichen bereits zurück … Eine letzte Anstrengung, dann schlagen wir sie in die Flucht! *Zu mir!* Wir haben schon gesiegt!«

Und mit dieser kapitalen Lüge warf er sich wieder

nach vorn, hieb aufs Neue in die Masse und sang im Zuschlagen die »*Ode auf das Blut*«. Er hörte, wie seine Männer hinter ihm den Gesang aufgriffen. Und entsetzt über seine Hiebe, die Wildheit seiner Stimme und sein Gesicht, das sich in eine Kriegermaske verwandelt hatte, wichen die feindlichen Reiter vor ihm zurück. Die Lüge wurde zur Wirklichkeit: Harrakin spürte, wie seine Gegner schwächer wurden, wie ihr Zusammenhalt sich angesichts der neuen Kraft der Männer aus Harabec und unter dem Gesang des Arrethas langsam auflöste, und einen Moment lang fühlte er sich vom Atem des Gottes getragen.

Und dann sah er nicht weit entfernt die »Kreatur«. Die Krieger der Abgründe versuchten, sie zu beschützen, sie zu umringen, aber ihre schöne Formation wies schon mehrere Lücken auf. Von der Strömung getragen, drängte Harrakin sich durch die Wellen aus Pferden und Männern bis zu ihr durch, als sie versuchte, sich zu entfernen und ihr Pferd zurückweichen zu lassen, um diesem wilden Krieger zu entgehen, den nichts aufhalten konnte. Aber das Chaos hinderte das Ding im schwarzen Gewand daran, sich frei zu bewegen, und bald war Harrakin auf gleicher Höhe mit ihm: Hinter ihm hatten sich drei Reiter aus Harabec derjenigen angenommen, die sich ihm in den Weg gestellt hatten. Mit einem Hieb entledigte er sich eines letzten Kriegers, der ihn von seiner Beute abdrängen wollte.

Dann sah er hin, bevor er zuschlug. Die Kreatur der Abgründe. Ein gewaltiger Leib aus fließendem schwarzem Stoff, dem man aus der Nähe Flecken und Risse ansah. Ihre funkelnden Augen leuchteten aus einem durchlöcherten Metallhelm hervor, hinter dem unregelmäßige

Flammen loderten. Ja, eine Vogelscheuche. *Genau das ist es*, dachte Harrakin, holte aus und ließ mit einem großen, halbkreisförmigen Hieb sein Schwert in den Körper der »Kreatur« sausen. Es durchschlug das Gestell, das sich unter dem Gewand befand, riss Holzstücke und Stoff mit sich und traf schließlich im Innern des Aufbaus den menschlichen Körper, auf dem alles ruhte ... Der Mensch stürzte mit einem kleinen, schrillen Schrei aus dem Sattel und wurde von den Pferden niedergetrampelt.

Leere breitete sich um Harrakin aus. Es kam zu einer Art Atempause in der Schlacht, und alle Blicke richteten sich auf den zerschmetterten Körper des Mannes, dessen Blut nun den ockerfarbenen Boden befleckte, und den Helm, der zu Boden gerollt war und ein seltsames Metallgefäß sehen ließ, aus dem sich immer noch brennend eine schwarze, ölige Flüssigkeit ausbreitete.

»Tötet sie!«, schrie Harrakin und reckte mit einem triumphierenden Lachen aufs Neue sein Schwert in die Höhe, als hätten sie schon gewonnen ... Und diesmal war es keine Lüge: Bald flohen die letzten feindlichen Reiter ungeordnet zwischen die Felsen, während die Armbrustschützen auf sie schossen und die Fußsoldaten die Nachzügler niedermachten.

Nach der Schlacht schrien die überlebenden Soldaten vor Freude, tanzten und sangen Dankeshymnen an Arrethas. Harrakin verspürte ein gewisses wildes Glücksgefühl; es überraschte ihn, dass er gewonnen hatte – ja, dass er überlebt hatte. Er ließ seine Männer jubeln, spürte die Hysterie in ihren Stimmen – auch sie wussten, dass es ein Wunder war, dass sie noch atmeten.

Dann begannen sie, ihre Toten zu zählen.

Nur sieben Reiter hatten überlebt. Zwanzig Murufersöhne waren gefallen. Unter den Armbrustschützen hatte es keine Opfer gegeben.

Der Boden war übersät von Leichen und feindlichen Verwundeten.

»Geliebter, wie geht es Eurer Schulter? Bitte, lasst mich Euch versorgen.«

Samia, begleitet von einer Zofe und zwei Hofdamen. Auch die paar Ratgeber und die achtzehn Frauen, die den König nach Reynes begleiteten, waren ausgestiegen. Sie besahen sich mit verstörten Gesichtern das Gemetzel ringsum; ihre prächtigen bestickten Gewänder wirkten inmitten des Staubs und des Blutes fehl am Platz. Harrakin sah, wie eine Gruppe von drei Frauen die Soldaten anstarrte, die blutbedeckt unter Sprechgesängen einen rhythmischen Tanz aufführten und ihren Sieg Arrethas weihten. Die Gesichter der Hofdamen spiegelten Unverständnis und Entsetzen wider.

Und doch haben sie schon ganz andere Dinge gesehen, dachte Harrakin, als er vom Pferd stieg. Der Hof von Harabec war alles andere als ein friedlicher Ort. Aber die Plötzlichkeit des Angriffs, die Gewalttätigkeit, die Zahl der Toten, die in so kurzer Zeit gefallen waren …

Er verstand.

»Erlaubt, dass ich Euch zu Eurem Zelt führe, Herr«, versuchte Samia es erneut. »Der Wundarzt wird den Bolzen entfernen.«

»Nein. Ich will erst die Gefangenen befragen«, sagte Harrakin trocken und schritt an Samia und den Zofen vorbei, ohne sie auch nur eines Blickes zu würdigen. Die Euphorie, die ihn im Kampf beseelt hatte, war plötzlich verschwunden.

Es war schwer zu sagen, warum die junge Frau ihn derart gereizt machte. Sie spielte ihre Rolle gut: die der zärtlichen Konkubine des Königs, die sich um die Gesundheit des Mannes sorgte, den sie liebte. Aber vielleicht war es gerade das: Es wirkte zu aufgesetzt. *Alles, was Samia tut, wirkt gezwungen*, dachte Harrakin verärgert. Man hätte glauben können, dass sie das Textbuch eines Theaterstücks mit dem Titel »Leben einer Konkubine am Hofe von Harabec« gefunden und alle Antworten und Gesten auswendig gelernt hatte, um sie zu gegebener Zeit zum Einsatz zu bringen.

Harrakin hatte beinahe schon Titel für ihr jeweiliges Gebaren: »Samia spielt die Schamhaftigkeit«, »Samia spielt die Liebe«, »Samia spielt die Hemmungslosigkeit«, »Samia spielt die Reue«, »Samia spielt die Besorgnis«, »Samia spielt die Frau, die bei dem Gedanken, schwanger zu sein, ganz verklärt wirkt«.

Vor allem wird Samia alles tun, um sich meine Gunst zu erhalten, dachte er mit einer etwas ungerechten Verachtung – wie konnte er ihr das zum Vorwurf machen? War es nicht mit allen bei Hofe so?

Das war es. Und er hatte anderes zu bedenken.

Das Verhör der Gefangenen – die gab es im Überfluss, da noch immer Verwundete sterbend auf den Felsen lagen und mit weit aufgerissenen Augen den roten Stein anstarrten – erbrachte einiges.

Es handelte sich wirklich um die Armee der Abgründe … Sie nannten sich »die Sakâs«. Sie hatten einen Häuptling, einen König, dessen Namen sie nicht nennen wollten.

Die Hauptstreitmacht der Sakâs hatte ihr Lager an der Flanke der Berge aufgeschlagen, sie aber, anders als dieser Reitertrupp, noch nicht überschritten. Sie warteten jenseits des Bergkamms an der Grenze zwischen den beiden Regionen.

Die Gefangenen weigerten sich entweder rundheraus, zu verraten, wie groß ihre Armee war, oder machten widersprüchliche Angaben. Wahrscheinlich kannten sie die Wahrheit ohnehin nicht. Die meisten von ihnen konnten noch nicht einmal zählen.

Was die Gründe für diesen Hinterhalt anging – die Gründe dafür, dass die Sakâs diese achtzig Mann mitten in die Königreiche geschickt hatten, während die übrigen an der Grenze des Alten Kaiserreichs warteten –, so wussten die Gefangenen nichts darüber oder lehnten es ab zu reden. Die Soldaten aus Harabec hatten weder das Talent noch die Zeit, sie ausgefeilten Folterungen zu unterziehen, um sie zum Sprechen zu bringen.

Aber Harrakin verstand. Nach dem fünfzehnten Verhör erlaubten es ihm die bruchstückhaften Antworten, die er erhalten hatte, das ganze Bild zusammenzusetzen. Es ging um eine Art … Experiment. Einen Versuch. Der König der Sakâs hatte sie hierhergeschickt, um herauszufinden, was geschehen würde, wie schnell die Reiter bemerkt werden würden, ob sie in der Lage waren, gegen die erstbesten Feinde zu bestehen, auf die sie trafen.

Der König der Sakâs erprobte seine Männer und die Kräfte seiner Feinde.

Der Osten mit seinen gewaltigen Reichtümern und seinen zum Greifen nahen Städten war für diesen Mann, der sicher bisher nur die wilden Berge des Nordens und die primitiven Wüstenkönigreiche kennengelernt hatte, ein unbekanntes Gebiet. Darüber dachte Harrakin nach, während er zusah, wie seine Männer die Gefangenen töteten, nachdem das Verhör vorüber war. Der Osten … das

Herzland der Königreiche … die Zivilisation … Das war etwas ganz anderes. Der König der Sakâs musste sich fragen, ob diese verlockenden Landstriche für ihn in Reichweite lagen oder nicht. Er zögerte. Er schickte Männer vor, opferte sie, um zu sehen, was ihnen zustoßen würde.

Dann würde er eine Entscheidung treffen.

»Aber Ihr habt sie doch besiegt, mein tapferer Geliebter!«, sagte Samia am Abend im Zelt, während sie Harrakins nackten Körper mit parfümiertem Salböl aus Amaura massierte. »Wenn dieser Mann … also dieser König … wenn er wissen wollte, ob seine Männer uns das Wasser reichen können … Nun, dann habt Ihr ihm doch gerade das Gegenteil bewiesen, nicht wahr?«

Harrakin schwieg einen Moment lang, während Samias Hände seinen Oberkörper, seine Hüften und schließlich seine Schenkel liebkosten. Der Wundarzt hatte den Bolzen entfernt und seine Wunde versorgt, aber er hatte bei ihrem Anblick die Stirn gerunzelt. Er hatte verkündet, er könne nicht garantieren, dass die Spitze nicht vergiftet gewesen sei. Er konnte auch nicht mit Bestimmtheit sagen, dass sie vergiftet gewesen war, aber für alle Fälle hatte er Harrakin ein Stärkungsmittel zu trinken gegeben und ihm gesagt, dass er bei guter Gesundheit sei und das dunkle Blut der Götter in seinen Adern ihn schützen würde.

Der Arm war seitdem taub. Aber vielleicht war das normal.

»So einfach ist das nicht, Samia«, sagte Harrakin schließlich sanft. Er war ungerecht zu ihr gewesen. Sie tat ihr Bestes, und wenn sie einmal seine Frau werden sollte, dann war es sinnvoller, nicht gleich Misstrauen und Verachtung in ihrer Beziehung aufkommen zu lassen. »Ja, wir haben sie besiegt. Aber du hast ja gesehen … um welchen Preis. Und unter welchen Schwierigkeiten.«

Er drehte sich nicht ohne Schmerzen auf den Rücken und versuchte, keinen Druck auf seinen verletzten Arm auszuüben. Draußen im Lager war es still. Sie waren den ganzen Tag geradewegs nach Osten gereist, so schnell wie möglich tiefer ins Landesinnere, so weit weg wie nur möglich vom Gebirge. Aber die Männer waren erschöpft, und so hatten sie bei Sonnenuntergang die Zelte aufschlagen müssen.

»Wir haben kaum noch eine Eskorte«, seufzte er. »Und wir sind noch nicht in Reynes. Wenn es zu einem neuen Angriff kommt, werden wir ihn nicht abwehren können. Du verstehst nicht, wie knapp wir einer Katastrophe entgangen sind, schöne Samia. Du … das Kind, das du vielleicht unter dem Herzen trägst … Ohne die Hilfe des Arrethas würdet ihr beide nun vielleicht sterbend im Staub liegen.« Die junge Frau blickte entsetzt drein; Harrakin zuckte mit den Schultern. »Und es betrifft nicht uns allein. Ich weiß nicht, wie viele sie sind«, fuhr er fort, indem er seiner Gespielin die Wange streichelte. »Wie viele dort oben warten … Weißt du, was es für das Emirat bedeutet, wenn sie angreifen? Und für Harabec?«

»Für das Emirat?«, wiederholte die junge Frau verständnislos. »Aber der Emir ist unser Feind. Wenn er fällt, umso besser!«

Harrakin seufzte und ließ sich wieder auf sein Lager sinken; er spürte, dass seine Gereiztheit zurückkehrte.

Und jede weitere Bewegung Samias, die sich nun der Innenseite seiner Schenkel widmete, sollte ihn zur Liebe verlocken. *Sicher will sie jede Gelegenheit nutzen, spätes-*

tens zur nächsten Konjunktion der Monde schwanger zu werden, wenn sie es jetzt noch nicht ist, dachte Harrakin. Das alles ärgerte ihn nur noch mehr.

Er schlief dennoch mit ihr und schlummerte danach schnell ein, träumte aber schlecht. Mehrfach fuhr er aus dem Schlaf hoch, weil er glaubte, zu spüren, dass der Boden zitterte.

Am Ende blieb er wach und starrte zum purpurfarbenen Stoff des Zeltes empor; er zählte die Meilen, die sie bis Reynes noch zurückzulegen hatten.

Kapitel 5

Bara legte Marikani die Hand auf die Schulter; sie erstarrte.

Der Himmel war sehr düster; von den drei Monden leuchtete allein E-Lâ matt am Horizont jenseits des Aschegipfels. Aber sogar seine Helligkeit wirkte wie von den Wolken gedämpft.

Es war eine drückende, kalte Nacht.

Plötzlich zog Bara Marikani ohne weitere Umstände zurück. Bevor Marikani auch nur wieder Luft bekam, hatte er sie schon hinter den Stamm einer großen Kiefer gestoßen und sie gezwungen, sich zu ducken.

So hockten sie auf der Lauer im Herzen des Waldes zwischen Büschen und Zweigen, halb verborgen hinter dem gewaltigen Baumstamm.

Marikani rührte sich nicht und stieß auch keinen Protestlaut aus. Bara war ihr ständiger Leibwächter geworden, und sie vertraute ihm.

Sie hatten das Lager zu zweit in der Morgendämmerung verlassen und waren aufgebrochen, um herauszufinden, wie die gemeinschaftlichen Lagerhäuser von Faez bewacht wurden, in denen die Bauern aus den westlichen Landstrichen des Emirats ihre Ernten lagerten. Als sie sich mit äußerster Vorsicht genähert hatten, hatten sie die Lagerhäuser leer und verlassen vorgefunden. Die Ernte war schon verkauft oder anderswo untergebracht: Die Nachricht von den Plünderungen hatte in den Königreichen die Runde gemacht, und die Provinzgouverneure achteten darauf, Mehl und Handelsgüter nicht mehr an einsamen Orten zu lagern.

Nachdem sie die Gebäude in Augenschein genommen hatten, hatten sich Marikani und Bara schweren Herzens auf den Rückweg gemacht. Sie hatten noch Vorräte für einige Tage … Aber was dann? Es wurde immer schwieriger, Nahrung zu finden.

Marikani würde denjenigen, die im Lager auf sie warteten, die schlechte Nachricht nicht mitteilen. Sie hatte ohnehin noch nichts gesagt, hatte nicht von den Lagerhäusern gesprochen, um in ihrem »Volk« keine falschen Hoffnungen zu wecken. Deshalb streifte sie auch selbst mit Bara umher, statt Kundschafter auszuschicken: damit schlechte Nachrichten nur ihr allein bekannt wurden.

Sie konnte ihnen nicht die ganze Wahrheit sagen. Unterernährt und entkräftet kamen die Ihren nur dank ihres Glaubens und ihrer Kühnheit voran. Marikani wägte jedes ihrer Worte ab: Ein Moment der Mutlosigkeit konnte tödlich sein.

An ihrer Seite regte sich Bara plötzlich im Dunkeln. Ohne sich aufzurichten, schlich er wie eine Raubkatze langsam nach links, tiefer ins Gestrüpp. Einige Augenblicke später war er verschwunden.

Marikani blieb geduckt allein in der Nacht zurück.

Warum hatte Bara sie dazu gebracht, sich hinter dem Baumstamm zu verstecken? Warum hatte er sich entfernt? Was hatte er wahrgenommen?

Auf dieser Höhe gab es in den Bergen keine gefährlichen Tiere – außer vielleicht Schlangen wie die, die Mîn und Arekh einst hier in diesem Wald getötet hatten.

Und dann sah Marikani sie.

Drei Männer. Drei dunkle, fast unsichtbare Gestalten, die leise den Hang dort hinunterstiegen, wo Marikani und Bara sich noch vor einigen Augenblicken befunden hatten.

Marikani erstarrte und hielt den Atem an; ihr war eiskalt.

Die Männer kamen an ihr vorbei und stiegen fast lautlos zwischen den Kiefern hinab.

Sie konnte nur ihre Umrisse erahnen … Sie wirkten groß. An ihren Gürteln funkelte Metall. Sicher Schwerter oder Äxte.

Einige Herzschläge später waren sie zwischen den Bäumen verschwunden, als seien sie nur ein Traum gewesen.

Marikani wartete, zählte bis hundert.

Nichts.

Sie lauschte.

Nichts.

Unendlich langsam erhob sie sich, machte ein paar Schritte – und stand einer vierten Gestalt von Angesicht zu Angesicht gegenüber.

Der Mann war genauso überrascht wie sie. Er war lautlos zwischen den Bäumen hangaufwärts hervorgetreten und blieb nun mit vor Erstaunen aufgerissenem Mund stehen. E-Lâs Licht beleuchtete ein Gesicht mit sehr scharfen Zügen und ließ das Metall eines Kettenhemds und den Stahl eines Schwertes an der Seite des Mannes aufblitzen. Er hätte jederzeit zuschlagen können, aber Marikani sah seinen Augen an, dass er zögerte: eine Frau, allein, nachts, ohne Begleiter, ohne Laterne, im tiefsten Wald, an einem der entlegensten Orte der Königreiche? Er glaubte ohne Zweifel an einen Traum, eine Erscheinung.

Marikani trat einen Schritt zurück, und das zerstörte den Zauber. Der Mund des Soldaten verzog sich zu einem Lächeln, er hob beide Hände, legte eine auf Marikanis Taille und die andere auf ihre Brust. Sie machte sich stumm los; der Mann fing sie wieder ein, öffnete den Mund, als wolle er seine Kameraden rufen …

Bara stürzte sich auf ihn wie ein Geier auf seine Beute. Eben noch war niemand da gewesen, und die Hand des Soldaten hatte begonnen, Marikani das Hemd aufzureißen – aber im nächsten Augenblick hatte Bara sich auf ihn geworfen, hielt ihm mit einer Hand den Mund zu und führte mit der anderen den funkelnden Dolch. Marikani trat abermals lautlos und ohne jeden überraschten Ausruf zurück; ein dumpfes Röcheln ertönte, als der Mann mit durchschnittener Kehle zu Boden sackte.

Immer noch schweigend packten Marikani und Bara ohne Absprache den Leichnam und trugen ihn ins Unterholz, weg von dem Weg, den die anderen Soldaten genommen hatten.

Dann versteckten sie sich wieder und warteten.

Die Soldaten kehrten nicht zurück.

Nach einer Stunde schien Bara der Ansicht zu sein, dass sie sich wieder rühren konnten. Sie knieten sich neben die Leiche und versuchten anhand der Kleider und Waffen herauszufinden, woher der Mann stammen mochte. Das Licht reichte nicht aus, und nach einem Moment des Zögerns gingen sie das Risiko ein, eine Flamme zu entzünden, um das Gesicht des Toten besser sehen zu können.

Es war wichtig, herauszufinden, mit wem sie es zu tun hatten.

Der Mann, den Bara getötet hatte, hatte glanzlose Haut und rote Haare; seine Augen waren verdreht. Sein Kettenhemd war von guter Qualität, aber ohne jegliche Verzierung, die es vielleicht gestattet hätte, seine Herkunft festzustellen. Er trug eine schwarze Leinenhose und Stiefel.

Seine Hände waren rau und stark: die Hände eines Kriegers. Der Schwertgriff war nichtssagend, die Klinge abgenutzt, aber sehr gut geschärft.

Marikani zuckte mit den Schultern. Die Müdigkeit dieses Tages und zu vieler Tage des Marschierens, des Kämpfens, des Schlafens auf eisigem Boden lastete auf einmal schwer auf ihren Schultern.

»Er könnte wer auch immer sein«, flüsterte sie. »Er trägt nicht die Farben des Emirats, aber vielleicht war er ein Söldner.«

Bara nickte. »Oder er stammt aus Kiranya. Der kleine König und der Emir haben sich sicher verbündet, um uns aufzuspüren.«

Marikani nahm das Schwert an sich; dann zogen sie dem Leichnam zusammen das Kettenhemd aus und brachen wieder zum Lager auf.

Im Gehen bemerkte Marikani, dass das Blut des Mannes ihr Hemd befleckt hatte. Sie strich mit den Fingern darüber und wunderte sich über ihre eigene Gleichgültigkeit. War sie noch dieselbe Frau wie vor zwei Jahren? Sie hatte alles erlebt, alles getan – vielleicht abgesehen davon, einen Unschuldigen mit eigener Hand zu töten.

Sie wischte sich die blutigen Finger an der Hose ab und ging weiter.

Zwei Stunden später waren sie wieder im Lager. In der Morgendämmerung setzte das Ayesha-Volk seinen Marsch fort.

Dreißig Meilen nördlich der Freien Städte war das Klima noch eisiger. Sie waren nun über tausend Sklaven, Männer, Frauen, Kinder, Säuglinge, die Marikani folgten und ihre Hoffnung nur auf sie setzten. Unter ihrer Führung marschierten sie Tag und Nacht an den Bergen entlang nach Norden, nach Kiranya, und hielten nur für kurze Ruhepausen an, wenn die Schwächsten erschöpft waren.

Nach der ersten Plünderung hatte Marikani ihnen nur die Zeit gelassen, das Essen zu verteilen und eine Mahlzeit einzunehmen, bevor sie befohlen hatte, das Lager abzubrechen. Sie hatte schon in dem Moment gewusst, dass sie mit ihrer Tat den Königreichen den Krieg erklärt hatte.

Der Emir, Harrakin und die Bürgermeister der Freien Städte würden alles tun, was in ihrer Macht stand, um sie so schnell wie möglich auszuschalten.

Sie mussten fliehen.

Sie mussten den Ozean erreichen.

Den Ozean. Die Idee war Marikani am zwölften Tag ihrer Wanderung im Traum gekommen, als sie nach sechzehn Marschstunden erschöpft zwischen zwei Baumstümpfen zusammengesunken war. Um sie herum hatten sich die Familien wie eine Flut über einen Abhang verteilt, sich aneinandergedrängt, um sich vor der Feuchtigkeit zu schützen, die in alles eindrang. Sie hatten kein Feuer entzündet: Tausend Personen an einer Bergflanke waren auch dann, wenn sie vom dichten Grün der Wälder verdeckt wurden, nur zu sichtbar. Die wenigen Patrouillen, die das Pech gehabt hatten, ihnen zu begegnen, waren gefangen genommen und erbarmungslos getötet worden.

Bisher hatte es sich immer um Männer des Emirs gehandelt.

Die von Marikani ausgewählten Späher, die auf dem Marsch den Himmel nach spionierenden Vögeln absuchten, hatten noch nichts gesehen.

Ohne Zweifel glaubten diejenigen, die auf der Suche nach ihnen waren, dass sie die Berge wieder überquert hatten und in die westlichen Lande zurückgekehrt waren. Weder der Emir noch Harrakin konnten damit rechnen, dass Marikani vorhatte, über tausend aufständische Sklaven von Westen nach Osten quer durch die Königreiche bis ans Meer zu führen, durch Landstriche, in denen jeder Bewohner ein Feind war und jede Stadt, ja, jedes Dorf über eine Miliz verfügte, jedes Land über Soldaten. Jeder Fingerbreit Boden wurde überwacht und von seinem Besitzer eifersüchtig verteidigt.

Doch genau das würden sie tun.

Marikani hob den Blick. Die Ihren folgten ihr in einer unendlich langen Reihe wie eine Armee auf dem Rückweg aus dem Krieg – eine erschöpfte, unterernährte, zerlumpte Armee, die wahnsinnig genug war, die Wälder zu Fuß durchqueren zu wollen.

Der Wald aber war ihre einzige Chance, die einzige Hoffnung, die sie hatten, so weit wie möglich nach Norden vorzudringen, um dann Kiranya zu durchqueren und ans Meer zu gelangen … den Ozean zu erreichen.

Ja, dieser Wahn hatte sie eines Nachts überkommen – wenn man knapp vier Stunden Schlaf denn als »Nacht« bezeichnen konnte. An jenem Abend war die Bewusstlosigkeit über Marikani zusammengeschlagen wie schwarzes Wasser. Sie hatte gerade erst den Kopf auf das Holz sinken lassen, als sie auch schon von Löwen geträumt hatte.

Von in den Stein gehauenen Löwen – den Löwen in den Tunneln, in denen Lionor, Arekh, Mîn und sie tagelang umhergeirrt waren, bevor sie das Sonnenlicht wiedergesehen hatten. Die Spuren einer fremden Zivilisation, auf die sie dort gestoßen waren, hatten Marikani zugleich fasziniert und erschreckt. In Stein gehauene Löwengesichter, lachend, brüllend, weinend. Als sie das Labyrinth, in dem sie fast gestorben waren, verlassen hatten, hatte sie sich geschworen, in ruhigeren Zeiten mit den größten Historikern der Hauptstadt dorthin zurückzukehren – vielleicht sogar mit dem Hohepriester von Harabec, der sich für antike Kunst begeisterte.

Natürlich war sie nie zurückgekehrt.

Doch die Gesichter der Raubkatzen waren nicht aus ihrer Erinnerung verschwunden. Sie dachte noch manchmal daran, als seien sie ein Symbol dafür, wie unendlich geheimnisvoll die Welt war. Aber sie waren noch nie in ihre Träume eingedrungen wie an jenem Abend.

In ihrem Traum war sie zwischen die Löwen gestürzt, und die steinernen Köpfe waren zum Leben erwacht. Sie hatten sie heiser ausgelacht, mit einem seltsamen Gebrüll, das eher nach Vogelschreien geklungen hatte. Dann hatten sich die Raubkatzen auf sie gestürzt und sie gefressen, aber sie hatte nicht gelitten: Sie hatte sich einfach neu erschaffen, wieder und wieder; sie hatte mehrere Körper gehabt, auch mehrere Gesichter, und bald hatte sie mit ihnen zu tanzen begonnen … Dann war alles verschwunden gewesen, und sie hatte sich allein am Strand wiedergefunden, vor dunklen Wellen, von denen ein Geruch nach Salz, Algen und Sand ausgegangen war, der ihre Lunge ausgefüllt hatte wie ein Lockruf …

Sie hatte die Augen aufgeschlagen und in die Nacht gestarrt; ihre Müdigkeit war verflogen gewesen.

Sie hatte nachgedacht, während sie gespürt hatte, wie die Feuchtigkeit ihr in den Rücken gekrochen war und die kleinen Waldinsekten um sie herumgekrabbelt waren. Sie hatte den Atem der schlafenden Sklaven gehört, auch Baras regelmäßige Atemzüge; er hatte an einem Baum sitzend bei ihr gewacht. Ihr Verstand war so klar gewesen wie schon seit Tagen nicht mehr.

Das war die einzige Lösung. Sie konnten nicht so weitermachen – durch feindliche Lande irren, die Nahrung stehlen, die sie benötigten. Auch wenn es die Armeen, die sie eines Tages finden würden, nicht gegeben hätte, auch wenn sie die immer zahlreicheren Wachen nicht mit einberechneten, die Plünderungen immer schwieriger werden ließen – irgendwann würde es ganz einfach nichts mehr zu plündern geben. Die Wirtschaft der Königreiche war schon durch den Untergang der Westgebiete in Unordnung geraten, und nun kam auch noch der Zustrom von Flüchtlingen hinzu. Der Handel lag danieder. *Ein Tier muss gesund sein, um seine Parasiten ernähren zu können*, lautete ein bäuerliches Sprichwort. Die Königreiche waren nicht mehr gesund genug, ein ganzes Volk von Banditen zu ernähren, das nur stahl, aber nichts produzierte.

Wenn sie sich doch nur auf freiem Land hätten niederlassen können, um dort zu leben und Felder zu bestellen! Aber es gab kein freies Land, keine einzige Parzelle fruchtbaren Bodens, die nicht ihren Feinden gehörte. Ihre einzige Chance bestand darin, sich anderswo niederzulassen. Aber in den Königreichen gab es kein »anderswo«.

Nur jenseits des Ozeans. In den geheimnisvollen Ländern, aus denen das Türkisvolk vor dreitausend Jahren gekommen war.

Anderswo.

Jenseits des Meeres.

Marikanis Verstand hatte sich in jener Nacht weitergedreht, während sie immer noch ausgestreckt auf dem eisigen Boden gelegen hatte, der ihren Rücken schmerzen ließ. Eine Göttin, die Rückenschmerzen hatte – das hätte doch eine erbauliche Seite in einer religiösen Schrift abgeben können!

Um über das Meer zu gelangen, würden sie Schiffe brauchen: keine Boote, sondern gewaltige Schiffe, die hochseetauglich waren. Große Schiffe mit weißen Segeln, genug davon, um über tausend Männer, Frauen und Kinder zu transportieren, vielleicht sogar mehr, denn es würden sicher noch weitere kommen.

Im ersten Morgenlicht war sie aufgesprungen und hatte Bara in ihren Plan eingeweiht, wobei sie selbst über den Wahnsinn in ihren Worten gestaunt hatte. Sie hatte ihm von ihrem Traum von den Löwen erzählt, wie um ihren Anfall von Unvernunft zu rechtfertigen. Dann hatte sie gezögert, war fast errötet, hatte darauf gewartet, dass er ihr ins Gesicht lachen würde.

Aber Bara hatte nicht gelacht. Er hatte sie nicht für verrückt gehalten. Er hatte nicht gespottet, sondern sich darauf beschränkt, sie mit seinen zu blauen Augen anzusehen. In seinem Blick hatte Marikani Entzücken, Verblüffung und Freude erkannt.

»Ayesha sieht weiter, als man von den Gipfeln aus sehen kann, und ihr Blick trägt uns«, hatte er gehaucht.

Froh, dass er sie verstanden hatte, froh, dass der erste

Mensch, dem sie von dieser verrückten Idee erzählte, sie nicht verworfen hatte, hatte Marikani vergessen, Bara zu bitten, das Geheimnis zu wahren. Das war ein Fehler gewesen. Drei Stunden später, als die Reihe der Sklaven ihren Marsch durch den Wald wieder aufgenommen hatte, in dem der feuchte, berauschende Geruch nach verfaulendem Laub die Lungen füllte und der nasse Boden einem die Füße eisig werden ließ, wussten bereits alle Bescheid. Wie ein Lauffeuer hatte sich die Neuigkeit von Mund zu Mund, von Familie zu Familie verbreitet.

Ayesha wird uns übers Meer führen.

Ayesha wird uns ins gelobte Land bringen.

Ayesha wird uns auf Schiffe geleiten, die durch schwarze Wellen gleiten werden …

Der Gedanke hatte ihnen neuen Mut eingeflößt; die Mattigkeit ihrer schmerzenden Füße war verflogen. Der Traum hatte ihnen die Kraft verliehen weiterzuziehen.

Und Marikani hatte verstanden. Obwohl sie ihnen keine Hoffnungen machen wollte, von denen sie genau wusste, wie aberwitzig sie waren, musste sie sich eingestehen, dass die Ihren vielleicht genau das brauchten: ein Ideal, eine Lüge, an die sie sich klammern konnten. Und sie hatte nicht den Mut gefunden, Bara sein Handeln vorzuwerfen, als er zurückgekehrt war, um an ihrer Seite zu wandern.

Dort marschierte er noch heute, trotz der Müdigkeit, die er dem Ausflug vom Vorabend zu verdanken hatte.

Marikani musterte ihn … musterte ihn wirklich, vielleicht zum ersten Mal. Der kurze Vorfall in der vergangenen Nacht, die Schnelligkeit und Könnerschaft, mit der er dem Mann die Kehle durchgeschnitten hatte, der sie hatte vergewaltigen wollen, hatte ihren Blickwinkel auf ihn verändert.

Bara war stark, und seine Muskeln waren trotz der schlechten Ernährung kräftig; sie spielten unter seiner leicht gebräunten Haut. Er war so stark, dass er Marikani mit einem Fausthieb hätte töten können. Er hätte sie mühelos misshandeln und vergewaltigen können – und dennoch folgte er ihr, gehorchte jedem noch so kleinen Befehl.

Ohne Anweisung und ohne dass sie auch nur etwas abgemacht hätten, war er zu Marikanis Leibwächter geworden – zu ihrem Leutnant, Diener, Beschützer, Verehrer und Schatten.

»Er schreitet im Licht Ayeshas«, hatte einer seiner Gefährten mit einer gewissen Eifersucht gesagt.

Wie konnte er nur daran glauben? Wie konnte er denken, dass die zerbrechliche junge Frau an seiner Seite, die so rasch ermüdete, so leicht zu verletzen und so menschlich war, wie all die kleinen, alltäglichen Fährnisse bewiesen, die Göttin Ayesha war?

Baras Intelligenz stand außer Frage – Marikani hatte sie viele Male unter Beweis gestellt gesehen. Die Weisheit des ehemaligen Sklaven sprach aus dem nachdenklichen Ausdruck seiner türkisfarbenen Augen, aus der Art, wie er seine Worte abwägte, bevor er sprach. Warum also? Der Glaube war etwas, was Marikani nicht nachvollziehen konnte, nie hatte nachvollziehen können. Das ging ihr noch heute so, da sie diejenige war, an die man glauben musste.

Die Stunden vergingen; sie wanderten noch immer, wie sie es in den sechzehn endlosen vorangegangenen Tagen getan hatten. Wenn sie sich umsah, erblickte Marikani nichts als eine lange Schlange aus Männern und Frauen, die sich zwischen den Bäumen verlor; sie hörte nichts als das Geräusch von nackten Füßen und Stiefeln, die auf den Boden trafen, das Klirren von Waffen, das Scheuern der Proviantsäcke an den langen Ästen, an denen sie befestigt waren, damit die Männer sie abwechselnd schleppen konnten.

Nur selten hörte man Stimmen; die Erwachsenen sparten sich ihren Atem, um voranzukommen. Lediglich die klaren Stimmen der Kinder ertönten zuweilen in der reinen Luft.

Die Schatten wurden länger, und sie wanderten noch immer. Der Himmel versank in Dunkelheit, und sie wanderten noch immer. Die Sterne erschienen, beleuchteten ihren Weg, das verschwommene blaue Leuchten des alten Sterns des Türkisvolkes überzuckerte wie eine Spur kostbaren Puders einen Teil der nächtlichen Kuppel. Bara hob die Augen zur Pracht des Firmaments, und Marikani las in seinem Blick die Antwort auf die Frage, die sie sich vor einigen Momenten gestellt hatte. Wie konnte er glauben? Es war falsch von ihr gewesen, die Frage so zu formulieren. Wie konnte er *nicht* glauben, da der Beweis für die Wirklichkeit der Macht Ayeshas sich als Myriade winziger blauer Punkte im Dunkeln verteilte?

Der Beweis für Marikanis Göttlichkeit war als funkelnde Wolke am Himmel festgeschrieben, daran konnten all ihre Schwächen, ihre Wunden, ihre Scherze und ihr Leugnen nichts ändern.

Plötzlich verfing sich Marikanis Fuß in einer Wurzel, und sie stolperte – das hatte man nun davon, mit hochgereckter Nase zu wandern. Sie versuchte sich zu fangen, aber der Zweig, den sie zu fassen bekam, brach, und sie spürte, wie ihr Knöchel umknickte, und stürzte beinahe … Aber im letzten Moment fing Baras Hand sie auf und stützte sie. Und sie ließ sich gehen, lehnte sich an ihn und klammerte sich an seine Schulter.

Einen Moment lang spürte sie Baras Herz nahe bei ihrem schlagen. Dann richtete er sich auf und wich einen Schritt vor ihr zurück.

»Danke«, sagte sie mit einem kleinen Auflachen. »Ein Sturz wäre meiner Würde als Göttin nicht sehr förderlich gewesen. Wenn …« Sie unterbrach sich, als sie seinen Gesichtsausdruck bemerkte.

Bara war vielleicht ein fähiger Kämpfer, aber er hatte kein Talent, seine Gefühle vor Frauen zu verbergen. Seine Augen waren mit solchem Verlangen auf Marikani gerichtet, dass selbst die wachsende Dunkelheit seine Miene nicht verbergen konnte. Marikani war einige Augenblicke lang verblüfft, stumm vor Verwunderung. Doch sie hätte nicht überrascht sein sollen. Sie hatte genug Erfahrung. Eine solche Reaktion war so logisch, so menschlich, so … so banal.

Aber sie hatte es nicht kommen sehen. Sie hatte sich auf die Aufgabe konzentriert, die sie zu bewältigen hatte, auf die Probleme, die es zu lösen galt.

Bara erbleichte unter ihrem Blick; Marikani begriff, dass er gern im Boden versunken wäre, wenn er nur gekonnt hätte. Er stammelte etwas Unverständliches, entschuldigte sich mit wirren Sätzen, bevor er schließlich schwieg und es nicht mehr wagte aufzublicken. Sein Leid wirkte so groß, dass Marikani ihm sacht über die Schulter strich.

Bara zuckte zusammen, als hätte er sich verbrannt. Marikani begriff ihren Fehler und zog die Hand zurück …

Und erstarrte. Sie konnte den Blick nicht von etwas hinter dem Sklaven abwenden, auf dem fernen Bergkamm.

Bara vergaß alle Verlegenheit und drehte sich mit wachen Sinnen sofort um.

Rings um sie gingen Männer, Frauen und Kinder weiter; sie waren neugierig, hätten es aber nie gewagt, ein Gespräch zwischen Ayesha und ihrem Leutnant zu unterbrechen.

»Was ist?«, flüsterte Bara.

»Da drüben«, sagte Marikani und deutete auf die Gipfel. »Die orangefarbenen Lichter.« Bara runzelte suchend die Stirn. »*Da*«, beharrte sie, ohne die Stimme zu heben. »Südlich des Aschegipfels!«

»Ja«, sagte Bara leise, als er die Lichter schließlich entdeckte. »Drei, im gleichen Abstand voneinander.«

»Nein, fünf«, sagte Marikani und starrte wieder in die Nacht hinaus.

»Sieben«, verbesserte Bara. »Acht. Neun. Elf. Sie leuchten überall auf.«

Die Lichter folgten der Grenze des Alten Kaiserreichs. Dutzende kleiner, orangefarbener Punkte, die wie Signale in der Nacht aufflackerten und in regelmäßigen, wie mit dem Zirkel gemessenen Abständen auftauchten, um den Bergkamm hervorzuheben.

Feuer.

Dutzende, nein, Hunderte von Feuern, dort oben, auf den Bergen.

»Vielleicht sind das Karawanen oder Flüchtlinge«, flüsterte Bara. »Es ist so kalt, und sie werden sich wärmen wollen. Oder es sind Berebeï …«

»Nein«, sagte Marikani; sie zitterte. »Nein. Die Berebeï sind nicht so zahlreich – und die Flüchtlinge nicht so organisiert.«

Sie zögerte, während die Sklaven um sie herum weiterwanderten, sie ansahen, trotz ihrer Müdigkeit lächelten. Zwei kleine, zahnlose Jungen, die sie anstrahlten, saßen auf den Schultern ihrer Eltern. Sie winkten ihr zu, und als sie vorbeikamen, zwang sich Marikani, zurückzulächeln.

»Der Pass am Aschegipfel«, sagte Bara. »Er ist ganz in der Nähe. Da drüben.« Er deutete auf einen Punkt inmitten der orangefarbenen Lichter. »Wenn Truppen herüberwollen, wäre das der sicherste Weg.«

Marikani schloss einen Moment lang die Augen.

Ein blutiges Zeichen auf den Mauern. Leichen grausam niedergemetzelter Dorfbewohner. Männer, die als Kreaturen des Gottes, dessen Namen man nicht nannte, verkleidet waren und Hass, Entsetzen und Zerstörung säten …

»Bara, verdopple die Wachen«, sagte Marikani und ging abrupt weiter. »Heute Nacht machen wir keine Pause. Ich will, dass wir in weniger als drei Stunden am Pass vorbei sind.«

Bara folgte ihr kopfschüttelnd. »Ayesha, wir wandern seit dem Morgen. Sie sind erschöpft, seht sie Euch doch an«, sagte er, indem er auf einen Mann und eine Frau von etwa vierzig Jahren deutete; die beiden gehörten zu den Ältesten der Truppe. »Sie können so nicht weiter …«

Marikani gab nicht nach. »Bara. Vertrau mir. Wenn wir heute Nacht nicht am Pass vorbeikommen, wird morgen vielleicht keiner von uns mehr am Leben sein.« Sie blieb stehen und sah ihn an, blickte mit ihren goldbraunen Augen in die tiefblauen des ehemaligen Sklaven. »Ich weiß, wer diese Wesen dort oben sind. Ich habe gesehen, wozu sie fähig sind. Das ist vielleicht unsere letzte Chance, vorbeizugelangen. Glaub mir.«

Die Angst in Baras Augen verwandelte sich in Entschlossenheit. »Gut. Ich werde entsprechende Befehle geben.«

Er ging einige Schritte auf die Mannschaftsführer zu, die ihre Pferde in diesem schwierigen Gelände am Zügel führten, zögerte dann und drehte sich noch einmal zu Marikani um: »Die Männer, die wir gestern gesehen haben, von denen ich einen getötet habe … Vielleicht waren sie nur Spione.« Er deutete vage auf die orangefarbenen Lichter. »Vielleicht werden sie gar nicht herüberkommen. Vielleicht werden sie westlich der Berge bleiben.«

»Vielleicht«, flüsterte Marikani. »Vielleicht.«

Wenn es Götter gegeben hätte, hätte sie nun zu ihnen gebetet.

Die Sonne strahlte über Faez, eine Herbstsonne, die eher funkelte als wärmte. Die Städte des Emirats hatten eine besondere Atmosphäre, eine Harmonie, die man unter Tausenden erkannt hätte: das makellose Blau des Himmels, das reine Weiß der Häuser, das Gold und Mahagoni der Türen und Balustraden, die orangefarbenen, roten und beigefarbenen Vorhänge, die im Wind flatterten – in den Farben des Emirats und zur höchsten Ehre seines Herrschers, Seiner Mächtigkeit des dreifach von den Göttern gesegneten Emirs, dessen Lächeln ewig währte.

Der Emir war schon Marikanis Todfeind gewesen, als sie über Harabec geherrscht hatte. Nun, da sie ein Volk aus aufständischen Sklaven anführte, nun, da sie die *Demeana* war, die Feindin jeglicher Zivilisation, wollte sie sich noch nicht einmal ausmalen, was geschehen würde, wenn sie ihm in die Hände fiel.

Aber sie brauchte Verbündete.

Die ehemaligen Sklaven hatten ein neues Lager dreißig Meilen nördlich des Aschegipfels aufgeschlagen, so weit wie möglich vom Pass entfernt. Es gab noch ausreichend Nahrung für drei Tage. Marikani und Bara hatten sie dort unter dem Befehl der Mannschaftsführer zurückgelassen. Sie aufs Neue allein zu lassen, stellte ein bedeutendes Risiko da, aber Marikani hatte keine Wahl.

Die orangefarbenen Feuer hatten in ihr ein Gefühl von Dringlichkeit entfacht. Ihr Plan war vielleicht verrückt – ein ganzes Volk den Ozean überqueren zu lassen –, aber wenn sie es überhaupt versuchen wollte, war jetzt der richtige Augenblick. Wenn der Krieg erst über die Königreiche hereinbrach, wenn Hunger und Elend die ganze Welt heimsuchten, dann würde es zu spät sein, zu verhandeln und Verbündete zu finden.

Deshalb war sie heute hier, in der Stadt ihres mächtigsten Feindes.

»Achtung!«, flüsterte Bara, und nun sah auch Marikani sie: eine Patrouille von Soldaten des Emirs. *Vahas*, Fußsoldaten. Sie waren in helles Leinen gekleidet, um in den Straßen nicht weiter aufzufallen. Nur die Stickerei auf ihrem Ärmel, die eine stilisierte Sonne darstellte – das Symbol der Macht des Emirats –, zeugte von ihrer Autorität.

Sie waren zu dritt, marschierten auf der rechten Straßenseite, im Licht … Auf den ersten Blick eine gewöhnliche Patrouille, an der nichts Besonderes war. Selbst in Friedenszeiten regierte der Emir sein Land mit eiserner Hand. Alles war genau geregelt: der Handel, die Religion, die Sitten. Als Marikani vor Jahren zu einem offiziellen Besuch hier gewesen war, hatte es Patrouillen in der Stadt wie Sand am Meer gegeben. Aber damals waren die Vahas entspannt gewesen. Sie waren plaudernd umhergeschlendert, hatten mit der Bevölkerung gelacht und gescherzt und anstößige Bemerkungen über die Figur der Frauen in ihren hautengen, makellosen *Saaïs* gemacht. Es war nur ein Spiel. Die Frauen hatten getan, als wären sie beleidigt, hatten den Vahas geheuchelt verärgerte Blicke zugeworfen, die die Schönheit ihrer Augen zur Geltung brachten … Dann hatten sie sich mit einem heimlichen Lächeln entfernt. Die Vahas wurden gut bezahlt und hatten als gute Ehemänner gegolten. Ihre Aufmerksamkeit war nie unwillkommen gewesen.

Aber diese Leichtigkeit, diese Verbindung zu dem Volk, das sie schützten, das Spiel mit der Verführung und dem Risiko, existierten heute nicht mehr. An diesem Morgen hatten die Frauen auf den Straßen es eilig. Die Vahas waren bis zum Zerreißen angespannt. Ihr Blick heftete sich auf einen Passanten nach dem anderen, taxierte jeden. Sie musterten sie wie Adler ihre Beute.

Und diese drei kamen direkt auf Marikani und Bara zu.

Marikani ging weiter und spürte, wie Baras Atmung sich beschleunigte. Sie waren in die Enge getrieben. Sie konnten noch nicht einmal in eine Seitengasse abbiegen … Die nächste Kreuzung lag hinter den Soldaten. Sie konnten nicht umkehren, ohne Verdacht zu erregen. Hier gab es auch keinen Markt, auf dem man sich hätte verlieren können: Ringsum waren nur Mauern und Häuser mit verschlossenen Türen.

Ein Gefühl von Unwirklichkeit und Furcht sorgte dafür, dass Marikanis Magen sich verkrampfte. Das war so … lächerlich. So weit gegangen zu sein, so viel getan zu haben, so vielen Gefahren entkommen zu sein, um nun in Faez von der erstbesten Patrouille festgenommen zu werden, erschien ihr unmöglich, ja lachhaft. Aber alles war möglich. Die Laufbahn der größten Banditen endete oft aufgrund eines geringen Fehlers. Nachdem sie ganze Paläste geplündert hatten, wurden sie auf frischer Tat ertappt, wenn sie auf dem Markt drei Tomaten stahlen.

Der Blick des Anführers der Patrouille richtete sich auf Marikani. Er musterte die fremdartige Aufmachung der jungen Frau, den langen Dolch an ihrem Gürtel, ihre kiranyischen Kleider, ihr geflochtenes, hochgestecktes Haar, die Löwinnentätowierung nach Art der Frauen des Nordens um ihre Augen … und Baras seltsames Äußeres. Eine Stoffbahn seines Turbans hing ihm wie zufällig bis vor die Augen.

Sie waren bemerkt worden. Noch einen Augenblick, und der Offizier würde die Gasse überqueren, auf sie zukommen, Fragen stellen.

Es gab nur eine Lösung.

Marikani setzte ihr schönstes Lächeln auf und ging geradewegs auf die Soldaten zu. »Mögen sich die Wärme der Sonne und der Segen der Götter auf euch herabsenken«, sagte sie und verneigte sich; statt ihren südlichen Akzent zu verbergen, ließ sie ihn ganz natürlich in ihrer Stimme durchklingen. »Oh, Vahas, darf ich Euch um Hilfe und um einen Rat bitten?«

Hinter ihr spürte sie deutlich, wie Bara zögerte und dann seinerseits herüberkam.

»Ich bin gern bereit, jeder schönen Frau zu helfen«, antwortete der zweite Vahas halblaut und senkte die

Stimme, um noch eine anzügliche Bemerkung hinterherzuschicken.

Der dritte Vahas, der in vorgerücktem Alter war, wirkte wohlwollend, aber das Gesicht des Patrouillenführers blieb verschlossen, und seine forschenden Augen musterten jeden Zug in Marikanis Gesicht genau.

»Ich höre, Frau«, sagte er in eisigem Tonfall.

»Mein Name ist Vashni Mar-Erhinel. Ich stamme aus Harabec«, improvisierte Marikani mit einem warmen Lächeln. Sie deutete auf ihre Tätowierung. »Mein Mann liefert Salz an einen Teil des Hofstaats von Kiranya. Wir haben Lieferschwierigkeiten. Mein Mann ist bei der Armee, und ich muss mit dem Volk der Verbannten sprechen. Ich dachte, ich würde welche auf dem See finden, aber man sagte mir, sie befänden sich in der Stadt ...«

»Ist Euer Mann an die Grenze geschickt worden?«, fragte der Patrouillenführer in etwas sanfterem Ton.

»Ja. Sie sammeln Männer in der Nähe der Berge ... nur für den Fall ... Nun ja, Ihr wisst schon.«

»Ja, wir wissen«, sagte der Mann, der sich vorhin einen Scherz über Marikanis Schenkel erlaubt hatte. Sein Gesichtsausdruck war jetzt ernst, beinahe mitfühlend.

»Die Verbannten sind auf dem Großen Markt«, sagte der Patrouillenführer.

»Auf dem Markt?«

Die Verbannten durften, da sie rechtskräftig Verurteilte waren, keinen Fuß auf festen Boden setzen. Nur das Wasser, das unter Verellas Schutz stand, war ihr Reich. Sie waren von dem Boden »verbannt«, auf dem die übrigen Menschen lebten, und wenn einer von ihnen gegen dieses Gesetz verstieß, wurde er sofort hingerichtet.

»Auf den Kanälen«, erklärte der Vahas. »Wir haben

ihnen verboten, zum Südufer des Sees zu fahren, weil dort die Flotte ein Manöver abhält. Der Große Markt ist der Platz vor dem Um-Akr-Tempel. Kennt Ihr den Weg dorthin?«

Der Tonfall war liebenswürdig, aber der Patrouillenführer musterte nun Bara, der mit gesenktem Kopf zwei Schritte hinter Marikani stehen geblieben war. Marikani erkannte, dass der Vahas ihn binnen eines Augenblicks auffordern würde, sein Gesicht zu zeigen – und dann würde es zu spät sein. Jede Erklärung würde gezwungen und verdächtig wirken.

Der Vahas öffnete den Mund; sie musste ihm zuvorkommen.

»Ich habe noch ein Problem«, sagte Marikani in scheinbar gleichmütigem Ton, zerrte Bara mit einer knappen Bewegung nach vorn und hob das Stoffstück, um das klare Blau seiner Augen den Blicken zu enthüllen.

»Mein Neffe hat von Geburt an blaue Augen«, erklärte sie mit genau dem richtigen Maß von Kummer und Abscheu in der Stimme. »Meine Schwester hat unter Krämpfen gelitten, als sie schwanger war, und ihr Kind hat die Folgen zu spüren bekommen. Die Götter allein wissen, warum sie uns züchtigen …« Sie legte eine wohlberechnete Pause ein und deutete dann zum Himmel. »Seit den traurigen Ereignissen kann er sich nicht mehr auf offener Straße zeigen, ohne angepöbelt zu werden. Die Leute halten ihn für einen flüchtigen Sklaven, und mein Mann hat schon oft einschreiten müssen, um zu verhindern, dass ihm etwas angetan wird. Glaubt Ihr, dass er und ich die Stadt gefahrlos durchqueren können?«

»Bei Lâ!«, flüsterte der alte Vahas und ergriff so zum ersten Mal das Wort. Er legte Bara die Hand auf die Schulter und zwang ihn, sich zu ihm umzudrehen, so dass er ihm mit einer Neugier, der es nicht an Güte mangelte, in die Augen sehen konnte. »Mein armer Junge! Welch ein Fluch! Es wäre besser gewesen, Ihr wärt ohne Finger oder gleich ganz ohne Hände geboren worden …«

Bara verkrampfte sich gekränkt, konnte das aber nicht deutlicher zeigen, ohne aus der Rolle zu fallen. Doch Marikanis Lüge hatte ihr Ziel erreicht. Der Patrouillenführer verneigte sich leicht, was Marikani an die höfischen Sitten von Harabec erinnerte. »Ehari Vashni«, sagte er sanft, »ich werde Euch nicht anlügen: Ihr habt Glück, uns getroffen zu haben. Ja, Euer Neffe ist hier in großer Gefahr, und wenn Ihr mir meine Offenheit verzeiht: Euer Mann hat wenig Urteilskraft bewiesen, dass er Euch mit ihm hierhergeschickt hat. Wenn er bemerkt wird, werden auch all Eure Erklärungen die Menge nicht aufhalten und … dann ist da noch Euer Akzent, Ehari. Dass Ihr aus Harabec stammt, wird für Euch nicht von Vorteil sein. Obwohl wir heute aufgrund der … Vorfälle im Westen verbündet sind, ist der Hass zwischen unserem Volk und dem von Harabec noch immer gleichermaßen heftig.«

»Tatsächlich?«, fragte Marikani seufzend und heuchelte so gut sie konnte Entsetzen. Sie sah den Patrouillenführer aus großen, braunen Augen an. Er war jung und schön, sicher adlig wie die meisten Offiziere des Emirs; sie wusste, wie sie ritterliche Instinkte in Männern wecken konnte. »Ich verstehe. Bei den Göttern … Was ratet Ihr mir zu tun?«

»Wir werden Euch bis zum Großen Markt eskortieren«, sagte der junge Mann und bedeutete seinen beiden Vahas, ihm zu folgen. »Dann, Ehari, rate ich Euch, bei den Verbannten zu bleiben, ein Boot zu mieten, auf dem Wasserweg nach Kiranya zu reisen und Söldner zu dingen, die Euch beschützen können. Versucht nicht noch einmal, die Stadt allein zu durchqueren.«

»Ich danke Euch.«

»Aber ich vergesse meine Manieren«, fügte der Offizier plötzlich hinzu. Vollkommen unerwartet lächelte er. »Ein Mann darf nicht den Namen einer Dame aussprechen, die seinen nicht kennt. Vergebt mir bitte! In diesen wirren Zeiten vergisst man manchmal die schuldige Höflichkeit. Ich bin Yassî Eh Mered aus der Familie Anaures.«

»Ich bin Euch zu großem Dank verpflichtet, Yassî Eh Mered. Die Sonne strahlt über unserer Begegnung«, sagte Marikani leise und verneigte sich ihrerseits. »Möge sie uns beiden zum Segen gereichen!«

Und so durchquerten sie Faez unter dem Schutz der Männer des Emirs und den neugierigen Blicken der Passanten.

Bara schwieg den ganzen Weg über; er konnte sicher kaum glauben, was ihnen widerfuhr. Sie gingen durch die Straßen der Wohnviertel und hörten gelegentlich hinter den weißen Mauern Frauenlachen, Musik oder Kindergebrabbel. Düfte stiegen in die Luft: nach Speisen, die mit sieben Gewürzen sorgsam zubereitet waren, nach parfümierten Kuchen und Tee in dreihunderterlei Geschmacksrichtungen. Dann wurden die Gassen enger und belebter, die Gerüche bodenständiger, und vor ihnen öffnete sich das gewaltige Labyrinth des Großen Marktes von Faez.

Erst zwischen den Marktständen, wo ihr Gespräch vom fröhlichen Lärmen der Menge übertönt wurde und daher von den Vahas nicht belauscht werden konnte, wagte Bara zu sprechen.

Er beugte sich zu Marikani. »Die Stadt ist seltsam, Ay…« Er unterbrach sich. »Ehari. Man hat den Eindruck, dass … irgendetwas fehlt.«

Marikani runzelte die Stirn. »Und was?«

»Die Sklaven.«

Bara hatte recht. Wie in allen Städten der Königreiche hatte es in Faez seit Jahrhunderten von Sklaven gewimmelt. In den Gärten, auf den Straßen, in den Läden, in den Tempeln. Sklaven, die Karren zogen, Wasser trugen, tausenderlei Botengänge für ihre Herren erledigten. Und wie überall in den Königreichen waren sie heute verschwunden.

Wo waren sie? Wo waren die Überlebenden? Die Sklaven hier hatten sicher wie alle anderen am Tag des Großen Opfers rebelliert. Oder gab es vielleicht keine Überlebenden? Faez hatte nichts mit den wilden Landstrichen des Westens gemein, in denen Aufstände möglich waren. Die Armee des Emirs war sicher rings um die Altäre postiert und zum Eingreifen bereit gewesen.

Wohin hatte man die Leichen gebracht? Man hatte sie bestimmt verbrannt …

Marikani erschauerte, als sie sich den abscheulichen Geruch nach verbranntem Fleisch vorstellte, der über ganz Faez gelegen haben musste und gewiss erst nach Tagen wieder verschwunden war.

In Faez wie überall sonst waren nicht alle Sklavenhalter herzlose Geschöpfe ohne Mitgefühl. Auch hier hatten Männer und Frauen sicher Abscheu und Reue unterdrücken müssen, als sie gespürt hatten, wie dieser fürchterliche Gestank ihnen in die Kehlen drang.

»... und da sind die Verbannten, Ehari«, sagte Yassî Eh Mered.

Marikani zuckte zusammen. Sie benötigte einen Augenblick, um in die Wirklichkeit zurückzukehren. Die Vorstellung war so heftig und brutal gewesen – dieses Massaker an Zehntausenden von Menschen, das erst vor einigen Wochen hier stattgefunden haben musste –, dass sie den scheußlichen Geruch fast selbst gerochen hatte.

»Ist Euch kalt, Ehari?«, fragte der zweite Vahas freundlich; sein Blick ruhte noch immer eher auf ihrem Körper als auf ihrem Gesicht. »Soll ich Euch einen Schal kaufen? Es gibt hier sehr schöne«, fügte er hinzu und deutete auf einen Stand. »Wenn Ihr mir erlaubt, Euch einen zu schenken, werdet Ihr eine glückliche Erinnerung an unsere Stadt bewahren.«

Bara warf dem Mann einen zornigen Blick zu, und Marikani schüttelte den Kopf, da sie spürte, dass Yassî Eh Mered sie beobachtete. Sie warf einen Blick in die Runde und konzentrierte sich auf die Umgebung: die Stände mit Fischen, Fleisch und Trockenfrüchten mit ihren Planen in verschiedenen Rottönen, auf die stilisierte Sonnen gestickt oder gemalt waren; die Stimmen, Schreie und Rufe der Marktschreier; das Rascheln von Leinen und Seide. Bildete sie es sich nur ein oder war alles langsamer, weniger geschäftig und weniger bunt als gewöhnlich? Faez war nicht mehr Faez, Faez war nur ein schwacher Abglanz seiner selbst, ein Faez, das nach dem Verschwinden der Sklaven weniger Einwohner hatte und durch den Verlust ihrer Arbeitskraft geschwächt war, ein Faez, in dem aufgrund der Kriegsgerüchte die Angst umging.

»Der Markt wirkt heute ziemlich leer«, sagte sie zu den

Vahas, einfach um irgendetwas zu sagen; ihr Schweigen hätte verdächtig wirken können.

»Die Unterbrechung der Handelsrouten nach Westen«, erklärte Yassî Eh Mered mit einer bedauernden Geste. »Wir haben Euch an Euer Ziel geführt, Ehari«, fügte er hinzu, indem er auf etwas zur Linken deutete. Marikani wandte sich in die bezeichnete Richtung und hielt nach den Kanälen Ausschau.

Zuerst sah sie sie gar nicht. Es gab nichts als die Marktstände und die Gassen dazwischen. Manche Gassen waren vielleicht ein wenig breiter als die anderen … Und dann endlich sah sie das Wasser: Es floss in einem Labyrinth aus besonderen Kanälen im Boden, die kaum zwei Schritt breit und keinen Finger tief waren. Fast unsichtbare Wasserwege, die den Markt durchzogen, in jeden Durchgang drangen. Und in diesem Wasserlabyrinth, das ihnen erlaubte, die Schuhsohlen oder die nackten Füße im Wasser zu behalten, gingen die Verbannten umher.

Die Illusion war vollkommen. Allein ein sehr geübtes Auge konnte erkennen, dass sie nur scheinbar zur Menge gehörten. Die Einwohner von Faez gingen herum, drehten sich um, blieben stehen, spazierten zwischen Marktständen hindurch und trugen weiße oder braune Gewänder. Die Verbannten in ihren dunkleren oder im Gegenteil sehr bunten Gewändern aus dem Süden gingen ebenfalls hin und her, drehten sich um, blieben stehen und spazierten umher, aber beide Gruppen begegneten sich nie. Die Einwohner von Faez schritten auf Stein; die Verbannten schritten nur in den Kanälen, die Füße im Wasser … wie in einem komplizierten Tanz, in dem Männer und Frauen elegant über gebohnertes Parkett glitten und einander umkreisten, ohne sich je zu berühren.

»Danke, Vahas Eh Mered«, sagte Marikani und verneigte sich leicht. Dann drehte sie sich um, um die Verbannten in Augenschein zu nehmen.

Im nächstgelegenen Kanal befanden sich drei Gruppen: Ein Pärchen mittleren Alters war einige Schritte entfernt. Die Frau zog eine Art Schubkarren hinter sich her, der genauso breit war wie der Kanal: Er enthielt Gewürze und Satinballen. Sie verhandelten gerade mit einem Ladenbesitzer, der einen Schritt vom Rand des Kanals entfernt vor seiner Bude stand. Etwas weiter entfernt standen zwei kräftige, braungebrannte Männer in Lederkleidung; einer von ihnen hatte ein narbenübersätes Gesicht. Sie standen mit verschränkten Armen da und beobachteten den Handel. Links von Marikani befanden sich zwei Frauen mit rot und grün gemusterten Schultertüchern, die schwere Säcke auf dem Rücken trugen und sich miteinander unterhielten.

Was sollte sie jetzt tun?

Marikani wollte wieder in Kontakt mit den Verbannten treten, aber da sie nicht gewusst hatte, wo und unter welchen Umständen sie ihnen begegnen würde, hatte sie nicht weiter geplant. Sie wusste nicht, wie sie mit ihnen sprechen und sie überzeugen sollte – und das vor den aufmerksamen Augen eines jungen Offiziers des Emirs, der vielleicht immer noch ein wenig misstrauisch war! Das hatte sie so nicht geplant.

Sie zögerte ... Und begegnete Yassî Eh Mereds Blick. Wie sie befürchtet hatte, wandte er sich nicht zum Gehen. Er beobachtete sie schweigend mit verschränkten Armen, wartete auf ihre nächste Bewegung.

Vielleicht war es kein Misstrauen. Vielleicht war es Ritterlichkeit. Er würde sie erst verlassen, wenn sie außer

Gefahr war. Er machte ihr die Sache jedenfalls nicht leicht.

Marikani schenkte ihm ein angespanntes Lächeln und ging – gefolgt von Bara, dessen ungeheure Anspannung sie spürte, ohne ihn berühren zu müssen – am Kanal entlang und auf die beiden in Leder gekleideten Verbannten zu.

Die zwei Männer bemerkten sie sofort, und wie die Vahas sahen sie schweigend zu, wie sie näher kam, und registrierten jede ihrer Bewegungen.

Da sie sich bewusst war, dass Yassî Eh Mered nur zwei Marktstände entfernt stand und sicher die Ohren spitzte, um das Gespräch zu belauschen, sprach Marikani mit gesenkter Stimme: »Ich muss mit dem Herrn der Verbannten sprechen. Es ist dringend.«

Der narbengesichtige Verbannte musterte sie stumm. »Wir haben keinen Herrn«, sagte er schließlich. »Verzieh dich wieder nach Kiranya, Frau!«

Da sie noch immer den Blick des jungen Adligen auf ihrem Rücken lasten fühlte, lächelte Marikani und machte eine liebenswürdige Geste, als ob die Verhandlung wie geplant lief; ohne aufzuhören zu lächeln, fügte sie dann mit harter Stimme hinzu: »Spart Euch Eure Lügen für die Uneingeweihten und sagt dem Fürsten des Joar, dass die zurück ist, die das Ritual der Hathot-Nebel mit ihrem Gefährten und ihrer Begleiterin durchlebt hat. Drei Fremde. Armbrustbolzen im Fluss. Der nächtliche Angriff der Männer des Emirs. Der Feuerkreis. Wir müssen miteinander reden. Wiederholt ihm das alles. Ich brauche Euch, um die Nachricht zu übermitteln – und zwar schnell!«

»Er hat blaue Augen«, sagte der zweite Verbannte plötzlich und deutete auf Bara. »Er hat blaue Augen!«

Ringsum begann man, sie seltsam anzusehen. Passanten drehten sich nach ihnen um. Das Feilschen um die Satinballen und Gewürzsäcke war zum Erliegen gekommen: Der Anblick der fremden Dame, die so leidenschaftlich mit den beiden Verbannten diskutierte, war viel spannender.

»Ja, er hat blaue Augen«, seufzte Marikani. »Und das ist ein Teil der Nachricht. Sagt Eurem Herrn, dass ich in Begleitung eines Mannes mit blauen Augen bin. – Und jetzt«, fügte sie hinzu, als der Verbannte gerade die Hand heben wollte, um sie zu unterbrechen, »werde ich mit meinem Diener in den Kanal steigen, und Ihr werdet lächeln und mir auf die Schulter klopfen, als hättet Ihr mit meiner Ankunft gerechnet und wärt erfreut, mich zu empfangen. Da links steht ein Offizier des Emirs und beobachtet uns. Wenn Ihr keinen Ärger wollt, rate ich Euch, mein Spiel mitzuspielen.«

Der Verbannte warf keinen Blick auf die Soldaten, und kein Muskel seines Gesichts regte sich. Marikani bewunderte stumm seine Reaktion.

Sie setzte erst einen, dann den anderen Fuß ins Wasser. »Wenn ich Euretwegen festgenommen werde, wird der Herr der Verdammten Euren Kopf auf einen Pfahl spießen, darauf gebe ich Euch mein Wort!«, sagte sie, noch immer lächelnd.

»Das ist der Akzent von Harabec!«, flüsterte plötzlich der zweite Verbannte mit aufgerissenen Augen. »Und ein Sklave … Bei Fîr, ich weiß, wer diese Frau ist …«

Marikani drehte sich um und bedeutete Bara, zu ihr zu kommen. In einiger Entfernung runzelte Yassî Eh Mered neben dem Marktstand die Stirn, als fände er, dass die Förmlichkeiten sich sehr lange hinzogen. Der narbengesichtige Verbannte musste jetzt sofort mitspielen, oder …

Der Verbannte zögerte unmerklich und sagte dann: »Aber natürlich, Ehari!« Er verneigte sich liebenswürdig und legte Marikani dann in einer theatralischen Willkommensgeste die Hand auf die Schulter. »Wir müssen Geschäftliches besprechen. Folgt mir also, wir werden Eure Ladung im Hafen inspizieren.«

Yassî Eh Mered nickte neben seinem Stand mit Trockenfisch befriedigt und wandte sich ab, um sich zu entfernen. Erleichterung durchlief Marikani wie ein Schauer, und sie konnte ein tiefes Seufzen nicht unterdrücken.

Doch die Schwierigkeiten hatten gerade erst begonnen. Sie hatte gelogen: Der Herr der Verbannten erwartete sie nicht, und sie hatte keine Ahnung, wie er reagieren würde, wenn er von ihrer Anwesenheit erfuhr. Sie musste ihn überzeugen, ihr zu helfen, ohne gute Argumente oder Geld zu haben, wohingegen er sie einfach nur denunzieren musste, um …

»*Ayashinata Marikani!*«, sagte eine kräftige Männerstimme links von ihr.

Totenstille senkte sich über den Markt. Der Mann hatte nicht geschrien, und sein Ton war eher erstaunt als aggressiv, aber er hatte eine klare, volltönende Stimme, und alle hatten ihn gehört: die Kunden, die – die Hände noch nach Obst ausgestreckt – erstarrten. Die Händler, die nun, Eimer oder Münzen noch in der Hand, den Kopf hoben. Die Verbannten.

Und die drei Vahas.

Sie drehten sich langsam wieder um. Yassî Eh Mered musterte erst Marikani und dann den Mann, der gesprochen hatte.

Er war ein Kunde, den Marikani bisher nicht bemerkt hatte – sicher war er gerade erst in die Gasse zwischen den Ständen gekommen. Er war jung und trug die Kriegstracht eines Nâla-Di. Einer seiner Arme war verbunden und unter einem roten Tuch verborgen, aber man konnte anhand seiner Form erahnen, dass ihm die rechte Hand fehlte.

Sein Gesicht wies eine riesige, noch frische Narbe auf.

»Ich habe diese Frau auf der Terrasse in Salmyra gesehen«, verkündete er und deutete mit dem Finger auf Marikani; jetzt mischten sich Wut und Hass in seine Stimme.

Die beiden Vahas eilten auf den Kanal zu, um die Gasse abzusperren. Yassî Eh Mered zögerte noch; er sah den Nalâ-Di an.

»Mein Name ist Essin Eh Maharoud«, sagte der Nalâ-Di, wie um ihn zu überzeugen. »Ich habe auf den Mauern von Salmyra gedient. Ich war da, als die Natur der Demeana offenbar wurde – bevor sie dann am Himmel die größte Blasphemie beging, die die Götter je erlebt haben! Sie ist es! Ayashinata Marikani!«

Dann geschah alles gleichzeitig.

»*Verfluchte!*«, brüllte der narbengesichtige Verbannte und stieß Marikani äußerst gewaltsam von sich – mit einer wohlberechneten Bewegung, die Marikani nicht auf die Soldaten zu, sondern genau in die Gegenrichtung beförderte, zwischen zwei eng beieinanderstehende Reihen von Buden.

Die Soldaten eilten vorwärts und stießen verblüffte Kunden beiseite.

Marikani fand ihr Gleichgewicht wieder und begann zu rennen. Zu ihrer großen Überraschung schrien die Stadtbewohner vor Entsetzen und flohen vor ihr. Bara warf sich vorwärts und verschwand hinter einer anderen Reihe von Ständen; er hoffte vielleicht, einen Teil der Vahas hinter sich herlocken zu können.

»Fangt die Verfluchte!«, schrie der narbengesichtige Verbannte mit volltönender Stimme. »Schneidet ihr den Weg ab! *Mhali ehaïla salahï maajja! Mhali ehaïla! Mhali ehaïla!*«

»Mhali ehaïla« bedeutete in der Geheimsprache der Verbannten, die die Soldaten des Emirs nicht kannten, von der Marikani aber einige Worte aufgeschnappt hatte, nicht etwa »Fangt sie!«, sondern »Rettet sie!«. *Rettet sie, sie ist eine der Unseren …*

Und überall auf Marikanis Weg gehorchten Verbannte, sprangen auf sie zu – und landeten hinter ihr, so dass sie »unabsichtlich« den Soldaten den Weg abschnitten, »ungeschickt« ihre Waren vor ihren Füßen verschütteten, ihr Vorrücken aufhielten. Sie eilten, die Fußsohlen immer im Wasser der Kanäle, auf die Demeana zu, als wollten sie sie beschimpfen und schlagen, stolperten aber theatralisch, wenn sie gerade an ihnen vorüber war, hielten sich so gut sie konnten an den zerbrechlichen Stangen fest, die die Marktstände stützten, und ließen sie hinter ihr und genau vor ihren Verfolgern zusammenbrechen. Sie trugen zum allgemeinen Chaos bei, brachten die Händler zum Schreien und die Männer der zusätzlichen Patrouillen, die nun auf sie zueilten, ins Stolpern.

»*Mhali ehaïla!*«, ertönte immer wieder die Stimme des Verbannten dort hinten, außer Sichtweite.

»*Mhali ehaïla!*«, wiederholten die Verbannten, gaben die Nachricht von Kanal zu Kanal weiter, schneller, als Marikani laufen konnte. Es purzelten weiter Früchte, Stände und Planen brachen zusammen, bis die junge

Frau in dem Durcheinander, das sie ausgelöst hatte, vom Markt verschlungen wurde. Für ihre Verfolger war sie verschwunden und entkommen.

Außer Atem stieg Marikani eine steinerne Treppe hinab und fand sich allein wieder. Sie hatte den Markt über sich zurückgelassen und war, ohne es recht zu bemerken, auf einen kleinen, tiefer gelegenen Platz gelangt, der verlassen zwischen drei hohen Mauern lag.

Zwischen den Gebäuden führten zwei Straßen den Hang hinab. Eine weitere Treppe führte zur Linken wieder hinauf.

Einige Schritte über ihr ertönten die Rufe und widersprüchlichen Hinweise der Verbannten:

»Da drüben!«

»Hinter den Fässern!«

»Sie ist nach Osten gelaufen!«

»Nein, nach Norden!«

»In die Gärten da …«

»Gleich hinter Euch, Soldat!«

Eine Hand packte Marikani am Arm, und sie stieß beinahe einen Schrei aus: Aber es war nur Bara, der von nirgendwoher über die zweite Treppe heruntergekommen war. Ohne langsamer zu werden zog er sie in die erste Gasse, und sie rannten auf der gepflasterten Straße weiter, die steil zwischen den Grundstücken hinabführte, die von makellosen Mauern und geschlossenen Türen begrenzt wurden.

Sie bogen ab, liefen noch weiter hinunter, kamen über einen kleinen, verlassenen Platz zwischen prunkvollen Gebäuden.

»Wir werden nicht weit kommen«, stieß Marikani hervor, als sie an einer Kreuzung stehen blieben. »Wir müssen …« Sie krümmte sich keuchend und schnappte nach Luft. »Die Verbannten … das Wasser … der Hafen … Wir müssen zum Hafen!«

»Wenn wir weiter hinunterlaufen, werden wir zum See kommen«, flüsterte Bara.

Marikani nickte, und sie stürmten die Straße weiter hinab.

Zwischen zwei Mauern westlich einer Treppe sahen sie endlich das Wasser, die glänzende, blaue Oberfläche des Sees, in dem Marikani Arekh vor einer Ewigkeit vor dem Ertrinken gerettet hatte.

»Da!«, keuchte Bara und deutete auf das Wasser. Wie zur Antwort begannen – als hätte er zu laut gerufen – die Glocken zu läuten.

Den *Hâla*. Den Gesang der Abgründe, die Warnung. Eine Melodie, die fast niemals gespielt wurde, weil sie die Einwohner einer Stadt vor der Gegenwart des Bösen in ihren Mauern warnte. Dieses Lied musste in den Städten des Westens erklungen sein, bevor die Kreaturen der Abgründe sie überrannt hatten …

Sie sind verrückt: In der Stadt wird Panik ausbrechen, dachte Marikani. Die kleine Straße, die sie eingeschlagen hatten, verbreiterte sich plötzlich und öffnete sich zum Ufer hin.

Sie blieben hinter einer Mauerecke stehen, halb versteckt hinter dichten Jasminranken und Saanizweigen, die aus dem Garten jenseits der Mauer hervorwuchsen. Vor ihnen öffneten sich der Hafen und das türkisfarbene, fast kristallklare Wasser des Sees. Im Westen, auf der anderen Seite des Sees, befanden sich eine halbe Meile entfernt die Schiffe des Emirs.

Und hundert Schritt links von ihnen – ganz in der Nähe! – lag ein Dutzend Boote und Barken, in der Mitte ein Fischerboot, in dessen Mast das Symbol des Joar geschnitzt war.

»Die Verbannten«, flüsterte Bara. »Dieses eine Mal sind die Götter mit uns!«

»Da würden sie einen schweren Fehler begehen …«, raunte Marikani, aber Bara hatte recht. Sie hätten sonst wo ankommen können, aber durch einen unerwartet glücklichen Zufall lag die Rettung ganz in der Nähe, jenseits des Kais.

Die Glocken läuteten noch immer den durchdringenden, misstönenden Hâla, aber Marikani achtete nicht darauf. Sie deutete auf ein kleines Grüppchen, das auf den Holzstegen stand, die die Boote mit dem Festland verbanden.

»Und sie warten auf uns«, fügte sie hinzu. »Schau! Sie suchen uns.«

Dort drüben waren etwa ein Dutzend Verbannte. Sie schienen in der Tat auf etwas zu warten und musterten die Passanten, die erschrocken stehen blieben, um dem Klang der Glocken zu lauschen. Eine zerlumpte Schar von städtischen Kindern und Jugendlichen trieb sich auf dem Kai herum und wartete anscheinend auf Befehle – sicher waren das die Boten, die den Verbannten des Hafens die Nachricht schneller gebracht hatten, als Marikani und Bara den Abhang hatten hinunterlaufen können – schneller sogar, als die Patrouillen gewesen waren. Die Straßenkinder hatten sicher Abkürzungen und geheime Wege genommen, die niemand bis auf die Diebe und Bettler kannte.

Baras Gedanken schienen in dieselbe Richtung zu

gehen, denn er sagte: »Wir müssen dorthin. Binnen weniger Augenblicke wird es in der Stadt von Soldaten wimmeln.«

Marikani nickte. Dann trat sie ohne ein überflüssiges Wort ins Freie und begann, den Kai zu überqueren und auf die Boote zuzugehen.

Bara folgte ihr in fünf Schritten Abstand.

Das Fischerboot wartete rechts. Marikani setzte ihren Weg fort und fühlte sich auf der großen Steinfläche plötzlich sehr ausgeliefert. Aber niemand sah sie an; die Passanten waren von den Glocken zu sehr in Angst und Schrecken versetzt, und ihre Blicke gingen zum Tempel, zur Innenstadt.

Ein Mann stürmte plötzlich aus einer Gasse, keine zehn Schritte von Marikani entfernt.

Yassî Eh Mered.

Außer Atem, schweißüberströmt, allein.

Er musste fast den gleichen Weg genommen haben wie sie. Marikani wandte sofort das Gesicht ab, ging so natürlich wie möglich weiter und hoffte, dass er nur ihren Rücken sehen würde.

Sie hörte trotz der Glocken, wie der junge Offizier über das Steinpflaster hinter ihr lief … und stehen blieb. Er blickte sich sicher um, musterte die Passanten. Er hatte sie wohl wie durch ein Wunder nicht gesehen.

»*Ihr!*«, sagte er plötzlich aus drei Schritten Entfernung.

Marikani fuhr zusammen und wirbelte zu allem bereit herum – aber es war Bara, den Yassî Eh Mered gesehen hatte und nun am Arm gepackt hielt, während er sich umdrehte, um Hilfe herbeizurufen.

Marikani reagierte, ohne nachzudenken. Binnen eines Herzschlags hatte sie sich auf den Offizier gestürzt und seine Haare gepackt. Yassî Eh Mered hob die Hand, um sich zu schützen, aber es war zu spät. Marikanis Dolch war ihm bereits in die Brust gedrungen, direkt ins Herz.

Der junge Offizier hustete und spuckte Blut, während seine Augen sich mit schmerzerfülltem Blick auf die junge Frau richteten.

Dann fiel er.

Marikani stand mit zugeschnürter Kehle wie erstarrt da.

»Die Sonne strahlt über unserer Begegnung«, murmelte sie.

Und so blieb sie stehen, während das Blut von der Klinge in ihrer Hand tropfte, bis Bara sie packte und auf das Boot der Verbannten zuschleifte.

Kapitel 6

Am folgenden Morgen hatte Lionor ihr Kind noch immer. Die Seelenleser ließen es ihr für eine Woche und lachten über ihre Panik und ihre Angst. Jeden Abend kündigten sie an, ihr das Kind am folgenden Morgen nehmen zu wollen. Lionor schlief kaum; sie zitterte vor Furcht und schrie im Schlaf. In den ersten Nächten versuchte Arekh unbeholfen, sie zu trösten, aber bald fehlte ihm die Kraft dazu.

Lionor war dabei, den Verstand zu verlieren, und ihm ging es ähnlich; er vergaß bereits die Wirklichkeit und seine Vergangenheit.

»Ist das die Mühe überhaupt wert?«, fragte Lionors Stimme in der siebten Nacht.

Arekh schlief, aber sein Schlaf war von Bildern der Folter und der düsteren Wände seiner Zelle bevölkert. Als er die Augen öffnete, änderte sich seine Umgebung nicht. Hatte er wirklich geträumt oder hatte er wach dagelegen, seit man ihn nach dem täglichen Verhör hier auf den Boden geworfen hatte?

»Was? Was ist die Mühe wert?«, stammelte er heiser.

»Marikani. Ist sie die Mühe wert? All dieses Elend?« Der Säugling hustete; der Husten wirkte zu stark, zu zerreißend für seinen kleinen Körper. Lionor wies mit dem Kinn auf ihn. »Sein Leben? Ist Marikani unser aller Leben wert? Das meines Kindes?«

Arekh versuchte zu lachen, aber die Kehle tat ihm weh. »Ich weiß es nicht«, sagte er. »Es ist mir egal.« Er zögerte. »Manchmal hat man keine Wahl.« Er ließ den Kopf wieder zu Boden sinken und fiel aufs Neue in unruhigen Schlaf.

Die Nacht auf dem Fluss.

Marikani und Bara hatten den See auf einem schmalen Boot verlassen. Vor dem Aufbruch hatten die Verbannten Marikani in einen weiten, grauen Witwenschleier gehüllt. Der Stoff verbarg ihr Gesicht und ihre Haare; eine Frau hatte ihr Seife gegeben, damit sie sich die nur aufgemalte Löwinnentätowierung aus dem Gesicht waschen konnte.

Es herrschte völlige Stille. Drei Verbannte ruderten.

Während das Boot sich entfernt hatte, hatten sie am Ufer des Sees Männer des Emirs zum Hafen laufen sehen. An der Mündung des Flusses waren sie sogar einem der Schiffe aus Faez begegnet; auf den Segeln war das Zeichen der Sonne eingestickt gewesen. Aber niemand hatte ihnen bedeutet, haltzumachen.

Das Boot war langsam an dem vor Soldaten überquellenden Schiff vorbeigeglitten und hatte sogar seinen Rumpf gestreift. Die Seeleute hatten ihnen noch nicht einmal einen Blick geschenkt.

Bara und Marikani hatten den Atem angehalten. Ihre Körper hatten sich gleichzeitig verkrampft und wieder entspannt, als das Boot endlich im Kielwasser des großen Schiffs gewesen war. Ihre Herzen hatten im gleichen Takt geschlagen.

Die drei Verbannten waren wortlos und ohne jede Regung weitergerudert.

Dann waren sie in der bläulichen Nacht an der Flussmündung auf ein anderes Boot gestiegen, das mit einer anderen Mannschaft schon dort auf sie gewartet hatte.

Sie waren zurück nach Norden gefahren.

Marikani starrte aufs schwarze Wasser und ließ ihre Finger hindurchgleiten.

Die Tür zum Gang öffnete sich abrupt. Lionor fuhr aus dem Schlaf hoch und begann zu schreien, ohne wieder aufhören zu können. Arekh versuchte sich aufzusetzen, aber ihm war zu schwindlig. Schritte. Zwei Männer, dem Geräusch der Stiefel nach zu urteilen. Lionor kroch bis ans Ende der Zelle und presste ihr Kind an sich. Es war nicht die übliche Zeit, das wussten Arekh und sie beide.

Es war zu früh.

Wenn es nicht um die Folter ging, dann …

»Nein!«, schrie Lionor und umklammerte das Kind; sie wurde von Zuckungen geschüttelt und schien nahe daran, sich zu übergeben. »Nein …«

Arekh sah sich selbst wie in einem Traum aufstehen, den Soldaten, die hereinkamen, den Weg verstellen und gegen sie kämpfen, sie einen nach dem anderen niedermetzeln; er sah sie mit gebrochenen Knochen fallen, während er seine eigenen Ketten und die Lionors sprengte, sah sich den Korridor hochlaufen und die junge Frau mitziehen, machte eine rasche Bewegung, um die drei Stufen hinaufzuspringen, die zur Metalltür am Ende des Ganges führten … Sein Körper bäumte sich auf …

Und er begriff, dass dies alles nur eine Illusion gewesen war, die sein Delirium hervorgebracht hatte. Er hatte sich gar nicht vom Boden erhoben. Er hatte nicht einmal aufstehen können …

Die Zellentür schwang auf.

»Hoch mit euch beiden!«, sagte einer der Männer und achtete nicht auf Lionors Schreie. »Ihr werdet oben erwartet.«

E-Fîr sank am Horizont, als Marikani und Bara das Schiff des Herrn der Verbannten erreichten.

Wie vor zwei Jahren in der Tränenstadt handelte es sich nicht um ein Fischerboot, sondern um ein richtiges Schiff, das dazu gedacht war, dem Wüten des Ozeans zu trotzen, ein Schiff, neben dem die der Flotte auf dem See von Faez wie ein schwacher Abglanz wirkte, Spielzeuge für adlige Knaben, die eine Seeschlacht nachstellen wollten. Was machte dieses Segelschiff Hunderte von Meilen im Landesinneren, ans Ufer eines schlammigen Deltas gezogen und vom Licht der Zwergglühwürmchen erhellt, kleiner, phosphoreszierender Insekten, die um die Flammen der Laternen auf der Brücke tanzten? Es war da, es war schon immer da gewesen – das schien zumindest sein auf Grund gelaufener Rumpf zu besagen. Es gehörte zur Landschaft wie der Stechginster und die verkümmerten Bäume.

Das Boot kam zum Stillstand.

Um sie herum plätscherte leise das Wasser und spiegelte die schwindende Dunkelheit wider. Die Nacht war schon nicht mehr ganz rein; der erste, ferne Schimmer des Tages hatte sie befleckt. Die Spiegelbilder der bläulichen Nebel, die den türkisfarbenen Stern ersetzt hatten, zerfaserten im Wasser und verloren etwas an Substanz.

Von der Brücke wurde eine Strickleiter herabgelassen, und die drei Verbannten sahen Marikani an, und sie erwiderte ihren Blick mit einem Gefühl der Unwirklichkeit. Wo war sie und warum? Gab es an diesem Ort aus Schlick und verrottenden Algen auch nur einen Funken Hoffnung?

Die Verbannten warteten noch immer. Marikani drehte sich zu Bara um und las in seinen Augen Furcht, aber auch dieses fürchterliche Vertrauen, das ihr die Kehle zuschnürte.

Sie hatte keine Wahl.

Langsam setzte sie einen Fuß auf die erste Sprosse der Strickleiter.

Ihre Wunden waren so tief und ihre Erschöpfung so groß, dass Arekh geglaubt hatte, dass weder er noch Lionor in der Lage sein würden, aufzustehen oder gar zu gehen. Die letzten drei Tage über hatte man sie über den Boden zu ihren Peinigern geschleift.

Und doch standen sie auf. Und doch gingen sie. Arekh hinkte und stützte sich an den Wänden ab, um nicht zu stürzen. Lionor schritt in völligem Schweigen vorwärts; nur dann und wann stolperte sie über eine Stufe oder eine Unebenheit im Felsen.

Sie trugen Ketten an den Füßen, und Arekhs Hände waren mit Handschellen gefesselt. Lionor hatte die Hände frei.

Die Wachen hatten ihr das Kind gelassen.

Sie stiegen hinauf.

Zunächst langsam, fast ohne es zu bemerken, drei Stufen hier, vier Stufen da in Felsengängen, die sanft anstiegen. Sie durchquerten gewaltige, leere Höhlen, an deren Wänden vergessene Ketten hingen, und auch andere

Räume, in denen sich Holztruhen, Bretter, Schilde und verrostete Waffen stapelten.

Dann erreichten sie eine erste Wendeltreppe, die so eng wie ein Brunnen durch den schwarzen Stein hinaufführte.

Die Luft war stickig, modrig, wie verschimmelt.

Eine Ewigkeit verging.

Sie stiegen noch immer nach oben.

»Ayesha«, sagte der Herr der Verbannten, als er das Zelt betrat.

Die Morgendämmerung war noch kaum über den Flussarmen angebrochen. Ein zartrosafarbener Schimmer lag über dem Wasser, dem Schlamm und den hohen Pflanzen des Deltas. Marikani war vor Kälte zitternd in dem Zelt eingeschlafen, in das die Verbannten sie geführt hatten. Ihr Schlaf hatte wohl nicht lange gedauert, kaum einige Minuten; dennoch waren ihre Gliedmaßen steif und eiskalt. Ein leichter Feuchtigkeitsfilm bedeckte ihre braune Haut.

Nur einige Augenblicke der Bewusstlosigkeit – und doch waren ihre Träume weit, sehr weit, davongeeilt … wieder in die Tunnel. Sie rannte, von unförmigen Wesen verfolgt. Arekh und Lionor waren an ihrer Seite. Dann verwandelten sich die Tunnel in einen Vorplatz … den des Palasts von Harabec, wo sie sich alle drei auf die Stufen setzten, um darauf zu warten, dass die Sonne sie wärmte. Aber sie froren immer noch.

Die Bilder des Traums weigerten sich, sich zu verflüchtigen. Marikani musterte den Herrn der Verbannten einen Moment lang, bevor sie ihn erkannte. Dann stand sie mühsam auf; alle Knochen taten ihr weh.

Bara kauerte am Zelteingang. Sein Gesicht war blass, und er wirkte sehr erschöpft. Er hatte wohl Wache gehalten.

Wie lange hatte er schon nicht mehr geschlafen? Er benötigte Ruhe, noch mehr als sie. Wenn er so weitermachte, würde er nicht mehr lange durchhalten.

»Ayesha«, wiederholte der Herr der Verbannten. »Habt Ihr geschlafen?«

Marikani holte tief Luft und schüttelte den Kopf, um ihre Gedanken zu klären. Dann zwang sie sich zu lächeln. »Oh, bitte nicht! Nicht Ihr!« Der Herr der Verbannten musterte sie erstaunt, und sie fügte hinzu: »Nicht ›Ayesha‹.«

Der Herr der Verbannten nickte. »Gut. Wie dann?«

»›Marikani‹ wäre perfekt.«

»Wie Ihr wünscht.« Der Herr der Verbannten verneigte sich leicht und deutete dann auf die Treppe, die zum Oberdeck hinaufführte. »Folgt mir bitte.«

Als sie oben angekommen waren, fuhr er fort: »Der Name ist allerdings interessant. Die Tochter des Gottes, dessen Namen man nicht nennt – oder die Fîrs, je nachdem, welcher Legende man folgt. Nicht viele können sich einer solchen Abstammung rühmen. Ist es nicht schmeichelhafter, die Tochter eines Gottes zu sein als die eines Sklaven, den man wie einen Ochsen auf dem Pflaster eines Hofs abgestochen hat?«

Marikani starrte ihn entsetzt an. Es schockierte sie, ihre Vergangenheit in derart groben Worten ans Tageslicht gezerrt zu sehen. Am Ende zuckte sie mit den Schultern. »Ich nehme an, die Seelenleser haben mein Leben ganz genau untersucht. Meine Geschichte ist kein Geheimnis mehr.«

Der Herr der Verbannten nickte. »In der Tat. Seit dem Tag des Großen Opfers haben sich verschiedene Gerüchte überall wie ein Lauffeuer verbreitet. Die, die Euch betreffen, sind oft widersprüchlich oder unsinnig. Ich habe mich für das glaubwürdigste entschieden. Ist es unwahr?«

Marikani seufzte. »Leider nein. Es stimmt. Auf dem Pflaster eines Hofs, weil er es gewagt hatte, sich seinen Herren zu widersetzen …«

»Ich freue mich, Euch wiederzusehen, Marikani«, sagte der Herr der Verbannten. »Kommt, wärmt Euch auf. Wir sollten miteinander sprechen.«

Sie stiegen noch immer weiter hinauf.

Arekhs Kräfte verließen ihn. Sein Bein tat so weh, dass ihm ein roter Nebel vor Augen stand. Er hätte sich beinahe zu Boden fallen lassen, egal, ob sie ihm dann einfach da, zu Lionors Füßen, den Gnadenstoß versetzen würden … Er konnte nicht mehr, er hielt es nicht mehr aus. Und hielt es dennoch aus, stellte sich den Herausforderungen – noch drei Stufen … noch zwei … noch eine … – und wollte gerade aufgeben, als sie eine kleine Holztür erreichten, die mit vergoldeten Zierleisten geschmückt war.

Diese Tür und die zierlichen, kunstvollen Einlegearbeiten bildeten einen solchen Kontrast zu der schwarzen, feuchten Welt, in der Arekh so lange ertränkt worden war, dass eine Welle der Energie ihn durchströmte: nur ganz leicht und für einen Augenblick, aber sie reichte aus, ihn zu tragen, bis sie die Schwelle überschritten hatten. Er ließ den Blick auf den Zierleisten ruhen und versuchte, seinem Gedächtnis ihre zerbrechliche Form einzuprägen, als ob der Anblick solcher Schönheit – selbst wenn sie flüchtig war – zumindest teilweise die fürchterlichen Bilder auslöschen könnte, die seinen Verstand bevölkerten.

Sie machten zwei Schritte auf der anderen Seite.

Und fanden sich in Tageslicht getaucht wieder.

Eine Welle des Glücksgefühls brach über Arekh herein. Seine Kehle schnürte sich zu, und einige Herzschläge lang konnte er nicht mehr atmen. Blasses, fahles Morgenlicht. Sonnenschein. Zum ersten Mal seit sehr langer Zeit traten ihm Tränen in die Augen, die nicht von Schmerzen hervorgerufen wurden.

Neben ihm weinte Lionor leise, das Gesicht den hohen Fenstern zugewandt.

»Vorwärts«, befahl eine der Wachen.

Sie gingen durch eine weitere Tür und gelangten an die frische Luft.

Arekh ging, vergaß sein Leid, verschlang mit Blicken alles, was sich um ihn herum befand. Es war kein Wunder, dass der Weg so lang gewesen war. Sie gingen nun durch den Ringkorridor, einen gewaltigen Säulengang, der kreisförmig den Verbotenen Garten umfing, der genau im geometrischen Mittelpunkt des Regierungsviertels lag. Über diesen Garten erzählte man sich, dass Fîr, der Beschützer von Reynes, ihn geschaffen habe, um sich dort auszuruhen, nachdem er vor fünftausend Jahren die Grundsteine der Stadt gelegt hatte. Der Garten hatte sich einst über mehrere Meilen erstreckt, aber die Gebäude der Ratsversammlung waren hineingebaut worden und hatten Stück für Stück seine wilde Schönheit verschlungen, bis nur noch einzelne Stücke davon in den Höfen und zwischen den verschiedenen Flügeln übrig geblieben waren. Und natürlich dieser Kreis, der von dem Säulengang geschützt wurde.

Dieses Rondell aus Bäumen, Blumen, Rankpflanzen und Säulen wurde von den Einwohnern der Fürstentümer mehr als irgendetwas sonst geachtet. Denn wenn dieser Garten das Herz der Ratsversammlung war und die Ratsversammlung das Herz von Reynes, Reynes das Herz der Fürstentümer und die Fürstentümer ihrerseits die wichtigste Macht der einundzwanzig Königreiche – war der Verbotene Garten dann nicht der Mittelpunkt der Welt?

Fîr hatte jede Pflanze und jedes Blatt darin gesegnet, und niemand hatte das Recht, dort spazieren zu gehen – abgesehen von den Priestern, die komplizierte Rituale vollzogen, um die Pflanzen zu beschneiden und den Garten in seiner Schönheit zu bewahren.

Es war früh, selbst für die Ratsversammlung, die niemals schlief, und in der Galerie begegneten ihnen nur einige noch schläfrige Ratsherren, Assistenten, die Schriftrollen und Federn trugen, und einige Mädchen mit bläulichen Ringen unter den Augen und zerlaufener Schminke: Tänzerinnen oder Prostituierte, die von einer wilden Nacht zurückkehrten, die sie in einem der gewaltigen diplomatischen Gebäude verbracht hatten, in denen – manchmal für mehrere Jahre am Stück – fremde Gesandtschaften untergebracht waren.

Die beiden Gefangenen, die, umringt von den Soldaten, den kreisförmigen Säulengang entlanggingen, zogen einige neugierige Blicke auf sich, besonders von den Frauen. Die Angestellten ignorierten sie, nicht aus Bosheit, sondern einfach, weil sie schon ganz andere Dinge gesehen hatten. Sie hatten zu tun und mussten Verabredungen einhalten. Sie hatten keine Zeit, blutige Wunden oder scheußliche Verletzungen anzustarren, wenn Gefangene verlegt wurden.

Arekh war einst einer von ihnen gewesen. Auch er war damals mit Schriftrollen in der Hand die Galerie entlanggeeilt, hatte hübsche Frauen zum Ausgang begleitet, mit denen Ratsherr Im-Ahr, für den er gearbeitet hatte, die Nacht verbracht hatte. Er hatte noch mehr getan: Er hatte unter den Säulengängen und in den Vorzimmern Schmiergelder und Verrätereien zugunsten seines Herrn ausgehandelt, er hatte getötet und töten lassen, Gesandtschaftsmitglieder ebenso wie Zeugen … Einmal hatte er sogar einen Ratsherrn getötet, weil Im-Ahr mit einem Brückenbau westlich seiner Ländereien nicht einverstanden gewesen war, durch den eine wichtige Handelsroute ihre Bedeutung eingebüßt hätte. Im-Ahr hätte ein Vermögen an Wegzöllen verloren.

Arekh hatte den Ratsherrn eigenhändig erwürgt, der das Vorhaben unterstützt hatte. Wie hatte er noch geheißen? Maran oder Mayran, es war ein Name aus dem Norden gewesen. Er hatte ihn mit einer Metallkordel unter einem Bogengang erdrosselt, ganz in der Nähe der weinrot lackierten Holztür, die in die Ganglabyrinthe unter dem Ratsgebäude führte.

Auch er war gefolterten Gefangenen begegnet, Kriminellen, Häretikern oder »um der Ehre der Stadt willen« Festgehaltenen, was eine poetische Umschreibung dafür war, dass die armen Schweine nichts angestellt hatten: Ihr einziges Verbrechen bestand darin, dass sie über Informationen verfügten, die den Fürstentümern nützen konnten, so dass die Henker alle möglichen Methoden zum Einsatz bringen würden, um sie zum Reden zu zwingen, bevor sie ihre Leichen in einem Befestigungsgraben verrotten ließen.

Arekh hatte selbst auch den Blick von den geschwollenen Gesichtern, zusammengeketteten Füßen, Verletzungen und Tränen dieser Menschen abgewandt, die ihm manchmal in der Galerie begegnet waren … Aber anders als im Falle der Assistenten, die nun an ihm vorbeikamen, war das nicht aus Gleichgültigkeit oder Gewohnheit geschehen, sondern aus Angst. Auf seinen Kopf war wegen Vatermordes ein Preis ausgesetzt gewesen, und obwohl noch niemand im Regierungsviertel seine wahre Identität gekannt hatte, hatte ihn dann und wann ein dumpfes, verzehrendes Entsetzen überkommen. Der Magen hatte sich ihm zusammengekrampft, wenn er sich vorgestellt hatte, dass seine Vergangenheit ihn einholen und er so wie diese Gefangenen enden würde.

Jetzt war es so gekommen.

Er *würde* enden wie sie; der Kreis seines Schicksals hatte sich geschlossen.

Plötzlich bogen die Wachen ab, um sie durch eine kleine, weiße Tür zu führen.

Der Korridor gehörte zum Nordflügel des Gebäudes für die fremden Gesandtschaften. Sie kamen durch gewaltige Vorzimmer, deren Fußböden mit Teppichen bedeckt waren, während Fîrs stilisiertes Gesicht sie von den Deckenmosaiken herab beobachtete. Die jahrhundertealten Statuen berühmter Ratsherren und Senatoren und die Skulpturen der würdevollen Körper der besten Athleten warfen ihnen eisige Blicke zu.

Wieder stiegen sie höher hinauf. Diesmal waren die Treppen aus Marmor und die Wände mit Basreliefs verziert. Licht flutete durch breite Fenster herein.

Im vierten Stockwerk, das, wie Arekh wusste, zugleich das höchste des Gebäudes war, kamen sie zu einer Säulenreihe, die anzeigte, dass hier die Gemächer einer ausländischen Gesandtschaft begannen. Dahinter würden sie nicht mehr ganz in Reynes sein, sondern auf einer Art neutralem Gebiet, in einem »Niemandsland«, in dem sich die Fürstentümer und das Königreich, dem die Gemächer zugewiesen worden waren, die Macht teilten.

Zwischen den Säulen hingen zarte Organzabahnen in Violett und Ziegelrot.

Die Soldaten hoben sie an.

Und die Gefangenen fanden sich in Harabec wieder.

Die Statue des Gründergottes Arrethas, der ein Schwert in der einen und einen Saani-Zweig in der anderen Hand trug, ragte zwischen zwei Türen auf; das Wappen der Stadt Harabec und das des Gottes waren in die linke Wand eingemeißelt. Lionor keuchte überrascht und wimmerte dann. Ein Wachsoldat stieß sie vorwärts, und sie wäre beinahe gestürzt. Arekh fing sie auf. Sie riss sich heftig von ihm los, bevor sie das Vorzimmer der Ratsräume betraten.

Wände in einem beinahe grellen Orange. Sonnenschein, der sich über das Parkett und die üppigen Teppiche ergoss. Ein Tisch, auf dem eine dampfende Teekanne, Gebäck und drei Karaffen Schaumwein standen. Sessel und Sofas.

Und Laosimba, der auf einer Art Lehnstuhl saß und die Stiefel lässig auf das seidene Tischtuch gelegt hatte.

Eine Frau und ein Mann warteten neben ihm: Vashni, eine der einflussreichsten Adligen am Hofe von Harabec, und Banh, der Erste Ratgeber des Königreichs, der Marikani lange gedient hatte, bevor er in Harrakins Dienste getreten war.

Vashni saß angespannt auf einer Stuhlkante, als sei sie bereit, jederzeit aufzuspringen. Banh stand aufrecht der Tür zugewandt und rieb sich nervös die Hände.

Er ließ sie sinken, als er die Gefangenen bemerkte.

»Mögen die Götter uns beschützen!«, entfuhr es ihm. Er starrte Lionor und Arekh mit offenem Mund an, sah ihre hageren Gesichter, die Blutflecken auf ihren Kleidern, die schlecht verheilten Wunden, die Spuren von Peitsche und Klingen, die Verbrennungen. Den mageren Säugling in den Armen seiner Mutter. Dann wandte er sich Laosimba zu. »Was habt Ihr ihnen angetan?«

Laosimba blieb zurückgelehnt sitzen. Mit einem Lächeln auf den Lippen und einem amüsierten Ausdruck in den schwarzen Augen ließ er die Stiefelspitze kreisen und bewunderte das Leder seines Schuhwerks. Dann wurde sein Lächeln breiter, und er ließ träge den Blick zu Banh hinübergehen. »Wir haben ihnen die Gerechtigkeit der Götter widerfahren lassen. Ganz, wie es Ketzern gegenüber unsere Pflicht ist. Wir reinigen sie mit Wasser, Feuer und Stein, denn allein das Leid unter diesen drei Hauptelementen kann Erlösung bringen. Verderbte Seelen sinken sofort nach der Hinrichtung in die Abgründe hinab … In unserer unendlichen Güte bewahren wir sie vor diesem Schicksal. Wenn Ihr sie liebt, solltet Ihr uns danken«, schloss Laosimba mit einem kleinen Lachen und stand dann aus seinem Sessel auf, sinnlich wie eine Raubkatze und erfüllt von einer unterdrückten Freude, die Arekh noch nie an ihm beobachtet hatte, nicht einmal während der »Reinigungen«.

Trotz seiner Erschöpfung und seiner Schmerzen spürte Arekh, wie seine Neugier erwachte. Warum war Laosimba so glücklich?

Die Antwort folgte auf dem Fuße. Laosimba trat auf Banh zu, der kein Wort herausbrachte. »Was ist, Gesandter des Hofs von Harabec?«, fuhr Laosimba fort; das Wort »Harabec« klang aus seinem Mund wie eine Beleidigung. »Habt Ihr etwa vergessen, was die Menschen den wahren Göttern schulden – und welche Strafen sie erleiden, wenn sie sie ignorieren? Aber ja, das ist es«, fuhr er fort und begann, mit einem hasserfüllten Funkeln in den Augen im Vorzimmer auf und ab zu gehen. »Dort unten, im Palast von Harabec, dessen Reize man vor mir so gerühmt hat, das süße Leben ebenso wie die Leichtigkeit der Religion … Ja, *Leichtigkeit*, dieses Wort ist hier, in Reynes, gefallen. ›In Harabec lasten die Götter weniger schwer auf allem.‹ Wisst Ihr, dass es das ist, was manche Gesandte sich lachend erzählen? *Lachend!*«, schrie er mit solcher Heftigkeit und so plötzlich, dass Vashni und Banh zurückzuckten. »*Lachend!* Ja, Ihr habt vergessen, wozu wir in der Lage sind, wozu *ich* in der Lage bin.« Er wies auf Arekh und Lionor. »Nun – *seht*!«

Banh starrte ihn einen Moment lang mit offenem Mund an; in seinen Augen stand Entsetzen.

»*Savignia!*«, murmelte Vashni mit gesenkter Stimme. Gossensprache aus Sleys, eine Beleidigung, die Arekh dann und wann gehört hatte, wenn er sich in Wirtshäusern herumgetrieben hatte. Ein wohlklingender, aber deftiger Ausdruck, zusammengesetzt aus »jemand, der sich Süßwasserpflanzen in die intimsten Körperöffnungen schiebt« und »bösartiger Trottel«. Das Wort war nur regional in Gebrauch und sehr bäurisch; es war höchst unwahrscheinlich, dass Laosimba es kannte.

Er wirbelte herum und warf Vashni einen finsteren Blick zu. »Was habt Ihr gesagt?«

»Ich kommentiere die Situation nur auf meine Weise«, entgegnete Vashni, in deren Augen eine Flamme loderte. »Verleiht Fîr Euch etwa nicht die Macht, Kraftausdrücke zu verstehen?«

»Nehmt Euch in Acht, Ehari«, sagte Laosimba und trat näher an sie heran. Vashni wich zurück, aber ihr Blick war noch immer zornig. »Nehmt Euch in Acht! Ihr wisst schließlich, wie nahe auch Ihr am Abgrund steht. Spielt nicht mit mir, oder auch Ihr …«

Er unterbrach sich – und plötzlich spuckte ihm Vashni zur Überraschung aller Anwesenden ins Gesicht. Laosimba stieß eine Art Quieken aus und hob die Hand, um sie zu schlagen. Dann ging alles sehr schnell. Mit erstaunlicher Kraft für einen Mann, der stets so matt wirkte, packte Banh den Seelenleser am Arm und riss ihn zurück, um Vashni zu beschützen. Die beiden Wachen eilten zu Laosimba, um ihm zu helfen, und entfernten sich so kurz von Arekh und Lionor.

Sofort wirbelte die junge Frau, ihr Kind fest an sich gedrückt, herum und begann zu laufen, durch die Tür, einfach geradeaus, auf die Säulen zu.

Sie hatte keine Chance, das wusste Arekh. Ihre Verletzungen waren zu schwer; sie würde zusammenbrechen, bevor sie auch nur zehn Schritt weit gekommen war, und überhaupt: Wohin sollte sie gehen? Das Regierungsviertel war ein Labyrinth, eine kleine Stadt aus Dutzenden von Gebäuden, Hunderten von Gängen und Stockwerken, die allesamt von mächtigen Feinden bevölkert waren. Doch als die Wachen ihr nacheilen wollten, stürzte Arekh sich trotz seiner gefesselten Hände auf sie, brachte den ersten Soldaten zu Fall und schlug dem zweiten seine Ketten ins Gesicht. Hinter sich hörte er Vashni schreien und Laosimba unterdrückt fluchen. Dann stolperte er, bekam einen Schlag auf den Kopf, stürzte und rollte über den Boden, bis er neben dem ersten Soldaten lag.

Dieser stand unbeholfen auf. Einen Herzschlag lang befand sich der Griff des Dolchs, den er am Gürtel trug, nahe bei Arekhs gefesselten Händen …

Fünfzehn Schritte entfernt war Lionor von zwei Angestellten überwältigt worden, die den Gang heruntergekommen waren. Sie hatte sich kurz gewehrt, war dann aber zusammengebrochen.

»*Hund!*«, schrie Laosimba mit fast hysterischer Stimme. Betäubt von seinem Sturz hatte Arekh ihn nicht das Vorzimmer durchqueren sehen, aber plötzlich war er da, über ihm, und begann ihm Tritte in Oberkörper und Bauch zu versetzen. »Das wirst du büßen! Ihr alle beide! Ihr …«

Arekh hob den Arm und rammte dem Seelenleser mit aller Kraft den Dolch in den Unterleib.

Die Klinge prallte ab, sicher vom Rand eines Kettenhemds, und streifte dann Fleisch … Leicht, zu leicht. Laosimba machte einen Satz nach hinten, so dass der Stoß vollends ins Leere ging, und stieß dann einen kurzen Schrei aus, der interessanterweise leiser war als der, den es ihm entlockt hatte, dass Vashni ihm ins Gesicht gespuckt hatte. In blutrünstiger Wut trat er auf Arekh ein, versuchte, ihm das Gesicht mit den Stiefeln zu zerschmettern. Arekh wollte erneut auf ihn einstechen, aber jemand riss ihm den Dolch aus der Hand.

Für einen Moment verlor er das Bewusstsein. Als er die Augen wieder öffnete, sah er, dass Lionor zurück ins Zimmer geführt worden war. Laosimba brüllte unverständliche Flüche und versuchte, ihr das Kind zu entreißen.

Banh schrie: »Wachen! Wachen!«

Arekhs Kopf sank wieder auf den Boden, und er wurde erneut ohnmächtig, wenn auch nur für einige Herzschläge.

Als er wieder zu sich kam, war seltsame Ruhe im Zimmer eingekehrt. Sechs Soldaten in den Farben von Harabec hatten Laosimba überwältigt. Die beiden Wachen aus Reynes zögerten; sie wussten nicht, was sie tun sollten. Lionor hockte mit dem Kind im Arm an der Wand und schluchzte stumm. Banh schrie noch immer, aber kein Laut kam über seine Lippen.

Arekhs Ohren hörten zu rauschen auf, und die normale Lautstärke kehrte zurück. Lionors Schluchzen wurde deutlich hörbar, ebenso Banhs Worte.

»… Vorzimmer gehört nicht zum Gebiet von Reynes! Ich verbiete euch, sie anzurühren! Solange sie hier sind, *verbiete* ich euch, Hand an sie zu legen, verstanden?«

Laosimba hatte seine Ruhe zurückgewonnen. Die Wachen ließen ihn los, und er rührte sich nicht, doch sein Reptilienblick blieb auf Banh haften, der nun schwieg.

Blut befleckte das Hemd des Seelenlesers dort, wo Arekh ihn getroffen hatte, aber die Wunde schien oberflächlich zu sein.

Arekh biss sich auf die Lippen und richtete sich mühsam auf, indem er sich an der Tür hochzog; der Kopf und das Gesicht taten ihm weh. Da hatte er nun Dutzende von Fremden ermordet, denen er eigentlich nichts Böses gewollt hatte, aber diesen Mann, den er unendlich hasste und *wirklich* töten wollte, hatte er kaum verletzt.

Endlich stand er mit zitternden Beinen aufrecht da.

»Laosimba«, sagte er plötzlich, ohne zu wissen, wie er fortfahren würde.

Arekhs Tonfall sorgte dafür, dass alle im Vorzimmer sich ihm zuwandten.

Arekh musterte stumm den Seelenleser, den Mann, auf dessen Einfall das Große Opfer zurückging, der Hunderttausende von Menschen zu einem fürchterlichen Tod verurteilt hatte, der erst Marikani und dann Lionor hatte foltern lassen, der ihn hatte foltern lassen, den Mann, der fähig war, einer Mutter in Ketten ihr Kind zu entreißen. Passte da Vashnis derbe Beleidigung? Alte Fluchformeln aus den Sümpfen von Miras, in denen Arekh aufgewachsen war, kamen ihm in den Sinn. Die Worte von Bauern, die sie hervorstießen, wenn sie ausspuckten, an den Nachbarn gerichtet, der ihnen ihr Land gestohlen hatte, den Gutsherrn, der ihre Tochter vergewaltigt hatte, Worte so alt wie die Zeit und die Jahrhunderte, die vergangen waren, ohne dass sich in jenem öden, trostlosen Landstrich etwas geändert hätte.

»Laosimba es Verityu von Meslore, Gesegneter des Fîr«, sagte Arekh langsam, »ich verfluche dich … Und der Himmel und die Götter tun es mit mir, und ich sage dir und sehe es vor mir: Dein heutiger Ruhm wird dich nicht retten. Bei den Runen, die unser Schicksal dort oben festschreiben, sage ich dir: Dein Tod wird schnell und heftig erfolgen und von meiner Hand, und alles, was du aufgebaut hast, wird zerstört werden. Höre mich! Denn die Götter sprechen aus meinem Mund.«

Stille senkte sich über das Vorzimmer.

Sogar Lionor hatte zu weinen aufgehört. Diese Sätze klangen aus Arekhs Mund so seltsam und unterschieden sich so stark von seiner üblichen Redeweise, dass ein wenig Vorstellungskraft oder Glaube ausreichte, um einige Augenblicke lang tatsächlich anzunehmen, dass die Götter durch ihn gesprochen hatten.

Vashni starrte Arekh verblüfft an. Banh wusste nicht, was er sagen sollte, und die beiden Wachen aus Reynes standen da wie vom Donner gerührt.

Laosimba war sehr bleich. Er musterte Arekh eine ganze Ewigkeit mit leerem Blick.

Schließlich wandte er sich Banh zu, wie um das Gespräch wieder aufzunehmen, fand nicht die rechten Worte und sah erneut Arekh an.

Dann ging er mit großen Schritten zur Tür hinüber. Als er neben den Wachen stand, drehte er sich zu Banh um. »Ich werde nur mit dem König von Harabec persönlich verhandeln. Und da er noch nicht hier ist …«

»Wir haben noch nichts Neues gehört«, erklärte Banh. »Er hätte heute Morgen eintreffen sollen, aber …«

Er brach ab. Laosimba verfügte über ein Netz von Spionen und Boten, das weitaus besser funktionierte als das Harabecs. Er wusste sicher mehr als Banh.

»Er soll sich beeilen! Ich werde nicht lange warten«, sagte Laosimba. Er deutete auf die Gefangenen. »Ihr seid für sie verantwortlich. Sie dürfen das Vorzimmer nicht verlassen. Die Ketten dürfen ihnen nicht abgenommen werden, und sie dürfen nichts zu essen oder zu trinken erhalten. Meine Männer werden darüber wachen.«

Er ließ die beiden Wächter zurück und verschwand hinter den Säulen.

Der Tee war bitter und kaum gesüßt, aber er blieb Marikani im Hals stecken, verbrühte sie und ließ sie heftig zittern. Bara saß scheinbar gleichmütig neben ihr unter dem Baldachin und trank. Aber Marikani wusste, dass er in

Wirklichkeit höchst aufmerksam war und jederzeit aufspringen konnte.

Der zweite Schluck des brennend heißen Getränks verschaffte ihr ein animalisches, sinnliches Vergnügen. Es war so lange her, dass sie etwas derart Heißes getrunken hatte. Die Sagenhelden, von deren Taten man erzählte, sehnten sich anscheinend nie nach dem Luxus der Paläste, aus denen sie verjagt worden waren. Wenn es ihnen das Herz brach, dann um einer Frau oder eines Verrats willen, aber nie, weil sie wehmütig an gut gewürzte, dampfende Speisen, gewärmten, mit Sirup gesüßten Wein und aufwändige Getränke zurückdachten, die man lange kochen ließ, damit Zimtstangen darin ihr ganzes Aroma entfalten konnten …

Marikanis Herz zog sich zusammen, wenn sie daran dachte. *In Samt und Seide aufgewachsen*, so hatte Arekh es einmal ausgedrückt.

»Ihr habt Euch verändert«, sagte der Herr der Verbannten.

Er trank nicht, sondern beschränkte sich darauf, sein Glas zwischen den Händen kreisen zu lassen, als wolle er sich die Handflächen wärmen.

»Findet Ihr?«, erwiderte Marikani bitter. »Manchmal frage ich mich das auch …«

Der Herr der Verbannten nahm einen Schluck. »Nun?«

»Was, ›nun‹?«

»Ihr habt um ein Gespräch mit mir gebeten. Ich bin hier.«

»Ja«, seufzte Marikani nach kurzem Schweigen. »Ich schleiche um den heißen Brei herum. Was ich zu sagen habe, wirkt so verrückt …«

»Sagt es dennoch; Verrücktheit ist oft amüsant«, erklärte

der Herr der Verbannten. Dann wandte er den Kopf und musterte Bara. »Ist Euer Liebhaber hier genauso wild wie der andere? Eure Beschützer sind immer ernst zu nehmen und …«

Marikani und Bara erröteten gleichzeitig. Bara sprang auf, als hätte man ihn geschlagen, und setzte sich dann verlegen wieder hin.

Der Herr der Verbannten lachte leise. »Kommt, das ist doch keine Schande! Ihr seid eine schöne Frau, es ist nur normal, dass Ihr gewisse Bedürfnisse habt … Und so ist es nun mal in der Welt: Intelligente Männer suchen sich weise Frauen und weise Frauen starke Männer.«

»Bara ist nicht mein Geliebter«, sagte Marikani in trockenem Tonfall, den sie mit einem Lächeln abzumildern trachtete. »Aber stark ist er in der Tat. Ein hervorragender Beschützer.«

»Wie Euer früherer Begleiter.« Marikani wollte etwas einwenden, aber der Herr der Verbannten fuhr bereits fort: »Arekh es Morales, so hieß er doch, nicht wahr? Es sind auch über ihn Gerüchte im Umlauf … über ihn und Euch, in Salmyra. Er scheint ein findiger Mann zu sein.«

»Das hat ihn nicht davon abgehalten zu sterben«, sagte Marikani schlicht. Sie hätte gern in neutralem Ton gesprochen, aber ihre Stimme klang heiser. Als sie von Arekhs Tod erfahren hatte, hatte sie sofort alles verschlossen. Alles. Ihr Herz, ihren Verstand. Sie konnte sich keinen Schmerz leisten, wenn sie Hunderte von ausgehungerten Menschen durchs Ödland ins Gebirge führte.

Also hatte sie die Nachricht beiseitegewischt. Und hatte sich verboten, daran zu denken, darüber nachzugrübeln, sich vorzustellen, wie Arekhs Leichnam auf dem Sand der Hochebene verweste.

Der Herr der Verbannten zuckte mit den Schultern. »Wir sterben alle. Und die Seelenleser haben die Barmherzigkeit vergessen. Niemand entkommt ihnen, noch nicht einmal die Tapfersten.«

»Die Seelenleser?«, wiederholte Marikani mit gerunzelter Stirn. »Nein, es war in Nôm. Arekh ist am Tag nach dem Großen Opfer getötet worden.«

»In Nôm? Da habe ich etwas anderes gehört.«

»Auf der Hochebene, in der Nähe der Wälder«, erklärte Marikani. Ihr brummte schmerzhaft der Schädel. Arekhs Namen auszusprechen kam ihr wie ein Vergehen vor. »Ein Dutzend Sklaven hat ihn fallen sehen. Das kleine Mädchen, das bei ihm war, Non'iama – sie ist im Wald verschwunden. Die Überlebenden sind geflüchtet und haben Arekh zurückgelassen. Sie haben mir erzählt, wie die Soldaten ihn getötet haben.«

»Nur, dass sie ihn eben nicht getötet haben«, sagte der Herr der Verbannten. »Zumindest nicht nach den Angaben meiner Informanten. Er war verwundet, aber er wurde gefangen genommen. Er und Lionor Mar-Arajec sind nach Reynes geschafft worden und dort einige Tage nach ihrer Ankunft unter der Folter gestorben.«

Marikani blieb verblüfft mit aufgerissenem Mund sitzen; sie brachte kein Wort heraus. »Folter?«, wiederholte sie schließlich. »Reynes? *Lionor?*«

Schweigen folgte. Der Herr der Verbannten erhob sich. »Es tut mir sehr leid. Eine solche Nachricht sollte man schonender überbringen. Aber ich dachte, Ihr wärt schon auf dem Laufenden. Es tut mir sehr leid«, wiederholte er.

Marikani drehte sich zu Bara um, der sie halb hilflos, halb bekümmert betrachtete.

»Die Seelenleser? Seid Ihr Euch sicher?«, fragte sie schließlich und spürte, dass ihre Lippen zitterten.

Wenigstens hat Arekh nicht leiden müssen, hatte sie sich zuweilen gesagt – das war einer der verbotenen Gedanken gewesen, die ihr eigentlich nicht hatten kommen sollen. Und wenn die Kälte im Wald zu unerträglich geworden war, hatte sie sich mit der Vorstellung getröstet, dass wenigstens Lionor in Sicherheit war und auf dem Gut Arajec ihr Kind wiegte.

Und jetzt …

Ihretwegen …

»Ich verdiene es nicht zu leben«, sagte sie abrupt.

Sie hörte Baras Keuchen neben sich und sah den ungläubigen Blick des Herrn der Verdammten.

»Alles, woran ich geglaubt habe, was ich war, was ich verteidigt habe …« Sie stand auf und spürte, wie ihr schwindlig wurde, wie sich die Bilder umwölkten und ihr Blick sich im Nebel verlor. Arekhs Gesicht vermischte sich mit dem des jungen Offiziers des Emirs in Faez, mit dem Anblick der Opfer der Plünderungen, die sie befohlen hatte, mit dem der Leichen, von denen die Königreiche nach dem Großen Opfer übersät gewesen waren.

»Ich verdiene es nicht zu leben.«

»Das stimmt«, sagte der Herr der Verbannten. Sein Tonfall war hart, schneidend. »An Euren Händen klebt viel Blut. Stürzt Euch also in den See und lasst Euch hinabsinken. Ich kann auch – wenn Euch das lieber ist – einem meiner Männer befehlen, Euch die Kehle durchzuschneiden. Das wird ganz leicht sein, kurz und schmerzlos. Ihr müsst nur darum bitten. Wir werden einen Boten zu denen schicken, die in den Wäldern auf Euch warten, und ihnen sagen, dass Ihr Selbstmord begangen habt.

Aber entscheidet Euch, denn Ihr habt mich schon sehr viel Zeit gekostet, und ich habe noch etwas anderes zu tun.«

Marikani sah wieder klar.

Sie betrachtete den Herrn der Verbannten, Bara, das Deck und den anbrechenden Tag.

Dann straffte sie die Schultern und trank einen Schluck Tee.

»Wo ist Harrakin?«, fragte Arekh.

Drei Stunden waren vergangen, seit Laosimba gegangen war. Lionor und Arekh hatten sich auf den Boden fallen lassen und saßen nun gegen die Wand gelehnt da, so weit wie möglich von dem Tablett mit dem Gebäck und Tee entfernt.

Vashni und Banh warteten schweigend mit ihnen.

»Ayashi Harrakin ist auf dem Weg nach Reynes angegriffen worden«, erklärte Banh, den Blick aufs Parkett gerichtet, als könne er sich nicht entschließen, ihnen ins Gesicht zu sehen. »Die Karawane hat es überstanden, aber ein Großteil der Männer der Eskorte ist niedergemetzelt worden. Seitdem haben wir kein Lebenszeichen mehr von ihm.«

»Ich verstehe das alles nicht«, sagte Arekh langsam.

»Wir auch nicht. Vielleicht sind seine Botenvögel …«

»Nein.« Arekh hob die Hand und deutete auf Lionor. »Nein. Sie … ich … Ihr wollt mit Laosimba verhandeln, um uns zurückzuholen? Harrakin will uns aus diesen Kerkern holen? Aus reiner Herzensgüte? Entschuldigt bitte, wenn ich das nicht glaube.« Seine Stimme war nur ein heiseres Krächzen. »Also warum?«

Banh und Vashni sahen einander einen Moment lang

an. Lionor hatte den Kopf gehoben und starrte Banh mit ausgehungerten Augen an.

»Unsere Verurteilung wegen Häresie ist noch immer gültig«, fuhr Arekh fort. »Ihr wärt gezwungen, uns hinzurichten. Ob nun in Harabec oder hier … Was spielt das für eine Rolle?«

Wieder herrschte Schweigen. Dann fand Vashni endlich den Mut zu sprechen. »Ja, Ihr würdet hingerichtet werden. Aber als Verräter – ein weltlicher Urteilsspruch, vom König von Harabec gefällt.«

»Ihr würdet aber … mein Kind retten?«, stammelte Lionor. »Ein Kind von drei Monaten kann doch nicht als Verräter hingerichtet werden? Vashni? Du würdest den Kleinen doch retten?«

»Ja, ja, natürlich. Wenn wir Laosimba überzeugen können, verspreche ich dir das, Lionor«, murmelte Vashni mit Tränen in den Augen. »Ich werde ihn retten und mich um ihn kümmern. Aber … aber ich fürchte …« Sie holte tief Atem und rang um Fassung. »Ich habe den Eindruck, dass Laosimba gar nicht verhandeln will. Dass er uns einfach zeigen will, was er euch angetan hat, um Harrakin zu drohen …«

»Um Harrakin zu drohen?«

In Arekhs schmerzendem Kopf setzten sich die Einzelteile zu einem Ganzen zusammen. Eine schreckliche Migräne ließ seine Schläfen pochen, aber er hatte nun einmal das Talent, zwischen den Zeilen zu lesen, Machtkämpfe zu durchschauen, Motive zu erspüren. Selbst im Sterben – starb er denn? Nein, eigentlich nicht, noch nicht, aber es würde sicher nicht mehr lange dauern – arbeitete sein Verstand.

»Wenn wir in Reynes als Häretiker verurteilt werden,

schafft das einen Präzedenzfall«, sagte er langsam. »Ist es das? Laosimba hat mit uns begonnen – aber er wird sich nicht auf uns beschränken. Wir sind nicht die Einzigen, die vom ›Kontakt mit der Demeana befleckt‹ sind. Ihr«, sagte er und sah Vashni an. »Ihr, Banh. Die meisten Adligen bei Hofe. Und …«

Banh und Vashni warteten.

»Und Harrakin.«

Vashni nickte langsam.

»Laosimba will also Harrakins Kopf?«, fragte Arekh. »Er hegt solchen Zorn auf Harabec?«

»Er kann den König und den halben Hof zu Fall bringen«, sagte Banh langsam. »Danach wäre es ihm ein Leichtes, die Königsdynastie von Harabec für verderbt zu erklären. Er wird einen Ratsherrn aus Reynes nach Harabec schicken, um das Land zu verwalten – und dann wäre Harabec das siebzehnte Fürstentum von Reynes. Also gilt es, wie Ihr ganz richtig sagt, den Präzedenzfall um jeden Preis zu vermeiden. Deshalb versuchen wir, Euch ›zurückzuholen‹.«

Laosimba wird uns niemals gehen lassen, begriff Arekh. Sie waren Trophäen. Vogelscheuchen, mit denen man Laosimbas künftige Opfer in Angst und Schrecken versetzen konnte.

Neue Tränen begannen über Lionors Wangen zu strömen.

»Wir brauchen Hilfe«, sagte Marikani geradeheraus. »Samara an der Küste von Kinshara verfügt über die größten Werften in den Königreichen. Ich will durch die Königreiche reisen, in die Werften eindringen und sie in meine Hand bringen. Wenn wir genug Schiffe haben, werden wir alle aufbrechen. Auf die andere Seite des Ozeans.«

Die Erklärung war zu kurz, zu knapp. Sie hätte alles näher erläutern sollen, hätte Argumente liefern müssen, aber sie hatte nicht mehr die Kraft dazu. Ihr Verstand war leer und erkaltet. Einer ihrer größten Trümpfe – die Fähigkeit, ihre Gesprächspartner zu überzeugen und zu verführen – war verschwunden.

Sie rechnete mit Gelächter, das unweigerlich auf ihre Worte folgen musste.

Es kam keines.

Der Herr der Verbannten musterte sie mit zusammengekniffenen Augen; er dachte nach. »Wie viele seid ihr?«

Marikani zuckte mit den Schultern. »Zweitausend. Im Augenblick. Unsere Zahl erhöht sich täglich.«

»Wenn vierzig bis fünfzig Personen auf ein Schiff passen, braucht Ihr mindestens vierzig. Ich glaube nicht, dass Kinshara heute über mehr als fünfzehn verfügt. Und ein Schiff zu bauen ist eine Arbeit, für die man einen langen Atem braucht.«

»Ich weiß.«

»Ihr werdet die Werften monatelang besetzt halten müssen, vielleicht sogar ein ganzes Jahr. Währenddessen werdet Ihr die Arbeiter und Schiffbauer als Geiseln halten müssen ... während Euch draußen die Armee von Kinshara keine Atempause gönnt.«

»So ist es. Es stellt sich auch die Frage nach der Nahrung, um unser Überleben und das der Arbeiter zu sichern. Und bevor wir über all das nachdenken, müssen wir erst einmal Samara erreichen. Zu dem Zweck müssen wir Kiranya, Kinshara und vielleicht einen Teil von Sleys durchqueren. Aber die Nahrung ist schon jetzt knapp, wir haben kaum Waffen und nur wenige Pferde. Und die meisten Männer in kampffähigem Alter haben keine militärische Ausbildung genossen.«

»Ich verstehe. Nur aus Neugier … Wo wollt ihr denn hin, jenseits des Ozeans?«

»Dorthin, wo wir herkommen – wo das Türkisvolk herkommt. Ins Ursprungsland meiner Vorfahren jenseits des Meeres …«

Sie schwieg und lauschte den Wellen, die um den Rumpf des großen Schiffes spielten. Alle Gliedmaßen taten ihr weh, als sei sie gestürzt.

Bara betrachtete sie weiter schweigend. Der Herr der Verbannten dachte erneut nach. Einige Augenblicke später gab er ein Zeichen, und eine rothaarige Frau erschien und trug eine Pfeife und eine Schale Rauchpaste die Treppe herauf.

Der Herr der Verbannten zog an seiner Pfeife, und Marikani musterte ihn. Sie fragte sich, ob er sie, wie beim letzten Mal, zu einer Zeremonie einladen wollte.

Doch das war nicht der Fall.

»Wenn wir überleben wollen«, fuhr sie schließlich fort, »brauchen wir Nahrung, Waffen und Rüstungen. Und vielleicht auch Männer, die in der Lage sind, meine Mannschaften auszubilden. Ihr habt Geld … viel Geld und dank des Wassers das beste Handelsnetz der Königreiche. Fluss um Fluss, Strom um Strom könntet Ihr unserem Vormarsch folgen und uns Stück für Stück liefern, was wir benötigen.«

»Ich verstehe. Und was bietet Ihr uns im Gegenzug?«

»Nichts.«

Der Herr der Verbannten zog die Augenbrauen hoch und nahm dann einen Zug aus seiner Pfeife. »Ich weiß kühne Handelsangebote durchaus zu schätzen«, sagte er. »Und dieses ist besonders gewagt. Könntet Ihr vielleicht … auf die Einzelheiten eingehen?«

»Wir haben nichts«, sagte Marikani mit einem matten Lächeln. »Kein Geld, keine Beziehungen, nichts. Unser einziger Trumpf ist rohe Gewalt. Ich dachte, dass wir auf unserem Weg Städte und Dörfer plündern könnten, auch Tempel. Dann könnten wir Euch Geld und Kostbarkeiten für Nahrungsmittel und Material bieten. Eure Boote würden uns auf den Flüssen folgen.«

Der Herr der Verbannten nahm noch einen langen Zug aus seiner Pfeife. »Das würde Euch zwingen, durchs Herzland von Kiranya zu ziehen, um die reichsten Städte anzugreifen. Es wäre aber sicherer, es nördlich zu umgehen und durch das Ödland zu reisen. Und außerdem hättet Ihr von der ersten Plünderung an sämtliche Armeen und die ganze Bevölkerung gegen Euch.«

Marikani schüttelte den Kopf. »Es ist aber die einzige Lösung.«

Langes Schweigen folgte.

»Ich sehe eine andere«, sagte der Herr der Verbannten.

»Es reicht! Genug von diesem Unfug!«, sagte Vashni und stand abrupt auf; ihre Heftigkeit ließ Banh zusammenzucken.

Sie marschierte mit großen Schritten auf die Wachen zu und riss sich erst die Ohrringe und dann die Halskette ab. »Wisst Ihr, wie viel das wert ist?«, fragte sie, indem sie den Schmuck vor der Nase des jüngeren Soldaten schwenkte. »Die Kette ist aus reinem Gold, und darin ist ein Vahalor-Stein eingelassen. Achtzehntausend Res – das habe ich zumindest bezahlt, und inzwischen ist das Bergwerk in Vahalor geschlossen. Der Wert der Steine hat sich verdoppelt.«

»Ehari Vashni ...«, begann Banh, aber die junge Frau hörte nicht auf ihn.

»Nehmt sie, nehmt auch die Ohrringe und dann verlasst dieses Zimmer«, zischte Vashni. »Nur für einige Augenblicke. Geht, verschwindet! Wenn die Gefangenen in Eurer Abwesenheit ihre Ketten sprengen, seid Ihr nicht verantwortlich.«

Der Soldat schüttelte den Kopf. Er war aschfahl. »Ehari, das ist unmöglich. Selbst wenn wir wollten ... Die Seelenleser ... Ihr könnt Euch nicht vorstellen, was sie ...«

»Ehari Vashni«, wiederholte Banh. Er durchquerte das Vorzimmer und legte ihr die Hand auf die Schulter. »Tut das nicht! Ihr würdet unser Todesurteil unterzeichnen und ...«

»Das Kind! Dann nichts als das Kind!«, sagte Vashni mit bebender Stimme. »Lasst uns die Zeit nutzen, um es verschwinden zu lassen. Wir können es einer der Frauen aus ...«

Der Wachsoldat machte weiter entsetzt abwehrende Bewegungen, und Banh riss Vashni zurück.

»Nein!«, schrie er, und Vashni starrte ihn schockiert an. Er packte sie bei den Schultern und schüttelte sie heftig. »Nein! Denkt nach! Wollt Ihr sterben?«

Vashni blickte ihn einen Moment lang wütend an und ließ sich dann zurück in ihren Sessel fallen.

Banh musterte sie eine Weile und nahm dann zögernd den Schmuck aus Vashnis Hand.

Er trat auf den Soldaten zu und legte ihm die Halskette und die Ohrringe in die Hand. »Erlaubt, dass wir ihnen zu essen und zu trinken geben«, sagte er. »Euer Herr wird nie davon erfahren.«

Der Wachsoldat zögerte, nickte dann aber knapp.

Der Frachtraum des Schiffs der Verbannten war zu einem Empfangszimmer ausgebaut. Die Wände waren mit rotem Samt bespannt, Teppiche bedeckten den Boden, und geschnitzte Stühle standen rund um einen Holztisch, dessen Beine auf der einen Seite kürzer als auf der anderen waren, um die Neigung des Bodens auszugleichen. Kerzenhalter, Vasen und Skulpturen standen auf schweren Sockeln aus poliertem Holz.

Auf dem Tisch war eine Karte des Nordens der Königreiche ausgebreitet – von den Freien Städten bis zum südlichen Kiranya. Die Karte war groß, und Hunderte kleiner Nadeln mit purpurfarbenen Köpfen steckten darin. Die Nadeln waren hauptsächlich in zwei Gruppen angeordnet: Eine befand sich in der Stadt Gaïsal südlich der Tränenstadt, eine weitere im Süden des Emirats.

»Wisst Ihr, was das ist?«, fragte der Herr der Verbannten, indem er auf die erste Gruppe von Nadeln deutete.

Marikani schüttelte den Kopf.

»Habt Ihr von der Nacht der Wasser von Gaïsal gehört? Sechs Tage nach dem Großen Opfer?«

»Nein. Da waren wir schon unterwegs zu den Gipfeln«, sagte Marikani. »Seit jenem Abend bin ich von der Außenwelt abgeschnitten. Reynes hätte niederbrennen können, ohne dass ich etwas davon erfahren hätte.«

»Oh, Ihr werdet es erfahren«, murmelte der Herr der Verbannten. »Die ganze Welt wird es erfahren.« Er strich mit dem Finger über die Köpfe der Nadeln. »Das hier haben sie ›das verdiente Massaker‹ genannt. An jenem Abend ist es zu einer Auseinandersetzung zwischen einem Krämer und dem Anführer der Verbannten von Gaïsal gekommen – auf einem Boot, das am Anleger festgemacht hatte. Wie viele andere hatte dieser Krämer gewaltige Geldsummen verloren. Der Aufstand, der Krieg, der Verlust seiner Arbeitskräfte … Er schuldete den Verbannten zweihundert Res und wollte, dass Sanh – der Anführer der Verbannten – ihm die Schuld erließ. Sanh weigerte sich. Der Krämer stach ihn nieder und warf seinen Leichnam ins Wasser. Die anderen Verbannten rächten sich und töteten den Händler.«

Marikani nickte; aus der Anzahl der Nadeln schloss sie, was nun folgen würde.

»Der Krämer hatte einen Bruder, der die Bevölkerung aufgehetzt hat. Viele Leute schuldeten den Verbannten Geld. In der Nacht stiegen sie ins Wasser, kletterten auf die Boote und metzelten alle nieder. Vierhundertdreiundfünfzig Männer, Frauen und Kinder, alle Verbannten von Gaïsal. Das war das denkbar wirkungsvollste Mittel, all ihre Schulden zu tilgen.«

»Das Gleiche ist wohl im Süden des Emirats geschehen«, sagte Marikani und deutete auf die zweite Gruppe von Nadeln. Die Einzelheiten eines Gesprächs vor über einem Jahr kehrten ihr ins Gedächtnis zurück. »Als ich Euch zum ersten Mal gesehen habe, in der Tränenstadt, da habt Ihr mir gesagt, dass Ihr Verbündete bräuchtet. Dass der Bürgermeister Eure Position in Frage stellte. Dass Ihr fürchtetet, dass Eure Tage gezählt wären.«

Sie hatte das Bündnis damals geschlossen – und es dann vergessen. Seitdem war so viel geschehen …

»Es tut mir sehr leid«, sagte sie. »Nachdem ich nach Harabec zurückgekehrt war, haben sich die Ereignisse überschlagen. Der Emir hat versucht, in unser Land einzudringen, und dann …« Sie machte eine vage Bewegung.

»Ihr wart sehr beschäftigt«, sagte der Herr der Verbannten. »Das ist nicht so schlimm. Aber wir haben einen Pakt geschlossen, und nun ist der rechte Zeitpunkt gekommen, ihn in Kraft treten zu lassen.«

»Ich bin nicht mehr Königin von Harabec. Ich habe keinerlei Macht.«

»Der Himmel sagt etwas anderes. Die Nacht hat Euretwegen nicht mehr dasselbe Gesicht.«

Marikani seufzte. »Das nützt mir wenig! Glaubt mir, Herr der Verbannten, ich bin diejenige, die jetzt Verbündete suchen muss.«

Der Mann nickte. »Prinzessin … Marikani … Ayesha, wer Ihr auch seid: Die Zeit der Verbannten ist abgelaufen. Wisst Ihr, was man den Claesen vor dreihundert Jahren zur Zeit der großen Missernten angetan hat?«

Die Claesen von Reynes lebten in einem eigenen Viertel; der Hohepriester hatte es ihnen damals untersagt, dieses Viertel zu verlassen. Um zu überleben, hatten sie Handel getrieben und als Geldverleiher gewirkt. Als die Große Hungersnot ausgebrochen war, hatten die Stadtbewohner wahnsinnig vor Hunger und auf der Suche nach Sündenböcken jeden einzelnen Claesen niedergemetzelt.

»Das weiß ich.«

»Wir werden diese Krise nicht überleben. Es sei denn, ich handle schnell.«

»Was wollt Ihr tun?«

»Nach Norden fahren«, sagte der Herr der Verbannten. »Dann werdet Ihr bessere Aussichten haben, die Küste zu erreichen, und werdet auch nicht die Städte von Kiranya plündern müssen. Ich werde mein Volk über die Wasserläufe dort hinaufführen. Wir werden Euch mit Nahrung und Waffen versorgen. Im Gegenzug verlangen wir nur eines von Euch.«

Marikani musterte ihn stumm.

Der Herr der Verbannten wies nach Osten, zum Meer. »Dass wir mit Euch reisen dürfen.«

Der Tag verging mit Verhandlungen. Als es wieder Nacht wurde, kehrten Marikani und Bara unter das Zelt zurück. Die Verbannten hatten versprochen, sie am nächsten Morgen weit von Faez entfernt an Land zu setzen, so dass sie nur noch einen Reisetag von ihrem Lager entfernt sein würden.

Auf der Brücke sangen drei Frauen eine einfache, melancholische Melodie. Marikani saß eine Weile im Zelt auf dem Boden und zog die Knie eng an. Sie hätte sich freuen sollen. Sie hatte unerwartet Hilfe bekommen. Vielleicht enthielt ihr wahnsinniger Plan nun einen Funken Vernunft.

Aber sie spürte nichts, nur eine gewaltige Leere. Vor ihrem inneren Auge zogen Bilder gefolterter Körper vorüber.

Die Feuchtigkeit drang in alles ein: ins Zelt, in ihre Kleider. Bara kniete sich neben sie und legte ihr einen Wollschal um die Schultern.

»Ihr müsst schlafen«, sagte er leise.

Marikani schüttelte den Kopf. »Ich kann nicht.«

»Wir haben morgen einen langen Weg vor uns.«

Er begann, ihr sanft den Nacken zu massieren, dann die Schultern, aber Marikani hielt ihn auf. Sie durfte sich nicht gehen lassen. Sonst würde sie zusammenbrechen und wie ein kleines Mädchen weinen.

»Ich habe das Gefühl, noch nie so allein gewesen zu sein«, flüsterte sie.

»Ich bin hier.«

Marikani drehte sich um. Baras Gesicht befand sich nahe an ihrem. Seine Augen. So blau … In seinem Blick lagen all die Wärme und Leidenschaft, die ihr fehlten.

Sie beugte sich zu ihm und küsste ihn sacht. Er sah sie ungläubig an und küsste sie dann seinerseits. Sie legte ihm die Hand auf die Brust und spürte, dass er zitterte.

Baras Hemd war aus Leinen. Marikani strich darüber und begann dann, die Knöpfe einen nach dem anderen zu öffnen.

Zehn Stunden später rief Laosimba sie ins private Schreibzimmer des Hohepriesters von Reynes.

Das Zimmer lag im obersten Stockwerk des höchsten Tempelturms. Der Hohepriester war seit Monaten krank, und alle Macht lag bei Laosimba. Dass er sich das Schreibzimmer angeeignet hatte, war bezeichnend.

Die Wendeltreppe, die hinaufführte, wirkte unendlich lang, und noch schlimmere Müdigkeit als am Morgen lastete auf Lionor und Arekh. Beim ersten Mal hatte Neugier sie aufrecht gehalten – und auch schwache Hoffnung.

Jetzt hatten sie keine mehr.

Der Abend hatte sich herabgesenkt, als sie das kleine, runde Zimmer betraten. Ein großes Glasfenster, das mit Gold und Mosaiken gerahmt war, öffnete sich gegenüber der Tür, keine acht Schritte entfernt. Arekh erblickte durch das Fenster den Nachthimmel und sah die Sterne ihre düsteren Runen schreiben.

Banh und Vashni traten auf Laosimba zu, der sie am Kamin hoch aufgerichtet mit theatralischer Geste erwartete. Arekh und Lionor blieben umringt von den Wachen zurück.

Schon bevor Laosimba den Mund öffnete, wussten sie, was er sagen würde.

»Ich habe nachgedacht«, verkündete der Seelenleser. »Es ist ja wohl offensichtlich, dass der König von Harabec mich durch seine Abwesenheit absichtlich kränken will …«

Banh setzte zu einer Antwort an, aber Laosimba brachte ihn mit einer Gebärde zum Schweigen. »Sein Verhalten besudelt die Verhandlungen, die mir angetragen worden sind, und ich …«

»Wollt Ihr sterben?«, flüsterte Arekh Lionor ins Ohr, während Laosimba weitersprach. »Ihr, ich, das Kind.«

Der Soldat, der den Schmuck erhalten hatte, warf ihnen einen neugierigen Blick zu, rührte sich aber nicht.

Lionor war sehr blass. Sie sah Arekh an. »Ihr sagtet doch …«

»Ich habe meine Meinung geändert«, erklärte Arekh leise. »Er wird uns wieder dort hinunterschicken.« Diesmal runzelte der Soldat die Stirn und trat einen Schritt auf sie zu. »Wollt Ihr?«

»… und so habe ich beschlossen, die Auslieferung der Gefangenen an Harabec zu untersagen«, fuhr Laosimba fort, während Vashni entsetzt aufkeuchte. »Die Reinigung wird hier, in den Kellern des Ratsgebäudes, zu Ende geführt werden.«

Lionor sah Arekh noch immer an. Langsam nickte sie.

Arekh hob die Hände und vergewisserte sich, dass seine Handgelenke noch beweglich waren. Die Kette dazwischen war etwa zwei Fuß lang, was ihm nicht viel Spielraum ließ.

Er warf einen Blick zum Fenster. Acht Schritte, die sie bewältigen mussten, ohne dass die Wachen sie einfingen …

»Ich habe auch beschlossen, ein Ermittlungsverfahren gegen den Thron von Harabec einzuleiten. Die Tatsache, dass die Demeana sich so viele Jahre an den allerheiligsten Orten des Hofes aufgehalten hat, wirft einen Schatten auf …«

»Dazu habt Ihr kein Recht!«, rief Banh zornig. »Nur der Hohepriester von Reynes darf …«

»Ich habe Euch eine traurige Neuigkeit mitzuteilen«, sagte Laosimba. Er sah die Anwesenden einen nach dem anderen an; sein Blick blieb mit einem beinahe genießerischen Lächeln an Vashni hängen. »Der Hohepriester hat seine Seele vor zwei Stunden Fîr zurückgegeben.«

Ein langes Schweigen trat ein. Niemand fragte, wer sein Nachfolger war.

Denn das wussten alle.

»Ihr!«, sagte Laosimba plötzlich an Arekh und Lionor gewandt. »Tretet vor!«

Die beiden Gefangenen gingen langsam bis in die Mitte des Raums.

Es waren nur noch vier Schritte bis zum Fenster. Jenseits der rautenförmigen Scheiben lag die Leere.

Fünf Stockwerke Steinmauern.

»Sogar ein unschuldiges Herz wie das dieses Kindes kann vom Schatten des Bösen berührt werden«, sagte Laosimba mit Blick auf den Säugling in Lionors Armen. »Heute wird meine erste Amtshandlung als Hohepriester darin bestehen, mit der Reinigung dieser Seele zu beginnen.«

»Nein!«, schrie Vashni.

»Wachen!«, befahl Laosimba und wies auf das Kind. »Packt dieses …«

Arekh legte die Hände um Lionors Taille, machte einen Schritt zurück und zog die junge Frau mit. Lionor drückte das Kind an sich und schloss die Augen.

»*Wachen!*«, brüllte Laosimba.

Zu spät. Arekh raffte seine letzten Kräfte zusammen, zog Lionor an sich und sprang auf die Nacht zu, die sie dort draußen erwartete.

Seine Schulter traf auf die Fensterscheiben und ließ das Glas in tausend Stücke zersplittern. Die drei Körper stürzten ins Leere.

Die Sonne ging über dem Wald auf. Die Verbannten hatten Bara und Marikani kurz vor der Morgendämmerung am Ufer des Flusses Qê abgesetzt. Die beiden waren danach ohne Pause gewandert und hatten die Dunkelheit genutzt, um Straßen zu überqueren und an schlafenden Dörfern vorbeizugelangen.

Sie erreichten den Waldrand nach zwei Marschstunden. Das Lager lag zehn Meilen nördlich. Sie waren noch lange nicht angekommen, aber trotz ihrer Müdigkeit und der Albtraumbilder, die sie in der Nacht heimgesucht hatten, fühlte Marikani sich erleichtert. Der Wald war ein Zufluchtsort. Die hohen Zweige schützten sie vor Blicken.

Sie stieg über Wurzeln und Baumstümpfe, und ihre Füße sanken in die feuchte Erde ein. Dann drehte sie sich erstaunt um.

Bara war stehen geblieben.

Er verharrte reglos zwischen den ersten Eichen. Schaute, horchte.

Sehr aufrecht.
Sehr blass.
Marikani ging zu ihm hinüber und warf ihm einen fragenden Blick zu.
Bara sah nach Westen, zu den Bergen hinüber. Er hob die Hand und bedeutete Marikani zu lauschen.
Nichts.
Kein Geräusch. Nicht einmal das Knacken eines Zweiges, der Ruf eines Vogels oder das Zirpen eines Insekts.
Kein Windhauch.
Es herrschte völlige Stille.
»Eine Patrouille?«, flüsterte Marikani.
Dann hörte sie das Geräusch.
Wie ein Tosen, eine Flut, ein fernes, dumpfes Donnern gerade noch innerhalb ihrer Hörweite.
Das Donnern wurde lauter, und Bara packte sie bei der Hand und zerrte sie nach Norden. Sie rannten geradeaus, ohne auch nur anzuhalten, um Atem zu holen, sprangen stumm über Äste und umgestürzte Bäume. Sie rannten so eine halbe Meile, spürten den Donner lauter werden – und immer tiefer, immer schwerer.
Schließlich machten sie halt, um noch einmal zu lauschen.
Die Erde zitterte.
»Wir werden nicht an ihnen vorbeikommen«, stieß Bara leise hervor. »Schnell!«
Er kletterte auf die untersten Äste eines gewaltigen Süßgrasbaums und streckte die Hand aus, um Marikani hinaufzuziehen. Gemeinsam kletterten sie immer höher, bis sie von den verschlungenen Zweigen und den großen grünen Blättern, die mit Grau durchzogen waren, verborgen wurden.

Hand in Hand pressten sie sich nahe an den Stamm und warteten.

Sie kamen erst in Zehnergruppen, dann zu Hunderten, schließlich zu Tausenden. Ein Meer von schwarz, ockerfarben und beige gekleideten Männern, denen langes schwarzes Haar über die Schultern fiel. Sie hatten keine Uniformen, doch sie trugen breite Schwerter, Äxte, Kettenhemden und Lanzen. Die Reiter führten ihre Pferde am Zügel und umringten die Fußsoldaten. Wie ein Sturzbach, der den Hang hinabfließt, eilten sie von den Gipfeln in die Ebenen, auf die Königreiche zu, die auf sie warteten. Zehntausende von Kriegern, schweigend.

Die Sakâs hatten die Berge überschritten.

ZWEITES BUCH

REYNES

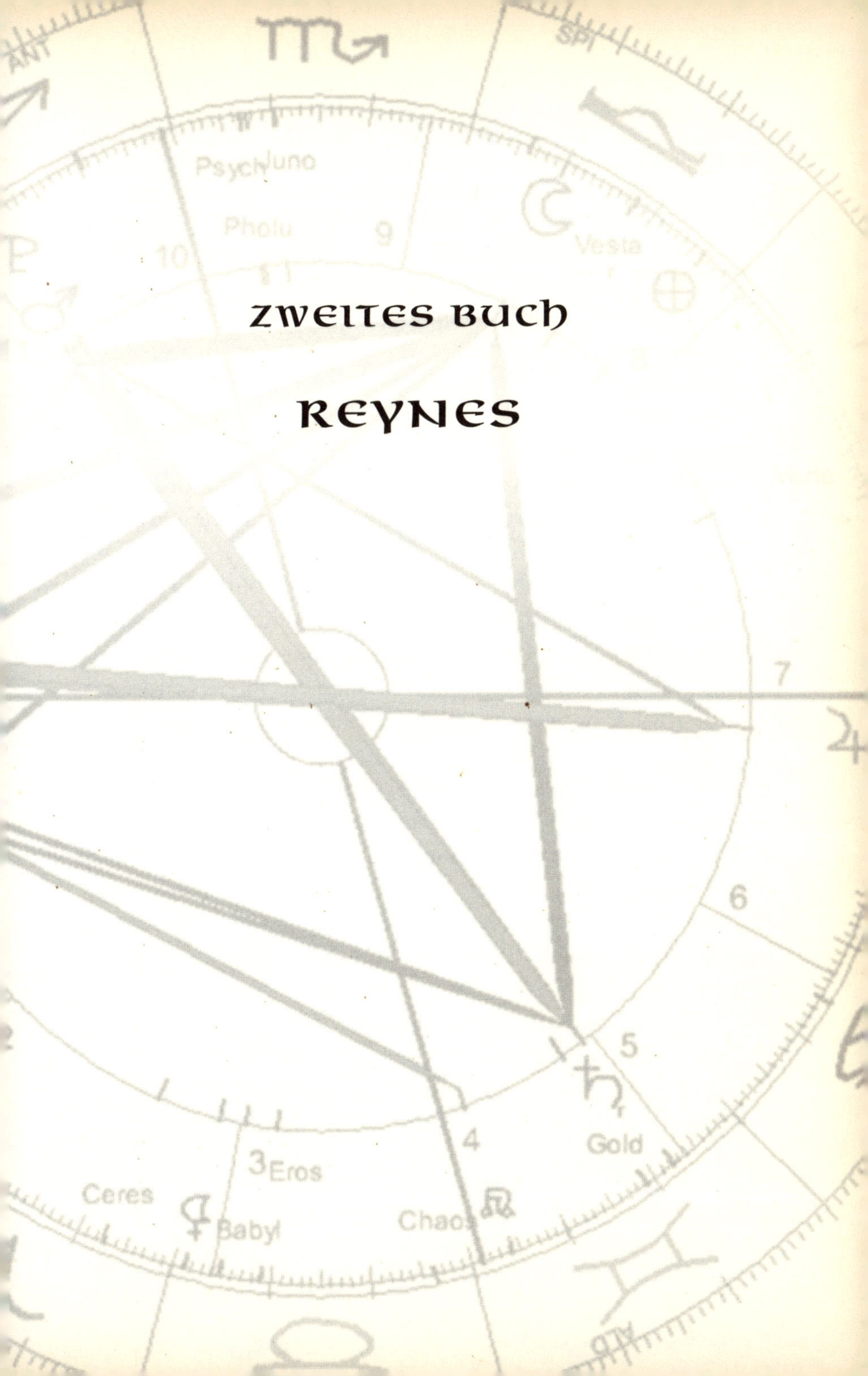

Kapitel 7

»Rückzug! Rückzug!«, schrie Harrakin, während die Sakâs den alten Torbogen stürmten, der vor dreihundert Jahren die Grenze des Fürstentums Sashi markiert hatte.

Einer seiner Offiziere galoppierte mit blutüberströmtem Gesicht an ihm vorbei, gefolgt von dreißig Reitern, die alle aus Harabec stammten. Harrakin setzte sein Pferd in Trab und ritt die Reihe der Männer aus Reynes entlang, die zurückwichen, sich an das Steinmäuerchen zurückzogen, das die Nordgrenze des Lagers bildete. Nur dreißig Reiter? Mindestens hundert hatten sich an vorderster Front den Sakâs entgegengeworfen, die von Nordwesten heranstürmten, und versucht, sie davon abzuhalten, die Hügel zu überschreiten. Dann hatte eine zweite Gruppe von Feinden von Süden angegriffen, und wenn die Reiter sich nicht zurückzogen, würden sie zwischen zwei Fronten eingekeilt werden.

Die weißbraunen Silhouetten der Nâlas aus dem Emirat galoppierten an Harrakin vorbei; sie kehrten zum Lager zurück, um es zu verteidigen. Der Abend senkte sich herab, und es begann zu regnen. Es herrschte schlechte Sicht, und die Sakâs drohten davon zu profitieren, dass sie höher gelegene Stellungen hielten und so einen besseren Überblick über das große Ganze hatten.

Harrakin ritt weiter am Strom der Soldaten entlang und fand sie endlich – den Rest der Reiter aus Harabec, die am Fuße eines Hügels den Feinden, die sie doch zurückwerfen sollten, kaum etwas entgegenzusetzen hatten. Die Schlacht tobte, und nichts deutete auf Rückzug hin. Der Befehl, sich zurückzuziehen, war nicht bis zu ihnen durchgedrungen.

»Lasst die Armbrustschützen schießen!«, sagte eine Stimme neben ihm. »Arrethasfeuer!«

Harrakin drehte sich um. Neben ihm saß Laosimba auf seinem großen, grauen *Aessi* und verfolgte die Schlacht. Sein langes schwarzes Haar war schweißgetränkt; das Hemd klebte ihm am Kettenpanzer.

»*Was?*«, schrie Harrakin und fragte sich, ob er sich verhört hatte.

»Arrethasfeuer!«, brüllte Laosimba und deutete auf die Armbrustschützen von Harabec, die hinter der kleinen Mauer Aufstellung genommen hatten und bereit waren, jeden zu töten, der die Verteidigungslinien zu überrennen drohte.

Dann wies er aufs Schlachtfeld, auf dem die Reiter aus Harabec, die halbherzig von etwa dreißig Rekruten aus Reynes unterstützt wurden, von ihren Feinden überwältigt zu werden drohten.

»Der Schutz des Gottes! Lasst Eure Männer ins Gemenge schießen! Ihre Bolzen werden nur ihre Feinde treffen!«

Trotz des Regens, der Gefahr und der verzweifelten Lage war Harrakin wie vom Donner gerührt. Er starrte Laosimba verblüfft an, und nur all die Jahre, die er am

Hof von Harabec verbracht hatte, wo es überlebensnotwendig war, seine Gefühle im Zaum zu halten, hielten ihn davon ab, dem Hohepriester die Reitpeitsche ins Gesicht zu schlagen.

Wenn seine Armbrustschützen jetzt in ein solches Durcheinander schossen, würden die Reiter zu Dutzenden fallen. Das wusste auch Laosimba – und damit rechnete er gewiss … Harrakin und seine beinahe noch intakte Armee hatten zu viel Gewicht und Einfluss in diesem Krieg, in dem das Emirat binnen weniger Tage gefallen war und in dem auch die Männer aus Reynes herbe Verluste hatten hinnehmen müssen. Laosimba wollte, dass die Reiter aus Harabec starben, er wollte Harrakin schwächen.

Rasend vor Wut versetzte Harrakin seinem Pferd einen Schlag mit der Reitpeitsche, so dass es einen Satz nach vorn machte. Er konnte nicht antworten; sein Ton hätte seinen Zorn verraten. Dass Laosimba es trotz der Gefahr, in der die Königreiche schwebten, und der Brutalität der Invasion nicht lassen konnte, seine Spielchen zu spielen …

Natürlich taten sie das alle. Die Machtkämpfe und Rivalitäten waren mit dem feindlichen Einfall nicht verschwunden, eher im Gegenteil. Aber das war doch etwas anderes, als mitten in der Schlacht zu versuchen, Männer der eigenen Seite töten zu lassen.

Harrakin stürzte sich ins Handgemenge und stieß sein Schwert einem Sakâs-Reiter mitten ins Gesicht; er musste seine Wut an irgendetwas auslassen. Nachdem er mit dem Stiefel dem Kopf eines Fußsoldaten einen Tritt versetzt hatte, da der Mann sich an den Kniesehnen seines Pferdes zu schaffen machen wollte, brüllte er

Rückzugsbefehle und riss sogar gewaltsam das Reittier eines Offiziers herum, der gerade den Hang hatte hinaufstürmen wollen.

»Rückzug! Ins Lager! Ins Lager!«, brüllte er und wies auf den steinernen Torbogen.

Sein junger Leutnant – derselbe, der beim ersten Angriff zu Harrakins Eskorte gehört hatte – wurde blass, als er die unförmige Masse von Sakâs sah, die sich zur Linken zwischen sie und das Lager zu schieben drohten.

»Rückzug!«, schrie er nun seinerseits, und die Reiter begannen langsam, sich aus dem Kampfgetümmel zu lösen, während ringsum die jungen Rekruten aus Reynes in Panik die Beine in die Hand nahmen.

Als Harrakin sich wieder umsah, war Laosimba verschwunden.

Im Lager herrschte Chaos. Der Himmel war grau, die Luft war grau, der Boden war grau: Das Universum schien in einen verschwommenen Nebel getaucht, der nur von den metallischen Streifen des Regens durchbrochen wurde. Harrakin vertraute sein Pferd dem erstbesten Soldaten an, einem Mann aus dem Emirat, der ihn verständnislos anstarrte und ihn wohl noch nicht einmal erkannte; dann rannte er ins Innere des Lagers. Wenn er auf den Aussichtsfelsen stieg, würde er vielleicht einen Überblick über alles bekommen können.

Um ihn herum eilten Männer hin und her, befolgten widersprüchliche Befehle. Mehrere *Zias* aus der dritten regulären Armee von Reynes, die im Unwetter kaum zu sehen waren, rannten zum Torbogen, um den Lagereingang zu verteidigen. Die Männer aus Harabec und die Rekruten zogen sich zurück und formierten sich neu. Die

Nâlas aus dem Emirat … Die Nâlas galoppierten nach Norden, wie Harrakin stirnrunzelnd erkannte. Warum? Die Straße wurde doch zwanzig Meilen nördlich von Truppen aus Kiranya bewacht?

Harrakin vergaß den Aussichtsfelsen – der immer heftigere Regen hätte seine Bemühungen wohl ohnehin zunichtegemacht – und rannte in den Nordteil des Lagers. Der Boden stieg an, erst nur sanft, dann so plötzlich, dass er einen etwa zwanzig Schritt hohen Wall bildete, den man – wenn auch mühevoll – hinaufklettern konnte. Harrakin drängte sich durch eine wachsende Zahl von Soldaten und Offizieren des Emirats, die sich alle nach vorn durchzukämpfen versuchten. Endlich erreichte er trotz der sich verdichtenden Dunkelheit das obere Ende des Abhangs.

Auch dort wurde gekämpft. Oben auf dem Wall stand Manaîn, der Neffe des Emirs, und führte sein Schwert mit weit ausholenden, theatralischen und zugleich unbeholfenen Bewegungen; er war leicht an seiner schlaksigen Silhouette zu erkennen. Seit dem Fall der Stadt Faez und dem Verschwinden ihres Herrschers war Manaîn nun Erbe der Dynastie. Er war vor Jahren vom Hof geflohen, als seine Eltern und Brüder in einem der unzähligen Machtkämpfe ermordet worden waren, die in regelmäßigen Abständen für blutige Zwischenfälle im Palast sorgten. Der Emir hatte ihm, wie es Brauch war, seine Besitztümer und Titel aberkannt und hatte – so erzählte man sich zumindest – fünf der besten Meuchelmörder angeheuert, um Manaîn zu finden und zu töten.

Manaîn war also ein Unberührbarer. *Gewesen.* Damals, als das Emirat noch die zweitwichtigste Macht in den westlichen Landen gewesen war. Jetzt lag der Norden des Landes in Trümmern, der Hof war nur noch Asche, und die Söhne des Emirs waren umgekommen. Die Überlebenden der fliehenden Armee hatten sich um Manaîn geschart.

Dem jungen Mann, einem zerstreuten Gelehrten, der nichts Kriegerisches an sich hatte, war es zum Erstaunen aller geglückt, die überlebenden Soldaten und verwirrten, zornigen Adligen zum Gehorsam zu verpflichten. Sie kämpften mittlerweile darum, an seiner Seite stehen zu dürfen, hier, im strömenden Regen – um sich mit Axt- und Schwerthieben an den Barbaren zu rächen, die ihre Ländereien verwüstet hatten.

Harrakin stieß ohne weitere Umstände einen Offizier beiseite und ging auf Manaîn zu; er zwängte sich zwischen den Adligen hindurch, die versuchten, die zehn Männer beiseitezudrängen, die die Ehre hatten, dieses kleine Stück Klippe gegen die Sakâs-Horden zu halten. Endlich gelang es ihm, sich neben Manaîn zu schieben, der sein Schwert eher mit Wut als mit Geschick umherwirbeln ließ. Sein mageres Gesicht war blutverschmiert.

»Halas Manaîn«, schrie Harrakin, aber der junge Mann schlug weiter zu, traf erst einen Sakâs, dem es fast gelungen war, hochzusteigen, dann einen weiteren, dann noch einen dritten; er brüllte Flüche und Beleidigungen. »*Manaîn!*«

Harrakin packte den jungen Mann beim Arm und zerrte ihn heftig nach hinten; vorsichtshalber hielt er sein Schwert fest, um nicht zum Opfer eines unglücklichen Hiebs zu werden.

Die Vorsichtsmaßnahme war klug: Mit wildem Blick

versuchte Manaîn zunächst, sich loszureißen, um zuschlagen zu können. Harrakin musste ihn erst schütteln, bevor er begriff, mit wem er es zu tun hatte.

»Ayashi Harrakin«, sagte der junge Adlige schließlich und drehte sich dann wieder zu den Sakâs um. »Ich muss …«

»Wir müssen das Lager evakuieren!«, schrie Harrakin und schüttelte ihn erneut. Er deutete auf die Straße und die Hundertschaften von Feinden, die sie versperrten. »Wenn die Sakâs hier sind, dann riegeln die Kiranyer nicht mehr den Weg in den Norden ab.«

Manaîn starrte ihn einen Moment lang an, ohne zu verstehen, und Harrakin verfluchte innerlich Kriege, in denen Emire und hochrangige Offiziere getötet wurden, so dass er – er, ein erfahrener Krieger! – sich das Kommando mit Neulingen teilen musste.

»Wenn wir nicht schnell reagieren, werden sie uns umgehen und bis zu den Stufen von Avell vordringen!«

»Aber …«, sagte Manaîn und deutete auf seine Männer, die mit wütender Rachsucht gegen die Sakâs kämpften. Er schüttelte den Kopf. »Und die da? Glaubt Ihr, dass sie hier sind, um uns zu binden?«, rief er, während der Regen noch stärker wurde und das Blut ihm immer heftiger übers Gesicht strömte.

Harrakin zuckte mit den Schultern, drehte sich dann um und bedeutete den Soldaten, sie durchzulassen. »Ich weiß es nicht, aber was spielt das auch für eine Rolle? Jeder intelligente Kommandeur würde auf die Stufen zuhalten, und genau das werden die Sakâs tun. Eure Männer sollen sich zurückziehen! Ich werde das Hornsignal geben lassen.«

»Der Hohepriester wird nicht einverstanden sein«,

protestierte Manaîn nach kurzem Zögern. »Er hat uns befohlen, die Verteidigung hier …«

»Ich führe hier das Kommando«, verkündete Harrakin. Er nickte Manaîn zum Abschied zu und ging mit großen Schritten zurück ins Lagerinnere, um einen Offizier zu finden, dem er befehlen konnte, das Horn zu blasen, das altem Brauch entsprechend an dem Murufer geweihten Pfeiler hing.

Harrakin hatte Manaîn mit Absicht keine Zeit gelassen zu antworten, weil er wusste, dass jede Sekunde zählte; er wollte sich nicht mit der Frage nach der Befehlsgewalt aufhalten. Traditionell befehligte bei einem Bündnis aller Königreiche der Herrscher des Emirats das gemeinsame Heer. Der Legende nach hatte Fîr den Nachkommen des Königshauses von Faez »den Adlerblick und die Entscheidungsgewalt der Götter« verliehen. Aber der Emir war tot, und Harrakin hatte einseitig beschlossen, dass Manaîn, da er nicht gekrönt worden war, keinen Vorrang vor dem Nachfahren des Arrethas beanspruchen konnte. Außerdem befehligte Harrakin viertausend Mann, die in Gewaltmärschen aus Harabec herbeigeeilt waren, um seinen religiösen Standpunkt zu stützen, während Manaîn weniger als zweitausend hatte.

Als das Horn ertönte, hatte Harrakin bereits ein neues Pferd aufgetrieben und ritt im strömenden Regen mit seinen Offizieren die Straße hinunter, die zu den Stufen von Avell führte. Laosimba würde gegen seine Entscheidung protestieren, und er wollte einer Diskussion aus dem Weg gehen, die mit hoher Wahrscheinlichkeit eine böse Wendung nehmen würde.

Legenden waren eines, die Macht von Reynes etwas ganz anderes.

Manaîn und Harrakin mochten sich um das Kommando streiten; die wahre Macht lag bei Laosimba.

Die Stufen von Avell lagen mehr als anderthalb Tagesritte entfernt. Mit jedem Schritt wurde die Nacht eisiger, und irgendwo im Norden versuchten die Sakâs sicher, sie einzuholen.

Harrakin hatte eine klassische Bildung genossen. Wie alle Erben der Königsdynastie von Harabec hatte er Stunden damit verbracht, die politische und militärische Geschichte der Königreiche zu studieren und auf alten Karten die Strategien früherer Kriege nachzuvollziehen.

Wenn Reynes Jahrhundert um Jahrhundert so vielen Eroberungsversuchen und Aufständen getrotzt hatte, als die Fürstentümer noch unabhängige Königreiche gewesen waren, die sich gegen das immer schwerer lastende Joch der Stadt aufgelehnt hatten, dann war das nicht nur dem politischen Geschick ganzer Generationen von ehrgeizigen Ratsherren zu verdanken, sondern auch der Tatsache, dass die Stadt vom »Großen Kreis« geschützt wurde: einem Gebirgsring, dessen Pässe sich leicht gegen feindliche Invasionen halten ließen.

Ein einzigartiger Schutz. *Sofern die Sakâs dahinter bleiben*, dachte Harrakin und ließ sein Pferd tänzeln. *Wenn es genug Soldaten gibt, um die Pässe zu schützen.* Die Armeen der Königreiche waren an die Westgrenze geschickt worden, um die Sakâs aufzuhalten – weit, sehr weit von der Stadt entfernt. Weit entfernt vom Großen Kreis. Sie würden Tage brauchen, sich wieder zu sammeln.

Einen Moment lang fragte sich Harrakin, ob er der Einzige war, der sich Sorgen machte – und begriff, worin die Gefahr bestand.

Waren sich die Ratsherren dort unten im Ratsgebäude von Reynes bewusst, dass ihre Stadt vielleicht zum ersten Mal seit Jahrhunderten in Gefahr schwebte? Manchmal hatte Harrakin den Eindruck, dass Laosimba den Sieg schon für errungen hielt und sich nur fragte, wie hoch der Preis sein würde.

Aber die Sakâs waren immer noch in der Überzahl und kamen schnell voran.

Der Regen wurde immer stärker, während die Reiter sich durch den Schlamm kämpften.

»Gebt mir gefälligst etwas zu töten!«, schrie Manaîn und schlug mit der Faust auf einen Stein ein. »Ich habe ein Schwert und verlange zu kämpfen! Lehrt man so in Reynes die Kriegskunst? Seht ihr das als Mut an? Wie Feiglinge hinter Mauern verschanzt auf Verstärkung zu warten?«

»Wenn es doch nur Mauern gäbe«, brummte Harrakin und beugte sich über die Kante des alten Aquädukts.

Draußen war die Landschaft wild: ein felsiger Ort von gigantischen Ausmaßen. Vor Tausenden von Jahren war eine Felswand eingestürzt und hatte einen Spalt in den Bergen verursacht. Zur Zeit der alten Reiche waren zwei gewaltige Aquädukte errichtet worden – einer über dem anderen –, aber das Geheimnis ihrer Kanäle und des Wassers, das darin floss, war längst verloren gegangen. Noch weiter oben hatte der Rat von Reynes in jüngerer Zeit eine Steinbrücke errichten lassen. Der Ort besaß strategische Bedeutung, aber er war keineswegs eine Festung. Die Straße, die den Norden der Fürstentümer mit Kiranya verband, führte hier vorüber, und hier mussten auch die fünfhundert Soldaten vorbeikommen, die Sleys schicken wollte – um alten Verträgen zu genügen, aber auch und vor allem, weil man dort Angst hatte, da die eigene militärische Macht geschwächt war und Sleys ohne den Schutz seines mächtigen Nachbarn nichts gewesen wäre.

»Wir werden bald genug kämpfen«, sagte Gilas es Maras, der kommandierende General der Truppen aus Reynes.

Gilas war am Morgen mit tausend Mann eingetroffen. Nicht etwa mit verängstigten Rekruten, sondern mit drei *Zias* kampferprobter Soldaten aus der Hauptstadt. Sie trugen schwarz-silberne Uniformen und waren mit Waffen aus den besten Werkstätten der Stadt ausgerüstet.

Schweigen folgte seinen Worten.

Dann begann Manaîn erneut, mit funkelnden Augen über die Steine zu tigern. »Nein. Nicht bald genug. Alles andere als bald genug! Wisst Ihr, was sie getan haben? Was sie zerstört haben?« Gilas hob die Hand, um das Wort zu ergreifen, aber der Neffe des Emirs fuhr bereits fort: »Das Land meiner Vorfahren ... es existiert nicht mehr! Ihr ... Ich bin dort aufgewachsen«, setzte er mit rauer Stimme neu an. »Im Palast ... mit den ...« Er machte eine hilflose Gebärde, als sei es ihm unmöglich zu beschreiben, was er empfand. »Meinen Onkel beweine ich verständlicherweise kaum, aber er hatte die schönste Kunstsammlung der Königreiche, die seit Generationen über Jahrhunderte hinweg aufgebaut worden war. Wisst Ihr, wie viele Bücher es in der Bibliothek von Faez gab? Wisst Ihr es? Ich habe dort studiert. Und jetzt ... Meine Freunde, meine Hauslehrer, meine Cousinen ... alle Erinnerungen an meine Eltern, meine Familie ... Und da fordert Ihr mich auf zu warten?«

Gilas trat auf den jungen Mann zu und legte ihm die

Hand auf den Arm. »Hört mich an, Halas Manaîn.« Er sprach in sanftem Tonfall, und Manaîn sah ihn mit tränenfeuchten Augen an. »Ihr seid der einzige Überlebende einer edlen Dynastie. Ihr habt alles verloren. Schwarzer Zorn treibt Euch an – und der ist schlecht. Er hat schon abgehärtetere Krieger als Euch ins Verderben gerissen. Heute lastet schwere Verantwortung auf Euch. Ihr könnt Euch nicht erlauben, Euch von solcher Unvernunft hinreißen zu lassen, wenn …«

Harrakin seufzte und entfernte sich, wandte seine Aufmerksamkeit von dem Gespräch ab. Gilas hatte recht, aber seine Worte waren zwecklos. Manaîn hatte keine Zukunft. Harrakin kannte diese Art Mensch. Manaîn würde sterben, auf ebenso heroische wie törichte Weise, und die Überlebenden der Armee des Emirats würden jemand anderen finden müssen, um den sie sich scharen konnten; das würde die allgemeine Verwirrung noch steigern.

Man konnte nichts tun. Das spürte gewiss auch Gilas. Jemand, der zu solcher Verantwortung aufgestiegen war, hatte sicher lernen müssen, unter seinen jungen Offizieren diejenigen zu erkennen, die eine Zukunft hatten – und diejenigen, die den Tag nicht überstehen würden. Männer, für die ihre Intelligenz und ihre Tapferkeit sprachen, die aber dennoch einen Weg fanden, sich auf eher theatralische als sinnvolle Art zu opfern, so dass weniger brillante Gestalten ihren Platz einnahmen. Schwarzer Zorn, Todessehnsucht, der Ruf der Abgründe. Es gab viele Namen für dieses Phänomen, aber es war allen Kennern der menschlichen Seele nur zu gut vertraut.

Harrakin seinerseits verspürte nicht die geringste Todessehnsucht.

Schritte auf dem Stein kündigten Laosimbas Erscheinen an, und bald steckte der Hohepriester den Kopf unter der Leinwand hindurch, die mit einigen Stühlen und einem Tisch das Kommandeurszelt hoch oben auf dem Aquädukt bildete.

Gilas erhob sich und verneigte sich tief vor dem Hohepriester. Harrakin stand seinerseits langsamer auf, schlug das Zeichen des Fîr und neigte den Kopf. Manaîn tat es ihm nach, bevor er wieder im Zelt auf und ab zu laufen begann, so dass seine Schwertscheide gegen die Zeltwände stieß.

»Ich freue mich, Euch wiederzusehen, Hohepriester«, sagte Harrakin.

Die Liebenswürdigkeit war notwendig, um herauszufinden, wie es um ihr Verhältnis bestellt war. Indem er sich höflich und respektvoll gab, zwang Harrakin Laosimba, das Gleiche zu tun oder hervorragende Gründe zu finden, ihn zu attackieren.

Ohne ein Wort und ohne Gilas' Gruß zu erwidern zog Laosimba sich einen Sessel heran und setzte sich. Die Soldaten hatten Möbel aus evakuierten Dörfern zusammengetragen, und dabei war eine seltsame Mischung herausgekommen: Laosimbas Sessel war purpurn und golden und wirkte fehl am Platze neben dem Küchentisch und den Holzstühlen, die das übrige Mobiliar bildeten. Doch der Sitz schien wie für den Hohepriester und seine Persönlichkeit geschaffen. Laosimba ließ sich darauf nieder wie auf einem Thron, als sei es ihm von Natur aus und dem Willen der Götter gemäß bestimmt, über sie und ihr Schicksal zu befinden. Als wolle er über sie richten … Die Befugnis dazu hatte er jedenfalls.

Als die Sakâs die Berge überschritten hatten, hatte Harrakin Boten nach Harabec geschickt, um Truppen holen zu lassen, bevor er selbst direkt an die Front geeilt war. Nach Reynes zu reisen wie geplant wäre unnötig und vielleicht gar gefährlich gewesen. Banh hatte ihm einen Brief geschrieben, um ihm vom Scheitern der Verhandlungen und von Arekhs und Lionors Selbstmord zu berichten.

Die beiden Gefangenen hatten das Beste aus ihrer Lage gemacht – es war immer noch besser, mit zerschmetterten Knochen am Fuße eines Turms zu sterben, als noch einige Wochen länger gefoltert zu werden, um die Seelenleser zu ergötzen. Doch ihr Schicksal hatte Harrakin nicht gerade Lust darauf gemacht, auch nur in die Nähe der Kerker des Ratsgebäudes zu geraten. Laosimba hätte es vielleicht nicht gewagt, ihn verhaften zu lassen – nicht sofort, nicht ohne Unterstützer und Anklagepunkte –, aber in jedem Fall zog es der König von Harabec vor, fern der Priester und ihrer Foltergeräte zu sein und viertausend loyale Soldaten unter seinem Kommando zu haben.

Viertausend Mann, dachte er und schenkte Laosimba sein strahlendstes Lächeln.

Laosimba lächelte zurück – etwas zu ironisch, um Harrakin völlig zufriedenzustellen.

Gilas entrollte eine Karte, und sie beugten sich alle darüber, um ihre Verteidigungsstrategie in Augenschein zu nehmen.

Am Nachmittag ritten Harrakin und Laosimba auf Patrouille.

Laosimba hatte diesen Ausritt angeregt, offiziell, um sich zu überzeugen, dass das zwei Meilen westlich gelegene Dorf Briel evakuiert worden war. Das war erst vor kurzem geschehen: Der kleine Spähtrupp, der aus Harrakin, dem Hohepriester, fünfzehn Reitern aus Harabec und acht Priestern bestand, war Scharen von Bauern begegnet, die Karren vor sich hergeschoben hatten, ganzen Familien mit ihrem Gepäck, ihren Möbeln und ihrem Vieh, die ins Innere der Fürstentümer flohen. Es hatte keine Verwundeten gegeben – die Sakâs waren noch nicht durchgezogen, aber ihr Ruf eilte ihnen voraus.

Die Gesichter der Flüchtlinge waren mager und angespannt. Der Handel war zurückgegangen; eine Hungersnot drohte.

Sie hatten Angst.

Diese abgezehrten, dahineilenden Männer, Frauen und Kinder waren nicht Harrakins Volk – und dennoch hatte sein Herz sich zusammengezogen, als er sie gesehen hatte. Auch Familien aus Harabec würden sich vielleicht bald auf den Landstraßen drängen und nach Süden fliehen. Harrakin stellte sich vor, wie sein Palast niederbrannte – die Zimmer mit ihren geschnitzten Holzvertäfelungen, in denen er seine Kindheit verbracht hatte, die mit Teppichen geschmückten Galerien, die Gärten, die Gemälde, das Bett in den königlichen Gemächern, in dem er so oft mit Marikani geschlafen hatte – und seitdem mit vielen anderen Frauen. Sein Palast in Flammen. Seine Bauern, die schreiend von ihren Höfen flüchteten, während ihre Ernten verbrannten. Jahrtausende der Anstrengungen, der Kultur, der Schönheit, zu Asche geworden ... Wie würde er darauf reagieren? *Ich würde lieber sterben, als das zu sehen*, dachte Harrakin wild entschlossen. Er würde auf dem Schlachtfeld fallen, bevor auch nur ein Sakâs die Grenze von Harabec überschritt. Er und sein Heer würden eher bis zum letzten Mann kämpfen, als eine solche Blasphemie mit anzusehen. Und was, wenn er dennoch, wie Manaîn, nicht starb, wenn er aus der Ferne von der Zerstörung seines Landes erfuhr? Würde er dann wie Manaîn reagieren, mit dem gleichen Wahnsinn, dem gleichen selbstmörderischen Wunsch nach Vergeltung?

Ganz gewiss.

Harrakin fühlte sich einen kurzen Moment lang brüderlich mit Laosimba verbunden. Ganz gleich, welche Fehler der Hohepriester auch hatte, er musste um sein Land fürchten und erschauern, wenn er diese Flüchtlinge sah.

Die Karren wurden immer seltener, und bald waren die Reiter allein auf verlassenen Pfaden unterwegs. Der kleine Trupp ritt schweigend weiter den steilen Weg hinauf, der nach Briel führte.

Das Dorf war leer. Die Häuser waren unversehrt. Grüne Bäume ragten dicht an dicht in den blauen Himmel auf, und frische Radspuren kreuzten die Straße. Blumentöpfe und Vorhänge zierten noch immer die Fenster. Ein altes, zurückgelassenes Maultier weidete auf einem Hof Unkraut ab.

Laosimba ließ sie noch ein wenig weiter vordringen, bis auf eine staubige Straße, die an einem großen Anwesen vorbeiführte.

Dann wandte er sich Harrakin zu. »Haltet an.«

Das war keine Bitte, sondern ein Befehl. Harrakin zügelte sein Pferd und sah den Hohepriester erstaunt an.

Dann stieg er langsam ab; er war auf der Hut.

Hinter ihnen hatten die Priester und Soldaten unter einer großen Eiche haltgemacht. In Hörweite, aber nicht so nah, wie Harrakin sie gern gehabt hätte.

Würde Laosimba versuchen, ihn zu ermorden? Nicht vor fünfzehn seiner Männer … nicht, wenn alle da unten im Lager gesehen hatten, wie sie zusammen aufgebrochen waren.

Harrakin legte die Hand auf seinen Oberschenkel. Sein Kriegsdolch war da, in einer offenen Scheide, die von einem seiner langen Hemdschöße verdeckt wurde. Auch die Schwertscheide, die am Sattelzeug seines Pferdes befestigt war, war offen. Harrakin würde sein Schwert mit einer Bewegung ziehen können.

Laosimba stieg ebenfalls ab.

Harrakin verschränkte schweigend die Arme.

Auf eine Kopfbewegung von Laosimba hin lösten sich drei der acht Priester aus der Gruppe unter der Eiche und kamen auf sie zu. Harrakin beobachtete, wie sie im Dreieck hinter Laosimba Aufstellung nahmen.

Drüben unter dem Baum beobachteten Harrakins Soldaten erstaunt die Szene. Harrakin konnte sich vorstellen, dass sie ein seltsames Schauspiel boten: vier Priester in Grau und Silber, die in einem verlassenen Dorf vor einem einzigen Mann standen.

Das Schweigen zog sich in die Länge. Einer der Priester öffnete die Tasche, die er bei sich trug, und holte ein leichtes Holzpult heraus, das er aufklappte und auf den Boden stellte.

Dann zog er eine Schriftrolle aus Reynes, ein Tintenfass und eine Feder hervor.

Harrakin hielt die Arme weiter verschränkt. Er hatte nicht die Absicht, als Erster zu sprechen.

»Harrakin a Manilos a Arrethas, König von Harabec«, begann Laosimba mit sanfter Stimme, »ich habe die unangenehme Pflicht, Euch mitzuteilen, dass Ihr der Häresie angeklagt seid. Wie Ihr wisst, steht das Königreich Harabec unter religiösem Verdacht, seit mitten im

Palast im Schatten des Arrethas-Tempels das Geschöpf erschienen ist, das man ›die Demeana‹ nennt. Die Hinweise, die mir zugetragen worden sind, zwingen mich, Euren Fall zu untersuchen. Unser Gespräch heute wird nur ein erstes Verhör bilden, mit dem Zweck, meinen Verdacht zu erhärten oder zu entkräften. Sprecht frei und ungezwungen …«

Harrakin rührte sich nicht. *Sprecht frei und ungezwungen …* Ganz gewiss nicht! Der Priester am Schreibpult war ein Amanash. Um-Akr sah durch seine Augen und hörte durch seine Ohren. Seine Gegenwart bei diesem »Gespräch« bedeutete, dass jedes Wort, jedes Zögern und jeder Gesichtsausdruck Harrakins auf dem geheiligten Papier festgehalten werden würde. Was von einem Amanash auf eine Schriftrolle aus dem Tempel geschrieben wurde, konnte niemals angezweifelt werden, da es die göttliche Wahrheit widerspiegelte.

»Wenn ich mich entschlossen habe, Euch hierherzubringen«, fuhr Laosimba fort, »dann, damit diese Untersuchung sich nicht herumspricht. Die Situation ist schon schwierig genug. Wir dürfen nicht auch noch unter unseren Truppen Zweifel säen. Zumindest *noch* nicht …«

Die Drohung war noch nicht einmal verhüllt.

»Ich verstehe«, sagte Harrakin. »Das scheint mir eine weise Entscheidung zu sein.«

Laosimba wartete, aber Harrakin fügte nichts hinzu, keinen Kommentar, keinen Vorschlag. Um einen religiösen Prozess zu überleben, musste man so wenig wie möglich reden, um nicht Gefahr zu laufen, sich zu widersprechen oder das Falsche zu sagen. Jede Gefühlsaufwallung konnte einem zum Nachteil ausgelegt werden.

Unter der Eiche unterhielten sich die Soldaten angeregt; alle Blicke waren auf das, was sich abspielte, gerichtet.

»In welchem Maße hat Eure fleischliche Beziehung zu der Demeana Euren Geist berührt?«

Du Wiesel!, dachte Harrakin, ohne die verschränkten Arme zu lösen und ohne auch nur mit der Wimper zu zucken. Geradewegs ins Ziel, ohne Überleitung. Eine direkte, derbe Anklage, die ihn aus dem Gleichgewicht bringen sollte.

»Mein Geist ist nicht betroffen«, sagte er schlicht.

Es wäre natürlich ein Fehler gewesen, Marikani zu verteidigen – zu verkünden, dass sie nur ein Mensch war, eine Lügnerin und Sklavin, ja, aber nicht die Verkörperung des Bösen. Dann wäre Harrakins Sache sofort verloren gewesen. Die Orakel und Götter hatten beschlossen, dass Marikani die Demeana war, und das zu bestreiten wäre der Beweis gewesen, dass Harrakins Geist verderbt war. Darauf wartete Laosimba nur …

»Lionor Mar-Arajec und Arekh es Morales, die beiden Gefangenen, die wir … verhört haben«, fuhr der Hohepriester mit einem kleinen Lächeln fort, »waren im Geiste vom Einfluss der Demeana befleckt. Wir haben Beweise dafür erhalten. Ihr könnt dem nicht entgangen sein.«

»Die beiden Gefangenen entstammten nur dem mittleren Adel. In meinen Adern fließt das Blut des Arrethas. Glaubt Ihr, dass der Einfluss der Abgründe stärker ist als der der wahren Götter?«

Wut blitzte kurz in Laosimbas Augen auf, und Harrakin fragte sich, ob er einen Fehler begangen hatte. Es war oft eine gute Strategie, bei einem Vorwurf den Spieß einfach umzudrehen, aber es würde ihm nichts nützen, den Hohepriester zu erzürnen.

»Menschen sind fehlbar, auch wenn sie von hohem Rang sind«, stieß Laosimba hervor. »Lionor Mar-Arajec hat während unserer Verhöre erklärt, dass Ihr häufig mit Worten und mit Taten Leichtfertigkeit bekundet, ja Blasphemie den wahren Göttern gegenüber begangen habt. Zahlreiche weitere Zeugen haben ihre Aussagen freiwillig bestätigt.«

»Lionor Mar-Arajec täuscht sich.«

»Es ist leider nicht mehr möglich, sie ins Kreuzverhör zu nehmen. Habt Ihr in Harabec seit Beginn Eurer Herrschaft immer die göttlichen Häresiegesetze anwenden und die Rituale durchführen lassen?«

»Selbstverständlich.«

»Wir haben Beweise für das Gegenteil. Es sind unsittliche Reden gehalten worden, ohne dass die Verantwortlichen zur Rechenschaft gezogen worden wären. Es ist bewiesen, dass Hunderte von Einwohnern Eurer Hauptstadt sich nicht an die Opfer- und Gebetsbräuche halten.«

Plötzlich wurde Harrakin trotz aller Entschlossenheit von Zorn übermannt. Wie konnte Laosimba es wagen … Wie konnte er ihn hier aufhalten und von nicht abgehaltenen Ritualen reden, während sich auf ihrem Land Armeen gegenüberstanden, das Blut in Strömen floss und das Schicksal der Königreiche auf dem Spiel stand? War der Hohepriester blind oder töricht, dass er nicht sah, in was für einer Gefahr sie alle schwebten? Sie hatten am Vortag gekämpft und würden morgen vielleicht wieder kämpfen. Die Absurdität der Situation war ihm plötzlich unerträglich.

»Wohingegen alle Einwohner von Reynes die Opfer- und Gebetsregeln bis ins Kleinste befolgen?«, zischte er, obwohl er wusste, dass er einen Fehler beging, dass er hätte Ruhe bewahren sollen. Aber dazu fühlte er sich nicht in der Lage. »Glaubt Ihr etwa, dass die Bauern in allen Dörfern der Fürstentümer jede Woche ein Tier schlachten und es zum Tempel bringen? Dieses Gespräch hier ist lächerlich, und das wisst Ihr!«

»Der Wunsch, Euren Glauben zu erproben, ist lächerlich? Der heilige Vorgang des Seelenlesens ist lächerlich?«

»Nein, aber Eure *Anklagen* sind es! Wenn Ihr wiederholt, was ich sage, dann dreht mir nicht das Wort im Munde um!«

»Warum habt Ihr das Arrethasfeuer nicht eingesetzt, als ich Euch darum gebeten habe? Hattet Ihr Angst um Eure Männer? *Mögen die Soldaten, die Arrethas schützt, ihre Armbrustbolzen in der Schlacht abschießen, wenn Freund und Feind ins Handgemenge verstrickt sind! Sie werden nur ihre Gegner treffen, denn Arrethas wird ihre Geschosse lenken.* So lautet das Wort des Gottes! Warum habt Ihr das Arrethasfeuer nicht einsetzen wollen? Hattet Ihr Angst um Eure Männer? Ist das menschliche Ungeschick stärker als die Macht der Götter?«

»Ich habe Euren Vorschlag nicht gehört. Es war sehr laut.«

»Und doch erinnert Ihr Euch, wann ich ihn gemacht habe.«

»Ich errate es. Wir waren schließlich noch nicht so oft zusammen auf einem Schlachtfeld.«

»Harrakin a Manilos a Arrethas, zweifelt Ihr an der Macht der wahren Götter?«

»Nein!«

»Wollt Ihr vor diesem Gerichtshof jetzt gestehen, dass Ihr unfähig seid, Arrethas auf dem Thron von Harabec zu vertreten, und Euch auf Gnade und Ungnade –«

»Ihr träumt wohl!«, sagte Harrakin zornig, löste die Arme voneinander und trat einen Schritt auf den Hohepriester zu.

Laosimba wich zurück – und plötzlich brach neben ihm ein Priester zusammen, einen Pfeil in der Kehle, während der Amanash »Achtung!« schrie.

Eine braun gekleidete Gestalt sprang von einer niedrigen Mauer neben ihnen und landete neben Harrakin; sie trug einen großen Dolch in der Hand. Wieder sirrten Pfeile durch die Luft und fuhren nur zwei Schritt von Laosimba entfernt in den Boden. Der Priester mit der zerfetzten Kehle wurde von Krämpfen geschüttelt.

»Banditen!«, schrie ein Soldat unter der Eiche, während die übrigen bereits auf sie zugerannt kamen.

Harrakin zog sein Schwert.

Mit einer einzigen Bewegung enthauptete er den Mann, der sich auf ihn stürzte; der Kopf rollte über die Steine. Weitere Gestalten waren aufgetaucht; sie stürmten aus dem Garten des Anwesens hervor. Harrakin wirbelte herum und schlug auf sie ein. Banditen, es waren wirklich nur Banditen, ein Dutzend ausgehungerter Bauern, die das kleine Grüppchen sicher angegriffen hatten, ohne die Soldaten der Eskorte zu sehen.

Sie wissen nicht, mit wem sie es zu tun haben, dachte Harrakin und parierte den unbeholfenen Angriff, den ein Bauer mit einer rostigen Axt gegen ihn führte. Die Soldaten waren keine zehn Schritte mehr entfernt, und drei der Räuber hatten bereits die Flucht ergriffen. Der Bogenschütze, der den Priester getötet hatte, stürzte von der Mauer, auf der er gehockt war; ein Armbrustbolzen in den Farben Harabecs ragte aus seiner Brust.

Zwei weitere tote Banditen lagen am Boden, und Harrakin drehte sich zu den Priestern um. Der Amanash hatte einen kurzen Dolch gezogen, um Laosimba zu beschützen, aber die Soldaten waren ebenfalls schon da, und die Bauern flohen nun allesamt. Nur einer blieb zurück, ein Riese mit kurzen, schwarzen Haaren, der mit einer Sense bewaffnet war. Der Amanash versuchte ihn anzugreifen, aber ein Fausthieb des Hünen streckte ihn zu Boden …

Und bevor irgendjemand reagieren konnte, holte er mit der Sense aus und zielte auf Laosimbas Kopf.

Harrakin sah die Bewegung, und seine kriegerischen Instinkte reagierten vor seinem Verstand. Er stach zu. Seine Klinge durchdrang den Oberkörper des Banditen, der mit verstörter Miene erstarrte; die Sense schwebte nur ein paar Fingerbreit vom Schädel des Hohepriesters entfernt.

Laosimba wich zurück, während der Riese auf die Knie fiel und Harrakin, das blutige Schwert in der Hand, darüber nachsann, was für eine gewaltige Dummheit er begangen hatte.

Er hatte gerade gedankenlos Laosimba das Leben gerettet – seinem ärgsten Feind, dem Feind Harabecs und seiner Dynastie, obwohl der Hohepriester hier, vor Zeugen, hätte sterben können, ohne dass Harrakin in seinen Tod verwickelt gewesen wäre. Man hätte ihm nichts vorwerfen können. Ja, wenn er nicht so schnell reagiert hätte, wäre Laosimba gestorben, und mit ihm ein Großteil von Harrakins Problemen. Die Priester hätten sogar den Heldenmut des Königs von Harabec rühmen können, der tapfer gekämpft hatte, um den Hohepriester zu retten, ihn aber leider nicht vor dem tödlichen Schlag hatte bewahren können …

Die Soldaten töteten noch zwei weitere Banditen, bevor

auch der letzte in den Straßen des Dorfes verschwand. Während die Priester rings um den Verwundeten niederknieten, hob Laosimba den Blick zu Harrakin … und sah ihm seine Gedanken an. Harrakins Gefühle waren so klar von seinem wütenden Gesicht abzulesen, als stünden sie in einem offenen Buch.

Harrakin wandte sich ab, aber es war zu spät. Der Hohepriester war alles andere als ein Schwachkopf. Harrakins Bedauern war zu offensichtlich gewesen, seine Enttäuschung, sein Zorn darüber, dass er Laosimba nicht hatte sterben lassen. Ja, das alles war gesehen und gedeutet worden.

Am Boden tat der Priester seinen letzten Atemzug und spie dabei einen Strom von Blut aus.

Entsetzen, Überraschung und Dankbarkeit, die einen Moment lang auf Laosimbas Gesicht zu sehen gewesen waren, verschwanden und machten einer eisigen Wut Platz.

»Ein einziger Fehler, König von Harabec«, flüsterte er, während die Soldaten näher kamen. »Ein einziger Fehler, und ich hole mir Euren Kopf!«

Kapitel 8

Non'iama kletterte gerade einen Hügel hinauf, als die Sakâs ihr auflauerten. Das Gelände stieg zum Norden des Emirats hin leicht an. Wie das Meer unter Windeinfluss verwandelten sich die Ebenen in Hügel, Hochebenen und schroffe Klippen, die an der Grenze zu den Fürstentümern von Reynes entlang verliefen, um sich im Norden der Königreiche zu verlieren. Auf dieser Linie zog sich fünfzig Meilen weiter südlich die Armee von Reynes zu den Stufen von Avell zurück, aber das wusste Non'iama nicht, wie sie ohnehin nichts über die Kräfte wusste, die die Gegend zermalmten. Seit Wochen wanderte sie allein, ohne mit irgendjemandem zu sprechen, sah man von gelegentlichen Begegnungen mit Bauern und Flüchtlingen ab, von denen sie sich etwas zu essen beschaffte.

Sie schlief auf dem Boden, wurde wieder wach und wanderte. Auf der Suche nach Ayesha, immer den Gerüchten und Erzählungen nach – und auf der Spur der Plünderungen. Die letzten Neuigkeiten hatte sie von einer Gruppe ehemaliger Sklaven gehört, die sich in den Ruinen eines Handelshofs in der Nähe einer Stadt versteckt hielten, die von den Sakâs geschleift worden war.

Sie sagten, Ayesha zöge nach Kiranya und ins Ödland. Sie würden sich ihr anschließen, sobald sie genug Flüchtlinge getötet und ausgeplündert hätten, um den Grundstock zu einem kleinen Vermögen gelegt zu haben.

Sie hatten Non'iama vorgeschlagen, sich ihnen anzuschließen, aber sie hatte abgelehnt.

Die Sklaven aus dem Handelshof hatten sich mit Holzkohle Löwenmasken auf die Gesichter gemalt. Ayesha sah Löwen, das hatten sie ihr erklärt; sie wussten es von einer Frau, die es von einer anderen Frau gehört hatte, die mit Ayesha durch die Wälder gezogen war, bevor sie aufgegeben hatte, weil sie schwanger und zu erschöpft gewesen war. Auch im Emirat liefen Gerüchte um. Es hieß, dass Ayesha in Löwengestalt mit einem treuen Gefährten durch Faez gezogen sei und eine Spur des Feuers und der Verzweiflung hinter sich zurückgelassen habe – nur neun Tage bevor die Stadt den Sakâs in die Hände gefallen war.

Neun war eine heilige Zahl. Das war ein Zeichen.

Als Non'iama den Handelshof verlassen hatte, hatte sie sich eine Löwin aufs Gesicht gemalt.

Eine Woche später hatte sie hinter der Mauer eines alten Bauernhofs versteckt mit angesehen, wie ein Händler und seine Familie von einem Trupp berittener Banditen niedergemetzelt worden waren. Die Räuber hatten ihre Opfer getötet, bevor sie sich den Inhalt ihres Karrens geteilt hatten. Es war seltsam gewesen: Die Bande hatte sowohl aus Freien als auch aus Sklaven bestanden. Zunächst hatte Non'iama ihren Augen nicht getraut: Mehrfach hatte sie sich gefragt, ob sie nicht träumte. Blonde und dunkelhaarige Männer in derselben Bande – und zwar keine Mischlingssklaven, nein, sondern Männer mit fast schwarzer Haut und goldbraunen Augen, wie sie in den guten Familien des Emirats oder in Reynes auftraten. Verbündet mit Männern des Türkisvolks.

Staunend hatte Non'iama zugesehen, wie sie die Kaufleute ermordet hatten; dann hatten sie die Arme zum Himmel gehoben und geschrien: »*Ayesha! Vernichtung! Sing das Todeslied der Kinder des Gottes, dessen Namen man nicht nennt!*«

Die linke Gesichtshälfte der Banditen war leuchtend blau bemalt gewesen. Non'iama hatte noch beobachtet, wie sie die Leichen ihrer Opfer verbrannt hatten, und sich dann unauffällig davongeschlichen.

Am folgenden Tag hatte sie *Châ*-Steine in einem Fluss gesammelt. Sie waren brüchig und blau. Nach kurzem Nachdenken hatte Non'iama sie zerrieben und das so gewonnene Pulver mit Öl vermischt, das sie in den Ruinen eines Bauernhofs gefunden hatte. So hatte sie eine Art Paste hergestellt. Langsam hatte sie sich mit dem Zeigefinger die linke Gesichtshälfte bemalt.

Und so hatten die Sakâs sie gesehen, als sie zu den Ruinen eines kleinen Fîr-Tempels auf dem Hügel hinaufgestiegen war: ein kleines Mädchen mit blondem Haar, das von den Wettereinflüssen so ausgebleicht war, dass es fast weiß wirkte. Schmutzig, mager, verwildert, Gesicht und Hände wettergegerbt und sonnenverbrannt. Sie waren näher gekommen, drei Soldaten, Schwerter und Äxte in der Hand, und das kleine Mädchen hatte sie schließlich gehört und sich zu ihnen umgedreht. Die Sonne hinter ihr war in den Ruinen untergegangen, und die letzten Strahlen hatten ihr halb gebräuntes, halb blaues Gesicht in wildes Licht getaucht.

Sie floh nicht, als sie sie kommen sah.

Ein wenig enttäuscht – denn schließlich war es lustiger, wenn Frauen und Kinder schrien, weinten und sich vor Entsetzen bei ihrem Anblick übergaben – waren die Sakâs langsamer geworden und dann stehen geblieben.

Der Älteste von ihnen, der schon an der Plünderung von Faez teilgenommen hatte, wandte sich einem seiner Kumpane zu und bedeutete ihm zu warten. Rhô, der dritte im Bunde, schlug einen Bogen und stieg den Hügel hinauf, um das kleine Mädchen von der Seite zu attackieren. Rhô war ein junger Rekrut und hatte noch nicht viel Erfahrung. Wenn die Kleine wild war, sollte er sich doch mit ihr auseinandersetzen. Das würde eine gute Übung für ihn sein.

Rhô sah den alten Sakâs an; dieser bedeutete ihm anzugreifen.

Rhô ging weiter auf das Mädchen zu.

Mit einem Schrei stürzte sie den Abhang hinab, um ihm entgegenzutreten. Sie trug eine Waffe in der Hand, ein grobes Messer mit Holzgriff und einer Klinge, wie man sie nutzte, um Schafe zu schlachten. Die behelfsmäßige Waffe funkelte im Licht des Sonnenuntergangs, der auch das blonde Haar des Kindes erstrahlen ließ. Überrumpelt wich Rhô einen Schritt zurück, stolperte … Und plötzlich sprang das Kind auf ihn, ließ ihn stürzen. Die Kleine stach mit aller Kraft zu, traf seine Schultern, seinen Hals und stand dann mit blutbefleckter Klinge auf, um zu schreien: »*Ayesha! Sing das Todeslied der Kinder des Gottes, dessen Namen man nicht nennt!*«

Der alte Sakâs und sein Kumpan standen einen Moment lang da wie vom Donner gerührt. Dann packten sie ihre Äxte und begannen zu laufen.

Das kleine Mädchen zog sich zurück, das Messer noch

immer erhoben, floh aber nicht. Langsam, Schritt für Schritt, wich sie zurück, bis sie eine alte Terrasse erreichte, die am Rande des Hügels errichtet war.

»Brus! Nimm die rechte Seite!«, schrie der alte Sakâs seinem Gefährten zu.

Er fügte noch einige Anweisungen in der Kriegssprache hinzu, einer knappen, rauen Sprechweise, die kaum hundert Wörter umfasste. Die Sakâs hatten sie von Faa-Mî, dem Sohn des Arrethas, und Hâl, der Kriegerin, deren Lenden die ersten Sakâs-Häuptlinge entstammten, übernommen. Brus eilte sofort zu der Terrasse hinüber. Er rannte mit gesenktem Kopf, als habe er vor, ein zorniges Tier zu zähmen, wie man es in der Hâlas-Zeremonie tat. Rhô lag von Krämpfen geschüttelt im Gras und wimmerte wie ein verletztes Pferd. *Vielleicht können wir ihn noch retten*, dachte der alte Sakâs. Die kleine Wilde hatte heftig zugestochen, aber nicht gezielt. Sie hatte vielleicht nicht die Stellen getroffen, an denen der Schatten des Todes lauerte.

Er schritt weiter vorwärts, während das kleine Mädchen zurückwich und versuchte, beide Männer zugleich im Blick zu behalten. Brus hob die Hand in einer rituellen Anrufung Hâls und stürmte dann mit erhobener Axt vorwärts, bereit zuzuschlagen …

Die Kleine sprang über den Rand der Terrasse und verschwand. Brus zögerte kurz, sprang dann an derselben Stelle und verschwand ebenfalls.

Erzürnt ließ der alte Sakâs einen Schwall von Flüchen los. Was für ein Ärger! Das Volk der Hâl benötigte – verloren in fremden Landen, um das heilige Feuer durch die Gebiete der Barbaren zu tragen – jeden kampffähigen Mann. Das hatte der König gesagt; er hatte mehrfach wiederholt: »Fern unserer Heimat ist jeder kampffähige Mann ein wertvolles Gut, das wir nicht verschwenden dürfen. Versetzt den Feind in Angst und Schrecken, bevor Ihr zuschlagt – dann werden drei Mal weniger Tapfere unter gegnerischen Hieben fallen!«

Die Kleine hatte keine Angst – überhaupt keine, und deshalb hatten sie vielleicht Rhô verloren. Wenn nun noch ein Mann verwundet wurde, nur weil sie versuchten, sich eines Kindes zu entledigen, das zunächst einmal keine Gefahr für sie dargestellt hatte, dann hätten sie die Kleine ebenso gut gehen lassen können. Das hier war wider jede Vernunft!

Der alte Sakâs näherte sich vorsichtig der Kante der Terrasse, bückte sich und nickte. Eine verlassene Treppe, die sicher schon lange vor der Terrasse gebaut worden war, führte zwischen den Felsen hinab. Er kletterte über die Kante und stieg hinunter.

Am Fuße des Hügels befand sich ein altes Labyrinth aus Stein und Buchsbaum, das vor ein paar Jahrhunderten der ganze Stolz des Tempels gewesen sein musste, jetzt aber der Natur anheimgefallen war.

»*Oyah!*«

Brus kam mit einem zornigen Schrei an ihm vorbeigestürmt, und der alte Sakâs drehte sich um. Das kleine Mädchen stand da, am Ende einer Sackgasse, und wartete mit ausgestrecktem Messer. Binnen zweier Herzschläge hatte Brus sich auf sie gestürzt.

Der alte Sakâs rührte keinen Finger, um ihm zu helfen. »Oyah« war die Duellforderung, so dass ein Einzelkampf folgen musste. Außerdem wäre es ohnehin entehrend gewesen, einem Krieger gegen ein kleines Mädchen – wild oder nicht – zu helfen.

Brus würde sie in einem Happen verspeisen. Wenn sie Rhô verwundet hatte, dann nur, weil sie den jungen, unerfahrenen Mann hatte überrumpeln können; die Bewegungen des Kindes wiesen nicht auf irgendeine Kampfausbildung hin.

Und dann griffen die Götter vor den Augen des alten Sakâs ein.

Das kleine Mädchen besiegte Brus.

Der alte Sakâs – sein Name lautete Nordos, aber so hatten ihn zuletzt die Pferdepriester genannt, die ihn in den Kalten Landen ausgebildet und dann an die Armee verkauft hatten – sah dem Schauspiel zu und traute seinen Augen nicht.

Ein neunjähriges Mädchen mit einem alten Küchenmesser tötete einen Sakâs-Krieger.

»Ayesha!«, schrie sie wieder, und als Brus auf ihrer Höhe war und mit der Axt ausholte, warf sie sich nicht zur Seite, wie jedes verängstigte Mädchen es getan hätte, sondern vorwärts.

Sie schlüpfte zwischen Brus' Beinen hindurch, biss ihm in die Körperteile, die ihn zum Mann machten, und riss ein großes Stück Fleisch heraus. Brus stieß einen animalischen Schrei aus. Obwohl die Sakâs sich als Krieger viel darauf einbildeten, Schmerzen ignorieren zu können, musste Nordos sich eingestehen, dass er an seiner Stelle das Gleiche getan hätte. Das kleine Mädchen nutzte die Gelegenheit, ihm das Messer in die Eingeweide zu rammen.

Brus erstarrte und stürzte dann wie ein gefällter Baum. Doch trotz seiner Schmerzen und des nahenden Todes reagierte er wie ein Krieger und versetzte seiner Gegnerin einen Fausthieb, so dass sie stürzte. Er wälzte sich auf die

Kleine, die einen Schrei ausstieß – und dann erschlaffte sein Körper und entließ seinen Geist in die Ebenen des Faa-Mî.

Nordos trat näher heran und setzte einen Fuß auf das Küchenmesser, das dem Kind aus der Hand gefallen war. Die Kleine war nun unbewaffnet und unter einem Leichnam eingezwängt.

Nordos verstellte ihr den einzigen Ausweg aus dem alten Buchsbaumgang.

Das kleine Mädchen stieß Brus' Körper von sich und konnte sich befreien. Langsam kam sie auf die Beine.

Nordos hob das Messer auf. Er hielt die Axt in der anderen Hand.

Die letzten Strahlen der sinkenden Sonne verschwanden hinter dem alten Tempel, und plötzlich erwachten die Sterne zum Leben. Die Nacht war kristallklar und wunderschön. Das bläuliche Leuchten des türkisfarbenen Sternenstaubs tauchte das Kind in ein unwirkliches Licht.

Nordos hob die Axt und drang auf die Kleine ein. Er würde ihr einen ersten Schlag in die rechte Schulter versetzen, um sie aus dem Gleichgewicht zu bringen und ihr die Armsehnen zu durchtrennen. Sie würde zu Boden stürzen; dann würde er sie mit einem Hieb ins Genick töten.

Er machte noch einen Schritt und sprach das *Ahona* des Kriegers, die Ankündigung des Todesstoßes.

»Ayesha«, wiederholte das Kind und wies auf die Sterne. »Ich war da. Bei ihr. Ayesha schützt mich.«

Nordos senkte die Axt.

Marikani fuhr aus dem Schlaf hoch. Sie hatte geträumt, Arekh sei noch am Leben.

Bara schlief friedlich an ihrer Seite. Sein nackter Schenkel lag an ihrem. Das Licht der Monde drang zwischen Marmorsäulen hindurch und spiegelte sich auf dem ruhigen Wasser des Sees. Draußen hielten zehn Mann vor dem alten Opferzimmer des Klosters Wache, das jetzt Ayeshas Schlafgemach war.

Sie hatte geträumt, Arekh sei noch am Leben. Er schritt durch eine Höhle mit behauenen Steinen, und Raubkatzen umtanzten ihn. Er sah sie und lächelte … *Und das beweist, dass es ein Traum war*, dachte Marikani und setzte sich auf der Wollmatratze auf, die direkt auf dem Boden lag. Arekh hatte nie gelächelt. Oder fast nie. Zumindest hatte er sie niemals angelächelt.

Einen Moment lang sah sie sich auf ihn zurennen, ihn küssen, wie die Bäuerinnen die Fürsten küssten, die sie aus ihren Dörfern holten, um sie zu heiraten, wie es in den albernen Geschichten geschah, an denen die Hofdamen in Harabec sich ergötzten. Dann brach ihr der kalte Schweiß aus. Wie konnte sie es wagen? Wie konnte sie es wagen, sich in romantischen Träumen über einen Mann zu ergehen, der ihretwegen unter unmenschlichen Qualen unter den Klingen der Henker der Seelenleser gestorben war?

Der Mann, den sie liebte, und ihre beste Freundin … Sie hatte beide zum Tode verurteilt.

Sie drehte sich zu Bara um.

Er hatte die Augen geöffnet und sah sie an.

Doch vor einem Moment hatte er noch geschlafen, davon war sie überzeugt. Aber seit er ihr Gefährte, ihr Schatten und ihr Liebhaber war, hatte Bara ein seltsames Talent entwickelt. Er spürte jede Stimmung, jedes Gefühl, das Marikani empfand, sogar dann, wenn sie am anderen Ende des Lagers war, wenn sie nichts sagte oder wenn ihr Gesicht ausdruckslos war. Wie machte er das nur? Marikani wusste es nicht, aber Bara täuschte sich nie und wusste manchmal im Voraus so genau, was sie sagen würde, dass die junge Frau ihn wohl für einen Zauberer gehalten hätte, wenn sie an Magie geglaubt hätte.

Bara setzte sich auf. Die dünne Leinendecke schmiegte sich an seinen Körper. Er hob die rechte Hand und streichelte Marikanis Gesicht. Dann küsste er sie – zärtlich und mit einer gewissen Furcht, als hätte er Angst, dass sein Glück nicht lange andauern würde, als wüsste er, dass er eines Tages, viel zu bald, verstoßen werden würde. Er küsste sie auf die Lippen, auf die Augen, auf den Hals.

»Er hat seine Wahl getroffen.«

Marikani starrte ihn verblüfft an.

»Ihr seid nicht für seinen Tod verantwortlich. Wir alle treffen Entscheidungen aus freiem Willen. Er hat sie wohlüberlegt getroffen. Das würde er Euch selbst auch sagen, davon bin ich überzeugt. Ihr beleidigt ihn, wenn Ihr Euch schuldig fühlt.«

»Woher weißt du das?«, flüsterte Marikani. »Wachst du über meine Träume, Bara?«

»Das täte ich gern«, sagte er schlicht. Dann schüttelte er den Kopf. »Aber das hier war nicht schwer. Ihr habt nicht aufgehört, an ihn zu denken, seit wir Faez verlassen haben.«

Ein ganz anderes Schuldgefühl überkam Marikani. Sie verscheuchte Arekhs Bild aus ihrem Verstand und zwang sich, den Mann anzusehen, der hier und jetzt bei ihr war. Auf ihrem Lager. Sie empfand jedes Mal widersprüchliche

Gefühle, wenn sie Bara nackt sah: Er war so stark und drahtig. Sein Körper war so … *roh*, dachte sie, ohne das rechte Wort zu finden.

Vor ihm hatte Marikani nur Adlige des Hofs von Harabec als Liebhaber gehabt: junge Leute mit brauner Haut und goldbraunen Augen, mit langgliedrigen, geschmeidigen Körpern und eleganten Muskeln. Bäder, Massagen und gute Ernährung schenkten ihnen eine glatte, seidige Haut. Wie Harrakin. Er war ein so schöner Mann, dass die Hofdamen ihn mit Blicken verschlangen, wenn er unter den Säulen hervortrat, um Verella zu huldigen.

Bara war … anders. Seine Haut war bleich und an manchen Stellen vom Scheuern seines Kettenhemds gerötet. Sein Körper war von Narben gezeichnet, die von Schwerthieben, aber auch von den Stockschlägen und Peitschenhieben seines Herrn stammten, als solle er immer an seine frühere Stellung erinnert werden. Sein Gesicht war sehr kantig und hart … und dennoch … Trotz der Rohheit seines Äußeren gehörte er ihr und war ihr ergebener, als ein anderer Mann es je gewesen war.

Sie hatte ihn völlig in ihrer Gewalt. Sie konnte ihn mit einem Wort, einer Bewegung oder mit dem kleinsten Stirnrunzeln zerschmettern, ja, schon mit dem geringsten vorwurfsvollen Blick.

War das angenehm? Sie wusste es nicht. Selbstverständlich war es berauschend, solche Macht zu haben, aber es wäre ihr lieber gewesen … Was wäre ihr lieber gewesen? Dass sie ein natürlicheres Verhältnis zueinander gehabt hätten vielleicht?

Es wäre ihr lieber …

»… wenn du keine Lüge lieben würdest«, sagte sie laut.

Bara schüttelte den Kopf, ohne überrascht zu wirken, als hätte er wieder einmal ihren inneren Monolog mit angehört. »Dem ist nicht so«, sagte er sanft. Dann musterte er sie eine ganze Weile und fügte schließlich hinzu: »Er fehlt Euch.«

Und bei diesen Worten stieg Arekhs Bild wieder in ihr auf, nachdem es ihr gerade gelungen war, es für einige Augenblicke unter einer dicken Schicht nebensächlicher Gedanken zu begraben.

Bara betrachtete sie noch immer mit schmerzerfüllten Augen. »Wenn Ihr mich anseht, dann bedauert Ihr, dass ich nicht sein Gesicht trage.«

»Nein!«, protestierte sie. »Ich meine …«

Langes Schweigen trat ein.

»Es tut mir sehr leid«, sagte sie schließlich.

Bara zuckte die Achseln und stand auf. Er machte einige Schritte über den Marmorboden und ging im Zimmer auf und ab, bevor er stehen blieb und Marikani ansah. »Das ist nicht wichtig«, erklärte er und beugte ein Knie, um sich vor ihr niederzuwerfen. »Es spielt keine Rolle. Es ändert nichts.«

Marikani ergriff seine rechte Hand und zog ihn an sich. Bara küsste sie, erst zitternd, dann mit beinahe wilder Leidenschaft, und sie ließen sich gemeinsam wieder auf das Lager sinken, wo der ehemalige Sklave heftig und schmerzhaft ins Fleisch seiner Göttin biss.

»Ayesha«, sagte eine Stimme über ihr.

Marikani öffnete die Augen. Es war noch Nacht, und das Licht der Monde war erst drei Schritte auf dem schimmernden Boden des Klosters vorgerückt. Haîk kauerte, vollständig bekleidet und mit Kettenhemd und Schwert ausgerüstet, neben ihr. Einige Schritte entfernt war Bara dabei, sich anzuziehen.

Sie war wieder eingeschlafen und …

»Gibt es ein Problem?«, fragte sie; ihr Verstand war sofort hellwach.

Haîk nickte. »Der Feind rückt an«, verkündete er.

Marikani war nackt; die Leinendecke lag nur über ihren Füßen. Sie stand auf, ohne sich weiter Gedanken zu machen; in Harabec wurden zahlreiche Rituale nackt abgehalten. Haîk wirkte auch nicht schockiert. Ohnehin entsetzte nichts, was sie tat oder sagte, ihre Männer. Bara reichte ihr ein Hemd. Sie hätte sich entschließen können, einen Säugling zu stehlen und bei lebendigem Leib zu verspeisen; selbst wenn sie blutige Fleischbrocken aus ihm herausgebissen hätte, hätten sie nicht im Geringsten protestiert.

»Achtzig Mann«, erklärte Haîk. »Soldaten aus Kiranya und Reynes. Sie kommen über den alten Pilgerweg.«

Marikani nickte und streifte ihre Hose und das Kettenhemd über, das sie seit den ersten Waffenlieferungen der Verbannten trug.

Der alte Pilgerweg führte nach Norden und hatte nur ein Ziel: das Themish-Kloster. Ihr Lager.

Verschiedene Truppen durchstreiften das Land auf der Suche nach ihnen. Diese Soldaten kamen ihretwegen … Sie wussten natürlich noch nicht, dass sie geradewegs ins Schwarze treffen würden, sonst hätte man nicht nur achtzig Mann, sondern eine ganze Armee geschickt.

»Sehr gut.« Marikani bückte sich, um ihre schweren Stiefel zuzuschnüren, und nahm dann das Schwert, das Bara ihr hinhielt. »Gehen wir. Day-Yans Abteilung. Und Farers. Über den Felspfad!«

Der Boden war hart und steinig. Die Soldaten aus Kiranya und Reynes rückten in Fünferreihen über die Straße vor, die vor Jahrhunderten von den Mönchen gepflastert worden war, die ihr Leben Themish, einer der drei Töchter der Verella, geweiht hatten. Sie wirkten erschöpft. *Übermüdung*, dachte Marikani, die sie aus der Krone des knotigen, verkrümmten Baums beobachtete, auf den sie gestiegen war. *Vielleicht auch mangelnde Motivation.* Sie waren hier, ins Ödland des Nordens entsandt, während weiter südlich, an der Grenze der Fürstentümer von Reynes, das Schicksal der Königreiche ohne sie entschieden wurde. Was waren ihr Heldenmut oder ihre Feigheit in diesem verlorenen, bedeutungslosen Landstrich schon wert? Alles, was sie liebten, würde vielleicht bei ihrer Rückkehr verschwunden sein.

Marikani stieg vom Baum und warf Day-Yan einen kurzen Blick zu. Der Krieger lag im Gebüsch und war in seiner graubraunen Kleidung im Licht des anbrechenden Tages kaum zu sehen. Eine leuchtend blaue, aufgemalte Tigermaske veränderte seine Gesichtszüge, machte sie beinahe nichtmenschlich. Hinter ihm bebte der Boden: fünfzig Mann, ebenfalls graubraun gekleidet und mit bemalten Gesichtern, robbten in Richtung der Soldaten.

Soldaten, die noch nicht wussten, dass Raubkatzen auf sie zuschlichen.

Das Licht veränderte sich von Grau zu Rosa, und unten, auf dem Weg, löschten die Soldaten ihre Fackeln. Marikani trat näher heran, stieg auf einen Felsen, dann auf den nächsten, bevor sie sich gut sichtbar unter einem Felsüberhang oberhalb der langen Kette von Feinden befand, die auf das Kloster zumarschierten.

Einige unendliche Augenblicke lang bemerkte niemand die hochgewachsene Gestalt, die sich vor dem kalten Morgenhimmel abzeichnete.

Dann hob einer der Offiziere in der ersten Reihe den Blick und erstarrte.

Einer nach dem anderen machten die Soldaten hinter ihm halt.

Wind kam auf und spielte mit Marikanis Haar. Diesen Effekt hatte sie nicht vorhergesehen, aber er machte ihren Auftritt nur noch theatralischer. Dann hob sie mit wohlberechneter Langsamkeit die Arme.

Unter Wutgeschrei warfen sich die Raubkatzen auf die Soldaten.

Es dauerte nicht lange. Das Überraschungsmoment wirkte zugunsten der Angreifer, ebenso das Entsetzen: Weder die Rekruten aus Reynes noch die erfahreneren Soldaten aus Kiranya waren darauf vorbereitet, dass eine Horde blonder Barbaren mit türkisfarbenen Tiergrimassen sich aus dem Nichts auf sie stürzte. *Sie sind höflichere Kriege gewohnt*, dachte Marikani, die auf ihrem Felsen stehend dem Gemetzel zusah. *Kriege, in denen Armeen sich erst einmal auf dem Schlachtfeld in Augenschein nehmen und die Offiziere sich grüßen, bevor sie einander dann umbringen.*

Geschrei, das Klirren von Waffen, Befehle.

Bald lagen nur noch tote und sterbende Soldaten auf dem Weg, während es ringsum von Männern mit blauen Gesichtern wimmelte. Ein Soldat aus Kiranya, der ein Gebet an Lâ herausschrie, floh nach Süden. Ein einziger Überlebender.

Farer, der zu Marikani heraufgekommen war, hob seinen Bogen und zielte. Marikani legte ihm die Hand auf den Arm. Farer sah sie erstaunt an.

Marikani blickte der Gestalt nach, die sich in den grauen Tag hinein entfernte. Seit sie die Berge überquert hatten, hatte sie nach der Devise »Keine Gnade« handeln lassen. Sie durften nicht gefunden werden; sie durften keine Überlebenden zurücklassen, die sagen konnten, wo sie sich aufhielten, wie viele sie waren und welche Methoden sie anwandten.

Aber die Lage hatte sich geändert. Zurückhaltung war nicht mehr ihre einzige Überlebenschance. Da die Aufmerksamkeit ihrer Feinde auf die Sakâs gerichtet war und ihre Zahl wuchs, da die Verbannten Waffen und Material lieferten und die »Legende von Ayesha« mit jedem Tag größer wurde, war die Angst nun eine ihrer besten Verbündeten.

Der arme Soldat stolperte auf dem felsigen Boden, so dass sein Rücken ein ideales Ziel für Farers Pfeil bot. Farer wartete nur auf den Befehl zu schießen. Wenn der Soldat überlebte, würde er allen, die es hören wollten, davon erzählen, wie Ayeshas Silhouette ihnen wie ein Gespenst in den prächtigen Strahlen der Morgensonne erschienen war. Er würde die Zahl der Feinde übertreiben, aus ihrer Bemalung grässliche Tätowierungen machen und die Wildheit des Angriffs ausschmücken.

Was im Krieg zählt, hatte Harrakin einmal gesagt, *ist nicht, was man ist, sondern das, wofür der Feind einen hält.*

»Lass ihn entkommen«, sagte Marikani zu Farer.

Der Himmel war strahlend blau, als sie zum Kloster zurückkehrten. Es bestand aus drei gewaltigen Säulenhallen, die oberhalb des Sees aus funkelndem weißem Stein errichtet waren. Manche Bodenplatten, die absichtsvoll an bestimmten Stellen eingelassen waren, bestanden aus dem Stein des Alten Kaiserreichs, und ihr unwirkliches Leuchten steigerte nachts die spirituelle Erhabenheit des Ortes.

In Friedenszeiten lebten hier vier- bis fünfhundert Mönche. Sie waren einige Tage vor der Ankunft des Ayesha-Volks geflohen, da kiranyische Späher ihnen das Herannahen der dritten Armee der Sakâs gemeldet hatten. Die Sakâs waren mittlerweile weiter nach Süden vorgedrungen und hatten eine Reihe von Dörfern an der Grenze zu den Fürstentümern niedergebrannt, um an die Front zu gelangen. Aber die Mönche waren nicht zurückgekehrt. Die viertausend Männer, Frauen und Kinder, die Marikani inzwischen folgten, hatten die Speicher und Keller geplündert und alles an sich gerissen, was die Mönche nicht mehr hatten mitnehmen können. Dann hatten sie sich im Kloster eingerichtet.

Die Frauen und Kinder umringten jubelnd und lachend Day-Yans Männer, die die »Beute« anschleppten: Helme, Waffen, Federbüsche und sogar kleine, für Männer gedachte Schmuckstücke, die sie den Leichen abgenommen hatten und die nun die jungen Mädchen erfreuten. Marikani befahl Farer, den Rat zusammenzurufen, und ging dann zu Bara hinüber, der amüsiert zusah, wie zwei Jungen sich um eine kiranyische Uniformjacke stritten.

Ringsum ertönten der Lärm der Armbrustbolzen, die in Zielscheiben eindrangen, und das Aufeinandertreffen metallener Waffen. Die Männer übten. Marikani sah sich um. Im kalten, hellen Tageslicht wirkten ihre nächtlichen Ängste sehr fern. Das Ayesha-Volk bestand nicht mehr aus Tausenden von abgezehrten, verhungernden Männern, Frauen und Kindern, wie sie mit einer gewissen

Befriedigung vermerkte. Es setzte sich nun aus bewaffneten Männern und weniger ausgehungerten Frauen und Kindern zusammen. Zweitausendfünfhundert »Klötze am Bein«, wie Haîk sie boshaft nannte, und tausendfünfhundert Krieger in Abteilungen von sechzig Mann, die von behelfsmäßigen Ausbildern geführt wurden. Bei diesen handelte es sich um ehemalige Sklaven oder Verbannte, die die Übrigen in der Kriegskunst unterweisen konnten.

Denn auch die Verbannten hatten ein Lager aufgeschlagen. Ihre bunten, luxuriösen Zelte waren auf winzigen Inseln im Südteil des Sees errichtet. Im Westen dominierte die graue, schimmernde Linie der Berge den Horizont. Täglich trafen neue Schiffe der Verbannten ein, die Material und Familien heranschafften. Langsam schloss sich, Gruppe für Gruppe, das Volk des Joar dem Ayesha-Volk an. Nur wenige Verbannte waren bei der Eroberung des Emirats ums Leben gekommen. Ihr Herr hatte die Niederlage vorausgesehen und ihnen befohlen, nach Norden zu fahren.

Doch obwohl ihre Lager so nahe beieinanderlagen, hatten die beiden Völker sich zu Marikanis Bedauern noch nicht vermischt. Sie ging mit Bara zu dem Becken, an dem sich der Rat versammeln würde. Die Verbannten blieben auf Distanz. Oder war es so, dass die ehemaligen Sklaven ihre Gegenwart nur schwer ertrugen? Noch trennten sie dreitausend Jahre göttlicher Verdammnis. Aber die Kluft würde sich schließen.

Sie brauchten nur Zeit.

Zwei Frauen kamen auf sie zu. Ihre blonden Haare fielen über lange, weiße Gewänder, und ihre Gesichter waren blau bemalt. Als Marikani sich ihnen zuwandte, blieb die

Jüngere stehen und hielt respektvoll Abstand, während die andere sich tief verneigte. »Tochter Fîrs«, sagte sie, ohne es zu wagen, Marikani in die Augen zu sehen, »wir haben eine Zeremonie vorbereitet, um Eure Rückkehr zu feiern. Das heilige Feuer brennt auf dem Altar, und die Jungfrauen singen das Lied der Erneuerung. Wenn Ihr bereit wärt … Eure Gegenwart wäre so … Wir wagen es zu hoffen, dass …«

»Nein«, sagte Marikani heftig. Die Frau wurde blass, und Marikani biss sich auf die Lippen. »Was ich sagen wollte … Vergebt mir meinen Tonfall, Hannaï. Ihr wisst, dass ich …«

Bara griff ein, nahm Hannaï beim Arm und führte sie freundlich beiseite. »Ayesha schätzt Zeremonien und heilige Gesänge nicht«, erklärte er. »Und außerdem wartet der Rat auf uns. Betet ohne sie, sie wird im Geiste bei Euch sein.«

Mit einem enttäuschten Blick entfernten sich die beiden Frauen, und Bara holte Marikani ein, die ihren Weg rasch fortgesetzt hatte.

»Bin ich nun die Tochter Fîrs oder die des Gottes, dessen Namen man nicht nennt?«, knurrte sie. »Das sollte man doch wissen.«

Bara seufzte. »Die Orakel widersprechen sich. Aber Fîr und der Gott, dessen Namen man nicht nennt, sind Brüder, wie Dunkelheit und Licht, Liebe und Gewalt. Vielleicht sind sie in Wahrheit eins, und so …« Er hielt inne, als er Marikanis finsteren Blick bemerkte. »Gut, gut!«, sagte er und konnte ein Lachen nicht unterdrücken. »Ich höre ja schon auf!«

»Bara, ich habe jahrelang solchen Unfug herunterschlucken müssen«, stieß die junge Frau hervor und ging noch schneller. »Ich musste stundenlang in zugigen Tempeln herumstehen, während Priester ihre ›geweihten Geschichten‹ umschrieben und die Bedeutung von Vorzeichen so änderten, wie es ihnen gerade passte. Jahrelang nebulöse Erklärungen über Widersprüche in den Texten, während die einfachste die einzig richtige ist: Die Texte widersprechen sich, weil sie Unfug sind!« Sie redete sich immer mehr in Rage, während Bara ihr folgte und sich gegen seinen Willen amüsierte. »Und all das nur, weil ich Königin von Harabec war und das zu meiner Rolle gehörte! Ich bin es nicht mehr, also soll man mich endlich in Frieden lassen!«

»Jetzt seid Ihr eine Göttin. Werdet Ihr verbieten, dass man an Euch glaubt?«

»Genau!«

Bara lächelte und blieb dann einige Schritte vom Becken entfernt stehen. Marikani drehte sich um.

»Eines Tages werdet Ihr auch selbst an Euch glauben«, sagte er zärtlich.

Marikani verdrehte die Augen zum Himmel und ging weiter.

»Wir werden den König von Kiranya entführen«, verkündete sie, als sie alle versammelt waren.

Day-Yan hatte sich von seinen Verehrerinnen losgerissen und war zu ihnen gestoßen. Sie waren zu siebt, sieben Krieger, die wie Bara eine militärische Ausbildung genossen hatten. Allesamt Männer. In den Königreichen konnten nur Frauen von hohem Rang, die über große finanzielle Unabhängigkeit verfügten, die Dienste eines privaten Ausbilders bezahlen, der ihnen den Umgang mit dem Bogen oder mit dem Schwert beibrachte. Und selbst dann hielten die meisten ihrer Angehörigen nicht viel von solchen Launen.

Die Frauen aus dem Volk blieben dort, wohin die Götter sie gestellt hatten, in der Küche oder auf den Feldern. Die Tradition wurde natürlich auch auf die Sklaven angewandt, und unter den Frauen, die sich dem Ayesha-Volk angeschlossen hatten, befanden sich zwar ein paar Tänzerinnen, einige Hauslehrerinnen und Schneiderinnen, Köchinnen, Kammerzofen, Musikerinnen und vor allem Landarbeiterinnen, aber keine einzige Kämpferin. »Ayesha« hatte ihre Autorität in die Waagschale werfen müssen, um dafür zu sorgen, dass die Männer diejenigen, die wollten, mit ihnen üben ließen, und trotz ihres Muts wurden die meisten von ihren männlichen Kameraden herumgestoßen und verachtet.

Die einzige Frau im Rat außer Marikani hatte rote Haare. Sie hieß Moïri, trug bunte Gewänder und vertrat bis zur Rückkehr des Herrn der Verbannten dessen Volk.

»Den kleinen König von Kiranya entführen?«, wiederholte Day-Yan.

Haîk runzelte die Stirn. »Um ein Lösegeld zu erpressen?«

»Nein. Um ihn als Geisel zu halten, bis wir Samara erreicht haben«, erklärte Marikani. »Wir müssen fünfhundert Meilen bewältigen. In fünfzehn Tagen sind wir schon zwei Mal angegriffen worden. Wenn es so weitergeht, kommen wir nie bis ans Meer.«

»Wir sind zwei Mal angegriffen worden, ja, aber wir haben auch zwei Mal gesiegt!«, sagte Farer und hob die Hand in einer Gebärde zum Himmel, die an die Bewegung erinnerte, die Marikani während des Großen Opfers gemacht hatte und die zu ihrer großen Verzweiflung als »Ayesha-Geste« bekannt zu werden begann. »Wir haben sie bis auf den letzten Mann niedergemetzelt. Blut ist geflossen und hat die Runen des Sieges auf den Boden gemalt!«

Farer deklamierte gern kriegerische Gedichte und hätte jetzt sicher zur *»Ode auf das Blut«* angesetzt, wenn Day-Yan ihn nicht unterbrochen hätte.

»Ja, bis auf einen«, sagte er mit sanfter Stimme. »Einer von ihnen wird die Nachricht von unserem Sieg bis ans Ende der Welt tragen und in allen Herzen Furcht vor Ayesha wecken. So große Furcht, dass alle, die sich mit uns messen wollen, das nur mit zitternden Knien und klopfenden Herzen tun werden.«

»In der Tat, das steckt dahinter«, stimmte Marikani zu. »Aber ich befürchte, dass das nicht ausreichen wird. Wenn wir uns in Scharmützel verstricken und einen Mann nach dem anderen verlieren, werden sie uns ausgeblutet haben, bevor wir den Hafen erreichen.«

Bara wandte den Blick nach Osten. »Wie können wir den König entführen?«

Weißer Rauch stieg rings um sie in den Morgenhimmel auf. Das Mittagessen kochte sicher schon in den meisten Töpfen.

»Gute Frage«, erwiderte Marikani. »Haîk, sag mir noch einmal, wie es um die Anzahl der Truppen bestellt ist …«

Zwei Stunden später war die Sonne weiter am Himmel vorgerückt; sie begannen ihre leeren Mägen zu spüren und hatten noch immer keine Lösung gefunden. Seit er sich auf dem Konzil in Salmyra gezeigt hatte, hatte der kleine König von Kiranya seinen Palast nicht mehr verlassen. Dieser lag im Herzen seiner befestigten Hauptstadt. Mit genug Männern in die königlichen Gemächer einzudringen, um die Wachen zu töten und mit ihrer Beute zu fliehen, schien unmöglich. Und außerdem mussten sie, bevor sie Verhandlungen beginnen konnten, sicher ins Lager zurückgelangen, ohne dass sämtliche Armeen der Umgebung ihnen auf den Fersen waren.

Es gab noch weitere Schwierigkeiten. Marikani kannte die politischen Strömungen am Hof von Kiranya nicht. Es gab irgendwo eine Schwester, die den Zwillingsthron von Kiranya und Kinshara erben würde, wenn der kleine König starb. Sicher würde sie die Truppen befehligen, wenn ihr Bruder entführt wurde. Und was, wenn diese Schwester die Gelegenheit nutzte, die Krone an sich zu bringen? Sie musste sich nur weigern, mit den Barbarenhorden der Demeana einen Vertrag zu schließen, und stattdessen ihre Soldaten losschicken, um sie niederzumetzeln. Ihr Bruder würde sicher im Zuge des Angriffs umkommen, und sie würde ihre Ruhe haben.

Dann würde das Ayesha-Volk sterben.

Marikanis Plan fußte auf Vernunft. Es schien ihr, dass jeder würdige Herrscher die Gelegenheit ergreifen musste, einen Konflikt zu vermeiden, wenn im Süden die Sakâs eine weit bedeutendere Bedrohung darstellten. Wenn sie Königin von Kiranya gewesen wäre, hätte sie einen Vertrag geschlossen, die Sklaven durchgelassen und ihre Armee nach Süden geschickt, um die Fürstentümer zu unterstützen.

Das wäre eine intelligente Entscheidung gewesen. Aber wenn Könige sich immer intelligent verhalten hätten, hätte der Inhalt der Geschichtsbücher anders ausgesehen.

Sie aßen schließlich, einen gut gewürzten Eintopf und Graubrot. Nach all den Wochen der Kälte, des Hungers und der Erschöpfung war es ein Luxus, zu jeder Mahlzeit warme Speisen verzehren zu können.

Einer nach dem anderen schwiegen die Ratsteilnehmer. Die vorgeschlagenen Pläne waren alle abgewiesen worden. Moïri behauptete, dass man dank der Beziehungen und des Geldes der Verbannten und aufgrund der Geheimnisse, die sie in vielen Jahrhunderten erfahren hatten, vielleicht ein oder zwei Personen ins Innere des Palasts würde schmuggeln können. Ein kleines Grüppchen, das so die Gemächer des Königs würde erreichen können. Aber mit dem Kind wieder hinauszugelangen, würde unmöglich sein. Die Palastbewohner und die Stadtbevölkerung würden sich gegen sie wenden.

Nach dem Essen schloss Marikani die Augen, sog den frischen Geruch des Sees ein und lauschte den Melodien, die in den Himmel aufstiegen.

Lieder zu Ehren Ayeshas … Als sie den Text hörte, krampfte sich ihr Magen zusammen. Es waren die gleichen Rhythmen und die gleichen Worte der Unterwerfung und Anbetung, die schon in Harabec Übelkeit in ihr erregt hatten, wenn sie gehört hatte, wie man sie zu Ehren der Götter sang, die ihre Eltern dazu verdammt hatten, in Ketten zu leben. Ja, sie hasste religiöse Gesänge, die noch aus den intelligentesten Menschen Tiere machten, die sich vor einem Gewitter fürchteten …

Galle stieg Marikani in die Kehle.

Die Lösung war ganz einfach. Sie lag in Baras anbetenden Worten, in der Panik der Rekruten aus Reynes, die sich fast ohne Gegenwehr hatten niedermetzeln lassen, in Hannaïs verängstigtem Blick.

Es war eine Lösung, die ihr mehr als alles andere widerstrebte.

Aber wie Arekh hatte sie ihre Wahl getroffen.

Der kleine König von Kiranya schlief tief und fest.

Ein Kind von neun Jahren, allein in seinem Bett mit den purpurnen Vorhängen. Das Bett stand in einem Zimmer mit scharlachroten, goldverzierten Wänden, inmitten des geheiligten Gevierts, das das Zentrum des Palastes bildete. In diesem inneren Geviert lebten, schritten, schliefen und wachten unter erdrückend prächtigen Decken und zwischen gewaltigen Steinstatuen über tausend Höflinge, Ratgeber und Soldaten. Darauf folgte das zweite Geviert, das um das erste herumgebaut war und in dem die Frauen und Dienerinnen sowie weitere Soldaten lebten. Das zweite Geviert lag innerhalb eines dritten, in dem Köche und Knechte arbeiteten. Danach kamen die Höfe, auf denen die Soldaten übten. Dann die Befestigungsmauern. Und ringsum lag die Stadt, die ihrerseits von Mauern umgeben war. Das war der Grund dafür, dass der kleine König allein friedlich in seinem rotgoldenen Zimmer schlafen konnte: Ein ganzes Volk wachte über ihn.

Etwas regte sich auf seinem Lager, dicht neben ihm. In seinen Träumen gestört, rührte sich der kleine König dennoch kaum: Er schlief tief, den Schlaf eines Kindes, trotz aller Verantwortung, aller Kriege, Intrigen und Verträge, mit denen die Ratgeber seine Jugend zu vergällen versuchten.

Eine Hand legte sich auf seine Schulter.

Die Berührung war leicht und angenehm, aber die Hand hatte dort nichts zu suchen. Der kleine König wurde stets eine Stunde nach Sonnenaufgang nach einem komplizierten Zeremoniell geweckt. Zunächst ertönte eine sehr sanfte Melodie, ein Flötenstück, das die Tempelmusiker spielten, die hinter der Tür warteten. Dann Stille, während eine Pendeluhr langsam die Minuten zählte, bis die Flöte erneut ertönte und ein junger Priester mit goldener Stimme einfiel. Schließlich öffnete ein Adliger, der unter den fünf Größten des Königreichs erwählt war, die Tür, und die Höflinge traten ein und nahmen am Fuß des königlichen Betts Aufstellung, um dem König beim Aufstehen zuzuschauen.

Es war nicht vorgesehen, dass jemand ihm die Hand auf die Schulter legte. Nur sehr wenige hatten überhaupt das Recht, den König zu berühren – und das auch nur unter ganz bestimmten Umständen.

Es war keine Flöte ertönt, kein Lied gesungen worden, und die Sonne drang nicht durch die Bettvorhänge. Die Hand drückte seine Schulter ein wenig zusammen, diesmal drängender, und der kleine König schlug die Augen auf. Kalter Schweiß lief ihm über den Rücken.

Ganz starr angesichts des scheußlichen Eindrucks, dass nichts so war, wie es sein sollte, wandte er den Kopf nicht, sondern musterte nur, was sich in seinem Gesichtsfeld befand: ein Stück des Kopfkissens aus Leinen und Seide und den Rand der runden, violetten Polster, die jeden Abend auf seine Bettkante gelegt wurden. Die grüne, mit dem Emblem des Lebens verzierte Kerze brannte auf dem kleinen Holztisch, der neben seinem Bett stand. Die Kerze war geweiht, sie wurde jeden Tag erneuert, und die Flamme würde erst gelöscht werden, wenn der König starb, um dann von seinem Nachfolger neu entzündet zu werden.

Ja, ein Stück Kopfkissen, ein Polster und … eine Hand. Die an einem in braunes Leinen gekleideten Arm hing.

Der kleine König holte tief Luft.

Ein Albtraum. Es konnte gar nichts anderes sein. Es war undenkbar, dass jemand, der braunes Leinen trug wie das einfache Volk, in sein Zimmer hatte eindringen können – das wäre ein Bruch einer streng geregelten, perfekten, uralten Wirklichkeit gewesen. Wenn er schrie, würde der Albtraum sicher verschwinden. Aber der Schrei würde die Wachen anlocken, und das Gerücht, dass der König Angst hatte, würde sich wie ein Lauffeuer im Palast verbreiten. Man würde eine Verbindung zwischen dem Albtraum und dem Krieg ziehen. Das konnte er sich nicht erlauben, da auch die winzigsten seiner Bewegungen und Blicke beobachtet und als Orakel ausgelegt wurden.

Der Junge schloss die Augen und zählte bis zehn. Dann setzte er sich mit geschlossenen Lidern auf. Er fühlte sich jetzt völlig wach. Wenn er die Augen öffnete, würde der Albtraum verflogen sein, verschwunden in den Falten des Bettvorhangs.

Er öffnete die Augen.

Sie war da.

Dunkelhaarig, mit einer türkisblauen Löwentätowierung im Gesicht, die ihr das Aussehen einer Raubkatze verlieh. Sie saß auf dem Bett und sah ihn an.

Die Demeana.

Das Kind erstarrte vor Entsetzen – einem so finsteren, vollkommenen Entsetzen, dass all seine Gliedmaßen eiskalt wurden. Der Magen drehte sich ihm um, seine Lunge krampfte sich zusammen; ihm wurde fürchterlich übel.

»Seid mir gegrüßt, Majestät«, sagte die Demeana. »Wie schade, in solch einer schönen Nacht eingesperrt zu sein. Es steht kein Hauch von Nebel am Himmel, und die Sterne funkeln so hell …«

Wie seid Ihr hereingekommen?, wollte der Junge gern schreien, aber er wollte es eigentlich gar nicht wissen. Er *durfte* es nicht wissen. Die Antwort würde vom Hauch der Abgründe erfüllt sein und brüllen wie die Geschöpfe des Gottes, dessen Namen man nicht nennt.

»Ihr seid gewachsen, seit wir uns in Salmyra zum letzten Mal gesehen haben«, fügte die Frau, die keine Frau war, lächelnd hinzu.

Bei dieser Erinnerung – die Demeana hatte in seiner Nähe am selben Tisch gesessen, bei der Ratsversammlung, die kurz vor dem Fall der Stadt stattgefunden hatte – zitterte der kleine Junge vor Entsetzen. Wie war es nur möglich, dass er sie begrüßt und mit ihr gesprochen hatte, ohne dass das Blut des Gottes, das er in sich trug, aufbegehrt hatte?

»Bei Fîr und Lâ!«, flüsterte er. Er zitterte am ganzen Körper; seine Stimme war kaum zu hören. »Bei Fîr und Lâ, Wesen aus Dunkelheit und Hass, ich stoße dich von mir, ich vernichte dich, ich schicke dich zurück in den Schatten, aus dem du nie hättest hervortreten dürfen. Bei Fîr und bei Lâ« – er legte sein Herz, seine Seele und sein ganzes Wesen in diesen Bannspruch –, »Tochter der Abgründe, *weiche*!«

Die junge, dunkelhaarige Frau, die auf der Bettdecke saß, rührte sich nicht. Sie verschwand nicht. Sie musterte ihn nur weiter mit einer gewissen Melancholie, einer Art Schmerz, die das Kind nicht zu deuten wusste.

Dann wandte sie den Blick ab, und als sie ihn wieder auf den kleinen Jungen richtete, las er darin eine Kälte und Entschlossenheit, die ihn dazu brachten, sich unter der Decke zusammenzukauern.

Sie hob die Hand. Der kleine König unterdrückte einen Schrei ... Und dann ergriff sie langsam, während sie ihn weiter ansah, die geweihte Kerze.

Und blies sie aus.

Die Flamme erlosch.

Der kleine König keuchte. Ihm war, als drücke eine eiserne Hand ihm die Kehle zusammen; der Würgegriff des Todes schloss sich um ihn. In Panik und völligem, scheußlichem Schrecken wurde sein ganzer Körper von unkontrollierbaren, schrecklichen Krämpfen geschüttelt. Die Demeana hob die Kerze und sah zu, wie ein dünner Rauchfaden zur vergoldeten Decke aufstieg.

Dann stand sie auf, neigte die Kerze zu einer der fünf Flammen, die vor der Murufer-Statue brannten, und zündete sie wieder an.

Sie blieb einen Moment lang reglos stehen und musterte die Flamme. Die Krämpfe des kleinen Königs legten sich, und er begann laut zu schluchzen; Tränen strömten über seine Kinderwangen.

»Wir werden Kiranya durchqueren, um Samara zu erreichen«, sagte die Demeana und musterte weiter die Flamme der Kerze. »Ich und mein Volk, das Ayesha-Volk. Wir werden den Weg über die Hochebenen im Norden einschlagen, den, der oberhalb des Festungsgürtels entlangführt. Dann und wann werden wir Scheunen oder Lagerhäuser plündern. Ihr werdet nichts dagegen unternehmen. Ihr werdet Eure Truppen in den Kampf gegen die Sakâs im Süden schicken. Eure Verbündeten brauchen Euch.«

Marikani drehte sich wieder zu ihm um und stellte die Kerze auf ihrem Sockel ab. Der kleine Junge war noch immer tränenüberströmt, aber er hörte zu, die großen, goldbraunen Augen auf Marikanis Gesicht gerichtet.

»Ich sage es noch einmal: Eure Truppen werden sich auf die Sakâs im Süden konzentrieren. Und mein Volk wird Euer Land bis zum Ozean durchqueren.«

Der Kleine zitterte noch immer. Marikani zögerte. Wenn sie zu sehr ins Detail ging, würde sie die unwirkliche Atmosphäre zerstören, auf der der Erfolg des Gesprächs fußte. Der Junge war leichenblass; sein Herz durfte nicht versagen, und er durfte auch nicht ohnmächtig werden. Aber die Botschaft musste durchdringen, nachdrücklich genug, damit er nicht später unter dem Einfluss seines Gefolges nachgab, das ihm einzureden versuchen würde, dass es sich nur um einen Albtraum gehandelt hatte.

»Erinnert Euch an Salmyra!«, sagte sie unvermittelt; ihr heftiger Tonfall ließ den Jungen in seiner golddurchwirkten Bettwäsche zusammenzucken. »Die Rune des Abgrunds funkelt über Kiranya!«

Die Demeana betrachtete wieder die Kerze. Dann trat sie einen Schritt zurück und musterte das Kind. Lange Zeit.

Dann verschwand sie in der Dunkelheit.

Der kleine König rührte sich nicht. Es gelang ihm nicht, sein Schaudern zu unterdrücken und die Gewalt über seinen Körper und seinen Magen zurückzugewinnen. Er wagte es nicht, sich zu bewegen oder auch nur zu atmen, weil er solche Angst hatte, dass die Tochter des Gottes, dessen Namen man nicht nannte, plötzlich wieder erscheinen und die Flamme ausblasen würde – diesmal für immer. Viel Zeit verging, eine Stunde, vielleicht zwei; dann endlich konnte er den Kopf bewegen.

Und als er ganz sicher war, allein im Zimmer zu sein, beugte er sich über die Bettkante und übergab sich.

KAPITEL 9

Der Assistent des Ratsherrn Myrnes hastete den Korridor der Archive des Ratsgebäudes von Reynes entlang; er hielt Briefe von der Westfront an die Brust gepresst. Darunter waren Schriftrollen aus Kiranya, in denen der kleine König seine Truppen auflistete und den Fürstentümern mitteilte, dass er mehr Männer als ursprünglich geplant schicken würde.

Ansonsten gab es nur schlechte Neuigkeiten. In weniger als zwei Monaten war der größte Teil des Emirats von den Sakâs erobert worden. Scharen von Flüchtlingen strömten von dort in den Süden, nach Harabec und in die Freien Städte. Faez war binnen dreier Tage gefallen, und nach der Eroberung der Stadt waren die umliegenden Ortschaften eine nach der anderen verwüstet worden.

Jeden Tag wurden ganze Karrenladungen von Toten und Verwundeten der Armee von Reynes von der Westgrenze der Fürstentümer hergebracht: Leichen, die nicht von den Familien beansprucht wurden, wurden in Massengräber geworfen, während die Verwundeten in Tempel und öffentliche Gebäude gebracht wurden, die man zu behelfsmäßigen Lazaretten umgebaut hatte. Der Emir war irgendwo auf der Flucht oder tot; selbst die am besten unterrichteten Ratsherren und ihre zuverlässigen Netzwerke von Spionen wussten nicht, was aus ihm geworden war.

Tote, Verwundete, eine gestürzte Dynastie.

Wenn es nur das gewesen wäre!

Aber wie Ratsherr Yva Peraeiros am Vorabend in der Ratsversammlung gesagt hatte, war das nicht das Problem.

Wenn es nur eine Invasion gewesen wäre! Ein Krieg wie so viele andere. Kiranya gegen das Emirat, das Emirat gegen Harabec, Harabec gegen Sleys, Sleys gegen die Fürstentümer von Reynes, die Fürstentümer gegen Kiranya ... Ein Machtkampf, wie es schon so viele im Zuge der letzten drei Jahrtausende gegeben hatte, eine Auseinandersetzung zwischen zivilisierten Völkern. Man kämpfte, man siegte, man plünderte und vergewaltigte ein bisschen, damit die Soldaten einem die verspäteten Soldzahlungen verziehen, man schnitt ein paar hundert gegnerischen Gefangenen die Kehle durch, um den Feind wissen zu lassen, dass er es ja nicht so bald wieder versuchen sollte, und sobald die gefangenen Offiziere gegen Lösegeld ihren Familien übergeben worden waren, ging das Leben in den eroberten Gebieten wie vorher weiter. Man musste schließlich die Bauern das Land bestellen, die Krämer feilschen und die Kaufleute ihre fernen Kunden beruhigen lassen, denn wovon hätte man sonst im Winter leben sollen?

Die Sakâs hielten sich nicht an die Regeln.

Die Sakâs waren keine zivilisierten Krieger.

Es waren widersprüchliche Gerüchte in Umlauf, aber alle waren gleich fürchterlich. Die Sakâs steckten auf ihrem Weg alles in Brand, Städte, Dörfer, Ernten. Sie trieben die Bevölkerung zusammen und verbrannten sie auf Scheiterhaufen, um sie den Kreaturen des Chaos zu opfern, die mit ihnen zogen, oder sie ließen Frauen und Kinder auf abscheulichen Altären ausbluten, um ihr Blut dem Gott, dessen Namen man nicht nannte, zu weihen. Es hieß, dass sie bei der Eroberung von Faez jeden, der nicht geflohen war, im See ertränkt hatten und dass der Fluss drei Wochen lang nur Leichen geführt hatte. Man erzählte sich viel, aber eines war sicher: Dort, wo die Pferde der Sakâs ihre Hufe hingesetzt hatten, wuchs kein Gras mehr – nur noch Dornen, Asche und Blumen aus Blut.

Wussten sie nicht, dass sie sich selbst ihr Todesurteil sprachen, wenn sie die Landstriche verwüsteten, durch die sie zogen? Dass sie eines Tages, wenn erst alles zerstört war, nichts mehr zu verbrennen finden würden und …

Der Assistent blieb stehen und drückte die Pergamente an sein Herz. Zu seiner Rechten öffnete sich ein neuer Gang, dunkel und wenig begangen, der zu einer Reihe nur zeitweilig genutzter Schreibzimmer führte. Dort wollte er nicht entlang. Die Schreibzimmer waren im Augenblick unbesetzt: Angesichts der Notlage waren die fremden Gesandtschaften alle in den Nordflügeln zusammengezogen worden – den Kriegsflügeln, die Fîr geweiht waren.

Die Schreibzimmer waren also unbesetzt, doch der Assistent hatte gerade etwas bemerkt und fand es bestätigt, als er sich vorbeugte, um besser sehen zu können. Jemand hatte nämlich einige Schritte von der Einmündung des Ganges entfernt eine Schriftrolle fallen lassen, die gut sichtbar das leuchtend grüne Sekretsiegel der königlichen Briefe aus Kiranya trug.

Der Assistent des Ratsherrn Myrnes vergaß das Schicksal der Welt und dachte an seine Karriere. Wenn diese Schriftrolle geheime Befehle des kleinen Königs von Kiranya an seine Gesandten enthielt … Wenn er sie an sich brachte, würde Ratsherr Myrnes seine Informationen teuer an seine Kollegen verkaufen und neue Privilegien erhalten können. Wenn diese Privilegien sich erst ausgezahlt hatten, würde er sich sicher dem treuen Assistenten gegenüber dankbar erweisen, der ihn in die Lage versetzt hatte, sie zu erhalten.

Der junge Assistent sah sich um … Niemand. Nach einem kurzen Zögern bog er um die Ecke, machte einige schnelle Schritte durch den Schatten und bückte sich nahe der Statue des Ratsherrn Hui, um das Pergament aufzuheben.

Er sah den Tod nicht kommen. Eine Hand legte sich auf sein Gesicht und riss ihm den Kopf zurück. Eine kurze Klinge, die nicht besonders gut geschärft war, wurde auf sein Fleisch gedrückt und drang dann brutal darin ein. Alles verschwamm vor seinen Augen, und der junge Assistent sackte ohnmächtig zusammen.

Er spürte nicht, wie sein Körper den Gang entlang tiefer ins Dunkel und dann durch das Schreibzimmer Nummer drei geschleppt wurde, auf eine Ansammlung staubiger Schränke und Regale zu.

Als sein Mörder ihn ohne weitere Umstände hinter einen gewaltigen Schrank am Ende des Zimmers neben eine vergessene Kiste mit unbeschriebenem Papier warf, war er bereits tot.

Arekh wischte den winzigen Zierdolch gründlich an der Jacke des Toten ab, steckte ihn in die hintere Tasche seiner Leinenhose und kniete sich dann hin, um die Taschen des Leichnams zu durchsuchen. Er fand darin zunächst ein stählernes Papiermesser mit dem Stempel von Reynes, viel besser geschärft als der dumme Dolch, mit dem er bisher hatte arbeiten müssen. Perfekt. Dann Geld, ungefähr dreißig Res, hervorragende Beute. Zwei Leinentaschentücher. Auch die würde er behalten. Eine lederne Brieftasche, die einen vom Ratsherrn Myrnes unterzeichneten Passierschein enthielt. Sofort wegwerfen! Wenn das Verschwinden des Assistenten bekannt wurde, würde es einer sofortigen Verurteilung gleichkommen, sich mit diesem Passierschein erwischen zu lassen.

Arekh kehrte in den Korridor zurück und sammelte die Schriftrollen und Papiere auf, die über den Teppich verstreut lagen. Die neuesten Nachrichten des Tages. Die würde er später lesen.

Dann stand er auf, durchquerte erneut das Schreibzimmer Nummer drei, öffnete die Dienertür, die sich an der Rückwand befand, ging durch eine Reihe verlassener Gänge und über Nebentreppen, die das Archiv mit dem ungenutzten Zwischengeschoss des ehemaligen Gebäudes für Steuerangelegenheiten und Bittgesuche verbanden, und gelangte schließlich in den dritten Stock des Weißen Gebäudes, das zwei Generationen lang die privaten Schreibzimmer der Ratsherren aus dem Süden beherbergt hatte und heute nicht mehr genutzt wurde.

Auf dem gesamten Weg war er keiner Menschenseele begegnet. Alles war verlassen.

Zweiter Gang links, vierte Tür rechts. Das Schreibzimmer des Ratsherrn Im-Ahr, dem er zwei Jahre lang als Spion, Bote und Meuchelmörder gedient hatte.

Im-Ahr hatte sich inzwischen auf seine Ländereien zurückgezogen.

Das Schreibzimmer war hell und still. Arekh trat auf die Statue der drei tanzenden Töchter Verellas zu, die an der linken Wand verstaubte, und öffnete den dahinter verborgenen Schrank, dessen Rückwand mit einem Geräusch aufschwang, das Arekh wie immer zu laut vorkam. Sie gab eine kleine Holztreppe frei, die zu einem geheimen Nebenzimmer führte, in dem der Ratsherr während seiner langen Laufbahn seine Geliebten empfangen und Feinde vergiftet hatte, die er zu »diskreten Verhandlungen« dorthin hatte locken können.

Lionor und das Kind waren eingeschlafen.

Lionor saß auf dem Boden, den Rücken an das Holz des vergoldeten Bettes gelehnt, in dem der Ratsherr so viele Frauen aus der Provinz beglückt hatte, die für ihre Gatten eine Beförderung erhofft hatten, zu der es dann nie gekommen war. Es gab auch Sessel, die trotz ihres Alters bequem waren, aber seit ihrer Ankunft hatte Lionor sich kein einziges Mal auf einen gesetzt. Sie blieb auf dem Boden, als sei sie noch in ihrer Zelle, stillte das Kind, wiegte es und schlief.

Der goldene Staub tanzte in den Sonnenstrahlen, die zwischen den Brettern hindurchdrangen, mit denen das Fenster vernagelt war. Arekh kniete sich neben die junge Frau und legte die beiden Leinentaschentücher neben sie. Für das Kind. Dann musterte er Lionor, ohne sie zu berühren, versuchte, ihren Zustand einzuschätzen.

Die Verletzungen, die die Folterungen hinterlassen hatten, verschwanden langsam. Die Blutergüsse verblassten, die Schnitte verheilten, ohne sich zu entzünden, da Arekh *Mahhm* in den dunklen Gassen des Basars aufgetrieben hatte, der seit Jahrhunderten im südwestlichen Hof des Regierungsviertels stattfand. Lionor würde natürlich deutliche Narben zurückbehalten. Sie war immer noch eine schöne Frau, aber ihr Gesicht und ihr Körper waren auf ewig gezeichnet. Allerdings war das für den Augenblick die geringste ihrer Sorgen, da war Arekh sich sicher.

Sie waren so dankbar gewesen, als sie in diesem kleinen Zimmer angekommen waren, das verborgen mitten in der Stadt lag. So dankbar, sich – allein und in Sicherheit – einfach nur fallen lassen zu können. *»Im Herzen der Zitadelle des Feindes versteckt«*, wie es in einer der alten Geschichten hieß, die Arekhs Mutter ihm erzählt hatte, als er noch ein Kind gewesen war.

Das Buntglasfenster im Turm der Schreienden Seelen ging auf einen winzigen Hof des Verbotenen Gartens hinaus. Ein klitzekleines Stück des üppigen Parks und sicher älter als die meisten umgebenden Gebäude. Hatte Arekh das gewusst, als er gesprungen war? Er konnte die Frage selbst nicht beantworten. Ja, natürlich, er erinnerte sich vage, dass zwischen den Türmen und Gebäuden kleine Höfe ohne Zugang lagen; als er hier gearbeitet hatte, hatte er alte Grundrisse des Regierungsviertels studiert, um Abkürzungen und geheime Verbindungen zu finden, die ihm seine Arbeit erleichtern würden. Der Verbotene Garten hatte einst diesen ganzen Bezirk bedeckt, also war es durchaus möglich, dass dieser Hof ein Überrest davon war …

Ja, es war möglich, aber hatte er es *gewusst*, als er gesprungen war?

Eigentlich nicht.

Als er gesprungen war und Lionors so mageren Körper umklammert hatte, hatte er geglaubt, dass er sterben würde. Sie hatten keine Chance gehabt, einen Sturz von über vier Stockwerken zu überleben. Und dennoch … dennoch war ihm der Gedanke an den Verbotenen Garten durch den Sinn gehuscht, dennoch hatte er geplant. Nachgedacht. Selbst als er die junge Frau gepackt und Schwung geholt hatte, hatte er sich nicht davon abhalten können, darüber nachzudenken, was sie würden tun können, *falls* … falls die Pflanzen des umschlossenen Gartens verwildert und so hoch gewuchert waren, dass sie ihren Sturz abfedern konnten, *falls* … Arekh war immer noch Arekh, der sich selbst in den Flammen von Sarsan noch Chancen ausgerechnet hatte.

Ein einziges Mal hatte diese Kraft in ihm versagt. Ein einziges Mal hatte er den Tod hingenommen – und damals war Marikani gekommen und hatte ihn gerettet.

Das winzige Stück des Verbotenen Gartens, in das sie gestürzt waren, war seit dreihundert Jahren verlassen. Die Bäume und Pflanzen hatten Besitz von dem ummauerten Hof ergriffen, ihn für sich umgeformt, die Mauern überwuchert und verschlungen, sich zu einem wild wachsenden Dschungel entwickelt, der über zwei Stockwerke hoch war. Dennoch war der Aufprall so heftig gewesen, dass es ein Wunder war, dass sie überlebt hatten. Arekh, der Lionor noch immer festgehalten hatte, hatte gespürt, wie Dornen seinen Rücken aufgerissen hatten; an einem Ast hatte er sich die Schulter ausgerenkt, und ein Aufblitzen von Schmerz war durch seinen Schenkel gefahren, als seine Wunde sich wieder geöffnet hatte.

Dann Schwärze.

Als er einige Stunden später das Bewusstsein wiedererlangt hatte, hatte er begriffen, dass sie alle beide – alle drei – noch am Leben waren. Und dass niemand nach ihnen gesucht hatte.

Er würde wohl nie erfahren, warum die Wachen nicht gekommen waren, um ihnen den Gnadenstoß zu versetzen. Vielleicht, weil man sie für tot gehalten hatte. Vielleicht, weil niemand sich in diesem Labyrinth aus Korridoren und Gebäuden mehr erinnerte, wie man zu der kleinen, geheiligten Tür der Gärtner gelangte, die den einzigen Zugang zu diesem Hof bildete – eine geweihte Tür, die in einen Luftschacht des Kellers führte und die sicher seit Generationen niemand mehr benutzt hatte.

Oder vielleicht auch, weil genau an jenem Tag die Nachricht eingetroffen war. Die Sakâs hatten die Berge überschritten – das hatte Arekh vier Tage später erfahren, als er den ersten Schreiber getötet hatte, einen jungen Mann, der ein Tablett mit Essen dabeigehabt und einen Fehler begangen hatte: Er hatte eine Abkürzung durch einen Gang des Weißen Gebäudes genommen, nicht weit entfernt von dem Zufluchtsort, an den Arekh die bewusstlose Lionor geschleppt hatte.

Abgesehen von dem Essen, das er sofort in ihren Schlupfwinkel gebracht hatte, hatte der Mann eine Reihe von Dokumenten bei sich gehabt. So hatte Arekh erfahren, dass der Krieg begonnen hatte.

Was für den Rest des Kontinents eine Katastrophe bedeutete, war für Arekh und Lionor ein Segen. Angesichts der Panik, die die Ratsversammlung erfasst hatte, der verängstigten Boten, die aus allen Königreichen eintrafen, der Delegationen, die protestierten, verhandelten oder flehten, hatten die Seelenleser andere Sorgen, als nach zwei Flüchtlingen zu suchen, die sie vermutlich ohnehin für tot hielten.

Und so hatten Lionor, Arekh und das Kind sich langsam, ganz langsam, erholen können, Atemzug für Atemzug, Tag für Tag, wenn die Stunden im Geheimzimmer sich in die Länge zogen und das goldene Licht der Sonnenstrahlen zwischen den Brettern hindurchdrang, um träge Kreise auf den Boden zu malen, und Nacht für Nacht.

Arekh betrachtete sie einen Moment lang: die junge Frau, die so zart wirkte, das schlafende Kind an ihrer Brust. Zu wissen, dass sie lebten – und das wider Erwarten und durch seine Hilfe –, vermittelte ihm den Eindruck, ein zerbrechliches Wunder mitzuerleben wie damals, als er Non'iama und Marikani der Umklammerung der Wüste entrissen hatte. Zwei Leben zu retten, während täglich Tausende im Chaos starben – das war so absurd, dass es fast schon tröstlich war.

Das Kind hustete.

Es hatte nie zu husten aufgehört. In der schmutzigen, feuchten Umgebung der Zelle, in der Kälte und der eisigen Luft war ihm irgendetwas zugestoßen, und alle Milch und alle Liebe, die es von Lionor erhielt, hatten es nicht ganz heilen können. Manchmal schlief der Kleine für ein oder zwei Nächte ruhig, und Lionor begann wieder zu hoffen. Dann begann er wieder zu husten, und sein kleiner, allzu bleicher Körper wurde schier von diesem rauen Laut zerrissen, der zu tief für ihn klang.

Aber der Säugling hatte kein Fieber, und Arekh, der schon viele Menschen am Fieber hatte sterben sehen, hielt das für ein gutes Zeichen.

Der erste Hustenanfall weckte Lionor nicht; nur ihre Lider zuckten leicht wie unter dem Einfluss eines Traums. Der zweite war zwar schwächer, ließ sie aber zusammenzucken. Einen Moment später hatte sie sich aufgerichtet und die Augen weit geöffnet; sie sah sich panisch um.

»Es ist alles in Ordnung«, flüsterte Arekh und legte ihr die Hand auf die Schulter, um sie zu beruhigen. »Alles ist gut. Ich bin es nur.«

Lionor sah ihn einen Moment lang verstört an, senkte dann den Kopf und kam wieder zu sich. Das Kind hatte in ihren Armen die Augen aufgeschlagen – große, braune, glänzende Augen.

»Arekh«, seufzte Lionor, als wolle sie sich für ihre Reaktion entschuldigen. »Gut.« Sie streckte sich und lächelte dann traurig. »Wie steht es um die Beute?«

»Geld und Nachrichten, die ich noch nicht gelesen habe.« Arekh ließ die Schriftrollen zu Boden fallen. »Eine ganze Menge Geld«, fügte er hinzu und zeigte ihr den Inhalt der Börse. »Zu meiner Zeit waren Assistenten noch nicht so gut bezahlt.«

»Vielleicht war der hier ein Sohn aus gutem Hause«, sagte Lionor melancholisch.

Sicher dachte sie an die Männer aus der Familie ihres Mannes – die Schwäger, Neffen und Cousins, die als jüngere Brüder, die in der Erbfolge benachteiligt waren, ihr Glück in großen Städten wie Harabec, Faez oder Reynes zu machen versuchten. Vielleicht war der Assistent, den Arekh gerade ermordet hatte, einer von ihnen gewesen. Aber wenn Lionor Skrupel hatte, hatte sie sie während ihres Aufenthalts hier nicht ausgesprochen. Vielleicht hatte sie Gewissensbisse, wenn sie die Blutflecken auf den Kleidern sah, die Arekh seinem ersten Opfer gestohlen hatte. Aber diese Gewissensbisse hinderten sie nicht daran, hungrig das Essen herunterzuschlingen, das diese Morde ihnen einbrachten. Manchmal direkt, wenn Arekh

Diener angriff, die Speisen trugen, manchmal indirekt, wenn er sich in die Menge der Armen mischte, die im Dreizehnten Hof am Südausgang der Küchen des Ratsgebäudes gegen einige kleine Münzen Reste der Bankette des Tages kaufen konnten.

Die Speisen, die von den besten Köchen der Königreiche zubereitet wurden, waren von hoher Qualität, und Lionor hatte ihre Kräfte und ihre Milch zurückgewonnen, während sie mit Gewürzen und Feigen gefülltes Geflügel und Stücke eines Kardamomkuchens mit Honig gegessen hatte.

Sie hatte die Speisen zu schätzen gewusst, obwohl sie mit unschuldigem Blut erkauft waren.

»Es ist an der Zeit aufzubrechen«, sagte Arekh, und Lionor erschauerte.

Arekh stand auf und wühlte in der alten Mahagonikommode. Er holte neben anderen Kleidern auch einen braunen Schal aus Seide und Wolle hervor, der schwach nach Schimmel roch, damit Lionor sich den Kopf wie eine Bäuerin verhüllen konnte.

Dann kniete er sich wieder neben sie. »Es ist an der Zeit aufzubrechen«, wiederholte er. »Ich habe schon seit einer Woche genug Geld, den Schlepper zu bezahlen. Wir dürfen uns hier nicht zu lange aufhalten. Irgendwann …«

Lionor nickte stumm. Irgendwann würde jemand bemerken, dass alle Schreiber, die in den letzten Wochen verschwunden waren, sich im Westflügel in Luft aufgelöst hatten. Oder Arekh würde auf einem Umweg durch einen staubigen Gang einem ehemaligen Kollegen begegnen, der ihn wiedererkannte. Oder – noch schlimmer! – irgendeines seiner Opfer würde entkommen.

Ja, sie mussten aufbrechen.

Lionor seufzte. Arekh verstand ihre Reaktion. Nach dem, was sie durchgemacht hatten, war dieses kleine Zimmer zu einem Zufluchtsort, ja zu einem Palast geworden. Ohne Leid hier einzuschlafen und aufzuwachen, in einem warmen, trockenen Zimmer, das leicht nach Kiefernharz roch und in dem sie das Leben Stück für Stück hatten zurückkehren sehen – das war wunderbar gewesen, unverhofft. Es war so schwer, jetzt zu gehen. Sich der Außenwelt zu stellen, in der jeder Schritt gefährlich war.

Schließlich stand Lionor auf, stützte sich an der Bettkante ab, ordnete ihre Kleider und schlang sich den Schal um den Kopf.

»Gehen wir«, sagte sie schlicht.

Sie begegneten auf ihrem Weg zum Dreizehnten Hof nur zwei arroganten Sekretären, die sie mit völliger Verachtung straften. In der Stunde nach dem Mittagessen traten die Ausschüsse zusammen, und angesichts der Situation mussten alle Angestellten, die dazu berechtigt waren, an den Versammlungen teilnehmen. Andere diskutierten leidenschaftlich im ringförmigen Gang. Zwanzig Minuten später gelangten Lionor und Arekh über eine winzige Treppe in eines der Lagerhäuser im Süden, in denen genug Fässer mit Wein lagerten, um den Durst der tausend bis zweitausend Personen zu stillen, die dauerhaft im Regierungsviertel lebten.

Arekh nahm eine der Schubkarren, auf denen die Köche schwere Lasten beförderten, lud zwei Fässer Apfelwein auf und schob sie ins Freie. Er überquerte den Hof so eilig, als ob es mit seiner Lieferung drängte. Lionor folgte ihm mit dem Kind auf dem Arm.

Die drei Wachen, die nahe bei einem steinernen Torbogen plaudernd in der Sonne standen, warfen noch nicht einmal einen Blick auf sie.

Arekh schob die Schubkarre weiter. Sie durchquerten einen kleinen Garten, in dem Stränge von Piment und Früchten in der Sonne trockneten, und fanden sich dann plötzlich ohne Vorwarnung in der tobenden Menge wieder, die auf dem Pflaster des Dreizehnten Hofs darauf wartete, dass die Köche mit dem täglichen Verkauf begannen. Die Preise waren für Speisen von solcher Qualität so niedrig, dass nie genug für alle da war und eine erbitterte Konkurrenz bestand.

Arekh spürte, wie Lionor sich anspannte, als sie sich in die Menge stürzten. Sie waren so lange allein gewesen, dass dieser Ozean aus Männern und Frauen sie wohl schwindelig machte. Arekh ließ die Schubkarre stehen, nahm die junge Frau beim Arm – sowohl, um sie zu beruhigen, als auch, um sie nicht zu verlieren –, und sie warteten. Es dauerte nicht lange. Die Köche kamen mit drei Kesseln in den Hof, die für den Geschmack der Menge viel zu klein waren. Die zuletzt Angekommenen begriffen bald, dass für sie nichts abfallen würde, und gingen murrend in kleinen Gruppen ihres Weges.

Lionor und Arekh mischten sich unter sie.

Ein steinerner Torbogen.

Noch ein Hof.

Ein zweiter, größerer Torbogen, in dessen Säulen das Wappen der Fürstentümer von Reynes eingemeißelt war. Der Ausgang des Regierungsviertels.

Die Straße.

Sie waren im Freien.

Rings um sie erstreckte sich Reynes.

Sie gingen nur einige Schritte weit und blieben dann mitten auf einem großen, gepflasterten Platz stehen. Etwas weiter entfernt hatten sich besorgte Frauen um einen Ausrufer geschart, der die neuesten Kriegsnachrichten verkündete. Reiche Bürger eilten, eingehüllt in wollene Mäntel, in die gehobenen Wohnviertel im Westen der Stadt. Und vom Fuße des Hügels klang der Lärm der Stadt zu ihnen herauf, eine Mischung aus Stimmen und Glocken, dem Rumpeln der Karren, dem Wiehern der Pferde und Blöken des Viehs, Tausenden von Gesprächen. Schreien und Weinen. Ein Trupp von zwanzig Soldaten – ihren grauen Uniformen nach zu urteilen Rekruten – kam aus einer Straße hervormarschiert und bog sofort in eine andere ein, entschwand ihren Blicken …

Um sie herum zerstreuten sich die Frauen und Männer, die über die Resteverteilung so enttäuscht gewesen waren.

Arekh sah Lionor an, die wie vom Donner gerührt stehen geblieben war. Sie bewegte sich einige Sekunden lang nicht, blickte nach oben und schnappte nach Luft.

»Zum ersten Mal in Reynes?«, fragte Arekh leise.

Lionor nickte. »Ja.« Sie schwieg einen Moment lang und betrachtete das Schauspiel, das sich ihr bot. »Ich habe immer davon geträumt, die größte Stadt der Königreiche zu besuchen – aber natürlich nicht unter diesen Umständen«, fügte sie hinzu und brachte ein Lächeln zustande. »Ich wollte herkommen, wenn mein Sohn größer ist. Vielleicht sogar mit meinem Mann.« Sie winkte ab. »Nun ja. Ich wusste natürlich, dass die Stadt eindrucksvoll sein soll, aber …«

Arekh sah sich um und versuchte, die Umgebung mit

Lionors Augen zu betrachten, mit dem gleichen frischen Staunen, aber das war schwierig. Er hatte jahrelang in Reynes gelebt, und die Schönheit und der grandiose Anblick der Stadt hatten ihren Reiz rasch verloren. Er war damals jung gewesen, von Schuldgefühlen gepeinigt, die nur umso verzehrender geworden waren, weil er sie nach tief unten in seine Bauchhöhle verbannt hatte. Diese Jahre waren die düstersten seines Lebens gewesen, und er hatte sie hier verbracht. Die Last seiner Verurteilung wegen Vatermords hatte ihm wie eine Axt im Genick gesessen. Er hatte immer abscheulichere und blutigere Verbrechen begangen, um das erste zu vergessen …

Nach alledem war es schwer, die rohe Kraft, das überbordende Leben und die strahlenden Farben der prächtigsten Stadt der zivilisierten Lande zu schätzen zu wissen.

Was einen zuallererst beeindruckte, war die Höhe. In den Königreichen gab es selten Gebäude, die über mehr als zwei oder drei Stockwerke verfügten, wenn man von Festungstürmen oder bestimmten Palästen absah. In Reynes war die Architektur anders. In der Umgebung des Regierungsviertels, das durch seine Erhabenheit alles erschlug, ragten sechs-, sieben- und sogar achtstöckige Gebäude mit spitz zulaufenden, roten Dächern in den Himmel auf. Jede Wand jedes einzelnen Gebäudes war mit bunt gefassten Basreliefs verziert, auf denen ineinander verschlungene Personen Szenen aus Legenden und berühmten Geschichten nachspielten oder zu Ehren der Hausbesitzer kleine Szenen aus dem Handelsleben darboten. Und zwischen den Fenstern, an den Wänden und über den Türen ragten Statuen auf wie versteinerte Affen, die zum Sturm auf die Mauern geblasen hatten.

Und diese Statuen waren bemalt. Das war es, was – abgesehen von der Höhe der Gebäude – die Reisenden mit offenem Mund und aufgerissenen Augen alles anstarren ließ, wenn sie sich zum ersten Mal innerhalb der drei Stadtmauern befanden: die kräftigen, klaren, grellen Farben, in denen jede Wand, jedes Haus, jedes Stockwerk, jede Säule und jeder Tempel gestrichen waren. In manchen besonders hohen Gebäuden waren die obersten Stockwerke mit Hängebrücken aus Seilen und Brettern verbunden, um Kunden und Besuchern zu gestatten, leichter von einem Gebäude ins andere zu gelangen, ohne sich ins Durcheinander auf den Straßen begeben zu müssen. Reynes war ein grandioser, erdrückender Dschungel aus spitz zulaufenden oder runden Dächern, Gassen und Farben, in dem sich eine lebendige, geschäftig umhereilende Menge drängte.

Der Kontrast zu den klassischen Gebäuden der Ratsversammlung, die aus nacktem, ockerfarbenem Stein bestanden, hätte nicht größer sein können, und einem Neuankömmling wie Lionor konnte es durchaus den Atem verschlagen. Hier und da stachen auf benachbarten Hügeln andere Gebäude mit klaren Linien und unbemaltem Stein – Tempel und Verwaltungsgebäude – aus diesem bunten Gewirr hervor. Hinter ihnen ragte im Herzen des Regierungsviertels der Große Tempel von Reynes auf, viereckig und eisig. Seine schlichte, hohe Form zeichnete sich vor dem blauen Himmel ab.

»Möge Arrethas uns beschützen«, murmelte Lionor und begann plötzlich zu lachen – ein offenes, glückliches Lachen, erleichtert und frei, zum ersten Mal seit langer Zeit … Oder überhaupt zum ersten Mal für Arekh, der Lionor noch nie hatte lachen hören.

Sie sog die kalte Luft tief ein und drehte sich um sich selbst, als wolle sie die ganze Umgebung in Augenschein nehmen. »Wie seltsam«, sagte sie. »Es ist zu viel ... zu viel von allem. Man fühlt sich erdrückt, und doch haftet allem ein Geschmack von Freiheit an.« Sie seufzte, wandte sich den Gebäuden der Ratsversammlung zu, die sie gerade verlassen hatten, und erschauerte. »Wie lange waren wir da drin? Wir sollten uns vielleicht entfernen. Es scheint zwar unmöglich, dass sie uns in einer Stadt wie dieser wiederfinden können, aber ...«

»Oh, das können sie«, erklärte Arekh und ging los. »Sie können viel. Jedenfalls haben wir keine Zeit zu verlieren. Wir müssen den Schlepper finden.«

Reynes, die Stadt der dreizehn Hügel, war von drei Mauerringen umgeben, die selbst zu Friedenszeiten scharf bewacht wurden. Die Identität aller, die kamen und gingen, wurde festgehalten, ihre Gründe wurden überprüft, die Gewerbescheine in Augenschein genommen. Händler und Reisende hatten zwar schon oft bei der Ratsversammlung gegen die unendlich langen Wartezeiten protestiert, doch immer erfolglos, und der Mehrheit der Stadtbevölkerung war das Problem ohnehin gleichgültig. Die meisten Einwohner von Reynes hatten die Stadt ihr ganzes Leben lang noch nicht verlassen und würden das auch sicher nie tun. Ganze Generationen wuchsen hier auf, häuften Vermögen an, die sie ihren Kindern vermachten, deren Enkelkinder noch etwas davon hatten, deren Urenkel dann alles verschleuderten, ohne dass auch nur einer von ihnen jemals sein Stadtviertel verlassen hatte. Doch dem Vernehmen nach gab es keine besseren Kenner fremder Kulturen als die Einwohner von Reynes. Kaufleute,

Diplomaten, Künstler, Reisende, Schaulustige und Einwanderer kamen aus allen Gegenden des Kontinents hierher und hatten Reynes zu einem der vielseitigsten und lebhaftesten Orte der Königreiche gemacht.

Aber ganz gleich ob Kaufmann oder Künstler, Adliger oder Bauer: Niemand durfte ohne einen Passierschein durch den Mauerring. Wenn eine Verurteilung einen daran hinderte, einen zu erhalten, wurde die Stadt zu einem Gefängnis. Um hinauszugelangen, gab es für Verbrecher, politische Verurteilte und alle anderen, die fliehen mussten, nur eine Lösung: einen Schlepper zu bezahlen, der sie illegal auf die andere Seite bringen konnte.

Arekh und Lionor gingen den Hügel aufs Geratewohl ein wenig hinab, erst zwischen Marktständen hindurch, dann durch ein Labyrinth farbenprächtiger Gassen, die vor Passanten förmlich überquollen; sie spürten, wie ihre Energie neu erwachte.

Lionor schien sich mit jedem Schritt ein wenig mehr aufzurichten und Kraft zu schöpfen. Sie sog den Duft des kochend heißen Tees ein, den fliegende Händler gezuckert und mit Zimt und Pfeffer gewürzt verkauften; sie sah den kleinen Mädchen in bunten, geflickten Kleidern nach, die umherliefen und die Schmuckstücke aus Silber und Steinen funkeln ließen, die sie in den Händen hielten: »Drei Halsketten für nur zehn Reyneser Sians! Nur zehn Reyneser Sians! Kommt nach Hause und bringt die Augen eurer Liebsten für nur zehn Sians zum Leuchten!« Fladen mit dreierlei Zwiebeln, Piment und Tomaten rösteten auf Metallplatten, die auf schmiedeeisernen Füßen über behelfsmäßigen Feuerstellen standen. »Ein Reyneser Sian der Fladen, schöne Dame! Wärmt Euren Körper für nur einen Sian auf! Meine Tochter bereitet die Fladen selbst zu, und sie ist mit fünfundzwanzig Jahren noch Jungfrau, das bringt Glück!« Man musste nur den Kopf heben, um Statuen der Götter, Halbgötter und Helden zu sehen, von denen die Farbe abblätterte, die etwas blasser war als die derjenigen in der Nähe des Ratsgebäudes. In diesen volkstümlichen Vierteln hatten die Bewohner weniger Geld.

Weiter oben lagen andere Türme, die nur vier oder fünf Stockwerke hoch waren, aber immer noch ausreichten, Lionor zu beeindrucken, die stolperte, weil sie die Augen nicht von den Metallspitzen abwenden konnte, die auf den Dächern befestigt waren – Spitzen, die in den Himmel aufragten und mit ihren metallenen Voluten Arabesken und Schutzrunen formten und ebenso sehr zur Ehre der Götter wie als Blitzableiter dienten.

Ein Trupp von dreißig Reitern galoppierte über den Markt; die schwarz-silbernen Rüstungen erinnerten die Menge, die sich dort drängte, daran, dass an der Grenze der Krieg tobte. In der Nähe eines kleinen Tempels fand eine Trauerfeier für dreißig Gefallene statt – allesamt Rekruten. Klageweiber hatten die rituellen Gesänge angestimmt, und Lionor blieb einen Moment lang stehen, um eine junge, schwangere Frau zu beobachten, die weinend einen kleinen, kaum zweijährigen Jungen an sich drückte. Die Brust der jungen Frau hob und senkte sich ruckartig; ihr ganzer Körper schien vor Schmerz zu wogen. Arekh zog sacht an Lionors Arm, um sie wegzuführen; es trafen Werber ein, die in rot-schwarzer Uniform vor der Menge flammende Reden hielten, um junge Männer zu drängen, sich zu verpflichten. Noch weiter entfernt sahen sie, dass jemand unbeholfen einen der blutigen Sterne an die Wand gemalt hatte, die für die Geschöpfe des Chaos standen. Sicher war es nur ein Kinderstreich, aber er zog doch aufgeregte und leicht verstörte Schaulustige an.

Die Adresse, die Arekh erhalten hatte, gehörte zu einem Brot- und Lebensmittelgeschäft unterhalb eines Turms. Der Laden führte so tief ins Gebäude hinein, dass man hätte glauben können, er sei in Fels gehauen. Er war eher ein Korridor als ein echtes Ladenlokal, ein kaum zwei Schritt breiter Gang, an dessen Ende Fladen und Gewürzsäcke aus Baumwolle von minderer Qualität willkürlich auf Holzregalen verteilt zu sein schienen.

Warum hätte sich jemand an diesen finsteren, übelriechenden Ort vorwagen sollen, um Brot zu kaufen, das man doch frisch und goldbraun an den Marktständen erhalten konnte? Die Antwort verbarg sich im muffigen Geruch und in den Schimmelflecken, die auf den Brotkrusten sichtbar waren. Hierher kamen keine Kunden.

Zumindest nicht, um Brot zu kaufen.

Der Mann, der auf dem Metallstuhl am Ende des »Korridors« saß, war in den Schatten beinahe unsichtbar. Er hatte die Beine übereinandergeschlagen und trug Kleider aus schwarzer Baumwolle; seine Raubvogelaugen beobachteten jeden Schritt, den Lionor und Arekh machten, um zu ihm zu gelangen.

Schließlich blieben sie stehen. Das schlafende Kind regte sich, wimmerte ein bisschen und krümmte sich in den Armen seiner Mutter zusammen. Lionor nahm den Schal ab, um den kleinen, zitternden Körper darin einzuhüllen. Der Temperaturunterschied zwischen den belebten Straßen unter der Herbstsonne und diesem feuchten Erdloch war beträchtlich.

Der Mann sah ihr zu, ohne etwas zu sagen.

»Mas Dravec«, sagte Arekh. »Das ist der Mann, den ich sehen will.«

»In welcher Angelegenheit?«

Die Stimme war ausdruckslos, kalt. Der Blick prüfte und beurteilte sie. Arekh wusste, wonach sie aussahen: nach einem verängstigten Krämerpärchen, das vom Krieg ruiniert war und nun dem Schuldgefängnis zu entgehen versuchte. Ein Pärchen in äußerster Bedrängnis, verzweifelt genug, alles Mögliche zu glauben oder zu tun.

»Wir wollen Reynes verlassen«, sagte Arekh, der keine Lust hatte, in Andeutungen zu sprechen. »Wir brauchen einen verlässlichen Schlepper«, fuhr er in geschäftsmäßigem Ton fort, »und man hat mir gesagt, wir könnten hier einen finden. Stimmt das, oder müssen wir anderswo suchen? Ich habe keine Zeit zu verlieren.«

Arekhs Tonfall überraschte den Mann, der seinen ersten Eindruck wohl noch einmal überdacht hätte, aber ein Blick auf Lionor, ihr verhärmtes Gesicht, ihren verlorenen Blick und den Säugling ließ ihn zu seiner ursprünglichen Verachtung zurückkehren.

»Das kann ich mir vorstellen«, sagte der Mann. »Aber leider sind Mas Dravecs Dienste teuer, und er bietet sie nicht jedem hergelaufenen Kerl an. Ich glaube kaum, dass er sich für Euch interessiert.«

»Aber wir sind … wir brauchen ihn wirklich«, sagte Lionor, bevor Arekh ihr bedeuten konnte zu schweigen.

Lionors Angst und ihr leicht flehender Tonfall ließen die Augen des Mannes vor Belustigung funkeln. »Ich verstehe, meine Schöne, ich verstehe. Glücklicherweise habt Ihr den Richtigen getroffen: Ich kann mich für Euch verwenden. Ich habe auch so ein kleines Kerlchen wie Ihr«, fuhr er fort und wies mit dem Kopf auf das Kind. »Ich kann das nachempfinden. Gebt mir fünfzig Res in neuen Münzen, und ich setze mich bei Mas Dravec für Euch ein. Gebt mir das Geld jetzt und kommt morgen zur selben Zeit mit dem Kleinen wieder, dann werde ich Euch sagen, wie die Verhandlungen verlaufen sind.«

Arekhs Ohrfeige war so heftig, dass der Mann samt seinem Stuhl gegen die Wand des Ladens geschleudert wurde. Der Mann verlor das Gleichgewicht, brach sich den Wangenknochen und riss sich Wangen und Lippen blutig. Er stieß einen heiseren, kurzen Schrei aus wie ein Tier, versuchte dann aufzustehen, öffnete den Mund, um zu rufen, und fand sich mit der geschärften Klinge eines Papiermessers mit dem Wappen von Reynes an der Halsschlagader wieder. Die Rückenlehne des Stuhls war gegen die Wand gekippt; Arekhs Knie drückte dem Mann die Brust und die Lunge zusammen und machte es ihm unmöglich zu atmen.

»Nur ein Schrei oder ein Wimmern, und ich schlitze dir den Hals auf wie einem Ochsen«, sagte Arekh mit gesenkter Stimme. »Es gibt andere Schleuser in der Stadt. Glaub mir, wir brauchen dich nicht unbedingt.« Das war eine Lüge, wie Lionor und er beide wussten. »Wo ist Mas Dravec?«

»Der bin ich«, brachte der Mann trotz des Gewichts heraus, das auf seiner Lunge lastete.

»Was für eine Überraschung. Kann ich Euch jetzt loslassen und die Verhandlung beginnen, oder werdet Ihr uns dann wieder für Dummköpfe halten?«

»Verhandlung«, stieß der Mann hervor.

Arekh ließ ihn los und trat zurück, das Papiermesser noch immer in der Hand. Mas Dravec brauchte einige Dutzend Herzschläge, um sich aus seinem Stuhl zu winden, indem er sich an die Regale klammerte, die unter seinem Gewicht durchbogen. Mit seinem wütenden Blick und dem Blut, das ihm von den Lippen tropfte, erinnerte er an eine zornige Raubkatze, von der eine Art roher Kraft ausging.

»Staatssekretär Salazar schickt mich«, sagte Arekh kalt. »Er hat Euch persönlich als einen vertrauenswürdigen Mann empfohlen – und er wäre sehr enttäuscht, wenn Ihr Euch dieses Vertrauens nicht würdig erwieset, davon bin ich überzeugt.«

Das war eine Lüge ... oder vielmehr die Wahrheit, die bereits vier Jahre alt war. Damals hatte Staatssekretär Salazar Arekh in der Tat Mas Dravec für den Fall empfohlen, dass Ratsherr Im-Ahr einen Schlepper für seine Spione brauchen sollte. Mas Dravec sei der erfolgreichste.

Natürlich erhielt Salazar – wie Arekh damals erfahren hatte – für jeden Kunden, den er schickte, eine Provision.

Mas Dravec wirkte nicht beeindruckt. Er war immer noch zornig, und seine Augen funkelten mordlüstern.

»Ich habe schon ganz andere als Euch kleingekriegt! Salazar deckt mich.«

Also arbeiteten Salazar und Dravec noch immer zusammen. Arekh ließ sich die Erleichterung, die er empfand, in keiner Weise anmerken. »Nur nicht, wenn diejenigen, die Ihr ›kleinkriegt‹, Freunde von ihm sind«, sagte er trocken. »Salazar deckt Euch, weil Ihr ihm nützlich seid; Ihr seid ihm nützlich, weil er Euch seine Verbündeten schicken kann. Wenn Ihr die betrügt oder tötet, ist es mit Eurer Nützlichkeit vorbei.«

»Lasst uns verhandeln«, sagte der Mann, immer noch in gleichermaßen wütendem Ton. Schierer Hass funkelte unter seinen gesenkten Lidern hervor. »Ich weiß nicht, was Salazar Euch erzählt hat, aber die Preise haben sich geändert – sehr geändert. Die Zeiten auch. Im Krieg werden die Sicherheitsmaßnahmen vervielfacht. Ihr wollt hinaus? Tausend Res pro Person, das ist der Preis.«

Trotz dieses Schocks zuckte Lionor nicht mit der Wimper, und Arekh segnete sie im Stillen dafür. Sie wussten beide, welche Summe sie in der Tasche hatten: zweihundertfünfzig Res, die Arekh aus den Geldbeuteln seiner Opfer zusammengerafft hatte.

»Gut«, sagte Arekh mit einer wegwerfenden Gebärde, als ob ihm die Summe keine großen Sorgen machte. Er zog die Börse aus der Tasche und zählte das Geld mit betonter Lässigkeit hin. »Zehn Prozent im Voraus, um den Handel abzuschließen. Wir wollen morgen die Stadt verlassen. Nennt uns einen Treffpunkt; wir werden da sein. Den Rest der Summe bekommt Ihr jenseits der Mauern. Ich muss in weniger als fünf Tagen in Kiranya sein und Salazar von dort aus einen Brief schicken. Wenn es länger dauert, wird er wissen, dass uns etwas zugestoßen ist.«

Mas Dravec lächelte und hob die Hand, als wolle er durch die Wand des Ladens auf den Hügel, das Regierungsviertel und das Ratsgebäude weisen.

»Wenn einer der wichtigsten Männer *da oben* Euch so sehr schätzt, warum müsst Ihr dann so rasch aus Reynes fliehen – und unter so schlechten Bedingungen?«

Arekh trat mit einem boshaften Lächeln an Mas Dravec heran, bis ihre Gesichter nahe beieinander waren. »Die Seelenleser«, sagte er und betonte jede Silbe; zu seiner Befriedigung wurde der Mann blass und musste ein Zurückzucken unterdrücken. »Die Seelenleser sind uns auf den Fersen, Mas Dravec. Wisst Ihr, was das für uns bedeutet – und für Euch? Wenn wir beispielsweise verraten würden und ihnen wieder in die Hände fielen … Glaubt Ihr, dass sie Euch dann für erwiesene Dienste danken würden?«

Mas Dravec starrte ihn an, ohne zu antworten, und Arekh fuhr fort, indem er Laosimbas zischenden Tonfall nachahmte: »›*Die, die das Böse berührt hat, sind auf ewig befleckt* …‹ Diejenigen, die mit dem Bösen Mitleid haben, werden vom Atem des Gottes, dessen Namen man nicht nennt, verderbt; deshalb müssen sie bestraft, gereinigt und geopfert werden, bevor ihr Einfluss sich ausbreiten kann. Ihr habt mich gesehen, Ihr habt sie gesehen.« Er deutete auf Lionor, während der Mann vor ihm zwischen dem Bedürfnis, nicht das Gesicht zu verlieren, und religiöser Furcht hin- und hergerissen war. »Ich habe Euch berührt … Für die Seelenleser wäre das schon zu viel. Wenn Ihr uns verratet, werdet Ihr wie wir unter der Klinge und im Feuer unter dem Ratsgebäude sterben, damit Ihr von dem scheußlichen Verbrechen gereinigt werdet, uns nahe gewesen zu sein. Es ist genauso in Eurem Interesse wie in unserem, dass wir ihnen nicht wieder in die Hände fallen.«

Arekh trat zurück. Es befriedigte ihn zu sehen, wie Lionor den Blick senkte, um ein amüsiertes Aufblitzen zu verbergen. Dann wurde der zerbrechliche Körper des Kindes plötzlich von einem neuen Hustenanfall geschüttelt, und sie zog sich ein wenig zurück, um es zu wiegen.

Mas Dravec streckte die Hand aus. Arekh gab ihm die zweihundert Res.

»Morgen, vor den Säulen des westlichen Murufer-Tempels. Tausend Res dann. Die restlichen achthundert, wenn ihr draußen seid.«

»Sehr gut. Bis morgen«, sagte Arekh mit einem knappen Nicken, nahm Lionor beim Ellbogen und zog sie ins Licht.

An jenem Abend ging Arekh auf die Jagd.

Lionor wartete in dem Gasthauszimmer auf ihn, in dem er sie zurückgelassen hatte. Sie hatte gegessen, eine gute, warme Mahlzeit mit einem Krug Wein. Die Wirtin hatte auch Trockenfrüchte und Birnen auf das Tablett gelegt. »Das ist gut für die Milch, junge Dame! Ihr seid so mager! Euer Mann muss Euch mehr zu essen geben – eine Frau, die stillt, muss schließlich satt sein!«

Das Kind war nach dem letzten Stillen eingeschlafen, aber es gelang Lionor nicht, selbst ebenfalls einzuschlummern. Die Energie und Freude, die sie durchströmt hatten, als sie die Stadt durchquert hatte, waren verschwunden.

Mas Dravecs Laden hatte beides verschluckt – wie eine eisige Mahnung, sich auf die Wirklichkeit zu besinnen.

Sie beugte sich aus dem Fenster, betrachtete die Stadt unter den Sternen, die eiligen Passanten, die über das Pflaster des kleinen Platzes hasteten. Tausendachthundert Res, die sie vor dem nächsten Morgen auftreiben mussten. Arekh hatte ihr nicht gesagt, wie er vorgehen würde. Wollte er in ein reiches Viertel schleichen und Passanten ausrauben, bis er die gewünschte Summe zusammenhatte? Oder in ein adliges Anwesen eindringen, um etwas – was nur? – zu rauben?

Und was, wenn er nicht zurückkehrte? Lionor war findig, aber sie hatte weder Geld noch Waffen und kannte die Stadt nicht. Wenn die Seelenleser sie fanden, sie und das Kind …

Sie betrachtete ihren schlafenden Sohn, seine mageren Händchen, sein fahles Gesicht.

Bist du das alles wert, Marikani? Bist du mein Leid wert? Oder seines?

Der Gedanke fuhr ihr wie ein Blitz durch den Kopf, und Lionor war selbst überrascht, welchen Hass sie kurz empfand. Plötzlichen, heftigen Hass.

Und auf einmal war ihr kalt, und sie begann zu zittern und zu schluchzen, während sie noch immer am Fensterbrett stand.

Am Nachthimmel war E-Lâ oberhalb des Sternzeichens Miâ angekommen, das mit seinen sieben Sternen noch vor einigen Monaten die Rune der Fruchtbarkeit gebildet hatte. Aber Aês, der südlichste Stern der Rune, war am Tag des Großen Opfers wie so viele andere vom blauen Leuchten der Explosion des türkisfarbenen Sterns ausgelöscht worden, als Ayesha die Hand zum Firmament gehoben hatte.

Durch den Verlust des einen Sterns hatte die Rune eine andere Form bekommen. Am Vorabend ihrer Verhaftung durch die Männer aus Reynes hatte einer von Lionors Reisegefährten, ein junger Student, der hoffte, dereinst als Priester Verella dienen zu können, ihr erklärt, dass die Sterne nun die Rune Siâ bildeten.

Siâ bedeutete »der Abgrund«.

Arekh kehrte drei Stunden vor der Morgendämmerung zurück, und Lionor drehte sich zu ihm um. Sie war durchgefroren, da sie weder die Kraft noch das Bedürfnis gehabt hatte, sich zu bewegen oder auch nur das Fenster zu schließen. Er warf mit ausdruckslosem Gesicht einen dicken Geldbeutel auf den Tisch.

Ein metallisches Klirren ertönte.

Lionor sah wortlos zu, wie er seine schwere, metallbestickte Lederjacke auszog – eine Jacke, die er noch nicht getragen hatte, als er gegangen war – und sich, wie von Mattigkeit übermannt, aufs Bett fallen ließ.

»Lasst uns die Nacht zusammen verbringen.«

Sie hatte gesprochen. Sie war es gewesen, die gesprochen hatte, das bemerkte sie erst einige Augenblicke später, während ihre Worte noch im Raum standen und Arekh ihr langsam den Kopf zuwandte.

»Was?« Er zögerte. »Natürlich teilen wir uns … das Zimmer. Es ist besser, wenn wir uns nicht trennen.«

Lionor trat zitternd und frierend an ihn heran. Sie hatte sich nicht mehr in der Gewalt, wie ihr plötzlich bewusst wurde – sie hatte weder ihre Gefühle noch ihre Worte noch ihre Tränen unter Kontrolle.

»Mir ist so kalt. Ich will nicht allein schlafen. Ich will nicht … ich brauche … ich brauche Trost«, sagte sie und kam noch näher, obwohl sie sich bewusst war, wie hohl und dumm ihre Worte klangen, als wären sie schon zu oft von zu vielen Mündern ausgesprochen worden.

Aber sie konnte nicht denken oder argumentieren. Sie hatte nur dieses Bedürfnis, drängend, verzehrend, von einem lebendigen, warmen Körper umschlungen und geliebt zu werden, um den Abgrund da draußen in Schach zu halten. Sie setzte sich aufs Bett und legte Arekh den Kopf auf die Schulter, aber er schob sie sanft beiseite.

»Euch ist nur aus Müdigkeit so kalt. Ihr solltet schlafen.«

Sie beharrte, strich ihm mit der Hand über die Brust, wollte sprechen, beinahe betteln. Aber sie war zu erschöpft, die richtigen Worte zu finden. Arekh stand auf, umfasste ihre Handgelenke und sah sie mit einer gewissen Zärtlichkeit an. »Ich kann nicht. Es tut mir sehr leid.«

Lionor musterte ihn verständnislos und fragte dann heiser: »Ihretwegen? Ist es das? Ihretwegen?«

Arekh ließ ihre Handgelenke los und schlug eine Bettdecke zurück. »Ich glaube schon. Ihr solltet schlafen«, wiederholte er, brachte sie dazu, sich auszustrecken, und deckte sie zu. Aber Lionor schlief nicht vor Sonnenaufgang ein; sie blieb mit offenen Augen liegen und starrte durchs Fenster das bläuliche Licht an, das das Firmament erhellte.

KAPITEL 10

In den Kavernen befanden sich ungefähr zweihundert Menschen.

Mas Dravec und seine Männer hatten die Verabredung eingehalten. Das Geld hatte den Besitzer gewechselt, und Lionors Befürchtungen zum Trotz hatten weder Dravec noch seine Leute versucht, sie zu ermorden, um ihnen den Rest der Summe abzunehmen. Mas Dravec hatte eher besorgt gewirkt: Sein Gesicht war angespannt gewesen. Es hatte, wie er den beiden Flüchtlingen erklärt hatte, Änderungen gegeben. Änderungen bei der Bewachung der Stadtmauern. Drei Schlepper waren getötet worden. Sie würden erst etwas verspätet aus der Stadt gelangen können.

Lionor und Arekh waren ins »Vorzimmer« geführt worden.

In die Kavernen.

Dort warteten mehr als zweihundert Männer, Frauen und Kinder: Mas Dravecs Kunden, die ebenfalls darauf hofften, die Stadt zu verlassen.

Zuerst hatten Lionor und Arekh an einen Betrug geglaubt, aber die anderen hatten sie eines Besseren belehrt. Manche Familien waren in der Tat dank dieses

Netzwerks aus Reynes hinausgelangt: Verwandte und Freunde hatten Briefe erhalten, die darauf hindeuteten, dass sie gut angekommen waren. Doch aufgrund der verstärkten Sicherheitsmaßnahmen hatte sich die Lage Stück für Stück verschlechtert. Die Gefahr war jetzt größer. Mas Dravec hatte die Häufigkeit der Schleusergänge verringert und seine Preise erhöht; er kümmerte sich nur noch um diejenigen, die einen Aufschlag auf die schon gezahlte Summe aufbringen konnten. Die anderen konnten nur warten.

Manche harrten schon seit über zwei Monaten in diesen feuchten Höhlen aus. Der Ort war ein wahres Labyrinth. Die Kavernen waren mit den Abwasserkanälen und mit noch älteren Tunneln verbunden, die irgendwo im Dunkeln verschwanden.

Wenigstens gab es reichlich zu essen. In einer Nebenhöhle lagerten Mehlsäcke. Sie hatten Schmugglern gehört, derer sich Mas Dravec und seine Männer entledigt hatten, als sie sich hier eingenistet hatten. Eine kleine Quelle sprudelte über die Felsen.

Aber die Moral sank, und die hygienischen Bedingungen waren fürchterlich.

»Wir müssen hier weg«, flüsterte Arekh Lionor nach dem dritten Tag dessen zu, was offiziell noch keine Gefangenschaft war. »Wir können nicht abwarten. Sonst werden wir … Sie werden uns hier vergessen.«

Das war nicht das, was er hatte sagen wollen, aber Arekh wusste nicht, wie er seinen Gedanken ausdrücken sollte. Er hatte weniger Angst vor Mas Dravec und seinen Männern als vor sich selbst – vor *ihnen* selbst. Diese Höhle und die feuchten Steine erinnerten zu sehr an ihre Zelle. An diesem Ort einzuschlafen und aufzuwachen und diesen besonderen Geruch der Feuchtigkeit und Hoffnungslosigkeit zu riechen, würde sie wieder in den Zustand versetzen, in dem sie sich in den Verliesen des Ratsgebäudes befunden hatten.

Wenn wir zu lange hierbleiben, werden wir verrückt, dachte Arekh.

Er stand auf und sah sich zum hundertsten Mal um. Seinen Berechnungen nach mussten sie sich unter dem fünften Hügel von Reynes befinden, nicht weit von der nördlichen Stadtmauer entfernt. Das ehemalige Schmugglerversteck bestand aus drei großen Höhlen und einer Reihe kleinerer, in denen Nahrungsmittel und Fässer lagerten. Nur ein Gitter aus wurmstichigem Holz versperrte den Ausgang – ein Gitter, das Schlägen nicht lange standhalten würde.

Aber die Flüchtlinge versuchten nicht zu gehen. Sie hatten bezahlt und hofften, dass Mas Dravec sein Versprechen halten würde. Wohin hätten sie auch gehen sollen? Die Abwasserkanäle, die unter den wohlhabenderen Vierteln verliefen, hätten sie nur ins Herz der Stadt zurückgeführt. Und die Tunnel ... die Tunnel waren dunkel und gefährlich. Niemand wusste, wohin sie führten oder aus welcher Epoche sie stammten.

Arekh ging zwischen den Grüppchen hindurch, um zu Lionor zurückzukehren, machte einen Bogen um Bündel, Truhen und schlafende Kinder. In der Menge, die wartend auf dem Boden hockte, gab es viele blonde Köpfe – während des Aufstands am Tag des Großen Opfers waren Tausende von Sklaven entkommen und hatten sich versteckt. Die meisten waren in den ersten Wochen aufgespürt und getötet worden, aber manche hatten fliehen können. Andere hatten sich monatelang in der Stadt versteckt, bevor sie sich an einen Schleuser gewandt hatten, um Reynes unauffällig zu verlassen. Wie hatten sie bezahlt? Sicher zumeist mit gestohlenem Geld. Andere hatten gewiss Hilfe erhalten. Arekh musterte eine Frau mit fast durchsichtiger Haut und hellblondem Haar, die einen kleinen, braunhaarigen Jungen an sich gedrückt hielt. Arekh musste sie nicht erst anhören, um ihre Geschichte zu kennen. Wie so viele Sklavinnen war sie von ihrem Herrn geschwängert worden. Aber das sagte noch nicht, wie dieser Mann sich ihr gegenüber verhalten hatte: liebevoll, grausam, mitfühlend, gewalttätig? Immerhin hatte er sie und den gemeinsamen Sohn am Tag des Großen Opfers gerettet; er hatte ihr den Schlepper bezahlt.

Das war mehr als das, was viele andere getan hatten.

Diese Sklaven hier zu sehen – zwischen den verarmten Kaufleuten, vom Krieg in Angst und Schrecken versetzten Familien oder politischen Oppositionellen, die den Rest der Flüchtlinge bildeten – war … seltsam. Männer und Frauen vom Türkisvolk, die neben freien Menschen saßen, sich um dieselben Feuer drängten, das Mehl miteinander teilten … Trotz allem, was er wusste und erlebt hatte, machte Arekh der Anblick nervös. Seine Reaktion ergab keinen Sinn, das wusste er. Was hätte er nicht darum gegeben, Marikani und Non'iama hier mit ihnen am Feuer sitzen zu sehen? Was hätte er nicht unternommen, um sie lebendig und glücklich hier zu haben, mit ihnen zu essen, zu reden?

Und dennoch …

Dennoch verschwanden Jahrtausende der göttlichen Gesetze, der Kultur und Erziehung nicht einfach so.

Vier weitere Tage vergingen, und Mas Dravec erschien

nicht wieder. In den vorangegangenen Wochen war der Rhythmus, in dem er Flüchtlinge in die Freiheit geführt hatte, langsamer geworden, aber wenigstens war er immer noch dann und wann gekommen, um Neuigkeiten zu erzählen, die Reichsten zu beruhigen und Geld zu fordern.

Jetzt nicht mehr.

Seine Abwesenheit hob die Moral der Flüchtlinge nicht gerade.

Sie waren nicht ganz sich selbst überlassen. Fünf Männer wechselten sich bei der Bewachung des Gitters ab. Nach dem Verschwinden ihres Herrn wurden sie von den verängstigten Flüchtlingen mit Fragen bestürmt. Fragen, auf die sie zunächst beruhigend antworteten, dann leicht gereizt und schließlich gar nicht mehr. Am dritten Tag verschanzten sie sich hinter dem Gitter und blieben dort; sie lehnten jegliches Gespräch ab.

Einen Tag später wollten zwei Familien die Kavernen verlassen.

Mas Dravecs Männer weigerten sich, sie durchzulassen.

Die Familien zogen sich zurück, ohne zu beharren, und es geschah nichts, was nicht wiedergutzumachen gewesen wäre, aber die Botschaft war klar: Sie waren wirklich gefangen.

»Wir müssen weg«, flüsterte Lionor am folgenden Morgen. »Wir müssen weg! Wenn ich noch länger hierbleibe, dann werde ich …«

Sie schwieg, aber Arekh wusste, was sie sagen wollte. Sie brauchten Sonne und Licht, oder sie würden austrocknen … Ihr Geist würde austrocknen. *Und auch das Kind wird sterben*, dachte Arekh mit Blick auf den Kleinen, der immer blasser und schwächer wirkte. Wenigstens hustete er nicht mehr.

Einen halben Tag später hatten sie einen Plan gefasst. Arekh hatte sich der Hilfe sieben weiterer Flüchtlinge versichert. Es waren kräftige Männer darunter: zwei ehemalige Sklaven, ein Familienvater, der sich Sorgen um die Gesundheit seiner kleinen Tochter machte, und zwei Männer, die behaupteten, Händler zu sein, die Arekh aber für Söldner, Diebe oder Schmuggler hielt. Damit waren sie ideal für diese Aufgabe geeignet.

Die Taktik war einfach. Venina, die Verlobte eines der »Händler«, würde Mas Dravecs Wachen so nahe wie möglich ans Gitter locken und ihnen ihre Reize im Gegenzug für die Erlaubnis, hinauszugehen, anbieten. Ob die Männer annahmen oder nicht, spielte keine Rolle. Das Mädchen musste sie nur dazu bringen, das Gitter zu öffnen, so dass Arekh und die anderen sie würden überrumpeln können.

Wenn die Männer das Gitter nicht öffneten, würden sie auf den Ersatzplan zurückgreifen, das Gitter aufbrechen und ihre Kerkermeister niedermetzeln.

»Warum behalten sie uns hier?«, fragte Lionor, während die Verschwörer sich nahe an der Wand zusammenscharten. »Wenn sie uns nicht durch den Mauerring bringen können, warum lassen sie uns nicht einfach gehen? Sie haben unser Geld doch schon.«

»Manche haben noch etwas«, sagte Arekh und wies auf die Flüchtlinge ringsum. »Geld, das Mas Dravec ihnen sicher noch abpressen will. Und wenn wir hinauskämen, könnten wir sie verraten, falls wir verhaftet werden. Vielleicht glauben sie, dass die Situation sich noch ändern könnte, dass sie andere Schleuser und neue Methoden finden …«

»Und wenn nicht?«

»Dann werden sie sich sicher entschließen, sich unserer zu entledigen«, sagte Arekh. »Das ist die vernünftigste Lösung. Sie würden unseren Leichen das Geld abnehmen.«

Lionor nickte und wich dann ein paar Schritte zurück, um dem Schauspiel zuzusehen.

Einige Schritte von Arekh entfernt machte Venina sich bereit: Sie kämmte sich das lange schwarze Haar und öffnete halb ihre Bluse. Nach dem langen Aufenthalt in den Kavernen waren weder ihre Haare noch ihre Kleider sehr sauber, aber solch ein kleiner Schönheitsfehler würde Mas Dravecs Männer schon nicht abschrecken.

Venina trat an das Gitter heran und wiegte ein wenig theatralisch die Hüften. Die junge Frau hatte ihr Publikum wohl richtig eingeschätzt; zwei Gestalten näherten sich sofort dem Gitter. Venina legte eine Hand aufs Gitter, beugte sich vor …

Und das Gitter öffnete sich, um Pier durchzulassen.

Arekh war verblüfft; die Männer an der Wand blieben unsicher stehen. Seit Tagen war kein neuer »Kunde« mehr gekommen, und mit seinen luxuriösen Gewändern, seinem Priesterkragen und seinem gedankenverlorenen Blick hatte Pier nichts mit den übrigen Flüchtlingen gemein. Venina sah Arekh an; er hob die Hand und bedeutete ihr zurückzutreten. Die Männer zogen sich langsam vom Eingang zurück und musterten den Neuankömmling.

Pier ging mit einem Lächeln auf den Lippen quer durch die Höhle geradewegs auf Arekh zu, ohne auch nur einen Moment lang zu zögern.

»Arekh«, sagte er und verneigte sich. »Ich freue mich, Euch wiederzusehen. Wisst Ihr, dass Ihr gar nicht so leicht zu finden wart?«

Arekh war zu überrascht, um zu reagieren. Pier musterte ihn einen Augenblick, bemerkte sicher die Narben in seinem Gesicht und auf seinen Armen und seinen abgemagerten Körper; dann schüttelte er den Kopf. »Ich habe schon Schlimmeres gesehen.«

»Wie …« Arekh legte Pier die Hand auf die Schulter; er traute seinen Augen immer noch nicht. »Pier … Was macht Ihr hier?«

Lionor kam neugierig näher heran und blieb einige Schritte von dem Priester entfernt stehen; sie musterte ihn argwöhnisch. Arekh fing den Blick eines der »Händler« auf und gab ihm das vereinbarte Zeichen, den Plan zu unterbrechen.

Die sieben Komplizen zerstreuten sich, warfen aber misstrauische Blicke auf Pier.

»Wer ist das?«, fragte Lionor und trat an Arekhs linke Seite.

»Ehari Mar-Arajec, nehme ich an?«, sagte Pier und vollführte eine höfische Verneigung. »Ich bin entzückt, Euch endlich kennenzulernen.«

Lionor antwortete nicht, sondern sah Arekh an; er wies mit dem Kinn auf Pier. »Pier ist … ein Freund«, sagte er, selbst erstaunt darüber, dass er diesen Begriff verwendete. »Er arbeitet in den Bibliotheken des Ratsgebäudes und war eine Zeitlang Botschafter bei den Shi-Âr von Salmyra. Er hat mich rekrutiert, als ich dort in den Krieg gezogen bin.«

»Das ist eine Falle«, sagte Lionor eisig.

»Nein«, erwiderte Arekh schlicht. »Pier«, fuhr er leise fort, »erklärt Euch – schnell. Wir sind … Sagen wir es so, die Situation könnte uns rasch entgleiten.«

Pier sah sich zum ersten Mal um; sein kurzsichtiger

Blick blieb an den Wachen, den Männern, die ihn beobachteten, und an der zögernden Venina hängen. »Dies ist kein sicherer Ort«, verkündete er schließlich und schob den Zwicker zurück in die Hemdtasche. »Ihr hättet nie mit Mas Dravec verhandeln dürfen. Er ist nicht vertrauenswürdig.«

Arekh versuchte, nicht allzu gereizt zu klingen. »Es freut mich, dass Ihr uns davon in Kenntnis setzt. Was hätten wir ohne diese Information nur getan?«

Pier lächelte leicht. »Ihr könnt jetzt gehen. Ich habe für Eure Abreise und die der Ehari Mar-Arajec bezahlt.«

Arekh runzelte die Stirn und sah sich dann zögernd um. »Warum ...«

»Ihr werdet zu Ayesha stoßen«, sagte Pier. »Nicht wahr?« Arekh schwieg. »Ich will Euch begleiten. Ich habe Männer ... achtzig Nâlas aus dem Emirat unter Amîn Eh Maharoud. Erinnert Ihr Euch?«

Der Name war Arekh vertraut, aber er hatte zu viel erlebt, und Wörter und Gesichter vermischten sich in seinem Verstand. Er runzelte die Stirn, suchte. »Essin.«

»Ja, Essin. Euer Adjutant in Salmyra. Amîn ist sein Bruder. Die Familie Maharoud will sich Manaîn, dem Neffen des Emirs, nicht beugen. Die meisten Adligen haben sich ihm angeschlossen, aber das Haus Maharoud ist in mütterlicher Linie mit einem Zweig des Herrscherhauses verwandt, der demjenigen, dem Manaîn entstammt, schon immer feindlich gegenüberstand. Im vierundzwanzigsten Jahrhundert hat die älteste Tochter des ...«

»Pier!«, unterbrach ihn Arekh.

»Gut, gut. Amîn und seine Männer verweigern Manaîns Befehle – und die aus Reynes. Sie wollen gegen die Sakâs kämpfen, aber unter anderer Führung. Etwa unter der

Ayeshas. Das Problem ist nur der Empfang, der ihnen bereitet werden wird. Aufgrund der angespannten Beziehungen zwischen Ayashinata Marikani und dem Emirat … Ayesha hat naturgemäß gute Gründe, misstrauisch zu sein, und wird Reitern des Emirs noch viel mehr misstrauen.« *Ayashinata* Marikani. Der alte Titel klang in Arekhs Ohren seltsam. Es war so lange her, dass er ihn zuletzt gehört hatte. »Aber wenn *Ihr* sie führt, wird sie Euch anhören. Sie brauchen einen Anführer. Ihr habt bei den Männern des Emirats einen eindrucksvollen Ruf und …«

Lionor unterbrach ihn mit einer Handbewegung. »Die Gründe spielen keine Rolle. Ihr könnt uns hier herausholen? Dann lasst uns gehen.«

Arekh sah zögernd die Flüchtlinge ringsum an.

»Perfekt«, sagte Pier. »Ich weiß, wie ich Euch durch den Mauerring bringen kann. Amîns Männer warten vierzig Meilen nordöstlich von hier, in der Nähe der Stadt Males. Es sind auch Fußsoldaten dort … ein paar hundert, die genaue Zahl kenne ich nicht. Offiziell gehören sie der regulären Armee an, aber ein alter Schwur bindet sie an die Familie Maharoud, schon seit dem Fall von …«

»Pier.«

»Ich fasse mich kurz! Fußsoldaten. Weiter weg. Hundert Meilen von hier. Sie stoßen später zu uns.«

»Wie habt Ihr uns gefunden?«, begann Arekh, aber Lionor unterbrach sie erneut: »Später! Lasst uns gehen. Jetzt«, sagte sie und nahm den Schal ab, den sie um den Hals getragen hatte, um das Kind einzuhüllen.

Pier drehte sich um und trat einen Schritt auf das Gitter zu.

Arekh sah noch einmal die Flüchtlinge an. »Nein.«

Pier zog eine Flasche aus der Tasche, nahm einen Schluck und reichte sie dann Arekh. Dieser trank und spürte, wie der Alkohol ihn wärmte; er ließ in seinem Mund einen Nachgeschmack von Kräutern und Honig zurück.

Sie saßen allein im hinteren Bereich der Höhle, mit dem Rücken an den Felsen gelehnt.

»Ich kann ihre Freiheit nicht erkaufen«, sagte Pier und musterte die Familien, die auf dem Boden saßen. »Ich habe nicht das nötige Geld, und selbst wenn ich es hätte – sie würden sofort bemerkt werden. Zweihundert verhärmte Menschen, die alle gesucht werden, Frauen und Kinder, die plötzlich aus den Abwasserkanälen kommen? Und die Sklaven?«, fuhr er fort, indem er auf die junge blonde Frau und ihr Kind deutete. »Sie würden keine drei Schritte weit kommen, bevor man sie tötet!«

Arekh seufzte und ließ den Kopf gegen die Wand sinken. Schließlich begann er zu lachen. »Pier«, sagte er, »noch einmal von Anfang an. Beginnt noch einmal neu! Was tut Ihr hier? Wie habt Ihr uns gefunden? Diese Geschichte von den Reitern …«

»Oh, die ist wahr«, sagte Pier und schloss die Flasche wieder. »Vertraut Ihr mir etwa nicht?«, fügte er gekränkt hinzu.

»Ich vertraue Euch«, sagte Arekh. »Aber da ist noch mehr. Nicht wahr?«

Pier nickte. »Da ist noch mehr.«

Arekh lachte erneut. »Ein Teil von mir kann immer noch nicht glauben, dass Ihr hier seid, an meiner Seite … Wir waren gerade dabei, unsere Flucht vorzubereiten, und plötzlich taucht Ihr aus dem Nichts auf, um mit erschreckender Selbstverständlichkeit irgendetwas von Fußsoldaten zu erzählen. Ich bin mir nicht sicher ob …« Arekh machte eine angewiderte Gebärde. »In der Zelle hatte ich Halluzinationen. Ich habe noch immer Schwierigkeiten, wahr und falsch voneinander zu trennen. Manchmal frage ich mich, ob Lionor und ich nicht noch dort sind. Ob ich nicht alles geträumt habe.«

»Das ist ein klassisches Phänomen«, sagte Pier und entkorkte die Flasche erneut. »Die Verbindung mit der Wirklichkeit wird bei Gefangenen, die zu lange eingesperrt sind, sehr dünn. Im Jahre 938 hat der Hohepriester von Reynes Experimente mit zweihundert kiranyischen Gefangenen angestellt. Nach drei Jahren Gefangenschaft in völliger Dunkelheit konnte nur noch ein Drittel von ihnen Traum und Wirklichkeit auseinanderhalten.«

»Was für ein lustiges Experiment. Die Priester von Reynes haben einen anderen Sinn für Humor als ich. Vielleicht verstehe ich mich deshalb nicht mit Laosimba.«

»Aber das hier ist kein Traum«, beharrte Pier und reichte Arekh die Flasche, nachdem er selbst getrunken hatte. »Ihr seid entkommen, das kann ich Euch bestätigen. Die Wachen der Ratsversammlung haben tagelang nach einem Zugang in den siebten Hof des Verbotenen Gartens gesucht. Sie haben sogar die Archive nach den alten Grundrissen durchstöbert. Dann ist der Krieg ausgebrochen, und sie haben beschlossen, dass Ihr tot sein müsstet. Dass Ihr, selbst wenn Ihr den Sturz überlebt hättet, gestorben sein müsstet, vor Hunger und Durst, eingesperrt auf dem kleinen Hof. Euer Tod ist offiziell in den Akten vermerkt worden.«

»Ich fühle mich geehrt. Aber es gab einen Zugang. Eine kleine Tür«, sagte Arekh. »Mit dem geheiligten Zeichen der Gärtner des Fîr versehen. Sie war nicht verriegelt und führte zu einer Treppe, über die man in den Keller des Tempels gelangt …«

»Oh, ich weiß.«

Arekh drehte sich zu Pier um, der lächelte. »Ihr wisst das?«

»Natürlich. Erinnert Ihr Euch an die Parnati-Legenden? An die Geschichte vom Goldenen Vogel, der im Verbotenen Garten eingesperrt ist?«

Arekh war schwindlig. Er stellte die Flasche ab. »Pier, ich weiß noch nicht einmal, wovon Ihr sprecht.«

»Diese Stadt wird noch einmal am Bildungsmangel zugrunde gehen!«, knurrte Pier. »Das sind Kindergeschichten, die vor tausend Jahren verfasst wurden. Sie erwähnen sehr deutlich die heiligen Gänge der Gärtner in den Kellern der Tempel des Ratsgebäudes rings um den Verbotenen Garten. Als ich diese Texte wiedergefunden habe, habe ich begriffen, dass es eine ganz kleine Chance gab, dass Ihr überlebt hattet. Ich habe mich gefragt, wohin Ihr wohl gegangen wärt. Und dann ergab sich eines aus dem anderen.«

»Wirklich?«

»Natürlich.« Pier wirkte amüsiert. »Im-Ahrs Schreibzimmer war ein erster Hinweis. Ich habe Spuren Eures Aufenthalts dort gefunden. Danach musste ich nur den wichtigsten Schleuserbanden Geld bieten, um zu erfahren, an wen Ihr Euch gewandt hattet. Der fünfte Versuch hat zum Erfolg geführt.«

»Warum? Die Wahrheit, Pier!«

»Es war meine Idee«, sagte der Priester. »Meine Initiative. Ich habe … Freunde.«

»Die Art von Freunden, die imstande sind, einen Bibliothekar wie Euch zum Botschafter beim Hohen Rat von Salmyra zu machen?«

»Ja. Die Art von Freunden. Der neue Hohepriester von Reynes ist zwar einflussreich, aber nicht alle Mitglieder der Ratsversammlung sind mit seinen Entscheidungen einverstanden. Und … Arekh …« Piers Gesicht war plötzlich ernst. »Ist Euch bewusst, dass Ihr die einzige mögliche Verbindung zwischen Reynes und Ayesha seid?«

Arekh dachte über die Frage nach, versuchte vorauszusehen, was Pier sagen würde und was dieses Gespräch zu bedeuten hatte. »Verläuft der Krieg so schlecht?«, fragte er schließlich.

Pier sah ihn über seinen Zwicker hinweg an und begann dann, die Brillengläser zu putzen. »Ich fürchte ja.«

Ein kleiner blonder Junge lief an ihnen vorbei, drehte sich dann um und schnitt Pier eine fürchterliche Grimasse, bevor er wegrannte.

Pier sah wieder die Flüchtlinge an. »Die Sklaven«, murmelte er und musterte noch einmal die junge blonde Frau und ihr Kind. »Wenn Ihr mit ihnen ankommt … wenn Ihr sie bis zu Ayesha führt … Das würde vielleicht dabei helfen, Euch anzuhören. Aber wir müssen erst einmal hier raus.« Er sah zu den Tunneln hinüber.

Arekh schüttelte den Kopf. »Ich habe auch schon darüber nachgedacht, aber sie sind garantiert verbarrikadiert, spätestens auf Höhe der Mauern. Die Schleuser würden nicht so gut bezahlt werden, wenn jeder einfach unter der Erde durchkommen und flüchten könnte.«

»Oh, das sind sie«, sagte Pier sanft. »Verbarrikadiert, meine ich. Aber es gibt weitere Tunnel. Tiefere. Ältere. Ihr glaubt mir vielleicht nicht, aber ich denke, dass es ein ganzes Netz von Gängen gibt, das den Osten des Kontinents bis an die Berge durchzieht. Gänge, die älter sind als das Alte Kaiserreich.«

Arekh dachte an die Löwenköpfe, die in den Stein der Tunnel in den Bergen gehauen waren. »Ich glaube Euch.«

»Ich kenne Zugänge«, sagte Pier leise. »Einstiege, von denen nur alte Bibliothekare wie ich wissen, die jahrelang Zeit hatten, in den Archiven zu stöbern. Wenn Ihr wollt ...«

»Wir gehen alle zusammen«, sagte Arekh und wies auf die Flüchtlinge. »Nicht nur die Sklaven.«

Pier nickte. »Alle. Danach schließt Ihr Euch in Males Amîns Reitern an. Ich stoße dann später in Kiranya zu Euch.«

»Sehr gut.«

»Ihr seid die einzige Verbindung«, wiederholte Pier.

»Verstanden.«

Die Armee von Sleys, die über die Bergstraße hätte kommen sollen, war von zwei Sakâs-Horden in die Zange genommen worden. Gilas es Maras erhielt diese Nachricht zu spät. Also wurden die Verbündeten völlig überrumpelt, als statt der erwarteten Verstärkung die Sakâs auf der Straße über ihnen auftauchten.

Ein Steinhagel und ein Regen siedenden Öls gingen von der Brücke herab auf die Männer aus Reynes nieder, die in Panik gerieten, während ein weiterer Trupp Sakâs von Osten angriff und sie zum Rückzug zwang. Harrakin und Gilas gaben sofort die nötigen Befehle und sorgten dafür, dass ihre panischen Männer sich sammelten, aber die Sakâs begannen bereits herabzuströmen.

»Ich gehe«, sagte Manaîn. Und mit hundert seiner

Männer begann er mit gezogenem Schwert, die Stufen hinaufzusteigen, um ihren Rückzug zu decken.

Während Harrakins Männer nach Osten eilten, um sich zum Großen Kreis, nach Reynes, zurückzuziehen, warf Harrakin einen letzten Blick auf das Gemetzel, das sich auf der Treppe abspielte. Manaîn, seine Männer und die Sakâs waren mitten auf den Stufen aufeinandergetroffen. Die Leichen der Männer des Emirs und der Sakâs fielen Seite an Seite. Verwundete schrien auf, wenn sie das Gleichgewicht verloren und in den Abgrund stürzten.

Manaîn war einer der ersten, der starb.

Kapitel 11

Der Sakâs-Krieger trat auf Non'iama zu und warf ihr ein Stück gebratenes Fleisch hin.

»Morgen«, sagte er.

Das Fleischstück war in die Glut gefallen und begann zu verkohlen. Das kleine Mädchen, das am Feuer saß, machte keine Bewegung, um es zu ergreifen. Stattdessen warf sie nur einen gleichgültigen Blick darauf, als hätte sie keinen Hunger, als zöge sich ihr Magen nicht schon beim bloßen Anblick des Essens zusammen. Dann hob sie den Blick zu dem Krieger – er hieß Nôs –, der, die Arme in die Hüften gestemmt, wartete.

Sie starrte ihn mit ihren blauen Augen an, bis Nôs unbehaglich den Blick senkte.

»Was, ›morgen‹?«

»Morgen siehst du den König.«

Non'iama zuckte nicht mit der Wimper. »Wenn ich will.«

Nôs musterte sie einen Moment lang, als wolle er etwas erwidern, entfernte sich dann aber ohne ein weiteres Wort.

Non'iama blieb unbeugsam, reglos und hoch aufgerichtet sitzen; sie widerstand der Versuchung, sich auf das

Fleisch zu stürzen. Sie musste sich stark zeigen. Das war ihre einzige Chance. Die Sakâs respektierten sie, weil sie sich weder Angst noch Schwäche anmerken ließ. Sie war eine »Hâman«, wie Nordos zu ihr gesagt hatte, als er sie ins Lager geführt hatte. Eine Hâman der Ayesha.

Das Wort bezeichnete eine Mischung aus Priesterin und Zauberin. Die Sakâs glaubten, dass Non'iama Ayesha diente und von ihr wundersame Kräfte erhielt. Sie hatten sie weder gefesselt noch in Ketten gelegt, und sie durfte sich im Lager frei bewegen. Aber alle starrten sie an. Sie ließen sie nicht aus den Augen, die Krieger des Lagers ebenso wenig wie die kaum halbwüchsigen Jugendlichen, die zwischen den Zelten umherrannten, um Suppe zu verteilen, oder die hart dreinblickenden Frauen, die den Truppen folgten. Sie bereiteten die Mahlzeiten zu; manche befriedigten auch andere Gelüste der Soldaten. Diese Frauen waren ebenfalls Hâman – Hâman der Ka-Rel-Vela. Um der Göttin zu huldigen, streckten sie sich nackt am Feuer aus, nachdem sie eine große Schale mit frischem Wasser aufgestellt hatten. Die Soldaten, die es wünschten, konnten sie dann einfach besteigen. Seit ihrer Ankunft hatte Non'iama fasziniert das Schauspiel dieser groben, gewalttätigen, animalischen Sexualität beobachtet, die nicht weit von ihr entfernt ausgelebt wurde. Manchmal schlugen die Soldaten die Hâman, und diese schrien und flehten, aber anscheinend war es ein ungeschriebenes Gesetz, dass eine bestimmte Grenze nicht überschritten werden durfte, denn die Frauen kamen immer mit einigen blauen Flecken davon. Wenn sie müde wurden und keine Lust mehr hatten zu feiern, hoben sie die Hand, und der Soldat ging. Im Anschluss wuschen sie sich langsam mit dem Wasser aus der Schale.

Danach näherte sich ihnen kein Sakâs mehr, und sie richteten erst während der nächsten Feier wieder das Wort an einen Mann.

Als Non'iama eine Hâman gebeten hatte, ihr von Ka-Rel-Vela zu erzählen, hatte die Frau die Hand zu den Sternen gehoben, um auf E-Lâ, den zweiten Mond, zu deuten. Danach hatte sie irgendetwas von »Tochter« und »Geburt« gesagt.

»Die Tochter der Lâ? Aber Lâ hat nur eine Tochter – Verella!«, hatte Non'iama erstaunt eingewandt.

Die Hâman hatte genickt. »Ja. Verella. Ich bin Hâman Ka-Rel-Vela. Du bist Hâman Ayesha«, hatte sie gesagt und Non'iama den Finger auf die Brust gelegt. »Blut. Der Gott, dessen Namen man nicht nennt. Der Abgrund.«

Das Wort »Abgrund« klang seltsam aus dem Mund dieser Frau, deren Wortschatz sehr beschränkt wirkte. Aber sie wiederholte dasselbe Wort, als Non'iama sie darum bat. Non'iama war selbst nicht ganz sicher, ob sie verstand, was der Begriff in diesem Zusammenhang bedeutete. Sie hatte sich eine bruchstückhafte Bildung angeeignet, indem sie ihren Herren gelauscht hatte, wenn sie im Empfangszimmer gearbeitet oder bei Tisch serviert oder sich im Schulzimmer um das kleinste Kind gekümmert hatte, während der Priester den ältesten Sohn der Familie in Dichtkunst und Geschichte unterwies.

Die Hâman hatte gelacht, als sie Non'iamas fragendes Gesicht gesehen hatte. Sie hatte beide Hände gehoben, die Finger gespreizt und sie dann aneinander herangeführt, so dass sie sich verschränkt hatten, verknüpft wie die Fäden eines Teppichs. »Alles hängt zusammen«, hatte sie lächelnd gesagt, und Non'iama hatte wieder über die Klarheit ihrer Worte gestaunt. Sicher erhielten die Hâman ein gewisses Maß an religiöser Unterweisung, bevor sie ihre Kunst ausüben konnten.

Die Hâman hatte dem kleinen Mädchen liebevoll die Hand auf die Schulter gelegt und leise hinzugefügt: »Alles ist mit allem verbunden.«

Da hatte sich ein kleiner Junge auf Non'iama gestürzt, um sie zu schlagen. Die Hâman war seine Mutter, und er war eifersüchtig auf die Aufmerksamkeit, die sie Non'iama geschenkt hatte. Non'iama hatte ihm den Ellbogen ins Gesicht gerammt, dann beide Hände gehoben und einen Sprechgesang angestimmt, den sie erfunden hatte. Die List hatte gewirkt. Der kleine Junge war entsetzt geflüchtet, während die Hâman fröhlich gelacht hatte.

Das Feuer glomm weiter, und die Glut war sehr heiß; wenn Non'iama noch lange wartete, würde das Fleischstück verbrennen. Sie sah sich um. Auf der anderen Seite des Feuers lachten und scherzten drei Männer miteinander, die sich den Inhalt einer Feldflasche teilten, der nach würzigen Kräutern und schlechtem Wein roch. Non'iama hob einen Stock auf und spießte dann mit verächtlicher Gebärde, als sei sie von der Qualität der Gabe nicht überzeugt, das Fleisch auf und hob es auf Augenhöhe. Nachdem sie es einige Sekunden mit angeekelter Miene betrachtet hatte, biss sie hinein. Ein Bissen, dann der nächste, immer mit gleichgültiger, hochmütiger Miene.

Morgen siehst du den König.

In dieser Nacht schlief sie schlecht.

Am folgenden Morgen war die Dämmerung wunderschön: Der Himmel war blutfarben und golden. Non'iama erwachte zur gleichen Zeit wie die Krieger, und während schon die ersten Suppen in den Kesseln köchelten, lieh sie sich die Waschschüssel der Hâman und füllte sie an der

Quelle im Süden des Lagers mit frischem Wasser. Zurück an ihrem Feuer wusch sie sich langsam von Kopf bis Fuß. Sie sparte nur die Haare aus, da sie wollte, dass sie weiter wild wie eine Mähne um ihren Kopf abstanden. Nachdem sie sich abgetrocknet hatte, holte sie die Châ-Steine und das Ölfläschchen aus dem Beutel. Sie zerkleinerte die Steine und rührte die Paste an. Dann bemalte sie äußerst sorgfältig ihre rechte Gesichtshälfte, ihre rechte Hand und ihr rechtes Bein mit funkelndem Türkisblau, während einige Sakâs und zwei Hâman sich um sie scharten, um ihr zuzusehen. Danach schüttete sie das schmutzige Wasser weg, füllte die Schale erneut mit Quellwasser und nutzte die Wasseroberfläche als Spiegel, um sich die Raubtiermaske aufs Gesicht zu malen.

»Ich bin die Hâman der Ayesha«, sagte sie leise, als sie fertig war; dann wandte sie sich den Beobachtern zu und hob beide Hände zum Himmel. »Hâman Ayesha! Hâman Ayesha!«

Die Männer zerstreuten sich flüsternd, und Non'iama wartete hoch aufgerichtet darauf, dass man sie zum König führen würde.

Gegen Mittag kam Nôs, um sie zu holen. Die Sonne hüllte die wilden, schmutzigen Krieger, die behelfsmäßigen Zelte und die zerlumpten Kinder in einen goldenen Schimmer. Nôs ging vor ihr her; Non'iama folgte ihm, immer noch sehr aufrecht, und warf allen finstere Blicke zu, die es wagten, sie anzusehen. Sie durchquerten das Lager und gingen dann über eine felsige Freifläche, auf der die Sakâs in Dreiergruppen patrouillierten. Danach stiegen sie einen Hügel hinauf, von dessen Kuppe aus Non'iama ein grünes, fruchtbares Tal sah; in der Ferne lagen Häuser und Bauernhöfe, aus deren Dächern dichter schwarzer Rauch aufstieg. Sie begegneten Reitertrupps, die lachend miteinander plauderten und Säcke voll Beute bei sich hatten. Einer der Männer hatte eine braunhaarige Frau, die nackt war und schrie, vor sich über den Sattel geworfen.

Schließlich erreichten sie ein weiteres Lager, das größer als das erste war. Hier hielten sich mehr Menschen auf engem Raum auf. Non'iama und Nôs kamen an einer Feuerstelle vorbei, aus der prasselnde, züngelnde Flammen bis auf doppelte Mannshöhe emporloderten. Soldaten und Hâman tanzten darum herum und sangen Lieder zu Ehren Hâls. Daneben lagen Leichen – ein Berg von toten Männern, Frauen und Kindern, die übereinandergehäuft waren. Non'iama ging daran vorüber, ohne den Blick abwenden zu können. Einer der tanzenden Sakâs packte den Leichnam eines kleinen Jungen und schleuderte ihn wie ein Holzscheit in die Feuerstelle.

Nôs drehte sich zu dem kleinen Mädchen um und lächelte. »Die Welle des Feuers verzehrt die Lande, und die Feinde der Sakâs brennen und krümmen sich!« Non'iama starrte ihn wortlos mit eisigem Blick an. Nach einigen Augenblicken wandte Nôs sich verlegen ab und deutete dann auf ein Fass. »Warte dort.«

Non'iama setzte sich schweigend hin. In einiger Entfernung befand sich ein Kreis aus grauen und beigefarbenen Zelten; dort unterhielten sich Krieger angeregt miteinander und lachten, als beglückwünschten sie sich zu einem nicht lange zurückliegenden Sieg. Ein Trupp von fünfzig Reitern traf ein; sie wurden von den Hâman und den Männern wie Helden empfangen. Endlose Gespräche und unaufhörliche Lobreden folgten.

Stunden vergingen.

Nôs war verschwunden, und niemand bot Non'iama etwas zu essen oder zu trinken an.

Die Reiter brachen wieder auf.

Das Licht des Nachmittags wurde immer goldener und schöner, während neben Non'iama die Hâman einen Leichnam nach dem anderen auf die Feuerstelle warfen. Der Gestank des verbrannten Fleisches reizte Non'iamas Hals, aber sie durfte nicht die Fassung verlieren; ihr Leben hing davon ab. So blieb Non'iama sehr aufrecht sitzen, während Wind und Rauch mit ihren blonden Haaren spielten.

In den Kesseln wurde das Abendessen aufgesetzt. Der Nachmittag neigte sich dem Ende zu.

Ein Krieger kam vorbei; er biss in ein gebratenes Kaninchen. Bratensaft und Fett tropften ihm aus dem Mund.

»Folge mir«, sagte Nôs, der aus dem Rauch hinter ihr auftauchte.

Wortlos folgte Non'iama ihm erneut, und gemeinsam traten sie in den grauen Zeltkreis.

Durchquerten ihn.

Erreichten die andere Seite.

Ein Einschnitt öffnete sich in dem Hügel. Nôs und Non'iama stiegen den Abhang hinab. Am Grunde des winzigen Talkessels stand ein purpurnes Zelt, dessen leuchtende Farbe vom Braun der Felsen und den verwaschenen Kleidern der Krieger abstach.

Vor dem Zelt befanden sich ein Baldachin und Teppiche. Non'iama schritt darüber hinweg, ohne etwas zu sagen, und fragte sich, ob sie in den hübschen bunten Mustern wohl Blutflecken erspähen könnte, die von den Vorbesitzern herrührten.

Nôs hob den Teppich, der den Zelteingang verschloss, und bedeutete Non'iama einzutreten. Dann ließ er den Teppich hinter ihr fallen und zog sich zurück.

Das kleine Mädchen drehte sich um und sah den König der Sakâs vor sich.

Er stand mit einem Pergament in der Hand am Ende des Zelts und blickte sie an. Er war ein junger Mann von kaum dreißig Jahren, schlank, muskulös und glattrasiert. Er hatte kurz geschnittenes Haar und funkelnde schwarze Augen. Er trug eine braune Leinenhose, ein weißes Hemd und einen scharlachroten Gürtel.

Der Zeltboden war von Teppichen bedeckt; darauf standen ein Holztisch, Stühle und ein kleiner, intarsienverzierter Schreibtisch. Und Bücher. Viele Bücher, die sich auf dem Boden stapelten.

Non'iama verneigte sich nicht, grüßte nicht. Sie beschränkte sich darauf, den König anzusehen, der ihren Blick erwiderte. Ein unendlich langer Moment verging, während sie sich gegenseitig musterten.

Dann legte der König sein Pergament auf den Schreibtisch. »Bist du eine kleine Wilde? Wenn ja, dann wirst du mir nicht im Geringsten von Nutzen sein.«

Die Stimme war hart, aber kultiviert. So kultiviert, wie Non'iama schon lange keine mehr gehört hatte. Die Aussprache und der Satzbau hätten auch von Arekh oder vom Sohn ihrer Herren in Sarsan stammen können. Nur zwei Sätze – aber es waren die eines Mannes, der bei einem Hauslehrer Rhetorikstunden erhalten und sich auszudrücken gelernt hatte.

»Ich bin keine Wilde«, sagte Non'iama ruhig. Sie deutete auf die Bücher. »Allerdings kann ich weder lesen noch schreiben.«

»Das ist nicht schlimm, wenn du zu verstehen verstehst.«

»Ich habe genug verstanden, um bis heute zu überleben.«

Sie lächelte, und zu ihrem Erstaunen erwiderte der König ihr Lächeln.

Sein Lächeln war offen und amüsiert, beinahe verschwörerisch. »Gut. Ich warne dich, keine Spielchen mit mir! Keine Gesänge und Flüche, kein ›Ayesha schützt mich‹. Beim ersten Unfug schlage ich dir den Kopf ab.«

Non'iama sah sich um und bemerkte das schlichte, stählerne Schwert, das auf einem Stuhl lag.

»Einverstanden.«

»Kennst du Ayesha? Persönlich? Oder hast du gelogen, um meinen Männern Angst einzujagen? Sprich ohne Furcht. Wenn du gelogen hast, werde ich es dir nicht zum Vorwurf machen. Aber ich muss es wissen.«

»Ich habe nicht gelogen. Ich bin mit Ayesha und ihrem Gefährten Arekh es Morales durch die Wüste gewandert, von Salmyra bis Nôm. Ich war am Tag des Großen Opfers bei ihr. Ich habe sie den Arm heben sehen; ich habe den Stern explodieren sehen.«

Der König musterte Non'iama einen Moment lang und setzte sich dann, ohne das Kind aus den Augen zu lassen. Auf seinem Gesicht zeichneten sich keine Zweifel ab, sondern eher … Neugier, wie Non'iama begriff. Verzehrende Neugier, gieriger Wissensdurst.

»Du hast gesehen, wie sie den Arm gehoben hat, und dann ist der türkisfarbene Stern explodiert? In dem Moment? Genau in dem Moment?«

»Ja.«

»Wie heißt du?«

»Non'iama.«

»Bist du dir dessen sicher, Non'iama?« Der König stand auf und ging im Zelt auf und ab. »Ayesha ist allein zum Altar von Nôm gegangen und hat sich den Priestern entgegengestellt. Ich habe genug Zeugenaussagen gehört, um das bestätigt zu finden. Aber vielleicht ist der Stern schon vorher explodiert, oder ein paar Stunden später, oder nur in derselben Nacht …«

»Nein«, widersprach Non'iama. »Ich war da. Ich habe gesehen, was passiert ist.« Sie runzelte die Stirn. »Ich verstehe nicht ganz. Jeder kennt diese Geschichte …«

»In der Tat. Aber nur, weil eine Geschichte sich in den Königreichen herumspricht, muss sie noch nicht wahr sein, Mädchen. Ich schaffe selbst Legenden. Ich weiß, wie man das bewerkstelligt.« Er seufzte. »Die Sterne haben ein Eigenleben, weißt du das? Die Astrologen von Reynes haben das schon immer gewusst. Die Sterne leben und sterben wie wir. Dieser Stern hatte vielleicht das Ende seines Lebens erreicht – vielleicht war es an der Zeit für ihn zu sterben. Wenn dann in derselben Woche eine junge Frau einen Sklavenaufstand anzettelt, reicht das für den menschlichen Verstand aus, eine Verbindung herzustellen. Deshalb wollte ich wissen, ob beides wirklich genau im selben Augenblick geschehen ist. Augenzeugen sind kostbar. Und selten. Es sei denn …« Die Augen des Königs schienen durch Non'iamas Hautschichten zu blicken, um hinter die Bemalung und die Maske zu spähen. »Es sei denn, sie lügen.«

Das kleine Mädchen senkte den Blick nicht.

»Sehr gut«, sagte der König, der sie noch immer musterte. »Wir werden sehen, ob du aufrichtig bist. Erzähl mir deine Geschichte. Von deiner Geburt bis zu deiner Begegnung mit Ayesha und der Nacht des Großen Opfers. Bis zu deiner Ankunft hier. Ich will alles wissen.«

Non'iama erzählte. Der König wandte den Blick nicht von ihr ab, unterbrach sie bei allem, was widersprüchlich wirkte, um ihr knapp zu befehlen, sich zu erklären. Er hielt sich bei absurden oder alltäglichen Einzelheiten auf, stellte Fragen, die Non'iama spontan beantwortete – oder auf die sie im Gegenteil keine Antwort wusste.

Als sie schwieg, nickte der König. »Ich glaube dir«, sagte er. »Und das wirft leider mehr Fragen auf, als es beantwortet. Wenn Ayesha den Stern hat sterben lassen, dann ist sie jemand, mit dem man rechnen muss. Es sei denn, die Götter hätten sie nur dieses eine Mal benutzt, so dass sie jetzt keine Bedeutung mehr für den Großen Plan hat. Es sei denn, es gibt keine Götter, und irgendetwas anderes geht hier vor.«

»Alles ist miteinander verbunden«, wiederholte Non'iama das, was die Hâman gesagt hatte.

Der König zuckte mit den Schultern. »Solche Sätze sind zugleich zutiefst wahr und völlig nutzlos. Du hast vielleicht vergessen, womit ich dir eben gedroht habe. Beim nächsten Mal schlage ich dir eine Hand ab – und du wirst beide brauchen, um nützlich zu sein.«

»In welcher Hinsicht kann ich Euch nützlich sein?«, fragte Non'iama in leichter Abwandlung des Satzes, den ihre Großmutter immer gesagt hatte, wenn einer ihrer Herren die Küche betrat.

»Ayesha wird dich wiedererkennen. Vertraut sie dir?«

»Ja. Und ich werde sie nicht verraten«, sagte Non'iama und richtete sich stolz auf.

Der König erhob sich und trat auf sie zu. *Er ist schön*, begriff Non'iama. Er war ein schöner junger Mann mit geschmeidigem Körper und funkelndem Blick. Bei den Bällen, die sie manchmal miterlebt hatte – sei es, wenn sie Essen aufgetragen hatte, sei es, wenn sie kauernd durch den Spalt einer Dienertür gespäht hatte –, wären die jungen Mädchen in ihren eng anliegenden Kleidern erschauert, wenn er vorübergekommen wäre.

Der König führte eine Hand hinter den Rücken und zog einen langen Dolch aus dem Gürtel; mit der Spitze stach er dem kleinen Mädchen erst in die Mitte der Stirn, dann auf beide Wangenknochen, bis drei Blutstropfen auf der türkisfarben bemalten Haut erschienen. »Du würdest unter der Folter alles Mögliche tun – wie jeder. Aber das ist nicht das Problem. Wenn ich dich zwingen würde, sie zu verraten, würdest du eine sehr schlechte Verräterin abgeben, da es gerade deine Aufrichtigkeit ist, die mich interessiert. Du wirst Ayesha eine Botschaft bringen. Die Botschaft wird aus zweierlei bestehen: aus einem von mir geschriebenen und eigenhändig unterzeichneten Brief und aus dir. Aus deinem Zeugnis. Du wirst sagen, dass du mich getroffen hast, was ich dir gesagt habe, was ich mit dir getan habe. Ich habe kein Siegel – warum sollte sie Unbekannten glauben, die behaupten, von mir zu kommen? Das könnte eine Falle sein. Dir aber wird sie glauben.«

»Was werdet Ihr ihr sagen?« Non'iama biss sich auf die Lippen und bedauerte ihre Frage.

Aber der König wirkte nicht gekränkt. Er schob den Dolch wieder in den Gürtel und setzte sich an den Schreibtisch. »Ich benutze Papier aus Reynes«, sagte er und zog ein Blatt aus einer Rolle hervor. »Ayesha soll keine Verschwörung dahinter vermuten – ich habe mir nur einiges davon mitgebracht, als ich nach Hause zurückgekehrt bin, um den Platz meines Vaters einzunehmen.« Er tunkte seine Feder ins Tintenfass und begann zu schreiben. »Was werde ich ihr sagen? Nun, ich werde ihr natürlich ein Bündnis vorschlagen. Ich werde ihr vorschlagen, mir zu helfen, Reynes zu zerstören.«

Der Satz hing einen Moment lang in der Luft; er klang im Zelt nicht lauter als das Kratzen der Feder über das Papier.

Reynes zu zerstören.

Non'iama wurde schwindlig. Sie hatte lange gestanden und seit dem Vorabend nichts mehr gegessen.

Reynes.

Sie konnte vielleicht nicht lesen und schreiben, aber es gab manche Dinge – wie die Göttersagen, die Legenden, die Geschichten, die Religion und die Gesetze –, die man nicht erst lernen musste. Man wusste einfach darum. Von einem gewissen Alter an kannte man sie, weil sie in der Luft lagen, die man atmete, die Sätze durchzogen, die man hörte. Sie lasteten auf Gesprächen, auf der ganzen Gesellschaft. *Reynes.* Auch wenn Non'iama nie auch nur in die Nähe der Stadt gelangt war und sicher auch nie dorthin kommen würde, wusste sie, wie mächtig und bedeutend Reynes war.

Und plötzlich hatte sie eine Vision – ihre erste Hâman-Vision, ihre erste Vision als Zauberpriesterin der Ayesha. Die Bilder und die Anspannung der letzten Tage, der Hunger, die Übermüdung – alles vermischte sich, und sie sah es: das Feuer, die brennenden Leichen, die sich wie ein Lavastrom über Täler, Städte, Landstraßen und Dörfer ergossen ... Die Gesichter von Nordos, Brus und Nôs verschwammen, vermischten sich mit denen der Reiter bei den Zelten, mit den fettigen, blutigen Lippen des Mannes, der in sein Kaninchen gebissen hatte, als er ihr beim Feuer begegnet war. Ihr Atem wurde keuchend, ihre Augen brannten, alles drehte sich in ihrem Kopf, und als sie sprach, war sie nicht mehr ganz sie selbst.

»*Nein.*«

Der König der Sakâs legte seine Feder hin und drehte sich dann um. Er hatte die Veränderung in ihrem Tonfall und im Klang ihrer Stimme gehört.

Er musterte Non'iama, und das kleine Mädchen trat einen Schritt auf ihn zu und fühlte sich von einer besonderen Kraft getragen: der Kraft des Blaus, das sie auf dem Gesicht trug, der Kraft der Raubkatzen. Ayeshas Kraft.

»Nein. Das dürft Ihr nicht. Reynes darf nicht fallen«, sagte sie mit Worten, die nicht ganz die ihren waren. Aber vielleicht hatte sie sie einst gehört, in Gedichten oder Erzählungen? »Die Stadt wird nicht fallen.«

Kurz herrschte Schweigen im Zelt, während der König sie musterte. »Also spielst du schließlich doch noch die Hâman, Kleine. Wenn das nicht nur eine geschickte Verstellung ist … Gut. Ist das ein Befehl oder eine Prophezeiung? Ich halte nicht viel von Befehlen.«

»Ihr werdet sterben«, sagte Non'iama, aber sie spürte, wie die Kraft und die Vision sie verließen.

Der König sah sie mit seinem durchdringenden, ironischen Blick an, und sie spürte, wie eine Woge des Hasses sie übermannte. Sie konnte und wollte jetzt nicht schweigen, sie wollte ihm etwas ins Gesicht schleudern, ganz gleich, welche Folgen das haben würde. »Ihr werdet sterben«, stieß sie rasch hervor, nur noch von Zorn und dem Wunsch getrieben, ihm wehzutun. »Ihr werdet sterben! Ein Stein wird Euch den Kopf zerschmettern, und Euer Blut wird den Boden beflecken! Ihr werdet vor Schmerz schreien, und Eure Feinde werden lachen. Bei der Macht Ayeshas – sie werden *lachen*!«

Sie hatte dieses letzte Wort herausgeschrien, und ein Soldat steckte den Kopf durch den Zelteingang, um zu sehen, ob alles in Ordnung war. Der König gab ihm ein Zeichen, und er zog sich wieder zurück.

»*Und in jedem Zyklus*«, sagte er leise, »*werden die Sakâs die Länder und ihre Könige, ihre Städte und ihre Söhne hinwegfegen, um dann in einer Welle von Flammen zurückzuströmen, denn so will es der Kreis des Lebens. Was aufsteigt, wird fallen, und die Zerstörung geht dem Neubeginn voraus.*«

Er hatte mit ruhiger, heiterer Stimme gesprochen. Non'iamas Beine zitterten heftig, vor Wut, Hass und Angst.

»Ich habe in Reynes viel gelernt, Kleine«, sagte der König sanft. »Im Jahre 437 nach Ayona haben die Weisen beim Konzil von Baryna eine interessante Theorie aufgestellt, bevor sie als Häretiker gefoltert und getötet wurden: Sie behaupteten, dass Worte unsere Wirklichkeit weben, und nicht umgekehrt. Sie sagten, dass Vorhersagen genau so funktionieren: Sobald die Worte ausgesprochen sind, verbünden sich die Menschen mit dem gesamten Universum, um sie in die Tat umzusetzen … Das habe ich an der Universität gelernt«, fügte er mit einem kleinen Lächeln hinzu. »Mein Vater war zwar ungebildet, aber seine Philosophie unterschied sich gar nicht so sehr von der des Konzils. Er glaubte, dass man einfach beschließen muss, dass eine Prophezeiung Wirklichkeit wird. Man muss handeln.« Er lächelte. »Der Zyklus wird mit einem König geboren und stirbt mit ihm. So ist es schon immer gewesen. Als die Orakel verkündeten, dass ich dieser König sein würde, hat mein Vater mich nach Reynes geschickt. Um den Feind besser kennenzulernen. Um zu handeln.«

Non'iama fiel keine Antwort darauf ein, und der König der Sakâs schrieb weiter. Eine Weile verging, während er, Zeile um Zeile, beinahe zwei Seiten schrieb. Dann rollte er die Blätter zusammen und schob sie in ein kleines Röllchen, das er Non'iama reichte. »Das Ayesha-Volk marschiert auf Kinshara zu«, sagte er. »Meine Soldaten werden dich so lange wie möglich begleiten. Danach musst du dich allein durchschlagen. Finde Ayesha und gib ihr den Brief.«

Kapitel 12

»Da bewegt sich etwas im Gras«, sagte Arekh.

Die drei Reiter hatten am Hang auf halber Höhe des Hügels haltgemacht. Arekh und Amîn ritten auf fuchsroten Pferden aus dem Emirat beiderseits von Lionor, die auf einer ruhigeren Stute saß. Das Kind war in einen Umhang eingewickelt vor den Bauch der jungen Frau gebunden.

Hinter ihnen folgte die lange Reihe der Flüchtlinge, umringt von den Nâlas.

»Im Gras?«, flüsterte Lionor. »Wo?«

Die Welt ringsum war grün und grau. Die Sonne war vor zwei Stunden aufgegangen, aber ihre Strahlen ertranken in einem Universum aus feuchtem Nebel und Kälte. Kein Baum war in Sicht, nur ein Meer von abgerundeten Hügeln, die dicht mit langen, biegsamen Gräsern von blaugrüner Farbe bewachsen waren. Gras, so weit das Auge reichte. Gras, auf dem der silbrige Nebel einen perlmuttfarbenen Raureifschimmer hinterließ. Der Weg, dem sie folgten, war hier die einzige Spur menschlichen Lebens.

Amîn schloss lauschend die Augen. Dann öffnete er sie wieder und suchte die gespenstische Landschaft ab. »Ich sehe nichts«, sagte er schließlich.

Stille senkte sich herab. Hinter ihnen waren die Flüchtlinge ebenfalls stehen geblieben. Die Nâlas waren auf der Hut.

Wind kam auf, ließ die Spitzen der Grashalme wie die Oberfläche eines Sees erzittern, und legte sich wieder.

Lionor erschauderte. Unmöglich zu sagen, ob vor Furcht oder vor Kälte.

Arekh lauschte noch immer.

»Bei allem Respekt, Aida«, sagte Amîn mit gesenkter Stimme. »Ich glaube, Ihr täuscht Euch.«

Arekh reichte Amîn die Zügel und stieg vom Pferd. »Ich täusche mich nicht.« Er drehte sich zu Lionor um. »Reitet zurück. Ins Innere der Gruppe«, sagte er und deutete auf die Flüchtlinge.

»Ich …«

»Sofort.«

Lionor warf ihm einen bösen Blick zu, wendete aber ihr Pferd. Nach kurzem Nachdenken bedeutete Amîn dreien seiner Reiter, sich an die Spitze des Zuges zu setzen.

Arekh trat mit gezogenem Schwert einen Schritt ins hohe Gras. Dann noch einen. Die Stille war so tief, das Gras so hoch … Er hatte den Eindruck, in ein tiefes, dunkles Meer einzudringen, in dem bleiche Geschöpfe schwammen, die sich jeden Augenblick auf ihn stürzen konnten, um ihn zu verschlingen … Er schritt durch eine Savanne, in der ihm lautlos Raubkatzen entgegenschlichen …

Er machte noch einen Schritt …

Und mit einem durchdringenden Brüllen stürzte sich die erste Raubkatze auf ihn.

Arekh hörte irgendwo hinter sich Lionor schreien, dann Amîn Alarm geben; darauf folgten die entsetzten

Schreie der Flüchtlinge und die Befehle der Nâlas. Im Nebel schien alles ineinander überzugehen: Alles vermischte sich zu einer Folge seltsamer Bilder. Das leuchtend blaue Gesicht des Raubtiers. Die beiden kurzen Dolche, die auf Arekhs Brust niederfuhren, die geschmeidigen, raschen Hiebe der anderen Raubkatzen, die rings um ihn aus dem Nichts auftauchten. Arekh wehrte die Dolche ab, schleuderte sein Schwert nach vorn und spaltete das Gesicht der ersten Raubkatze, die mit einem sehr menschlichen Schrei zusammenbrach. Dann wirbelte er herum, stieß eine weitere Raubkatze aus dem Weg und wich noch einem Hieb aus, während der Blutschwall des Mannes, den er getötet hatte, gar nicht enden wollte und die blauen Gesichter und silbrigen Gräser scharlachrot bespritzte. Und plötzlich bestand alles nur noch aus Abwehr und Gegenangriff, stählernen Klingen und feixenden blauen Gesichtern. Arekh schlug rechts und links um sich, schnitt, tötete, während ringsum halb erstickt vom Nebel Schreie, Hufgetrappel, Wiehern, das Aufeinanderprallen von Schwertern und das dumpfe Brechen von Knochen ertönten.

Arekh führte im Zurückweichen einen letzten Hieb. Er setzte einen Fuß auf die Straße, und die Umgebung wurde heller, als hätte der Nebel nur auf ein Zeichen gewartet, sich zu verziehen. Die Raubkatzen ... die Raubkatzen waren natürlich nur Menschen, Menschen mit blonden Haaren und blau bemalten Gesichtern: Es waren kaum zwanzig gewesen, und die Nâlas metzelten gerade die letzten nieder. Drei blaue Männer flohen nach Norden; der letzte von ihnen, ein Verwundeter, war nur wenige Schritte von Arekh entfernt. Arekh sprang ihm nach und hastete den Hang hinauf, während der Mann, der spürte, dass er verfolgt wurde, seinen unbeholfenen Lauf beschleunigte. Blut strömte ihm aus Schenkel, Arm und Brust. *Er wird ohnehin nicht lange überleben*, dachte Arekh, als er auf seiner Höhe angekommen war, sprang und drückte den Mann zu Boden. Die Raubkatze wälzte sich, zog den Dolch und führte einen raschen, verzweifelten Stoß gegen Arekhs Kehle. Arekh konnte gerade noch ausweichen. Er presste die Hände des Mannes zu Boden und schrie: »Wer hat dich geschickt? Wo kommst du her?«

Der Mann mit dem blauen Gesicht und der Raubkatzenbemalung lachte nur; dann wehrte er sich mit überraschender Heftigkeit, so dass Arekh ihn beinahe losgelassen hätte.

»Wer …«

»*Ayesha!*«, schrie der Mann, als sei es ein Kriegsschrei, bäumte sich ein letztes Mal auf, bekam die rechte Hand frei, stieß ein letztes Mal zu und streifte Arekhs rechte Schulter. Arekh reagierte instinktiv und schlug ihm mit aller Kraft gegen den Kopf.

Das Genick des Mannes brach mit einem dumpfen Knacken, und er sackte tot zusammen.

Arekh stand langsam auf und musterte das türkisfarbene Gesicht.

Dann drehte er sich um und sah die Leichen, die im hohen Gras verstreut lagen.

»Scheiße«, murmelte er, während Amîn mit einem triumphierenden Lächeln auf den Lippen auf ihn zutrat. »Scheiße.« Er versetzte einem Stein einen wütenden Fußtritt und eilte dann den Hang hinab auf sein Pferd zu. »Wir müssen hier weg«, erklärte er, als er an Amîn vorbeikam. »Schnell!«

Die Reiter, die sie als Kundschafter vorausgeschickt

hatten, meldeten bei ihrer Rückkehr, dass sich fünf Meilen entfernt ein Dorf befand. Der Ort war verlassen – wie überall im Westen hatte die Furcht mehr Einwohner in die Flucht getrieben, als die Sakâs getötet hatten.

Die Flüchtlinge legten die Strecke umringt von den Reitern im Laufschritt zurück. Der nächste Angriff konnte jederzeit erfolgen. Wenn die zwanzig Männer Späher gewesen waren, würde die Haupttruppe nicht lange auf sich warten lassen. Die Männer, die hatten fliehen können, würden berichten, zu wievielt sie waren und wie sie organisiert waren.

Der nächste Angriff würde nur ein Ziel haben: zu töten.

Und die Raubkatzen würden, erzürnt über den Tod ihrer Freunde, kaum verhandlungsbereit sein.

Arekh hatte zwei Nâlas, die sich freiwillig gemeldet hatten, als Unterhändler nach Norden vorausgesandt, um vor dem Angriff alles zu erklären. Die beiden Reiter waren nicht zurückgekehrt, und Arekh hatte beschlossen, nicht noch das Leben eines dritten zu riskieren. Jeder Mann war wertvoll. Die Ayesha-Krieger hatten die beiden sicher noch nicht einmal herankommen lassen. Sie hatten sie zweifellos aus der Ferne mit Pfeilschüssen getötet, ohne auf ihre verzweifelten Gebärden zu achten.

Reiter des Emirs. Sie waren der Feind schlechthin.

Drei Stunden später erreichten die Flüchtlinge das Dorf. Arekh seufzte erleichtert, als er sah, wie die Familien in das Labyrinth aus kleinen Steinstraßen liefen. Die Situation war alles andere als ideal, aber der Ort würde sich leichter verteidigen lassen. Sie begannen sofort, Barrikaden zu errichten und sich auf einem winzigen Platz oben im Dorf zu verschanzen, zu dem nur drei enge Gässchen führten, die leicht zu bewachen waren. Frauen, Jugendliche und diejenigen Männer, die zu alt zum Kämpfen waren, schleppten Balken, Pflastersteine, zurückgelassene Fässer und alle Möbelstücke heran, die sie finden konnten, um den Kriegern beim Aufschichten der Barrikaden zu helfen.

Die Nacht brach an. Arekh und Amîn ließen Fackeln an den Hausecken entzünden.

Die Flüchtlinge warteten zusammengedrängt unter drei hundertjährigen Akazien in der Nähe des Brunnens.

Die Stunden vergingen, und die Kälte begann sich herabzusenken.

Der Angriff erfolgte abrupt.

Die Männer, die auf den Hausdächern postiert waren, hatten kaum Zeit, einen Warnruf auszustoßen: Plötzlich strömten von den nahe gelegenen Hügeln ganze Horden herab. Zweihundert, vielleicht gar dreihundert schreiende Männer mit blauer Haut und verzerrten Gesichtern rasten die Hänge hinunter und dann die drei Straßen herauf. Sie mussten sie aufhalten; sie mussten verhandeln, das war die einzige Chance, wie Arekh begriff. Aber die Männer, die er in den Straßen aufgestellt hatte, um sie abzufangen, und die die Hände zum Zeichen des Waffenstillstands erhoben hatten, kamen nicht dazu, auch nur ein Wort zu sagen: Sie wurden von der Horde hinweggefegt und verschwanden in der Menschenmasse.

Die Raubkatzen waren zu zahlreich. Sie würden sterben, erschlagen von Kriegern der Frau, der sie sich anschließen wollten.

Arekh hatte nicht einmal mehr die Zeit, die Ironie der Situation auszukosten: Die Barrikaden waren bereits fast gefallen.

Er sprang auf die erste Barrikade – das Schwert in einer Hand, eine Fackel in der anderen – und versuchte, die Angreifer zurückzudrängen. Ein Mann, der den Haufen von Möbeln und Balken heraufgeklettert kam, warf sich brüllend auf ihn. Arekh stieß ihn von sich und verbrannte ihm dabei das Gesicht. Er versuchte, sich umzudrehen, doch ein heftiger Keulenschlag traf ihn an der Schulter und ließ ihn vor Schmerz aufschreien. Qual durchflutete ihn und löste eine Welle kalter Wut aus. Er schleuderte die Fackel von sich, packte den Mann und schüttelte ihn mit aller Kraft. »Wir wollen nicht kämpfen, du Trottel! Wir wollen Ayesha sehen! Wo ist euer Anführer?«

Mit einem hasserfüllten Schrei riss der Mann sich los und schlug erneut zu. Arekh konnte den Hieb gerade noch parieren, aber eine neuerliche Welle des Schmerzes durchlief beim Aufprall seine verletzte Schulter. »Hörst du schlecht? Wir wollen nicht kämpfen!«

Der Mann holte noch einmal aus, und mit wachsender Wut entledigte Arekh sich seiner mit einem Schwerthieb, bevor er sich dem nächsten zuwandte, der sich mit erhobener Axt auf ihn stürzte. »Wir wollen nicht kämpfen! Wir wollen …«

Die Axt sauste herab, und noch einmal parierte Arekh den Hieb im letzten Augenblick. Hinter ihm hielten vier Nâlas die Barrikade, schlugen und hackten auf die Angreifer ein, während unten, auf den Fässern, die Flammen der Fackel, die Arekh weggeworfen hatte, am Holz der Balken und Karren leckten und die Fachwerkwand eines Hauses zur Linken erfassten. Weiter unten an der Straße erschien ein weiterer Trupp Angreifer im Laufschritt, geführt von einem großen Mann mit kurzen blonden

Haaren, der Befehle brüllte und auf die Barrikade deutete. Zu seinen Füßen sah Arekh den Leichnam eines der Männer, die in der Straße Aufstellung genommen hatten, um zu verhandeln.

Schmerz und Zorn krampften ihm den Magen zusammen. »Jetzt reicht es!«

Getragen von seiner Wut sprang er von der Barrikade und landete mitten zwischen erstaunten Angreifern. Er ließ sein Schwert kreisen, um sich einen Weg freizuhauen; er rannte, stieß die Männer, denen er begegnete, mit der Klinge oder mit der Schulter beiseite, während ringsum überraschte Schreie und Befehle ertönten. In diesem Durcheinander sah er zwischen Blut und Fackelschein, wie sich der kurzhaarige Mann erstaunt zu ihm umdrehte, während ihm zwei Krieger in den Weg sprangen, um ihren Anführer zu beschützen. Arekh schlug den ersten mit dem Schwertgriff, so dass er stürzte; der Hieb des anderen traf ihn noch einmal am rechten Arm. Er ignorierte den Schmerz und die Männer, die ausholten, um ihn zu schlagen, stürzte sich auf den Anführer, packte ihn an der Kehle und drängte ihn gegen eine Wand. Zornesschreie ertönten hinter ihm. Arekh wirbelte herum, baute sich mit dem Rücken zum Haus auf und benutzte seinen Gefangenen als Schutzschild. Er legte seiner Geisel die Klinge an die Kehle, während ringsum die Raubkatzen einen Schritt zurückwichen, und zischte ihm ins Ohr: »Ruft Eure Männer zurück!«

Der Krieger wehrte sich und stieß einen Schwall von Flüchen aus, aber Arekh schüttelte ihn und schrie: »Fünf Sätze! Ich habe Euch nur fünf Sätze zu sagen, dann lasse ich Euch los.« Er drückte seine Klinge unterhalb des Ohrs des Mannes in dessen Fleisch und zog sie in einem halbkreisförmigen Bogen nach unten, so dass dem Krieger Blut über Kehle und Hals lief. »Fünf Sätze!«

Der Mann spannte sich an und hob dann die Hand. Vor ihm senkten die sprungbereiten Männer mit wütenden Blicken die Waffen. Wenn es Arekh nicht gelang, sie zu überzeugen, würde das das Ende sein. Aber Arekh hatte keine Angst: Sein Zorn war so stark, dass er alles andere betäubte.

Er ließ seinen Gefangenen los, der sich, den langen Dolch fest umklammert, zu ihm umdrehte; seine blauen Augen funkelten vor Wut. »Sprich!«, stieß er hervor.

»Wir sind hier, um uns euch anzuschließen!«, schrie Arekh und deutete auf die Nâlas, die auf der Barrikade kämpften. »Ich bin ein Freund von Ayesha. Ich kenne sie seit ...« Er machte eine hilflose Handbewegung, bevor er fortfuhr: »Mein Name ist Arekh es Morales. Sie kennt mich. Sie erwartet mich, und dort drüben, unter den Flüchtlingen, die ihr vielleicht gerade niedermetzelt, befindet sich Lionor Mar-Arajec, Ayeshas beste Freundin. Sie war immer ihre Gefährtin ...«

»Ihre beste Freundin!«, sagte einer der Männer, die um ihn herumstanden, spöttisch und schlug seinem Anführer auf die Schulter. »Hörst du das, Day-Yan?«

Day-Yan musterte Arekh. »Aber natürlich!«, spottete er. »Ihr seid Ayeshas Freund! Und deshalb seid Ihr auch mit achtzig Reitern des Emirs hier, der, wie jeder weiß, ihr größter Bewunderer ist ...«

»Denkt doch nach, Ihr Schwachkopf!«, brüllte Arekh, dessen Hände vor Wut zitterten. »Warum bin ich nicht hinter der Barrikade in Deckung geblieben? Warum bin ich darübergesprungen, um mit Euch zu sprechen? Glaubt Ihr etwa, dass ich hier wäre, mitten unter euch, wenn ich nicht die Wahrheit sagen würde?«

Arekh spürte, wie sie stutzten, und hieb noch einmal in die Kerbe. »Der Emir ist tot. Diese Reiter haben in Salmyra unter meinem Befehl gekämpft und erkennen die Autorität seines Neffen nicht an. Seid Ihr mächtig genug, um achtzig Reiter, die sich Euch anschließen wollen, einfach abweisen zu können? Wollt Ihr sie nicht auf Eurer Seite haben?«, schrie er und wies von neuem auf die Barrikade, auf der Amîn, der zu den Verteidigern gestoßen war, der Masse der Angreifer schwere Verluste zufügte.

Mittlerweile standen drei Häuser in Flammen, und weiter entfernt, zur Linken, glaubte Arekh die Flüchtlinge schreien zu hören. Die Barrikade am Brunnen musste gefallen sein. Er versuchte, die Schreie zu verdrängen und sich auf das Gespräch zu konzentrieren. »Eure Männer sterben«, sagte er tonlos, »und meine auch. Ihr werdet eine Frau töten, die Ayesha sehr teuer ist – und das Kind dieser Frau. Und das, obwohl wir Seite an Seite kämpfen könnten. Lasst uns einen Waffenstillstand schließen … zumindest lange genug, um festzustellen, ob ich die Wahrheit sage. Prüft meine Geschichte nach!«, rief er und spürte, wie ihn erneut Zorn überkam. »Wenn sie nicht wahr ist, könnt Ihr Euch das Vergnügen machen, mich zu töten!«

»Was für ein Haufen …«, begann einer der Männer, aber Day-Yan hob die Hand, und der Satz erstarb.

Day-Yan musterte Arekh einen Moment lang nachdenklich.

In der Ferne schrien die Flüchtlinge, dessen war Arekh sich jetzt sicher. Die Barrikade war tatsächlich gefallen. Er malte sich aus, wie die Raubkatzen auf den Platz eindrangen und auf verängstigte Kinder einschlugen … Der durchdringende Schrei einer Frau ertönte. Arekh stieß

Day-Yan von sich und wollte zur Barrikade eilen. »Haltet Eure Männer auf! Ihr müsst sie aufhalten. Sie …«

Die Krieger umzingelten ihn sofort und verstellten ihm den Weg. Day-Yan legte ihm die Hand auf die Schulter. Dann nickte er. »Waffenstillstand«, verkündete er.

Auf ein weiteres Zeichen hin blies ein Mann neben ihm in ein Horn. Drei lange, durchdringende Töne, während Arekh vorwärtsstürzte und sich einen Weg zwischen den Kämpfern hindurchbahnte, die, einer nach dem anderen, die Waffen senkten. Er kletterte auf die Barrikade, machte einen Bogen um die Flammen, die sie mittlerweile erfasst hatten, und eilte an Amîn vorbei, dem er zurief: »Waffenstillstand! Waffenstillstand! Befehlt den Waffenstillstand!« Dann rannte er außer Atem auf die Flüchtlinge zu. Die Raubkatzen fluteten mit blutigen Schwertern zur Barrikade zurück. Ein Dutzend Leichen – Männer, Frauen und Kinder – lag am Boden. Verwundete schrien; die Familien hatten sich tränenüberströmt auf dem ganzen Platz verteilt.

Lionor war nirgends zu sehen.

Arekh rief nach ihr, drehte die Leichen um und spürte, wie sein Herzschlag kurz aussetzte, als er den reglosen Körper einer jungen Frau mit langen schwarzen Haaren sah, die mit dem Gesicht nach unten blutend auf dem Pflaster lag.

Er drehte sie um. Sie war es nicht.

»Lionor! *Lionor!*«

Hände packten Arekh und drehten ihn gewaltsam um, entrissen ihm sein Schwert. Day-Yan und seine Männer. Auf dem Platz hatten sich die beiden Streitmächte langsam zurückgezogen: Die Nâlas waren zornig, bewahrten aber auf Amîns Befehl hin Ruhe, sammelten die überlebenden Flüchtlinge, versorgten die Verwundeten und schlugen im Westen des Platzes ein Lager auf. Ayeshas Männer hatten sich hinter die Brunnenbarrikade zurückgezogen.

»Wir haben das Mädchen«, sagte Day-Yan und bedeutete seinen Männern, Arekh abzuführen. »Ihr kommt mit.«

»Wohin?«, fragte Arekh, während man ihn vorwärtsstieß, auf die dunklen Straßen des Dorfes zu.

»Zu Ayesha.«

»Lionor«, wiederholte Arekh, während er ihnen folgte. »Sie muss mitkommen ...«

»Oh, das tut sie«, flüsterte Day-Yan in eisigem Tonfall. »Ich würde es mir sehr übel nehmen, Ayesha ihrer ›besten Freundin‹ zu berauben. Bis dahin werden wir sie schon am Leben halten. Mit ein paar Verbänden ...«

»*Was?*«, schrie Arekh, und die Soldaten schoben ihn weiter, über die Barrikade und dann die Straße hinunter – und plötzlich stand Lionor vor ihm, umgeben von Soldaten: mit aufgelöstem Haar, das Gesicht von Fackeln beleuchtet. Blut floss ihr über Schulter und Arm. Etwa zwanzig Männer mit blauen Gesichtern waren hier versammelt, sattelten die Pferde und machten sich zum Aufbruch bereit.

»Arekh!«, rief Lionor, als sie ihn sah, und er verspürte starke Erleichterung, als er ihre verängstigte, aber lebendige Stimme hörte. »Mein Sohn ... Sie haben ... Er ist verletzt ...«

Arekh machte sich mit einer zornigen Bewegung los und brachte einen der Soldaten ins Straucheln. Dieser hob das Schwert, um zuzuschlagen, aber Day-Yan hielt ihn auf. Mit zwei Schritten war Arekh bei Lionor, wischte ihr das Blut vom Hals und untersuchte die Verletzung, die offenbar nicht schwer war. Die Klinge hatte den Hals und dann die Schulter gestreift, als hätte Lionor sich abgewandt, um das Kind zu schützen und einen Hieb, der ihm gegolten hatte, teilweise abzufangen …

»Sie haben ihn mir weggenommen!«, schrie Lionor, drehte sich heftig um, riss sich los und deutete auf einen der Krieger. »Sie wollen ihn mir nicht zurückgeben … Sie sagen … sie sagen, dass er sterben wird.«

Arekh drehte sich um und sah den Kleinen, den einer der Krieger lieblos hielt. Sein kleiner Körper war blutüberströmt. Einen Moment lang hoffte Arekh, es sei Lionors Blut, aber einer der Arme des Kindes stand in einem seltsamen Winkel vom Körper ab.

»Gebt ihn mir zurück!«, schrie Lionor, als der Mann sich entfernen wollte. Ihre Stimme war schrill, beinahe hysterisch. »Gebt ihn mir!«

Arekh stieß die Männer beiseite, die versuchten, ihm den Weg zu versperren, sprang nach vorn, schlug den überraschten Krieger und entriss ihm das Kind.

»Tötet ihn!«, schrie einer der Reiter, aber wieder schritt Day-Yan ein.

»Lasst nur.« Er trat auf Arekh zu, der das Kind ansah, das einen verrenkten Arm und eine lange, offene Wunde in der Brust hatte. »Hört zu«, sagte er ruhig, beinahe mitfühlend, während Lionor herbeigeeilt kam. »Das Kind wird sterben: Es hat viel zu viel Blut verloren. Wir können es ebenso gut hierlassen. Das ist keine Grausamkeit, nur Vernunft. Es …«

»Lasst ihn mir!«, schrie Lionor, und Arekh legte ihr das Kind in die Arme.

Das Kind atmete noch, doch es war ein keuchender,

schwacher Atem. Arekh wandte sich Day-Yan zu. »Er muss sofort verarztet werden«, begann er, aber der Krieger stieg bereits aufs Pferd. »Wir müssen seine Wunde verbinden und ihm …«

»Wir brechen sofort auf«, sagte Day-Yan. »Behaltet das Kind, wenn Ihr wollt, aber das ist ein Fehler. Ihr werdet nur mit ansehen, wie es stirbt.« Er gab ein Zeichen, und ein Reiter fasste Lionor um die Taille und zog sie gewaltsam in den Sattel, während sie noch immer das Kind an sich presste, dessen Blut sich auf ihren Kleidern mit ihrem vermischte. »Ich will diese Sache so schnell wie möglich klären.«

»Der Kleine wird nicht überleben, wenn …«

»Aufsitzen!«, befahl Day-Yan, und zwei Klingen legten sich an Arekhs Hals. »Noch ein Wort, und ich töte die Frau und das Kind«, fuhr Day-Yan fort und deutete auf Lionor. »Steigt auf.«

Arekh gehorchte.

Die Reise schien ewig zu dauern, und sie machten erst kurz vor Sonnenaufgang in einem kleinen Tal halt, das von etwa zwanzig Feuern erhellt wurde. Ihre Hoffnung, Marikani dort vorzufinden, wurde sofort enttäuscht. Ein Blick genügte Arekh, um festzustellen, dass es sich nur um ein Nebenlager handelte. Ayesha, die Flüchtlinge und ein Großteil der Krieger hielten sich, wie Day-Yan erklärte, in der Zitadelle von Haros an der Ostgrenze von Kiranya auf.

Die Männer im Lager waren erschöpft und schlecht gelaunt. Sie hatten innerhalb von zwei Wochen Kiranya fast auf ganzer Breite in Gewaltmärschen durchquert. Aber nun schien es beschlossene Sache zu sein, dass mehrere Tage in der Zitadelle haltgemacht werden würde, und Arekh hörte mehrfach die Wörter »Versorgung« und »Verbannte«.

Man stieß Lionor und Arekh an ein Feuer und ließ sie dort zurück. Sofort begann Lionor ihren Umhang in Streifen zu reißen, um zu versuchen, die Wunde des Kleinen zu verbinden. Ihre Hände zitterten.

»Er wird sterben, Arekh, er hört nicht auf zu bluten. Ich schaffe es nicht, die Blutung zu stillen. Ich schaffe es nicht …«

Ihr versagte die Stimme, und sie begann zu schluchzen, während sie unbeholfen versuchte, die Verbände fester zu ziehen. Das Kind zitterte und wimmerte. Arekh stand auf und versuchte, sich zu beherrschen. Er eilte auf den erstbesten Mann zu, packte ihn an der Schulter und hielt ihn auf. Die Krieger aus Day-Yans Gefolge, die einige Schritte entfernt heiße Suppe tranken, sahen gleichgültig zu.

»Ein Kind liegt im Sterben. Wir brauchen Wasser und Mahhm, um die Blutung zu stillen.«

Der Mann, der Reisig trug, warf einen Blick auf Mutter und Kind und trat näher heran. Er bückte sich, musterte das Kind und die tränenüberströmte Mutter und richtete sich dann wieder auf.

Sein Blick war bekümmert, als er sich zu Arekh umdrehte. »Es tut mir sehr leid«, sagte er mitfühlend. »Das Mahhm ist den Kriegern vorbehalten. Wir haben nur wenig, daher sind die Befehle drastisch.«

»Aber er wird sterben!«, schrie Lionor und sprang auf.

»In der Tat«, sagte der Mann und wandte den Blick ab, um die Gefühlsregung in seinen Augen zu verbergen. »Hört zu, ich verstehe das. Meine kleine Schwester ist im Wald auf dem großen Marsch gestorben, und meine

Gefährtin hat ihr Kind verloren. Ich … Es tut mir wirklich sehr leid, aber der Kleine hier ist dem Tode nah, es wäre Verschwendung. Und außerdem sind die Befehle eindeutig, wie ich schon sagte. Man würde mir nie gestatten, Mahhm an Gefangene auszuteilen …«

Arekh packte ihn an den Schultern und schüttelte ihn; seine Hände zitterten vor Wut. »Das ist keine Gefangene, Dummkopf! Das ist Ayeshas Gefährtin! Wenn sie hier wäre, würde sie Euch mit eigener Hand erwürgen, weil Ihr nicht geholfen habt …«

Einer der Krieger aus Day-Yans Gefolge näherte sich mit einer Schale Suppe in der Hand. Der Mann mit dem Reisig wandte sich an ihn. »Er sagt, dass die Frau da Ayeshas Gefährtin ist.«

»Aber ja doch, und ich bin ihr heimlicher Sohn!«, brummte der Krieger. »Sie hat mich gekriegt, nachdem sie es im Gebüsch mit Arrethas getrieben hatte!«

Arekh hob die Faust, um ihn zu schlagen, und ließ sie wieder sinken. Wenn er jetzt die Beherrschung verlor, waren sie alle drei verloren. »Fragt Ayesha«, knurrte er; seine Stimme bebte vor Hass. »Geht hin und fragt sie! Fragt sie, bevor dieses Kind stirbt …«

»Wir gehen ja gleich«, sagte der Krieger und machte eine gleichgültige Kopfbewegung zu den Pferden hinüber. »Wir reiten bald los. Beruhigt Euch …«

Zwei Stunden später näherten sie sich endlich der Zitadelle, deren hohe, graue Mauern vom Licht der Monde erhellt wurden. Die Reiter schienen ein boshaftes Vergnügen daran gefunden zu haben, sich nicht zu beeilen, und hatten die Pferde das letzte Drittel des Weges im Schritt gehen lassen, hatten in der duftenden Nachtluft geplaudert und gescherzt. Lionor hatte geschrien und protestiert, gefleht und gebettelt, bevor sie in stumme Verzweiflung verfallen war, in eine erschöpfte Starre.

Arekh war nahe daran, jemanden zu töten.

Nur Lionors Gegenwart hielt ihn davon ab. Sein Zorn war so heftig und kalt, dass er ihm wie ein ausgehungertes Tier die Gedärme zerfraß. Er fühlte sich bereit, jede Zurückhaltung fahren zu lassen und ein Massaker anzurichten, ein sinnloses, brutales Massaker. Hass und Bitterkeit hinterließen einen schalen Geschmack in seinem Mund. Seine Hände zitterten noch immer, bereit, zuzuschlagen, zu erwürgen, zu zerfetzen. Lionor und das Kind hatten die Seelenleser, die Folter und die Verfolgung überlebt. Es war ein Wunder, dass sie noch am Leben waren, ein Wunder, an dem er mitgewirkt hatte, und der dünne Lebensfaden dieses so zerbrechlichen Kindes neben ihm würde nun reißen, weil eine Bande von Schwachköpfen nicht auf ihn hören wollte.

Die Pferde kamen im Park hinter der Burg zum Stehen. Im fahlen Mondlicht wirkte die Umgebung unwirklich. Männer eilten geschäftig zwischen Säulen und kleinen Zierpavillons umher. Die Pferde wurden zwischen Beeten an geschmückte Rankgitter gebunden, an denen Rosen wuchsen. Etwas weiter entfernt zog sich jenseits einer Mauer das Lager am Hügel entlang: Hunderte, ja Tausende von Zelten, die des Ayesha-Volks … Ihre dreieckige Form war im Dunkeln kaum zu sehen, wenn nicht gerade ein Windstoß Flammen aus der ersterbenden Glut der Feuerstellen emporzüngeln ließ.

Der Abhang führte bis zu einem breiten Fluss, auf dem Schiffe und Boote lagen, die das Wappen der Verbannten trugen.

Sobald Day-Yan seinen Männern bedeutet hatte, haltzumachen, sprang Arekh vom Pferd und wollte zu Lionor eilen, aber zwei Männer hielten ihn zurück.

»Lasst mich durch«, knurrte Arekh. »Wir müssen sie zu Ayesha bringen, damit sie den Befehl gibt, dass …«

»Ruhe!«, sagte Day-Yan eisig. »Wir werden erst einmal feststellen, ob sie euch empfangen kann.« Er gab ein Zeichen, und drei Männer umringten sie. »Führt sie in den kleinen Pavillon.«

Sie gingen los. Lionor stolperte verstört vorwärts. Arekh nahm ihren Arm, um sie zu stützen, und streifte den Hals des Kindes. Er spürte einen schwachen Puls.

Der kleine Pavillon lag am Übergang vom Park zu einer Terrasse aus behauenem Stein. Lionor ließ sich mit aschfahlem Gesicht auf eine Bank fallen. Arekh beharrte, verlangte, zu Ayesha geführt zu werden, aber zwei Soldaten entfernten sich. Der dritte blieb, lehnte sich an eine Wand, ignorierte Arekhs Bitten und beobachtete Lionor und ihn mit leerem Blick.

Sie warteten.

Einen Moment später kehrte einer der Soldaten zurück und flüsterte dem Wächter etwas ins Ohr, der daraufhin leise lachte.

Dann entfernte der andere Soldat sich wieder.

Der erste Soldat rührte sich nicht.

Arekh kniete sich neben Lionor und legte dem Kind noch einmal den Finger an den Hals. Er stand wieder auf und trat mit gefährlichem Blick auf den Mann zu.

»Ayesha …«

»Sie schläft«, sagte der Krieger und zuckte die Schultern.

Arekh erstarrte und musterte ihn. »Nun gut, dann

weckt sie«, sagte er schließlich; seine Kehle war zugeschnürt, so dass er kaum sprechen konnte.

Der Mann lachte erneut leise. »Sie *schläft*«, wiederholte er, als ob Arekhs Bitte keinen Sinn ergeben würde. Dann wandte er sich ab und lehnte sich wieder an seine Mauer.

»Arekh.«

Lionors Stimme. Arekh drehte sich um.

Die junge Frau saß sehr aufrecht da. »Er ist tot«, sagte sie schlicht.

Keine Tränen. Kein Geschrei. Lionors Blick war leer. Sie musterte Arekh einen Moment lang und sah dann auf ihren Sohn hinab.

Arekh richtete sich auf und lief auf den Hof hinaus. »Marikani?«, schrie er und wusste nicht, warum er rief.

Es war zu spät, aber Hass und Schmerz krampften ihm den Magen zusammen, und er konnte einfach nur vorwärtslaufen. Geradeaus, mit starrem Blick, von der Wut getragen.

Der Soldat wollte sich ihm in den Weg stellen, und Arekh schlug ihn mit aller Kraft, mit der rechten Faust, so dass der Mann gegen die Begrenzungsmauer des Hofes prallte. Er rief sofort um Hilfe, aber Arekh rannte weiter, schlug mit dem Ellbogen das Schwert eines weiteren blaugesichtigen Kriegers beiseite, der zwischen den Säulenreihen aufgetaucht war, riss ihm die Klinge aus der Hand und hieb ihm mit dem Schwertgriff ins Gesicht, immer wieder, bis der Mann zusammenbrach. Ein weiterer Krieger erschien; Arekh schlug erneut zu, ohne nachzudenken oder auch nur Atem zu holen. Ein dumpfes Geräusch ertönte hinter ihm: Ein Pfeil war gegen eine Säule geprallt. Arekh drehte sich noch nicht einmal um. Er ging weiter, geradeaus, schnell, immer schneller, unter einem Torbogen hindurch, bis in den großen Saal der Festung, in dem er eine Gruppe Verbannter aufstörte, die sich rings um ein Feuer unterhielten, das direkt auf dem Boden brannte.

»Marikani?«, schrie er wieder mit heiserer Stimme, während hinter ihm überraschte Schreie und Warnrufe ertönten.

Stimmen, Befehle … Er ignorierte sie, setzte seinen Weg bis zu einem weiteren Torbogen fort, bog abrupt nach links ab, stieß brutal einen Verbannten beiseite, der ihm mit einem Arm voller Pergamente im Weg stand, sah ein junges Mädchen mit langen blonden Haaren und einem Wasserkrug.

»Wo ist Ayesha?«, fragte er, während er näher herantrat.

Das Mädchen wollte protestieren, aber Arekh wiederholte schreiend seine Frage und hob sein Schwert. Das Mädchen brach in heftiges Schluchzen aus und deutete auf einen Torbogen in einiger Entfernung.

Arekh beschleunigte seine Schritte. Ein blutiger Nebel senkte sich vor seinen Augen. Ein gewaltiger Teppich verdeckte den Eingang; Arekh hob ihn an und trat ein. Seine Absätze trafen hart auf den Marmorboden.

»*Marikani!*«

Seine Stimme klang selbst in seinen Ohren harsch, eisig und gefährlich. Das hier war so weit entfernt von allem, was er gewollt und wovon er geträumt hatte, aber er war machtlos. Er hatte keine Kontrolle mehr über seine Kehle, seine Stimme, seinen Tonfall. Er ging weiter.

Und sah sie.

Ausgestreckt auf einer dünnen Jutematratze auf den Steinplatten des Bodens. Zwei verschlungene Körper unter einer weißen Bettdecke. Der silberne Schein der Monde drang durch die hohen Fenster und tauchte einen alten Banketttisch und Holzstühle in bleiches Licht.

Vom Klang ihres Namens und dem Lärm der Schritte auf den Bodenplatten geweckt, setzte Marikani sich abrupt auf. Sie sah sich verwirrt um und zog die Bettdecke an die Brust.

Arekh trat einen Schritt auf sie zu.

Marikani starrte ihn an; in ihren Augen spiegelte sich wider, wie sehr ihr noch traumverhangener Verstand darum kämpfen musste, dem, was sie sah, einen Sinn zu verleihen. »Arekh?«

Sie stand auf, die Decke in einer Gebärde unnötiger Schamhaftigkeit an sich gepresst; die Stoffbahnen bedeckten nur ihre Körpermitte. Sie starrte Arekh mit offenem Mund an und warf dann einen Blick auf den nackten Mann, der auf dem Lager neben ihr gerade erwachte.

Zorn flackerte in Arekh auf wie Feuersglut.

»Arekh?«, wiederholte Marikani, und ein schwaches Lächeln zeichnete sich auf ihrem Mund ab, als wage sie es nicht, ihren Augen zu trauen, als beginne sie gerade erst, daran zu glauben. Dann warf sie wieder einen Blick auf den Mann auf der Matratze …

Arekh trat drei Schritte vor und versetzte ihr mit aller Kraft eine Ohrfeige.

Marikani wich unter dem Aufprall zurück; Blut quoll aus ihrer Lippe, während der Mann vom Lager aufsprang und das Kurzschwert ergriff, das zu seinen Füßen lag. Arekh ignorierte ihn, packte Marikani am Hals und drängte sie gegen die Wand. Er holte aus, um sie erneut zu schlagen.

»Tu's nur!«, zischte Marikani, und er sah, dass in

ihren Augen nun ein Zorn tobte, der seinem gleichkam. »Davon träumst du doch schon seit zwei Jahren, oder? Lass ruhig deine Wut an mir aus!«

Arekh zögerte, ließ sie dann los und trat einen Schritt zurück. Sein Magen war verkrampft, und sein Herz schlug bis zum Zerspringen. Der Mann mit dem Schwert drang mit erhobener Klinge auf ihn ein, aber Marikani hielt ihn mit einer Bewegung zurück. »Bara. *Nein.*«

»Aber …«, widersprach der Mann, schwieg dann jedoch angesichts von Marikanis gebieterischer Miene.

Dann wandte Marikani sich Arekh zu. Sie musterten einander eine ganze Weile und zitterten beide vor Wut.

»Nun, anscheinend lassen die Seelenleser ihre Beute doch irgendwann entkommen!« Marikani senkte den Kopf und warf ihm einen verächtlichen Blick zu. »Ihr seid nicht tot? Dann bin ich wohl schlecht informiert gewesen.«

Arekh war sich einen Moment lang nicht sicher, ob er lieber sie oder den Mann erwürgen oder einen Stuhl nehmen und ihn am Tisch, auf dem Boden oder an den Wänden zerschlagen sollte … Vielleicht empfahl es sich auch, alle Stühle zu zerschlagen, bis er sich besser fühlte.

Marikani trat mit mordlüsternem Blick auf ihn zu und ohrfeigte Arekh ihrerseits – bevor sie noch näher kam, sehr nahe, zu nahe, bis ihre Lippen beinahe sein Ohr berührten. »Tu das noch einmal, dann lasse ich dich steinigen«, flüsterte sie in eisigem Ton. Sie warf einen Blick zu Bara hinüber, der zwei Schritte zurückwich. »Ich weiß nicht, was du dir gedacht hast, Arekh«, fuhr sie leise fort. »Ich weiß nicht, was ich mir gedacht habe. Dass du … dass die anderen sich in dir getäuscht hätten.

Jetzt sehe ich, dass dem nicht so war.« Sie deutete auf ihre Lippe und fügte schlicht hinzu: »Jetzt ist mir alles klar. Und ich weiß eines: Du wirst mich nie berühren. Niemals.«

Arekh beschränkte sich darauf, sie zu mustern, und wies dann, ohne den Blick abzuwenden, auf die Tür. »Lionor ist da draußen. Ihr Kind ist tot.«

Marikani zuckte zusammen, öffnete den Mund und wurde blass. »Bei den Göttern«, flüsterte sie, und Tränen schossen ihr in die Augen. »Lionor …«

Sie lief aus dem Zimmer, während Bara weiter Arekh anstarrte. Wenn Blicke töten könnten, wäre Arekh auf der Stelle tot umgefallen, aber das war ihm gleichgültig.

Er verließ den Raum langsam, ohne zu wissen, wohin er ging … Auf den Gängen begegnete er Soldaten und Verbannten, die ihn überrascht musterten. Die Bilder des Abends wirbelten in seinem Verstand durcheinander: das Gesicht des kleinen Leichnams, das Blut auf Marikanis Lippe, Lionors blutleere Züge.

Er ging ins Freie, sog die frische Luft ein. Die Bäume und Säulen verschwammen ihm vor den Augen; er hatte fürchterliche Kopfschmerzen. Warum sah er nicht mehr klar? So kräftig war Marikanis Ohrfeige nun auch wieder nicht gewesen …

Er ging weiter, einfach geradeaus, ohne Ziel. Er sah die Festungsmauern wie im Nebel vor sich aufragen, er würde einfach weitergehen, geradeaus, durch eines der Tore, und dann über die Pfade, die ihn in die Hügel führen würden, ins hohe Gras, wo er sich verlaufen und dann verschwinden würde. Fort, weit fort …

Der Bogen des Nordtors öffnete sich vor ihm im Mauerring: Jenseits davon erstreckte sich eine gewundene

Landstraße, die sich in der silbrigen Landschaft verlor. Arekh trat auf das Tor zu und blinzelte dann.

Da war jemand auf der Straße: eine zierliche Gestalt, die langsam auf die Zitadelle zuschritt. Auf ihn. Arekh stutzte, glaubte, in diesem grauen Nebel ein Gespenst vor sich zu sehen, aber die Umrisse der kleinen Gestalt wurden klarer; sie gewann an Festigkeit, kam unter dem Torbogen hindurch und lehnte sich dann erschöpft gegen die Mauer, als sei sie zu lange gelaufen.

»Non'iama«, hauchte Arekh, während das Kind den Blick zu ihm hob.

Das kleine Mädchen musterte ihn. Sie war furchtbar schmutzig, ihre verfilzten Haare standen wie ein Strohkranz um ihren Kopf ab, blaue und schwarze Streifen befleckten ihre Wangen und ihre von Blutergüssen übersäten Ellbogen und Knie.

Sie lächelte, als sie Arekh erkannte, ein breites Lächeln, das ihr ganzes Gesicht verschlang, und begann dann zugleich zu lachen und zu weinen, hüpfte vor Freude, bevor sie ihm um den Hals fiel und ihn mit aller Kraft an sich drückte, während ihr Freudentränen übers Gesicht strömten.

»Herr!«, rief sie, und ihre Stimme war wie ein Lichtstrahl im Nebel. »Ich bin so froh! Ich habe Euch gesucht, aber Ihr wart nicht da … Deshalb bin ich losgezogen, und ich habe den König der Sakâs gesehen … Und ich bin noch weiter gewandert, und jetzt habe ich Euch gefunden … Ich habe Euch gefunden!«

»Nenn mich nicht ›Herr‹«, flüsterte Arekh ihr zu und musste ein Auflachen unterdrücken. »Damit wirst du dir nur Scherereien einhandeln.«

Er drückte sie an sich, während sie weiter unzusammenhängende Sätze stammelte. Er wankte, sowohl vor Erschöpfung als auch unter ihrem Gewicht, und sie lachte, als er sich zu Boden sinken ließ und sie festhielt.

Dann begann er zu weinen.

KAPITEL 13

Drei Tage später hielt Marikani auf dem großen Hof der Zitadelle Kriegsrat im »Kreis der Ältesten«. Nach kiranyischer Sitte waren große, graue, zu groben Würfeln behauene Steine zu einem kleinen Amphitheater aufgeschichtet, in dem sich die erstgeborenen Söhne der Familien der Gegend versammelten, um Entscheidungen zu fällen. Marikani saß in der Mitte auf dem größten Felsklotz, der normalerweise dem Ältesten von höchstem Adel vorbehalten war.

Frauen und Kinder kamen und gingen unter dem tiefblauen Himmel, bereiteten Speisen zu, schleppten Wasser. In einem Nebenhof hatten die Verbannten kleine Stände aufgestellt, an denen sie nach strengen Regeln Waffen und Nahrung austeilten. Gesänge ertönten aus dem Lager, in dem Hannaï und die Ayesha-Priesterinnen einen Altar errichtet und gewaltige Tücher in Blau und Gold bemalt hatten, bevor sie die Ritualfeuer entzündet hatten. Nun verbrannten sie Räucherwerk und tanzten.

Pier war an diesem Morgen mit schlechten Nachrichten eingetroffen. Die zweite Armee von Sleys und Kinshara war verschwunden, ganz einfach verschwunden, irgendwo zwischen dem Süden der Weißen Bergkette und den Maore-Sümpfen. Die Truppen aus Harabec und die Armeen von Reynes, die nach Westen geschickt worden waren, zogen sich in Eilmärschen zu einem Punkt nördlich der Stadt zurück, aber niemand wusste, ob sie zahlreich genug waren, um Reynes zu verteidigen. Eine letzte Schlacht kündigte sich an, und es war sehr wahrscheinlich, dass sie für die Barbaren günstig ausgehen würde.

»Das Feuer der Sakâs hat die Königreiche erfasst«, sagte Pier vor dem Rat in dem halb feierlichen, halb amüsierten Ton, in den er manchmal verfiel. »Königreiche, die die Flamme Harabecs bereits versengt hatte, die am Tag des Großen Opfers die Lande verzehrt hat«, fügte er mit einem Kopfnicken in Richtung Marikani hinzu. »Der Flächenbrand, den die Sakâs entfacht haben, droht, den Rest zu erledigen.«

Marikani nickte, wie um ihm für seine Rede zu danken, und sah dann die Ratsmitglieder an. »Nde Pier, der Gesegnete der Saïj, stammt aus den Fürstentümern«, erklärte sie. »Er war in den Hohen Rat der Stadt Salmyra entsandt, bevor sie fiel, und ist einer der großen Gelehrten der Bibliotheken der Ratsversammlung von Reynes. Ich habe euch zusammengerufen, damit ihr sein Zeugnis anhört – und auch den Inhalt dieses Briefs.«

Sie deutete auf eine kleine Holzrolle, aus der zwei dicht beschriebene Blätter hervorragten. Non'iama saß im Schneidersitz auf dem Boden neben den Steinen und lauschte aufmerksam.

»Die Kleine hier hat viele Gefahren auf sich genommen, um mir diese Botschaft zu überbringen«, erläuterte Marikani. »Sie hat den König der Sakâs persönlich getroffen, und ihr Bericht ist wertvoll.«

Ihr Blick ruhte eine Weile auf Non'iama, als ob die Züge des Kindes in ihr irgendein Gefühl oder vergessene Erinnerungen weckten. Dann schüttelte sie den Kopf.

Als sie sich wieder dem Rat zuwandte, war ihr Gesicht hart. »Die Zusammensetzung dieses Rats hat sich geändert, daher stelle ich alle noch einmal vor. Bara, Day-Yan, Farer und Haîk sind meine Stellvertreter und die Anführer unserer Armee. Pier ist, wie ich schon sagte, Priester und Gelehrter. Ich danke ihm noch einmal dafür, dass er von so weit her gekommen ist. Moïri vertritt die Frauen vom Volk der Verbannten, und ihr Rat ist wie immer kostbar für uns.«

Marikani machte eine Pause und sah den großen, braunhaarigen Mann mit den schwarzen Augen an, der, ganz in Purpur gekleidet, lässig auf dem sechsten Stein saß. Sie machte eine auffordernde Bewegung, als erwarte sie, dass er sich selbst vorstellte.

Der Mann lächelte und beugte sich dann vor. »Was mich betrifft, so kennt ihr mich wohl alle. Ich bin der Herr der Verbannten, und sogar Moïri beugt sich meinem Befehl, nicht wahr, schöne Moïri? Ich werde leider nur kurz bei euch sein, denn morgen breche ich wieder nach Südosten auf. Ich muss noch Geld eintreiben und weitere Mitglieder meines Volkes hierher begleiten. Mit jedem Tag, der vergeht, wird es schwieriger, unsere Außenstände einzutreiben, und die Neuigkeiten, die Pier gebracht hat, sind nicht gerade beruhigend. Ich werde im Hafen von Samara wieder zu euch stoßen.«

»Ich habe dem Herrn der Verbannten angeboten, den Stein des Ältesten mit mir zu teilen«, sagte Marikani. »Unsere beiden Völker sind verbündet und gleichrangig. Aber …«

»Aber ich habe abgelehnt«, sagte der Herr der Verbannten lächelnd. »Ich habe nicht jeden Tag Gelegenheit, am Rat einer Göttin teilzunehmen. Ich will zeigen, dass ich weiß, wo mein Platz ist.«

Marikani warf ihm einen halb gereizten, halb amüsierten Blick zu, und der Herr der Verbannten lächelte sie zur Antwort an: Es war ein verführerisches Lächeln, das seine Absichten weder verbarg noch verbergen wollte. Bara senkte auf seinem Stein missmutig den Kopf. Arekh starrte den Horizont an. Er wandte erst den Kopf, als Marikani ihn vorstellte.

»Neben ihm sitzt Arekh es Morales, der aus den Fürstentümern stammt. Er war Ratgeber der Krone von Harabec und Aida der Verteidiger von Salmyra. Er vertritt nur sich selbst, kommandiert aber achtzig Nâlas, die sich der Autorität des neuen Herrschers über das Emirat nicht beugen wollen. Nun, dem Herrscher über das, was vom Emirat übrig ist. Die Nâlas haben sich entschieden, sich erst einmal uns anzuschließen.«

»Ich trage auch die Verantwortung für zweihundert Flüchtlinge«, sagte Arekh kalt. »Ich muss sie nach Samara führen.«

»Arekh es Morales ist ein kluger Stratege und ein hervorragender Anführer«, fügte Marikani hinzu, ohne ihn anzusehen. »Von uns allen ist er sicher derjenige, der die beste militärische Ausbildung erhalten hat. Day-Yan, ich weiß, dass seine Ankunft hier wildbewegt war und dass Eure Männer gegen seine gekämpft haben, aber da es uns entschieden an erfahrenen Offizieren mangelt, wird seine Hilfe sehr wertvoll sein.«

Sie war Arekhs Blick noch immer nicht begegnet. Ein leichter Bluterguss an ihrer Lippe war die einzige Spur des Eklats von vor ein paar Tagen. Marikani war schon in schlimmerer Verfassung aus Kämpfen zurückgekehrt, und niemand hatte Fragen gestellt. Niemand kannte die Wahrheit – bis auf Bara, dessen hasserfüllten Blick Arekh jetzt spürte.

Day-Yan hob die Hand, und Arekh rechnete mit Protest, aber zu seinem Erstaunen lächelte der Krieger: »Wir haben zwanzig Mann im Kampf gegen die Nâlas verloren, aber wir gewinnen achtzig von weit besserer Qualität, gar nicht zu reden von den Pferden. Und außerdem« – er deutete mit dem Finger auf Arekh – »habe ich diesen Kerl kämpfen sehen, als er von der Barrikade gestiegen ist. Ich habe ihn lieber auf unserer Seite als gegen uns. Er ist gefährlich, wenn er wütend ist.«

»In der Tat«, sagte Marikani mit einem schwachen Lächeln. »Und dann ist da noch Lionor Mar-Arajec«, erklärte sie, indem sie auf das letzte Mitglied des Kreises deutete. »Lionor ist meine Kindheitsfreundin und meine persönliche Ratgeberin.«

Lionor saß blass und stumm sehr aufrecht da. Arekh hatte seit dem Tod ihres Kindes mehrfach mit ihr gesprochen. In Anbetracht der Umstände war ihr Zustand ermutigend. Sie weinte nicht und antwortete deutlich und sinnvoll auf Fragen. Natürlich wirkte sie zerstreut, aber sie hatte gegessen und getrunken, davon hatte Arekh sich überzeugt. Er hätte geglaubt, dass sie über den Berg war, wenn sie nicht diese seltsame Abwesenheit an den Tag gelegt hätte: Sie schien durch die Leute hindurchzusehen, wenn sie mit ihr sprachen.

Lionor hatte ihr Kind vor dem Ayesha-Altar begraben und die »Priesterinnen« seltsame Rituale über seinem Grab abhalten lassen. Sie hatte den folgenden Abend auf dem Boden ausgestreckt damit verbracht, die Sterne zu betrachten und mit dem Finger die eingebildeten Konturen der Runen am Firmament nachzuziehen, während sie den blauen Nebel am Himmel angestarrt hatte. So wäre sie bis zum Morgen vor Kälte zitternd liegen geblieben, wenn Arekh sie nicht gezwungen hätte, schlafen zu gehen; er hatte sie in die Arme genommen und sie bis zum Lager getragen, wo er sie in seine eigenen Decken gewickelt hatte.

Lionor hatte es wortlos geschehen lassen, als sei es eine ausgemachte Sache, dass Arekh ihr Beschützer geworden war – ein Beschützer, mit dem sie kaum sprach, den aber ein unsichtbares Band mit ihr verknüpfte. *Das Band des Kerkers*, dachte Arekh, als er sie ansah. So zierlich, so bleich … Narben entstellten das zerbrechliche Profil ihres Gesichts. *Das Band der Folter*. Ja, Lionor und er waren verbunden, durch irgendetwas Unbeschreibliches und Starkes, das aber keine Freundschaft war – und auch keine Liebe. Bei diesem Gedanken durchzuckte ein kurzer, aber heftiger Schmerz seine Brust. Schade. Das wäre so einfach gewesen. Aber die Liebe war etwas Schmerzhafteres, Ungerechteres, Zerstörerischeres und Brutaleres.

Er hob den Blick zu Marikani und bemerkte, dass er den Gesprächsfaden verloren hatte. Pier hatte ein rasches Plädoyer gehalten, um die Ayesha-Krieger dazu zu bringen, die Sakâs von Norden anzugreifen und die Barbaren so in die Zange zu nehmen. Eine blitzartige, unerwartete Attacke würde die einzige Möglichkeit sein, den Armeen von Sleys, Harabec und Reynes die Zeit zu verschaffen, sich neu zu sammeln und dem Feind entgegenzutreten. Marikani hatte ihm wortlos gelauscht und dann den Brief des Königs der Sakâs hervorgezogen, den sie jetzt gerade dem Rat vorlas.

Non'iama stand auf, um besser zu hören, und lehnte sich gegen Arekhs Felsklotz. Arekh legte ihr die Hand auf die Schulter. Die Kleine lächelte ihn an, mit demselben strahlenden Lächeln, das sie ihm geschenkt hatte, als sie sich endlich wiedergefunden hatten.

Der König der Sakâs schrieb in einem eleganten Stil. Nachdem er der Göttin Komplimente gemacht hatte, erläuterte er, dass sie dieselben Ziele hätten: Er sprach vom Ruf des Gottes, dessen Namen man nicht nannte, und vom Gesang des Abgrunds. Dann wurden seine Worte handfester und weniger philosophisch. Er schlug Ayesha vor, sich ihm anzuschließen, um Reynes anzugreifen und zu plündern, oder zumindest einen Nichtangriffspakt zu schließen, der es ihm gestatten würde, den Großen Zyklus zu vollenden, und ihr, den Ozean in Frieden zu erreichen.

Eine kurze Pause trat ein, während die letzten Worte noch in der Luft lasteten. Die Sakâs und ihr König waren so lange eine abstrakte Vorstellung geblieben, und nun nahm ihr König plötzlich Gestalt an, erwachte durch Marikanis Stimme zum Leben, war aus Fleisch und Blut. Die drohende Katastrophe war nicht mehr das Werk einer Schar namenloser Krieger, die von den Abgründen gesandt waren. Sie wurden menschlich.

Marikani legte den Brief weg, und Pier rieb sich mit dem glücklichen Gesichtsausdruck die Hände, den er immer hatte, wenn er eine neue Figur in dem großen Spiel entdeckt zu haben glaubte, das die Götter, die Menschen und das Schicksal miteinander spielten. »Der König ist an der Universität von Reynes erzogen worden«, erklärte er.

»Das merkt man am Stil und an seiner Ausdrucksweise. Ich habe sogar bemerkt, dass er den Weisen Martier zitiert – er hat das Zitat nur leicht abgewandelt, um es seinen Zwecken dienlich zu machen. Wenn ich auf die Archive des Ratsgebäudes zugreifen könnte, könnte ich die Namen seiner Lehrmeister finden.«

»Was spielt das für eine Rolle?«, fragte Farer. »Was zählt, ist doch der Inhalt seines Briefs.«

»Die Tatsache, dass er in Reynes erzogen wurde, ist von entscheidender Bedeutung«, widersprach Pier. »Das heißt, dass er die Königreiche ganz genau kennt. Unsere Schwächen, unsere Stärken …«

»Nicht ›unsere‹ Schwächen«, sagte Marikani eisig. »Eure.«

Arekh spürte, wie ihn große Kälte überkam.

Moïri wies auf Non'iama. »Die Kleine erzählt, dass der König von seinem Vater nach Reynes geschickt wurde. Um den Feind besser kennenzulernen, bevor …«

»Du willst doch wohl nicht etwa annehmen?«, fiel Arekh ihr ins Wort. Er starrte Marikani an. »Du kannst doch seinem Vorschlag nicht zustimmen wollen.«

Schweigen senkte sich über den Rat. Alle Augen waren auf Arekh gerichtet. Er sah nur Marikani an. Sie musterten einander einen Moment lang wie Gegner.

»O doch«, sagte sie schließlich. »Ein Nichtangriffspakt. Das ist die beste Lösung.«

Pier schnappte überrascht nach Luft; die Euphorie verschwand aus seinem Gesicht. Arekh erstarrte. Er spürte Beklemmung in der Brust und suchte nach Worten. »Für euch«, sagte er schließlich. »Aber Reynes wird fallen.«

»Na und?«

»Ayesha«, sagte Pier mit sanfter Stimme. »Ich beschwöre Euch, nachzudenken! Ihr habt hier im Norden keine Feinde. Trotz aller Bemühungen der Ratsherren weigert sich der König von Kiranya ohne Begründung, Truppen gegen Euch auszusenden.« Er musterte Marikani, als warte er auf eine Erklärung. Sie sagte nichts. »Die Invasion der Sakâs ist kein gewöhnlicher Krieg. Wenn Reynes zerstört wird, dann bricht der Schlussstein aus dem Gewölbe unserer Zivilisation heraus. Die Königreiche des Nordens werden als Erste fallen, dann die des Südens. Auch Harabec.«

Sie sah ihn an und wiederholte: »Na und?«

»Marikani«, flüsterte Arekh.

Niemand sagte ein Wort. Marikani hob den Kopf und sah Arekh an. In ihrem Blick lag weder Herausforderung noch Zweifel. Nur eiskalte Entschlossenheit.

»Irgendwelche Anmerkungen?«, fragte sie und wandte sich dem Herrn der Verbannten zu.

Dieser zuckte mit den Schultern. »Strategische Entscheidungen sind Eure Sache. Aber haltet mich auf dem Laufenden. Ich habe Geldwerte zu bewegen. Wir sollten …«

Arekh stand auf und verließ den Steinkreis, ohne sich umzusehen. Er ging geradeaus und erreichte das Lager, in dem die Nâlas übten. Ohne auf Amîns Fragen zu achten, packte er eine Axt und begann, sich an einem Übungsklotz abzureagieren. Dieser Teil des Lagers war hoch gelegen; als er sich umdrehte, sah er die Ratsmitglieder und Marikanis weiße Silhouette: Sie war zu weit entfernt, als dass er ihre Züge hätte erkennen können, aber ihr Gesicht stand ihm vor Augen wie ein Gespenst, ein böser Geist, den er nicht verscheuchen konnte.

Er drehte sich um und schlug erneut zu. Seine Axt

drang tief in den Baumstamm und blieb stecken. Amîn, der ihn beobachtete, konnte ein leises Lachen nicht unterdrücken.

Arekh starrte seine Axt und das Holz an. Die Brust schmerzte ihm, als sei er verwundet.

Er ließ die Waffe stecken, wandte Amîn den Rücken zu und stieg wieder hinab. Als er den Hof der Festung erreichte, war die Ratssitzung gerade zu Ende gegangen. Day-Yan und die übrigen Krieger kehrten plaudernd und lachend zu ihren Truppen zurück. Marikani verschwand im Innern der Festung.

Arekh eilte mit großen Schritten vorwärts und stieß einen Wächter beiseite, der ihn davon abhalten wollte einzutreten – langsam wurde ihm das zur Gewohnheit. Er nahm den Gang, der zu dem großen Säulensaal führte. Heftig riss er den Teppich beiseite, so dass Marikani, die nur einige Schritte dahinter stand, zusammenzuckte.

Sie drehte sich um und sah ihn an. Arekh zögerte. Das Atmen tat ihm weh. »Marikani«, knurrte er schließlich und wusste nicht, was er sonst noch sagen sollte.

»Ich habe keine Wahl«, erwiderte sie sofort, als hätte er eine lange Rede gehalten und ihr damit die Zeit gegeben, eine Antwort vorzubereiten. Sie drehte ihm den Rücken zu und ging zum Tisch hinüber, auf dem zusammengerollte Landkarten lagen. »Meine Verantwortung gilt meinem Volk. Für meine Leute muss ich die beste Lösung wählen. Die, bei der es die wenigsten Toten gibt. Wenn die Armeen der Sakâs und die von Reynes sich im Süden gegenseitig umbringen, werden wir Samara ungestört erreichen.«

Arekh marschierte zum Tisch und baute sich auf der anderen Seite auf, ihr gegenüber. Die junge Frau ignorierte ihn und beschränkte sich darauf, mit dem Finger imaginäre Linien auf eine Landkarte zu zeichnen.

»Und dann?«, stieß Arekh hervor. »Dutzende, ja Hunderte von Schiffen in den Werften bauen lassen? Von wem? Von den toten Arbeitern eines zerstörten Königreichs? Mit welchem Material? Von welchen Schiffsbauern, wenn Kiranya, Kinshara und die Fürstentümer nur noch Asche sind? Wie willst du eine Werft in Betrieb halten, wenn um dich herum die Königreiche brennen?«

Diesmal hob sie den Blick, und das bedauerte Arekh fast. Sie musterte ihn wie einen Feind, einen Gegner, bei dem man im Voraus weiß, dass man ihm nicht entgegenkommen wird. »Wie ich sie in Betrieb halten werde? Indem ich die Arbeiter und die Verantwortlichen als Geiseln nehme – und die Stadtbevölkerung dazu. Jedes Mal, wenn jemand sich weigert, mitzuarbeiten, werden wir die Familie des Aufsässigen hinrichten. Sie werden uns binnen kürzester Zeit gehorchen.«

Arekh starrte sie mit offenem Mund an.

Dann ging er langsam um den Tisch herum, um sich ihr zu nähern, sie zu berühren. Er hob sanft die rechte Hand und ergriff ihr Handgelenk. Sie zuckte leicht zurück, entzog ihm ihre Hand aber nicht.

»Marikani«, wiederholte er, als ob das Aussprechen ihres Namens den Fluch brechen und den Eispanzer sprengen könnte, der sie umgab. »Marikani, glaubst du nicht, dass eher ich diesen Vorschlag machen sollte? Und dass du protestieren solltest?«

Es herrschte Schweigen, während Arekh in der Tiefe ihrer braunen Augen nach … ja, wonach suchte?

Marikani senkte den Kopf. »Was willst du damit sagen?«

»Dass es mir zukommt, zynische Vorschläge zu

machen, und dass du diejenige bist, die dagegen aufbegehrt. Mir sagt, dass jedes Leben kostbar ist, jedes Leid eine Schande …«

Mit plötzlicher Heftigkeit entriss Marikani ihm ihre Hand. Als sie sich ihm wieder zuwandte, funkelten ihre blutunterlaufenen Augen vor Zorn. »Wie kannst du es wagen?«, zischte sie, und Arekh wich vor der Gewalt ihres Hasses zurück. »Wie kannst du es wagen, mich zu belehren? Weißt du, wie viele Frauen und Kinder an Hunger, Kälte und Krankheit gestorben sind, während wir die Berge überschritten haben? Lionors Kind ist tot, das hat ihr das Herz gebrochen, und es tut mir sehr leid für sie«, setzte sie hinzu, und ihre Stimme wurde noch schriller, »aber weißt du, wie viele andere Kinder ich im Laufe dieser Reise in den Armen ihrer Mütter habe sterben sehen? Die Mütter haben mich angesehen, mich, weil ich sie führte und sie auf mich zählten, weil selbst der Tod ihres Kindes sie nicht in ihrem Glauben wanken ließ, weil sie Vertrauen hatten, weil sie dachten, dass jede meiner Handlungen, jeder meiner Gedanken sie zum Heil führen würde … All diese Toten wohnen in mir, *hier*«, sagte sie und wies mit braunen, zitternden Händen auf ihre Stirn. Arekh wusste nicht, ob sie vor Wut oder vor Kummer bebten. »Und *ihretwegen*, für die Lebenden, die noch da sind, handle ich heute. Und wenn ich mit eigenen Händen töten muss« – sie wurde noch lauter –, »wenn ich töten muss, um sie zu retten, dann werde ich töten, und wenn Massaker nötig sind, dann werde ich sie anrichten, verstanden? Weil ich ihnen alles bedeute! Und wenn der einzige Weg, sie zum Ozean zu führen, darin besteht, alles Übrige verbrennen zu lassen, dann soll es doch brennen!« Sie hielt zitternd inne.

Arekh wandte sich ab und ging nachdenklich einmal um den Tisch herum. Seine Wut war verschwunden, als hätte Marikanis Zorn sie aufgesogen und verschlungen. Sein Verstand war kalt und klar. Manchmal – so hatte der Ratsherr Im-Ahr erklärt – herrschten in einem Gespräch solcher Hass und solche Heftigkeit, dass man nur wenige Minuten, ja, nur ein paar Sätze hatte, um den anderen zu überzeugen. Dazu musste man sich in den Geist des Gegners versenken, Schlüsse aus seiner Wut ziehen, den Schlüssel finden und ihn im Schloss drehen. Die Konsequenzen spielten kaum eine Rolle.

Arekh legte die Hände flach auf den Tisch und spürte das Holz unter den Fingern. »Also hast du deine Entscheidung ganz rational getroffen. Nicht aus Rache. Du willst das Beste für sie«, sagte er und wies auf die Tür, ins Freie, auf das Lager draußen.

»Ja.« Marikani war ebenfalls auf und ab gegangen, blieb nun aber stehen. Sie war Verhandlungen gewohnt und hatte bemerkt, dass Arekhs Tonfall sich verändert hatte.

»Nicht aus Rache«, wiederholte er. »Du hast diesen Entschluss nicht gefasst, weil du noch Narben von der Folter der Seelenleser trägst, weil der Mann, den du zum Gatten erwählt hattest, dich verraten und ausgeliefert hat, weil jedes Kind, das in den Bergen vor deinen Augen gestorben ist, dir das Herz gebrochen hat und du sie jetzt bezahlen lassen willst. Nicht deshalb.«

Marikani musterte ihn eine Weile. Dann sagte sie kalt: »Nein.«

»Du bist also bereit, die Vor- und Nachteile jeder Entscheidung abzuwägen.«

»Alles ist bedacht«, sagte sie und wandte sich ab.

»Das stimmt nicht«, erwiderte Arekh gefährlich sanft.

»Mein Argument von eben ist noch gültig. Wenn die Königreiche zusammenbrechen, ist es sehr wahrscheinlich, dass deine Werften nicht einsatzbereit sind, wenn du in Samara ankommst. Es ist gut möglich, dass die Panik die Einwohner in die Flucht getrieben hat und du dich an leeren Kais vor zurückgelassenen, nutzlosen Holzstapeln wiederfindest.«

»Nicht, wenn wir dort ankommen, bevor …«

»Du hast keine Ahnung, wie der Krieg sich entwickeln wird – ich auch nicht. Wir können unmöglich vorhersehen, wie das Volk von Kinshara auf den Sturz der Fürstentümer reagieren wird. Du weißt es nicht, ich weiß es nicht, und jede Aussage darüber wäre eine schamlose Lüge. Wenn Reynes fällt, kannst du nicht wissen, was du in Samara vorfinden wirst. Wenn du dagegen eingreifst, um Reynes zu beschützen …«

Marikani lachte trocken. »Mit Laosimba?«

»Mit Laosimba, mit Harrakin, mit dem König von Kiranya, mit wem auch immer. Du könntest für deine Hilfe im Gegenzug freies Geleit nach Samara und mehr Arbeiter und Material aushandeln. Finanzielle Hilfe, die Versicherung, dich nicht anzugreifen, während die Schiffe gebaut werden … Warum sollten sie ablehnen? Sie wollen nur eines, dass ihr verschwindet, du, deine Sekte und deine verdammten Rebellen. Glaubst du nicht, dass sie mehr als glücklich wären, euch abziehen zu sehen?«

»Ich habe schon darüber nachgedacht. Ich habe Verhandlungen in Betracht gezogen. Aber es besteht ein enormes Risiko, dass sie ihre Versprechen nicht erfüllen. Wenn ich eingreife und ein Teil meiner Krieger getötet wird, werde ich geschwächt sein. Wenn sie dann beschließen, ihren Teil des Handels nicht einzuhalten …«

Arekh nickte. »Man müsste sie zwingen, bei den Göttern zu schwören. Aber, ja, ein Verrat ist möglich. Genauso, wie es möglich ist, dass du die Werften verlassen vorfindest. Verstehst du?«, fragte er und spürte, wie er von Gefühlen übermannt wurde, obwohl er wusste, dass er – wenn er die Sphäre der Vernunft verließ – ins Schleudern geraten und jede Chance, sie zu überzeugen, vergeben würde. »Du musst mehr in Erfahrung bringen, deine Optionen abwägen. Wenn du dich so schnell entscheidest, obwohl du nicht alle Fäden in der Hand hältst, dann doch nur, weil du nicht logisch, sondern aus Rache handelst. Weil deine Gefühle dir einen Streich spielen und du vielleicht nicht die beste Entscheidung fällst.« Er spürte, wie sie schwach wurde und zögerte, wollte seinen Vorteil ausnutzen. »Harabec …«

Fehler.

Marikanis Gesicht wurde verschlossen, und Arekh spürte mit wachsender Panik, dass ihm die Kontrolle über das Gespräch entglitt.

»Harabec ist mir gleichgültig«, sagte sie. »Mir ist egal, was aus den Leuten dort wird. Ich habe zu lange gezögert …« Mit einer wütenden Gebärde drehte sie sich um und stapfte auf die Tür zu. »Meine Entscheidung ist gefallen. Für mein Volk. Verlass dieses Zimmer.«

»Marikani«, wiederholte Arekh und stand nach wenigen Schritten neben ihr, nahm sie bei der Schulter und zwang sie, sich umzudrehen.

Jede Vernunft hatte ihn verlassen, sein Blick trübte sich wieder, er wusste nicht, was er sagen oder tun würde. Er strich mit der Hand über die goldbraune Haut des Arms der jungen Frau, führte sie bis zum Hals, zum Gesicht, streifte ihre Wange. Marikani erschauerte und wollte zurückweichen. Arekh packte sie am Ellbogen, hinderte sie daran, sich zu bewegen. »Dein Volk?«, flüsterte er; das Ringen um Beherrschung ließ seine Stimme heiser klingen. »Hast du dich in letzter Zeit einmal im Spiegel gesehen? Erzähl ihnen, was du willst« – er wies vage nach draußen –, »aber nicht mir. Nicht mir! Hast du dich einfach mal angesehen? Deine Haut ist brauner als meine.« Seine Hand fuhr abermals ihren Arm hinauf und liebkoste ihre Schulter. Dann schob er ihr die Hand ins Haar und ließ lange, dunkle Strähnen zwischen seinen zitternden Fingern hindurchgleiten. »Deine Haare sind dunkler als die der rechtmäßigen Nachkommen des Königshauses von Harabec, und deine Augen … deine Augen sind nicht gerade blau«, schloss er und zwang sich, Luft zu holen. »Und da sagst du, dass das dort draußen *dein* Volk ist?«

»Meine Eltern …«

»Deine Eltern waren vielleicht Sklaven, aber ich möchte wetten, dass sie nicht so blass wie Bara waren. Wie viel Blut des Türkisvolks fließt wirklich in deinen Adern, wenn du *so* aussiehst? Dein Volk, das deiner Vorfahren … Ist dir bewusst, dass es sicher das meine ist? Du stehst mir näher als denen da!«, rief er und zog sie fester an sich. »Wenn man deine Vorfahren zählen würde, die Sklaven und die freien Menschen …«

»Dann hätte ich mehr Blut der Königreiche als Sklavenblut in mir? Na und?«, schrie sie. »Weil meine Mutter, meine Großmutter und all meine Vorfahrinnen mehrfach von ihren Herren vergewaltigt worden sind, die ihre Bastarde in Ketten im Stich gelassen haben, soll ich mich auf die Seite der Peitschenschwinger stellen?«

»Nein«, seufzte Arekh. »Ich sage nur, dass auch wir dein Volk sind. Es besteht keine Wahl zwischen …«

»Wenn Azarîn mich nicht gerettet hätte, wäre ich mit Ketten an den Füßen aufgewachsen«, zischte Marikani. Sie senkte den Kopf und hob ihn dann wieder. »Die Wahl ist für mich getroffen worden.«

Wieder herrschte Schweigen. Arekh spürte, dass er verloren hatte. Der Satz klang so endgültig, dass selbst er es bemerkte.

Er ließ Marikani los, und sie seufzte. Arekh trat einen Schritt zurück. »Gut. Gut. Ich gehe«, sagte er schließlich und hob die Augen gerade noch rechtzeitig, um zu sehen, wie Marikanis Gesicht sich verhärtete. »Ich werde an die Front gehen. Die Nâlas sind zu mir gestoßen, weil sie zwar nicht unter Manaîns Befehl stehen, aber doch kämpfen wollen. Gegen die Sakâs. Wenn es eine Chance gibt, ihr Land eines Tages wieder aufzubauen, dann …« Er winkte ab; er fühlte sich zu matt, ihr das zu erklären. »Das ist ihr Volk«, sagte er schlicht. »Und meines. Die … die Flüchtlinge wollen mit euch reisen.«

Marikani zögerte, nickte dann aber. »Sie haben sich uns angeschlossen.«

»Non'iama …«, fuhr Arekh fort. »Sie wird mit mir kommen wollen, aber … das darf nicht sein.«

»Ich nehme sie unter meinen Schutz.«

Arekh nickte. »Halte sie außer Gefahr.«

»Das verspreche ich dir.«

Arekh trat zwei Schritte auf die Tür zu, drehte sich dann um und musterte Marikani. Er wartete. Auf eine Geste, ein Wort. Die junge Frau sah schweigend zu Boden. Dann wandte sie sich ab.

Arekh hob den Teppich und ging.

Der Rauch der Opfer im Ayesha-Tempel stieg in die Nacht auf. Das Feuer prasselte und tauchte Non'iamas Gesicht und Hände in purpurnes und goldenes Licht. Das Mädchen stand mit blau bemaltem Gesicht und Tigermaske auf dem Altar. Zwei- oder dreihundert Menschen hatten sich versammelt, um sie sprechen zu hören.

»Hâman Ayesha! Hâman Ayesha!«, schrie Non'iama und schlug sich auf die Brust.

Die Menge ringsum wiederholte: »Ayesha!«

Die Kleine lachte frei heraus, und die Menge lachte mit ihr. Dann hob sie die Hände und rief: »Ich habe den König der Sakâs gesehen! Ich hatte die Vision!«

»Die Vision! Die Vision!«, wiederholten die Umstehenden, und Non'iama begann, sich lachend und tanzend um sich selbst zu drehen. Wie ihre Bewunderer skandierte sie: »Die Vision! Die Vision!«

Dann blieb sie stehen, stolperte, schaffte es, auf den Beinen zu bleiben, und strauchelte erneut. Sie schmunzelte über ihre Ungeschicklichkeit, schloss die Augen und hob die Hand.

Um sie herum wurde es still. »Die Sterne bewegen sich am Himmel im Tanz der Zerstörung«, sagte Non'iama mit geschlossenen Augen. Unterdrücktes Gemurmel durchlief die Menge. »Die Kräfte vereinen sich, und ich spüre …« Die Zuschauer unterhalb des Altars hielten den Atem an. »Ich spüre in mir, in der Erde und im Himmel den Ruf des Ozeans …«

Die Menge brach in Beifallsrufe aus, und Marikani, die sich hinter den Säulen eines Pavillons unauffällig herangeschlichen hatte, konnte ein Lächeln nicht unterdrücken, als sie Hannaï und die anderen »Priesterinnen« mit vor Eifersucht verzerrten Gesichtern neben dem Altar stehen sah. Lionor saß etwas abseits auf einer Marmorbank. Ihr Gesicht zeigte den abwesenden Ausdruck, den es seit dem Tod ihres Kindes stets gehabt hatte.

Marikani näherte sich ihr, musterte sie einen Moment lang und setzte sich dann neben sie. »Non'iama hat schauspielerische Begabung«, sagte sie, aber Lionor wandte nicht den Kopf. »Sie wickelt die Menge um den Finger wie ein echter *Erashi*. Sieh dir nur die anderen an!«, fuhr sie fort, legte Lionor eine Hand auf die Schulter und deutete auf die Priesterinnen. »Sie kommen fast um vor Eifersucht.«

»›Die Kräfte vereinen sich‹«, wiederholte Lionor. »Göttliche oder irdische Kräfte? Die des Schicksals oder die der Armeen?«

Marikani zuckte mit den Schultern. »Keine Ahnung! Du weißt doch, religiöse Reden müssen vage genug sein, um tiefgründig zu erscheinen. Und die Kleine scheint das perfekt zu beherrschen. Oh, sie ist schlau, sie wird es noch weit bringen.«

Lionor drehte sich um, und das Leuchten, das in ihren Augen stand, ließ Marikani erschauern. »Non'iama trägt das Ayesha-Feuer in sich. Sie hat die Sehergabe.«

Marikani sah ihre Freundin erschüttert an. Drüben beim Altar jubelte die Menge noch immer, während Non'iama einen neuen Tanz begann. »Lionor …«

Lionor musterte Marikani. »Sie hat das Ayesha-Feuer.«

»Lionor. Was redest du da? Ayesha ist nicht …«

»Sei still!«, sagte Lionor, sprang auf die Füße und baute sich vor Marikani auf. Das offene Haar fiel ihr über die Schultern und verlieh ihr ein wildes, mystisches Aussehen. »Du darfst nicht leugnen! In dir gehen Dinge vor, die du noch nicht einmal bemerkst!«

»Ja, ich habe Hunger, bin müde, und die Füße tun mir in diesen dummen Ledersandalen weh. Und vom Rauch dieser Altäre wird mir schlecht. Lionor, bitte …«

»Ich habe nachgedacht. Nach dem Tod meines … Ich habe seitdem viel nachgedacht«, flüsterte Lionor. »Ich habe mir Fragen gestellt. Du weißt schon, ich wollte wissen, warum.«

»Warum was?«

»Warum mein Sohn? Warum all diese Toten? Warum all dies unnötige Leid?«, sagte Lionor, und ihre Stimme wurde schrill, so dass sie die Aufmerksamkeit einiger Zuschauer erregte.

Marikani wandte den Blick ab, um nicht erkannt zu werden. »Weil Krieg herrscht«, flüsterte sie, als sie wieder zum Altar hinübersahen. »Weil die Menschen verrückt sind.«

»Nein«, sagte Lionor und schüttelte den Kopf. »Es gibt einen größeren Plan. Und man müsste blind sein, um das nicht zu sehen. Du glaubst nicht, du willst nicht glauben, du weißt nicht, was du bist und wofür du stehst, aber wir – wir wissen es. Ich weiß nicht, ob die Götter am Werk sind oder etwas anderes, aber du … du hältst das Schicksal in der Hand. Du bist Ayesha.« Marikani öffnete den Mund, um zu widersprechen, und Lionor packte sie so heftig an der Schulter wie vor einigen Stunden noch Arekh. Dann hob sie die Hand zum Himmel. »Sieh doch!«

Sie deutete auf den blauen Nebel am Himmel. »Du kannst leugnen, so viel du willst, alles rational erklären, so oft du möchtest, über die Religion spotten, wie du es so gern tust. Aber wie erklärst du das? Wie erklärst du, dass der türkisfarbene Stern genau in dem Moment explodiert ist, als du die Hand gehoben hast?«

»Lionor, diese Diskussion habe ich schon Hunderte von Malen geführt«, seufzte Marikani. »Sterne leben und sterben. Das ist ein seltenes astronomisches Phänomen, aber …«

»Nur weiter«, zischte Lionor so giftig, dass Marikani sie verdutzt anstarrte. »Wenn du dich selbst überzeugst, wunderbar. Uns wirst du nicht überzeugen! – Weißt du, was eine Göttin ist?«, fügte sie hinzu, bevor Marikani wieder das Wort ergreifen konnte. »Weißt du es?«

Marikani zuckte mit den Schultern. »Ich weiß nur, dass ich keine bin«, begann sie, aber Lionor unterbrach sie erneut.

»Eine Göttin ist ein Wesen, das das Angesicht der Welt verändert.«

Plötzlich verärgert, stand Marikani auf. »Es reicht«, sagte sie zornig. »Es reicht.« Und auf einmal wurde ihre Wut zu Kummer, und sie konnte sich gerade noch davon abhalten, tränenüberströmt auf der Bank zusammenzubrechen. »Lionor, bitte: Tu mir das nicht an. Nicht du. Du warst die Einzige … die Einzige, auf die ich immer zählen konnte. Die Einzige, die nicht wahnsinnig war, nun, da Arekh …« Sie hielt inne.

Lionor starrte sie an. »Arekh ist gegangen?«

»Ja, kein Wunder«, stieß Marikani hervor. »Männer! Entweder verlassen sie einen, oder sie liefern einen dem Henker aus. Aber ich bin nicht bitter, nein, gar nicht«, fügte sie mit einem kleinen, kalten Lachen hinzu. »Weder bitter noch ungerecht, das ist nicht meine Art.« Sie lachte noch mehr, bevor sie sich beruhigte, und erklärte: »Doch, ich bin ungerecht. Er ist abgereist, um zu versuchen, Reynes zu retten. Das ist heldenhaft, romantisch, dumm, tapfer, verzweifelt. Ich könnte noch eine ganze Reihe lobender Adjektive finden, wenn ich Lust dazu hätte. Ich höre beinahe schon die passende Musik erklingen!«

»Es wird ihm nicht gelingen«, sagte Lionor schulterzuckend. »Ayeshas Rache fährt auf die Königreiche nieder.« Sie lächelte, ein strahlendes, glückliches Lächeln; ihre Augen leuchteten vor Freude. »Sie werden verbrennen«, zischte sie, »sie werden alle verbrennen. In ihren Folterkellern, in ihren Gängen, in ihren Palästen, ihren bunten Türmen und Basaren. Sie werden für das, was sie getan haben, bezahlen, für das, was sie zugelassen haben, Männer und Frauen, die dachten, ihre Gatten und Kinder wären sicher, beschützt in ihren Armen, hinter ihren Mauern und Befestigungen … Aber die Rache wird sie endlich treffen, denn darauf wartet sie seit Jahrhunderten, seit Jahrtausenden. Sie wird endlich zuschlagen, und ich hoffe, ich bete, ich bin endlich glücklich, ich lache, ich tanze, während ich darauf warte, dass die Stadt in einem Flammenmeer zusammenstürzt, dass sie brennt, brennt, *brennt*!« Sie schwieg lange. »Und ich bin glücklich«, wiederholte sie dann. »Glücklich …«

Marikani blieb reglos stehen und starrte Lionor verstört an.

Kapitel 14

Die Felsen am Waldrand lagen in fahlem Sonnenlicht. Das Moos, der Farn und die großen, rötlichen Blätter der *Laeyn*-Pflanzen färbten die Wiesen orange und braun. Die zehn Kundschafter aus Reynes rückten vorsichtig von Baumstumpf zu Felsen vor, verbargen sich hinter Bäumen und eingestürzten Mauern.

Der jüngste, Rehal, war neunzehn Jahre alt gewesen, als er sich vor acht Jahreszeiten aus Liebeskummer verpflichtet hatte. Das erste Jahr, das er damit verbracht hatte, seinen Beruf in den Festungen von Reynes zu erlernen, war eine Erleuchtung gewesen. Der Sold war gut, und an drei Tagen jeden Mond zog Rehal mit den vier Kameraden aus seinem *Fali* – seiner Gruppe – in die Stadt. Seine Freunde waren genau wie er Bürger- oder Kaufmannssöhne und hatten ihre helle Freude daran, ihren Sold in Bädern, Tavernen und Freudenhäusern zu verprassen. Zwei solche Ausflüge hatten gereicht, Rehal das Gesicht des Mädchens vergessen zu lassen, das ihm das Herz gebrochen hatte. Er hatte seine Entscheidung nie bereut. Die Armee war sein Leben geworden. Obwohl er, weil er kein Adliger war, nie zum Offizier würde aufsteigen können, führte er ein sehr viel erfüllteres Leben, als er es getan hätte, wenn er den Laden seines Vaters übernommen hätte, wie dieser es sich wünschte.

Rehal hatte manchmal noch Albträume davon: Er sah sich von morgens bis abends hinter dem Tresen stehen, staubige Stoffballen ab- und wieder aufwickeln, die in gewaltigen Regalen in den dunklen Tiefen des Ladens seiner Familie lagerten. Er sah sich von Staub und Langeweile verschlungen und verschluckt, ertränkt in Feuchtigkeit, in der er zum Schatten zwischen anderen Schatten wurde, bevor er verschwand und auf ewig vergessen wurde.

Dann fuhr er immer aus dem Schlaf hoch und keuchte erleichtert, wenn er die vertrauten Wände des Zimmers in der Festung und die Sonne auf den Mauern sah und Stimmen, Gelächter und den fröhlichen Hörnerklang hörte.

Aber dann war der Krieg gekommen. Drei Tage nachdem die Sakâs die Berge überquert hatten, waren Rehal und der Rest seines *Zia* schon durch den Schlamm des Nordens gestapft.

Rehal hatte nie einen Feind zu Gesicht bekommen. Trotz seiner Ausbildung hatte er noch nie im Kampf getötet. Als der Offizier verkündet hatte, dass sie sich am nächsten Tag den Sakâs entgegenstellen würden, um einen Hügel zu verteidigen, dessen Lage Rehal noch nicht einmal auf einer Karte hätte bezeichnen können, hatte er sich beim Feuer zusammengekauert und seinen Ohren nicht getraut. Im Lager waren Gerüchte im Umlauf. Die Sakâs hatten – so erzählte man sich – die Rekrutenarmeen niedergemetzelt, die den Norden der Fürstentümer hatten verteidigen sollen. Hunderte, ja Tausende von Leichen verwesten im Regen. Es hieß auch, die Sakâs seien unbesiegbar, und die Kreaturen der Abgründe ritten an ihrer Seite und beschützten sie mit Hexerei.

Die Offiziere hatten versucht, sie zu beruhigen. Ja, es hatte viele Tote unter den Rekruten gegeben, aber das waren eben bloß Rekruten gewesen – Bauern und Dörfler, denen man eine Lanze gegeben hatte, bevor man sie in den Tod schickte. Das würde diesmal nicht geschehen: Rehal und seine Kameraden waren keine Anfänger. Sie waren Berufssoldaten, und der Segen des Hohepriesters Laosimba würde sie vor dem Bösen der Abgründe schützen.

Am folgenden Tag waren zwei von Rehals vier Kameraden vor seinen Augen im Schlamm gestorben. Panas war sofort tot gewesen: Er war kopfüber gestürzt und hatte dabei einen Blutstrom ausgespien, nachdem die Klinge eines Sakâs ihm in die Lunge gedrungen war. Mevier hatte, am Kopf getroffen und mit aufgerissener Brust, minutenlang im Todeskampf gelegen und um Hilfe gefleht, aber niemand war gekommen. Rehal und die anderen Überlebenden hatten die widersprüchlichen Befehle ihrer in Panik geratenen Vorgesetzten befolgt und den Rückzug angetreten.

Dennoch war die Schlacht von einem Sieg gekrönt gewesen – das hatte ihnen der Hauptmann am Abend gesagt, als sie das Lager aufgeschlagen hatten. Zumindest war es keine Niederlage gewesen. Sie hatten die Stellung gehalten, und das war den anderen *Zias* in der Gegend nicht gelungen. Überall um sie herum waren die Sakâs vorgerückt.

Rehal hatte im Kampf niemanden getötet. Keinen einzigen Sakâs. Seine beiden Freunde waren gefallen, und er hatte nichts getan … Er war mit ganzem Herzen bei der

Sache gewesen, aber sein erster Hieb war vom Schild seines Gegners abgeprallt. Dann hatte dieser zurückgeschlagen. Als Rehal hatte parieren wollen, war er ausgeglitten und in den Schlamm gestürzt. Als es ihm endlich gelungen war, mit durchnässten Kleidern und triefendem Kettenhemd wieder aufzustehen, hatte er den Feind angreifen wollen, um sich zu rächen, um die Tränen zu vergessen, die ihm vor Wut und Angst übers Gesicht flossen, aber ein Offizier hatte ihn aufgehalten und ihm befohlen, die Verteidigungslinie weiter rechts zu verstärken. Dort hatte Rehal einen Sakâs am Arm verwundet – aber bevor er die Auswirkungen seines Angriffs näher hatte betrachten können, hatte er einen Schlag auf den Kopf bekommen und war erneut gestürzt.

Rehal war ein wenig später wieder zu sich gekommen, als zum Rückzug geblasen worden war.

Am Folgetag waren neue Gerüchte in Umlauf gewesen. Die Kreaturen der Abgründe waren nicht echt. Marasi del Braven, ein Leutnant des *Zia*, der die drei Meilen entfernte Stadt Peirera besetzt hielt, hatte zwei dieser »Kreaturen« angegriffen und sie getötet. Als man den Monstern Kleider und Helme abgenommen hatte, hatte sich gezeigt, dass sie nur verkleidete Männer gewesen waren. Braven hatte ihnen die Köpfe abschlagen lassen, sie auf Spieße gesteckt und sie vor seinen Männern herumgetragen, die sie freudig angespuckt hatten.

Doch die Neuigkeit hatte die Moral der Truppen nicht gehoben. Nachdem die Männer aus Reynes gelacht, getrunken und über die List der Barbaren gespottet hatten, war ihnen etwas aufgefallen: Es war kein großer Trost, dass die Sakâs keine übernatürliche Hilfe hatten. Denn die Sakâs gewannen. Sie fegten alles beiseite, was ihnen im Weg stand, und die Soldaten aus Reynes konnten dafür noch nicht einmal mehr die Macht der Abgründe verantwortlich machen.

Nur sich selbst.

Am Abend war Rehal bei einem Reiterangriff umgerissen worden und hatte es nur einem Wunder zu verdanken, dass er von den Hufen nicht in Stücke getreten worden war. Als er mit Schmerzen in Brust und Knöchel wieder aufgestanden war, war er aufs Geratewohl vorwärtsgestolpert und hatte nur einen blutigen Nebel vor Augen gesehen, bevor er auf die Knie gefallen war und sich übergeben hatte.

Am folgenden Tag war Dravos – der Einzige aus ihrem *Fali*, der außer Rehal bis hierhin überlebt hatte – an die Westfront geschickt worden, um in Gilas es Maras' Armee als Späher zu dienen. An Gilas' Seite kämpften Manaîn, der Neffe des Emirs, und die Armee von Harabec.

Rehal meldete sich freiwillig, um ihn zu begleiten.

Sechs Tage lang waren sie durch verwüstete Landstriche geritten und unendlich langen Flüchtlingsströmen begegnet, die alle nach Reynes wollten. Rehal hatte Zeit zum Nachdenken gehabt. Er hatte sich seine Ungeschicklichkeit, seine Feigheit und sein Pech vorgeworfen, im Geiste die Ereignisse der zwei Schlachten noch einmal durchgespielt und versucht, seine Fehler zu verstehen.

Neuer Auftrag, Neuanfang, das hatte er sich geschworen. Wenigstens gab es im Westen weniger Schlamm.

Am Abend ihrer Ankunft hatte einer von Gilas' Leutnants sie auf Patrouille geschickt. Dravos, Rehal und acht weitere Männer waren durch Wälder und Wiesen zum Bergkamm des Nordwestbogens des Großen Kreises geschickt worden.

Sie hatten sich sehr vorsichtig vorwärtsbewegt, aber der belebende Geruch des Waldes und das helle Himmelslicht hatten Rehal getröstet. Das war der Neuanfang, von dem er geträumt hatte.

Jetzt endlich hatten sie den Waldrand erreicht. Sie waren stundenlang langsam den Westhang des Großen Kreises hinaufgestiegen, aber jetzt begann das Gelände sanft, beinahe unmerklich abzufallen. Es war unmöglich, mehr als eine Drittelmeile weit zu sehen. Haine, Hecken und Zäune nahmen ihnen die Sicht auf den Horizont.

Sie waren jetzt in gefährlichem Gebiet und entschlossen sich, doppelt vorsichtig zu sein. Sie schickten jeweils einen Späher voraus. Der Mann drang hundertfünfzig Schritt vor und ahmte dann, wenn er die Umgebung in Augenschein genommen hatte, drei Mal den Schrei des *Parinas* nach, um den anderen zu verkünden, dass sie zu ihm stoßen konnten. Fünf Mal gelang das ungehindert. Rehal, der als Sechster ging, erreichte den Grat.

Er hatte einen Hain aus Eichen, Ahorn und Brombeeren, die um einen kleinen Tümpel wuchsen, durchquert und schob gerade Dornenranken beiseite, als der Boden plötzlich unter seinen Füßen steil abfiel und er beinahe stürzte; er hielt sich an einem Ast fest und konnte, indem er einen Schritt zurückmachte, gerade noch das Gleichgewicht halten.

Vor ihm lag der Abgrund.

Wiesen, Bäume und Wege endeten abrupt an einer Klippe aus brüchigen Kreidefelsen, die zweihundert Fuß tief in die von Taleinschnitten durchzogene Ebene abfielen, in der vor Jahrtausenden der Grundstein von Reynes gelegt worden war. Wenn Rehal einen günstigeren Aussichtspunkt gehabt hätte, hätte er im Südosten die Silhouette des höchsten Turms der Stadt und die abgerundeten Formen ihrer dreizehn Hügel sehen können.

Aber Rehal hatte keine so gute Sicht, und etwas anderes hatte seine Aufmerksamkeit auf sich gezogen: die vier langen Heerwürmer der Sakâs, die unten langsam vorrückten.

Von so weit oben aus gesehen – vom Grat des Großen Kreises, der seit so vielen Jahrhunderten die Stadt schützte – wirkte der Feind nicht menschlich. Rehal holte tief Atem und bemühte sich, sein klopfendes Herz zu beruhigen. Nein, dort unten marschierten keine Männer, keine Armeen, sondern nur vier gewaltige, düstere Würmer, vier dunkle, bewegliche Flecken, die sich wie Schlangen wanden.

Die ersten beiden Armeen – eine rückte offenbar etwas schneller vor als die andere – schienen die Stadt im Südwesten umgehen zu wollen; sie hielten auf den unteren Pass zu, auf Gilas es Maras' Armee. *Auf uns*, begriff Rehal und zuckte zusammen, und wie zur Antwort auf seine Befürchtungen knackte die Wurzel, auf die er seinen rechten Fuß gestützt hatte. Er verlor das Gleichgewicht und stürzte beinahe ins Leere. Nur der verzweifelte Reflex, sich nach hinten zu werfen, bewahrte ihn vor dem Schlimmsten. Er klammerte sich an einer Efeuranke fest, die unter seinem Gewicht fast sofort nachgab, dann an einem Ast, während die von innen verrottete Wurzel abbrach und fiel; sie prallte auf dem Weg nach unten mehrfach auf, bevor sie in der Tiefe verschwand.

Rehal verkrampfte sich. Er wusste nicht recht, womit er rechnete – damit, dass dort unten, in der Ebene, die vier Sakâs-Armeen anhalten und sechstausend Gesichter zu ihm hochschauen würden? Aber natürlich geschah das nicht. Die vier Schlangen rückten weiter vor. Rehal bekam wieder Luft und setzte seine Beobachtung fort.

Die beiden anderen Armeen zogen direkt nach Süden. Direkt auf Reynes zu.

Auf seine Stadt zu.

Einen Moment lang tanzte das Bild des Ladens und der Tuchballen wieder vor Rehals innerem Auge – und auch die Gesichter seines Vaters und seiner Mutter, die so geweint hatte, als er sich verpflichtet hatte … Und die seiner beiden Schwestern, besonders das Lityas, der älteren, die so oft lachte und einen Händler im Ratsviertel geheiratet hatte, der Dörrfleisch und Gewürze verkaufte.

Und zum ersten Mal seit sehr langer Zeit sah er auch wieder das Gesicht der jungen Frau, die er so sehr geliebt hatte, die ihn betrogen und über die er nie hinwegzukommen geglaubt hatte. Safrima.

Die Sakâs marschierten direkt auf sie zu. Direkt auf sie alle.

Rehal stand einen Augenblick wie erstarrt da, bevor er die Fassung zurückgewann.

Noch war nicht alles verloren. Sie würden kämpfen. Erst einmal musste er ins Lager zurückkehren, um zu melden, was er gesehen hatte.

Und dazu musste er zu den anderen zurück.

Es gelang Rehal, sich äußerst vorsichtig zurückzuziehen und wieder in das Wäldchen hinaufzusteigen. Er kehrte auf dem Weg zurück, auf dem er gekommen war, ohne besondere Vorsichtsmaßnahmen zu ergreifen; er beeilte sich, um zu seinen Kameraden jenseits der Wiese zu gelangen.

Das Erste, was er sah, war Dravos' Leichnam, dem ein

Armbrustbolzen in der Kehle steckte. Rehal drehte sich langsam um, blickte ins hohe Gras.

Acht weitere Leichen lagen am Boden.

Rehal wirbelte herum und wollte gerade die Flucht ergreifen, als der Armbrustbolzen eines Sakâs ihm die Brust durchschlug.

»Ich will die Westmauer noch vor Sonnenuntergang erreichen«, verkündete Harrakin.

Unter ihm zogen Fußsoldaten und Reiter die gepflasterte Straße hinunter, die am alten Festungsgürtel entlang auf den Lafi-Turm zuführte. Die Entscheidung, die Marschroute zu ändern, war vor kaum einer Stunde gefallen. Drei Spähtrupps waren zum Bergkamm hinaufgeschickt worden. Keiner war zurückgekehrt. Dreißig Mann, wie im Nichts verschwunden. Die Sakâs hielten also bereits den Höhenrücken des Großen Kreises. Das hieß, dass mindestens eine Sakâs-Armee nach Südwesten abgebogen war, statt aufs Große Tor vorzurücken.

Wenn Feinde Reynes angriffen, dann von Norden her – das lehrte die Geschichte, die Harrakin und Gilas es Maras, die beide aus adligen Familien stammten, auswendig kannten. Im Norden lag die weite Ebene, im Norden lag das Große Tor von Reynes, das die feindlichen Armeen einzurennen versuchten. So war es immer. Und sie hatten alle angenommen, dass die Sakâs diesem Brauch folgen würden.

Vor allem hatten die eingeholten Informationen das scheinbar bestätigt. Die Barbarenarmeen waren durch den Norden des Emirats an Kiranya entlanggezogen, bevor sie nach Süden abgebogen waren. Die Armeen des kleinen Königs von Kiranya und des Gouverneurs von Kinshara und die zweite und dritte Armee von Reynes, die unter dem Befehl von Gilas' Cousin Pilanos es Maras standen, formierten sich wohl gerade jetzt nördlich des Großen Tors, um den Sakâs den Weg zu versperren.

Harrakin hatte Gilas überredet, nicht zu ihnen zu stoßen.

»Das ist ein großes Risiko«, wiederholte Gilas.

Sie saßen beide zu Pferde auf einer Anhöhe und beobachteten, wie die Truppen an ihnen vorbeizogen. In der Ferne lagen die Stadtmauern und der Lafi-Turm, bei dem sich einst ein Handelsposten befunden hatte.

»Wir verweigern damit direkte Befehle des Hohepriesters«, fuhr Gilas fort, »und vor allem ... vor allem geben wir vielleicht das Große Tor preis. Wenn Pilanos und die Männer aus Kinshara es nicht halten können ... Vielleicht hätten unsere Armeen etwas daran ändern können.«

Harrakin seufzte und sah die Reiter aus Harabec vorbeiziehen, gefolgt von den Armbrustschützen. »Die Sakâs haben immer auf Schnelligkeit gesetzt«, erklärte er. »Ihre ganze Strategie ...« Er zuckte die Achseln. »Seit sie die Berge überschritten haben, haben sie nie haltgemacht. Sie haben nie versucht, ihre Stellungen zu befestigen. Manchmal haben sie sich noch nicht einmal die Zeit genommen, eine Stadt zu plündern, bevor sie sie niedergebrannt haben. Deshalb haben sie uns überrumpelt. Jeder andere Feind hätte sich mindestens einige Wochen in Faez aufgehalten, um seinen Sieg auszunutzen und seine Position zu stärken.«

»Um die Haremsdamen zu vergewaltigen«, sagte Gilas mit einem schwachen Lächeln. »Wenn man sich schon die Mühe macht, den Palast des Emirs zu erobern, kann man doch genauso gut die Wonnen, die er zu bieten hat, auskosten …«

Harrakin nickte. »Genau. Das ist der Unterschied zwischen zivilisierten Männern und Barbaren, mein Lieber. Zivilisierte Männer schänden, bevor sie Brände legen. Die Sakâs stecken sofort alles in Brand. Diese Leute haben kein Benehmen!«

Gilas lachte ein wenig, bevor er den Blick zum Himmel hob. Es war sonnig und kühl, und vom Grat des Großen Kreises dort oben musste man eine hervorragende Sicht haben. Gilas hätte viel darum gegeben, sich dort zu befinden. Um mit eigenen Augen zu sehen, wo der Feind stand.

Er hatte in den letzten Tagen so viele Landkarten studiert, dass er Kopfschmerzen hatte, er hatte so viele Pfeile und Kreuze, die für die Sakâs stehen sollten, gezeichnet, dass Linien und Pläne sich in seinen Träumen miteinander vermischten. Aber er wusste – und zwar nur zu gut, da er seit fünfundzwanzig Jahren Offizier war –, dass die Kreuze und Pfeile nur Striche auf dem Papier waren. Die Gefahr bestand darin, sich selbst hinters Licht zu führen und anzunehmen, dass das, was man auf die Karten gezeichnet hatte, der Realität entsprach, und so seine Strategie auf dem Treibsand der Spekulation aufzubauen.

Harrakin ergriff mit bedächtiger, beherrschter Stimme wieder das Wort. Seit sie Seite an Seite kämpften, hatte Gilas noch nie erlebt, dass er die Fassung verlor. »Die Sakâs sind nicht hier, um zu erobern. Sie sind hier, um zu zerstören. Und die Zeit arbeitet gegen sie. Wenn alle Armeen der Königreiche sich vereinigt hätten, wenn wir die Zeit gehabt hätten, unsere Grenzen und Städte zu verteidigen, dann hätten wir sie aufgehalten. Wir sind besiegt worden, weil sie uns keine Atempause gegönnt haben.«

Ein Schwarm Wildgänse flog hoch oben schnatternd über sie hinweg, und Gilas es Maras ertappte sich bei dem Versuch, das Vorzeichen deuten zu wollen. Er war kein Priester, aber er kannte sich mit einfachen Omen aus.

Die Keilformation der Vögel war lang gestreckt, ihre Geschwindigkeit hoch. Die Gänse waren schwarz. Das bedeutete: »Gefahr und Eile«.

Sehr nützlich. Gilas schüttelte verbittert den Kopf. Am Vorabend von Schlachten hatten die Götter ihm bei allen Prophezeiungen und Orakeln stets nur offensichtliche oder paradoxe Hinweise geliefert.

Harrakin hatte ebenfalls einen Blick auf die Gänse geworfen. Er lachte leise, als ob er den gleichen Schluss gezogen hatte wie Gilas. »Die Sakâs sind nicht hier, um Reynes zu belagern«, fuhr er fort. »Das ist nicht ihre Art. Sie haben gar nicht die Mittel, lange durchzuhalten. Nein, sie wollen rasch gewinnen, wie immer. Und sie wissen, dass unsere Armeen sich vor dem Großen Tor sammeln …«

»Aber sie sind in der Überzahl«, sagte Gilas. »Sie haben Siegeschancen.«

»Sie sind sich dessen nicht sicher«, beharrte Harrakin. »Und der Kampf droht sich in die Länge zu ziehen. Das ist nicht das, was sie wollen.«

Gilas nickte. Er wusste, wie es weiterging: Harrakin und er hatten bereits darüber gesprochen. Nach Ansicht des Königs von Harabec rückten zwei der Sakâs-Armeen nach Süden vor, um die Stadt von der Flanke anzugreifen, durch die Tore der Westmauer, die kleiner und weniger stark bewacht waren. Wenn, so Harrakin weiter, die

Sakâs die Späher und die Botenvögel getötet hatten – seit achtundvierzig Stunden hatte sie kein *Kâås* mehr erreicht –, war das geschehen, um zu verhindern, dass jemand reagieren konnte, bevor es zu spät war.

Gilas war nicht völlig überzeugt, aber er hatte sich bereiterklärt, nach Westen abzuschwenken. Nicht, weil Harrakins Schlüsse unbedingt richtig sein mussten, aber weil ... nun ja, weil die Späher nicht zurückgekehrt waren. Das war eine Tatsache, klar und unbestreitbar. Was der König der Sakâs beabsichtigte, würde sich erst noch zeigen müssen, aber der Tod der Kundschafter bewies, dass sich mindestens eine Barbarenarmee weiter südlich befand als angenommen.

Gilas Leutnants ritten beide an der Spitze des ersten *Zia*. Gilas schloss sich ihnen an und erkundigte sich nach der Moral der Männer und dem Zustand der Vorräte. Lavin, der ältere der beiden Offiziere, begann gerade seinen Bericht, als bei der Vorhut Alarm geblasen wurde; gleich darauf waren das Sirren von Pfeilen, Schreie und Befehle zu hören.

Gilas trieb sein Pferd zum Galopp an, aber bei seiner Ankunft war die Schlacht schon wieder vorüber. Es war nur ein Scharmützel gewesen. Fünfzig Sakâs waren plötzlich zur Linken aufgetaucht und hatten versucht, ihnen den Weg zu versperren. Die Männer der Reyneser Vorhut hatten sie niedergemetzelt. Aber die Angreifer waren kein isolierter Trupp gewesen. Weiter östlich näherten sich weitere Sakâs ihrer linken Flanke – das verrieten die Feuer, große, orangefarbene Feuer, die etwa eine halbe Meile entfernt dichten Rauch aufsteigen ließen.

Sie kamen.

Die erste Sakâs-Armee marschierte direkt auf sie zu.

Lavin stieß zu Gilas; dieser deutete auf die Hornisten. »Lasst zum Anhalten blasen. Wir müssen die Truppen Stellung beziehen lassen und ihnen den Weg versperren, bevor …«

»Gilas.«

Harrakins Stimme. Gilas drehte sich um.

»Könnte ich Euch einen Moment sprechen?«

Gilas nickte, und die beiden Männer stiegen vom Pferd. Nach kurzem Zögern rief Gilas Lavin zurück.

»Herr?«, fragte der Leutnant.

»Wartet«, sagte Gilas. Er warf einen Blick zu Harrakin hinüber. »Der Befehl ist noch nicht bestätigt.«

Der Offizier entfernte sich. Gilas wandte sich wieder dem König von Harabec zu. »Ihr wollt weitermarschieren. Ihr wollt, dass wir weiter auf die Mauern zuhalten.«

Harrakin nickte. »So schnell wie möglich. Diese Männer haben sich auf uns gestürzt, um uns aufzuhalten. Damit wir die vernünftigste Entscheidung treffen: die, anzuhalten und uns dem Angriff zu stellen, statt zuzulassen, dass sie uns in die Flanke fallen …«

Gilas wusste, was kommen würde, aber er wartete schweigend ab.

»Wenn wir das tun, werden sie sich in zwei Gruppen teilen. Die eine wird den Auftrag haben, uns aufzuhalten, während der Rest der Armee uns umgehen wird. Sie werden die Tore der Westmauer vor uns erreichen. Das wollen sie, davon bin ich überzeugt.«

Gilas verzichtete wieder einmal darauf, das Offensichtliche auszusprechen: Wenn sie in einem Gewaltmarsch vor den Sakâs hereilten, würden diese das ausnutzen, um ihnen immer wieder in die Flanke zu fallen. Sie würden vielleicht durchkommen, aber nur unter schweren Verlusten. Ihre Soldaten würden bewegliche Zielscheiben bilden, auf die die feindlichen Bogenschützen nach Herzenslust schießen konnten.

»Es ist keine leichte Entscheidung, das weiß ich«, sagte Harrakin leise.

Je weiter sie sich entfernten, desto stärker handelten sie Laosimbas Befehlen zuwider. *Vielleicht spielt das keine Rolle*, dachte Gilas, als er sich umdrehte, um die orangefarbenen Feuer der Feinde zu betrachten. Sollte Laosimba doch in den Abgründen verrotten! Das Wichtigste war, die richtige Entscheidung zu treffen. Wenn Harrakin recht hatte, wenn die Sakâs wirklich auf die Tore der Westmauer zuhielten, dann stellte sich die Frage gar nicht. Sie mussten weiter und vor ihnen eintreffen.

Aber es bewies nun einmal nichts, dass Harrakin recht hatte. Die Sakâs hatten vielleicht ganz andere Absichten. Vielleicht versuchten sie sogar, sie zu überlisten, um sie vom Großen Tor wegzulocken.

Und wenn das Große Tor fiel, weil sie nicht da waren? Weil sie den Befehl verweigert hatten?

Nein, es war keine leichte Entscheidung.

Alles hing von Harrakins Intuition ab.

Gilas drehte sich um und musterte den jungen König von Harabec. Wer war dieser Mann? Den Gerüchten nach ein ehrgeiziger Adliger, der gelogen, intrigiert und gemordet hatte, um dorthin zu kommen, wo er war, ein Mann, der seine Frau verraten hatte, um ihren Platz auf dem Thron einzunehmen.

Und auch ein hervorragender Militärkommandeur, der von seinen Männern vergöttert wurde und mehrere Kriege gegen Feinde Harabecs gewonnen hatte.

Und jetzt steht er hier vor mir, dachte Gilas. *Trotz seiner*

Feinde am Hof, seiner Rivalen, all derer, die von seinem Tod geträumt haben und noch träumen, all jener, die seinen Platz begehren … Er lebt noch, und er ist König.

Harrakins Instinkt musste verlässlich sein.

Gilas nickte knapp. »Gut. Ich folge Euch.«

»Ich werde mich nicht von hier wegrühren«, sagte Vashni.

Die vier Soldaten an der Tür ihres Zimmers wirkten eher verstimmt als bedrohlich. Die junge Frau deutete auf die Kissen und Seidenvorhänge, die unter hohem Kostenaufwand aus Harabec hergeschafft worden waren, die Schmuckkästchen, die Kleidertruhen, die vor Gewändern und weiten Moiré-Hosen überquollen, die Beutel, die zahlreiche Parfümfläschchen, Kämme und Schminktöpfe enthielten.

»Es kommt nicht infrage, dass ich mein Gepäck zurücklasse, und ich habe keine Zeit, es zu ordnen.«

»Aber …«, begann einer der Soldaten.

»Da gibt es kein ›aber‹«, unterbrach ihn Vashni. »Ihr habt mich schon zwei Mal gezwungen, umzuziehen. Zuerst, als Laosim … als der Hohepriester alle ausländischen Delegationen aus dem Ratsgebäude weggeschickt hat, und dann, um mich hierherzubringen.«

»Der Hohepriester wollte, dass alle ehrenwerten Gesandten unter möglichst luxuriösen Bedingungen untergebracht würden …«

»Das sind sie. Und ich bleibe.«

»Ehari Vashni«, sagte ein anderer Soldat, der älter und weniger ängstlich war, »Ihr seid an diesem Ort nicht sicher.«

»Ich bin in Reynes nicht sicher?«

»Nicht so nahe an der Westmauer«, sagte der Soldat leise, als schäme er sich für dieses Eingeständnis von Schwäche. »In der Nähe wird gekämpft.«

»Gekämpft?«, wiederholte Vashni. »Wer kämpft hier? Ich dachte, die Sakâs würden aufs Große Tor zumarschieren.«

Der Soldat machte eine vage Gebärde. »Tut mir sehr leid, Ehari, aber wir dürfen nicht … Bei allem Respekt, Ihr müsst gehen. Die anderen Mitglieder der Delegationen sind schon wieder dabei, in die Flügel des Ratsgebäudes einzuziehen.«

»Also habt Ihr uns nur hinauswerfen lassen, um uns eine Woche später wieder zurückzuholen? Das ist absurd.«

»Ehari …«

»Ich bleibe hier.«

Die Soldaten beharrten eine gute halbe Stunde lang, bevor sie sie endlich in Ruhe ließen. Vashni musste ihnen erst drohen, sie wegen Schädigung der Würde einer ausländischen Delegation zu verklagen, bevor sie sich entschlossen zu gehen. Dann setzte Vashni sich still aufs Bett und blieb eine Weile so sitzen, während sie durch das kleine Fenster des Quellenpalasts zusah, wie die Sonne unterging. Als die Sakâs-Armeen die Grenze überschritten hatten, hatten die Ratsherren beschlossen – nur die Götter wussten, warum! –, alle Delegationen der südlichen Länder zu evakuieren und sie in verschiedenen Stadtpalästen unterzubringen.

Dort waren sie eine Woche geblieben. Nun hatten die Ratsherren ihre Meinung geändert.

Vashni seufzte. Vor ihren Augen wurde der Himmel erst tiefblau, dann schwarz.

Die junge Frau verließ langsam ihr Zimmer und schritt

durch die verlassenen Gänge. Manche Diener waren noch da, verteilten Fackeln und reinigten die Teppiche. Es waren alles freie Männer und Frauen – die Sklaven waren entweder tot oder längst geflohen. *Und das sieht man*, dachte Vashni, während sie kritisch beobachtete, wie wenig gründlich eine Frau mit braunen Zöpfen die Bodenfliesen des großen Esszimmers wischte. Die Haushaltssklaven hatten zügig und gut gearbeitet; ihre Technik hatte sich in jahrelanger Übung verbessert. Freie Diener hatten immer ehrenhaftere Aufgaben ausgeübt wie die einer Kammerzofe oder eines Kochs. Sie waren solch grobe Arbeiten nicht gewohnt.

Die Welt hatte sich verändert.

Und ändert sich noch, dachte Vashni, als sie den verlassenen Wirtschaftstrakt durchquerte, um den hinteren Hof zu erreichen, der zwischen dem Palast und der Stadtmauer lag.

Der Himmel bot nicht mehr denselben Anblick, die Sklaven hatten ihre Göttin gefunden …

Und nahe der Westmauer wurde gekämpft, und Reynes war nicht mehr sicher, und Marikani, die über einen der kultiviertesten Höfe der Königreiche geherrscht hatte, war selbst nur eine Sklavin.

Und Vashni wusste nicht, welche Schlüsse sie daraus ziehen sollte.

Sie überquerte den Hof und ging auf die steinernen Treppenstufen zu, die an der Innenseite der Mauer emporführten. Die Treppe war nicht bewacht – dies war die private Treppe des Quellenpalasts, die sicher seit Jahrzehnten nicht mehr genutzt worden war. Die junge Frau stieg die Stufen eine nach der anderen hinauf und blieb mehrmals stehen, um zu verschnaufen.

Endlich kam sie oben an.

Die Nacht war dunkel: Wolken, die am späten Abend aufgezogen waren, verdeckten das Licht der Monde. Die innere Stadtmauer, auf der Vashni nun stand, war etwas höher als der zweite Mauerring, der wiederum den ersten um fünf oder sechs Fuß überragte. Fackeln brannten auf dem Wehrgang – Dutzende, ja Hunderte von Fackeln. Vashni hielt den Atem an. Auf der äußeren Mauer standen Hunderte von Männern. Wachen, Patrouillen. Und auf der anderen Seite, in der Ebene, wurde gekämpft: vier oder fünf Meilen nördlich von ihr in der Nähe eines hohen Turms. In dieser Dunkelheit war es unmöglich zu sehen, welche Truppen dort waren und wer die Oberhand hatte. Von ihrem Standort aus konnte Vashni nur tanzende Lichter erkennen: Lagerfeuer, Fackeln, brennende Pfeile.

Die junge Frau blieb einen Moment reglos wie hypnotisiert stehen. Dann legte ihr jemand die Hand auf die Schulter, und sie zuckte zusammen.

»Banh!«, sagte sie mit klopfendem Herzen. »Ihr habt mir einen Schreck eingejagt.« Das Gesicht des Ratgebers war im Dunkeln kaum zu erkennen. »Ich dachte, Ihr hättet den Palast verlassen.«

»Ich hatte keine Lust zu gehen«, erwiderte er leise, trat dann neben sie und ließ den Blick über die Armeen unter ihnen schweifen. »Ich habe die Diener mein Gepäck wegschaffen lassen, aber ich …« Er zuckte mit den Schultern. »Da drüben, dicht bei uns, wird Geschichte geschrieben. Es wirkt so … lächerlich zu fliehen. Ich weiß nicht, wie ich das erklären soll. Es ist ein seltsames Gefühl.« Er machte eine vage Bewegung.

»Ich weiß«, sagte Vashni. »Ich … Es geht mir genauso.«

Seite an Seite beobachteten sie den Tanz der Lichter in der Ebene.

Die Sakâs griffen brüllend an, und auf Harrakins Signal knieten die Fußsoldaten sich hin und rammten ihre Lanzen in den Boden, um die erste Angriffswelle zu brechen. Die Barbaren verlangsamten ihren Lauf nicht, und bald ertönten die ersten Schreie aufgespießter Männer. Es waren weniger als vorhergesehen, dachte Harrakin, als er sein Schwert zog und zwischen den Reihen hindurchschritt. Die Anführer der Sakâs hatten ihren Männern einige einfache, aber wirkungsvolle Abwehrbewegungen beigebracht: wie sie sich auf den Boden werfen konnten, um unter den Eisenspitzen der Lanzen hindurchzugleiten, wie sie sich mit den Körpern derjenigen, die schon durchbohrt waren, schützen konnten, wie sie den Soldaten die Lanzen entreißen konnten, wenn sie erst einmal die Sperre durchbrochen hatten, um den Nachrückenden Platz zu machen. Seinen Schätzungen nach waren nur etwa vierzig Sakâs gefallen, und andere drängten bereits nach.

Der Kampf erfasste die ersten Reihen, erhellt nur vom flackernden Licht der Fackeln, die in den kleinen Steinmauern steckten, hinter denen die Soldaten aus Reynes und Harabec sich verschanzt hatten. Die Sakâs brüllten Kriegsschreie, Drohungen und Sprechgesänge. Ihre Gegner schlugen stumm zu; von ihnen hörte man nur die knappen Befehle der Offiziere. Harrakin machte noch einige Schritte; dann schlug er mit aller Kraft zu und hieb sein Schwert in den Kopf eines Feindes, der sich zu weit vorgewagt hatte. Er zerschmetterte ihm den Schädel. Harrakin zog seine Klinge zurück und wischte sie an der

Hose ab. Wind kam auf und ließ das Feuer der Fackeln auflodern. Einen Augenblick lang tanzte das Licht und verwandelte das Schlachtfeld in eine Bühne aus Licht und Schatten, auf der die Männer in grotesken, heldenhaften oder tragischen Posen erstarrt schienen, als sei der Krieg nur ein Theaterstück.

»Zieht Euch zurück, Majestät!«, schrie ein Mann hinter ihm. Harrakin erkannte seinen Adjutanten, dem das Blut übers Gesicht lief. »Geht kein unnötiges Risiko ein!«

Er hatte recht. Harrakin ging zu ihm hinüber und warf einen letzten Blick auf den Strom von Barbaren und die Männer, die wohl oder übel die Stellung hielten. Zwei Drittel ihrer Armee waren am Turm angekommen und hatten sich noch rechtzeitig zwischen der alten Festung und der Westmauer von Reynes verteilen können, um den Zugang zu den Toren zu versperren. Aber die Sakâs rückten schneller als erwartet vor, und der Angriff hatte bei Sonnenuntergang begonnen, während sämtliche Reyneser Rekruten und auch manche Nâlas ihr Ziel noch nicht erreicht hatten. Harrakin hatte rasch eine Sperre organisiert, um die Hauptmacht der Feinde aufzuhalten und so den Nachzüglern Gelegenheit zu geben, zu ihnen zu stoßen.

Es wird reichen, wenn wir noch eine Stunde durchhalten, dachte Harrakin. Die ersten Reihen waren jetzt nur noch ein Gewirr aus Männern und Waffen. Noch eine Stunde … Sobald der letzte Soldat hier war, würden sie sich zurückziehen können.

Ein Horn ertönte mitten im Getümmel: drei Stöße, dann noch einer. Lavin, Gilas' Leutnant, forderte Verstärkung an. Harrakin gab seine Befehle, und einige Augenblicke später stürzten sich fünfzig Soldaten in die

Schlacht. Mehr würde es nicht geben. Sie konnten es sich nicht leisten, noch mehr Männer zu opfern, um eine zeitlich begrenzte Stellung zu halten, solange die beiden Armeen noch nicht einmal in Position gegangen waren.

Wenn der wahre Angriff begann, würde es auf jeden einzelnen Mann ankommen.

Die Pfeile der Sakâs gingen auf die dicht gedrängten Reihen nördlich des Großen Tors nieder. Von der Mauer aus beobachtete Laosimba, begleitet von den Ratsherren Viennes und Lucasi, die feindlichen Armeen. Der frische Wind der Morgendämmerung wehte ihre Haare hoch und zerrte an ihren Wollumhängen.

Viertausend Mann waren vor der Stadtmauer zusammengezogen, um das Große Tor zu verteidigen.

Gegenüber von ihnen, kaum fünfzig Fuß entfernt, standen sechstausend Sakâs. Nur die Bogenschützen schossen. Die Barbaren rührten sich nicht.

»Worauf warten sie?«, flüsterte Viennes, als liefe er Gefahr, sie in Bewegung zu setzen, wenn er die Stimme hob.

»Ich weiß es nicht«, sagte Laosimba. »Aber wir … wir warten auf die Armee aus Laân. Sie ist einen halben Tag entfernt. Tausend Mann. Wir werden sie brauchen.«

Viennes drehte sich zu Laosimba um. »Was geht im Westen vor? Es geht das Gerücht …«

»Ich habe die Truppen aus Harabec und Gilas es Maras' Armee dorthin geschickt, um die Nebentore zu schützen«, verkündete der Hohepriester, den Blick auf die Linien gerichtet. »Die erste und zweite Armee der Sakâs sind plötzlich nach Südwesten abgebogen. Wir haben gerade noch rechtzeitig reagiert, um sie aufzuhalten.«

Lucasi runzelte die Stirn. »Ich habe selbst die Briefe unterschrieben, in denen ihnen befohlen wurde, zum Großen Tor zu kommen. Ihr habt sie eigenhändig verfasst.«

»Offensichtlich habe ich meine Meinung geändert«, sagte Laosimba, der immer noch die Bewegungen der feindlichen Truppen verfolgte.

Viennes warf einen Blick auf die angespannten Züge des Hohepriesters. Laosimba war ein passionierter Lügner. Er mochte sich in religiösen Vorträgen in Begeisterung reden, er mochte Tränen in den Augen haben, wenn er von den Göttern sprach, und furchterregende Wutanfälle bekommen, aber Viennes mit seiner langen Verwaltungserfahrung wusste zwischen Persönlichkeit und Komödie zu unterscheiden. Die Wutanfälle und Tränen des Priesters waren Teil seiner Schauspielkunst: Auf diese Weise gab er sich unberechenbar und versetzte alle in Angst und Schrecken.

Wenn Laosimba wirklich zornig war, weil man ihm nicht gehorcht hatte, dann weinte er nicht und verlor auch nicht die Fassung. Seine Züge erstarrten in kaltem Zorn.

Wie jetzt.

Viennes wandte den Blick ab.

Wenn der König von Harabec und Gilas es Maras wirklich einen Befehl verweigert hatten, dann war ihre Haut nicht mehr viel wert, ganz gleich, ob sie die richtige Entscheidung getroffen hatten oder nicht.

»Habt Ihr gesehen?«, fragte Lucasi. »Die Sakâs schichten Scheiterhaufen auf. Da drüben … und da.«

Laosimba schüttelte den Kopf. »Die Männer auf der ersten Mauer sagen, dass es keine Scheiterhaufen, sondern Feuerstellen sind. Große Holzstapel.«

»Um Feuer zu machen? Warum? Als Signal?«, fragte Viennes.

Der Hohepriester schüttelte den Kopf. »Wahrscheinlich.«

Lucasi beugte sich über die Mauer und verdrehte den Kopf, um nach Osten blicken zu können. »Ich wünschte, die Truppen aus Laân wären bereits zu uns gestoßen«, sagte er zu Laosimba.

Der Hohepriester nickte knapp. »Sie werden nicht auf sich warten lassen.«

Gilas es Maras betrat das Zelt, in dem Harrakin zwei Stunden nach Sonnenaufgang endlich eingeschlafen war. Es war ihnen gelungen, den Sakâs zuvorzukommen. Sie hatten über dreihundert Mann verloren, aber ihre Truppen standen nun zwischen dem Turm und der Westmauer und versperrten den Zugang zur Straße und zu den Toren.

Seitdem hatte der Feind ihnen keine Atempause gegönnt. Die Sakâs hatten ihre Angriffe fortgesetzt und sich auf den Osten ihrer Verteidigungsstellungen konzentriert, um die Straße einzunehmen, die an den Stadtmauern entlangführte. Es waren Nachrichten vom Großen Tor eingetroffen. Dort rührte sich noch nichts. Die beiden Armeen beschränkten sich darauf, sich zu beobachten. Gilas hatte gehofft, dass es auf ihrer Seite der Front auch so kommen würde. Ein kurzer Waffenstillstand hätte ihnen die Zeit gelassen, Atem zu schöpfen, ihre Männer neu aufzustellen und der feindlichen Strategie zuvorzukommen. Diese Chance hatten sie nicht bekommen.

Und dennoch waren noch lange nicht alle Sakâs am Angriff beteiligt. Fünf- bis sechshundert von ihnen konzentrierten sich auf die Straße und ermüdeten die Verteidiger, aber die anderen warteten hinter den Mauern und kleinen Häusern des Handelsfelds und schichteten riesige Feuerstellen auf, die sie noch nicht angezündet hatten. Die Feuerstellen beunruhigten Gilas nicht: Sicher war das nur eine neue Einschüchterungstaktik, um die Gegner in Panik zu versetzen, ganz wie die falschen Kreaturen der Abgründe. Was ihn beunruhigte, war die Zahl der Feinde. Denn vor ihnen kampierten schließlich zwei Armeen statt einer, und immer noch trafen weitere Sakâs ein, wie nach Westen gesandte Späher bestätigten.

Einen Vorteil hatte diese Menge von Feinden: Sie bewies, dass Harrakin recht hatte. Die Sakâs wollten die Westmauern angreifen. Und in der Tat wären, wie Gilas mit einem leichten Schaudern begriff, die Nebentore wohl schon längst gefallen gewesen, wenn sie sich nicht dazwischengeworfen hätten. Wenn sie nicht die Richtung gewechselt hätten, wären die Sakâs jetzt bereits in der Stadt …

Ich sollte erleichtert sein, dachte er, *erleichtert, die richtige Entscheidung getroffen zu haben*. Aber hauptsächlich hatte Gilas Angst. Sie waren so knapp der Katastrophe entgangen und hatten so viele Männer verloren. Der Feind war mindestens zweifach in der Überzahl. Richtige Entscheidungen allein würden vielleicht nicht ausreichen.

Er kauerte sich neben Harrakin. Dieser öffnete sofort die Augen.

»Gilas? Gibt es Probleme?«

»Das weiß ich noch nicht.« Harrakin setzte sich stirnrunzelnd auf. »Ein gewisser Amîn Eh Maharoud ist gerade hergekommen. Ein Nâla aus einem der großen Adelshäuser des Emirats.«

»Sein Name sagt mir nichts.«

»Er bringt eine Botschaft für Euch von einem gewissen Morales. Anscheinend hat dieser Morales Männer: achtzig Reiter und achthundert Fußsoldaten. Er will sich uns anschließen.«

Harrakin starrte Gilas einen Moment lang stumm an, und Gilas fragte sich, ob der König von Harabec wirklich schon wach war – junge Leute schliefen manchmal tief –, aber Harrakin sagte schließlich: »Morales? *Arekh* es Morales?«

»Ja. Den Namen hat er genannt.«

Harrakin sprang auf und riss sein Kettenhemd an sich, das er mit seinem Waffenrock auf eine große Truhe geworfen hatte. »Das ist durchaus interessant«, sagte er mit dem Schatten eines Lächelns. »Ich dachte, Morales wäre tot. Wo hat er seine Männer her?«

»Es sind Abtrünnige. Sie gehören zu denen, die Manaîns Herrschaft nicht anerkannt haben, und anscheinend erkennen sie auch den neuen Erben nicht an. Sie haben sich einen neuen Anführer gesucht, aber sie wollen gegen die Sakâs kämpfen. Also? Wer ist dieser Morales?«

»Ein ehemaliger Ratgeber des Hofs von Harabec«, sagte Harrakin. »Und einer derjenigen, die die Verteidigung von Salmyra geleitet haben. Er hat den Palast wieder eingenommen, nachdem mein Bruder uns an die Männer des Emirs verraten hatte. Und dann …« Er unterbrach sich und sah den Offizier an. »Das ist eine lange Geschichte, Gilas, aber Ihr solltet wissen, dass er wegen Häresie verurteilt ist und dass Laosimba sich persönlich mit seinem Fall befasst hat. Ich dachte eigentlich, er hätte Selbstmord begangen.«

»Dann ist er es vielleicht nicht«, sagte Gilas mit gerunzelter Stirn. »Vielleicht ist es eine Falle.«

»Vielleicht«, erwiderte Harrakin. Er hatte sein Kettenhemd übergestreift, zog sein rotseidenes Wams darüber und begann es nachdenklich zuzuknöpfen. »Hat die Nachricht nicht noch etwas enthalten? Irgendetwas? Einen Satz oder eine persönliche Information, um mir zu gestatten, ihn zu erkennen?«

»Vielleicht. Der Nâla sprach von den Bergen und den Hexenhunden des Inyas …«

Harrakin zog die Augenbrauen hoch und lachte leise. »Er ist es! Wie viele Männer? Knapp neunhundert? Das ist besser als nichts. Aber … Gilas«, fügte er hinzu und blickte auf einmal ernst drein. »Ich will Euch nicht in noch mehr Schwierigkeiten bringen. Wenn Laosimba erfährt, dass Ihr bereit wart, Euch mit Morales zu verbünden, wird er Euch die Haut abziehen. Vielleicht sogar buchstäblich.«

Gilas zuckte mit den Schultern. »Alles zu seiner Zeit.«

Harrakin nahm sein Schwert, ging ins Freie und holte tief Atem, so dass sich seine Lunge mit eisiger Luft füllte. Der Nâla stand in einiger Entfernung neben seinem Pferd und wartete auf ihn. Er war an seinen schlichten Leinengewändern zu erkennen. Die Soldaten, die Manaîns Nachfolger treu ergeben waren, trugen auf dem rechten Arm die leuchtenden Farben des Emirats. Der Mann beobachtete ruhig, wie Harrakin näher kam. Harrakin wollte gerade das Wort an ihn richten, als ein seltsames Phänomen seine Aufmerksamkeit auf sich zog.

Er drehte sich um und sah zum Turm hinüber.

»Die Kämpfe sind zum Erliegen gekommen«, sagte er erstaunt.

Der ferne, aber durchgängige Lärm der Schreie und des klirrenden Metalls, der von der Straße ein paar hundert Schritt weiter östlich herübergeklungen war, hatte sich gelegt. Harrakin runzelte die Stirn; er war eher besorgt als erfreut. Auch Gilas hatte sich umgedreht.

»Sie schichten Scheiterhaufen auf«, verkündete der Nâla. »Gewaltige Feuerstellen überall. Ich habe allein hier gut dreißig gesehen. Und sie erhalten noch weitere Verstärkung aus dem Norden. Wir sind auf dem Weg zu Euch zwei Angriffen knapp entgangen.«

»Wunderbar!«, knurrte Harrakin. Er musterte den Mann. »Wie heißt Ihr noch gleich?«

»Amîn Eh Maharoud. Ich befehlige die Reiter.«

»Noch mehr gute Neuigkeiten, Amîn? Ich bitte Euch, seid nicht schüchtern. Ich bin bereit, alles zu hören.«

Der Nâla lächelte und verneigte sich dann. »Im Augenblick nicht, Majestät. Aber glaubt mir bitte, dass es mich sehr freuen würde, sie Euch zu bringen. Bis dahin stehen wir zu Eurer Verfügung, wenn Ihr unsere Hilfe wünscht. Welche Antwort soll ich Aida Morales bringen?«

Harrakin wies nach Norden, dann seufzte er. »Dass er willkommen ist. Wir haben keine Wahl.«

Mittlerweile hatten selbst die Diener den Quellenpalast verlassen. In den umliegenden Straßen hatte Panik um sich gegriffen, seit die Nachricht von der Ankunft der Sakâs eingetroffen war. Die Einwohner hatten begonnen, ihren Besitz auf Karren zu laden, um in die westliche Innenstadt zu fliehen, aber die Wachen hatten alle Durchgänge versperrt und hinderten sie am Weiterkommen. *Offensichtlich*, hatte Vashni gedacht, als sie zwischen Bündeln, die wieder abgeladen wurden, zurückkehrenden Familien und denen, die noch immer glaubten, fliehen zu können, durch die Straßen gegangen war, *hat irgendjemand dort oben in der Ratsversammlung beschlossen, dass die Bewegungsfreiheit der Bevölkerung eingeschränkt werden muss, damit nicht die ganze Stadt in Panik gerät.*

Sie hätte, genau wie Banh, immer noch Gelegenheit zur Flucht gehabt – ihr Name und ihr Stand hätten ihr als Passierschein gedient. Aber weder sie noch der Ratgeber hatten sich gerührt. In dem nun leeren Gebäude war niemand mehr in der Küche. Die Speisekammern waren aber nicht geplündert worden, so dass sie dort etwas gefunden hatten, um sich zu stärken. Vashni hatte sogar etwas Fleisch mit Äpfeln und Gewürzen gekocht, wie man es in Sleys tat. Sie hatte erst als Heranwachsende kochen gelernt, als es ihr manchmal Spaß gemacht hatte, sich zu den Sklaven in den Wirtschaftsgebäuden zu gesellen, um zu tun, was ihr verboten war, und Gerüchte zu hören, die niemand sonst kannte. So war es ihr heute nicht schwergefallen, und sie hatte dabei sogar eine gewisse nostalgische Freude empfunden.

Nach dem Mittagessen war Vashni auf die Mauer zurückgekehrt und hatte die Armee zu ihren Füßen gemustert. Nun wusste sie, dass es die Armee von Harabec war. Bogenschützen aus der Leibwache der Ratsherren waren losgeschickt worden, um sich etwas weiter nördlich zu postieren und die Straße zu schützen, die die Sakâs anscheinend einzunehmen versuchten.

Kurz fragte sie sich, wo Samia wohl sein mochte. Bevor er nach Westen abgebogen war, hatte Harrakin ohne weitere Umstände seine Konkubine, die übrigen Frauen und die Männer, die zu alt zum Kämpfen waren, nach Reynes geschickt. Samia gehörte nicht zur offiziellen

Delegation und hatte sicher mit den übrigen Hofdamen in einem Privatpalast in der Innenstadt Zuflucht gefunden. Vashni empfand keine besondere Zuneigung für Samia, die sie für ehrgeizig, aber nicht mit der nötigen Intelligenz gesegnet hielt, doch in diesem Augenblick beneidete sie sie nicht um ihr Schicksal. Als Konkubine des Königs hatte die Arme fast ihre gesamte Freiheit für eine Stellung geopfert, die ihr nur ein begrenztes Maß an Ehren eintrug.

Für eine Frau besteht die beste Art von Freiheit darin, reich zu sein, dachte Vashni, als sie seltsam melancholisch die Stufen hinabstieg. Reich und Witwe – dann war man wirklich nur für sich selbst verantwortlich. Ja, dann stand es einem sogar frei, völlig absurde Entscheidungen zu treffen. Wie die, in einem leeren Palast an einem gefährlichen Ort zu bleiben, während nur einige Schritte entfernt der Krieg tobte.

In einem benachbarten Hof ertönten Hammerschläge auf Holz. Vashni schlenderte neugierig näher heran. Sie ging durch ein Gittertor, betrat einen aufgelassenen Teil der Ställe und sah erstaunt, dass ein Dutzend Soldaten damit beschäftigt war, gewaltige Bretter vor ein breites Tor zu nageln, das direkt in die Stadtmauer eingelassen war.

Ein ältlicher Offizier überwachte ihre Bemühungen, und Vashni trat auf ihn zu. Der Mann verneigte sich leicht, als er sie bemerkte.

»Führt dieses Tor zur zweiten Mauer?«, fragte Vashni.

Der Mann nickte. »Es gibt drei hintereinander. Wir haben die beiden ersten schon verbarrikadiert.«

Vashni runzelte die Stirn. »Sie führen ins Freie?«

Der Offizier zuckte mit den Schultern. »Der Palast

gehörte der Familie Riali, bevor die Ratsversammlung ihn aufgekauft hat. Sie hatten einen Privatausgang, um nicht an den Toren Schlange stehen zu müssen. So etwas gibt es im Westteil der Stadt häufig. Wir versuchen, sie alle zu versperren … Ich hoffe, wir vergessen auch keines! Sie sind nicht alle in den Karten verzeichnet.«

»Oh«, sagte Vashni.

»Macht Euch keine Sorgen, Ehari. Es sind bereits weitere Bogenschützen unterwegs.«

Laosimba inspizierte die Truppen vor der Stadt und spendete seinen Männern gerade den Segen Fîrs, als er gleich hinter der Front das lange, purpurne Gewand eines Botenmeisters erspähte. Mit einer gemurmelten Entschuldigung an den Offizier, der ihn begleitete, bog er sofort ab; die Männer machten ihm respektvoll Platz.

Der Bote wartete sehr aufrecht. Der Kââs saß auf seinem Handgelenk; die braunen Federn schimmerten. Der Metallring an der Klaue des Vogels war geöffnet worden, so dass im Innern das dünne, zusammengerollte Blatt mit dem intakten Siegelfaden sichtbar war.

Laosimba hob die Hand, um den Brief zu ergreifen – und zögerte dann, weil ihn eine plötzliche Furcht überkam, die er später als Vorzeichen deuten sollte. Die Armee aus Laân hätte schon seit über vier Stunden da sein sollen. Vier Stunden, das war nicht viel – eine Armee von mehreren hundert Mann konnte sich aus vielerlei Gründen verspäten. Und nichts wies darauf hin, dass der Kââs von Süden kam.

Dennoch hatte er auf einmal das Bedürfnis, den Brief nicht sofort, sondern erst im Innern der Stadt zu öffnen. Im Schutze der Mauern.

Gefolgt von dem Boten schritt der Hohepriester wieder durchs Tor, ohne stehen zu bleiben oder die Offiziere, die ihm zuwinkten, einer Antwort oder auch nur eines Blickes zu würdigen, obwohl sie sicher Neuigkeiten oder tröstende Worte erwarteten. Er ging einfach geradeaus, passierte alle drei Stadtmauern, erreichte die Granittreppe, die zur Aussichtsplattform emporführte, und stieg die Stufen hinauf, wobei er zwei Ratsherren, die sich ihm näherten, ignorierte. Auf der Plattform angekommen, betrachtete er wieder die beiden anwesenden Armeen.

Die Abenddämmerung senkte sich herab und tauchte die Landschaft in ein bläuliches Licht. Laosimba drehte sich um und streckte die Hand aus. Der Bote reichte ihm den Brief.

Laosimba entrollte das Papier und las die wenigen Zeilen, die in eiliger, angespannter Schrift darauf standen.

Die Armee von Laân würde nicht kommen. Das hatte er schon gewusst, als seine Finger das Papier berührten.

Seltsam. Er war nicht einmal überrascht.

Die Armee war nicht vernichtet, sondern aufgehalten worden. Eine Reihe von Angriffen aus dem Süden hatte sie langsamer gemacht, und sie würde mindestens drei Tage später als erwartet anrücken, hieß es in dem Brief. »Versucht, den Angriff bis dahin hinauszuzögern«, schloss der *Kasaïr* von Laân. Die Ironie des Satzes war ihm sicher nicht bewusst.

Laosimba rollte den Brief zusammen.

Auf der Ebene vor dem Großen Tor loderten Feuer auf.

Mit einem Schlag strebten hundert gewaltige, orangefarbene Flammen zum Himmel, flackerten zornig aus den Feuerstellen empor, die an den Vortagen errichtet worden waren.

Mit wütendem Gebrüll stürmten die Sakâs in den Kampf.

Die Fackel zischte nur einen Fingerbreit an Arekhs Gesicht vorbei. Er holte sofort zum Gegenschlag aus und rammte sein Schwert in die Schulter des Sakâs-Reiters, der versucht hatte, ihn zu blenden. Der Barbar stieß einen Schmerzensschrei aus und führte dann einen Schlag mit der Keule, die er in der rechten Hand hielt, aber der Schmerz brachte ihn aus dem Gleichgewicht, und es bereitete Arekh keine Schwierigkeiten auszuweichen. Ein weiterer Hieb, diesmal in die Brust, warf den Mann vom Pferd. Er wurde sofort niedergetrampelt, und Arekh drängte sein Pferd vorwärts und suchte das Schlachtfeld ab.

Endlich erspähte er ihn: etwas weiter südlich, umgeben von den Reitern aus Harabec, wild um sich schlagend. Gerade spaltete er einem feindlichen Reiter, der den Fehler begangen hatte, ihm zu nahe zu kommen, den Schädel. Harrakins Gesicht war blutbefleckt. So weit draußen mitten im Kampfgetümmel? Das war riskant: Wenn der König von Harabec jetzt fiel, würde die Moral seiner Männer zusammenbrechen. Aber sicher hatte sich Harrakin gerade deshalb ins Handgemenge gestürzt: um den Kampfgeist seiner Soldaten zu stärken und ihnen zu zeigen, dass er an sie glaubte.

Arekh und Harrakin waren sich noch nicht begegnet: Nach seiner Verhandlung mit Gilas war Amîn mit Befehlen zurückgekehrt. Sie sollten die Sakâs von Osten angreifen, um eine zweite Front zu errichten und zu versuchen, den Druck zu verringern, der auf der Mauerstraße lastete.

Sie kämpften jetzt schon seit vier Stunden, und Arekh wusste nicht, ob ihr Eingreifen irgendeine Wirkung gehabt hatte. Die Sakâs schienen immer noch gleichermaßen zahlreich zu sein, und ohne Rückzugsmöglichkeit und gute Sicht hatte Arekh keine Möglichkeit, in Erfahrung zu bringen, ob ihre Attacke wirkungsvoll war.

Er spornte sein Pferd an und bedeutete den Nâlas, ihm zu folgen – aber eine weitere Welle von Gegnern, hundert Mann zu Fuß, die Fackeln schwenkten, um die Pferde zu erschrecken, schnitt ihn von den Reitern aus Harabec ab.

»Lasst euch davon nicht beeindrucken!«, brüllte Arekh und versuchte, den Schlachtenlärm zu übertönen. Amîn bedeutete ihm, dass er ihn hörte, und Arekh fuhr fort: »Die Fackeln sollen uns nur ängstigen! Sie spielen mit unserer Furcht!«

Arekh hörte, wie Amîn hinter ihm den Nâlas seine Worte wiederholte, und stürmte mit einem Kriegsschrei vorwärts. Sie drangen noch zwanzig Schritte weiter vor und näherten sich einer kleinen Mauer; in dem Chaos waren Harrakin und die Reiter aus Harabec völlig verschwunden. Aber sie waren da, irgendwo. Die Sakâs saßen in der Falle …

Theoretisch. *Wie kann man einen Ozean in die Zange nehmen?*, dachte Arekh, als er das Meer von Barbaren vor sich sah, das im Norden zusammenströmte. Er trieb sein Pferd noch einmal an und ritt durch die kämpfenden Männer hindurch wie durch tiefen Schlamm.

Und plötzlich war Harrakin an seiner Seite, tauchte wie durch Magie aus dem Chaos auf.

»Morales!«, rief er, und Arekh drehte sich um, erstaunt,

auf Harrakins Gesicht einen beinahe euphorischen Ausdruck zu sehen, ein aus Blut und Tod geborenes Glücksgefühl. »Ein nettes kleines Scharmützel, nicht wahr?«

»In der Tat. Ich warte ungeduldig auf die echte Schlacht«, erwiderte Arekh und ließ sein Schwert noch einmal niedersausen.

Die Nâlas verteilten sich rings um sie und schirmten sie für einen Moment von den Kampfbewegungen ab. Arekh wandte sich Harrakin zu. »Was wollen sie?«

»Durch die Nebentore eindringen – die in der Westmauer«, sagte Harrakin mit ernster Miene. »Das glaube ich zumindest. Ich denke, der Angriff auf das Große Tor ist nur ein Ablenkungsmanöver.«

»Und was für eines, wenn es denn eines ist! Anscheinend findet da drüben ein richtiges Massaker statt.«

Harrakin zuckte die Achseln. »Vielleicht sind beide Angriffe ernst gemeint. Vielleicht warten sie ab, welche Front als Erste nachgeben wird. Ich hoffe, dass wir es nicht sein werden, aber ... Wo sind Eure Fußsoldaten?«

»Weiter oben«, sagte Arekh und deutete nach Norden, aber es war fast unmöglich, seine Soldaten im Kampfgetümmel auszumachen. »Wir werden uns nach Süden zurückziehen. Der Ansturm ist zu stark.«

Harrakin nickte. »Versucht, eine Stunde durchzuhalten, bevor ihr euch löst. Wir haben eine provisorische Mauer aus den Steinen der Gemäuer des Handelsfelds errichtet und werden uns dahinter verschanzen. Ein Rückzug von etwa hundert Schritt ...«

»Eine Stunde. Einverstanden.«

Arekh drehte sich zu Amîn um, und Harrakin gab seinem Pferd die Sporen. »Wir werden morgen früh bei Sonnenaufgang reden, wenn wir den noch erleben. Viel

Glück, Morales! Möge Ayesha Euch schützen«, fügte er mit einem schwachen Lächeln hinzu, bevor er sich entfernte.

»Natürlich«, sagte Arekh bitter.

Dann umfing der Kampf ihn wieder, und eine Stunde lang gab es nichts bis auf den Strudel der Schlacht, das Feuer des Zorns und den Wind des Todes.

Zu seinen Füßen erblickte der König der Sakâs nichts als Schönheit.

Der Große Zyklus vollendete sich vor seinen Augen und durch ihn. Wie herabgestürzte Sterne tanzten die Flammen der Fackeln – die Flammen der Zykluskrieger – in weiter Ferne unten auf der Ebene und trugen die Reinheit einer neuen Morgenröte mit sich. Die Offiziere der Königreiche glaubten, dass sie das Feuer nur nutzten, um Furcht in die Herzen ihrer Feinde zu säen, und dass deshalb jeder Sakâs eine Fackel in der Hand trug, dass deshalb die großen Feuer brannten, aus denen jeder einzelne Funke den Ruhm der Göttin Hâl in den Himmel trug. Aber das stimmte nicht. Die Angst und die Wirkung auf die feindlichen Soldaten waren nebensächlich. Was zählte, war die Symbolkraft. Was zählte, war die Kunst.

Die Kunst. Wie sehr er sich darin versenkt hatte, als er jünger gewesen war! So viele Gemälde und Statuen, Gedichte und große Epen hatte er studiert, kopiert und geliebt – dort unten, in den Türmen der Universität von Reynes, deren hohe Umrisse aus der Ebene aufragten. Einer der Lieblingslehrer des Sakâs-Königs, der damals nur Student gewesen war, hatte ihn in die Theorien der bewegten Kunst eingeführt. Wie hatte dieser Lehrer doch gleich geheißen? Der Name fiel ihm nicht ein. *Aber viel-*

leicht lebt er ja heute noch, dachte der junge König. Vielleicht lehnte er sich jetzt gerade aus einem der Fenster des Roten Turms der Fünften Universität, den er sicher nie verlassen hatte. Dieser Lehrer hatte ihm erklärt, dass Kunst niemals festgehalten werden konnte, dass sie ungezwungen aus Leben und Tod hervorsprudelte. Die wichtigen Männer, die, auf die es ankam – große Anführer, große Könige, große Priester, die wie Götter die Schicksalsfäden der Menschen tanzen ließen –, waren die wahren Künstler, und die Welt bildete ihre Leinwand.

Wenn er am Fenster stand, wie stolz musste er dann heute auf seinen Schüler sein!

Der König der Sakâs stand am Rande des Großen Kreises und betrachtete die Schönheit, die er geschaffen hatte. Zunächst die düstere Pracht der Stadt, in der heute Nacht sicher niemand ein Auge zutun würde – einer Stadt, deren elegante, abgerundete Formen man nur mühsam erahnen konnte. Die ärmsten Viertel lagen im Dunkeln, denn die Armen verschwendeten keine Kerzen oder Fackeln in einem nutzlosen Kampf gegen die Dunkelheit. Obwohl man sie aus dieser Ferne kaum sehen konnte, nahm der König doch die matten Lichter der öffentlichen Beleuchtung der großen Straßen wahr, auch die heiligen Feuer, die Tag und Nacht auf den Terrassen der Tempel brannten und ihre Konturen wie mit einem feinen Pinsel nachzeichneten. Manche Türme blieben dunkel, Schatten im Schatten. Man erahnte sie nur, wenn man wusste, dass sie da waren; in anderen erspähte man dann und wann die tanzenden Lichter von Fackeln hinter den Fenstern.

Aber diese Feinheiten und der zurückhaltende Glanz der nächtlichen Stadt wurden heute von den kräftigeren Farben des Krieges ausgelöscht. Was in dieser Nacht funkelte, waren die bewegten Lichter der Wachen mit ihren Fackeln auf den Mauern, die Feuer auf den Wehrgängen, die Armbrust- und Bogenschützen beleuchteten. Und weiter unten, in der Ebene, erstreckte sich sein Meisterwerk: der Flammentanz, das größte Ballett der Welt. Jeder Sakâs trug eine Fackel, und sie waren zu Tausenden. Und alle tanzten sie, suchten in der Menge ihren Partner, den, dem sie die letzte Ehre erweisen würden. All diese Feuer, die sich auf schwarzem Grund bewegten, hätten auch funkelnde Juwelen oder Glühwürmchen sein können …

Der König lächelte. Es gab zwei Hauptgruppen, zwei Lichtermeere. Seine beiden Armeen. Die erste stürmte gegen das Große Tor an, das von den drei gewaltigen Feuern der Armeeführung von Reynes beleuchtet wurde. Irgendwo dort unten musste der Hohepriester sein, und der König der Sakâs fragte sich, ob dieser die Pracht des Schauspiels wohl ebenso sehr zu schätzen wusste wie er. Inmitten der Feuerlache befand sich eine düstere, wogende Masse, die Armee von Reynes, ein dunkler Fleck, auf den sich der Strom der Glühwürmchen ergoss, der die Fläche umgab und sogar darin eindrang. Ja, kleine Lichtbächlein stießen bereits in die dunkle Masse der feindlichen Krieger vor und würden sie bald sprengen, wie Eis einen Stein sprengt.

Der König der Sakâs wandte den Kopf nach Westen, wo sich die zweite Welle aus Glühwürmchen befand. Auch dort tanzten die Lichter und konzentrierten sich auf einen bestimmten Punkt nahe der Mauerstraße; andere Gruppen kleiner Leuchtkäfer zogen schon weiter westlich durch den Wald, um ihren Gegnern in den Rücken zu fallen. Und auch dort wirkten die dunklen Scharen der

Verteidiger verloren und ertränkt. Stück für Stück wichen sie zurück – und Stück für Stück knabberten die Leuchtkäfer an der Straße. Und bald würde es zu spät sein, denn die funkelnden Insekten würden ein unauffälliges Loch finden, durch das sie ins Innere von Reynes schlüpfen konnten.

Aber all das war nicht wichtig. Die Strategie spielte verglichen mit dem Entscheidenden – der Schönheit – keine Rolle.

Schritte erklangen hinter ihm, und der König der Sakâs drehte sich um. Anâs verneigte sich vor ihm; er war einer der sieben Hâl geweihten Krieger, einer der sieben, deren Blut anstelle des königlichen Blutes fließen musste, wenn der König angegriffen wurde.

»Jemand möchte Euch sprechen«, sagte Anâs.

Der König der Sakâs sah ihn erstaunt an.

»Ich weiß, dass Ihr ungestört das Werk des Zyklus betrachten wolltet, aber … es handelt sich um das kleine Mädchen«, erklärte Anâs. »Die Botin. Die Hâman der Ayesha.«

»Wir können uns nicht zurückziehen«, sagte Amîn. »Noch nicht.«

Blut floss ihm übers Gesicht, und sein Pferd war verletzt. Sein Arm wies dort, wo ein Sakâs ihn mit der Fackel getroffen hatte, eine Verbrennung auf. Von den ursprünglich achtzig Reitern waren nur noch etwa vierzig übrig, verstärkt durch Reiter aus Reynes und einen Teil von Manaîns Nâlas. Im Laufe der letzten Stunden waren weitere Männer aus dem Emirat zu ihnen gestoßen, weil es ihnen lieber war, unter Aida Morales' Befehl zu kämpfen, als sich Laosimbas Truppen anzuschließen. Der neue

Erbe des Emirats – wie er auch heißen mochte – konnte die Massen nicht für sich begeistern.

Die Sakâs hatten sich in zwei Gruppen aufgeteilt. Die erste trieb Gilas es Maras' und Harrakins Truppen auf der Straße vor sich her, während die zweite versuchte, sie im Westen zu umgehen, wo Arekh und seine Männer ihr Bestes taten, um durchzuhalten. Die Sakâs wollten in großer Zahl durch die Haferfelder vordringen – und auf tückischere Weise durch den Wald: Während die meisten Feinde dicht an dicht zwischen den Getreidereihen mit Amîns Männern kämpften, schlichen kleine Banden von jeweils zehn oder zwanzig Sakâs durch den Wald, mit dem Auftrag, so weit wie möglich nach Süden vorzudringen und die gegnerischen Truppen zu bedrängen, bevor sie getötet wurden.

Die Bogenschützen aus Reynes, die in den Bäumen postiert waren, konnten viele töten, aber diejenigen, die entkamen, griffen isolierte Posten an oder fielen in die Lager ein, in denen sich die Verwundeten ausruhten. Manche waren sogar mit Fackeln in der Hand in Gilas es Maras' Hauptlager aufgetaucht. Es war ihnen gelungen, das Kommandozelt in Brand zu stecken, bevor sie aufgehalten wurden.

Das waren nur Einschüchterungsversuche, aber sie waren wirkungsvoll. Sie spielten mit der Moral der Truppen, die sich nirgendwo sicher fühlten …

Und vor allem verloren sie an Boden.

Die Bewegung war kaum merklich, aber durchaus vorhanden. Und dort drüben, in der Nähe der Mauern, waren Harrakin und Gilas ebenfalls zurückgewichen, das wusste Arekh. Man konnte es mit bloßem Auge sehen. Die Feuerwelle – die Sakâs und ihre Fackeln – brandete gegen die dunkle Masse der verbündeten Truppen an, und die Front war deutlich sichtbar. Sie war seit Einbruch der Nacht mehr als hundert Fuß nach Süden gewandert.

Arekh drehte sich mit mattem Blick zu Amîn um. »Wir haben zu hohe Verluste, und das Gelände ist abschüssig. Das wirkt sich vorteilhaft für sie aus.« Er wies auf einen kleinen Hain in der Nähe eines Wasserlaufs, der in der wogenden Dunkelheit kaum zu sehen war. »Ziehen wir uns dahinter zurück. Wir werden mehr von ihnen töten, wenn sie erst den Fluss überqueren müssen, bevor sie uns erreichen.«

Amîn schüttelte den Kopf. »Wir führen nun schon zum dritten Mal ein Rückzugsgefecht«, sagte er laut genug, um den Kampflärm zu übertönen. »Sie dezimieren uns, und wir verlieren an Boden! Was genau sollen wir eigentlich hier?«

Wir sind hier, um uns töten zu lassen, damit die Westflanke von Gilas' Armee geschützt bleibt.

Die Antwort war ganz einfach, und daran war nichts zu ändern. Wenn sie nicht hier gewesen wären, um sich zu opfern, hätten die Sakâs die Straße sicher schon längst erobert und die Tore eingerannt.

Auf jeden Fall war Amîns Frage rhetorisch. Er wusste es. Sie mussten die Westmauer schützen, das wussten sie alle, und das Übrige … *Alles Übrige ist nur schmückendes Beiwerk*, hätte Arekhs Vater gesagt. Das war eine seiner bevorzugten Redewendungen gewesen. Für Joanki es Morales vom Gut Miras hatte es die Pflicht gegeben, die man schweigend zu erfüllen hatte – und alles Übrige war nur schmückendes Beiwerk …

Warum stand Arekh plötzlich das Bild seines Vaters vor Augen? Er gab seinem Pferd die Sporen und drängte sich im Schlachtgetümmel zu drei riesenhaften Sakâs durch, die sich – je eine Fackel in der linken und eine Axt in der rechten Hand – eine Gasse durch die Verteidiger freischlugen.

Die Burg seiner Kindheit, die Langeweile und Hoffnungslosigkeit, die ihre grauen Steine durchtränkten …

Einer der drei Sakâs wandte sich Arekh zu, und dieser sprang mit gezogenem Schwert vom Pferd, da er plötzlich Lust verspürte, zu Fuß zu töten, die Stiefel auf dem Boden.

Sein Vater, der aus einer langen Reihe von Offizieren gestammt hatte, von denen so viele bei der Verteidigung der Fürstentümer gefallen waren …

Der Sakâs schleuderte die Fackel nach vorn, mitten zwischen die Soldaten, und riss die Axt mit beiden Händen hoch. Er legte sein ganzes Gewicht in den Angriff, und mit einem lauten Ächzen zielte er auf Arekhs Kopf. Arekh parierte nicht: Der Schlag hätte sein Schwert zerschmettert und ihm vermutlich die Schulter ausgerenkt. Er wirbelte gerade noch rechtzeitig herum, so dass die Axtklinge eine Handbreit von seinem Gesicht entfernt niederging.

Sein Vater, der so davon geträumt hatte, dass seine Söhne der Familientradition folgen würden, der sie im Hinblick darauf erzogen hatte …

Die Axt grub sich in einen Leichnam am Boden, und Arekh traf den Sakâs, der das Gleichgewicht verloren hatte, im Nacken; sein Schwert drang in die Halswirbelsäule.

Sein Vater, der davon geträumt hatte, dass seine drei Söhne Ruhm erringen würden … Aber seine beiden Lieblinge waren tot, und heute war es Arekh, der Mittlere, den sein Vater mehr als alles andere verachtet und gehasst hatte, der vor den Mauern von Reynes kämpfte.

Der zweite Sakâs hatte sich zu ihm umgedreht. Er schlug mit der Fackel nach ihm, und obwohl Arekh eine abrupte Bewegung machte, um auszuweichen, spürte er diesmal, wie die Flammen sein Gesicht streiften. Schmerz zuckte durch seine Wange, aber er hatte bei den Seelenlesern Schlimmeres überstanden und spürte nur einen leisen Hauch von Zorn, als er zum Gegenschlag ausholte.

Manchmal war das Schicksal so ironisch!

»Aida Morales!«

Amîns Stimme hinter ihm. Arekh traf den Sakâs und zwang ihn, zurückzuweichen; dann drehte er sich um.

Amîn bedeutete ihm, zu ihm hinter die Front zu kommen.

Arekh überließ den Verwundeten seinen Männern, nahm die Zügel seines Pferdes und zog sich zurück. Das Bild der Burg von Miras, das eisige Gesicht seines Vaters, das über dem Chaos schwebte …

War das nicht absurd? Auf seinem ganzen Weg hatte er sich nur im Kreis gedreht, um am Ende doch das Schicksal zu erleiden, das ihm schon immer bestimmt gewesen war.

»Aida Morales«, wiederholte Amîn, als sie ein Stück vom Kampfgeschehen entfernt waren. Um sie herum zogen sich die Männer langsam zum Fluss zurück. Das Feuer hatte eine kleine Reihe trockener Sträucher erfasst und beleuchtete das Schauspiel mit rötlichem Schein. »Ihr müsst die Front verlassen und Euch zum Nordostbogen des Großen Kreises begeben. Dort wird es Verhandlungen geben … mit Ayesha.« Amîn beantwortete

Arekhs verblüfften Blick nur mit einer verständnislosen Geste. »Gilas es Maras und der König von Harabec sind ebenfalls eingeladen. Ayesha besteht darauf, dass ihr alle anwesend seid.«

Die Hänge waren von Raubkatzen bedeckt. Tausende von Männern mit blauen Gesichtern und langen, schmutzigen blonden Haaren, die in zusammengestückelte Kleidung und einzelne Rüstungsteile gehüllt waren, saßen im Schneidersitz auf dem Boden. Die Feuer der Sakâs befanden sich tief unter ihnen, und nur das Licht der Monde beleuchtete die Gesichter der Anwesenden.

Marikani hatte den Verhandlungsort ausgewählt: auf halber Höhe des Ostteils des Großen Kreises in einer natürlichen Senke, die eine Art Amphitheater bildete. Harrakin trat an den Tisch heran – einen echten Holztisch, der im Gras auf der »Bühne« stand. Die Raubkatzen, die an den Hängen saßen, bildeten das Publikum. Wenn die Anführer des Bündnisses der Königreiche erst am Tisch versammelt waren, würden sie nur den Blick heben müssen, um Ayeshas Männer zu sehen, die überall über ihnen bis an den Horizont saßen.

Eine gelungene Inszenierung!

Harrakin war erschöpft. Er war nicht verwundet, aber die Übermüdung und Anspannung der letzten Tage lasteten auf seinem Körper und seinem Kopf wie eine metallene Krone. Ein stechender Schmerz wrang ihm den Verstand aus – ein Schmerz, den er nur zu gut kannte. Schlafmangel. Aber er konnte nicht schlafen. In den kommenden Stunden würde er all seine Intelligenz und Wachheit für das brauchen, was um diesen Tisch herum geschehen würde.

Fünf Personen saßen schon daran – und ein Teil von Harrakins Migräne verflog, als er Laosimbas Gesicht sah.

Der Hohepriester war aschfahl. Vor Zorn, vor Demütigung, vor Wut. Gezwungen zu sein, sich an den Tisch der Demeana zu setzen – der Feindin seiner Götter, der Frau, die er in der Hand gehabt hatte, bevor sie ihm entkommen war –, musste für ihn fast den Folterqualen gleichkommen, die er so vielen Unglücklichen zugefügt hatte. Aber Laosimba war sich über die Lage im Klaren. Wenn er eine Chance hatte, Hilfe zu erhalten, durfte er sie nicht vergeben. Harrakin ging um den Tisch herum, ohne sich hinzusetzen. Noch waren nicht alle Teilnehmer da, und Marikani war nirgends zu sehen. Sie ließ auf sich warten ... absichtlich. Das war ein Teil der Inszenierung. Wenn sie, wie man erzählte, mehr als viertausend Mann befehligte, dann hatte sie die Macht dazu. Sie konnte sie zappeln lassen und es sich erlauben, sie hierher zu zitieren.

Und sie hatte sicher vor, sie das spüren zu lassen.

Am Tisch saßen auch Gilas es Maras und sein Cousin. Und zwei Männer, die Harrakin noch nie gesehen hatte: Sicher zählten sie zu Marikanis Leutnants. Einer von ihnen, der Bara hieß, hatte Harrakin lange mit seltsamem Blick gemustert, in dem sich Neugier, Eifersucht und Hass vermischten. Jetzt unterhielt er sich mit gesenkter Stimme mit seinem Tischnachbarn, und Harrakin beobachtete sie einen Moment lang, versuchte, seine Gedanken von dem abzulenken, was unten, zu ihren Füßen, geschah. Gilas und er hatten ihre Leute unter dem Befehl ihrer Offiziere zurückgelassen. Es waren fähige, vertrauenswürdige Männer, aber das Zahlenverhältnis wirkte sich zu ihren Ungunsten aus.

Sie verloren an Boden, Stück für Stück. Wie viel mehr würden sie verloren haben, wenn sie zurückkamen?

Dann richtete er den Blick wieder auf Laosimba und spürte, wie sich seine Laune angesichts des ohnmächtigen Zorns, der in den Augen des Hohepriesters tobte, ein wenig hob.

Zumindest eines, was ihm den Abend verschönte!

Luisi del Virnas fühlte die Keule auf seinen linken Arm prallen und schrie vor Schmerz. Neben ihm führte ein Sakâs seine Fackel heran, und in einer Aufwallung von Zorn und Angst stürzte sich der Soldat auf ihn und warf ihn zu Boden, bevor das Feuer das Fässchen erfassen konnte, das unterhalb des Großen Tors niedergegangen war. Der Sakâs fiel schreiend, und trotz der Schmerzen stieß Luisi mehrfach zu: in die Brust, in die Kehle, bis der Barbar sich nicht mehr rührte.

Schlechte Arbeit – Luisis Hauptmann hätte über ihn gespottet. Nach fünfzehn Jahren Kriegsdienst und mehreren Heldentaten, die ihm das Recht erworben hatten, das Zeichen des Fîr auf der Stirn zu tragen, hätte Luisi eigentlich in der Lage sein sollen, einen Feind mit einem einzigen Hieb zu töten. Aber nach über zwölf Stunden ununterbrochenen Kampfes vernebelte ihm die Erschöpfung den Verstand. Auch die Angst und der Hass trugen dazu bei. Luisi war nur ein Soldat unter so vielen anderen, aber er hätte nie geglaubt, dass die Sakâs das Große Tor erreichen könnten, dass es ihnen gelingen würde, es physisch zu berühren. Doch es war ihnen gelungen. Es war nur ein zeitweiliger Durchbruch: An beiden Seiten tobte der Kampf weiter, und bald würde die Hundertschaft Sakâs, der es gelungen war, bis hierher vorzudringen, vernichtet sein. Aber andere würden in Wellen nachrücken und Feuer bei sich tragen. Das Feuer der Fackeln, das Feuer, das die seltsame, ölige schwarze Flüssigkeit erfasste, die die Sakâs in kleinen Fässchen transportierten, die sie vor oder auf das Große Tor warfen, wann immer es ihnen gelang, nahe genug heranzukommen. Das Feuer erfasste diese unbekannte Flüssigkeit rasch; es klammerte sich daran fest, weigerte sich, wieder zu erlöschen. Die Flammen nagten am Holz und breiteten sich mit der Flüssigkeit wie eine klebrige Lache aus.

Das Große Tor war dick und metallverstärkt. Und dahinter lagen Fallgatter und ein weiteres Tor und weitere Fallgatter und noch ein Tor. Sie würden mehr als die Flammen benötigen, um durchzukommen. Aber das Große Tor war seit Jahrhunderten nicht geschlossen gewesen. Seit Jahrhunderten hatte niemand es verteidigen müssen. Zu sehen, wie das Feuer daran leckte, war Blasphemie, und die Götter selbst – so dachte Luisi – mussten dort oben blutige Tränen vergießen.

Ich werde eher sterben, als es fallen zu sehen, dachte der Soldat und warf sich vorwärts, auf einen weiteren Sakâs, der ein Fässchen schleppte. Die Schmerzen in seinem verletzten Arm waren mittlerweile unerträglich. Die tote Last an seiner Schulter brachte ihn aus dem Gleichgewicht und führte dazu, dass seine Hiebe weniger treffsicher wurden, aber er schlug dennoch zu und legte seine ganze Energie in seine Klinge.

Der Sakâs parierte und stürmte dann mit dem Kopf voran auf Luisi zu, der stolperte und stürzte. Ein Aufblitzen von Schmerz blendete ihn einige Augenblicke lang, und er wartete auf den Gnadenstoß …

Der nicht erfolgte.

Da war ein Geräusch gewesen, ein Hornsignal vielleicht.

Plötzlich herrschte Ruhe auf dem Schlachtfeld.

Die Sakâs zogen sich zurück. Die Lichter ihrer Fackeln strömten wie eine Flutwelle davon, bevor sie etwa hundert Schritte vom Großen Tor entfernt zum Stillstand kamen.

Dann rührte sich nichts mehr.

Luisi stand langsam auf. Im Lager der Verbündeten sahen die Offiziere sich unsicher an, freuten sich aber, eine Atempause zu erhalten – auch wenn sie nur einige Sekunden dauern mochte.

Non'iama schritt vorwärts. Das Herz klopfte ihr bis zum Hals. Niemand war bei ihr. Einer der Krieger hatte ihr gesagt, dass der König sie erwartete, und hatte dann zum Grat gedeutet.

Der Rand des Abgrunds lag im Dunkeln. Das kleine Mädchen tastete sich vorsichtig voran und nahm sich in Acht, um nicht zu stürzen. Als der Boden vor ihr aufklaffte, blickte sie auf die Landschaft unter ihr hinab und hielt fasziniert den Atem an.

»Bewunderung oder Entsetzen?«, fragte eine vertraute Stimme.

Non'iama zuckte zusammen und drehte sich dann um. Der König saß am Rand des Steilhangs und rauchte eine *Nissia*, ein dünnes Stäbchen aus zusammengepressten, duftenden Kräutern, die, wie man sich erzählte, den Geist klärten und das Herz erfreuten. Der zarte weiße Rauch stieg in die Nachtluft auf; sein Geruch vermischte sich mit dem der Moose und Baumrinden.

»Es ist schön«, sagte Non'iama. »Fast so wie … diese

kleinen, leuchtenden Fische, die nachts in den schwarzen Tümpeln umherhuschen. Oder wie Glühwürmchen.«

Der König drehte sich zu ihr um und zeigte mit dem Ende seiner Nissia auf sie. »Gute Antwort. Einer Hâman würdig.«

»Warum haben sie haltgemacht?«, fragte Non'iama.

»Sogar meine Männer brauchen Ruhe«, sagte der König. »Und außerdem ...« Er lächelte wie über einen Scherz, den nur er verstand. »Es gibt zahlreiche Gründe. Einer davon ist, dass die Furcht sich langsam steigert.«

Non'iama sah ihn verständnislos an. Der König nahm einen weiteren Zug. »Wir gewinnen. Das wissen alle. Die Offiziere werden eine sehr schlimme Nacht damit verbringen, über ihre Befürchtungen nachzugrübeln und Taktiken auszuarbeiten, von denen sie wissen, dass sie hoffnungslos sind. Eine Ermüdung der Moral ist manchmal grausamer als körperliche Erschöpfung.« Noch ein Zug. »Und? Bringst du mir Ayeshas Antwort? Ich nehme an, dass sie nicht grundlos mit ihrer ganzen Armee von so weit her gekommen ist.«

Non'iama konnte sich nicht davon abhalten, einen Blick zum Ostrand des Großen Kreises zu werfen, bevor sie sich mit einem schuldbewussten kleinen Zusammenzucken wieder fing.

Der König der Sakâs lachte leise. »Mach dir keine Gedanken, Kleine. Ich weiß, wo sie ist.«

»Ich bringe Euch in der Tat eine Antwort«, verkündete Non'iama. »Ayesha sagt, dass sie verhandeln will. Dass sie sich der einen oder anderen Seite zuneigen könnte und sehen will, wer ihr den interessanteren Vorschlag macht.«

»Wirklich? Nun, das ist sehr ... pragmatisch für eine Göttin.« Der König musterte seine Nissia, nahm einen letzten Zug und warf sie dann von der Klippe. Das kleine, orangefarbene Licht taumelte einen Moment lang durch die Luft, bevor es verschwand. »Gut, das klingt vernünftig. Was wünscht sie? Im Gegenzug für ihre Hilfe oder wenigstens ihre Neutralität?«

»Gold. Einen Teil des Schatzes der Ratsversammlung – sie sagt, Ihr müsst mit ihr darum verhandeln. Und auch die Hälfte der Vorräte aus den Lagerhäusern, Material und Arbeiter, um in Samara Schiffe zu bauen. Und vor allem die Versicherung, dass Ihr nicht nach Norden vorstoßt. Dass Ihr Kinshara und die Werften nicht zerstört, bevor sie mit allem fertig ist.«

»Grob gesagt überlasse ich ihr also den Norden und nehme den Süden?«

Non'iama nickte. »Der wirtschaftliche Niedergang Kinsharas könnte die Abreise des Türkisvolks gefährden.«

»Du bist ein guter Papagei, Kleine. Hat sie dich das auswendig lernen lassen?«

»Satz für Satz.«

»Ich verstehe. Warum hat sie nicht geschrieben?«

»Der Brief hätte in die falschen Hände fallen können. Sie hat gesagt, dass sie mir mehr vertraut als einem Fetzen Papier«, fügte Non'iama lächelnd hinzu. »Sie will Euch morgen treffen, bei Sonnenaufgang an einem geschützten Ort. Ich werde bei Euch sein, um …«

Der König der Sakâs sprang auf, und Non'iama wich mit einem kleinen Schreckensschrei zurück. Der König trat einen Schritt vor, packte den Arm der Kleinen, damit sie nicht in den Abgrund stürzen konnte, und versetzte ihr mit voller Wucht eine Ohrfeige. »Du wirst mich doch nicht in eine Falle locken, Mädchen?«, fragte er in so sanftem Ton, dass Non'iama vor Entsetzen wimmerte.

»Du bist doch wohl nicht dabei, mich anzulügen? Ich spüre einen unbeholfenen Versuch, mich irgendwohin zu locken, wohin ich besser nicht gehen sollte ...«

Non'iama schwieg; Tränen flossen ihr über die geschwollenen Wangen.

Der König der Sakâs packte sie an der Kehle. »Was hat Ayesha wirklich zu dir gesagt?«

»Das, was ich Euch wiederholt habe!«, brachte Non'iama heraus.

»Und das ist keine Falle?«

»Nein!«

Non'iama hatte in wütendem Tonfall gesprochen; der König ließ sie los. Das kleine Mädchen fiel zu Boden. Ihr Körper wurde von Schluchzern des Zorns und der Angst geschüttelt.

Der König beobachtete sie einen Moment lang. »Wiederhol das.«

»Es ist so, wie ich gesagt habe! Ich lüge nicht!«

»Gut«, sagte der König nach einem Augenblick des Nachdenkens. »Du bist aufrichtig. Aber sie ist es vielleicht nicht.« Non'iama richtete sich mit funkelnden Augen auf. »Sie hat dich vielleicht belogen, damit du deine Aufrichtigkeit in aller Unschuld beschwören kannst und ...«

»Nein!«, wiederholte Non'iama und trat mit feurigem Blick auf den Sakâs-König zu, als wolle sie ihn schlagen. »Sie würde mich nicht zu Euch schicken, wenn sie Euch verraten wollte. Sie würde mich nicht in Gefahr bringen. Sie hat Arekh geschworen ...«

Der König sah sie neugierig an.

Non'iama stemmte die Hände in die Hüften. »Sie hat Arekh geschworen, dass sie mich nicht in Gefahr bringen würde!«

»Und deshalb hat sie dich als Boten gewählt? Deshalb schickt sie dich, ein hilfloses Kind, allein ins feindliche Lager?«

Dieses Argument machte Non'iama für einen Augenblick sprachlos. Dann schüttelte sie den Kopf. »Es ist keine Falle«, wiederholte sie starrsinnig.

»Du wirst an meiner Seite sein«, sagte der König leise.

Marikani war noch immer nicht da, und diejenigen, die zu der Verhandlung geladen worden waren, warteten schweigend. Arekh warf einen Blick zum Tisch hinüber, sah Laosimba und entfernte sich sofort; er ging zum Rand des Steilhangs, um das Schlachtfeld unter ihnen zu betrachten.

So fern und doch zugleich so nah. Was würde aus Amîn werden? Wenigstens würde er sich etwas ausruhen können.

Aber Arekhs Anstrengungen zum Trotz wanderten seine Gedanken nicht zu Amîn.

Er hatte geglaubt, er würde sie nie wiedersehen. Als Amîn ihm Ayeshas Ankunft gemeldet hatte, war etwas in Arekh zerbrochen.

Seine letzten Verteidigungswälle.

Er wusste natürlich, was für dieses Phänomen verantwortlich war. Die Übermüdung. Die Erschöpfung durch die Schlacht, die Hoffnungslosigkeit. Die Barrieren, die aufzubauen ihn Jahre gekostet hatte, brachen eine nach der anderen zusammen. Im Vergleich mit den Kräften, die sich heute Abend zerfleischten, wirkte das, was Marikani und ihn trennte, so lächerlich …

Irgendjemand trat heran. Harrakin. Arekh warf ihm einen kurzen Blick zu und deutete dann auf die dunklen Umrisse der Stadtmauern und die reglosen Feuer der Sakâs. »Sie haben haltgemacht. Das gefällt mir nicht.«

Nahe an der Westmauer, zehn Meilen von hier, zeichnete das Schachbrett aus Licht und Schatten besser als eine Landkarte die Positionen der Armeen nach. Der Teil der Straße, der an den Feind gefallen war, ertrank in Sakâs-Fackeln wie in einem Fluss voll funkelnder Steine. Dahinter lagen die dunklen Linien der Truppen aus Harabec und von Gilas' Armee, noch weiter hinten das Lager. Zur Rechten, auf den Feldern, konnte man Arekhs Männer als dunkle Masse ausmachen. Im Wald huschten vereinzelte Lichter umher.

»Das Große Tor brennt«, sagte Harrakin und wies nach Norden.

Das war eine Übertreibung – einzelne Flammen züngelten im Dunkeln an dem Ort, an dem, wie sie beide wussten, das Tor lag. Kleine Gestalten, die von einem rötlichen Licht erhellt wurden, eilten geschäftig umher, sicher, um den Brand zu löschen, der sich bereits wieder legte.

Lange herrschte Schweigen.

»Es sind noch Truppen in Harabec«, sagte Arekh nach einer Weile. »Selbst wenn Reynes …« Er deutete auf die Stadt und machte sich nicht die Mühe, seinen Satz zu vollenden. »Ihr könntet Euch immer noch verteidigen. Und die Sakâs werden hier einen Großteil ihrer Kräfte erschöpfen. Vermutlich werden sie nicht weiter nach Süden vordringen. Sie werden sich darauf beschränken, die Stadt zu plündern, bevor sie so rasch in ihre Heimat zurückströmen, wie sie gekommen sind. Die Königreiche des Südens werden vielleicht gar nicht betroffen sein …«

Harrakin drehte sich zu Arekh um. »Und Ihr wollt

Euch einen gewissen Ruf als Spion erworben haben? Ich dachte, dazu müsste man gut lügen können.«

Arekh machte eine entschuldigende Handbewegung.

Harrakin zuckte die Achseln. »Ich wollte den Thron und habe ihn. Ich habe nicht das Recht, mich zu beklagen. Ich habe mir das alles nur« – er hob abermals die Schultern – »ruhiger vorgestellt.«

»Ihr schlagt Euch wacker«, sagte Arekh.

»In Anbetracht der Umstände ... wahrscheinlich. Hat Laosimba Euch gesehen?«

»Noch nicht«, antwortete Arekh.

»Ich kann es kaum erwarten«, sagte Harrakin mit einem raubtierhaften Lächeln. »Das Unbehagen des Hohepriesters mit anzusehen ist für mich der einzige Hauch von Freude an diesem trüben Abend.«

Arekh drehte sich um und warf einen Blick zu dem Seelenleser hinüber. »Ich habe ihm versprochen, ihn zu töten«, sagte er matt.

»Wem? Dem Hohepriester?«, fragte Harrakin mit einem gewissen Interesse.

»Ja.« Arekh sah erneut zum Tisch hinüber. »Und das könnte ich tun, nehme ich an. Hier und jetzt. Marikanis Leute würden nicht dazwischengehen. Es wäre ihnen egal, und seine Eskorte ist zu weit weg, um einzuschreiten. Zumindest könnte sie nicht eingreifen, bevor ich diesem Hurensohn Kopf und Hände abgeschlagen hätte. Aber den Befehlshaber der Verteidigungstruppen von Reynes zu töten, wenn die Stadt in Gefahr ist ... Nun ja, das zu tun wäre sicher nicht das Klügste.«

»Was wollt Ihr?«, fragte Harrakin mit einer wegwerfenden Handbewegung. »Man hält seine Versprechen eben nicht immer. Laosimba töten ... Den Gefallen würde ich

Euch gern tun, die Götter seien meine Zeugen! Aber Ihr habt recht, der Augenblick wäre schlecht gewählt.«

Arekh starrte ins Dunkel und suchte Marikani mit Blicken. Sie war noch immer nicht da.

Dann glaubte er, sie in den Schatten zu erspähen. Nein. Das war sie nicht.

Die Brust zog sich ihm schmerzhaft zusammen.

»Ich glaube, wir sollten uns hinsetzen«, sagte er nach einem letzten Blick auf den Seelenleser.

Er ging auf den Tisch zu und ließ sich wortlos gegenüber von Laosimba nieder. Wenn Harrakin auf einen Eklat gehofft hatte, wurde er enttäuscht. Laosimbas Reaktion war heftig, aber unauffällig. Er starrte Arekh eine ganze Weile verstört an, als könne er seinen Augen nicht trauen. Dann wandte er sich zu einem der Priester seines Gefolges um und sprach lange mit ihm.

Der Priester wies auf den Westen der Stadtmauern und dann auf Arekh. Danach auf Gilas es Maras und Harrakin. Laosimbas Blick richtete sich auf die beiden Letztgenannten. Dann drehte er sich weg und trommelte stumm mit den Fingern auf den Tisch.

Gilas hatte nichts bemerkt. Er gab Arekh einen Wink und wies auf den oberen Rand des Amphitheaters.

»Eure Göttin«, sagte er.

Marikani setzte sich ans Kopfende des Tisches. Ihr langes dunkles Haar war gekämmt und zu Zöpfen geflochten. Sie trug ein einfaches Reisegewand.

Die linke Hälfte ihres Gesichts war blau bemalt.

Arekh musterte sie stumm. So geschminkt wirkte sie distanziert, unwirklich. Wie eine andere Frau. Doch sie war es, und er vergaß alles: den Krieg, die Nâlas, die auf ihn warteten, seine Verletzungen, seine Ängste. Es gab nur sie, ihr Gesicht, ihre Hände, die auf dem Tisch lagen, ihre großen braunen Augen, die widerspenstige Haarsträhne, die ihren Hals umspielte. Eine Welle von Gefühlen durchströmte ihn, und um in die Wirklichkeit zurückzukehren umklammerte er die Armlehne seines Stuhls, bis ihm die Finger wehtaten.

Welche Ironie! Marikani hatte ihm oft vorgeworfen, dass er ein kaltes, gefühlloses Ungeheuer sei. Wie schlecht sie ihn doch kannte! Wenn er es recht bedachte, hatte er nur aus Emotionen bestanden, als er sie kennengelernt hatte – Wut, Hass, Verzweiflung, die an die Oberfläche gedrungen waren, obwohl er sie zu unterdrücken versucht hatte.

Sieben Männer saßen am Tisch: Bara, Day-Yan, Laosimba, Gilas es Maras, Pilanos es Maras, Harrakin und Arekh. Marikani musterte sie stumm einen nach dem anderen. Als ihr Blick sich auf Harrakin richtete, fragte sich Arekh, was sie wohl dachte, da sie zum ersten Mal das Gesicht des Ehemanns wiedersah, der sie den Henkersklingen ausgeliefert hatte. Aber die junge Frau ließ sich keine Reaktion anmerken. Harrakin seinerseits verschränkte nur die Arme. Ihm war keine Verlegenheit anzumerken, als sei er nur ein Offizier unter vielen, bereit, ein Bündnis oder einen Vertrag auszuhandeln. Ganz so, als ob es nie eine besondere Verbindung zwischen ihm und der Frau mit den undurchdringlichen Zügen gegeben hätte, die ihn musterte.

Dann richtete sich Marikanis Blick auf Arekh.

Und blieb auf ihm ruhen.

Sie starrten einander einen Moment lang an, bevor Marikani sich an Laosimba wandte. »Hunderttausend Res«, sagte sie abrupt. »In Goldstücken. Achtzig Karren

Mehl im Monat und vierzig Karren Fleisch, die Ihr auf eigene Kosten nach Samara schicken müsst. Ein von Eurer Hand unterschriebener Vertrag, Hohepriester, mit dem Siegel des Fîr, abgezeichnet vom Gouverneur von Kinshara und von der Ratsversammlung, der uns die völlige, ungestörte Kontrolle über die Werften, die Arbeiter und den Hafen zusichert, bis wir abgereist sind, und sicherstellt, dass alle Sklaven, die in den Königreichen noch auf der Flucht sind, ungehindert zu uns stoßen können. Dann werden wir morgen Mittag angreifen. Die Sakâs«, fügte sie mit einem eisigen Lächeln hinzu, als sei es wichtig, das zu präzisieren. »Ich will den unterschriebenen Vertrag mit allen notwendigen Siegeln beim ersten Sonnenstrahl vorliegen haben. Wenn ich nicht erhalte, was ich verlange, greife ich dennoch an. Eure Männer. Ich werde mit größtem Vergnügen eigenhändig das Große Tor in Brand stecken.«

Völlige Stille folgte auf ihre Erklärung.

Arekh war sich seiner Umgebung plötzlich sehr bewusst: der Eskorte aus Reynes, die vierzig Schritt entfernt wartete, der fünfzehn Seelenleser in ihren grausilbernen Gewändern, die einige Fuß hinter dem Hohepriester standen.

Und der Tausenden von Raubkatzen, die rings um sie in diesem natürlichen Amphitheater warteten und deren Blicke wie eine schwere Decke auf ihnen lasteten.

Gilas rutschte verlegen auf seinem Stuhl herum. Pilanos wirkte wie betäubt, als könne er die Dreistigkeit der Demeana nicht fassen – und auch nicht, dass sie sich alle hier befanden und zuhörten, wie diese Frau, die eine lebende Lästerung der wahren Götter war, ihre Bedingungen stellte.

Harrakin wippte auf seinem Stuhl zurück und verbarg ein amüsiertes Lächeln. Der König von Harabec musterte seine einstige Frau, und Arekh las in seinen Augen eine Mischung aus Bewunderung und Stolz.

Noch einige Augenblicke Schweigen.

»Abgemacht«, sagte Laosimba.

Und das war alles. Es gab keine Diskussion, kein Feilschen. Das Gespräch endete natürlich nicht gleich; die genaue Formulierung der einzelnen Vertragsartikel musste noch besprochen werden, ebenso die Angriffstaktik. Das dauerte gut eine Stunde. Laosimba war bleich und sprach in abgehackten Sätzen; seine Züge waren von einer Wut verzerrt, die nur umso verzehrender war, weil er sie nicht ausdrücken konnte.

Dann stand Marikani auf und beendete die Versammlung.

Wieder richtete sich ihr Blick auf Arekh, und dieser hielt den Atem an. Dann wandte sie sich ab, entfernte sich einige Schritte, und Arekh folgte ihr fasziniert; er sog jeden ihrer Schritte, jede ihrer Bewegungen ein.

Er war so müde.

Er hatte sich so oft gesagt, dass er sie nie wiedersehen würde.

»Morales!«, zischte Laosimba.

Arekh zuckte beinahe zusammen und drehte sich um. Der Hohepriester musterte ihn mit hassentstellter Miene.

Sie sagten nichts zueinander, sondern starrten sich nur an. Schließlich verneigte sich Arekh. »Lionor Mar-Arajec sendet Euch freundliche Grüße, Hohepriester«, sagte er im Tonfall vollkommener Höflichkeit.

Dann entfernte er sich, hörte aber noch, wie Harrakin hinter ihm hell auflachte.

Die Teilnehmer des Treffens begannen aufzubrechen, gingen zu ihren Pferden hinüber und machten sich bereit, zu ihren Stellungen zurückzukehren. Harrakin winkte Gilas zu, und die beiden begannen, den Hang hinabzusteigen.

Arekh zögerte und blieb nahe beim Tisch stehen. Bara und Day-Yan sprachen mit ihren Männern.

Arekh hob den Blick zu Marikani.

Sie stand zwanzig Schritt entfernt von ihm und sah ihn an. Dann winkte sie ihn mit einer knappen Kopfbewegung zu sich heran.

»Ich muss mit dir sprechen«, flüsterte sie.

Sie deutete auf ein Zelt, das abseits der Senke etwas höher am Hang lag. Sie stiegen beide schweigend hinauf und kamen an einigen Bäumen und Zelten vorbei, in deren Nähe unauffällige Feuer brannten. Arekh bemerkte Farer, der sein Schwert an einem Stein schärfte. Der Mann nickte ihnen abwesend zu, bevor er sich wieder seiner Arbeit zuwandte.

Schließlich blieben Arekh und Marikani vor dem Zelt stehen. Die Stille wurde nur von einigen Stimmen in der Senke und den Geräuschen der Pferde, die sich irgendwo weiter unten entfernten, durchbrochen.

Marikani sah Arekh an. Der Mond ließ die blaue Schminke auf ihrem Gesicht leuchten und verklärte ihre Züge. Wenn sie so allein dastand, wirkte sie derart zerbrechlich …

»Ich habe gerade eine Nachricht vom König der Sakâs erhalten«, sagte sie. »Wir treffen uns morgen vier Stunden nach Sonnenaufgang im Pass beim Roten Felsen. Ich glaube nicht, dass er persönlich kommen wird – zumindest nicht als Mitglied der Delegation. Er muss misstrauisch sein. Aber er wird mit einer kleinen Eskorte in der Nähe sein, um zu sehen, wie das Treffen verläuft. Um zu mir zu kommen und mit mir zu verhandeln, sobald er sicher ist, dass es sich nicht um einen Hinterhalt handelt. Du musst da sein, ihn finden und ihn töten.«

Arekh brauchte eine gewisse Zeit, um diese Information zu verdauen; dann nickte er nachdenklich. »Der Pass beim Roten Felsen. Wie … wie ist es dir gelungen, ihn dorthin zu locken?«

Marikani wandte den Blick ab. »Ich habe einen Weg gefunden, damit er mir vertraut … nun ja, zumindest teilweise vertraut. Damit er denkt, dass es eine gewisse, wenn auch geringe Wahrscheinlichkeit gibt, dass ich es ehrlich meine.« Als sie fortfuhr, wich sie Arekhs Blick noch immer aus: »Bitte Gilas es Maras, dir eine Karte zu geben. Sieh dir die Umgebung genau an. Du musst den Ort finden, an dem er sich verstecken wird. Versuch, dich in ihn hineinzuversetzen. Wo würdest du dich verstecken, um ein solches Treffen zu beobachten? Nimm kräftige Männer mit und zeige nicht das geringste Erbarmen.«

»Einverstanden«, sagte Arekh. Er hob den Blick zu ihr und wusste, dass sie in ihm wie in einem offenen Buch lesen würde. Was er empfand, musste sich auf seinem Gesicht abzeichnen. Er konnte ein schwaches Lächeln nicht unterdrücken. »Gut gemacht.«

Marikani erwiderte sein Lächeln. Ihres war genauso schwach und zögerlich wie seines. »Du weißt, dass ich nie … dass ich niemals auf Seiten der Sakâs gekämpft hätte«, sagte sie. »Dass ich nur damit gedroht habe, um Druck auf Laosimba auszuüben.«

»Ich weiß.«

Sie sahen sich noch immer an.

»Die Sakâs werden vor Sonnenaufgang nicht angreifen«, sagte Marikani leise. »Bis zur Morgendämmerung bleiben noch vier Stunden.«

Langes Schweigen folgte. Arekh zögerte. Er wagte es nicht, zu verstehen, zu sprechen oder sich zu rühren, aus Furcht, etwas zu zerbrechen, die zarte Magie des Augenblicks zu zerstören. »Du hast gesagt, dass ich dich niemals berühren würde.«

Marikani zuckte mit den Schultern. »Man hält seine Versprechen nicht immer.«

Wie vorhin neben dem Tisch spürte Arekh einen heftigen Schmerz in der Brust. Er streckte die Hand nach der Schulter der jungen Frau aus und zog sie dann zurück, zögerte immer noch. »Wenn du glaubst, dass ich ein solches Angebot ablehnen werde«, sagte er in dem Versuch zu scherzen, »dann …«

Ihm versagte die Stimme, und die Stille senkte sich wieder herab.

Marikani hob die Zeltbahn, die den Eingang verdeckte, und er folgte ihr hinein.

Die Morgensonne war kräftig und stechend. Draußen waren die Kämpfe noch nicht wieder aufgeflammt. Auf den Westmauern waren die Männer angespannt und unruhig. Vashni hatte versucht, einen der Offiziere zum Sprechen zu bringen, um mehr zu erfahren, aber der Mann hatte sich geweigert, ihr zu antworten.

Die Armeen von Reynes hatten in der Nacht so viel Boden verloren, dass die Sakâs mittlerweile an einem guten Drittel der Westmauer standen. Die Armbrust- und Bogenschützen auf den Wehrgängen hatten aufgehört, auf sie zu schießen, als der seltsame Waffenstillstand begonnen hatte.

Aber das Warten war schlimmer als der Kampf.

Sogar Vashni spürte das. Banh hatte dem Druck schließlich nachgegeben und das Viertel verlassen, um in die sicherere Innenstadt zu fliehen. Die junge Frau war allein in dem verlassenen Palast zurückgeblieben. In der Nacht hatte sie kein Auge zugetan. Die Straßen um den Quellenpalast waren mittlerweile leer. Die Barrikaden bestanden zwar immer noch, aber die Einwohner hatten es dennoch geschafft zu entkommen, indem sie Schmiergelder gezahlt hatten und zu Nachbarn geflohen waren. Sie hatten den Gedanken nicht ertragen, dass die Sakâs so nahe hinter den drei Mauern waren und nur einige Steine sie vor der Flut schützten.

Vashni machte einige Schritte auf den Hof hinaus und stieg dann in ihr Zimmer hinauf. Sie blieb in der Tür stehen und betrachtete die auf dem Bett ausgebreiteten Kleider, die zarten Farben der Gemälde und Wandteppiche, die sie auf den Basaren von Reynes gekauft hatte.

So kostbar, so zerbrechlich.

Dann stieg sie wieder hinunter und begegnete drei eiligen Soldaten, die sie ignorierten, bevor sie den kleinen Hof betrat, in dem sich das am Vorabend vernagelte Tor befand. Sie blieb einen Moment lang reglos stehen und starrte es an, als könnten die Feinde es jederzeit einrennen und auftauchen.

Nichts.

Das Tor rührte sich nicht. Kein Sakâs erschien.

Auf der rechten Seite des Hofs befand sich eine kleine Gittertür, die auf einen weiteren Hof führte, den der Ställe des Nachbarpalasts, der ebenfalls leer stand. Die

Familie Bernales, die dort lebte, hatte das Haus verlassen, sobald die Sakâs in Sichtweite von Reynes gewesen waren. Vashni ging weiter. Ihre Schritte hallten auf dem Pflaster wider.

Sie kam auf den Haupthof.

Auch hier gab es ein Tor in der Stadtmauer. Auch hier war es verbarrikadiert.

Langsam ging Vashni an der inneren Stadtmauer entlang nach Norden, von verlassenem Palast zu verlassenem Palast, von Hof zu Hof, von Tor zu Tor. Es bereitete ihr ein diebisches Vergnügen, zu wissen, dass sie an der Innenseite der Mauern die Reihen der Sakâs abschritt, die auf der anderen Seite warteten.

Im fünften Hof blieb sie erschöpft stehen und setzte sich auf den Sockel einer Bronzestatue, die einen Bogenschützen darstellte. Hinter ihr erhob sich ein großes Bürgerhaus. Die Fassade war lange nicht so luxuriös wie die der Nachbarhäuser, aber der Hof war bemerkenswert gepflegt. Büsche, Rankpflanzen, Bäume. Ein Springbrunnen. Das Wasser, das über den Marmor strömte, plätscherte fröhlich.

Schläge.

Ein Dutzend dumpfer Schläge, etwas Schweres, das auf Holz traf.

Vashni zuckte zusammen und hätte beinahe geschrien. Sie sprang auf und sah zum Tor, das durch die Mauer führte und ebenfalls verbarrikadiert war.

Nein, begriff sie mit klopfendem Herzen, nachdem sie so nahe herangegangen war, wie das Entsetzen, das durch ihre Schläfen pulste, es ihr gestattete. Nein. Das war nicht das Tor. Sie holte tief Atem, zwang sich, sich zu beruhigen und zu lauschen. Sie brauchte einen Moment, um festzustellen, woher der Lärm kam.

Von unter der Erde.

Vashni blickte auf. Dort oben, über ihrem Kopf, patrouillierten Soldaten. Sie wollte schreien, Alarm geben, aber das konnte sie nicht, nicht gleich: Was hätte sie sagen sollen? Dass sie Lärm im Keller gehört hatte? Vielleicht waren das nur Soldaten aus Reynes, die die Abwasserkanäle verbarrikadierten. Im Untergrund von Reynes befand sich, wie man sagte, ein wahres Labyrinth: Es gab viele vergessene Gänge, die nicht auf Karten verzeichnet waren. Gänge, die aus dem Alten Kaiserreich oder aus noch früherer Zeit stammten, die nur in uraltem Archivmaterial auftauchten, das allenfalls die ältesten Gelehrten noch kannten …

Man erzählte sich, dass der König der Sakâs in Reynes studiert hätte.

Das Gerücht war in den vergangenen Tagen aufgetaucht und hatte sich wie ein Lauffeuer in der Stadt verbreitet. Vashni spürte, wie ihr kalt wurde. Natürlich war es lächerlich, so rasche und absurde Schlussfolgerungen zu ziehen …

Dennoch ging sie auf das Gebäude zu.

Um die Tür zum Wirtschaftstrakt zu erreichen, musste man drei kleine Steinstufen hinaufsteigen. Oben angekommen versuchte Vashni, die Tür aufzustoßen. Sie war abgesperrt. Doch das Schloss wirkte nicht sehr stabil, und mit zitternder Hand zog die junge Frau den Dolch aus dem Gürtel. Es war ein Dolch, über den jeder außer ihr gelacht hätte: Die Klinge war lächerlich schmal und verziert, und die Edelsteine, die in den Griff eingelassen waren, drangen einem in die Haut, wenn man zu fest zupackte. Aber er war die einzige Waffe, die Vashni besaß. Gewöhnlich ließ sie den Dolch auf dem Nachttisch liegen, aber heute Morgen hatte sie ihn mitgenommen, als sie aufgestanden war.

Sie schob die Klinge zwischen Türstock und Wand, und das Holz gab sofort nach. Die Tür öffnete sich, und Vashni betrat das Haus.

Auf den Treppenstufen, die in den ersten Stock führten, hockten vier Personen.

Ein altes Dienerpaar und zwei Kinder. Sie saßen reglos und sehr aufrecht da und wirkten verängstigt; ihre Kleider waren ein wenig abgetragen.

Ihre Blicke waren starr auf eine kleine, halb geöffnete Tür gerichtet. Dahinter führte eine schmale Treppe in den Boden.

»Der Keller?«, fragte Vashni, und obwohl er starr vor Entsetzen war, gelang es dem alten Diener zu nicken.

Die Schläge waren nun ohrenbetäubend, und unten, im Keller, zerbrach irgendetwas – vielleicht eine Wand. Die Kinder verkrampften sich, aber anscheinend hatte die Angst sie ebenso wie das alte Paar unfähig gemacht, sich zu rühren oder zu sprechen.

Raue Stimmen erklangen im Keller; Befehle und das Klirren von Metall folgten.

Vashni raffte ihren ganzen Mut zusammen, umklammerte ihren Dolch so fest, dass es wehtat, öffnete die kleine Tür und stieg vier Stufen hinunter. Langsam bückte sie sich, um besser sehen zu können.

Einen Herzschlag später war sie wieder hinaufgestiegen. »Raus hier!«, schrie sie den alten Dienern zu, die sie zitternd anstarrten, ohne sich auch nur einen Fingerbreit zu rühren. »Raus!«

Sie riss die Tür zum Hof schwungvoll auf und rannte auf die Stadtmauer zu. »Alarm!«, schrie sie und winkte den Soldaten oben auf dem Wehrgang verzweifelt zu. »Die Sakâs! Die Sakâs sind im Keller!«

Der Satz klang in ihren Ohren lächerlich, aber sie schrie weiter. Die Soldaten reagierten sofort. Befehle erklangen, und die Soldaten begannen, die Treppen hinabzustürmen. Hinter Vashni ertönte im Haus ein Kinderschrei.

Sie waren nicht geflohen. Gelähmt vor Furcht waren diese Schwachköpfe nicht geflohen!

Vashni zögerte, ihren lächerlichen Dolch in der Hand.

Dann umklammerte sie die Waffe und stieg die drei Stufen wieder hinauf, die in die Wirtschaftsräume führten.

Marikani sah, wie die Armeen sich auf die Stadt stürzten, als wollten sie sie verschlingen.

In der Nacht hatte das Schauspiel nicht einer gewissen Schönheit entbehrt. Am Tag war es unheimlich.

Ohne die Lichter und den zärtlichen Schleier der Dunkelheit wurde der Krieg auf seine primitivste Ausdrucksform zurückgeführt: Horden von Menschen, die aufeinander zustürmten, um sich gegenseitig zu töten.

Die Kämpfe hatten ohne erkennbaren Grund vor einer Stunde wieder begonnen. Rauch stieg im Innern der Stadt im Nordwestviertel auf. Gebäude brannten – sicher in mehreren Straßen. Die Verteidiger des Großen Tors wurden von der Zahl ihrer Feinde fast verschluckt, und im Westen, wo sich Harrakin befand, sah Marikani nur eine wogende Menschenmenge.

Bara trat an sie heran, und sie drehte sich um.

»Es sieht schlecht aus«, sagte sie.

»Wollt Ihr, dass wir mit dem Angriff beginnen?«

Marikani schüttelte den Kopf. »Nein.« Sie beobachtete

einen Moment lang das Schauspiel, bevor sie hinzufügte: »Wir müssen das Signal abwarten. Wenn wir das nicht tun, wird der König begreifen, dass …« Sie hielt inne. »Sind die Feuerstellen bereit?«

»Sie werden höher brennen als die der Sakâs«, sagte Bara. Nach kurzem Schweigen trat er noch einen Schritt heran, den Blick fest auf Marikani gerichtet. »Ihr … Ich meine, gestern …«

Er unterbrach sich, zögerte. Marikani achtete nicht auf ihn. Sie starrte nach Westen, zu den Stadtmauern, versuchte sich vorzustellen, was sich bei den Nebentoren abspielte – ohne Zweifel ein wahres Gemetzel.

Arekh ist nicht dort unten. Er ist nicht dort unten, wiederholte sie sich, um sich zu trösten. Um diese Zeit war er sicher schon in der Nähe des Passes.

Wenigstens hoffte sie das. Wenn er denn rechtzeitig aufgebrochen war. Wenn er denn nicht in diesem Wahnsinn festsaß.

Einem Wahnsinn, inmitten dessen Harrakin in diesem Augenblick kämpfte.

Marikani hatte ihn am Vorabend kaum beachtet. Es war das erste Mal seit Salmyra gewesen, dass sie ihren Mann gesehen hatte, und sie hatte damit gerechnet, heftig darauf zu reagieren. Sie hatte angenommen, von Wut und Hass übermannt zu werden. Aber das war nicht der Fall gewesen.

»Ihr habt mich gestern Abend nicht benötigt«, fuhr Bara fort. »Ich habe gesehen … Ihr und … ich meine … Wollt Ihr, dass ich Euren Dienst verlasse?«

»Was?«

Marikani drehte sich zu Bara um, doch sie war mit den Gedanken noch immer anderswo. »Was?«, wiederholte sie und schüttelte dann den Kopf. »Meinen Dienst verlassen? Natürlich nicht!«

Harrakin. Er würde alles geben. Marikani hatte ihn oft auf Schlachtfeldern gesehen. Am Hof war er ein skrupelloser Intrigant, aber wenn das Schicksal Harabecs auf dem Spiel stand, war er zu allem bereit.

Und jetzt war er dort unten. Vielleicht verwundet, vielleicht schon tot.

»Wir können unmöglich schon mit dem Angriff beginnen«, sagte sie plötzlich und sah Bara an, als hätte er ihr die Frage noch einmal gestellt. Als wolle sie sich rechtfertigen. »Wenn der König weiß, dass wir Partei ergriffen haben, wird er nicht zu den Verhandlungen erscheinen. Wir müssen ihn mit seinen eigenen Waffen schlagen – wenn wir jetzt angreifen, verlieren wir einen Teil des Überraschungsmoments.«

Bara sah sie erstaunt an. »Ayeshas Entscheidungen sind immer richtig«, sagte er nur.

Marikani musterte von neuem das Schlachtfeld. Nein, sie war Harrakin nicht böse. Als sie ihn wiedergesehen hatte, hatte sie nur eine Art melancholischer Zärtlichkeit verspürt. Sie hoffte, dass er mit dem Leben davonkommen würde.

Das wird sicher der Fall sein, dachte sie mit einem halben Lächeln. Harrakin war einfallsreich. Wenn es irgendjemanden gab, der aus diesem Krieg unbeschadet hervorgehen würde, dann war er es.

Ihre Gedanken kehrten zu Arekh zurück, der sicher sein Attentat am Pass vorbereitete. Sie hatte Angst. Sie hatte Angst um ihn, unvernünftige, stechende Angst. Ihr ging auf, dass es ein Fehler gewesen war, die Nacht in seinen Armen zu verbringen, denn jetzt waren ihre Gedanken noch auf etwas anderes als auf den Krieg gerichtet. Auf etwas anderes als ihr Volk und die Frage, wie sie es retten konnte. Seit Nôm war es ihr gut gelungen, ihre Gefühle im Zaum zu halten. Und jetzt hatte eine einzige Nacht sie schwach gemacht.

»Ihr werdet es mir doch sagen?«, flüsterte Bara.

»Wie bitte?«

»Wenn Ihr mich nicht mehr haben wollt.«

Diesmal hörte Marikani es. Sie drehte sich zu ihrem Gefährten um und sah ihn zum ersten Mal seit Beginn des Gesprächs wirklich an.

Er war sehr blass.

»Bara«, sagte sie mit zugeschnürter Kehle.

»Sie sagen, dass ich in Ayeshas Licht stehe«, erklärte er leise. »Aber das tue ich nicht mehr … Nicht wahr? Habe ich Euch enttäuscht?«

Marikani musterte ihn stumm, ohne zu wissen, was sie sagen sollte. »Nein, Bara … Es liegt nicht an dir. Es ist … kompliziert.«

»Wenn ich heute Nacht zu Euch komme, werdet Ihr mich dann das Lager mit Euch teilen lassen?«

Weniger als dreißig Fuß unterhalb von ihnen zerfleischten Männer sich gegenseitig. Hunderte würden fallen, das Schicksal der Königreiche stand auf dem Spiel. Und Marikani fand keine Worte mehr. »Nein, Bara«, sagte sie schließlich. »Es tut mir sehr leid. Das ist vorbei.«

Bara nickte nur. Marikani richtete ihre Aufmerksamkeit wieder auf das Schlachtfeld.

»Wie viele Feuerstellen?«, fragte sie.

»Fünfzig.«

»Die Männer wissen, was sie im Augenblick des Angriffs zu tun haben?«

»Alles ist bereit.«

Marikanis Blick wanderte nach Westen, zum Pass beim Roten Felsen. Es schien ihr, als ob sie Rauch sehen würde, vielleicht eine Bewegung. Sie konzentrierte sich darauf und hörte Baras letzte Worte kaum.

»Die Götter haben Macht über unser Leben und unseren Tod. Und ihre Entscheidungen sind immer richtig.«

Dann entfernte er sich. Marikani drehte sich nicht um.

»Hierher!«, schrie Harrakin. »Schnell!«

Vor ihm stürzten fünfhundert Mann aus Gilas es Maras' Leibwache durch das offene Tor in der Westmauer.

Die Soldaten, die am Vorabend so viel Zeit damit verbracht hatten, es zu verbarrikadieren, hatten es angesichts der Notlage öffnen müssen. Sie hatten zwei Stunden gebraucht, um die Bretter zu entfernen, die mit so viel Sorgfalt vor die drei Tore genagelt worden waren – zwei Stunden, in denen die Sakâs sicher weiter in die Stadt vorgedrungen waren. Es war unbekannt, wie viele es waren – vielleicht ein paar hundert, die an drei verschiedenen Orten der Nordwestecke der Stadt aus den Kellern hervorgestürmt waren.

Deshalb also wollten die Sakâs unbedingt das Gelände im Westen kontrollieren, dachte Harrakin. *Sie wussten, wohin sie wollten.*

Und marschierten nun, wie er annahm, geradewegs auf das Große Tor zu. Sie würden Reynes im Innern durchqueren, sich ihren Weg freikämpfen und das Große Tor von hinten angreifen.

Wenn es ihnen gelang, es zu öffnen …

Alle Soldaten, die noch in der Stadt waren, strömten mittlerweile auf die Eindringlinge zu, um ihnen den Weg zu versperren: die paar Rekruten, die noch in den Festungen postiert waren, die leicht Verwundeten und die Wachsoldaten der Ratsversammlung. Aber das würde nicht genug sein. Die besten Kämpfer von Reynes waren alle draußen, um die Stadt zu verteidigen.

Drinnen brauchten sie Verstärkung.

Sobald das Tor offen gewesen war, hatte Gilas beschlossen, in die Stadt vorzudringen. Die Verteidigungslinien ihrer besten Männer zu berauben, war verrückt – die Sakâs waren schon drei- bis fünffach in der Überzahl, und die Verluste wurden mit jedem Augenblick schwerer. Harrakin und die Soldaten, die draußen blieben, unterzeichneten gewissermaßen ihr Todesurteil, indem sie die anderen gehen ließen. Aber wenn der Strom der Sakâs in die Stadt nicht eingedämmt wurde, wäre dies das Ende.

Arekh war am Morgen verschwunden, die Götter wussten, wohin. Er hatte Amîn Eh Maharoud und fünfzig Mann mitgenommen. Die anderen Nâlas, die jetzt unter Harrakins Befehl standen, verteidigten noch immer die Westflanke.

Der letzte Soldat passierte das Tor und verschwand auf dem Hof des kleinen Palasts dahinter. Nun fehlte nur noch Gilas. Er gab seine letzten Befehle und trat dann auf Harrakin zu.

»Viel Glück, Gilas«, sagte Harrakin.

»Viel Glück auch Euch, König von Harabec«, erwiderte der Offizier mit einem kurzen Lächeln. »Glaubt Ihr, dass wir uns morgen unsere Abenteuer erzählen werden?«

Harrakin seufzte. »Das bezweifle ich.«

Mit einem letzten Nicken verschwand Gilas in der Stadt.

Dreißig Sakâs warteten im Pass beim Roten Felsen. An der Spitze ritt ein großer Mann mit braunen Haaren, der einen Streitkolben in der Hand trug. Hinter ihm saß Non'iama auf dem Pferd und hielt sich an seiner Taille fest.

»Die Befehle sind eindeutig«, wiederholte der Mann mit gesenkter Stimme. »Bei der kleinsten Schwierigkeit töte ich dich.«

Das Warten schien unendlich lange zu dauern, aber die Sonne war noch kaum am Himmel vorgerückt, als Ayeshas Delegation erschien. Vierzig Raubkatzen. Vor ihnen ritt eine Frau. Die Hälfte ihres Gesichts war blau bemalt, und ihre Haare waren unter einer Kapuze verborgen, aber Non'iama hatte keinen Zweifel.

Dies war nicht Ayesha.

Kalter Schweiß lief dem kleinen Mädchen die Wirbelsäule hinab, während der Sakâs sein Pferd einige Schritte weitergehen ließ. Wenn das nicht Ayesha war, dann …

Sie musste fliehen. Ihre schweißnassen Hände glitten vom Gürtel des Sakâs ab, und er knurrte: »Rühr dich nicht!«

Die Frau ritt vorwärts und begann zu sprechen, hohle, leere Sätze, denen Non'iama noch nicht einmal zuhörte. Der Sakâs antwortete ihr, und ein Gespräch entspann sich.

Arekh bedeutete seinen Männern, still zu sein, und der kleine Trupp kauerte sich stumm hinter die Felsen. Es waren zehn Mann, zwölf, wenn man Amîn und ihn mitzählte. Der Nâla hatte die unauffälligsten, geübtesten ausgewählt. Das war der Vorteil der Soldaten des Emirats: Ihre Talente als Meuchelmörder standen in ebenso gutem Ruf wie ihre militärische Schlagkraft.

Der zweite Trupp, der aus den vierzig anderen Soldaten bestand, war ein wenig auf Abstand geblieben. Sie würden geschlossen angreifen, wenn Amîn das Signal gab.

Von dort, wo er sich befand, konnte Arekh den Pass nicht sehen. Aber der Pass spielte auch keine große Rolle. Wenn er Marikani glauben konnte, würde der König der Sakâs nicht zur Delegation gehören.

Er würde sich irgendwo anders aufhalten, um das Schauspiel zu beobachten, und Arekh glaubte zu wissen, wo. Ein wenig weiter oben lag ein von weißen Steinen eingerahmter Felsengang, der sich perfekt als Beobachtungsposten eignete. Wenn Marikani recht hatte und der König alles in Augenschein nehmen wollte, würde er sicher dort Stellung beziehen. Wahrscheinlich war er sogar längst dort drüben.

Arekh schlich ein paar Schritte vorwärts. Nichts, keine Bewegung hinter den Steinen, die er im Auge behielt. Das musste nichts bedeuten. Der König und sein Gefolge würden sich unauffällig verhalten.

Auf ein weiteres Zeichen hin kam Amîn zu ihm. Arekh deutete auf die Felsen. »Wir sollten …«

Ein kleiner Stein rollte den Abhang hinab und landete vor Arekhs Füßen.

Jemand ging genau über ihnen entlang.

Die Gebäude, aus denen die Sakâs hervorgeströmt waren, waren nur noch Massengräber. Die ersten Soldaten, die sich tapfer in die Keller gestürzt hatten, um den Feind aufzuhalten, waren von den Barbaren, die in der Überzahl gewesen waren, niedergemetzelt worden. Dann waren andere dazugestoßen, Sakâs wie Soldaten, und der Kampf hatte sich Stufe um Stufe, Zimmer um Zimmer, in jedem Korridor, jedem Hauseingang und jedem Wirtschaftstrakt abgespielt. Die Kämpfer hatten sich in Empfangszimmern, auf Höfen und in Küchen gegenseitig erschlagen und waren am Ende buchstäblich über Leichen gegangen.

Aber die Sakâs waren durchgekommen. Hunderte von ihnen. Vashni hatte sie vom Fenster des Zimmers aus gesehen, in dem sie sich verbarrikadiert hatten: sie, das kleine Mädchen und ein Soldat aus Reynes, der dem Gemetzel entkommen war und ihnen geholfen hatte, sich in dem Raum zu verschanzen.

Draußen erklangen Schreie. Das Haus gegenüber brannte. Beißender, schwarzer Rauch stieg daraus auf.

Genau unter dem Fenster metzelten die Sakâs die Männer nieder, die versucht hatten, sie aufzuhalten. Das Blut floss in Strömen, und als das Mädchen ans Fenster treten wollte, um besser sehen zu können, hinderte Vashni die Kleine daran.

»Schau nicht hin«, sagte sie, nahm sie dann in die Arme und setzte sich mit ihr aufs Bett am Ende des Zimmers. »Das geht vorbei«, flüsterte sie, als sie spürte, wie das Kind in ihren Armen zitterte. »Alles geht vorbei. Du wirst schon sehen.«

Sie waren dort oben, über ihnen. Arekh gab Amîn ein Zeichen, und mit äußerster Vorsicht wichen sie zurück, um sich hinter einem Felsvorsprung zu verstecken.

»Wenn der König da oben ist, müssen wir das Signal geben«, flüsterte Amîn.

Arekh nickte. »Ich muss mich selbst überzeugen. Wenn sie es sind, rufe ich Euren Namen. Schießt den Pfeil ab und kommt mir dann zu Hilfe.«

Mit einem letzten Nicken zu Amîn kletterte Arekh vorsichtig den Abhang hinauf und hielt sich dabei links, so dass er sich hinter den Felsen über ihnen verbergen konnte.

Schließlich sah er sie.

Es waren etwa dreißig Mann, die auf einer Felsplattform ein paar Schritte unter ihm in Position gegangen waren. Lange, schwarze Haare, Kettenhemden …

Er robbte noch weiter vorwärts. Näher, noch näher.

Sakâs.

Er hatte keine Zeit zu verlieren. Marikani wartete auf sein Signal zum Angriff, und jede verlorene Sekunde bedeutete weitere unnötige Todesopfer am Fuß der Mauern.

Plötzlich packte ihn rasende Wut. Den ganzen Morgen über war er kalt und ruhig geblieben, hatte den Hinterhalt gelegt, gewusst, dass nichts sicher war, dass der König sich vielleicht nicht zeigen würde.

Aber jetzt …

Der Mann, der für all diese Massaker verantwortlich war, der Mann, dessen Horden die westlichen Lande vernichtet hatten, der Mann, der zerstören würde, was noch von den Königreichen übrig war, wenn man ihm freie Hand ließ, war vielleicht nur einige Schritte entfernt.

Nein, er hatte keine Zeit zu verlieren.

»Amîn!«, schrie Arekh, und mit einem Sprung stürzte er sich auf die Felsplattform.

Ein brennender Pfeil stieg seitlich des Passes beim Roten Felsen auf. Marikani wandte sich Day-Yan zu. »Entzündet das Feuer.«

Day-Yan gab das Zeichen, und exakt zur gleichen Zeit

wurden fünfzig Fackeln in fünfzig Feuerstellen geworfen. Die Flammen loderten zehn Fuß hoch empor. Im selben Augenblick sprangen Ayeshas viertausend Raubkatzen den Befehlen entsprechend auf und brüllten.

Das Ergebnis war so ohrenbetäubend, als würde die Erde selbst brüllen. Unten auf dem Schlachtfeld hielten sowohl die Soldaten als auch die Sakâs inne, und alle Blicke richteten sich auf die östlichen Hänge des Großen Kreises.

Fünfzig gewaltige Feuer erleuchteten die Anhöhe, begleitet von einem unwirklichen Schrei, der wie ein Zeichen aus dem Jenseits in den Himmel stieg.

Marikani hielt den Atem an. Alles hing von diesem Schauspiel ab.

Jetzt …

Sie hob den Arm, und Haîk blies oben am Abhang ins Horn.

Die Raubkatzen stürmten brüllend die Hänge hinunter und stürzten sich auf die Sakâs.

Sie hatten keine Angriffsstrategie. Ayeshas Raubkatzen verfügten weder über das Geschick noch über die Ausbildung der Truppen aus Harabec und Reynes. Ihr einziger Trumpf war rohe Gewalt. Und darauf baute Marikani, auf schiere Kraft, die von der Inszenierung unterstrichen wurde: blaue Gesichter, lange Haare, das völlige Fehlen von Uniformen und geordneten Formationen. Die Sakâs sahen sich keiner weiteren Armee gegenüber. Sie mussten sich des Ansturms einer wilden Horde erwehren, die blutrünstig direkt auf sie zustürzte.

Einen Moment lang wirkte das Schlachtfeld wie erstarrt. Die einzige Bewegung war die der Raubkatzen an den Hängen. Und einen Augenblick später trafen beide Seiten aufeinander. Schreie und das Klirren von Metall tönten bis zu Marikani empor.

Augenblicke vergingen. Es war unmöglich, herauszufinden, wer die Oberhand hatte. Die Sakâs waren besser bewaffnet und besser ausgebildet, aber sie waren überrumpelt und wurden von hinten angegriffen.

Einzelne Abteilungen versuchten sich umzudrehen, um sich diesem neuen Feind entgegenzustellen. Marikani war zu weit entfernt, um die Rufe und Befehle zu hören, aber sie sah die Bewegungen, die mitten in der Sakâs-Flut begannen und wie gegenläufige Strömungen in einem Fluss wirkten.

Dann vermischten sich die beiden Mengen – die der Raubkatzen und die der Sakâs – und bildeten einen gewaltigen Strudel. Marikani ballte die Fäuste und hielt den Blick fest auf das Gelände gerichtet; ihre Fingernägel gruben sich langsam in ihre Handflächen.

Die Frau mit der Kapuze sah den brennenden Pfeil den Himmel durchschneiden. Sie lächelte; dann richtete sich ihr Blick auf Non'iama. »Lauf, Kleine!«

Und mit wildem Geschrei stürzte sich Ayeshas »Delegation« auf die Sakâs.

Non'iama brauchte einen Moment, um zu reagieren und zu begreifen, dass die Frau mit ihr sprach. Dann raffte sie allen Mut zusammen und sprang vom Pferd.

Der Sakâs packte sie am Arm, und mit einem entsetzten Aufschrei biss Non'iama ihn so fest, dass er blutete. Um sie herum waren die Kämpfer bereits aufeinandergetroffen, und die Pferdehufe wirbelten erstickenden Staub auf. Der Barbar stieß einen Schmerzensschrei aus, hob den Streitkolben und schlug zu. Non'iama verrenkte sich, um dem Hieb zu entgehen, und so traf nur der Griff der Waffe ihre Schulter und brach den Knochen mit einem dumpfen Knacken. Das kleine Mädchen schrie vor Schmerz und krümmte sich nach hinten. Der Sakâs ließ sie los, und Non'iama brach im Staub zusammen; sie wurde beinahe niedergetrampelt. Immer noch schreiend stand sie auf und rannte trotz der fürchterlichen Schmerzen in der Schulter los, zwischen den Pferden hindurch, auf die Felsen zu.

»Zum Angriff!«, schrie Pilanos es Maras. »Vorwärts! Zum Angriff!«

Rings um das Große Tor waren kaum noch zweitausend Verteidiger am Leben: Männer aus Reynes, Kiranya und Sleys und einige Rekruten. Die meisten Offiziere waren gefallen.

Pilanos gab seinem Pferd die Sporen und stürmte geradeaus, während die Reyneser Bogenschützen von den Mauern herab eine weitere Pfeilsalve auf ihre Feinde niedergehen ließen. Der Angriff musste sofort erfolgen, da die Sakâs nun von zwei Seiten beschossen wurden und für einen Moment verunsichert waren. Die Gelegenheit würde vielleicht nicht wiederkommen. Die Sakâs-Anführer waren erfahren und würden schnell reagieren.

Pilanos ritt weiter vorwärts, schrie den Männern zu, ihm zu folgen, und griff den erstbesten Sakâs-Häuptling an, einen hochgewachsenen, in einen braunen Umhang gehüllten Krieger, der schon mehrere Angriffe gegen das Große Tor geführt hatte.

»Folgt dem General! Zum Angriff!«, brüllte ein Offizier zu seiner Linken.

Pilanos hörte eine Bewegung hinter sich, aber er

konnte sich nicht umdrehen: Der Sakâs hatte ihn erreicht. Pilanos hatte gerade noch Zeit, sich zu ducken, um der Klinge auszuweichen, die zwei Fingerbreit an seinem Kopf vorbeisauste. Er zügelte sein Pferd, wendete es und versetzte dem Mann einen Hieb in die Seite, bevor auch dieser die Richtung ändern konnte. Der Schlag wurde teilweise vom Kettenhemd abgefangen, aber der Aufprall brachte den Barbaren aus dem Gleichgewicht, und er stürzte zu Boden. Er sprang sofort wieder auf, aber es war zu spät. Pilanos ließ sein Schwert bereits durch die Luft sausen.

Der Kopf des Mannes fiel zu Boden, und Pilanos reckte seine Waffe mit einem Siegesschrei hoch. Hinter ihm wurde der Schrei von ein paar hundert Kehlen aufgenommen, und die Verteidiger griffen ein weiteres Mal an.

Arekh rollte sich durch den Staub und entging gerade noch einem Schwerthieb, sprang dann auf und wartete auf den nächsten Schlag. Aber der kam nicht. Amîn und seine zehn Mann hatten sich gerade ins Getümmel gestürzt, und die Sakâs hatten sich den Neuankömmlingen zugewandt, da sie in ihnen eine größere Bedrohung sahen.

Einer der Nâlas blies ins Signalhorn, um den zweiten Trupp als Verstärkung herbeizurufen.

»Ihr seid dran, Aida!«, schrie Amîn. »Kümmert Euch um …«

Ein Hieb ließ Amîn stürzen; er brach im Staub zusammen, ohne seinen Satz zu beenden. Das war auch nicht nötig.

Kümmert Euch um den König.

Sie waren nur elf gegen dreißig, und die Verstärkung

würde einige Minuten brauchen, um herzugelangen. Binnen weniger Augenblicke würden die Sakâs die Oberhand gewinnen. Arekh trat einen Schritt zurück, aus dem Kampfgetümmel heraus, um die Lage einzuschätzen.

Das Opfer, das Amîn und seine Männer brachten, würde ihm nur einige Sekunden erkaufen.

Dreißig Sakâs. Welcher war der König?

Ein junger Mann, hatte Non'iama gesagt. Jung und schön. Ein gebildeter Mann.

Arekh wich noch weiter zurück und versuchte, die Schmerzensschreie seiner Männer zu ignorieren. All seine Instinkte schrien ihm zu, ihnen zu Hilfe zu kommen, aber dieses eine Mal hatten seine Instinkte unrecht. Er durfte diese Gelegenheit nicht ungenutzt lassen.

Da.

Der Mann, der nicht kämpfte.

Er war schlank, schwarz gekleidet und trug eine schlichte Kette um den Hals. Er stand am Rand der Felsplattform.

Jung. Etwas abseits beobachtete er den Kampf.

Sein Blick richtete sich auf Arekh, und er erkannte die Gefahr sofort. »Anâs ...«

Arekh warf sich auf den jungen König, und gemeinsam stürzten sie über die Felskante.

Sie rollten zusammen den Steilhang hinunter; ihre Körper prallten von den Felsen ab. Oben ertönten Zornes- und Schmerzensschreie. Arekh unterdrückte ein Ächzen, während die Steine ihm Rücken, Gesicht und Schenkel aufrissen.

Ihr Sturz kam zu einem heftigen Ende. Arekh landete mit dem Rücken auf einem Stein des Weges, auf den sie gefallen waren, und der Aufprall raubte ihm den Atem.

Weiße Pünktchen tanzten ihm vor den Augen, und einen Herzschlag lang verlor er das Bewusstsein.

Als er die Augen wieder öffnete, stürzte sich der Sakâs-König gerade mit gezogenem Dolch auf ihn.

Arekh wehrte den Hieb mit dem Ellbogen ab, sprang auf und rammte dem jungen Mann die Faust ins Gesicht. Sein Schwert war verschwunden; sicher hatte er es bei dem Sturz verloren. Er bückte sich und hob einen faustgroßen Stein auf. Der König führte erneut einen Hieb, und die Klinge ritzte Arekh die Brust auf. Er hob den Stein und schlug ihn seinem Gegner mit aller Kraft gegen die Schläfe.

Der König der Sakâs fiel auf der Stelle zu Boden. Arekh warf sich auf ihn und schlug ihn wieder und wieder. Erst als der Schädel barst, begriff er, dass der König tot war.

Die Tür des Zimmers zersplitterte, und sechs Sakâs drangen ein. Das kleine Mädchen schrie. Der Soldat warf sich vorwärts und stellte sich zwischen die Barbaren und Vashni und das Kind.

Welch ein Mut!, dachte Vashni. Sie kannte noch nicht einmal seinen Namen.

Sie würde ihn auch nie erfahren. Der erste Sakâs schlug dem Mann den Kopf mit einem Schwerthieb ab, und Blut spritzte an die Wände. Zwei Sakâs traten auf Vashni zu, während das Kind verzweifelt versuchte, sich unter dem Bett zu verstecken. Vashni wich zurück. Sie fühlte sich seltsam losgelöst. Sie hatte keine Angst. Sie erlebte die Vorgänge von außen, als würden sie einer anderen Frau zustoßen.

Sie hatte ihren Dolch längst verloren. Sie packte einen Stuhl und schleuderte ihn auf einen Sakâs, der darüber nur lächelte. Er hob sein Schwert und rammte es der jungen Frau mit einer gezielten Bewegung in die Brust.

Sie war sofort tot.

Er hatte gerade den König der Sakâs getötet. Mit einem Stein erschlagen.

Arekh starrte den Stein in seiner Hand an, die Blut- und Gehirnflecken, die er noch aufwies. Ihm war schwindlig, und er hatte das Bedürfnis, sich zu übergeben.

Das war alles? So einfach? So enttäuschend?

Er wich langsam zurück und betrachtete den Leichnam, ohne seinen Augen zu trauen. Der König derjenigen, die die Hälfte der Königreiche zerstört und eine Spur des Feuers, des Todes und des Hasses hinterlassen hatten …

Und ein Schlag mit einem Stein hatte ausgereicht.

Wenn diese Geschichte eine Moral hatte, dann begriff er nicht, welche.

Er wich noch weiter zurück, den Blick starr auf die Leiche gerichtet. Alles drehte sich in seinem Kopf, und ein blutiger Nebel trat vor seine Augen. Er wankte, stürzte. Als er aufstand, war er nicht mehr allein. Drei Sakâs standen vor ihm. Sie mussten den Hang hinabgestürmt sein, ihrem König nach, aber Arekh war von seinem Sturz zu betäubt gewesen, sie zu hören.

Die Barbaren sahen erst den Leichnam, dann Arekh an.

Sie knieten rings um den Toten nieder.

Arekh wich erneut zurück, einen Schritt nach dem anderen, und war sich bewusst, dass er allein und nur mit einem Stein bewaffnet war, dass ihm der Kopf so wehtat, dass er kaum sehen konnte.

Die Sakâs begannen zu singen, einen seltsamen, heiseren Gesang. Dann ergriff einer von ihnen ein Horn und blies hinein.

Ein langer Klageton erklang aus dem Musikinstrument und hallte zwischen den Steinwänden wider. Der Sakâs blies erneut, sieben weitere, kürzere Klagen.

Arekh drehte sich um und rannte. Mit klopfendem Herzen kletterte er den Abhang hinauf. Als er die Felsplattform erreichte, war sie von Leichen übersät. Die Sakâs waren tot oder lagen im Sterben. Von Amîns vierzig Mann, die als Verstärkung herbeigeeilt waren, waren nur noch fünfzehn am Leben.

Amîn lag mit durchschnittener Kehle am Boden.

»Aida?«, fragte einer der Männer. Arekh kannte sein Gesicht, wenn auch nicht seinen Namen. Er war einer von Amîns Offizieren und würde nun wohl das Kommando der Truppe übernehmen. »Wir haben … nun … Ihr seht es ja«, sagte er und deutete auf den Berg von Leichen.

Auch er wirkte schockiert. Ein gewaltiger Bluterguss bedeckte die linkte Hälfte seines Gesichts, und Blut quoll ihm aus der Lippe.

»Tötet die Verwundeten«, sagte Arekh leise. »Natürlich nicht die unseren. Die Sakâs.« Der Kopf tat ihm noch immer so weh, dass er kaum sprechen konnte.

Einer der Männer beugte sich über die Kante. Unten knieten die schwarzen Gestalten der Sakâs nach wie vor um den Leichnam ihres Königs. Der Klang des Horns hallte von den Bergflanken wider.

»Und die da, Aida?«

Arekh schüttelte den Kopf. »Nein. Lasst sie.«

Non'iama rannte noch immer. Sie wusste nicht, ob sie verfolgt wurde. Das Blut pochte ihr in den Schläfen, und die Furcht verdichtete sich in ihrem Mund zu einem bitteren Geschmack, aber sie blieb nicht stehen. Sie lief tiefer zwischen die Felsen hinein, suchte sich aufs Geratewohl einen Weg und versuchte, ihre Verfolger abzuhängen, wenn es denn welche gab.

Dann blieb ihr Fuß an einem Stein hängen, und sie schlug der Länge nach hin.

Als sie sich wieder aufrappelte, blutete sie an Hand und Mund. Die Schulter tat ihr entsetzlich weh.

Sie drehte sich um.

Niemand.

Sie wartete noch einen Moment, aufrecht, keuchend, verängstigt.

Niemand.

Erleichterung durchströmte sie wie eine Welle, und sie begann zu lachen und konnte nicht mehr aufhören.

Dann wurde ihr Lachen zu einem Schluchzen, und sie ließ sich zu Boden fallen. Sie musste minutenlang weinen, bevor Furcht und Anspannung nachließen, die ihr bis dahin den Magen zusammengeschnürt hatten.

Am Ende stützte sie sich auf einen Felsen, stand auf und begann den langen Marsch, der sie zurück in Ayeshas Lager führen würde.

Irgendetwas tat sich im Norden, das hatte Harrakin vage an den Bewegungen der Feinde erkannt.

Die Sakâs waren vor ihm, hinter ihm, ringsum. Blut floss ihm über die Brauen, lief ihm in die Augen und nahm ihm die Sicht. Er wusste nicht mehr, wo er war, ob er vorgerückt oder zurückgewichen war. Ungefähr zweihundert Verteidiger hatten sich um ihn geschart. Alle zu Fuß. Harrakin hatte seine Reiter – oder was von ihnen noch übrig war – zurückfallen lassen und die Armbrustschützen etwas weiter entfernt im Wald postiert. Männer zu Pferde hatten in diesem Meer von Barbaren keine Chance, und die Armbrustschützen konnten auch nichts mehr ausrichten. Dies war ein Kampf zu Fuß. Man musste überleben, durchhalten, noch eine Stunde, dann noch eine, und warten … hoffen …

Ein Soldat brach neben ihm zusammen. Aus Harabec, aus Reynes, aus dem Emirat? Harrakin wusste es nicht, und es war auch gleichgültig. Er hatte in den letzten Stunden so viele Männer fallen sehen, dass die Gesichter und Uniformen sich in seinem Geist zu einem blutigen Mosaik vermischten. Harrakin stürmte voran, schlug auf einen Sakâs ein, dann auf den nächsten, verwundete, tötete vielleicht. Er hatte keine Zeit, sich die Wirkung seiner Hiebe anzusehen. Er konnte nur auf gut Glück zuschlagen, schreien und die verängstigten Männer um sich scharen.

Eben hatte es Bewegung bei den Sakâs gegeben: widersprüchliche Befehle, Trupps, die den Rückzug angetreten hatten. Vielleicht hatte Marikani angegriffen. Vielleicht würde der Druck nachlassen.

Vielleicht …

Ein weiterer Barbarentrupp griff an, und Harrakin stürzte in einen Strudel der Gewalt, in dem er jedes Zeitgefühl verlor.

Ratsherr Viennes blickte von der Aussichtsplattform auf das Gelände hinunter.

Sie waren an dem entscheidenden Punkt, an dem das Schicksal in jeder Schlacht in der Schwebe hing. Vor dem Großen Tor waren die Kräfte mittlerweile ausgeglichen.

Die Sakâs waren zwar noch in der Überzahl, aber Ayeshas Raubkatzen hatten das Überraschungsmoment und den Zorn auf ihrer Seite. Die letzten Verteidiger schöpften neuen Mut, griffen an und schlugen blutige Gassen in die Reihen der Barbaren.

Alles konnte noch gewonnen werden oder verloren gehen.

Im Innern der Stadt loderten Brände, aber der Strom der Barbaren war aufgehalten worden, und die Soldaten hatten die Tunnel versperrt. Die Sakâs, die durchgekommen waren, sahen sich keine vierhundert Fuß vom Großen Tor entfernt den Wachen der Ratsversammlung und Gilas es Maras' Männern gegenüber. Viennes musste nicht erst hinsehen, um sich das Gemetzel vorzustellen. Die verängstigten Stadtbewohner schrien und trampelten einander in ihrer Panik gegenseitig nieder, die Sakâs schlugen aufs Geratewohl zu, während die Soldaten sie aufzuhalten versuchten.

Wenigstens würden die Feinde ihr Ziel nicht erreichen. Die Sakâs waren nur einige hundert: Sie konnten ein Blutbad anrichten, aber sie würden keinen Erfolg haben. Sie würden das Tor nicht erreichen.

Viennes richtete seine Aufmerksamkeit wieder auf das Schlachtfeld.

Das Schicksal zögerte noch immer. Im Westen drehten die Sakâs sich um, um sich ihren neuen Feinden zum Kampf zu stellen. Vor dem Großen Tor waren ihre Kräfte noch immer ungeordnet und chaotisch, da sie sich nicht recht für einen Gegner entscheiden konnten.

Und dann ertönte das Horn.

Ein langer Signalton, der von irgendwo innerhalb des Großen Kreises erscholl. Gefolgt von sieben kürzeren.

Viennes beugte sich vor, obwohl ihm bewusst war, wie nutzlos seine Bewegung war; er wollte hören, verstehen.

Der Ton des Horns erstarb.

Zunächst geschah nichts.

Dann erklang ein weiterer Ton – noch ein Horn innerhalb einer der Sakâs-Armeen, das die gleiche Melodie aufnahm. Ein langer Ruf, dann sieben weitere.

Und plötzlich erklangen überall in den Barbarenarmeen Hörner: Sie nahmen das gleiche Klagelied auf, das wie ein Schluchzen klang. Eine Nachricht. Eine Ehrenbezeugung.

Dann schwiegen die Hörner, und seltsame Stille senkte sich über das Schlachtfeld. Der einzige Lärm kam nun von Ayeshas Raubkatzen, die weiterkämpften und ihre Hiebe mit Gebrüll begleiteten. Vor der Mauer hielten die Männer, die Pilanos anführte, unsicher inne.

Auch die Sakâs waren stehen geblieben. Natürlich nicht alle. An vorderster Front wurde immer noch gekämpft.

Die Raubkatzen nutzten das Zögern ihrer Feinde und verdoppelten ihre Anstrengungen.

Dann erklang weiter östlich ein weiteres Hornsignal aus der dritten Sakâs-Armee. Eine andere Melodie, getragen und tief.

Langsam trat das Sakâs-Heer den Rückzug an.

Viennes schnappte nach Luft; er wagte es nicht, seinen Augen zu trauen. Das war zwar nur ein Viertel der Barbarenstreitkräfte, aber …

Wieder erschollen Hörner, diesmal von überall her, und tauchten das Schlachtfeld in einen seltsam melodiösen Missklang.

Sie waren nicht alle einer Meinung. Auch wenn man die militärischen Signale nicht kannte, konnte man die

Dissonanz deutlich wahrnehmen. Die Befehle waren widersprüchlich, zögerlich.

Vor dem Großen Tor begann Pilanos einen weiteren Angriff, und die Barbaren knickten unter dem Ansturm ein.

Eine neue Welle von Hornsignalen.

Jetzt waren die Truppen im Westen an der Reihe, sich zurückzuziehen.

In einer langsamen, aber merklichen Bewegung begannen die Barbarentrupps, sich von der Stadtmauer zu entfernen, und ließen die letzten Verteidiger verblüfft zurück.

Stück für Stück setzte sich die Bewegung fort.

Viennes hielt den Blick starr auf das Schlachtfeld gerichtet und ließ Augenblicke, ja Stunden vergehen, während er das langsame Wunder beobachtete, das sich vor seinen Augen abspielte.

Die Barbarenflut kehrte in die westlichen Lande zurück.

Der Große Zyklus war vorüber.

»Rückzug! Rückzug!«, schrie Day-Yan.

Auf dem Hügel erloschen die Ayesha-Feuer eines nach dem anderen: das Zeichen zum Rückzug. Day-Yan galoppierte zwischen den Raubkatzen hindurch und bedeutete ihnen, sich zurückzuziehen. Es hatte keinen Sinn, sich umbringen zu lassen, wenn die Sakâs sich entfernten.

Im Gegenteil: Sie mussten ihnen den Weg frei machen, ihnen Platz lassen …

Etwa vierzig Barbaren hatten die Befehle nicht verstanden oder sich entschlossen, sie nicht zu befolgen. Sie warfen sich brüllend auf Haîks Trupp. Day-Yan gab einige Anweisungen und schickte hundert Mann als Verstärkung. Es war nur ein Scharmützel. Im Nordwesten, nahe beim Großen Kreis, wurde noch gekämpft, aber auf ihrer Seite des Schlachtfelds war alles vorbei.

Day-Yan gab seinem Pferd die Sporen und folgte seinen Männern ins Lager.

»Wir haben gesiegt!«, schrie Laosimba und reckte sein Schwert zum Himmel. »Wir haben gesiegt!«

Er freute sich zu früh: Nicht alle Sakâs waren geflohen, und einige, die sich zu den Klippen im Nordwesten zurückgezogen hatten, schlugen eine tapfere letzte Schlacht. Über achthundert Sakâs hatten dem Rückzugsbefehl nicht gehorcht. Achthundert. Das war nicht viel, aber solange sie noch kämpften, war der Sieg nicht errungen.

Was von Pilanos' Armee noch übrig war, hatte begonnen, sie zum Kampf zu stellen. Laosimba gab seinem Pferd die Sporen; er war in fröhlicher, blutdürstiger Stimmung. Er hatte lange nicht mehr gekämpft – eigentlich schon seit Jahren nicht mehr, seit er sich den Seelenlesern angeschlossen hatte –, aber er war gut ausgebildet, und als junger Priester hatte er mehr als einen Aufständischen getötet, als sein Orden die Häresie der Manaos-Anhänger niedergeschlagen hatte. Mit erhobenem Schwert wollte er gerade angreifen, als die Reiter aus Harabec an ihm vorbeistürmten, um sich ins Getümmel zu stürzen.

Harrakin, der ein Pferd aus dem Emirat ritt, gab etwas abseits seinen Armbrustschützen Befehle; die Männer gingen in Stellung, um die Flüchtenden zu töten.

Laosimba überlegte es sich anders, spornte sein Pferd an und ritt auf den König von Harabec zu.

Harrakin hatte während der letzten Phase des Kampfes

gelitten. Seine linke Schulter war verletzt, und eine klaffende Wunde zerteilte ihm das Gesicht von der Schläfe bis zum Mund. Aber er war am Leben. Und er hatte sich genug Energie bewahrt, um sich im Sattel aufzurichten und den Hohepriester argwöhnisch und verächtlich zu mustern.

Laosimba lächelte ihn an.

Das Lächeln war nicht gezwungen. Es war lange her, dass der Hohepriester sich so glücklich gefühlt hatte. Die Stadt war gerettet, die Sonne schien … Mit dem Sieg würde Reynes seine Macht zurückerlangen und noch mehr hinzugewinnen. Die angrenzenden Königreiche waren sehr geschwächt. Das Emirat existierte nicht mehr. Das würde künftige politische Schachzüge sehr erleichtern.

»Also habt Ihr überlebt.«

»Mit knapper Not«, sagte Harrakin und schenkte Laosimba ein Lächeln, dem es gelang, zugleich erschöpft und frech zu sein. »Enttäuscht?«

»Im Gegenteil«, sagte der Hohepriester. Harrakins Lächeln verschwand nicht, aber Laosimba sah das Aufblitzen von Besorgnis in seinen Augen. »Gilas es Maras hat mehr Glück gehabt als Ihr. Man hat seinen Leichnam keine fünfzig Fuß vom Großen Tor entfernt gefunden.«

Diesmal erlosch das Lächeln des Königs von Harabec. »Er war ein tapferer Mann.«

»Der falsche Entscheidungen getroffen hat wie Ihr. Ich hatte Euch gewarnt, dass ein einziger Fehler reichen würde. Ihr wart so liebenswürdig, mir die Qual der Wahl zu lassen. Da ist Eure Befehlsverweigerung …«

»Ein Ungehorsam, der die Stadt gleich mehrfach gerettet hat.«

»Aber darum muss ich mir keine Gedanken machen, denn Eure Verbindung zu Arekh es Morales wird völlig ausreichen. Ihr habt mit einem Mann gesprochen, von dem Ihr wusstet, dass er unter einer bewiesenen Häresieanklage stand. Ihr habt an seiner Seite gekämpft. Ihr habt ihn weder getötet noch ausgeliefert. Ihr habt ein Bündnis mit dem Gefährten der Demeana geschlossen. Herzlichen Glückwunsch! Ein volles Geständnis hätte mir nicht mehr nützen können.«

Er wartete auf eine aggressive oder sarkastische Antwort, aber zu seinem Erstaunen schwieg Harrakin. Laosimba erkannte Mattigkeit auf seinem Gesicht, in seinen Augen. Der junge König versuchte, es vor ihm zu verbergen, aber er war erschöpft.

Perfekt. Die moralische Erschöpfung seiner Opfer gestattete es Laosimba stets, die Oberhand zu gewinnen. Die innere Ermüdung, die aus der körperlichen Folter hervorging, brach die Menschen weit eher als die Schmerzen an sich.

Sobald Harrakin verurteilt war, würde Harabec unter den »religiösen Schutz« von Reynes gestellt werden. Und dann …

»Ihr habt einen Vertrag mit der Demeana geschlossen«, sagte Harrakin sanft. »Der Sieg ist zu einem Großteil dank ihrer Hilfe errungen worden. Ihr habt Euch mit ihr verbündet. Wenn meine Entscheidung ein Fehler war, war Eure dann nicht auch einer?«

»Das wäre sie in der Tat – wenn ich denn vorhätte, diesen Vertrag einzuhalten. Das ist nicht der Fall.« Die Verblüffung, die sich auf Harrakins Gesicht abzeichnete, verschaffte Laosimba ungewöhnlich tiefe Befriedigung. »Gleich morgen werde ich vor der Ratsversammlung die Annullierung des Vertrags aus religiösen Gründen fordern. Man kann keinen gültigen Vertrag mit einem Vertreter der Abgründe unterzeichnen ... Die Ratsherren fühlen sich erleichtert«, fuhr der Hohepriester fort; kalter Zorn war seiner Stimme anzuhören, als er an das Gespräch zurückdachte, das er am Vorabend mit drei Angehörigen der Ratsversammlung geführt hatte. »Sie glauben, dass dies die beste Lösung ist. Dass sie sich ihrer am einfachsten entledigen können, indem sie sie gehen lassen. Glauben sie etwa, dass die wahren Götter Kompromisse hinnehmen?«

Er sah Harrakins Blick und begann zu lachen. »Ihr macht Euch Sorgen um sie, nicht wahr? Wie lustig. Ihr habt sie mir ausgeliefert, aber heute passt Euch der Gedanke nicht, dass unsere Truppen ihren Hafen und ihre dummen Schiffe niederbrennen könnten? Gefällt Euch die Vorstellung nicht, dass Eure ehemalige Frau ohne weitere Umstände an einem Mast aufgeknüpft wird? Ich habe Euch ja gleich gesagt, dass Ihr unter ihrem Einfluss steht.«

»Die Ratsherren werden sich der Aufhebung des Vertrags widersetzen«, sagte Harrakin, aber auf seinem Gesicht zeichnete sich Unsicherheit ab.

Laosimba lächelte. Er hörte Furcht in Harrakins Stimme, und wenn die Angst erst einmal Fuß gefasst hatte, war ein Mensch den Göttern auf Gnade und Ungnade ausgeliefert.

»Sie werden es versuchen. O ja, das werden sie. Sogar meine Untergebenen werden versuchen, mich umzustimmen. Aber Fîr spricht aus meinem Munde, König von Harabec«, sagte Laosimba und senkte die Stimme. Er beugte sich zu Harrakins Ohr, wie um ihm ein Geheimnis anzuvertrauen. »Mit *meiner* Stimme. Alles geschieht durch mich. Durch mich allein. Das müsst Ihr begreifen. Das müssen sie alle begreifen ...«

Diesmal huschte über Harrakins Gesicht ein seltsamer Ausdruck, den Laosimba nicht zu deuten vermochte. Aber er verschwand sofort wieder. Laosimba richtete sich auf und tätschelte den Hals seines Pferdes.

»Und jetzt entschuldigt mich bitte. Ich habe Sakâs zu töten!«, verkündete der Hohepriester mit vor Energie vibrierender Stimme. Er setzte sein Pferd in Bewegung und stürzte sich ins Getümmel.

Harrakin sah ihm gleichmütig nach.

»Majestät?«, sagte der Hauptmann der Armbrustschützen und trat an ihn heran. »Wir sind bereit. Wenn Sakâs versuchen, zu den westlichen Pässen zu fliehen, dann ...«

»Nein«, sagte Harrakin.

»Nein?«

»Zielt dorthin«, sagte Harrakin und deutete auf das Kampfgetümmel.

»Aber Majestät ... unsere Reiter ... die Soldaten aus Reynes. Sie sind im Handgemenge mit den Sakâs ...«

»Wir werden diesen Tag mit einer Ehrenbezeugung an die Götter beschließen«, verkündete Harrakin. »Das Arrethasfeuer wird auf die Sakâs niedergehen.«

»Das ...«

»*Mögen die Soldaten, die Arrethas schützt, ihre Armbrustbolzen in der Schlacht abschießen, wenn Freund und Feind ins Handgemenge verstrickt sind! Sie werden nur ihre Gegner treffen, denn Arrethas wird ihre Geschosse lenken*. Erinnert Ihr Euch an diese rituellen Worte?«

Der Offizier starrte ihn an; er schwankte zwischen Furcht und Begeisterung. »Natürlich, Majestät, aber ... es ist Jahrhunderte her, dass ...«

»Vertraut Ihr der Macht des Arrethas nicht, Hauptmann?«, fragte Harrakin mit einem schwachen Lächeln. »Ist die menschliche Ungeschicklichkeit größer als die Macht der Götter?«

Der Mann zögerte erneut; dann leuchtete ehrfürchtige Freude in seinen Augen auf. »Bei Murufer, Majestät, Ihr habt recht! Verzeiht mir mein Zaudern. Die Götter haben bewiesen, dass sie heute über uns wachen. Ich werde die entsprechenden Befehle geben.«

Während der Hauptmann seine Männer aufstellte und sie aufforderte, ein Gebet zu sprechen, spannte Harrakin seine Armbrust.

Sobald das Gebet vorüber war, gab der Hauptmann das Signal. Die Soldaten schossen eine erste Salve von Armbrustbolzen ab, und Schreie ertönten aus dem Durcheinander von Menschen in der Nähe der Klippe.

Während sie nachluden, hob Harrakin seine Armbrust und zielte.

Gründlich.

Acht Stunden später, als zwangsweise dazu herangezogene Stadtbewohner aufs Schlachtfeld kamen, um die Toten einzusammeln, fanden sie den Leichnam des Hohepriesters, in dessen Genick ein Armbrustbolzen steckte.

Reynes war nicht gefallen.

Der Abend schritt voran, und im rötlichen Schein der untergehenden Sonne gewann die beschädigte Stadt ihre Pracht zurück. Die letzten Brände waren gelöscht worden, und nur einige Rauchschwaden erinnerten noch daran, dass es dem Feind gelungen war, einzudringen. Das Schlachtfeld, das nun nur noch von Soldaten bevölkert war, die sich um die Verwundeten kümmerten, bot im blutfarbenen Licht einen trügerisch romantischen Anblick.

Marikani ließ sich nicht täuschen. Sie war zu weit entfernt, um das Wimmern der Hunderten von Sterbenden zu hören, die die Morgendämmerung nicht mehr erleben würden, aber sie wusste, wie ein Gelände nach einem Kampf aussah. Ihm ging jegliche Schönheit ab.

Aber Reynes …

Die Stadt war wunderschön, das musste man zugeben, besonders um diese Zeit, wenn die stolzen Silhouetten ihrer Türme sich golden und purpurn färbten. Das Ayesha-Volk würde abreisen – das Lager noch heute Abend abbrechen –, um wieder nach Norden zu ziehen. Marikani würde diese Stadt nie wiedersehen. Sie wusste, dass sie sich, indem sie von ihr Abschied nahm, auch vom Symbol ihres vorherigen Lebens verabschiedete. Reynes stand für alles, was sie hinter sich ließ.

Und dennoch …

Dennoch war sie nicht traurig. Im Gegenteil. Marikani holte tief Luft und ertappte sich bei einem Lächeln. Die Sakâs waren fort, die Reise ihrer Leute nach Samara war gesichert, sie würden genug Geld und Nahrung zum Bau der Flotte haben. Und vor allem … Arekh war am Leben. Ein Mann aus dem Emirat hatte es ihr gerade gemeldet.

Nach einem letzten Blick auf die Stadt drehte sie sich um und ging langsam ins Lager. Die Sonne war untergegangen, und die ersten Sterne erschienen. Marikani blickte auf und lächelte, als sie sah, wie die seltsamen türkisfarbenen Wirbel sich am Firmament abzeichneten.

»Ayesha«, sagte Day-Yans Stimme hinter ihr. »Bara ist verschwunden.«

Haîk hatte Baras Abwesenheit bemerkt, als er den Befehl zum Aufbruch gegeben hatte. Niemand erinnerte sich, dass er ihn beim Angriff hatte fallen sehen – eigentlich erinnerte sich auch niemand, ihn überhaupt kämpfen gesehen zu haben. Haîk und Farer hatten angenommen, er sei mit Day-Yan den Hang hinuntergeeilt, Day-Yan hatte gedacht, er sei an Ayeshas Seite geblieben, um sie zu beschützen.

Niemand hatte ihn seit seinem Gespräch mit Marikani auf dem Grat gesehen.

»Die Sakâs haben ihn ermordet«, sagte die junge Frau entsetzt, während sie das Lager und die Felsen absuchen ließ; sie befürchtete, jeden Augenblick einen von einem Armbrustbolzen durchbohrten Leichnam zu finden. »Er hätte die Schlacht niemals versäumt … Es müssen Sakâs bis hierher vorgedrungen sein und ihn in einen Hinterhalt gelockt haben.«

Sie fanden seinen Leichnam in seinem Zelt. Bara war nicht ermordet worden. Kein Sakâs war ins Lager eingedrungen, und wie um jeden Zweifel unmöglich zu machen, war Baras bleiche Hand noch immer um den Dolch gekrampft, dessen Klinge blutbefleckt war.

Er hatte sich die Kehle durchgeschnitten.

Kapitel 15

Der Ozean war von einem überwältigenden Blau, der Himmel makellos heiter. In Samara wirkte der Horizont gewaltig, grenzenlos; das Licht war blendender als anderswo.

Die Werften erstreckten sich meilenweit entlang der Küste und bildeten ein Mosaik von leuchtenden Farben: das dunkle Braun der Planken und der großen Schiffsrümpfe, die langsam über den Gerüsten Gestalt annahmen. Das Rot der Gewänder der Arbeiter, die diese Farbe trugen, seit Kinshara geboren worden war, und um nichts auf der Welt die Traditionen ihrer Ahnen aufgegeben hätten. Das Weiß der Möwen und der *Niis*, dieser gewaltigen Meeresgreifvögel mit gebogenen Schnäbeln und makellosen Flügeln. Die Farben der verzierten Kleider der Kinder, die, seit die Welt die Welt war, ihre schönsten Jahre damit verbrachten, am Strand und in den Wellen zu spielen, bevor sie sich als Lehrlinge auf den Werften verpflichteten.

Und davor lag imposant auf den Hügeln der Große Ayesha-Tempel.

Im Lager befand sich ein weiterer Tempel, der Ayesha geweiht war, ein Provisorium aus Holz, das bei der

Ankunft des Türkisvolks errichtet worden war. Die Balken waren blau und weiß bemalt worden, und es war ein hübscher kleiner Tempel, fröhlich und einladend, aber Lionor wollte etwas Besseres.

Es würde mindestens zwei Jahre dauern, eine Schiffsflotte zu bauen, die in der Lage war, sie auf die andere Seite des Ozeans zu bringen. Zwei Jahre, vielleicht mehr. Für die Zwischenzeit verdiente Ayesha einen echten Tempel. Und Lionor hatte ihn geplant. Lionor hatte darum gekämpft, dass die Göttin einen Ort erhielt, an dem ihr Ruhm gefeiert werden konnte, Lionor hatte die Gläubigen überzeugt, hatte Steine liefern lassen und die Arbeiten überwacht, damit sich das Gebäude zu Ehren der göttlichen Kraft, die ihrer aller Leben verändert hatte, in den Himmel erheben konnte.

Lionor Mar-Arajec, die Hohepriesterin der Ayesha.

Der Tempel war noch nicht ganz fertig. Es fehlten im zweiten Stock noch Steine, und die Kuppel befand sich gerade im Bau. Das Gebäude war noch nicht offiziell eingeweiht worden; das würde morgen im Rahmen der Zeremonie geschehen, die Lionor seit Monaten plante. Doch der Tempel wurde bereits genutzt: Im Innern brannte eine geweihte Flamme, die von den Priesterinnen gehütet wurde; Weihrauch und Kräuter wurden ständig verbrannt, und die »jungfräulichen« Freiwilligen – nicht alle waren wirklich Jungfrauen, aber man behalf sich eben mit dem, was man hatte – lernten dort Gesänge zu Ehren der Göttin.

Manchmal fanden sich die Gläubigen dort ein, um zu beten, aber eigentlich war das Tempelinnere wenig besucht. Es war vor allem das Äußere – die »Terrassen«, wie Lionor es nannte –, das die Massen anzog. Das Wort

»Terrassen« war übrigens etwas hochtrabend für das, was im Augenblick nur aus einigen Umfriedungen bestand, in denen Unkraut zwischen den Steinplatten wucherte. Die Frauen und Kinder kamen hierher, um zu spielen, zu singen und sich auszuruhen. Sie brannten kleine Kerzen ab oder webten winzige Püppchen aus türkisfarbener Wolle, die sie dann als bescheidene Opfergabe auf den Stufen des Tempels ablegten.

Der Weihebezirk des Großen Ayesha-Tempels umfasste auch die Terrassen, und sie bildeten für die Männer und Frauen des Türkisvolks einen angenehmen Ort, um sich zu versammeln.

Und außerdem beteten nicht nur ehemalige Sklaven die Göttin an. Das Ayesha-Volk war bunter gemischt denn je. Zunächst gab es da die Verbannten, die, obwohl sie ihre Kultur bewahrten und ihre Zelte abseits vom Hauptlager aufgeschlagen hatten, immer häufiger an gemeinsamen Veranstaltungen teilnahmen. Die Zeit hatte ihr Werk getan, und seit sie vor sechs Monden im Lager in der Nähe der Werften eingetroffen waren, waren schon drei Hochzeiten zwischen den beiden Völkern gefeiert worden. Die »schöne Moïri«, die die Frauen der Verbannten repräsentierte, hatte Day-Yan kurz nach ihrer Ankunft in Samara geheiratet. Ihre Verbindung hatte Ayesha und dem Herrn der Verbannten Gelegenheit gegeben, ein großes Fest auszurichten, auf dem die Liebe und die Eintracht zwischen den beiden Gemeinschaften gefeiert worden waren.

Sie hatten weder am Wein gegeizt noch sonstige Ausgaben gescheut. Die Einigkeit zwischen den beiden Völkern war für die Zukunft äußerst wichtig, und Ayesha war sich dessen bewusst.

Und dann gab es da noch die Flüchtlinge, die von überall her stammten. Die Flüchtlingsfamilien, die mit Arekh es Morales gekommen waren, waren geblieben und hatten sich ohne Schwierigkeiten integriert, und es gab noch weitere, die aus allen Winkeln der Königreiche kamen, um sich Ayesha anzuschließen. Zunächst hatten die ehemaligen Sklaven diesen Männern und Frauen misstraut: braunhaarig mit braunen Augen, mit goldener Haut wie ihre ehemaligen Herren, Männer und Frauen, die früher oft selbst Sklaven besessen hatten, sie ausgepeitscht oder am Tag des Großen Opfers den Priestern ausgeliefert hatten. Und die jetzt herkamen, um Ayesha anzubeten.

Dann hatten sie sich daran gewöhnt. Die Neuankömmlinge waren zahlreich, und manche waren wohlhabend: Sie schenkten für die Ehre, aufgenommen zu werden, ihr Vermögen Ayesha oder dem Tempel. Und Ayesha lehnte nicht ab.

Sechs Monde waren seit dem Sieg vor den Toren von Reynes vergangen, und Lionor hatte beschlossen, die Gedenkfeier und die offizielle Einweihung des Großen Ayesha-Tempels zu einem riesigen Fest zu verbinden. Alle Omen waren günstig. Der folgende Tag war als Termin für das Fest vorgesehen, und es würde ein außergewöhnlicher Tag werden: Das vierte Schiff der Ayesha-Flotte würde fertiggestellt werden. Die Konjunktionen der Nacht würden die Rune der Hoffnung bilden, und um Mitternacht würde E-Lâ genau nördlich der Rune stehen und durch einen vom Schicksal vorherbestimmten Zufall die Rune der Reise und des Ozeans formen.

Das Wetter war herrlich, und die Priesterinnen, die aus den Eingeweiden der Opfertiere lasen, hatten für die kommenden Monate nichts als Freude und Wohlstand vorhergesagt.

Alles wäre perfekt gewesen, wenn Ayesha selbst in der Stimmung gewesen wäre, ihren Ruhm zu schätzen zu wissen.

Lionor ging am Strand entlang. Ihr weißes Baumwollgewand flatterte in der Meeresbrise. Ihre Haare waren geflochten, wie es sich für eine Hohepriesterin gehörte. Hannaï war sicher gerade dabei, mit den zwanzig auserwählten jungen Mädchen, die am folgenden Abend singen würden, die heiligen Lieder zu wiederholen.

Hannaïs Groll hatte sich endlich gelegt.

Hannaï war die erste Ayesha-Priesterin gewesen, als das Türkisvolk noch durch die Berge gezogen war, und es hatte ihr gar nicht gefallen, ihre Position zu verlieren. Aber Lionors Einfluss und Bildung hatten es ihr beunruhigend leicht gemacht, sich durchzusetzen. Seit Lionor den Ayesha-Kult in die Hand genommen hatte, hatte er unerwartete Ausmaße angenommen, und das hatte selbst Hannaï anerkennen müssen.

Lionor hatte den Tempel bauen lassen, Lionor hatte die Rituale eingeführt, Lionor hatte die Feste ausgerichtet. Sie hatte einen entscheidenden Trumpf in der Hand, der dafür sorgte, dass alle ihr gehorchten und sogar Day-Yan und Haîk sie respektierten und fürchteten: ihre Vergangenheit. Lionor war Ayeshas beste Freundin, sie kannte sie seit ihrer Kindheit, und gemeinsam hatten Lionor und Ayesha große Gefahren überstanden; die Erzählungen darüber waren zur Legende geworden. Nur Arekh es Morales hatte – ohne auch nur anwesend zu sein – vergleichbare mythische Größe erlangt. Man erzählte sich allerlei seltsame Geschichten über ihn. Arekh es Morales hatte den König der Sakâs getötet und Ayesha auf ihren Reisen begleitet. Vor der Nacht des Großen Opfers war er ihr Liebhaber und Beschützer gewesen. Wer er wirklich war und woher er stammte, wusste niemand, und das Geheimnis gereichte ihm zum Vorteil, auch wenn manchmal erschreckende Gerüchte über seine Vergangenheit in Umlauf waren.

Im Süden des Lagers angekommen, marschierte Lionor quer über den Strand. Zwischen Feuerstellen, auf denen schon das Abendessen kochte, und Zelten hindurch ging sie zu dem großen Holzhaus hinauf, in dem Marikani lebte.

Eine Melodie zu ihrer Linken weckte ihre Aufmerksamkeit. Auf einem der Nebenaltäre des Lagers tanzte Non'iama, getragen vom Ayesha-Feuer.

Lionor wechselte die Richtung und näherte sich dem Altar. Das Kind hatte nur selten Visionen, aber Lionor nahm sie immer ernst.

Etwa fünfzig Personen hatten sich um den Altar geschart und begleiteten den Tanz des Mädchens mit rhythmischem Händeklatschen und Stampfen. Die Kleine tanzte mit ansteckender Leichtigkeit und Freude, und wie immer, wenn sie Non'iama sah, musste Lionor lächeln.

Die Schulter des Kindes war nie richtig verheilt. Non'iama würde immer ein wenig gebeugt gehen, die linke Schulter tiefer als die rechte. Aber trotz ihrer Verkrüppelung strahlte sie ein solches Glück und so viel Energie aus, dass alle vernarrt in sie waren.

Der Rhythmus beschleunigte sich, und Non'iama drehte sich immer schneller. Sie hob den rechten Arm – den anderen konnte sie kaum bewegen –, um die Himmel anzurufen. Dann blieb sie stehen und rief: »Ich bin die Hâman der Ayesha!«

»Du bist die Hâman der Ayesha!«, wiederholte die Menge gutgelaunt.

»Ayeshas Geist ist nicht in ihrem Körper«, verkündete Non'iama mit klarer Stimme. »Morgen wird die Himmelfahrt stattfinden! Morgen wird sich Gewalt mit Liebe vermischen, morgen wird Ayeshas Geist in den Himmel auffahren! Ihre Macht wird das Firmament erleuchten! Ayesha erstrahlt in der Nacht und beschützt uns!«

Die Menge trampelte und applaudierte. Lionor entfernte sich mit gerunzelter Stirn. *Morgen wird sich Gewalt mit Liebe vermischen*? Die Visionen des kleinen Mädchens waren gelegentlich unklar, und Lionor war nicht sicher, ob sie diese hier begriff. Sie brauchte ein bisschen Abstand. Nach einiger Zeit wurde das, was geheimnisvoll war, manchmal offenbar.

Lionor wandte dem Altar endgültig den Rücken zu, ging zu dem großen Holzhaus und klopfte an die Tür.

Als sie keine Antwort hörte, trat sie ein. Der Hauptraum war leer, und sie fand Marikani auf der Terrasse, wo sie saß und gerade etwas schrieb.

»Guten Tag«, sagte Lionor lächelnd. »Die Zeremonien werden vorbereitet. Der Tempel ist schon mit Blumen geschmückt, und alles ist für morgen bereit.«

Marikani hob den Blick von ihrem Brief und musterte Lionor. »Großartig«, erwiderte sie, bevor sie weiterschrieb.

»Die Mädchen haben vier neue Lieder eingeübt.«

Marikani hob die Feder und nickte abwesend. Dann legte sie – sicher, weil sie sich ihrer Unhöflichkeit bewusst wurde – ihr Papier beiseite und wandte sich Lionor zu, die sich an die Balustrade der Terrasse gelehnt hatte. Die beiden jungen Frauen musterten einander einen Moment lang.

Zwischen ihnen herrschte spürbare Verlegenheit. Eine Anspannung, die bestand, seit Lionor sich entschlossen hatte, die Priesterrolle zu übernehmen.

Lionor wandte sich ab und ließ ihren Blick über den Ozean schweifen. Seit Baras Tod vermied Marikani es so oft sie nur konnte, an den Ritualen teilzunehmen. Sie setzte nur selten einen Fuß in den Tempel, wollte mit den Zeremonien nichts zu tun haben und trug die türkisfarbene Schminke bloß, wenn es unumgänglich war – beispielsweise, um mit dem Gouverneur von Kinshara zu verhandeln.

Seltsamerweise kamen die Gläubigen recht gut ohne Marikanis Gegenwart aus. Es war, als ob sich der Begriff »Ayesha« in zwei Bedeutungen gespalten hätte. Sie beteten ihre Vorstellung von der Göttin an, tanzten vor ihren Statuen, verbrannten ihr zu Ehren Weihrauch und sangen Loblieder auf sie, ohne sie zu sehen. Währenddessen besuchte Marikani die Werften, verhandelte mit den Arbeitern, organisierte die Nahrungsverteilung und tauschte lange Briefe mit dem Herrn der Verbannten und Arekh aus, um die Proviant- und Geldlieferungen zu regeln.

Ja, Ayeshas Abwesenheit wirkte sich nicht nachteilig auf ihren Kult aus. Aber Lionor litt darunter. Und sie war es müde, Marikanis höflichen, aber gereizten Gesichtsausdruck zu sehen, wenn sie ihr von den Fortschritten beim Tempelbau oder der ständig wachsenden Anzahl von Gläubigen, die an den Opfern teilnahmen, berichtete.

All die Mühen, all der Glaube, all die aufgewendete Energie – und zum Dank nur verlegene Kälte!

Das Schweigen zog sich in die Länge, und Lionor sah, dass ihre Freundin verzweifelt nach einem neutralen Gesprächsthema suchte.

»Die Werftarbeiter bitten um Verstärkung«, sagte Marikani. Dann strich sie sich mit der Hand über die Stirn, als sei ihr zu warm. Lionor runzelte die Stirn. Im Lager brachen regelmäßig Krankheiten aus. Manche waren harmlos, andere tödlich: Sie verbreiteten sich unter den Flüchtlingen, führten zu ein paar Dutzend oder manchmal gar ein paar hundert Todesfällen und verschwanden dann wieder. Marikani fühlte sich schon seit drei Tagen nicht wohl, und Lionor glaubte, dass sie Fieber hatte. Eigentlich nichts weiter Beunruhigendes.

Aber Lionor wollte, dass Marikani morgen in Form war. Ayesha leitete die Zeremonie, sie musste blendend schön sein.

»Du bist krank«, sagte sie. »Du solltest kalte Bäder nehmen.«

Marikani zuckte mit den Schultern. »Das wird schon vorbeigehen.«

»Sicher. Aber Fieber geht schneller vorbei, wenn man es bekämpft.«

»Ich werde morgen Mahhm einnehmen«, sagte Marikani. »Nach der Zeremonie. Aber nicht jetzt, nicht heute Abend. Ich will heute Abend nicht berauscht sein, wenn …« Sie unterbrach sich und wurde rot.

Lionor führte ihren Satz lächelnd zu Ende: »Wenn Arekh ankommt«, sagte sie mit funkelnden Augen.

Diesmal erwiderte Marikani ihr Lächeln, und einen Moment lang kehrte ein Hauch der alten Komplizenhaftigkeit zurück.

»Ja«, sagte Marikani. »Er hat mir gefehlt.«

Arekh war in Reynes geblieben. Nach dem Tod des Hohepriesters hatte es in der Ratsversammlung mehrere politische Umstürze gegeben, und Arekh war bestens geeignet, unterstützt von Pier Ayeshas Interessen vor dem Rat zu vertreten und sicherzustellen, dass die Vertragsbedingungen auch eingehalten wurden.

Marikani hatte sich nie beklagt; sie hatte nie ein Wort gesagt, das den Verdacht hätte aufkommen lassen können, dass sie ungeduldig auf seine Rückkehr wartete. Aber Lionor verstand noch immer im Herzen ihrer Freundin zu lesen. Außerdem konnte auch sie Arekhs Ankunft kaum erwarten. Sie würde sich freuen, ihn wiederzusehen, und glaubte, in ihm einen Verbündeten zu finden.

Arekh war ein pragmatischer Mann, das wusste Lionor. Er würde Marikani überzeugen, sich stärker in ihren eigenen Kult einzubringen. Lionor war es trotz aller Bemühungen und verzweifelten Reden nicht geglückt, Marikani über ihre göttliche Natur die Augen zu öffnen. Vielleicht würde Arekh rationalere Argumente in die Waagschale werfen, wie etwa die Bedeutung der Strahlkraft Ayeshas auf der politischen Bühne. Je stärker die Göttin war, desto mehr würden ihre Feinde sie respektieren.

Die beiden Frauen plauderten noch einige Augenblicke, waren aber nicht mit ganzem Herzen bei der Sache. Lionor erläuterte Marikani die Einzelheiten der Zeremonie des Folgetags und der Rolle, die Ayesha spielen musste. Marikani hörte zu, ohne Fragen zu stellen oder jegliche Begeisterung zu zeigen. Lionor verbarg ihre Missstimmung und kehrte in den Tempel zurück.

Marikani verbrachte den Nachmittag arbeitend auf der Terrasse. Als der Abend anbrach, nahm sie ein Bad, kämmte sich die Haare und kleidete sich langsam an. Arekh sollte in der Nacht ankommen, und sie wollte bereit sein.

Die Stunden vergingen und steigerten ihre Ungeduld immer weiter. Sie wartete auf der Terrasse, ohne sich konzentrieren zu können. Sie hatte Arekh seit der Nacht, die sie zusammen verbracht hatten, nicht mehr gesehen. In den folgenden Tagen hatten sie sich nur durch Boten verständigt. Seitdem hatten sie natürlich im Briefwechsel gestanden, aber Briefe konnten von wem auch immer gelesen werden, und so blieb ihr Ton nüchtern und sachlich.

Der Abend war wunderschön, wie immer in Samara. Der Ozean wurde hier von einer warmen Strömung durchflossen, die das Klima im Norden der Königreiche mild machte. Die religiösen Gesänge, die aus dem Tempel aufstiegen, waren klar und melodisch, und Marikani musste eingestehen, dass sie großartig klangen. Die Stimmen verschmolzen harmonisch mit dem Rauschen des Meeres und dem Licht der Monde.

Mit dem, worauf sie wartete.

Noch zwei Stunden vergingen.

Sechs Monate. Es war sechs Monate her, dass sie ihn zuletzt gesehen hatte. Seit sechs Monaten wartete sie auf seine Rückkehr, so sehr, wie sie noch nie auf jemanden gewartet hatte.

Sie hatten sich so viel zu erzählen, so viel zu klären, so viel zu teilen …

Noch mehr Zeit verging. Die Monde spiegelten sich im tiefen Schwarz der Wellen. Marikanis Warten wurde qualvoll, als sei die Anspannung zu groß, als würde sie zerbrechen. Sie stand auf und ging auf den Holzbrettern der Terrasse hin und her. Diese sechs Monde, die sie in Samara verbracht hatte, waren … seltsam gewesen. Marikani fühlte sich fehl am Platze, als ob sie nicht hierhergehörte.

Vielleicht lag es einfach daran, dass der Krieg zu Ende war. Als sie das Türkisvolk durch die Berge geführt hatte und die Flüchtlinge ihr barfuß und ausgehungert gefolgt waren, hatte sie gelitten, aber wenigstens gewusst, wofür sie kämpfte. Als sie ihre Männer in den Krieg vor den Toren von Reynes geführt hatte, hatte sie es auch gewusst. Obwohl jeder Herzschlag sein Maß an Schrecken mit sich gebracht und die Verantwortung für all diese Menschen wie eine stählerne Bürde auf ihr gelastet hatte, hatte sie durchgehalten.

Jetzt …

Jetzt war sie keine Kriegsherrin mehr, sie musste sich darauf einlassen, in Frieden zu herrschen, und der Übergang war nicht einfach. Ja, das war es, das war das Problem. Dieses Unbehagen, dieses Gefühl, nicht mehr sie selbst zu sein und etwas verloren zu haben, zu spüren, dass ihr die Ereignisse entglitten, kam sicher nur daher. Das war nicht schlimm, alle Eroberer, die Könige geworden waren, hatten das durchmachen müssen. Nachdem man mit Leben und Tod gespielt hatte, musste man sich entschließen, ins Alltägliche zurückzukehren. Marikani würde sich daran gewöhnen, und alles würde gut werden.

Ja, das war der Grund für ihr Unbehagen …

Da war nichts anderes.

Nein, nichts anderes …

Marikani setzte sich wieder hin, aber sie fühlte sich noch immer schlecht. Ihre Lunge zog sich zusammen, als ob sie ersticken würde. Es war mild, vielleicht zu mild.

Zu warm. Sie stand erneut auf. In ihren Träumen hatte sie oft den Ozean gesehen. Die Wellen, die nachts an den Strand brandeten, die salzige Gischt. Und sie hatte sich die Lunge mit der Luft der Freiheit gefüllt. Im Schlaf war das Meer frisch gewesen, hatte nach Algen und Salz geschmeckt. Ihre Haare hatten im Wind geflattert.

Hier, in Samara, fühlte sie sich zwischen Sand und Hitze gefangen.

Aufgeschoben ist nicht aufgehoben, dachte sie. Sie würde bald den Wind, die Wellen und die Schiffe, die den Ozean durchschnitten, bekommen, die Flotte musste nur erst gebaut werden, das war alles. Der Bau dauerte lange, zwei Jahre des Wartens konnten endlos wirken, aber sie würden vergehen. Und dann würde sie übers Meer fahren.

Ich werde aufbrechen, flüsterte sie. *Ich habe genug. Ich will fort.*

Ich will fort.

Und plötzlich fehlte Arekh ihr fürchterlich. Er würde kommen, sicher binnen weniger Augenblicke, aber auch in der Hinsicht konnte Marikani nicht länger warten. Wenn er sich noch mehr Zeit ließ, würde sie schreien: Sie musste ihn sehen, ihn berühren. Sie musste mit ihm über das sprechen, was sie quälte. Arekh war nicht diplomatisch, er würde direkt auf den Kern der Sache zu sprechen kommen, sie konnte sich auf ihn verlassen. Ihr Verhältnis war schwierig, schmerzhaft, leidenschaftlich. Aber unentbehrlich.

Marikani fuhr sich mit der Hand über die Stirn. Lionor hatte eindeutig recht, sie war krank, das Fieber stieg. Ihre Gedanken umnebelten sich, sicher war sie deshalb so nervös und ungeduldig.

Alles würde gut sein, wenn Arekh erst da war.

Schritte draußen, auf dem Holz. Die junge Frau zuckte zusammen. Ihr Herz machte einen Sprung.

Die Tür öffnete sich, und Arekh erschien auf der Terrasse.

Marikani begriff sofort, dass etwas nicht in Ordnung war.

Arekh trat wortlos mit harter Miene auf sie zu.

Sein Blick war so kalt, dass Marikani den Eindruck hatte, jemand hätte einen Eimer eisgekühlten Wassers über ihm ausgegossen. Ihre Begeisterung fiel in sich zusammen. Sie schwieg, musterte Arekh, versuchte, eine Erklärung zu finden, die nicht besorgniserregend war. Vielleicht war er müde, angespannt.

Arekh blieb vor dem Tisch stehen, und sie starrten einander einen Moment aus drei Schritt Entfernung an.

Die junge Frau suchte verzweifelt nach etwas, das sie sagen könnte. »Hast du eine gute Reise gehabt?«

»Was ist Non'iama zugestoßen?«, fragte Arekh tonlos.

Marikani erstarrte. Draußen stiegen die Gesänge ins Dunkel und erfüllten die Stille. »Hast du sie gesehen?«

»Ich habe sie gesehen und mit ihr gesprochen.«

»Oh.«

Marikani wandte den Blick ab und machte einige Schritte, bevor sie sich wieder umdrehte. Ein Schauer durchlief sie. Jetzt fror sie. Vor einigen Augenblicken war die Hitze noch so stark gewesen, dass sie nicht hatte atmen können, aber nun war ihr eiskalt.

»In dem Fall ist deine Frage rhetorisch«, sagte sie und hielt seinem Blick stand. »Du weißt bereits, was ihr zugestoßen ist.«

»Du hattest mir versprochen, sie zu beschützen«, entgegnete Arekh mit rauer Stimme. »Du hattest versprochen, sie nicht in Gefahr zu bringen. Und doch hast du sie als Köder für den König der Sakâs eingesetzt.«

Marikani zuckte die Achseln. »Das war die beste Lösung.«

»Die beste Lösung?«

Diesmal war irgendetwas in Arekhs Stimme gebrochen. In seinem Tonfall klang Leid durch, und Marikani musste sich davon abhalten, zu ihm zu eilen. Sie sahen sich an, und Marikani begriff, dass auch ihm die sechs Monate endlos erschienen waren, dass auch er auf ihr Wiedersehen gewartet hatte und dass die Enttäuschung und der Beigeschmack von Verrat deshalb nur umso bitterer waren.

Sie holte tief Luft. »Der … der König der Sakâs vertraute Non'iama«, versuchte sie zu erklären. »Wenigstens so weit, wie er überhaupt jemandem vertraute. Es war nötig … Tausende von Leben standen auf dem Spiel, Arekh«, sagte sie schließlich und spürte, wie ihr Tonfall immer zorniger wurde. »Und noch mehr. Reynes stand auf dem Spiel. Harabec stand auf dem Spiel. Das Leben meiner Männer ebenfalls. Ich habe getan, was ich tun musste, und würde es wieder tun.« Marikani ging bis zur Balustrade, drehte sich dann um und fuhr tonlos fort: »Es war nicht einfach. Manchmal muss ich Entscheidungen treffen, die …«

»Etwa die, ein neunjähriges Kind ohne Vorwarnung in den Tod zu schicken? Ein Kind, das du mir zu beschützen versprochen hattest? Ein Versprechen zu brechen, das du mir gegeben hattest, *mir*?«

Marikani sah ihn an, ohne zu wissen, was sie antworten sollte.

»Ich weiß nicht mehr, wer du bist«, stieß Arekh hervor.

Und ging.

Marikani blieb allein auf der Terrasse zurück.

Die Nacht verging langsam. Marikani saß am Tisch, die Hände an den Schläfen.

Sie dachte nach.

Ihre Hände zitterten, wie sie verblüfft feststellte. Und ihre Stirn war glühend heiß. Das Fieber stieg immer noch. Das Denken tat ihr weh.

Alles tat ihr weh. Arekhs Worte hallten noch immer in der Luft wider. Sie hatte den Eindruck, er sei noch da, direkt vor ihr, und starre sie mit eisigem Blick an.

Verraten. Enttäuscht.

Das ist lächerlich, sagte sie sich. Arekhs Reaktion war lächerlich. Und überhaupt hatte sie recht. Sie hatte die richtige Entscheidung getroffen; sie hatte eine Strategie ausgearbeitet und gewonnen. Das würde Arekh auch noch einsehen, er würde am Ende verstehen, dass manche Opfer notwendig waren. Dass sie keine Wahl gehabt hatte.

Erinnerungen überfielen sie, Erinnerungen an frühere Gespräche, in den unterirdischen Gängen, als sie von den Hunden verfolgt worden waren. Arekh und sie stritten sich vor Mîn und Lionor, die besorgt lauschten, und *sie*, sie war es, die das Leben verteidigte, während Arekh sagte, dass man manchmal auch Opfer bringen musste.

Marikanis Kopf tat weh; alles trübte sich. Wann? Wann hatten sie die Rollen getauscht? Früher war alles einfach, klar und lichtdurchflutet gewesen, wie das Blaugrau der Berge, in denen sie aufgewachsen war, aber jetzt tobte das Fieber in ihrem Verstand, und nichts war mehr klar …

Was macht das schon?, dachte sie wütend. *Was macht das schon! Ich hatte recht. Ich hatte recht, und wenn ich es wieder tun müsste, würde ich es wieder tun.*

Warum zitterte sie dann so?

Die Gesänge erklangen von neuem. Marikani packte das Tintenfass und zerschmetterte es mit aller Kraft auf dem Tisch. Das Glas zerschnitt ihr die Hand; Tinte und Blut vermischten sich in ihrer Handfläche.

Ja, das Fieber stieg …

Wenn es wieder getan werden musste, würde sie es wieder tun.

Plötzlich stand sie auf und verließ das Haus. Draußen war die Luft lauwarm und immer noch stickig, und einen Moment lang sehnte sie sich nach dem eisigen Wind des Gebirges zurück. Ihre nackten Füße sanken in den Sand des Strands ein, und sie ging aufs Geratewohl los, auf der Suche nach Non'iama. Die Kleine musste in der Nähe des Tempels schlafen, auf einem Teppich. Das Wetter war so mild, dass viele auf diese Art an der frischen Luft schliefen. Vielleicht gefiel den ehemaligen Sklaven auch das Gefühl von Freiheit, das ihnen die Nachtluft verlieh.

Sie waren so oft eingesperrt und angekettet gewesen.

Die drei ersten Schiffe lagen vor den Werften; ihre Segel knatterten im Wind. Einen Moment lang stellte Marikani sich vor, auf der Schiffsbrücke zu stehen, während der Bug die Fluten durchschnitt. Wenn sie nur sofort dem Lockruf des Ozeans hätte folgen können …

Non'iama schlief auf ihrem Teppich. Marikani legte ihr die Hand auf den Arm und weckte sie.

»Ayesha«, flüsterte die Kleine, als sie Marikani erkannte. Sie schenkte ihr ein strahlendes Lächeln, bei dem sich Marikani das Herz zusammenschnürte.

»Non'iama«, sagte sie leise. »Arekh hat dich heute Abend besucht …«

»Ja«, sagte das Kind in freudigem Ton. »Er ist zurück. Er ist zurück! Die Leute erzählen … sie erzählen, dass er das Ayesha-Volk an Eurer Seite in die neuen Lande jenseits des Meeres führen wird. Sie sagen, dass er Euer Erwählter ist. Ist das wahr?«

»Vielleicht«, erwiderte Marikani mit rauer Stimme. »Ich meine … ich hoffe es. Du hast ihm erzählt, was passiert ist, als ich, du weißt schon … als ich dich mit einer Botschaft zum König der Sakâs geschickt habe?«

Non'iama nickte. »Durfte ich das nicht? War das ein Geheimnis? Denn ich habe schon vielen Leuten davon erzählt.«

»Nein, das ist kein Geheimnis«, seufzte Marikani. »Du warst heldenhaft, Non'iama. Du hast allen Grund, davon zu erzählen. Die Leute sollen wissen, welchen Gefahren du dich ausgesetzt hast. Es ist nur …«

»Was?«, fragte Non'iama.

»Ich wollte dich um Verzeihung bitten.« Das kleine Mädchen sah sie verständnislos an, und Marikani fügte hinzu: »Wegen … wegen deiner Schulter. Ich habe dich damals angelogen. Ich habe dich belogen, um den König der Sakâs in die Falle zu locken. Und ich wollte dir sagen … Ich wollte, dass du es verstehst. Warum ich dich dorthin geschickt habe, trotz meines Versprechens an Arekh. Es war wichtig, Non'iama. Unerlässlich. Du erinnerst dich doch an die Belagerung von Reynes. Die Armee …«

»Ihr müsst mir das nicht erklären«, sagte das kleine Mädchen. »Ich weiß, warum.«

Marikani runzelte die Stirn.

»Weil Ihr Ayesha seid«, fuhr Non'iama fort, »und alles, was Ayesha tut, richtig ist. Meine Schulter ist verletzt, aber das ist nicht schlimm. Das ist gar nicht wichtig. Und wenn ich gestorben wäre, wäre das auch nicht wichtig gewesen.«

»Non'iama ...«

»Ich habe doch recht, nicht wahr?«, unterbrach das Kind sie lächelnd. »Das denken wir alle, versteht Ihr? Wir denken alle dasselbe.« Sie deutete auf die Familien, die um sie herum schliefen, die Zelte, den provisorischen Tempel und den im Bau befindlichen Großen Tempel in der Ferne. »Wir würden unser Leben für Euch geben. Wenn Ihr uns in die Abgründe führen würdet, würden wir Euch folgen. Ihr müsstet es uns nicht erst erklären oder uns sagen, warum. Denn wir stehen im Licht der Ayesha, und unsere Anbetung ist blind.«

Marikani sah sie stumm an.

Und wurde sehr blass.

Arekh hielt nur sechs Stunden durch, bis er zurückkam.

Er durchquerte das schlafende Lager und klopfte an Marikanis Tür. Er wusste nicht, was er sagen oder tun würde, und auch nicht, ob er weitere Vorwürfe aussprechen, sich erklären oder reden wollte. Mit klopfendem Herzen schwankte er zwischen Wut, Bitterkeit und tieferen Gefühlen. Er wartete.

Keine Antwort.

Arekh klopfte erneut, ohne Erfolg. Er wartete wieder.

Dann stieß er die Tür auf und trat ein.

Niemand. Weder im Hauptraum noch auf der Terrasse.

Marikani war verschwunden.

Er suchte das ganze Lager ab, unauffällig, um niemanden zu beunruhigen. Am Morgen war Marikani noch immer nicht zurück. Non'iama war die Letzte, mit der sie gesprochen hatte.

Der Morgen verging, und Arekh entschloss sich, Day-Yan zu unterrichten. Gemeinsam durchsuchten sie, immer noch möglichst unauffällig, das Lager, die Werften und die Umgebung. Ohne Erfolg.

Oben auf dem Hügel wurde die Zeremonie vorbereitet. Alles war schon seit Wochen geplant: die Gesänge, die Tänze, die Reden, die Feuer, die die Priesterinnen gleichzeitig entzünden würden, um an die zu erinnern, die vor Reynes entzündet worden waren. Das würde ein Höhepunkt für Ayesha sein, die schönste Zeremonie, die je zu ihren Ehren abgehalten worden war, und in der Menge braute sich Spannung zusammen wie ein Gewitter.

Lionor, Hannaï und die Priesterinnen eilten geschäftig umher, um die zeremoniellen Tische vor dem Hauptaltar zu decken: sowohl die Tische, die nur für Opfer vorgesehen waren, als auch die, auf denen Speisen und Wein stehen sollten.

Seit dem späten Vormittag strömte die Menge zusammen. Alle Lagerbewohner hatten sich natürlich versammelt, ebenso die Verbannten, aber sie waren nicht die einzigen. Es waren auch Schaulustige aus den umliegenden Städten gekommen, Einwohner von Kinshara, die die Göttin sehen wollten. Und noch andere: aus Kiranya, aus Sleys. Manche waren, wie Lionor bemerkte, als sie über die grasbewachsenen Hänge schritt, sogar aus Reynes gekommen. Sie hatten die Ruinen und die von den Sakâs verwüsteten Landstriche durchquert und manchmal alles zurückgelassen, um hierherzukommen.

Die Sonne brannte. Der Himmel war tiefblau. Die Farben des Großen Ayesha-Tempels strahlten unbarmherzig, die Hitze des Feuers ließ die Luft flirren. Vögel schrien am Himmel; ihre Rufe zerrten an den Nerven wie Metall, das über Metall schrammte. Bald war die Umgebung des Tempels völlig überlaufen: von Familien, Pilgern, Neugierigen und Gläubigen. Der Hügel allein reichte nicht aus, und wie eine Steinlawine überschwemmte die Menge auch die benachbarten Anhöhen, die Grasflächen, den Strand. Es herrschte Feierstimmung, aber es war ein nervöses Fest. Man rechnete mit Regen, aber der Regen würde nicht kommen, nicht hier in Samara, wo es niemals regnete.

Nur Ayeshas Ankunft würde die Spannung auf den Höhepunkt treiben, nur die Macht der Göttin würde das Unwetter losbrechen lassen.

Die Kinder rannten umher und schrien mit zu schrillen Stimmen. Proviant und Weinschläuche gingen von Hand zu Hand.

Lionor schritt weiter durch die Menge, spürte, wie das Gewitter sich immer stärker zusammenbraute, ließ sich vom Sturm tragen und sog die Spannung ein wie eine Droge. *Das alles ist mir zu verdanken*, dachte sie mit Tränen in den Augen. Der Tempel, den sie hatte bauen lassen. Die Gesänge des Kults, den sie vorangetrieben hatte. Vor ihr wiegte eine Mutter ihr Kind, und einen Moment lang hatte Lionor eine Vision ihres Sohnes, der in ihren Armen gestorben war; aber in der Vision lebte er, lernte gerade laufen und bewegte sich lächelnd über das Gras auf sie zu.

Dann erlosch die Vision, und Lionor blieb mit zugeschnürter Kehle und neuen Tränen in den Augen reglos stehen. Ihr Sohn, ihr Kind, das gestorben war, weil Marikani geschlafen hatte. Weil sie nicht rechtzeitig aufgewacht war, um den Befehl zu geben, ihn zu versorgen. Aber in dem Moment erklangen die Lieder der Priesterinnen und stiegen wie ein Schrei zur Sonne auf, und Lionor erinnerte sich, dass ihr Sohn für Ayesha gestorben war und nicht ihretwegen, und noch einmal vermischte sich alles, Schmerz, Erwartung und Entrücktheit, und ihr Glaube mengte sich in den Gesang und stieg mit den Stimmen der Frauen empor, stieg in den Himmel auf wie ein Ruf …

Langsam stieg Lionor zum Großen Ayesha-Tempel empor und betrachtete ihn. *Mein Werk*, dachte sie, und die Stimmen der Menge hinter ihr klangen gedämpft.

Der Hauptaltar war von sieben kleineren Feuern umgeben, die schon brannten. Sie ging hinauf, um nachzusehen, ob alles bereit war. Der Opfertisch war frisch lackiert: Heute würde eine Hirschkuh darauf ihre Kehle darbieten. Lionor nahm das Opfermesser, wog es in der Hand und prüfte die Klinge mit dem Finger. Nicht scharf genug. Mit dem Messer in der Hand sah sie zu dem Platz hinüber, an dem Ayesha stehen würde, wenn die Nacht anbrach und das türkisfarbene Licht den Himmel entflammen würde.

Dann würden die Feuer auflodern, gewaltige Feuerstellen zur Erinnerung an diejenigen, die vor Reynes gebrannt hatten.

Lionor blieb einen Moment lang reglos stehen, um ihr Werk zu betrachten. Heute Abend würde die Schönheit hervorbrechen. Heute Abend würden alle Ayeshas Macht anbeten.

Sie fuhr mit dem Finger noch einmal über die Messerklinge und stieg hinab.

Die Schatten wurden lang, und Marikani war noch immer nicht zurück.

Mit jeder Stunde wuchs Arekhs Besorgnis. Day-Yan

hatte Haîk eingeweiht, Marikanis zweiten Vertrauten, und Haîk hatte zwanzig verlässliche Männer unterrichtet und ihnen gedroht, ihnen die Kehle durchzuschneiden, wenn sie von Ayeshas Verschwinden sprachen. Sie mussten alles unternehmen, damit sich keine Gerüchte verbreiteten.

Gemeinsam waren sie den Strand abgegangen und hatten an allen Orten gesucht, an denen die Flut einen Leichnam antreiben konnte. Dann hatten sie den Hügel, die Höhlen und die umliegenden Dörfer abgesucht. Ohne Erfolg.

Nach einer Weile zog Day-Yan Arekh in die Nähe der Terrasse. Er sah sich um, um sicherzugehen, dass niemand lauschte.

Dann wandte er sich Arekh zu. »Wenn wir ihre Leiche finden –, begann er.

»Nein«, unterbrach ihn Arekh. »Sie ist nicht tot.«

Day-Yan packte ihn am Arm. »Wir müssen mit dem Schlimmsten rechnen. Wenn wir ihre Leiche finden, müssen wir sie sofort begraben.« Er wies auf die Menschenmenge, die sich vor dem Tempel drängte. »Sie dürfen nichts erfahren. Eine Göttin stirbt nicht.«

»Marikani ist nicht tot«, wiederholte Arekh.

Aber Day-Yan ignorierte ihn. »Wir werden ihre Leiche verschwinden lassen. Ihr werdet das Ayesha-Volk in die neuen Lande führen«, fuhr er fort. »Ihr und Lionor. Für die Leute seid Ihr der Erwählte Ayeshas. Ihr wart im Augenblick des Großen Opfers anwesend. Ihr habt den König der Sakâs getötet. Ihr und sie … Sie hätte gewollt, dass Ihr die Nachfolge übernehmt. Dass Ihr die Schiffe zusammen mit der Hohepriesterin über den Ozean führt. Mit Lionor.«

»Ich bin kein ehemaliger Sklave«, protestierte Arekh. »Ich gehöre nicht zum Türkisvolk.«

Day-Yan zuckte mit den Schultern. »Das Leben ist voller Ironie, Morales. Ayesha wollte auch keine Göttin sein.« Er deutete auf den Tempel. »Und da seht Ihr's.«

Arekh musterte ihn. »Glaubt Ihr daran?«, fragte er. »An *sie*? An die Göttin?«

Day-Yan zögerte. »Sie ist notwendig«, sagte er schließlich.

»Das ist keine Antwort.«

»Ich weiß.«

Kurzes Schweigen folgte. Hinter ihnen ertönten das Gemurmel der Menge und die heilige Musik. Sie war ohrenbetäubend und wirkte bedrohlich wie eine Bürde, eine Waffe.

»All das«, sagte Day-Yan und machte eine Gebärde zum Lager und zu den Gläubigen, die dahinter warteten, »all das hier hängt am seidenen Faden.«

»Ich weiß.«

»Ich will es Euch sagen hören«, verlangte Day-Yan. »Dass Ihr, falls wir ihre Leiche finden, das Volk führen werdet. Ihr und Lionor.«

»Ich werde tun, was ich zu tun habe«, sagte Arekh, plötzlich gereizt. »Ich weiß, was sie gewollt hätte.«

Er wandte Day-Yan den Rücken zu und ging allein über den Strand davon.

Die Abenddämmerung senkte sich herab, ohne dass er Marikani gefunden hätte.

Arekh stieg langsam den Hügel hinauf. Als die Sterne am Nachthimmel erschienen, begriff er, dass er nicht mehr konnte. Er konnte nicht mehr weitergehen. Er konnte nicht mehr laufen, nicht mehr sprechen, sich nicht mehr bewegen.

Er ließ sich auf einen Bretterstapel hinter dem Tempel fallen. Er konnte nicht mehr suchen. Er konnte nicht mehr denken.

Es war seine Schuld. Er hatte sie endlich wiedergesehen, sie hatten einander endlich wiedergesehen, und das, was er gesagt hatte, hatte sie dazu getrieben … zu verschwinden? Zu sterben? Trotz aller Zuneigung, die er Non'iama entgegenbrachte, trotz allen Abscheus, den er wegen Marikanis Tat empfand, hätte er in diesem Augenblick alles getan, damit sie zurückkam – sich entschuldigt, sie angefleht, ihm zu verzeihen, sie …

Er hob den Blick.

Marikani stand vor ihm, in den gleichen Kleidern wie am Vorabend, barfuß im Sand.

Lebendig. Unversehrt.

»Arekh«, sagte sie leise. »Es tut mir sehr leid.«

»Bei den Göttern …«

Einen Moment lang glaubte er an eine Erscheinung, aber es war keine. Sie war wirklich. Er sprang auf, schloss sie in die Arme und drückte sie mit aller Kraft an sich. Sie erwiderte seine Umarmung, und als sie voneinander zurücktraten, bemerkte er, dass sie weinte. Sacht wischte er ihr die Tränen von den Wangen und küsste sie.

»Arekh«, sagte sie. »Ich habe nachgedacht.«

»Wir reden später darüber«, erwiderte er und wies auf den Tempel hinter ihnen. »Deine Bewunderer erwarten dich …«

»Genau das ist es«, sagte sie, und Arekh bemerkte auf ihrem Gesicht unter den Tränen einen Ausdruck, den er nur zu gut kannte.

Den fester Entschlossenheit. Arekh legte ihr die Hände auf die Schultern. »Was?«

»Ich habe nachgedacht«, wiederholte sie. »Verstehst du, das, was ich Non'iama angetan habe, würde ich wieder tun …«

»Marikani«, drängte er. »Wir reden später darüber.«

Ein Murmeln stieg hinter dem Tempel auf, das Gemurmel der Menge, die wartete und sang …

Die junge Frau schüttelte den Kopf. »Nein«, beharrte sie. »Es ist wichtig. Was ich Non'iama angetan habe, würde ich wieder tun. Aber was nicht normal ist, was nicht in Ordnung ist, das ist … Sie hätte mir niemals verzeihen dürfen. Sie sollte es mir übel nehmen, Arekh. Sie sollte es mir ewig übel nehmen.«

»Sie liebt dich.«

»Nein. Und Bara hat mich auch nicht geliebt. Sie vergöttern Ayesha. Non'iama hat es mir mehrfach gesagt. Sie würden wer weiß was tun. Sie würden für mich sterben. Ich bin dabei, ein Volk von Sklaven zu erschaffen, Arekh.«

Er zögerte. »So einfach ist das nicht …«

»Doch. Es ist sogar sehr einfach. Ich habe ein Volk aus seinen Ketten gelöst, nur um ihm neue anzulegen. Das kann ich nicht geschehen lassen.«

»Nein, so einfach ist das nicht«, wiederholte er. »Denk an all das, was sie durchgemacht haben. Denk an das, was sie auf der Reise noch durchmachen werden. Denk an das, was sie überlebt haben – weil sie den Glauben hatten. Und dieser Glaube ist es, der es ihnen gestattet hat, all die Monate halbverhungert hinter dir herzuwandern …«

Marikani schüttelte den Kopf. »Nun, jedenfalls sind sie jetzt hier. Und wenn ich dieses Spiel weitertreibe … dann wird es bald zu spät sein. Alles, was ich sage, wird nichts mehr nützen. Ich muss diese Komödie beenden. Heute.«

Arekh schnappte nach Luft. »Nein.« Er schüttelte den Kopf. »Das ist zu gefährlich. Ayesha ist alles, was sie zusammenhält – was sie verbindet, was es ihnen gestattet, zu warten, bis die Schiffe gebaut sind … was sie auf die Schiffe steigen lassen wird, wenn die Flotte erst bereit ist, verstehst du?« Er wies auf den Tempel und den Altar dahinter. »Wenn du jetzt sprichst, vernichtest du sie.«

»Ich befreie sie.«

»Marikani, nein …«

»Das wirst du *nicht* tun.«

Marikani und Arekh drehten sich gleichzeitig um. Lionor musterte sie sehr bleich, das Opfermesser in der Hand.

»Das wirst du nicht tun«, wiederholte sie. »Was wirst du ihnen sagen? Dass alles eine Lüge ist? Dass du nicht Ayesha bist?«

Marikani sah sie zögernd an. »Irgendetwas in der Art …«

»Sie werden dir nicht glauben.« Lionor trat mit versteinerter Miene auf sie zu. »Sie werden dir nicht glauben.«

»Ich werde darauf bestehen.«

»Sie werden dir nicht glauben, weil du unrecht hast«, betonte Lionor. »Weil du nicht begreifst, was in dir steckt.«

Marikani ließ Arekh los und wandte sich Lionor mit zornesfunkelnden Augen zu. »Erzähl mir nicht, wer ich bin!«

»Wir brauchen dich nicht«, sagte Lionor leise. »Sie brauchen dich nicht. Sie brauchen Ayesha, und ihre wahre Macht liegt am Himmel. Sie beten den Himmel an …«

Arekh las irgendetwas in Lionors Blick und trat einen Schritt vor.

»Marikani«, sagte er und hob die Hand. »Bitte …«

Lionor stieß zu, bevor er reagieren konnte. Das Messer drang Marikani in den Bauch, und Arekh schrie an ihrer Stelle. Er warf sich auf Lionor, aber sie hatte noch Zeit, ein zweites Mal zuzustoßen: in die Brust.

Arekhs Hieb schickte Lionor zu Boden. Zu spät. Marikani brach mit blutigem Schaum vor den Lippen zusammen.

»Das wirst du nicht tun«, wiederholte Lionor und stand auf. Sie warf das blutige Messer weg, drehte sich um und lief um den Tempel herum, auf den Altar zu.

Arekh eilte zu Marikani, nahm sie in die Arme, riss ihr Hemd auf und besah sich ihre Wunden. »Du wirst durchkommen«, sagte er mit Tränen in den Augen und versuchte verzweifelt, den Blutfluss zu stillen. »Du wirst es schaffen.«

Marikani gelang es zu lachen. »Nein«, sagte sie leise.

Vor dem Tempel schrie die Menge vor Freude, als die Priesterinnen die Feuer entzündeten. Die Flammen loderten zum Himmel empor und tauchten Lionor und den Tempel in ein rötliches Licht. Hinter Lionor begannen die zwanzig jungen Mädchen eine eingängige, liebliche Melodie zu singen.

Im Osten, auf dem Ozean, warteten die Schiffe.

Lionor stieg langsam auf den Altar und trat bis an die Stelle vor, an der sich Marikani hätte befinden sollen.

Dann hob sie die Hände. »Ayeshas Geist ist nicht in ihrem Körper«, begann sie mit klarer, volltönender Stimme, die bis zu den Sternen emporklang. »Ayeshas Geist ist im Himmel, in den Himmel aufgefahren! Ihre

Macht erleuchtet das Firmament! Ayesha erstrahlt in der Nacht und beschützt uns …«

»Arekh«, hauchte Marikani hinter dem Tempel.

Arekh hielt sie fest in den Armen; Tränen befleckten sein Gesicht, und die Zeit blieb stehen – blieb für einen einzigen Moment stehen, der für immer in Arekhs Gedächtnis gegraben bleiben sollte. Der Moment, in dem alle Spielzüge gemacht waren, in dem alles seinen vom Schicksal bestimmten Platz um ihn und die sterbende Marikani herum gefunden hatte: der Strand und die Felsen, die Dünen und der Tempel, der Große Tempel hinter ihnen, der Rauch, die Opfer, die Statuen und die schreiende Menge, denn jetzt schrie alles, alles schrie in Arekhs Geist, und auf dem Altar hob Lionor die Arme und schrie, und die Menge schrie, und die Priesterinnen schrien, und der Ozean schrie, und das Dunkel der hereinbrechenden Nacht schrie mit Ayeshas Stimme, und ganz allein, fern von allen, oberhalb des verlassenen Strandes, stieß Marikani einen unhörbaren Seufzer aus und wandte den Blick zum Meer, versuchte, die Segel zu erkennen.

Dann sah sie Arekh an und suchte nach Worten. »Versprich mir, dass du es ihnen sagen wirst. Du wirst nicht zulassen, dass sie … Versprich mir, dass du ihnen die Wahrheit sagen wirst«, beharrte sie. »Ayesha … Du wirst sie nicht gewinnen lassen. Versprich es mir …«

Arekh drückte sie an sich. Er schluchzte so sehr, dass er kaum sprechen konnte. »Ich verspreche es dir«, sagte er.

Natürlich log er.

Sie kamen zu Tausenden, überquerten die Meere in Schiffen mit weißen Segeln: die Männer, Frauen und Kinder des Türkisvolks und die, die ihnen folgten. Sie alle hofften auf ein neues Leben, eine neue Sonne.

In den Wiedergewonnenen Landen.

Fünfzehn Jahre sind seit unserer Ankunft vergangen. An dem Tag, an dem ich diese Worte in meinem Schreibzimmer im Turm der Göttin schreibe, lässt der Wind von der Küste die Vorhänge und Fahnen der Neuen Stadt flattern und mengt einen leichten Salzgeruch unter die Düfte des Marktes, der Früchte, des Weihrauchs, der Opfer, der Parfüms und der Öle.

Die Stadt ist wohlhabend und wächst täglich. So auch die immer zahlreicheren Tempel. Ich weiß nicht, ob der Große Orden der Priesterinnen mich dafür bestrafen wird, dass ich diese Worte geschrieben habe, aber das Herz ist mir schwer. Ayesha lastet auf allem, die Rituale bestimmen jede Bewegung, jedes Wort und jeden Gedanken.

Ja, das Herz ist mir schwer. Marikani hatte es ja befürchtet. Ketten bestehen nicht nur aus Metall.

Und dennoch …

Und dennoch bläst der Wind weiter, und die Gischt wird bis zu mir heraufgetrieben, und das Lachen der Kinder klingt aus den Straßen empor. Und ich kann mich nicht davon abhalten zu hoffen. Die Hoffnung war schon immer mein Fehler, meine Schwäche. Arekh der Erste, der Erwählte Ayeshas und mein Freund, hat mir das während seiner Herrschaft so oft vorgeworfen: die Hoffnung. Er hat mich ausgelacht – und meine tiefe Überzeugung, dass die Menschen sich ändern.

Er weilt heute nicht mehr unter uns und kann mir nicht widersprechen. Habe ich deshalb recht?

Ich trete ans Fenster und blicke aufs Meer hinaus. Der Lärm der Stadt klingt zu mir empor.

Ja, die Menschen ändern sich. Und ich glaube jeden Tag an einen neuen Morgen.

Pier, Historiker des neuen Ayesha-Volks.
Geschrieben im Sonnenschein jenseits des Ozeans, im größten Turm der Neuen Stadt in den Wiedergewonnenen Landen.
Jahr 15 des Neuen Kalenders.